掌家娘子（上）

ZHANGJIA NIANGZI

云霓 著
YUNNI WORKS

重庆出版集团 重庆出版社

图书在版编目（CIP）数据

掌家娘子 / 云霓著.– 重庆：重庆出版社，2016.9

ISBN 978-7-229-10681-2

Ⅰ.①掌… Ⅱ.①云… Ⅲ.①言情小说 – 中国 – 当代 Ⅳ.①I247.5

中国版本图书馆 CIP 数据核字(2015)第 280209 号

掌家娘子
ZHANGJIA NIANGZI

云霓 著

责任编辑：李 梅
责任校对：刘小燕
装帧设计：九一设计
封面插图：@竹铃叮当

重庆出版集团 出版
重庆出版社

重庆市国丰印务有限责任公司印刷
重庆出版集团图书发行有限公司发行
E－MAIL:fxchu@cqph.com　邮购电话：023-61520646
重庆出版社天猫旗舰店
cqcbs.tmall.com

全国新华书店经销

开本：710mm×1000mm　1/16　印张：36.25　字数：935 千
2016 年 9 月第 1 版第 1 次印刷
ISBN 978-7-229-10681-2

定价：58.00 元

如有印装质量问题，请向本集团图书发行有限公司调换：023-61520678

版权所有　侵权必究

目 录
CONTENTS

	楔子 /001	第七章	救人 /143
第一章	反抗 /003	第八章	钦佩 /175
第二章	意外 /025	第九章	团聚 /201
第三章	亲情 /046	第十章	求师 /220
第四章	报恩 /061	第十一章	回京 /241
第五章	欢心 /089	第十二章	逆子 /266
第六章	捉住 /107		

楔　　子

姚家的宅院，午后的阳光照在院子里的梧桐树上，新发的叶子如同水洗过般发着灿绿的光。

"啪啦啪啦"一双手飞快地在算盘上跳跃着，算盘珠撞击的响声清脆悦耳，足足打了半个时辰，沈氏才停下来笑着看卧榻上的女儿："算出来没有？是多少？"

旁边的妈妈有些不忍："加一笔减一笔，奶奶打得也太快了，奴婢都看不过来，七小姐才六岁。"

沈氏仍旧耐心地看着女儿。

"出入之后结余九百八十三两。"稚嫩的声音从婉宁嘴里传出来。

"好婉宁，"沈氏脸上露出欣慰又欢快的笑容，用手去抚摸女儿的小脸，"只要有这个本事，就算母亲不在身边也能在这个家里安身立命。"

婉宁怯生生地看着算盘："可是爹爹不喜欢，爹爹说我们家是书香门第，婉宁该学琴棋书画。"

沈氏的笑容顿时冻结住，怔愣了片刻，眼角落下来，目光中带着愤恨："什么书香门第，十年前他是卖掉了祖产去赶考却名落孙山，若不是我父亲喜欢他满腹学问，他早就饿死街头，我一百多抬嫁妆，几年的悉心照料，才让他考取了功名，如今他倒嫌我一身铜臭？商贾家是算计在先，可凭的是买卖利益，我们是称斤论两，至少心里还有杆秤，他呢？良心都让狗吃了，若是还记得我们家从前的恩惠，就不会做出今天的事……"

"奶奶千万不能这样说，要是被三爷听到了可如何是好。"旁边的管事妈妈吓得面无血色，连婉宁也缩起了脚。

"婉宁别怕，"沈氏蹲下身一脸的歉意，"娘亲不说了，娘亲给婉宁做好吃的桂花糕。"

婉宁脸上刚要露出笑容，下人匆匆忙忙进屋，哆嗦着开口："奶奶，不好了，沈家来领奶奶回去了，说是二爷已经写了休书……"

婉宁只觉得母亲的手紧紧地将她攥住，半晌屋子里静寂无声，婉宁抬起脸只看到母亲脸上的泪水滚滚而下。

"他下了休书？他要休了我！"

沈氏瞪圆了眼睛，看着身边同样惊诧的管事妈妈，悲愤地说："十几年的夫妻，我毕竟辛苦持家又生下了婉宁，他就这样将我休了……"

沈氏浑身颤抖着，厉声嘶喊："说什么我善妒，就是因为我出自商贾之家，阻碍了他的前程，什么正人君子，连畜生也不如。"

屋子里的人都呆愣在那里，沈氏几步上前将墙上的剑摘下来："我不能就这样走，我要和他了结个清楚……"

"奶奶，"管事妈妈吓得面无血色，忙抱住沈氏的腿跪下来苦苦哀求，"如今长辈已经拿着休书上门，已经万难挽回了啊！奶奶要为七小姐想一想，闹出事来以后七小姐要怎么办？"

婉宁怔怔地看着沈氏。

"娘亲，"婉宁战战兢兢地走过去拉扯沈氏的手，"娘亲怎么了？娘亲别生气……"

"娘要走了，"沈氏半响擦掉眼泪，蹲下身露出凄然的笑容，"婉宁要照顾好自己，"说着将手落在婉宁小小的肩膀上，剩下的话也哽在喉咙里，"婉宁还这么小，她还这么小……"

沈氏一把将婉宁搂在怀里。

听着沈氏哭泣的声音，婉宁愈发害怕，拼命地摇头："娘亲要去哪里？"

"回扬州。"

"娘亲要去看外祖母？也带婉宁一起去。"

沈氏摇头："这次不行。"

婉宁眼睛里泛起泪花："我不，我不让娘亲走，我要跟娘亲一起走。"

"婉宁，"沈氏皱起眉头，声音也大起来，"以后不能这样不懂事。"

从来没有严厉过的母亲一下子变成这样的模样，吓得婉宁不敢再说话。

沈氏的声音仍旧生硬："婉宁要听乳母的话。"

婉宁不肯松开沈氏的手："听乳母的话就能见到娘亲了吗？"

沈氏摇摇头而后又点点头，声音也柔和起来："等婉宁长大了，就能见到娘了。"

"真的吗？"

"真的，"沈氏满眼哀伤，松开婉宁，又舍不得地将婉宁抱在怀里，"若是爹爹对你不好，就去找你五叔，你五叔……一定会护着你。"

为什么爹爹会对她不好，娘亲为什么一定要走？

"婉宁……婉宁……"

娘亲的声音越来越远。

别走，别走，呜呜咽咽的哭声在她心里回荡。

"娘亲别走，娘亲别走，娘亲走了之后他们会像对付娘亲一样对我。"

滚热的眼泪沿着她的眼角流进鬓间，姚婉宁想要大喊却豁然惊醒，映入眼帘的是葱绿色半旧不新的帐子。她这是在哪里？在什么地方？八仙桌上放着一只药壶，热气蒸腾中，浓烈的药味跟着传出来。

周围的一切熟悉又陌生。姚婉宁茫然眨着眼睛，她开始仔细地梳理着自己的记忆，努力回想到底是怎么从家里来到族中又睡在这个床上。

父亲休了娘亲不久就新娶了张氏，有一日她去张氏屋里问安就看到张氏坐在地上，裙脚满是鲜血，她还没弄清楚到底是怎么回事，下人就奔跑着大喊，说她推倒了张氏。

张氏虽然顺利临盆，她却仍旧被送来族里受教。

前几日族中姐妹一起去采莲，她欠身看湖里的锦鲤，不知被谁从背后推了一把落入湖水中。

被人从湖中救上来，她就发起了高烧，姚家里里外外都觉得她要死了，没想到她却这样挺了过来。这几天她一直梦见小时候的事，那些情景清清楚楚就在眼前，每一次看到母亲的背影她都想要撕心裂肺地大喊。多么庆幸经历了这么多她还活着，她不能再这样任人摆布。

她要为自己，为母亲而活。

第一章　反抗

"那痨病鬼躺多久了？"

"有个三五日了，粒米不进。"

"莫不是要死了？"

"要死就快点死，这样拖着让我们也不得安生，死了我们也好各自回去，免得在这里跟着沾晦气。"下人们议论的声音越来越大。

"你们还有没有良心？"悲愤的声音传来。

姚婉宁听出是童妈妈，童妈妈伺候过母亲，母亲走了之后童妈妈被调去庄子上，她舍不得童妈妈因此大哭了一场，没想到张氏这时候肯让童妈妈过来她身边。

有婆子抬起眼："是七小姐自己犯了错跟我们有什么关系？这么多娇贵的少爷、小姐出去采莲，怎么就七小姐掉进湖里，福薄命短谁也不能怪，主子走了没关系，你还是想想自己日后该怎么办？我见过的忠仆殉主可多着呢……"

婆子话刚说到这里，转头随意一瞧吓得差点坐在地上，门口站着一个人影，仿佛是从屋子里飘出来，乌黑的长发，雪白的脸，一双眼睛发着幽幽的光，就这样一动不动地瞧着她。

这是……婆子张大了嘴。

七小姐……

谁都知道七小姐要死了，寿衣装殓的物件都准备好了，只等着她咽下最后一口气……要死的人，怎么可能好端端地站在这里。

周围诡异地安静下来，窸窸窣窣的树枝摇摆声显得格外的清晰，太阳也藏进云朵里，整个小院说不出的瘆人。

眼前这个到底是人还是鬼。

那张惨白的脸上除了阴森没有别的表情，怎么看都不像是人。

婆子开始打哆嗦，大白天的，见鬼了。

鬼……

"啊……"终于有人压不住心头的恐惧，大声尖叫。

"闹鬼了。"下人惊呼着四散逃跑，那婆子也想要逃，却脚一软瘫坐在地上。

婆子眼看着七小姐向她飘过来，衣服窣窣的声音让她浑身的汗毛竖起。

婆子打了个冷战，半晌才想起救命的法子，跪着磕起头来："七小姐，是奴婢错了，奴婢不该说闲话，七小姐大人大量饶了奴婢吧，奴婢给您磕头，"婆子双手合十作揖，"饶了奴婢吧，饶了奴婢吧！"

婆子哆嗦成一团，就怕那双绣花鞋来到她面前。不要来索她的命，不要来……

面前的绣花鞋动了动，婆子全身的血液顿时冲到头顶，她伸出手开始不停地掴脸："奴婢再也不敢了，奴婢再也不敢了。"额头叩得满是青紫，看起来狼狈不堪，边喊边躲，连滚带爬地冲出院子。

院子里只剩下童妈妈怔怔地看着姚婉宁。

"七小姐……七小姐……"童妈妈也带了颤音，不由自主地也向后退一步。

心里有愧疚的人才会怕鬼。

太阳从云朵里钻出来，姚婉宁迎着阳光舒服地喘了一口气，不过是站在这里就能看到所有人真实的表情，看来她病这一场也不亏。

为别人着想不易，为自己着想却是最最简单的事。

童妈妈眼睛泛出泪水来："七小姐，您的病好了，您还活着……"

她当然还活着，只有活着才会让人害怕。

童妈妈将姚婉宁搀扶回床上，连忙将桌子上的粥拿来，眼看着姚婉宁张开嘴一口口将粥吃掉，童妈妈这才相信七小姐真的好起来了。

童妈妈用袖子擦着眼睛："太太走的时候什么都没要，只是想要老爷好好待小姐，没想这才几年……姚家有今日都是因为沈家，冲这一点老爷也该护着小姐，"童妈妈越说越伤心，"我的小姐，从今往后我们该怎么办？"

"把拿出去的东西……都拿回来。"

童妈妈听不明白。

姚婉宁宛然一笑："连本带利地……收回来，让他们……看看什么才是沈家人。"

父亲嫌弃得没错，她说到底还是沈家人，她就用商贾的法子跟姚家算这笔账，给姚家的她要收回来，姚家现在有的她也要拿来。

姚六爷房里，六太太寿氏快打着算盘。

"寿衣要四时衣裳，各色绸缎被褥一样也不能少，毕竟是官家的小姐，就算不能出殡，葬的时候也不能寒酸，"寿氏摆弄着手里的辣椒粉，"等沈家人来看的时候，我就用辣椒粉揉红了眼睛，替七小姐可怜几句，让沈家人再出一份银子给七小姐装殓。"

寿氏得意地翘起嘴唇，她的眼泪也是要花钱买的，就让沈家出这笔银子。

姚六爷差点将嘴里的茶水喷出来，惊诧地看着妻子："你真是疯了，这种银子也要赚。"

寿氏顿时一脸愤然："今年大旱，本来我想用这丫头和沈家一起做米粮的买卖，谁知道她偏偏这时候要死了，如今光靠发丧能赚几个钱？"

寿氏话音刚落，就听到有人跌跌撞撞地进门。

"不好了，"管事妈妈领着伺候姚婉宁的婆子进屋禀告，那婆子吓得魂飞魄散，手心里攥着一汪冷汗急匆匆地开口，"六太太您快去看看，那个京里来的七小姐诈尸了。"

诈尸？那婆子目光直愣，姚六爷也跟着脊背发凉，刚要开口问清楚，寿氏已经按捺不住，"腾"地一下站起身，一巴掌扇过去，将那婆子打得原地转了个圈："人还没死哪里来的诈尸？"

寿氏怒气冲冲的表情让婆子清醒了大半，哆哆嗦嗦地禀告："我们都看到了，七小姐自己站在门口……"

寿氏冷笑："我去看看一个要死的人还能闹出什么花样。"

姚婉宁喝了两口水，忍不住咳嗽几声。

外面传来一阵脚步声，紧接着淡蓝色木槿花的帘子被快速地掀起，露出寿氏尖尖的瓜子脸。

姚婉宁抬起头打量寿氏的脸。

寿氏眼睛灵活，目光闪烁，这样的人机敏却欠沉着，虽然工于算计，也有个弱点喜欢贪小便宜，只要攥住她的命脉就能抓住寿氏，所谓螳螂捕蝉黄雀在后就是这个道理。

"婉宁。"

听到姚婉宁应了一声，寿氏才走进来："你这孩子，可吓坏婶娘了。"

寿氏抹着眼泪进屋拉起婉宁的手，仔仔细细地将婉宁看了一遍："我已经让人去请郎中，这时候要多吃几服药……"

七丫头的手是热的，什么闹鬼，还是那个柔弱的丫头，什么都没变。

寿氏边说边看婉宁的神情，一双眼睛看着清澈却没有什么思量，只是任由她拉着说话，一副任她揉捏的模样。

七丫头活过来，这是老天要让她发笔大财，寿氏心里想着，却叹口气，温和地用手梳理着姚婉宁的鬓发："我已经让人捎信去京里，你父亲知道你身子弱定然会让人来接你回去，这段日子你好好将养，回到京里不要再惹你父亲生气。"

姚家人都知道她想要回京，寿氏这样说，好让她乖乖地听话，不过寿氏这次打错了主意，新生的姚婉宁早已不依靠那个狠心的父亲。

姚婉宁摇头："爹爹不会接我回去了。"

寿氏的笑容僵在脸上，眼睛里不禁显出惊讶的神情。

七丫头不是一见到她就可怜巴巴地问："爹爹什么时候接我回京？"

今天这是怎么了？"别胡思乱想，"寿氏立即打断姚婉宁的话，"终究是父女，总是惦记着你的，送你来族里是为了让人知道你在长辈面前受过教，更懂得礼数，将来和陈阁老议好了亲事，你风风光光嫁进陈家，谁还能看不起你？"

"婶娘骗我，"姚婉宁目光忽然锐利起来，"婶娘一直都在骗我。"

接二连三的变化让寿氏惊诧，看着姚婉宁半晌才道："这话怎么说？我怎么会骗你。"

"婶娘将我关在绣楼里，就是要我乖乖听话，多少天都不来看我，任由那些恶仆在旁边说我闲话，婶娘是不是就想让我死在这里？"

童妈妈不禁惊诧，七小姐可真敢说，这样的话也能径直说出口。

寿氏瞪大眼睛："婉宁……"

姚婉宁看向寿氏身后的下人："婶娘如果不愿意我留在这里，就将我交给族里长辈，也免得麻烦。"

无利不起早，就像寿氏这样的人，没有十足的好处是不会养一个没人要的小姐，养到现在还没得到回报她怎么可能松手。

姚家自诩是有家谱的人家，子孙后代定要读书出仕，可姚氏子弟大多考中的是秀才，中举的寥寥无几，姚家族里本就不算殷实，这样过了几十年家产也被折腾得七七八八，祖父是个倔脾气，认准了科举不回头，父亲落榜几次心灰意冷，祖父却将家中唯一的田产卖了供父亲去赶考，结果父亲又是名落孙山。

外祖父就是看准了姚家这股倔劲儿才想要和姚家结亲，继续供父亲科举。

与姚家相反沈家祖上本也是普通的读书人家，却因几次科举不成，改开了豆腐坊，沈家的生意就从卖豆腐做起。祖父常挂在嘴边的话，沈家巨富到头来不过是个卖豆腐的。母亲听了气得脸色发白。

如果不是沈家，祖父和父亲早就饿死了，哪里还有父亲考中进士，入翰林轮外放，又调回京进吏部，仕途这条路走得再顺当不过。

这些年姚氏族中也将暗地里跟着沈家赚的银子拿出来放利，真正摸到了达官显贵的边，族里的日子也一天比一天红火，如果能在族里管些事务不知能赚多少银钱，寿氏也是看中了这一点才将她接来。

寿氏一边攀着父亲和张氏，一边在族里替长辈分忧，她死了或者活着寿氏都是有戏可唱的，不死不活地闹起来，寿氏就算白忙了一场。

寿氏算得清楚，她不能竹篮打水一场空，想到这里她站起身，"说，你们都说了些什么？"这七丫头死活本来是没人管，错就错在她以为七丫头逃不过一死，为了免得日后和沈家撕破脸皮，她早早就将消息送去沈家。

现在沈家人赶来看七丫头，七丫头却又活了。七丫头死活没关系，但是不能这时候死，死了就阻了她的财路，沈家人已经到了泰兴，这时候七丫头不能出事。

寿氏狠狠地瞪一眼身后的下人，一掌将小案子上的茶杯摔在地上，厉声道："是谁在七小姐屋里嚼舌头？不说出来就让牙子进来将你们一个个都领出去。"

寿氏这样训斥下人，几乎让屋子里所有人都愣住了。

今天这是吹的什么风，一个要死的七小姐，活过来之后仿佛就得宠了，嚼舌的婆子急忙跪下来，后面一干下人都哆嗦着跪倒在地。

望着乖乖服软的下人，童妈妈诧异地看了一眼姚婉宁。

姚婉宁抿着嘴不说话。

寿氏发落一干下人："谁也别想领分例，内宅容不得，你们都到外面庄子上去。"

听说要去庄子上，管事婆子顿时哭起来。

寿氏道："谁也不用求情，都是自作自受，也就是七小姐好性儿，现在才与我说，我只当你们尽心竭力地侍奉，哪知道你们这般怠慢。"

寿氏让婆子们将下人领出去，这才和颜悦色地看婉宁："我再找两个得力的过来伺候。"

姚婉宁摇头："我不要她们，我只要童妈妈。"

"童妈妈哪里能做得那么多事？"寿氏将声音放轻一些。

"奴婢能做，"童妈妈急忙道，"小姐是被吓到了，若不然太太叫几个人在屋外侍奉。"

寿氏半信半疑地看姚婉宁。

姚婉宁靠在床边不声不响地让寿氏打量。阳光照进屋子，婉宁的脸格外的清晰，尤其是一双眼睛，大大地睁着，不管寿氏怎么看，婉宁的目光不挪动分毫。

人对眼睛能看清楚的东西总会格外地放心，她就是要让寿氏放心。

寿氏收敛了目光低声试探："沈家要来看你。"

提起沈家，姚婉宁慌忙摇头："我不见，我不见沈家人。"

"不见，不见，"寿氏小声哄着，眼睛里是藏也藏不住的得意，"这样也好，免得让你父亲知道了又要伤心。"

姚婉宁重重地领首。寿氏这次格外有耐心，吩咐下人整理婉宁的东西："身体好一些了就出去走走，我让你五姐带你去园子里。"

姚婉宁看向窗外露出欢喜的神情，开口说话前咳嗽了一阵："五姐姐……好久……没来看我。"

寿氏仿佛仍旧惊魂未定："你落水将你五姐姐吓坏了，每日里在佛堂为你祈福，如今你好了，就让她过来陪你。"

她是忘不了姚婉如的，她落水时看到的就是姚婉如那双带着笑意的眼睛。

姚婉宁顺着寿氏的意思领首，很快却又摇头："我……不出去……"

寿氏不禁一怔，方才还说得好好的怎么一下子就变卦了，要让沈家人看到婉宁好端端地坐在那里，就不能有半点的强迫，寿氏只得柔声道："怎么？"

姚婉宁垂下头，用十分软弱的声音："身上没有力气……"

寿氏恍然大悟，脸上又堆满了笑容："郎中开了药，吃两日就好了。"

姚婉宁又摇头："那我也……不去……"

寿氏不禁皱起眉头："待在床上闷也要闷出病来。"

"上次……采莲，族里……的姐妹……都笑话我，"姚婉宁态度坚决，"没有新衣裙和首饰，我……不出去……"

寿氏不禁气血上涌，竟然当着她的面要起衣裙、首饰来，这可不像是七丫头的性子，七丫头就是受了委屈也没胆子说出口。

寿氏心里觉得奇怪，可婉宁眉宇间那藏不住的稚气和软弱，顿时又让她有一种能将婉宁牢牢握在手里的感觉。

毕竟是个十二岁的丫头，无非是使使性子了，要些好吃好穿，能闹出什么幺蛾子，反正这些东西买了也逃不出她的手心，寿氏拿定主意："好，我就让人去买漂亮的衣裙，再置办一套新头面。"

姚婉宁抬起头向寿氏露出一个欢快的笑容："我要一件……和五姐姐一样的……银红色褙子……"

寿氏也笑着点头："好，就要银红色的褙子。"

童妈妈不禁瞪大了眼睛，小姐这么容易就让六太太答应置办衣衫和首饰，这可是六太太，精明算计的六太太啊。

六太太现在的模样，好像小姐说出什么要求六太太都会答应。小姐怎么会突然有这样的本事？可既然是这样，小姐为什么不见沈家人？

等到寿氏带人离开，童妈妈上前："七小姐，您这是怎么了？沈家来人了怎么能不见？"

姚婉宁摇摇头："我要见，他们是不会让我见到的，我不见，他们却会想方设法让我去见。"

童妈妈听不明白："那是为什么？"

为什么，寿氏最清楚。

寿氏从婉宁的院子里出来径直回到房里，吩咐管事妈妈："将县医署的蒋大夫请来，抓两服好药给七小姐补身子，换两床稍厚点的被褥，让人用熏炉祛祛湿气，让成衣铺的娘子过来照五小姐那件银红色蔷薇褙子给七小姐做一件。"

寿氏一连串吩咐下去，管事妈妈听得愣在那里，太太怎么会突然照顾起七小姐来了。

"快去。"

寿氏催促，管事妈妈才应一声退下去。

姚六爷诧异地看着妻子："你这是做什么？方才还算计赚装殓的银子，如今怎么倒搭钱看病做衣裳？"

寿氏扭身坐在椅子上："要想赚大钱自然要用些本钱，"说着抿口茶，"都怪那些碎嘴的婆子口无遮拦，让我又要费些周折，好在那丫头听话，送来我这里的时候就不声不响地整日坐着，现在更是没有了主意。"

姚六爷凑过来:"这么说这件事就要成了?"

寿氏掩嘴笑:"那是自然,等银子入了手,踢开沈家,我再摆弄七丫头,不怕京里那边不满意。"

新换的被褥都用香熏过,有一股淡淡的桂花味儿,婆子边换边夸寿氏:"太太疼七小姐,五小姐缠着太太要这新被褥,太太一直没答应。"

姚婉宁躺在床上,身体一下子陷入软软的床铺内,新被褥果然舒服。

县医署的蒋大夫来诊了脉,姚婉宁特意将方子要来看。

蒋大夫奇怪地道:"七小姐也懂看方子?"

姚婉宁摇摇头将方子递给童妈妈:"只是少许药理。"她这样说也没错,起码她知道这些药对不对她的症。

童妈妈亲手将药煎来,姚婉宁一口口喝下去,这样被寿氏精心调养了一日,姚婉宁已经觉得身上有了力气,心里也畅快起来。

童妈妈满怀心事地走过来,看着姚婉宁脸上的笑容不忍开口,只是轻声道:"七小姐今天怎么这样高兴?"

姚婉宁转过头来:"我们就要从这里走出去了。"

听得这话,童妈妈想要露出笑容,却又飞快地沉下眼睛。

童妈妈从进了屋就一直低着头不敢和她对视,寻常人都能看出童妈妈心事重重,姚婉宁道:"可是有人说了什么?"

童妈妈点点头:"七小姐,六太太说,过几日就让我回去庄子上。"她害怕到时候小姐又要任人摆弄,她不知道自己还能做什么事来维护小姐。

童妈妈是她的帮手,寿氏当然不可能留童妈妈在这里,利用完她之后就会再像从前一样将她锁在绣楼里。

"童妈妈可愿意留在我身边?"姚婉宁推开窗子。

姚婉宁话音刚落,童妈妈抬起满是期望的眼睛:"奴婢想要一辈子侍奉小姐。"

姚婉宁含笑:"那就谁也不能带你走,我身边的事,从此之后只有我说了算。"

七小姐被困在这里,一切都由六太太做主,怎么能将她留在身边?可不知怎么的她心里一阵欣喜,就完完全全地相信了,她这是怎么了?七小姐才十二岁,本是该由她照应,她心里却开始依赖起七小姐。她这是老糊涂了吗?

婉宁一直坐在窗边向外看,童妈妈凑过去看了一眼,小院子里和平常没什么两样。

"窗口风凉,小姐还是小心点。"童妈妈将披风盖上姚婉宁肩膀。

"今天怎么没有听到锣声?"

姚氏的族学开课的时候总要敲声锣,往常都能听到锣声,今天却没有。

童妈妈低声道:"族里今天开正门迎客,可能是怕惊扰了客人,还提醒我不要到处乱走,免得六太太不高兴。"

童妈妈刚说完话,就听姚婉宁道:"什么客人,连半点声音都听不得?"

小姐怎么说半点声音都听不得,童妈妈道:"只是不敲锣啊!"

姚婉宁道:"旁边的东寺也只响了晨钟。"

连寺里的钟也不响了?童妈妈下意识地向窗外看去。

"小姐,那咱们今天还出不出去?"

"出去，"姚婉宁转过头来，指着下人刚刚送过来的衣物，"不过，妈妈跟人说一声，这身衣裙我不喜欢，我就喜欢五姐姐从二祖母那里得来的那件缠枝西番莲纹褙子，正好配六婶给我做的簪子。"

童妈妈愣在那里："都是五小姐从您这里抢东西，奴婢拦都拦不住，现在您要五小姐的东西……五小姐怎么会给？"

姚婉宁扬起眉毛："她怎么能不给。"

这么重要的客人来到姚家，寿氏不想出半点的差错，哪怕是让姚婉如受些委屈。

姚婉如在寿氏面前转了一圈。

"五小姐真漂亮。"旁边的赖妈妈笑着夸赞。

缠枝西番莲的褙子，头上是沈家送来的如意梅花顶簪，从铜镜里看了看自己，姚婉如噘起嘴，撒娇地喊："母亲，我还想将纱花换成镶了碧玺的石榴花。"

寿氏摇摇头："那是沈家送给婉宁的，今天沈家人在，你可不能戴。"

姚婉如大大的眼睛微垂，眉毛也轻轻蹙起，嗔怒中还带着几分的娇柔，让寿氏顿时心疼。

姚婉如也看着铜镜中的自己发呆，真是美，她怎么长了这样一张娇美的脸，比母亲和父亲都要漂亮，连祖母都说，姚家的男子要看五叔，女眷要看她。

寿氏上前整理女儿的鬓角："好了，好了，这样已经很抢眼了。"

"我戴又怎么样？沈家还能炸了不成？"姚婉如说着扬起声音，"七丫头还要求着母亲给她碗饭吃，母亲有什么好担心的。"

"你不懂。"寿氏不能将整件事讲给女儿听，现在正是她管家，她一眼就看中了族里的几个粮仓，是去年存下的粮食，她就想放着也是放着，不如将这些粮食高价卖给沈家，她娘家弟弟能向漕帮收来便宜的粮食，到时候一充补，来来去去就是几百两银子。

想到这个寿氏就眉开眼笑："你不是喜欢蜀锦？今年冬天给你做两件蜀锦的小袄。"

姚婉如刚要答应，崔妈妈从外面进来行了礼："六太太。"

寿氏头也不抬："婉宁呢？婉宁来了没有？"

崔妈妈神情有些为难："七小姐不肯来。"

寿氏诧异地转过头，崔妈妈用余光瞄着姚婉如身上的褙子："七小姐说，想要五小姐这件缠枝西番莲的褙子，这样才配太太送去的首饰。"

"什么？"姚婉如瞪圆了眼睛，"她竟然跟我争衣服？真是笑话。"

见寿氏不说话，姚婉如愤愤地转头，"母亲您就是对她太好，才让她不知天高地厚，也不看看自己是什么身份……"伸出手拉住寿氏，"母亲，快给她点颜色瞧瞧，不然我这心里就不舒服。"

寿氏皱起眉头问崔妈妈："这是婉宁亲口说的？"

崔妈妈点头："奴婢也怕听错了，问了又问，七小姐说没有那件褙子，她不出门。"

姚婉如只觉得全身的血液一下子冲到了头上。

"她算什么东西，也装模作样起来，"姚婉如一把拿起笸箩里的剪子，"母亲不去我去，她不喜欢母亲做的衣服，我全都剪碎了，臊死她。我若是她，落得这般谁也不要的地步，不是死了，也剪了头发做姑子去，呸，还敢这样不要脸的作威作福。"

"婉如，"听到女儿骂出这样的话，寿氏沉下脸，"一个大家闺秀怎么能这样说话，也不怕别人笑话。"

"这是我家。"姚婉如气得脸颊发红，眼睛里仿佛要冒出火花来，一直被她取笑的人，竟然也敢开口跟她要东西。

真是无法无天了！从来都是她去拿七丫头的东西，七丫头只是缩在一旁捧着书看，什么话都不敢说。什么时候轮到七丫头对她开口要东西？只要想到这些，她胸口就如同压了块大石在上面，憋闷得难受。

姚婉如将剪刀握得紧紧的："母亲还要向着她不成？"

寿氏顾不得安抚女儿，吩咐赖妈妈："你去跟七小姐说，五小姐今天穿了这一件，她若是喜欢改日请人再做一件给她。"

赖妈妈应了一声带着崔妈妈出去，寿氏拉着姚婉如坐下："你就不能忍一忍？等沈家人走了，随你怎么闹。"

姚婉如跺脚："我看她是故意和我作对。"

母女两个说了会儿话，赖妈妈急匆匆地赶回来："太太、五小姐，七小姐闹着要那件衣服，说什么也不肯出门，奴婢好话坏话都说尽，七小姐只说太太向着五小姐，不愿意照应她。"

寿氏转头去看沙漏，再这样下去沈家人就要来了。

姚婉如听着赖妈妈的话，紧紧地看着母亲，这一次母亲定会生气。

寿氏迎上女儿的目光："婉如将衣服换下来……"

姚婉如几乎不敢相信自己的耳朵，撕心裂肺地大喊："我不，我不将衣服给她，我不……"

喊了两句见寿氏神色没有动摇，姚婉如似是被抢了最心爱的东西，顿时伤心地大哭起来："她怎么不死了，她怎么不死了……"

童妈妈满脸担忧："小姐这样折腾五小姐，将来五小姐定然会来闹，奴婢是怕今天痛快，只怕日后不好过。"

姚婉宁一口气将药喝光："从前我顺着婶娘和五姐又怎么样？"

再说，她就是要让她们生气，越气越好。

寿氏身下就姚婉如一个女儿，长得花容月貌，出了名的娇惯。

从前寿氏将姚婉如带去京里，张氏安排姚婉如和她住在一起，值夜的丫鬟跟她说，晚上看到姚婉如悄悄下床翻看母亲留给她的首饰。

她来到族里，姚婉如第一件事就是将母亲留给她的那支镶宝石的掐丝蝴蝶发梳抢走了，被寿氏看到了，姚婉如还找了借口："是七妹妹借给我戴的。"

寿氏皱着眉头训斥婉如："你七妹妹屋里的东西贵重，你可不要弄坏了。"

那时她还以为寿氏是在帮她说话，其实是纵容姚婉如。

姚婉宁带着童妈妈一起去了寿氏屋里，姚婉如望过来顿时变了脸色。

姚婉宁穿的是藕色的妆花褙子，本就有些苍白的脸，这样一衬显得说不出的素净。

根本不是从她身上抢走的那件西番莲，姚婉如紧紧地攥住了帕子。

"六婶，我这件衣服好看吗？"姚婉宁微微一笑。

屋子里所有的目光都落在姚婉宁身上。

大动干戈闹了一早晨，结果这个七小姐根本没穿那件衣裳，五小姐岂不是白哭了一场。

寿氏眉头皱起却立即又松开，只能哄着："好看，比你五姐姐那件衣服好看。"

"我也是选了半天，"姚婉宁盯着手指颤抖的姚婉如，"五姐姐头上那支玉兰簪子真好看。"

听到姚婉宁的话，姚婉如紧张地挺直了脊背，姚婉宁该不会是想要她头上的发簪吧？她刚为了褙子哭一场，现在还要重新梳头不成？

姚婉如急忙拉起姚婉宁的手："小厨房将糕点都准备好了，我们快走吧！"

"五姐姐怎么这样着急，不就是去园子里坐坐，"姚婉宁说着看向寿氏，"婶娘还有别的事？"

寿氏也忙笑着："哪有什么事，只是让你们姐妹说说话。"

姚婉宁热络地叫了姚婉如一声："五姐姐走吧，我们去园子里。"

姚婉如一动不动，不知怎么的看到姚婉宁的笑容，她心里生出一股寒意，从前她故意欺负姚婉宁的事立即就浮现在眼前。

眼前这个人不就是姚婉宁，她又不是才认识，有什么可怕。

寿氏不禁在一旁催促："你这孩子还愣着做什么？"

这是她家，姚婉宁还能掀起什么风浪不成？族里的兄弟姐妹哪个不是帮着她的，等沈家人走了，她就要跟姚婉宁算账，让姚婉宁尝尝她的厉害。

三个人边走边说话，姚婉宁看着寿氏："婶娘，我身子好些了，想去给祖父、祖母请安。"

听得姚婉宁的话，姚婉如几乎笑出声，真是痴人说梦，祖父、祖母会见她才怪，在对待沈家这件事上，族里的长辈都是多一事不如少一事，何况又有姚婉宁犯错在先，让三伯母小产，欢哥差点成了没娘的孩子。

寿氏轻声道："等过几日你的病好利索了再去。"

说着话走进小园的亭子里，下人已经摆好了点心、水果，三个人落座下人端上茶然后站在旁边伺候。姚婉宁向西看去，那就是她住的小楼，距这里不过几十米，这几年她就被限制在这样的范围内活动。

"婉宁，你五姐姐让你尝点心呢。"寿氏亲昵地喊着。

石桌上的点心很精致，酥八样和果子蜜饯放了满满一盒，姚婉宁挑了一样最爱吃的菊花酥放进嘴里，比不得小时候母亲让厨娘做给她的，那时她咬着菊花酥母亲在一旁笑看着她，生像她是个什么宝贝。如今眼前只有姚婉如僵硬的脸。

东西她照吃，只不过这份人情她是如何也不会给的，不去看寿氏和姚婉如免得影响了她的心情。

寿氏听身边的妈妈低声说话，半晌转过脸笑对婉宁："你们姐妹坐着，我去前面看看。"

寿氏眉眼上扬、眼角露出细细的皱纹，是真正的高兴的表情。应该是沈家人来了。眼见利益到手，寿氏才会欣喜。

寿氏带着下人离开，在小院子里留下赖妈妈和一干婆子。

姚婉如不想和婉宁搭话，就用帕子蹭着额头。

这样很好，如果姚婉如装模作样和她热络，她还不知道怎么打发她。

旁边的婆子咳嗽一声，姚婉如才不情愿地笑着去拉姚婉宁的手："七妹妹，今儿天气好……"话说到一半却停住了，脸色顿时变得铁青起来。

婉宁将手挪开，让姚婉如扑了个空。

姚婉如空长了一张漂亮的脸，还没有寿氏的小心机，就这样的人也能帮寿氏骗沈家的银钱？她从前懦弱才让这些人钻了空子。

"你，"姚婉如不知不觉抬高了音调，"你这是……"

赖妈妈连忙咳嗽："两位小姐想不想喝冰了的酸梅汤，奴婢让人送来两碗，里面放了今年新做的桂花。"

赖妈妈站在婉宁面前，结结实实地挡住了月亮门，婉宁没有理会赖妈妈而是提着裙子站起身来，赖妈妈没反应过来，顿时让婉宁看到了月亮门后露出的裙脚和鞋尖。

这是沈家人？是姨娘还是舅母？

那只鞋很快缩了回去。

旁边的童妈妈笨手笨脚地来给婉宁奉茶，不小心将茶碗摔在地上，院子里传来婉宁惊叫的声音。

月亮门那边，沈四太太听到声音要回头看，却被寿氏拉出了院子，走上长廊，寿氏才道："四太太都看到了，婉宁的病已经好了大半。"

沈四太太眼前浮现着婉宁那张苍白又憔悴的脸。辰娘被休回沈家之后，他们就尽量打听婉宁的消息，姚家那边却摆明了要和沈家断绝往来，老爷几次想要找姚家理论，还是被她压下来，与其闹翻了不如慢慢疏通，这条路终于让她走通了，姚家还是不舍得放下沈家这条赚钱的路。就像辰娘说的，什么书香门第，比谁算得都精细。

"刚才是不是婉宁在叫？"沈四太太皱起眉头。

沈四太太话音刚落，就有下人过来禀告："是七小姐身边的童妈妈打翻了茶碗。"

"怎么这样不小心，"寿氏忙道，"七小姐可伤到了？"

下人摇摇头，沈四太太这才松口气："总算是没事。"听说婉宁落水，老爷在屋子里急得团团转，就要带着人来姚家族里，他们从扬州上船，老爷在船头站了一夜，到了晚上说梦话也是对不起辰娘。

辰娘托他们照应好婉宁，他们这些年连甥女见都见不到，如何照应？

两个人相携向前走了几步，寿氏才道："我请了县医署的大夫来给七丫头调养，不管多金贵的药，我都找来给七丫头吃，这才算有了起色。"

沈四太太点头，却悄悄地松开了拉着儿子昆哥的手。

昆哥趁着大人不注意，一溜烟在姚家大宅里跑起来。

沈四太太似是没有想到儿子会这般，怔愣地站在原地半晌才反应过来："你们还愣着做什么，快去追六爷。"

眼见沈家人离开，赖妈妈松了口气向姚婉如点点头。

这场戏总算是唱完了，现在的姚婉宁已经没什么可怕，她现在只想挥手将姚婉宁那张脸打烂，出了她这口恶气，想到这里，姚婉如登时冷笑起来："七妹妹该回去绣楼里了。"

婉宁端正地坐在杌子上，似是没有听到姚婉如说话。

这分明是故意不理睬她。姚婉如胸口的怒火一下子烧起来。

该唱的戏已经唱完了，她不用再给婉宁颜面："我说话，七妹妹没听到吗？"

"五小姐，"童妈妈忙挡过去，"我们小姐的病还没好呢，五小姐要照应着点。"

"我看她比谁都好。"姚婉如拽住了婉宁的袖子。

赖妈妈忙上前："五小姐，现在不是争执的时候……"

"不给她点教训，她就不知道该怎么乖乖听话……不过是没人认的东西，也敢在我面前撒野，不看看这里是什么地方。"

姚婉如话音刚落，只听到震天的哭声忽然响起来。

哭声将园子里所有人都吓了一跳。大家顺着声音看过去，一个穿着贵气的小男孩满脸惊骇哭得十分伤心。

紧接着婉宁看到了舅母陈氏。

舅母匆匆忙忙赶过来，只是扫了一眼痛哭的昆哥，立即就将视线落在婉宁身上。

婉宁看到了舅母关切的目光，那目光真真切切没有半点的虚假。

寿氏也赶过来，看着哭个不停的昆哥，还有沈四太太和姚婉宁，心里不禁咯噔一下。

"昆哥，这是怎么了？"舅母虽然说着话，目光却没有从她身上挪开。

昆哥指向姚婉如："她为什么欺负我姐姐？"说着又指向园子里的下人，"她们都眼睁睁地看着，她欺负我姐姐。"说着不停地抽噎，"母亲，我姐姐到底做错什么了？为什么她说我姐姐是没人认的东西？"

姚婉如从来不知道一个孩子的哭声这样可怕。

震耳欲聋，让人藏无处藏，躲无处躲。

沈家人边安抚孩子边看她，让她有一种想要逃开的冲动。

不，她不能走，她有什么错？她就该教训姚婉宁，只不过是让那孩子不小心听到了而已。

姚婉如看向母亲，母亲目光里满是怒气。

姚婉如心里顿时委屈，这不怪她，谁会料到这个沈家的孩子突然跑回来。

"都是误会，都是误会……"寿氏忙开口解释，说着看了一眼姚婉如。

姚婉如早没了方才的气势，在寿氏的几次三番暗示下开了口："我没这样说，我只是说七妹妹身体没好，该回去歇着。"

"她骗人，她骗人。"昆哥边哭边喊。

所有人的目光这下子落在姚婉宁身上。

寿氏期望姚婉宁能替婉如说话，沈家人这时候最相信姚婉宁。

姚婉如瞪大了眼睛。

所有人都在等着姚婉宁说话，寿氏柔声喊："婉宁，婉宁……"

寿氏眼看着姚婉宁张开了嘴，她憋着气听过去。这些年跟着沈家她没少赚银子，也是吃到了甜头，才想要赚把大的，有了本金也能像二嫂她们一样在外放利，谁知道一而再再而三的生事。

"不给她点教训，她就不知道该怎么乖乖听话……不过是没人认的东西，也敢在我面前撒野，不看看这里是什么地方，"婉宁重复着姚婉如的话，然后转过头看姚婉如，"五姐姐，这里是什么地方？"

姚婉如哆嗦着嘴唇，沈家人虎视眈眈地看着她，她想硬着头皮接着骂七丫头，却又不敢，只能空张着嘴。

"五姐姐，当着我舅母的面，你就不敢说了？"

"若是我，方才怎么说的，有人在的时候我还敢怎么说。"

眼看着婉宁嘴角浮起的讥笑，姚婉如脸皮顿时发烫起来，这是在嘲笑她。

这次连寿氏都惊在那里，这是怎么回事，婉宁怎么敢这样说话。

舅母。

婉宁叫她舅母。

沈四太太眼泪差点流下来，上次婉宁喊她舅母，还是她上京去看辰娘，婉宁趴在辰娘背上，扭得像一只肥肥的大青虫，当时她想，这孩子真有福气。

后来辰娘被休，她依旧买了点心去看婉宁，点心却被退回来。

好不容易打通了寿氏来到姚家，怎么也想不到婉宁会落到今天这样的地步，要不是看到婉宁裙脚下那双洗得已经掉色的绣鞋和摇头皱眉的童妈妈，她就会信了寿氏，以为婉宁被寿氏照顾得很好。

听得姚婉宁的话，本来哭声小了的昆哥又大哭起来。

沈四太太将昆哥搂在怀里，抬起头看寿氏："六太太这是怎么回事？到底为什么要这样对婉宁？"

老太太那边还有客人，按理说这个时辰她该带着沈四太太去花厅里，就这样耽搁下来，老太太一定会问起来。

沈四太太攥紧了昆哥的手，向亭子走过去，寿氏忙上前阻拦。

从前是以为婉宁不愿意见他们，毕竟沈家是商贾之家，说不定会因此连累婉宁，现在婉宁叫她舅母，就这两个字，她就不能再眼睁睁地看着不伸手。

沈四太太一把推开寿氏，寿氏猝不及防差点被推摔在地。

几步路到婉宁身边，沈四太太觉得走得十分的顺畅，仿佛将多年压在心底的郁气一下子挥发干净。到底是有沈家的血脉，她不能让婉宁任人欺负，婉宁都不怕，她怕什么。

沈四太太几步到了婉宁身边。

婉宁也在打量沈四太太，一晃几年不见，舅母两鬓已经生了白发。

舅母不爱说话，她记得每次来姚家舅母都抱着食盒子放在她面前。

她和母亲回去沈家看外祖母，才知道舅母家里有个傻哥哥，外祖母寿辰上，她捧着点心给那个傻哥哥吃，沈家人都以为她丢了，所有人满大院里找她，后来她拉着傻哥哥走出屋子，他们两个光着脚笑得开心，将所有人都吓了一跳。

晚上母亲和乳母说："看到婉宁那个样子，真是吓死我了，我还以为婉宁也变傻了。"

母亲说完这话就后悔，抚着她的头发："你舅舅、舅母过得苦，我还说这样的话。你啊，既然不怕你三哥哥，就多跟三哥哥说说话，没有人和他说话，他多孤单啊。"

可能是因为她胆子大吧，那时候她懂得不多，却不害怕这样的人。

"舅母，我们到一旁说说话。"姚婉宁拉住沈四太太的手。

沈四太太使劲忍着眼泪："好，好，我们到一旁说话。"

寿氏却急得跺脚："我们之前说好的，现在你是给我找麻烦，等你走了，长辈不只要责备我，婉宁也会被连累，你怎么不知道这个道理。"

沈四太太被说得动摇，抬起头却看到姚婉宁目光坚定。

这孩子，怎么比从前还要坚强似的。

"婉宁，你这身子怎么样了？"

婉宁没有回沈四太太而是看着凑过耳朵的赖妈妈，赖妈妈讪讪地缩回头。

婉宁这才仔细地看沈四太太带着的昆哥，昆哥那双眼睛看起来熟悉又亲切，她仿佛在哪里见过，却一时又说不清楚。

昆哥也在一眨不眨地看着她，脸上还有尚未干涸的泪痕："你是我姐姐吗？"

婉宁点点头："你是昆哥，舅舅的孩子？家中行几？"

昆哥很乖顺："是，家中行六，我母亲说，你是我最亲的姐姐。"

听得这话沈四太太有些不自在，轻轻用手抹了抹眼角，然后柔声道："昆哥乖，母亲和你七姐姐先说话。"

昆哥让乳母带到一旁。

婉宁才道："舅母怎么会过来？"姚家是不会随便请沈家人的，这么多年一向如此。

"有位夫人病了，听说我给你三哥哥请的郎中很好，"沈四太太顿了顿，"就叫我过来问问。"

婉宁低声问："跟三哥哥一样的病？"

沈四太太道："一样又不一样，他们只是……让我将郎中找来，听说还请了会治病的庙祝。"

这一次姚家真是大费周章。

沈四太太不明白："婉宁，你为什么会问这件事。"

因为，姚家也该尝尝被利用的滋味。

婉宁凑到沈四太太耳边说了几句话，沈四太太顿时一脸惊诧："这可……能不能行？"

婉宁颔首："舅母安心。"

沈四太太半信半疑地点头："这样也好。"不管怎么样，也要外面人知道知道，他姚宜闻姚大人还有个长女。

主院的花厅里，姚老太太看向管事，"都准备好了？"

管事领首："老太太放心，都妥妥当当的了。"

"你们做事，我不放心，"老太太讲究地抚平腿上的衣衫，"上次陈家老三和表兄来家中做客，才跟老太爷说了几句话，就听说七丫头落水了，还是陈家的下人将七丫头救上来，幸好陈家和我们家是世交，这若是让外人知晓了，不知如何说法。"

钱妈妈低下头："小姐们都在喂鱼，下人们一时照顾不周，也不知道怎么的，七小姐就……"

"知道她不顶用，家里来客人的时候就别将她叫出来。"老太太意味深长，"闹出笑话，谁能担待得起？我们家和陈家是要结亲的。"

钱妈妈应了一声："老太太说得是。"

话音刚落四太太姜氏进了门。

不等姜氏禀告，老太太便问："李大太太呢？还没进门？"

姜氏点点头："李大太太就走到门口，无论如何不想进园子里。"

这是怎么回事，姚老太太忙站起身："有没有和大太太说，我们家里上下都安排好了，不会有人弄出什么响动。"

"说了，"姜氏顿了顿，"李大太太说歇一歇就来。"

老太太要走，姜氏忙去搀扶："看来李大太太病得不轻。"

老太太瞪一眼姜氏："若是病容易治，还会找到我们家？"

姜氏忙低下头不敢说话，其实哪里是找到了姚家，李御史被冤枉外放，这次朝廷翻案将他召回来，一路上李御史遇到了沈家的商队，听沈家的伙计说了沈四太太家三爷的事，李家就打听了哪家的郎中这样厉害，这种病都会治。

不知道京里的三哥怎么听说了这些，写了封信给老太太，让老太太找沈家人给李大太太治病。姜氏也奇怪老太太为了一个御史太太为何这样大费周章。

老太太有些不耐烦："这沈家真是，用他们的时候，他们就不顶事，商贾之家没规矩，到底是靠不住。"

"来了，来了。"

管事妈妈进院送信。

看到老太太皱起眉头，姜氏忙问："哪个来了？"

"李大太太和沈四太太都来了，正往这边走呢。"

老太太这才松口气，看向愣在旁边的姜氏："快出去迎啊。"

姜氏这才"啊"了一声反应过来，带着人匆匆忙忙出了门。

李大太太穿了一件酱色褙子，规规矩矩梳着圆髻，四十几岁的人看起来十分苍老，让人搀扶着向前走。沈四太太跟在旁边，两个人低声说着话。

老太太看到李大太太立即起身："盼了几日可算是来了。"

李大太太一脸歉意，有气无力地回应："让老太太惦记了。"

下人搬好了椅子，李大太太欠身坐上去，却立即又站起身来。

老太太忙招手吩咐下人："快，快，再加块软垫来，李大太太坐着不舒服。"

李大太太摇摇手，抬起憔悴的眼睛："就是这个病，坐不得。"

寿氏盯着李大太太看，真奇怪，还有人得这样的病，吃了东西会吐，椅子也坐不得，听说晚上也不怎么睡觉，人瘦得一阵风就要吹散，前阵子已经病得连门都不能出。

寿氏正想着，李大太太已经转头恳切地看向沈四太太："听老太太说，四太太认识好郎中，不知有没有请来。"

屋子里所有人都看向沈四太太。

今天最要紧的事是给李大太太看病。老太太看向沈四太太，按理说都安排好了，请个郎中也不是什么大事，可是这个沈家的态度好像不温不火。

其实能不能治好李大太太的病是小事，只要表面上尽心尽力就能让李家感激。

李大太太的娘家在泰兴，这是多好的机会，别看李大人获罪之前只是个御史，现在翻了案必然前途无量，否则儿子也不会写信回家，让多多照应李大太太。

李大太太一脸的期盼，老太太板着脸仿佛沈四太太说出让她不满意的话她就会大发雷霆，姜氏面露不忍，寿氏则是目光闪烁，就连哭红眼睛的姚婉如也是好奇地打量着李大太太和沈四太太。

沈四太太停顿了半晌才叹口气："不是我不请来，只是……"

李大太太目光顿时黯淡下去。

老太太皱起眉头："有什么难处？"

沈四太太刻意看了眼寿氏，寿氏觉得奇怪，沈四太太的模样像是她知道些什么。

老太太早就吩咐沈家将郎中请来，可是确然不见郎中的影子，她以为等李大太太到了，沈四太太就会让下人去请，谁知道沈四太太会有这样一番说辞。

沈四太太道："也不是难处，只是，那不是寻常的郎中或是太医，不轻易给人治病，而且治病的法子也和寻常人不同。"

李大太太顿时看到了希望。

"我这病看了多少御医和郎中，从京城到扬州又来泰兴，能请的都请了，也不见有起色，"李大太太眼睛里满是血丝，"我早知道，我这样的病，定然要找不一般的人才能治好，说不定这次真的找对了人。"

老太太欠起身子吩咐沈四太太："既然大太太都这样说，你还有什么为难，只管让人过来诊治就好。"

辰娘被休事关两个家族，按理说从此之后沈家和姚家就是形同陌路，是沈家放不下婉宁，老爷和她始终没有和姚家人撕破脸皮，他们是压着一口气，姚家倒是像没事人一样依旧对他们呼来唤去。

沈四太太道："若是这样简单就不叫不寻常了。"

听沈四太太这样说，屋子里的人一下子都来了兴致，想要知道这个郎中到底会怎样治病，所有人都在静静地听着沈四太太说话。

沈四太太道："怎么治大太太的病，那人倒是跟我说过一些，让我先做了，看看有没有效用。"

老太太眉头锁得更紧："这也能教？到底是什么人，怎么还有这样多的规矩，你可说了是我们姚家要请？"

老太太觉得只要是姚家请就会不一样，这次可不会遂了她们的意。

沈四太太看了一眼老太太直言："我早就说了，不是寻常郎中看病，可不分是哪家来请。"

没想到沈四太太会这样卖关子。

寿氏抿起嘴，听这话倒是比请什么达官显贵都难。

沈四太太看了看花厅："这里不行，要去花园里。"

哪有这种事，治病还要选地方。沈四太太这是在玩什么花样。

老太太看向寿氏，寿氏也一脸茫然向老太太摇头。

寿氏顺着老太太的意思开口："是不是该将郎中请来再说？总不能就这样治病，大太太身子本来就虚，如何能四处走动。"

沈四太太半点不肯退让："所以我说，就是这样的规矩。"

这一下子僵持在这里，这病到底是治还是不治？

寿氏也没有了主意就看向老太太。

老太太也开始觉得这次沈四太太有些不一样。沈四太太娘家也是商贾出身，家中做的是草药生意，家道中落时得了沈家帮忙，两家才做成了亲事，每次来姚家都是沈四太太出面，在人前还算是规矩，一切听从姚家安排，这次却好像不一样了。

沈四太太是听说了什么？还是什么人在背后出了主意？

不管怎么样，既然已经将李大太太请了过来，就不能不顺着沈四太太的意思。

否则岂不是阻碍了李大太太治病。

老太太眼角都不抬一下，很慈祥地询问李大太太："我倒是没想到会这样麻烦，大太太觉得如何？若是不喜欢，就先将华清的庙祝请来。"

李大太太长喘两口气："只要能治病，在园子里走一走算什么，我还不是千里迢迢从云南回京，从京中到泰兴。"

既然李大太太都应承，她们还能说什么。老太太挥挥手，姜氏立即上前搀扶，大家不知道沈四太太说的是哪个园子，只好让沈四太太先行。

让姚家一大串人跟在身后，沈四太太的脚步走得格外的轻盈，辰娘被休的时候，姚家这样决绝，连句好听的话都不曾讲，她还想着这一口气就要永远咽下去。

断断没想到还有争气的婉宁。

沈四太太快要笑出声，在姚家，她还从来没有觉得这样畅快过。

大家聚在八角亭子里，姚家下人开始忙碌着搬椅子端茶果，沈四太太不慌不忙地看了一圈："家里哪位小姐琴弹得好？"

　　"还要有人弹琴？"寿氏忍不住，"治病怎么还要弹琴？"

　　沈四太太没有理会寿氏："听说五小姐琴棋书画样样精通，不如就劳烦五小姐。"

　　姚婉如扬起眉毛，凭什么沈家人让她弹琴，自从姚婉宁好起来之后，她就没过过一天顺畅的日子，衣服被抢，园子里训斥婉宁被沈家人撞见，如今沈家人还让她来弹琴。

　　"祖母。"姚婉如软着声音向老太太求助。

　　难不成当着李大太太的面她还能不让五丫头弹琴？这成了什么？就算她不想听沈四太太的，也不能在这件事上含糊。

　　"去吧，去给五小姐拿琴。"老太太淡淡地吩咐。

　　姚婉如的眼泪几乎要淌出来。她努力练琴，不是让沈四太太这样的人驱使的。

　　姚婉如尴尬站着，祖母没有替她说话，母亲也像是看不懂她的眼色，丫鬟捧来结着大红穗子的瑶琴。

　　"弹什么？"姚婉如坐下来抬起头看沈四太太。

　　话说出去之后姚婉如咬紧了嘴唇，弹什么她竟然都要问，她是完全被沈四太太制住了。

　　怎么会这样？

　　"就弹五小姐擅长的，咱们泰州闺阁里的小姐都喜欢弹的曲子，李大太太是泰州人，一定会喜欢。"

　　这下人人都会知道，这么简单的曲子她还要问人，姚婉如更加觉得委屈。

　　老太太催促一句："快弹吧！"

　　祖母也这样说，姚婉如只得坐在锦杌上，含着眼泪抬起了手。

　　李大太太抬起头看亭子，这是个八角亭，外面是一棵泡桐树，她小时候家里也有这样一棵，她出嫁的时候，父亲将泡桐树砍了做成箱子放了她的嫁妆，她知道她要嫁给一个有功名的男子，她的心里又是害怕又是欣喜，女孩子从很小就知道自己要嫁人，只是不到嫁人的那天不知道会嫁给什么样的人。

　　下人端来一碗茶送到她嘴边，她喝下去。

　　真甜，就像出嫁那天的喜茶一样。

　　那天阳光也是这样暖洋洋地落在她肩膀上，她翘首望着窗外，不知道嫁出去之后会什么样。

　　"太太，坐下吧！"听到轻声呼喊，李大太太回过神来，眼前都是惊诧的目光，不知道什么时候她坐在了椅子上。

　　李大太太手握住扶手，想要坐起来。不知道从什么时候开始，只要见到陌生人，在不熟悉的地方她就会胆战心惊，即便是回到娘家，住在她出嫁前的房间，她也是疑神疑鬼的，更别说在这里，方才是听琴声入了迷，现在意识到在陌生地方，她又觉得浑身不舒服起来。

　　"大太太，这是泰州，您的娘家，您好好坐着什么都不用怕。"

　　沈四太太的声音传过来："大太太只要坐一盏茶的工夫，那人就肯答应给大太太治病了。"

　　只要一盏茶的工夫，不知怎么的，李大太太心里浮起了希望。

　　她要坚持，就算再害怕也要坚持下去，好不容易活着回来，看到了亲人和孩子，她不能就这样走了，她要好好地过日子。

　　不求富贵荣华，只求好好地过日子。

　　沈四太太有些紧张，她会做的事就到此为止，若是不顶用，她也没有了主意。

姚婉如也看得发呆。

沈四太太转过头："五小姐别停下来啊。"

姚老太爷在书房里仔细地写着一幅字"名节重泰山，利欲轻鸿毛"，他身边穿着宝蓝色长袍的少年低头仔细地看着，迎着光，他的眉毛浓黑，眼睛清亮，脸上带着宁静的笑容。

老太爷放下笔捋了捋胡子："季然看看这幅如何？"

"几个月不见，老太爷的字更好了，怪不得家父总是念念不忘欠老太爷一贯铜钱。"

当年陈阁老赶考时落难，遇到了老太爷，老太爷和陈阁老一起卖字画赚了散碎银子，两个人靠着这些钱才到了京城，那次老太爷落第，陈阁老考中进士，发榜那日陈阁老说，永远不会忘记老太爷帮他赚的那一贯铜钱。

一贯银钱换来陈家和姚家两代的交情。

这是谁求求不来的，老太爷酒足饭饱的时候总会说他这辈子做错一件事，做对一件事，谁都知道姚老太爷做对的事是结交了陈阁老。做错的事，自然就是和沈家这样的商贾结亲。

两个人正说着话，管事来禀告："六太太说李大太太的病还没看上。"

陈阁老诧异地看着管事："不是已经准备好了？怎么这样慢？"

管事的回话："治病的人都没到，一直都是沈四太太在安排。"

老太爷觉得奇怪："什么时候沈四太太会治病了？"

管事的刚退到门口，就有下人过来伏在他耳边说了几句话，管事的怔愣片刻又回到屋子里。

"怎么了？"老太爷看了一眼管事，管事的脸色古怪，看了看陈家三爷欲言又止。

陈季然起身告辞："改日再来陪老太爷说话。"

"你留下，"老太爷向管事招招手到身边，"青天白日的大好日子，还能出什么事不成？说吧，什么事？陈家老三也不是外人。"

陈家三爷将来是要跟姚家结亲的，不管是哪个小姐嫁过去，老太爷是认准了陈三爷这个准孙女婿。

管事的低声道："沈家找来了给李大太太治病的人。"

老太爷露出笑容："这是好事啊，能帮上忙是最好的。"

管事的脸色有些发白："可是看病的人……看病的人是……我们家的人。"

这下连陈季然也抬起头望过去。

"什么？"老太爷扬起声音，"我们哪有会治病的人？"

姚家内院里。

"人还有多久才能请到？"

眼看着一盏茶的工夫已经过去，老太太放下茶开口询问。

"就来了，"沈四太太说着顿了顿，"别的倒不用了，就是要用肩舆将人抬来。"

老太太收回探出去的身子重新端坐在椅子上，不声不响地看了一眼寿氏。

寿氏顿时焦躁起来，好好一个宴席，就被沈家这样搅和了，现在又要用肩舆，什么样的人还要用肩舆抬来。若是开始说请人看病这样麻烦，她定然会让人仔细打听，哪里会让沈四太太这样装神弄鬼。

到底是熬累了，老太太不想再节外生枝，吩咐寿氏："去吧，准备个肩舆，让沈家下人引着去接人。"将人接过来，看沈四太太还有什么戏法能变，事情也就到此为止，不能再任着沈四太太胡闹下去。

老太太看向李大太太："大太太可觉得哪里不舒坦？"

李大太太摇摇头，从前请来的郎中都是把脉下药，要么就是用金针艾灸，没有一个顶事的，沈四太太用的法子，虽然没有药，却让她觉得心里畅快，她现在一心想要见见那个能治病的人。

所有人都盯着宝瓶门，就等着下人抬肩舆过来。

不过是片刻工夫，却好像过了很久。

终于有脚步声传来，寿氏直接从椅子上站起身。肩舆上抬着一个女子，穿着淡粉色蔷薇褙子，鹅黄色的长裙垂在脚边，鹅蛋脸，黑亮的长眉入鬓，一双清亮透彻的眼睛仿佛沁着水，微微抬着头，嘴角微微上扬着，笑容如同盛开的桃花般绚丽。

李大太太看过去乍征愣在那里，这是哪家的闺秀，怎么会这时候过来……

姚婉如一眨不眨地看了半晌，忽然慌乱起来，用手向前指着："祖母，母亲，她是……她是……"心里明明着急，嘴里却又不能说出话来。

老太太眯起眼睛。

寿氏忽然面色一变，刚要开口，却已经听得老太太道："这是谁？"

这是谁？

这是谁啊？

谁家的女儿长得这般漂亮，还让人用肩舆抬过来。

这到底是哪家的小姐？

所有人都在打量肩舆上的小姐，只有寿氏渐渐瞪大了眼睛，如同见鬼了般张开了嘴。寿氏想说这是谁，可是现在她却不敢说。她不敢说，不敢说，老太太连自己的亲孙女都不认识。

姚婉如浑身颤抖，这，这是怎么回事？为什么抬过来的是婉宁，怎么是婉宁，沈家在搞什么鬼，婉宁在做什么？

肩舆停下来，婉宁慢慢下了肩舆，走上前几步向老太太行礼，嘴轻轻开启，清清楚楚吐出两个字："祖母。"

祖母。

这是……

姜氏已经忍不住，"啊"了一声，立即用帕子掩住嘴。

"七丫头？"

"这不是七丫头吗？"

"七丫头，"老太太惊诧地开口，"是七丫头？"这怎么可能，七丫头落水不是病倒在床？前几日老六媳妇还说要准备丧事。这到底是怎么一回事？

姚婉如站起身几步跑到老太太身边："祖母，怎么可能是七妹妹，七妹妹怎么会治病？"

寿氏上前走一步，差点被自己的脚绊倒在地，多亏旁边的赖妈妈一把将她扶住。

七丫头过来，却没有下人来禀告，寿氏向周围看去，看到本来应该守在七丫头院子里的下人，脸色苍白地站在原地发抖，谁也没有预料到会是这样的结果。

转念之间寿氏就想了清楚，这是早就算计好了，沈四太太和婉宁说话的时候就已经商量好，她们都还被蒙在鼓里。

"七丫头，"老太太很快恢复了神色，"你怎么会过来？你这身子还没好，怎么能四处走动。"

"祖母，孙女已经好了，今儿一早五姐姐还带我去园子里坐了坐，孙女原本是想来给祖母请安……六婶说……现在还不能见祖母……"婉宁转过头看着寿氏。

当着李家人的面，寿氏脸色顿时讪然："我是让婉宁再养一养。"方才让沈四太太和七丫头说了几句话，她以为也就这样过去了，她哪知道会有这样一出戏在等着她。

否则就算吃了熊心豹子胆，她也不敢贪图沈家那些银钱。

李大太太打量着婉宁，这是姚家七小姐，哪个小姐？

见到姚七小姐姚家人都一脸吃惊。

李大太太虚弱地开口："沈四太太，你说能治我病的人……在哪里？"

沈四太太站起身："可不就在这里，这就是我们婉宁，姚三老爷的长女，姚家的七小姐。"

院子里一下子安静下来。

姚宜闻出妻的事李大太太也有所耳闻，更何况这次求助于沈家，沈家就是姚宜闻出妻的娘家，这个姚七小姐，就是出妻所生的长女。姚宜闻在京为官，为何长女会养在泰州？姚宜闻出妻之后娶的是张翰林家的女儿，总不能嫌弃长女是商贾之妻所生，就扔在族里不闻不问？

姚家老太爷虽然没能在科举上成名，用老爷的话说姚家也算是有几分书香门第之风，尤其是姚老太爷仁义周到，在泰州素有名声，泰兴县里的童生都会来姚家拜见，姚家总不能是这样的心肠，连亲生孙女都这般对待。

李大太太本来心里烦乱，现在更是想不明白，她现在心里最想知道的是，姚七小姐会不会治她的病？

姚老太太还未说话，李大太太忍不住开口："是七小姐告诉沈四太太要带我来亭子里治病？七小姐会治我的病？"

李大太太紧紧地看着婉宁，婉宁向李大太太点点头："我会治。"她让舅母做的事其实是心理疾病的一个诊断过程，如果不是心理疾病，这样心理暗示的方法就不会奏效，李大太太也不会觉得舒适，见到神情微有些混乱的李大太太，她就更证实了心中所想。

所以，她可以毫不犹豫地说："我会治。"

李大太太不由自主地睁大眼睛，心里一阵欣喜，她满怀期望地找到那些名声在外的御医和郎中，他们诊了脉之后却都是推三阻四，药一服服地吃，病还是像从前一样，越来越觉得没有盼头。她觉得她的命已经到了尽头，随时随地都会咽气。

现在终于有人肯说这三个字。

婉宁坐下来直视李大太太："大太太的病不是一日两日，需要慢慢休养，但是这病能治好。"

李大太太坐起身子："那要怎么治？七小姐可有方子？"

婉宁摇摇头："大太太已经吃了太多的药，我治病的法子不需要开药方，大太太只需要每日见我一个时辰。"

李大太太惊诧地睁大眼睛："就这样？"

婉宁笑："就这样，"说着婉宁看向旁边的沙漏，"大太太，您已经在这里坐了快三刻，平日里您可能这样？"分散注意力就能减少病患对不愉快经历的回想，这里的环境也能勾起李大太太从前愉快的记忆，让病患处于一个放松状态，就是心理治疗的第一步。

第二步。

婉宁走上前几步，伸出手来，轻轻一拨将桌子上的茶碗拨落在地。

清脆的碎瓷声顿时传来。

李大太太惊颤着站起身，连同寿氏也吓了一跳，老太太的眼皮一跳，姜氏已经忍不住又捂住了嘴。

"婉宁，你这是要做什么？"老太太恢复常态，声音微微扬起带了些许严厉。

婉宁上前走几步，压低声音："大太太可是想到了什么事，才会这样害怕。"

李大太太脸色铁青，不知怎么的在姚七小姐的目光下，她觉得什么都可以说。李大太太嘴唇嚅动着，被发配的那些日子，是她和老爷一起熬过来的，忍饥挨饿，做粗工都不可怕，可怕的是，被发配的犯人可以随随便便就死了，只要到了晚上所有人都会战战兢兢地缩在屋子里，到处都是黑黢黢的一片，不知道哪里会有什么声响，第二天就是条人命。她抖着声音慢慢道："那边时常有盗匪杀人，有天晚上他们抢了和我们相邻家的东西，还杀了人，然后将整间屋子都烧了，老爷将我藏在桌子下……要不是官兵赶来，我们就……和他们一样。"就是从那开始，她害怕黑，然后是声音。

这就是了解病情。

只有了解病情才能进一步诊治。

婉宁轻声道："大太太没有病，只是吓坏了，任何人经过了那些事都会害怕。大太太若是信我，从明日开始，让家中来车接我过去。"

李大太太嘴唇哆嗦了两下，脱力地靠在身边的下人怀里。

竟然说不吃药，姚婉如忍不住要冷笑，鬼才会信姚婉宁的话，什么病能不药而愈？难不成县医署的大夫都不如一个姚婉宁？

李大太太只要不相信姚婉宁，沈四太太说破了嘴皮又有什么用？

等到李大太太走了，就等着祖母和母亲罚婉宁，沈家也别想再进姚家大门。

所有人都在等着李大太太说话。

老太太仔细端详着自己的七孙女，七丫头被送来时她见过，一脸的愁容整日里哭哭啼啼，她是打心底里不喜欢沈家，只有些银钱，没有规矩，沈家的事她也不想管，老六媳妇自己揽下了这个差事，将婉宁带回她的院子里教养。

一晃就是几年。时间长了，她都快忘记还有这么个丫头在身边。

怎么也没想到，七丫头今天会出现在这里，而且脸上没有了愁容，眉眼秀丽，神采飞扬，就像换了个人一样，她还在想，哪家的小姐这样漂亮。

当着李家人的面，她竟然连自己的孙女都没有认出来。

再怎么样，今日的事传出去也会被人诟病。

老太太皱起眉头，看向寿氏。寿氏在老太太身边久了，立即明白老太太的意思："婉宁，到底行不行？可别耽搁了大太太的病，若不然还是让华清的庙祝过来……"

婉宁不说话，只是看着李大太太。

"听到没有？"李大太太吩咐身边的管事，"从明天开始每日巳时初来接七小姐。"姚七小姐的声音亲和，不像别的郎中在她面前总是一脸愁容，仿佛她已经病入膏肓，她相信，她更相信姚七小姐，姚七小姐脸上的笑容让她莫名就有了希望。

李大太太就这样信了，寿氏弄不明白，到底为什么会这样。

姚婉如攥紧了帕子。

信了，怎么会有人相信，多可笑，婉宁顺嘴胡说的事，还会有人相信。

婉宁抬起头来："祖母，每天巳时初我可能去李家？"

寿氏没想到婉宁会当着李大太太的面这样询问老太太。

七丫头的笑容如此直率，甚至带着些许天真，就像向她要衣服和首饰时一样，仿佛心里毫无思量，寿氏觉得惊骇，直到现在她还觉得七丫头和这些事无关，也许一切只是个巧合，真的是七丫头治好了沈四太太家的孩子。

李大太太眼睛中含着泪水："老太太，七小姐能治好我的病，就是我们家的恩人，您就答应了吧！"

您就答应了吧。

别答应，别答应，姚婉如几乎都要喊出声，祖母千万别答应。

姚老太太已经很长时间没有因为这种小事斟酌。

在她心里不管是七丫头还是沈家，都早就在姚家的掌握之内，可就在今天，好像全都变了，七丫头突然出现在这里，李大太太轻易就信了七丫头的话。

七丫头若是再治好李大太太的病，李家人一定会感激七丫头。

李家是什么人家？书香门第，李御史是有名的直臣，说话从来不会给任何人留颜面，她有半分的疏漏，李家人都会看在眼里。精心准备了这样的宴席，甚至连族学都不准敲锣，和旁边的寺庙也商量好只响一遍晨钟，这样大费周章，却敌不过七丫头随便几句话。

这是在打她的脸，她都已经忘在脑后的孙女，却做出这样让她惊讶的事。一个十二三岁的丫头，能面对这么多人，说出一番让李大太太相信的话，可真让人不能小看。

寿氏顿时觉得一道冰冷的视线落在她身上，让她忍不住想要打个哆嗦，小心翼翼偏过头去看，老太太不动声色，微微一笑还是副慈祥的面容。

老太太点点头道："既然七丫头说能治，也不用李家来人接，每日巳时我让马车将七丫头送过去，"说着嘱咐婉宁："李大太太信了你，就要将这件事放在心上，事关人命，可要仔细。"

这是在吓唬她，还是告诫她，让她动摇反过来依靠姚家？

"祖母放心，"婉宁轻声道，"我会将大太太的病治好。"

真是好样的，沈四太太满眼欣喜，眼看着婉宁成功了，她心里的一块石头也落了地。

听得姚老太太的这话姚婉如失魂落魄地坐在椅子上。

"五小姐，五小姐。"

姚婉如半晌才打了个冷战回过神来。

姚二爷身边的桂枝凑过来："五小姐，二爷让我来跟您说，您别忘了，今天还有别的事。"

姚婉如坐直了身子，对啊，她不是来看姚婉宁唱戏的，她还有另外一件重要的事要做，姚婉如伸出手来扶了扶头上的步摇，又理了理鬓角。

女为悦己者容，想要去见重要的人，第一时间想起来的事定是整理自己的衣衫和妆容。

姚婉如生怕自己穿得不得体，不停地用手去抚平衣角，婉宁转头看了一眼童妈妈。

姚老太爷在听管事说话，然后抬起头来询问："你说的是老三的那个七小姐？"

提起姚家的七小姐，陈季然只有一个模模糊糊的印象。

小时候来姚家的时候，他见过姚七小姐，他记得那个长着圆嘟嘟小脸的七小姐喜欢吃桃子，坐在大大的椅子上，一会儿工夫就将挖好的一碗桃子吃了精光。

大家正为她吃掉那么多桃子发愁，姚七小姐却靠在椅子上睡着了。

他觉得很好笑，回去和母亲说，那个七小姐圆圆的脸也像桃子。

这话被父亲听到了，将他一通责骂，罚他在屋子里抄了一遍《礼记》，所以在他印象里，七小姐的模样好像就离不开桃子。

这次他来姚家刚好遇见七小姐落水，七小姐被人救起来的时候湿漉漉的，看起来很可怜。

这么个人，怎么突然就会治病了？还能治别人都治不好的病。

李大太太的病他是有耳闻的，李老爷回京之后四处求医，父亲还帮忙请了太医院的老院使，老院使大人都束手无策，这个七小姐能有什么法子？

陈季然忽然觉得这件事很奇怪，又很新鲜。

"去仔细问问。"姚老太爷说了句话，才将陈季然从思绪中拉出来。

不一会儿工夫下人来禀告："李大太太说让七小姐诊治，老太太已经安排了车马，每天送七小姐去李家。"

这是怎么回事？

无论是谁都会想要弄个明白。

陈季然抬起头来想要接着听几句关于七小姐的话。

老太爷却仿佛不太在意："男人不问内宅事，这些就任她们去安排吧！"

紧接着又有下人禀道："茶点都安排好了。"

老太爷向陈季然挥挥手："去吧，去吧，你们年轻人去亭子里说话，明年就要秋闱考了，你父亲只怕是难将你放出来。"

姚家的祖宅陈季然还不是很熟悉，往常都是陈家的子弟和他一起进出，今天是下人在前引路。

姚家下人恭谨地禀告："今天家中有女眷，就换了地方，您在亭子里稍等。"

陈季然点点头，刚在亭子里坐下，就有下人端上茶水，陈季然刚要去端茶，下人手一抖，那碗茶就洒在他衣袍上，下人吓了一跳立即笨手笨脚地擦拭。

"好了，好了，"陈季然起身，"跟你家二爷说，家中有女客我不好多坐，明日再过来。"

"要不然您去换了我们家二爷的袍子，"下人带着哭腔，"二爷都安排好了，您现在走了，我们可要担待不起啊。"

陈季然抖了抖靴子："在哪里换衣服？"

下人低头道："就在前面的书房，一转弯就到了。"

陈季然只好颔首："你去书房里安排安排，我让人去取我的衣服，一会儿去书房里换。"

不一会儿工夫陈家下人气喘吁吁地取了衣服回来："三爷，小的回来的时候遇到一个姚家下人，说想要跟您说句话。"

姚家的下人有话怎么不出来说，却要躲在旁边？

陈季然抬眼看向小石桥后面的穿堂。

陈季然有些迟疑："还有没有旁人？"

"没有了，只是个下人，说是想问问，是不是那日三爷救了姚家七小姐。"

原来是问这件事。陈季然站起身，向前走了两步，想了想，又转身走向小石桥，他也想知道是谁打听那天的事。

听到脚步声童妈妈忙站出来向陈季然行礼。

"陈三爷，是我们家小姐让奴婢来问问，那日小姐落水，是三爷帮了忙？"童妈妈小声说着话，那天府里的小姐去采莲，六太太派了她活计没有让她跟着，那天到底是怎么回事她也不清楚，偏偏小姐也记不得许多，她向人打听，才知道是陈家三爷的丫鬟跳进湖里去救人。

说到这个，陈季然直言道："也是凑巧了，我表兄正好想沿着湖去东边看看，我们走过来就瞧见了七小姐落水，刚好我表兄带了两个会水的丫头，两个丫头先下了水，姚家的下人也跟着下水将七小姐救上了岸。"

童妈妈打听到的是，陈家三爷喊了一声，姚家下人才反应过来去救人，姚家是有意将这件事半遮半掩……实际上如果不是陈三爷和他表兄，小姐真的会淹死在湖里。

童妈妈想到这里后怕地打了个哆嗦。

"三爷的表兄是？"小姐交代她问个仔细。

陈季然道："是京里的崔家，从前没来过，七小姐应该不知晓。"

童妈妈蹲下身子向陈季然行礼："我们家小姐让老奴谢谢三爷救命之恩。"

陈季然神情坦然："不过是路过，算不得是什么恩情，"说着顿了顿，"七小姐怎么样？可好了？"

"已经好多了。"童妈妈嘴边浮起一丝笑容。

陈季然是很少在下人嘴边看到那种与有荣焉的神情，不是害怕也不是恭敬，是真的感觉到荣耀，服侍七小姐，让她感觉到荣耀。

"三爷，"童妈妈看了看四周，"我们家小姐说，您帮了她，她也提醒您一句，不要四处走动，免得会遇到什么不凑巧的事。"

小姐的原话是这样。提醒陈三爷，不要四处走动，免得遇到什么不凑巧的事。童妈妈也不太明白里面的意思，话已经说清楚，童妈妈行了礼慢慢退了下去。

因为他救了她，所以就提醒他一句。

姚七小姐到底是个什么样的人？

陈季然站着半晌不动，身边的小厮低声道："三爷，我们还去换衣裳吗？"

洒了半杯水的衣袍已经半干。

陈季然向书房方向看了看："既然已经通报了，就过去吧！"

"人来了吗？"书房的门虚掩着，两扇窗子开了一半，取书的梯子已经搭好，姚婉如向门外张望着。

桐香跨进屋子，忙将门掩上："看到了两个影子。"

"快点扶我上去。"姚婉如抬起脚向梯子上爬去。

第二章　意外

姚家的小书房，在二进院东边的角落里，高高堆起的太湖石越过了院墙，两棵梧桐树长得郁郁葱葱，树下是大大的石砚台，砚台旁有一口洗笔井，是姚老太爷亲自指挥工匠修建的，天气好的时候姚老太爷会带着姚家子孙在这里作诗、练字，已成众人津津乐道之事。

小院子里很安静，只有微风吹过翠竹的沙沙声。

有人拾级而上，轻轻敲了敲门。

屋子里没有半点声音。那人伸出手推开了门，抬脚走了进去。

屋子里忽然传来一声尖叫。

前音有些惊讶，有些娇媚，有些埋怨，后调就高高地昂起，带着些许意外和惊恐。

书房外的穿堂里，姚承章握着小巧的紫砂壶，吃了口茶抬起头："这声音有些不对吧？"

桂枝忙道："都安排好了，该不会出什么差错，二爷就放心吧，五小姐那边还有桐香跟着呢。"

不过五小姐喊的声音的确大了些，千万别让人听到。

桂枝刚想到这里，就有小厮来道："二爷，陈三爷说就在亭子里等您，不过来换衣服了。"

姚承章刚含在嘴里的茶顿时喷出来。

陈季然不过来了，那在书房里的人是谁？

姚承章站起身不停地咳嗽，话还没说出来一句，就听到隐约传来姚婉如惊恐的声音："你是谁？你怎么在这里？桐香，桐香……"

一个小厮打扮的人呆愣地站在门口，看着摔在地上的姚婉如，张着嘴说不出话来，是三少爷让他来和姚家少爷说一声，三少爷不用换衣服了，就在亭子里等姚家少爷，谁知道进了门，他就看到一个小姐打扮的人站在梯子上。

他还没开口，梯子上的人就如同球一般滚下来。天哪，这是他这辈子见到最惊奇的事，打扮得花枝招展的女子娇喊一声落在他脚边，眉目含情地看着他，他正瞧得心口抽筋，那女子的眼睛立即就圆圆地瞪起，如同铜铃，他也不由自主地喊起来："啊！"

然后那女子像是学他也在喊："啊！"

"啊！啊！"

这到底是怎么回事啊少爷！

姚承章几步跨进屋子，姚婉如仿佛抓到了救命稻草，立即喊起来："呜呜呜，二哥，二哥，快……啊，二哥……"

姚婉如面色苍白地跪坐在地上。怎么会是一个小厮，不是陈家三郎，二哥帮着一起安排好的事，怎么会就出了差错？从亭子到书房明明是几步的距离，陈家三郎都已经答应要过来，就这片刻工夫，怎么人就换成了小厮。

呜呜呜，姚婉如忍不住哭起来，这若是让人知道了，她要如何见人。

"我找几本书，谁知道他会闯进来。"

本来她该顺理成章，当着陈家三郎的面说出这句话，可是现在她如同被逼着，又是惊恐又是无奈地说着这些。

"愣着做什么？还不出去。"姚承章瞪着那小厮。

小厮这才从地上弹起，慌慌张张地窜出门。

婉宁让寿氏准备了一间屋子，下人端上茶，屋子里只有李大太太和婉宁两个人。

李大太太好久没有这样轻松地和别人说话，她心里想什么，姚七小姐仿佛都知道，她皱皱眉头，姚七小姐就不再接着追问。

姚七小姐目光温和，仿佛知晓她在云南都遇见了什么事。

这样贴心的孩子。像是神仙一样，什么都知晓。

李大太太忽然觉得很安心，在一个十二三岁的孩子面前那样的安心，很多不能对外人说的话，都能跟她说。

"我的病要什么时候才能好？"李大太太有些担忧，"不怕七小姐笑话……我放不下老爷和孩子……回到京里……我却又怕见人……怕别人知晓……我也不知道我到底怎么了。"她闭上眼睛就会做梦，梦到那些人闯进来，抓住她，用大大的刀砍下她的耳朵，她疼得喘不过气来。

"大太太，那些事都过去了。"婉宁轻声道。

李大太太忽然捂住脸哭起来："我害怕，我怕老爷做官，我怕他回到朝廷里，从前他上奏折在朝堂上直言不讳，我从来没觉得不好，现在我怕，我怕会再回到那个地方，再回去我们可能就会死在那里，从那里回来我就发誓，再也不要回去了。"

人在掌握不了自己命运的时候，总会害怕。

"大太太有没有和李老爷说？"

李大太太摇摇头："我不该说，老爷是御史，他……总归要说实话……就算我不愿意……我更不能让他退缩……我宁愿这样……"

就像这次，她明明知道老爷在做一件危险的事，可能还没能在京城里坐稳，他们就会又受到责罚，所以她才会坐立难安，想要回娘家看看，看看她的亲人，因为很有可能她又会离开。

婉宁又轻声诱导："大太太既然已经拿定了主意，就一定要相信李老爷。"

李大太太摇头："我心里这样想，只是……还一样的害怕……听到声音我就会吓得躲起来。"只要看到她这个模样，所有人眼睛里都会冒出奇怪的神情，仿佛她是个胆小怕事的人。李大太太说到李老爷的时候脸上不是排斥而是羞愧。

婉宁抓住机会："大太太不是不愿意李老爷再做直臣，而是怕你的害怕会拖累李老爷是吗？"

李大太太愣在那里，她一直没想过，她到底在怕什么，听姚七小姐这样一说，对啊，她不是想要老爷做个趋炎附势，自保平安的人，如果是那样，她心里会更难受。

李大太太慌乱地摇头："我不是要让老爷顺从我的意思，我是想治好我的病和从前一样和老爷夫妻同心，至少让他知晓，我在家中不会拖累他，现在我病了，他心中更牵挂我，说不得因此束手束脚。"

她猜对了。

如果是嫌弃李老爷，李大太太会大吵大闹，不会这样自我厌恶地封闭自己。

她要帮李大太太从心理阴影中走出来。

婉宁心里一暖："大太太，您要知道，没有您相伴，李老爷也难成直臣之名。我会帮您，我会帮您，让您什么都不怕，回到从前的模样。"

李大太太牢牢地看着婉宁。

不会再害怕？不会听到声音一下子站起来，让所有人都好奇地看着她？不会动不动就神情慌张，让人好奇，想要将她心里的恐惧挖出来瞻观？不会整日躺在床上仿佛就是一个要死的人，每日看着那些怜悯的目光？她还能回到从前？她的人生还有盼头？她还能堂堂正正站在人前？

天哪。

李大太太用手捂住了脸。

"大太太，您还能回到从前一样，好好生活。"

李大太太几乎一哆嗦，抬起头来，七小姐看透了她心里所想，她忍不住想要重复七小姐的话，她还能回到从前一样，好好生活。

不过是半个时辰，李大太太觉得心里轻松了不少，连脚步都轻快了些。

寿氏更是惊愕。这么短的时间，七丫头到底做了些什么？怎么能让一个面目死灰的人脸上重新有了笑容。

寿氏看向旁边的赖妈妈。

赖妈妈带着人在窗口听了婉宁和李大太太说话，却没有听到半点特别的东西。

"没有什么，七小姐只是说李大太太能回到从前一样，"这不算是惊奇，惊奇的在后面，赖妈妈接着道，"李大太太好像就相信了。"

就像一个垂死的人得到了神药。

婉宁将李大太太送到垂花门，李大太太忽然回过头拿起婉宁的手："姚七小姐，明天你可一定要来。"

婉宁点头："大太太放心，明天我一定会去。"

李家人走远，沈四太太看向寿氏："六太太，我想去七小姐房里和她说说话。"

让沈家人和七丫头单独说话？寿氏正迟疑着，赖妈妈听了一旁下人说了两句话，忙走到寿氏身边低声道："六太太，出事了，您快去看看吧！"

赖妈妈说了两句，寿氏顿时脸色苍白："你说是谁？陈家三爷？这么说，整件事陈家三爷已经知道了？"

那还能不知道，二爷和五小姐做得那么明显，除非现在好好善后，才能遮掩过去。

寿氏攥住帕子，脸上一片阴郁，婉如的心思她知道，章哥竟然也跟着胡闹，现在她唯一期盼的是，这件事不要闹大："老太太呢？老太太知道了吗？"

"闹出这么大动静，"赖妈妈声音更低，"恐怕已经知晓了。"

寿氏抿起嘴唇，勉强转头向婉宁和沈四太太笑了笑："沈四太太先坐，我先去老太太那边看看。"

寿氏不在旁边，她和婉宁正好说话，眼看着寿氏带着下人离开，沈四太太拉住婉宁："我们找个安静的地方，我有些事还要跟你说。"

婉宁颔首："就去我住的绣楼，前些日子刚换了人手，很安静。"

沈四太太道："最好不过。"

两个人到了绣楼，沈四太太拉着昆哥坐下来。

婉宁看向昆哥，昆哥立即向她笑了笑，看到昆哥的笑容，婉宁才想起来为什么她之前会觉得昆哥眼熟，那是因为昆哥的眉眼和她很像，而她的相貌像母亲多一些："昆哥很像我母亲。"

沈四太太不自觉地僵了一瞬，趁着没有人在意，立即低头遮掩过去："都说男孩子像姑母的多。"

婉宁将桌上的点心递给昆哥，这是寿氏为了她今天能乖乖听话，特意送来的。

昆哥伸手去拿了菊花酥。

真是，连喜欢的点心都和她一样。

婉宁顿时觉得有一股暖暖的气息在她身体里流淌，她很喜欢昆哥，特别喜欢，昆哥就像她亲弟弟一样，让她有一种十分想亲近的感觉："昆哥为什么会哭？"

沈四太太向周围看看，发现屋子里果然安静，这才放心地说话："我和昆哥之前说好，只要发现有什么不对的地方，我就会放开他的手，昆哥会按原路回去找你，到时候我借口找昆哥，再过去和你见面，我吩咐昆哥的乳娘跟着昆哥，免得昆哥年纪小不能将事办好，谁知我不过才指了一次给昆哥，昆哥就记住了你，看到五小姐欺负你，就真的哭起来。"

昆哥轻声道："是乳娘教我，让我哭，大声哭。"

昆哥的乳娘圆圆的脸，看起来三十岁上下，模样亲和但是手脚灵活，举止也合体，看起来十分的聪明。

婉宁笑着看昆哥："那我要谢谢昆哥，否则和舅母相见还没这样容易。"

昆哥很认真地看着婉宁，眉眼舒展，用力握了一下婉宁的手："姐姐不要再被欺负。"

"好，"婉宁不自觉就露出笑容来，"姐姐答应你，以后再也不被人欺负。"

昆哥小小的脸上露出欢快的表情。

乳母将昆哥带去院子里，沈四太太才低声道："听到你落水了，你舅舅急得团团转，我们也不敢将这个消息告诉你母……"沈四太太立即闭上嘴，如今婉宁的母亲只有一个，那就是京城里的张氏。

婉宁接口："我母亲可还好？如今可在扬州？"只要想起母亲，她就会想起儿时快乐的时光，她恨不得回到小时候，和母亲一起离开姚家。

沈四太太红着眼睛颔首："在扬州，只是不在族里住了，另寻了一处院落就在家庵附近。"

母亲被休，过得一定很苦，否则也不会去家庵。

沈四太太面上浮起愧疚："我们平日也想过去照应，只是你母亲不肯。"

婉宁知道母亲为什么这样做，都是为了她的名声，让她在姚家过上好日子。

沈四太太道："如今看你都安好，回去我也可以告诉你母亲，"说着顿了顿，"还有件事，你外祖母嘱咐我办好。"

沈四太太看向旁边的妈妈，妈妈立即将手里的点心匣子递过来，打开上面是各色点心，再轻轻地拉开里面装着一个布袋，里面是厚厚的纸张："这是你母亲从姚家出来时带回来的一部分嫁妆，你年纪小，这些年就由你舅舅保管，你外祖母的意思是，不管沈家如何总不能亏着你，就添了些她老人家自己的体己，从山西盘了两家商铺，做的是茶叶生意，将来你嫁去夫家，就可以光明正大地管起来，现在那边的掌柜是你舅舅选的，从前受过我们家恩惠，十分可靠，你可以安心，来往的账目和银钱都是上了册子的。"

母亲这是让她有些私钱傍身。

婉宁看着桌子上的房契和商铺的账目："舅母能不能帮我做件事？"

沈四太太忙颔首，从前他们是有心无力帮不上忙："想要我们做什么你就直说，不管什么时候，沈家永远都是你的依靠。"

婉宁点点头："请舅母帮我购置处院子，挑几个可靠的下人住进去，再将茶铺的掌柜叫来和我见面。"

婉宁这是要做什么？沈四太太有些惊异。

婉宁向舅母解释："母亲既然是将铺子给了我，就不用等到将来我嫁到夫家再管上，从现在开始就该让铺子转起来。"

"你现在就要管那铺子？你不怕被姚家人知晓？"老太太的意思，那是婉宁的陪嫁，将来万一在夫家没有了靠山，手里总还有些能流动的银钱，可是现在婉宁还在姚家，谁都知道婉宁的父亲，那位姚宜闻大人最讨厌和商贾扯上干系。

婉宁拿起银票："既然有银钱，何必担惊受怕地放在手边，万一哪日被姚家知晓，舅母觉得姚家可会给我留下一分？银钱留着有什么用，花出去的钱才算钱。"

花出去的钱才算钱。

婉宁竟然懂得这样的道理。

沈四太太不禁问："你想要做什么？"

婉宁想起寿氏焦急的模样："六太太可要和舅舅谈生意？"

沈四太太点点头："今年边关要米粮数目多，又赶上湖广干旱，六太太想要将姚家的屯米高出市价三倍卖给我们，姚家囤的米都是和泰州官员一起贪来的漕米，成色不好，哪里能卖上这样的价钱，我们家是行商赚的是脚头钱，盐引是辛辛苦苦换来的，姚家看不起商贾，却比商贾算得都精。"

遇到灾年，寿氏这样的人就会想要靠着米粮发家。

"那我就跟姚家做笔米粮生意，我们买了多少米，将来还让六太太求着买回去。"

从来都是姚家吩咐沈家办事，什么时候姚家会反过来求沈家，更何况卖出去的粮食，怎么会再买回来。

"婉宁，这……怎么可能……姚家向来……"

"我知道，"婉宁笑着看沈四太太，"舅母放心，任谁都有算不到的时候。"

沈四太太一愣，姚家那种虎狼的嘴脸，婉宁什么时候看得这样透彻。

姚家那些事她不去说，想必舅母也早就明白，婉宁只是抬起头笑着看沈四太太："我想见母亲，活着去见母亲，奉养母亲终老，和母亲共享天伦。"

沈四太太听得这话，泪水顿时从眼睛里涌出来。

姚老太太换了衣服和身边的丁妈妈说话，丁妈妈说了半晌，姚老太太几乎一个字也没听进去。

她居然不认识自己的亲孙女。在李大太太面前半个字也说不出来，说出去真是成了笑话。

"七丫头怎么说？"

"七小姐还是说李大太太的病能治好。"丁妈妈说着抬起头和姚老太太对视，老太太看着香炉上喷出的青烟："七丫头有出息了，懂得什么时候站出来借别人的势，靠着李大太太，我必然就会待她好一些，我这么大把年纪了，还能看不明白她们这些手段。"

丁妈妈道："您的意思是七小姐不会治病？"

"太医院的御医都开过药方，李大人回到京里，都察院都御使出面请了一屋子的郎中来给李大太太诊治。"

"李家老太太还请了人来做法事，李大太太连符水都喝了，这病若是能治早就治好了，不会等到今日，我们家请沈家来帮忙，不过就是应个景儿。"

老太太端起茶来喝："不着急，等一等，真的还是假的慢慢就会见分晓。"

老太太说完话，就有管事妈妈来禀告："老太爷来了。"

老太太将茶放下，就听外面一阵脚步声，紧接着就听到老太爷在外面道："季然怎么没吃饭就走了？没有备上宴席？"

老太太看了一眼丁妈妈，丁妈妈立即道："六太太一早就准备好了，还让二爷和四爷作陪。"

既然是这样，怎么人会突然走了。

老太太迎出去，看到老太爷微皱着眉头坐在椅子上。

"许是家中有事。"老太太声音很安稳。

陈家三爷和承章、承显相处得很好，尤其是最近，经常在一起说话，老太太道："小孩子顽性大，兴许是想到了什么就走了，天天拘在这里，也没有意思，再说季然不是还有一个表兄……"

说到那个表兄，老太爷脸上就露出奇怪的表情："到底也没打听出来是陈家的哪个亲戚，说是崔家的子弟，我瞧着又不像。"

老太太道："这次过来承章不是也请过他？结果他说什么不相熟推托掉了。"

就算是不相熟，也不能这样说。

不但不懂事，说话也是太难听了点。

"不是什么正统的子弟，"老太爷皱起眉头，"没有礼数、教养，可见是难成事，我见过的这些孩子，能超过季然的不多……"

老太爷说到这里，忽然想起婉宁："你说老三家的七丫头会治病？"

"还不知道，"老太太的声音平和，"那孩子……有些古怪。"

之前还病得厉害，忽然之间就一身光鲜出现在客人面前。

不会治病，还说得头头是道，一点不害臊，在李大太太面前提要求，还要天天上李家去。

今天的事，她还没从头理个清楚，怎么和老太爷说。

老太爷不太满意："老三将七丫头送过来不就是让你管教？怎么还闹出这样的事？"

这也是她觉得诧异的地方。本来一切都是很好的，京里很安宁，族里也很好，老六媳妇偶尔耍些小聪明，不过都在她的掌控之内。就是这个七丫头，本来应该被所有人都忘记的人，不该被提起来，更不该被李大太太认识。

老太太刚想要顺着老太爷的话茬说下去，脸色不由得有些僵硬，跟在她身边打理日常起居的赵妈妈就在门口鬼鬼祟祟地张望。

这是出事了。

赵妈妈刚要缩头，就听到老太爷道："在那里鬼鬼祟祟的做什么？"

赵妈妈吓了一跳刚要走出来，就看到外院的管事躬身立在门外："老太爷，没什么事，就是陈家三爷让我跟老太爷告个罪。"

老太太松口气："我就说没事，走的时候还让人说一声，是个有礼貌的孩子。"

有礼貌又周全，真是个好孩子，老太太对陈季然越来越喜欢。

这样的孩子谁不喜欢？从来没听过他说别人不好，从来都是那样彬彬有礼，更有一个好家世，陈姚两家联姻，当然要将姚家最好的孩子嫁过去，否则她心里都觉得配不上陈家三爷。

将来有这样的孙女婿，她都会觉得脸上有光。

老太太因婉宁有些皱起的眉头，又悄悄地松开了。

老太爷道："季然可是有事？"

屋子里一片祥和，老太爷边问边不经意地喝茶。

乔管事几乎不太愿意开口，可是偏偏堂上的人不太在意他的话，老太爷更没将他一高一低的眉毛看在眼里。

唉，没办法，只能这样禀告，他就装作没听出陈三爷的话外弦音，当回傻子。反正这件事和他没有半点关系。

"陈三爷说，"乔管事一板一眼地复述，"对下人管束不严，还请老太爷恕罪，改日他再上门赔罪。"

管束不严是什么意思？上门赔罪又是从何而来？

怎么听起来也不像是正常的话。

老太爷有些坐不住了，从椅子上探起身子，指着乔管事问老太太："你说这是怎么回事？"

"这是怎么回事？到底出了什么事？"

这一整天到底闹出了多大的笑话，寿氏只要想想就头疼。

姚婉如看着皱起眉头的母亲，又用帕子蒙住脸，呜呜地哭起来，她不知道该怎么停下来，停下来之后所有人都会诧异地看着她，生像看一个坏了的东西。

她坏了。她的名声，在长辈面前的骄傲，在陈三爷心里的位置全都变了。

该怎么办，怎么办？

"别哭了，跟我从头到尾说清楚，到底是怎么回事？"寿氏说着看向一旁的儿子，"你们两个到底在做些什么？谁让你们这样做的？有没有什么东西落在别人手里？"

现在她最害怕的是有什么把柄落到别人手里，那婉如这辈子都要完了。

姚承章摇头："没有。"

姚婉如就像一个被吓坏了的孩子，立即停住了哭泣开始在身上翻看。

玉佩、步摇、手帕，什么都在。

"没有，没有。"

寿氏松口气，还好，不是最坏的情况，也许陈家三爷那边还能弥补："都谁看到了？谁在屋子里看到了你？"

"他看见了，他看到了，他都看到了。"

婉如只会慌乱地摇头，寿氏顿时有一种怒其不争的感觉："谁？我问你是谁？"

"陈三爷的小厮，陈家的下人。"姚婉如说着眼泪又淌下来，她摔在地上，含着眼泪去看陈季然，谁知道陈季然会变成一个呆愣的小厮。

那小厮看她的目光，让她觉得恶心。

她被那种人呆呆地看着。

而且，这些还都是她亲手安排的。

她该怎么办？这些事会不会被陈家长辈知道？万一她将来嫁进陈家……姚婉如不敢想下去。

"六太太。"

寿氏正压制着自己的怒气，身边的妈妈叫一声，差点惊得她跳起来。

"做什么？"

"太太，老爷那边让您过去，好像是沈家的事。"

沈家又要出什么幺蛾子？寿氏忽然想到粮食，对了，她怎么忘了，她还要沈家买她的粮食。

寿氏正准备要走，姚承章也要跟着出门。

"章哥，"寿氏瞪起眼睛，"你留在屋子里，等我一会儿回来再和你们算账。"

姚承章头微抬眼睛里带着恳切，想要蒙混过关："母亲，这件事跟我没什么关系啊，都是……不小心撞在一起……"

"什么不小心？这时候还嘴硬，一会儿让你祖父、祖母知道了，看你怎么说。"

姚承章还欲接着分辩。

寿氏转过头看向屋子里的婆子："看着三爷，等我回来。"

"许是家中有事。"老太太声音很安稳。

陈家三爷和承章、承显相处得很好,尤其是最近,经常在一起说话,老太太道:"小孩子顽性大,兴许是想到了什么就走了,天天拘在这里,也没有意思,再说季然不是还有一个表兄……"

说到那个表兄,老太爷脸上就露出奇怪的表情:"到底也没打听出来是陈家的哪个亲戚,说是崔家的子弟,我瞧着又不像。"

老太太道:"这次过来承章不是也请过他?结果他说什么不相熟推托掉了。"

就算是不相熟,也不能这样说。

不但不懂事,说话也是太难听了点。

"不是什么正统的子弟,"老太爷皱起眉头,"没有礼数、教养,可见是难成事,我见过的这些孩子,能超过季然的不多……"

老太爷说到这里,忽然想起婉宁:"你说老三家的七丫头会治病?"

"还不知道,"老太太的声音平和,"那孩子……有些古怪。"

之前还病得厉害,忽然之间就一身光鲜出现在客人面前。

不会治病,还说得头头是道,一点不害臊,在李大太太面前提要求,还要天天上李家去。

今天的事,她还没从头理个清楚,怎么和老太爷说。

老太爷不太满意:"老三将七丫头送过来不就是让你管教?怎么还闹出这样的事?"

这也是她觉得诧异的地方。本来一切都是很好的,京里很安宁,族里也很好,老六媳妇偶尔耍些小聪明,不过都在她的掌控之内。就是这个七丫头,本来应该被所有人都忘记的人,不该被提起来,更不该被李大太太认识。

老太太刚想要顺着老太爷的话茬说下去,脸色不由得有些僵硬,跟在她身边打理日常起居的赵妈妈就在门口鬼鬼祟祟地张望。

这是出事了。

赵妈妈刚要缩头,就听到老太爷道:"在那里鬼鬼祟祟的做什么?"

赵妈妈吓了一跳刚要走出来,就看到外院的管事躬身立在门外:"老太爷,没什么事,就是陈家三爷让我跟老太爷告个罪。"

老太太松口气:"我就说没事,走的时候还让人说一声,是个有礼貌的孩子。"

有礼貌又周全,真是个好孩子,老太太对陈季然越来越喜欢。

这样的孩子谁不喜欢?从来没听过他说别人不好,从来都是那样彬彬有礼,更有一个好家世,陈姚两家联姻,当然要将姚家最好的孩子嫁过去,否则她心里都觉得配不上陈家三爷。

将来有这样的孙女婿,她都会觉得脸上有光。

老太太因婉宁有些皱起的眉头,又悄悄地松开了。

老太爷道:"季然可是有事?"

屋子里一片祥和,老太爷边问边不经意地喝茶。

乔管事几乎不太愿意开口,可是偏偏堂上的人不太在意他的话,老太爷更没将他一高一低的眉毛看在眼里。

唉,没办法,只能这样禀告,他就装作没听出陈三爷的话外弦音,当回傻子。反正这件事和他没有半点关系。

"陈三爷说,"乔管事一板一眼地复述,"对下人管束不严,还请老太爷恕罪,改日他再上门赔罪。"

管束不严是什么意思？上门赔罪又是从何而来？

怎么听起来也不像是正常的话。

老太爷有些坐不住了，从椅子上探起身子，指着乔管事问老太太："你说这是怎么回事？"

"这是怎么回事？到底出了什么事？"

这一整天到底闹出了多大的笑话，寿氏只要想想就头疼。

姚婉如看着皱起眉头的母亲，又用帕子蒙住脸，呜呜地哭起来，她不知道该怎么停下来，停下来之后所有人都会诧异地看着她，生像看一个坏了的东西。

她坏了。她的名声，在长辈面前的骄傲，在陈三爷心里的位置全都变了。

该怎么办，怎么办？

"别哭了，跟我从头到尾说清楚，到底是怎么回事？"寿氏说着看向一旁的儿子，"你们两个到底在做些什么？谁让你们这样做的？有没有什么东西落在别人手里？"

现在她最害怕的是有什么把柄落到别人手里，那婉如这辈子都要完了。

姚承章摇头："没有。"

姚婉如就像一个被吓坏了的孩子，立即停住了哭泣开始在身上翻看。

玉佩、步摇、手帕，什么都在。

"没有，没有。"

寿氏松口气，还好，不是最坏的情况，也许陈家三爷那边还能弥补："都谁看到了？谁在屋子里看到了你？"

"他看见了，他看到了，他都看到了。"

婉如只会慌乱地摇头，寿氏顿时有一种怒其不争的感觉："谁？我问你是谁？"

"陈三爷的小厮，陈家的下人。"姚婉如说着眼泪又淌下来，她摔在地上，含着眼泪去看陈季然，谁知道陈季然会变成一个呆愣的小厮。

那小厮看她的目光，让她觉得恶心。

她被那种人呆呆地看着。

而且，这些还都是她亲手安排的。

她该怎么办？这些事会不会被陈家长辈知道？万一她将来嫁进陈家……姚婉如不敢想下去。

"六太太。"

寿氏正压制着自己的怒气，身边的妈妈叫一声，差点惊得她跳起来。

"做什么？"

"太太，老爷那边让您过去，好像是沈家的事。"

沈家又要出什么幺蛾子？寿氏忽然想到粮食，对了，她怎么忘了，她还要沈家买她的粮食。

寿氏正准备要走，姚承章也要跟着出门。

"章哥，"寿氏瞪起眼睛，"你留在屋子里，等我一会儿回来再和你们算账。"

姚承章头微抬眼睛里带着恳切，想要蒙混过关："母亲，这件事跟我没什么关系啊，都是……不小心撞在一起……"

"什么不小心？这时候还嘴硬，一会儿让你祖父、祖母知道了，看你怎么说。"

姚承章还欲接着分辩。

寿氏转过头看向屋子里的婆子："看着三爷，等我回来。"

寿氏急着出了门，一直到了二进院已经看到六老爷姚宜春等在那里。

姚宜春背着手，嘴唇紧紧地抿着，脸色十分难看。

寿氏心里不禁"咯噔"一下。

"怎么了？"寿氏忙问过去。

姚宜春顿时抬起眼睛："你都跟沈四太太说了些什么？可让她见到了七丫头？"

"见到了，"寿氏目光闪烁，老爷一早就出了门还不知道家里都发生了什么事，"老爷，你说沈家的事？你见到了沈家人？"

"我在外面见到了沈敬元。"

沈四老爷竟然也跟着四太太来了泰州。

寿氏急着问："沈四老爷怎么说？"

"本来说得好好的，我还说七丫头都是你仔细照应病才好了，那个沈敬元对我们还很感激，"姚宜春说到这里脸色一变，"谁知道回来之后，在院子里见到沈四太太，沈敬元就不一样了。"

寿氏等得着急："沈四老爷到底怎么说啊？"

姚宜春的眉毛几乎竖起来，十分的生气："沈敬元说，要在泰州多收些米粮，不过价钱只比市面上多一点，我们要的数目，他们不但不肯给，还说差得太远。"

一点不留情面。

"还要看我们家米粮的成色，"姚宜春"呸"了一声，"以为我们家是什么？还跟他们坐地论价，我说了少一分都不能卖，就不能给他们脸面。"

寿氏盯着姚宜春，等着听姚宜春的后话。

姚宜春半晌发现寿氏期盼的目光："看着我做什么？"

"然后呢？"寿氏道，"老爷撂下这话，沈家害怕没有？"

通常沈家都会害怕，顺着她们的意思，别忘了七丫头还在他们这里。

姚宜春本来扬起的声调又降下来："没有了，沈家什么都没说，那个沈敬元就带着沈家人走了。"

寿氏全身的血液几乎一下子凝固，冻成冰，让她全身都发出咯吱咯吱的声响，一路响到她额头。

她几百上千两银子，就这样没了？要知道漕米市价不过每石七八钱，卖给沈家要二两，要足足赚够一番多，她忙了这么久还不就是为了这些钱？现在就这样没了？

寿氏感觉到头顶烧起火来，声音都在颤抖："老爷没留下沈四老爷？"

姚宜春挺直了脊背："过几日他们会自己求上来，沈家根本不缺这点银钱，别说买粮食，实在应该直接将钱给我们，也免得我们折腾，我说沈敬元就是个二百五，连这点世故都不通，整日里让人来看七丫头有什么用？年年给我们些孝敬比什么都强，依我看，他这样做早晚将沈家也败进去。"

寿氏一脸的晦暗。

姚宜春眼看着寿氏的表情，生像是丢了多少细软，他忽然之间变得焦躁起来："急什么？给七丫头点颜色看看，沈家就要着急了，有些人就是这样贱骨头。"

沈家不可能不在意七丫头，否则也不会千里迢迢来姚家。

寿氏点点头，既然沈家这样，她也没什么可怕的，借着今天的事就要七丫头好看，让七丫头知道她的厉害。敲山震虎，沈家很快就会发现自己错了。她连这点事都做不了，将来还如何掌家？

寿氏转过头吩咐赖妈妈："走，去七小姐那里。"

姚宜春觉得心都放进肚子里，笑着拉起寿氏的手。

寿氏没想到姚宜春脸变得这样快，吓了一跳忙将手抽回来："做什么？青天白日的，别弄个没脸。"

"我是觉得你辛苦，"姚宜春笑着，"等这件事办好了，我好好谢谢你。"

寿氏又羞又气，忽然想起姚婉如和姚承章的事："章哥惹祸了，恐怕老太爷要问起来，你快去想个办法。"

姚宜春怔愣在那里，怎么一件事跟着一件事："这又怎么了？"

寿氏觉得有一簇火苗从心底烧起来，让她火烧火燎的难受。

到处都是一团乱。

粮食没卖成，婉如和承章一起惹了祸，老太太那边还少个解释，她要怎么说七丫头的事。总归这大部分的烦恼是因为七丫头。

她是该以长辈的身份好好教训教训七丫头。

寿氏刚进了院子，迎面看到童妈妈，童妈妈上前行礼。

寿氏正要开口问婉宁。

童妈妈已经道："我们小姐让我在这等六太太。"

婉宁怎么知道她这时候会来，是有人通报，寿氏看向赖妈妈，赖妈妈也是一脸的错愕。

真是怪了，难不成这个七丫头未卜先知？

不过是个丫头，看她还能有多大的本事。

寿氏不声不响地从童妈妈眼前走过，几个人上了楼梯。

木质的楼梯发出"咚咚咚"的响动，就像一把鼓槌敲打在童妈妈心上，童妈妈不禁攥起了帕子。

六太太这个模样就像是来兴师问罪的，从前六太太对七小姐再不好，好歹脸皮上还装模作样，现在就要将这层假善撕去，不知道会如何，她看到都害怕，七小姐更别说了。

寿氏站在门口，赖妈妈上前掀开帘子。

绣楼里十分的安静。赖妈妈四处找着七小姐，大约七小姐也知道自己犯了错，现在正到处躲藏，不需要片刻工夫，七小姐就会冲出来跪在六太太脚下。

青色的幔帐飘荡着。这是这几日七小姐要求换的新帐子，六太太准备了那么多，就是为了今天，今天沈家却这样不留情面地拒绝，七小姐也别怨恨谁，谁叫她不懂得跟沈家人要钱。

赖妈妈跟着寿氏一步步向前走。

紧接着一只手将帐子挽起，杏黄色的袖子先露出来，然后是一个绰约的人影，她微微抬着头，长身玉立地站在那里，嘴唇弯着像是在嘲笑谁，另一只手拿着红漆的攒盒："六婶来了刚好，这果饵太难吃……"

说着又指向屏风旁，那里跪着两个婆子。

"下人不尽心，都换了吧！"

什么果饵？什么下人？

七丫头还要换下人？

真是痴人说梦。

这几日她对七丫头好是因为要和沈家做生意,现在沈家的事谈不成她也没必要再迁就这个丫头。

　　只要想到这个寿氏就生气,尤其是七丫头脸上的神情,扬着脸,仿佛高高在上,不知怎么的寿氏忽然想起在屋子里痛哭的女儿。

　　云泥之别。

　　沈氏没被休前,她带着婉如去京城,见到端坐在椅子上的婉宁,她就想到这几个字。

　　婉如和婉宁玩了一会儿,回来就问她,为什么七妹妹的衣服那么软,她只说京城的布料好,婉如吵着闹着要一件,她只好厚着脸皮和沈氏要,沈氏给了几匹布让她带回去,每次看到那些布料,她都觉得沈氏就是在施舍。

　　沈氏摆宴席,大家都夸婉宁命好,右手是走仕途的爹爹,左手是会赚钱的母亲,她就想起自己,没有娘家可靠,六老爷又不会读书。

　　看着沈氏和婉宁的笑脸,她总觉得刺眼。

　　说起姚家和陈家结亲,沈氏眉眼里都是喜悦,见到陈季然,一表人才的孩子,长得也是眉清目秀,往那里一站,就知道将来长大了是如何的俊朗。

　　有这样的姑爷真是几百年修来的福气,她羡慕又心酸。

　　幸而三哥的仕途越走越好,沈家成了累赘,姚氏族里觉得沈氏哪里都不好,沈氏被休,她在姚家又一次看到陈季然,想起姚陈两家的亲事。

　　她要陈姚两家这门亲事落在婉如身上,陈季然聪明又文雅,将来一定会有个好仕途,谁嫁给他都会夫贵妻荣,所以沈氏一早看准了这门亲,现在她要牢牢握在手里。

　　她知道他们能不能翻身就要看这次机会。

　　婉宁被罚来族里,她将婉宁接回来,放在绣楼上。接着婉如让老太太越来越喜欢,婉宁成了被人遗忘、无人问津的丫头。

　　她有多欢喜。

　　要说命,这才是命。

　　她一直觉得自己将七丫头牢牢攥在手里,只要随便动动指头七丫头就会乖乖听话。

　　可是现在,她断没有想到,一切好像又变了。七丫头站在那里,不是沈氏身边的小丫头,却比那时候更加光彩照人,好像随时随地都会变回那个令人羡慕的贵女。

　　她明明用足了力气恫吓,七丫头却一点不见怯意,还是这样笑着看她。

　　到底是看透了她的心思,还是不明白她的用意。寿氏一下子迷糊起来,心里说不出的焦躁,她想要使出浑身解数挣脱出来,寿氏伸出手向那张光彩照人的脸上挥过去。

　　她要让七丫头知道,一切都变了。

　　她要让七丫头尝尝苦头。

　　看到寿氏的动作,门口的童妈妈不禁惊呼出声。

　　寿氏禁不住笑着,真痛快,将从沈家身上受的气都还给七丫头。

　　看七丫头再不听话,沈家再不老实,现在这里可是由她做主。

　　一巴掌会有多响谁都知道,再怎么样也不会像是木盒掉落地上的声音。

　　婉宁手里的攒盒落下来砸在寿氏脚面上,里面的果饵更是散落寿氏一身,寿氏不禁哀叫了一声,气势一软,高高扬起的手也被婉宁攥住。

　　婉宁那双眼睛很亮,映着寿氏气急败坏的表情:"六婶你做什么?为什么要打我?我做错了什么事?"

寿氏向外扯着手，赖妈妈也上来帮忙："哎哟，这是怎么了？六太太的脚。"

寿氏脚疼得缩起来。

"不给你点教训，你就不知道什么是姚家的规矩，"寿氏扬高了声音，"谁叫你见沈家人？你母亲已经被休，沈家对姚家就是形同陌路，你给李大太太看病，谁答应了？"

婉宁顿时诧异："不是六婶将沈家人请来的吗？不是六婶让我去亭子里和沈家人见面？不是六婶让我给李大太太看病？"

寿氏的脸忽然涨红起来，这些话说得都没错，是她将沈四太太带去亭子里。

给李大太太治病也确实是姚家安排的……

"你再顶嘴。"寿氏用力甩婉宁的手，没想到婉宁却奇怪地将手松开，寿氏差点摔一个趔趄，婉宁还好端端地站在那里，从方才到现在一步也没挪动过。

"六婶，"婉宁乌黑的双螺髻上是白玉的荷花簪，她向前走了走，站在阳光下，面容是那样淡雅而矜贵，"六婶这样冤枉我，二话不说就要打我，祖父、祖母知道吗？"

这时候还觉得老太爷和老太太会宠着她。

寿氏轻笑出声："老太太早就……"老太太早就巴不得她死了，一个沈家的遗祸，留着坏了姚家的名声。

寿氏话没说完，就听到丁妈妈高声喊："六太太，您……这是怎么了？"

不知道什么时候老太太身边的丁妈妈和赵妈妈一起站在门口。

丁妈妈一脸诧异，赵妈妈面色难看。

本来吵闹的小楼一下子安静下来。

丁妈妈匆匆忙忙走上前："这是怎么了？六太太……您怎么动这么大的气。"

寿氏听得丁妈妈的声音这才回过神，她这是怎么了？听了沈家不肯买粮食，进了绣楼，看到跪着的下人和听了婉宁的话，她就头脑发热一心想着要发落婉宁，就将所有事都抛诸脑后。

"六太太，老太太那边喊七小姐过去呢。"

这时候喊婉宁。这是要做什么？是要亲自发落婉宁？寿氏期待地在丁妈妈脸上寻找答案。

丁妈妈看向婉宁，眼睛里满是安慰："七小姐，这里定然是有什么误会，六太太也消消气，都是一家人……"

丁妈妈这样劝说，难不成这是老太太的意思？寿氏忽然觉得背后一阵冷风，她突然想起那句要脱口而出的话，她几乎能看到老太太脸上的怒气。

老太太这是怎么了？怎么突然宠起七丫头来？从前她怎么对七丫头老太太都是不管的啊！

丁妈妈上前去安抚婉宁，寿氏后退几步看向赵妈妈。

赵妈妈走过来低声在寿氏耳边道："李家来送礼了，都是给七小姐的，"说着顿了顿，"送的都是那些东西……老太太那边……您还是有些准备……五小姐的事老太爷也知道了。"

寿氏脑子"轰"的一下，几乎要摔在地上。

赵妈妈忙伸手搀扶："六太太当心啊。"

李家怎么会这时候来送礼，到底都送了些什么？那些东西……可和她有关系？寿氏脑子里乱成一团。

丁妈妈、赵妈妈和寿氏一干人离开绣楼，童妈妈服侍婉宁去换衣服。

"我的小姐以后万万不可再这样，真是吓死我了，您才这么大，六太太毕竟是大人，真要动起手来，您可是要吃亏的啊。"

"不怕，"婉宁指了指童妈妈捡起来的攒盒，"我知道打不过她，一早就拎了东西。"寿氏来之前她正在吃果饵，听到寿氏的声音，她顺手将攒盒拿起来，寿氏又没想到她会这样做，一定会措手不及，她个子矮，力气小，但是可以顺带武器。

童妈妈想起六太太上楼来，七小姐撩开幔帐时的模样，那样毫不在意地拿着一只攒盒，谁会想到那攒盒是这样用的，童妈妈忍不住顿时笑起来。小姐，还真是，竟然会有这样的主意。

整理好婉宁身上的衣衫，主仆两个才去老太太的院子。

此时寿氏正惊呆地看着桌子上的东西。

后面进屋的姚婉如也目瞪口呆。

东西摆满了桌子，看得人眼花缭乱。

奇怪，太奇怪了，姚婉如伸出葱葱玉指，一脸惊诧，颤声问："谁啊，谁会送衣服和吃的来啊。"

桌子一边放着的是十二三岁小姐穿的衣裙，从里到外亵衣、襦裙、褙子，另一边堆着一盒盒点心和果脯，泰州各色点心恐怕都被买了过来。

除了吃的就是穿的没有任何别的东西。

"这都是李家让人送来的？"寿氏半响才僵硬地挪动视线，"老太太，这，是什么意思？"

这是什么意思啊？

要说送衣衫也是有的，互相来往的时候也会给各家的少爷、小姐做身衣服，可是，从没有过这样送衣服的。李家送这样的东西，自从婉宁来族里，寿氏给婉宁置办的衣物加起来也没有这么多。

寿氏觉得好像脸上被人打了一巴掌。这是在说七丫头在姚家缺吃少穿吗？

堂堂一个姚家七小姐，没吃的，没穿的，还要别人送来，这成什么样子？

寿氏看向老太太："娘，这该怎么办啊？"

李家是不会随便送出这样东西的，定然是婉宁开口向李大太太要来的。

要这样的东西只有两种可能，一种是婉宁在族里的日子不好过向外面求助，另外一种就是小女孩心性，十二岁的孩子，喜欢的就是漂亮的衣服和可口的糕点。

偏偏李大太太在姚家见到婉宁时，老太太连婉宁都没认出来，李家肯定会起疑心。

总之，姚家做错在先。

所有事都撞在一起，已经不能用几句话就能掩饰过去。

老太爷素来在意名声，若是有个什么闲言碎语传出去，她可是担不起这个罪名。

寿氏有一种欲哭无泪的感觉。

老太太不说话，寿氏忙向赵妈妈递了个眼色。

让外面人怎么想，都要看姚家的做法。

姚家做得好，捧着七小姐，里里外外照顾妥当，外面人就不会再起疑心，六太太怎么不明白这个道理，就算发落七小姐，不能在这个时候，要等到七小姐出了大错。

"六太太，"赵妈妈低声道，"老太太心里也是疼七小姐的，李家送这些东西是高看我们小姐，那是好事。"

寿氏被说得一愣。

姚婉如听得这话如同见了鬼一般，婉宁做出这种事，赵妈妈还替婉宁说话，姚婉如焦急地看向老太太："祖母，祖母，这是婉宁的错，婉宁怎么能这样做，不是让您丢了脸面吗？"

让谁丢了脸面？老太太皱起眉头，脸上现出怒容。

姚婉如不由得打了个冷战，再也不敢说半个字。

姚老太太看了看寿氏，最终将目光落在姚婉如身上："五丫头越来越不懂事，那是你七妹妹，你平日里不好好照应，现在怎么还说这样的话？"

不光是她，明明族里所有人都不喜欢婉宁，姚婉如张开嘴，怎么能所有错事都推在她身上。

她冤枉，姚婉如眼睛里含满了泪水。

祖母这是怎么了？为了婉宁训斥她。

老太太眼睛微阖："章哥呢？章哥去哪里了？"

训斥了婉如又问章哥，这是要提陈季然的事。

寿氏心里更加慌乱起来，忙打断老太太的话："章哥在老爷那里。"说完她哀求地看着老太太，这件事越少人知道越好，当着这么多下人的面问起来，日后婉如要怎么做人。

"祖母。"清脆的声音从门口传来。

是婉宁。

寿氏觉得一颗心如同沉在了水底，又闷又冷，让她喘不过气来。

"七丫头，"老太太嘴边泛起一丝笑容，"过来坐，你看看这些都是李大太太让人送给你的礼物。"

满桌子都是她的礼物。李家竟然送了这么多东西来，屋子里所有人都看着她，她一步步走过去看那些东西。沉闷的气氛中，唯有她能莞尔一笑。

"这衣裙可真好看，"婉宁笑着看向姚婉如，"从今往后我再也不用和五姐姐借衣服穿了。"

寿氏张开嘴，七丫头还嫌不够，还在这里落井下石。

一个十二岁的孩子，让她愤恨却又无可奈何，说出去谁能相信？

老太太伸出手，婉宁握上去。

婉宁的小手暖暖的，带着一些力气，没有躲躲藏藏，而是坦然地任她拉着，老太太笑着道："你六婶对你照应不周，方才我已经说她了，从今往后若是觉得哪里不好，就径直跟我说，我给你做主。"

看着眼睛红肿的婉如，明明满肚子怒火却要苦苦忍耐的寿氏，婉宁欢快地笑："好。"

好啊，为什么不好呢？

沈敬元有些焦躁地在屋子里走来走去。

沈四太太将昆哥哄睡了，这才从内室里出来。

"你说是婉宁不让我们高价买沈家的粮食？"沈敬元诧异地抬起头看妻子。

沈四太太看了一眼下人，下人忙退下去，屋子里没有了旁人，沈四太太才将婉宁不要他们买米的事说了一遍。

沈敬元半晌坐下来，反反复复地想沈四太太的话："你的意思是，婉宁不但肯认我们，将来还要去看辰娘？"

沈四太太道："婉宁说还要奉养辰娘终老。"

这孩子这样说，沈敬元看起来十分镇定，手指却有些微微颤抖。

"昆哥，"沈四太太提起昆哥，"和婉宁很亲近，婉宁也很喜欢昆哥，两个人坐在一起，如果让辰娘看了不知道会如何欢喜。"

沈敬元谨慎地向周围看去："不要乱说。"

沈四太太这才发现自己失言："是，不说了，我就是觉得没有辰娘，就没有我们今日，我们该感谢她。"

沈敬元的目光柔软起来，这些年不用他提醒妻子，妻子就会一直惦记着妹妹和婉宁，他常年在外无暇照应家中，真是亏欠妻子太多。

沈敬元想了想："这次我们在泰州多留些日子，你让管事捎封信回扬州，告诉母亲婉宁的情形，让母亲也好安心。"

沈四太太点点头，报喜的事老爷从来都交给她。

"姚家那边不会轻易了事，"沈敬元想起姚宜春的脸色，"婉宁有个不小心说不得就会吃亏，我们平日里都要受姚家的气，更别说婉宁这样大的孩子。"

见到了婉宁虽然高兴，可是坐下来想想又担惊受怕。

十二岁的孩子啊，指望她能做出什么事来，恐怕连自己都照应不好。

姚家那种虎狼窝，辰娘才嫁进去几年都被吃得骨头不剩。

沈敬元越想越焦心："这件事我们也是欠考虑，姚六太太的弟弟一定收了不少的粮食，不赚上一大笔，他们怎么肯善罢甘休。"

说到这个，沈四太太也焦急起来，可是想到婉宁让她安排给李大太太治病，她就又有了信心："老爷，现在婉宁和从前不一样了。"

沈敬元诧异地看着妻子，不过是才去姚家见了婉宁一面，怎么就这样笃定，这样相信婉宁？

沈四太太道："我们就顺着婉宁的意思，将何长贵叫过来，再不声不响地买处宅子，配上信得过的下人。"

这样到底行不行？被姚家知道了，婉宁可怎么办？沈敬元明知道这是在胡闹，可是只要想想婉宁的处境，他还真盼着姚家好好待婉宁不成？

沈敬元颔首："让管事悄悄地去买宅子。"

沈家的管事立即被叫来，想要瞒着姚氏族里置办屋子不是那么简单。

"不如就用山西那两家店铺的名义来买，"沈敬元看向张管事，"托一个走船的介绍来买，这样更可信些。"

张管事退下去，沈四太太看着沈敬元："接下来怎么办？"

"我要在这里看着，婉宁没做过买卖，如果发现她做得不对，我要阻止，免得生出什么乱子。"

开铺子，收米粮，不会像婉宁想的那么简单，在泰州这样的地方，达官显贵家不会将米粮卖给不认识的商家。

姚家的米粮不卖给沈家，也不会卖给婉宁，婉宁想得太容易了些。

寿氏屋子里一片灯火通明，寿氏打发赖妈妈："再去问问，怎么老爷和承章还没有回来。"

老爷和承章被老太爷叫去书房里说话，现在还没有动静，连晚饭都没吃。

寿氏没想到这件事会闹这么大，老太爷定然是大发雷霆。

赖妈妈过了一会儿脸色难看地赶回来。

"二爷在跪着呢，老太爷发了脾气，说二爷不好好读书，让二爷将这些日子先生教的都背下来，现在二爷还没背完一半呢。"

这都什么时辰了，怎么能背得完？

寿氏搓着手："六老爷呢？六老爷怎么说？"

"老太爷说六老爷教子不严，还说六老爷毁了自己的仕途，将来也会将儿孙的仕途葬送。"

老太爷还说六老爷半点比不上三老爷，这话赖妈妈可不敢和六太太说，这是六房最忌讳的话，每次老太爷提起来，六老爷和六太太都会恨得咬牙切齿。"

六老爷脸色难看，屋子里伺候的下人大气不敢出。

"老太太让人来劝了一次，老太爷说，若是谁干涉他教子教孙，就别留在这个家里。"

寿氏脱力地坐在椅子上，怔怔地发呆，半晌想起一件事来："五小姐呢？"

内室的姚婉如昏昏沉沉地睁开眼睛，方才她趴在炕上哭着哭着就睡着了，桐香听了声音忙机灵地将姚婉如叫起来。

姚婉如揉了揉眼睛，跛着步走出门："怎么了母亲？"

赖妈妈看了一眼五小姐，刚出事的时候五小姐还很害怕，听说陈家三爷向老太爷赔礼，她整个人就轻松起来，如果五小姐还一心想要嫁给陈三爷，就真的该担心，照这样下去真的会闹出事来，要知道这世上没有不透风的墙，说不定哪天就让陈家知道了。

寿氏板着脸看女儿："回去抄三遍《女诫》，没抄完不许出门。"

这是要禁足？姚婉如彻底清醒了，嘴唇一抿十分的委屈："母亲，这是为什么啊？我和哥哥被人陷害，母亲不帮着我们说话，还要罚我。"

寿氏看向不争气的女儿："我只是罚你抄《女诫》，你二哥因为你的事，现在还留在你祖父书房里。"

姚婉如诧异地捂住嘴："祖父这是要做什么啊？祖父这样罚二哥万一被陈家知道了那可怎么办？"

所以老太爷对外才说考章哥功课，看不得女儿不懂事的模样，寿氏吩咐桐香："好好看着五小姐。"桐香忙应了。

姚婉如不情愿地走出院子，寿氏一脸颓败，想起今天一桩桩的事，她就不知道该从哪里入手，老太太没头没脸地骂了她一顿，多亏姜氏不在，否则可要看她的笑话："怎么一个丫头我就拿她没有办法？早知道她还剩一口气的时候就给她装板发出去。"

谁也没料到这个七小姐就活过来。

活过来也罢了，活脱脱变了个人。

"该不会是鬼上身了吧？"赖妈妈小声嘟囔一句。

寿氏没来由地打了个冷战，厉眼看过去："你也跟着乱嚼舌根，鬼上身还能给人看病？还能说出那些话？见到沈四太太还那般亲切？这是鬼上身？我看是有人唆使她。"

赖妈妈轻声道："您说的是七小姐身边的童妈妈？"

准是那个老东西，寿氏抿起嘴唇："找个机会将那老货送去庄子上。"

赖妈妈低声道："您忘了，方才七小姐院子里换人，七小姐跟老太太说，换谁都可以定要留着童妈妈，若不是童妈妈撬着她的嘴喂她米汤，她早死了。"

童妈妈立了大功，怎么能随便就送走。

寿氏咬紧牙，有一种什么都被人算计在前的感觉。

赖妈妈劝着寿氏："太太别生气，我们等着，等李家这件事过去，七小姐还不是任您发落。"

寿氏站起身："这口气我怎么也咽不下去，沈家不是来泰州收米吗？我就让他们收不到米，我将米粮都卖给别人，让沈家两手空空。"

祖母做主让她重新挑了身边的下人，屋子里熏香打扫，下人服侍她洗了个澡，躺在软软的床上，从到族里来之后，婉宁第一次睡得这样安稳。

婉宁躺在床上很快就睡着了，还梦见小时候乳母趁着她睡着了，在夜里偷偷哼歌。

一个女儿坐在船头上，她顺流而下，要找她的家乡。

一个女儿坐在船头上，她托腮思量，要回到她的家乡。

一个女儿坐在船头上，她不是回家乡，她擦着眼泪，在找她的夫郎。

一个女儿坐在船头上，她要找到她的夫郎，他们一起回家乡。

这首歌不知道在什么时候她偷偷学会了，那些无忧无虑、满心欢喜的日子很快就会回到她身边。

第二天吃过饭，婉宁带着童妈妈和新来的丫鬟落雨、落英一起去李家。

李家人早就站在门口接应。

李大太太的娘家虽在泰兴，李家还是隔街置办了处院子，一是为了李大太太能清静养病，二是怕住娘家时间长了徒增口舌。

李大太太的嫂子褚氏来迎婉宁，婉宁从马车上下来，褚氏的目光就迫不及待地落在婉宁身上。

真的是十二三岁的小姐，看起来还没有媢姐个子高，身上瘦弱，脸色也不太好，听说生了一场大病，这样的人真的能治病？

褚氏笑着走上前："姚七小姐。"

褚氏笑起来嘴两边露出圆圆的酒窝，目光有些怀疑，但是没有恶意。

婉宁上前行礼，褚氏立即将婉宁扶起来，嘴唇一动有些欲言又止。

两个人进了院子。李家是规规矩矩的二进院，青砖刚刚被水洗过还有些潮湿，到处打扫得很干净，下人站在两旁低着头行礼。李大太太定然是特别吩咐下来这样迎她。

二进院就更加安静，褚氏刚要说话，只听屋子里传来一阵声响，紧接着是一个妇人的声音："这是怎么了？都怪我不该说这些事。"

然后是李大太太慌乱的声音："不是，不是，不怪你，都是我……都是我……"

褚氏看向旁边的丫鬟，丫鬟上前打帘，从里面走出个穿着沉香色褙子的妇人，那妇人梳着圆髻，头上戴着两只赤金镶宝的蝴蝶，走出来的时候微微提着裙角，一双粉色软缎的绣鞋先出现在婉宁眼前。绣鞋上缀满了珍珠，在阳光下发着柔和的光。

妇人刚站稳，看到褚氏立即惊慌地道："我是不是说错了话，大太太就怕起来，躲进了内室里。"

褚氏倒吸了一口冷气："朱太太先在亭子里坐一坐，我去看看姑奶奶。"

朱太太攥紧了帕子："别管我，你快去。"

褚氏进了门，朱太太的目光就自然而然地落在婉宁身上，婉宁上前给朱太太行了礼，朱太太立即道："这是谁家的女儿？"

婉宁对朱太太的打量不躲不避："是泰兴姚氏，父亲行三。"

朱太太眼睛一转惊讶地道："你是姚宜闻大人的女儿？"

童妈妈也行礼过去："太太，这是我们家七小姐。"

这就是姚七小姐。

她和老爷来泰兴县上任已经两年了，有姚三太太这层关系，她经常会去姚家，却从来没见过这位姚七小姐。朱太太仔细地打量婉宁。

姚七小姐生得一副好容貌，皮肤雪白，墨般的眉毛，眼睛清透，模样精致似块玉一样。

外面人都知道，姚七小姐差点害得张氏小产，即便是这样张氏还是早了一个多月生下欢哥，多亏欢哥胎里长得好和足月的孩子差不了多少，这才活下来。

欢哥还没满月，姚七小姐就被送回族里。

姚老太太出去宴席从来没提过姚七小姐，按理说这位七小姐在姚家过得不好，应该是一副灰头土脸的模样。

今天看来虽然身子娇弱些，却更比旁人来得有气质，她多看几眼，姚七小姐就抬起头对上她的视线，她只能礼貌地挪开目光。

"从前我也没少去姚家，怎么才第一次见到七小姐，"朱太太就好像想起了什么，诧异地看着婉宁，"你就是李大太太说的能治病的姚七小姐？"

婉宁点点头，等着朱太太后面的话。

朱太太压着鼻音："这么小的孩子……"顿了顿又关切地问，"大太太的病能治好吗？"

"能治好。"婉宁不加停顿，声音清晰而干脆。

朱太太抬起头，姚七小姐正看着她，脸上是淡然的神情，嘴唇弯着，好像每时每刻都带着笑意。

能治好。

真简单。

朱太太扬起了眉毛，这个姚七小姐好像没有思量随随便便就说能治好。怪不得连姚家人都觉得奇怪。就算从小学医理也不过才学几年，怎么就能这样大言不惭地说话。是初生牛犊不怕虎，还是根本就在骗人。

昨天听说姚七小姐会治李大太太的病，她吓了一跳，今天一早就到李家来。

李家人都说李大太太从姚家回来之后好多了，结果她只说了几句话李大太太就吓得不敢见人。真是害得她白白担心。

万一李大太太好了，李老爷再重操旧业查起漕粮来，老爷可是首当其冲，姚家也是怕这个才会和李家攀关系。

朱太太松口气，现在看来一切都在预料之中。

褚氏将门打开，一脸温和地看向婉宁："姚七小姐，我们家姑奶奶请您进去呢。"

朱太太不禁诧异，李大太太的病没有好转，为何还信这个姚七小姐。

就算不会治病，这个姚七小姐定然也是伶牙俐齿。

婉宁走进内室，褚氏向管事妈妈使使眼色，屋子里的下人都走了出去。姚七小姐治病，是不让别人在场的。不用药不用针，只是这样空手而来，就能治病。

褚氏看着那个瘦小的身子，轻轻地摇摇头。

怪不得老太太心里没底，她也想不通。

褚氏还没关上门，就听到李大太太的声音："七小姐，你来了。"

褚氏不禁一怔，姑奶奶的声音又急切又激动，仿佛找到了救星，从来不向人诉苦的姑奶奶，竟然会这样。

这个七小姐真的有几分本事。

李大太太扶着椅子站起身将婉宁迎到临窗的大炕上坐下。

褚氏的脚步声越来越远，屋子里安静下来。

李大太太喘了几口气，看向婉宁："七小姐，我照你说的，是要听到让我害怕的话，我就躲开。"

听到了朱太太的话，她只解释了一句站起身直奔内室，将朱太太一个人扔在了前面。

这是姚七小姐教她的。

李大太太紧张地抿起嘴唇，顿了顿才道："七小姐，你怎么知道会有人说起那些会让我害怕的话？"

李大太太的心结在云南，免不了会有人提起云南的事，所以她才会嘱咐李大太太注意。

看着李大太太颤抖不停的身子，婉宁站起身拿过迎枕让李大太太靠在上面："这样还好了，至少大太太也知道自己到底怕什么。"

李大太太瞪大了眼睛。

"大太太，方才朱太太说了些什么？"

想起这个李大太太就忍不住颤抖，求救地看着婉宁。

婉宁柔声道："我在这里陪着大太太，大太太只管说。"

李大太太这才点头："是……是说和我们一起流放的钱大人夫妻，死在了云南，再也回不来了，钱大人从前也在都察院，钱太太平日里还和我一起做活，老爷平反了，钱大人也很高兴，我们还约好了定要为钱大人申冤，将来两家人在京里见面。谁知道……京里来的消息，听说钱大人夫妻被匪盗砍成了肉泥，血流了一地……"

李大太太说到这里放声哭起来："我只要想起死在那地方，我就……忍不住……"

怪不得朱太太的神情有些微妙，她就是要李大太太听了害怕，也就是说朱太太是有意说的。

"我要怎么办才好？"李大太太不知所措。

婉宁十分轻松地微笑："先要远离说那些话的人，然后……大太太跟我讲讲云南的事吧！"

"太太呢？"

风尘仆仆的几个人叩响了李家的大门，李家人探出头怔愣片刻才认出来，这是自家老爷。

老爷从京城到了泰兴。

李家下人结结巴巴："太太在……太太在主屋里。"

谁也没想到老爷会一声不响地过来。

李家立即就要乱起来，李老爷看向管事："别出声，免得吓到太太。"

李老爷一路进了内院，褚氏带着下人正等在院子里，看到李老爷也是惊呆了一会儿才上前行礼。

"荣珍怎么样了？"

褚氏立即道："昨天晚上吃了一碗粥，两块点心，睡了三个时辰，病已经好多了，现在姚七小姐正在屋子里给姑奶奶治病呢。"

姚七小姐？

怎么回事？哪个姚七小姐？

李老爷刚要开口询问，忽然听到屋子清脆的声响，仿佛是镇纸落在桌子上的响动。

"啪……啪……"

声音在安静的院子里尤其刺耳。

"啪……啪……"

声音就是从李大太太的内室里传来。

"这是做什么？"李老爷指向李大太太的屋子，"荣珍不是怕声音，这是在做什么？"

"是……是……在看病。"褚氏也说不上来，他们只是将姚七小姐要的东西送进去，然后就出来，里面到底发生了什么事谁都不知道。

荒唐，真是荒唐。

李子年脸色铁青，妻子怕声音，这样做不是火上浇油？

再说好好的郎中不请，怎么……里面治病的倒变成了哪家的小姐。

李子年看向褚氏："是县医署荐的人？"

褚氏听得这话，才发觉自己只顾得听里面的动静，没有将话说清楚："是姚大人的女儿，就是泰兴姚氏……"

李子年惊讶得眼睛一跳。

泰兴姚氏。

吏部侍郎姚宜闻。

姚家的小姐，那是正经的大家闺秀，怎么会给人看病？

李子年看向旁边的管事妈妈："愣着做什么，还不进去看看。"

他日夜兼程从京城到泰兴县，只因为他总是梦见妻子奄奄一息地病倒在床上。

从京城到云南，妻子始终在身边安慰他，否则他也不能熬过来等到翻案，他不能就这样不管不顾只想着自己的仕途。所以他才上了奏折一路回到泰兴，没想到回来之后见到这样的情形。

管事妈妈刚要挪动脚步，似是想到什么又停下来。

李子年皱起眉头。

管事妈妈道："老爷，太太吩咐，不准任何人进去打扰。"

治个病怎么还不让人进屋？李子年诧异地看向褚氏。

姚七小姐已经进去那么长时间，现在进去打扰会不会前功尽弃，褚氏不知道该怎么说，忽然想起一件事："妹夫还想看我们姑奶奶笑吗？"

李子年一怔，去了云南之后他就再也没见过妻子笑，差役说他的案子被平反，可能会回京，他笑得不能说话，妻子也只是看着他发呆。

好久好久不曾笑过。

褚氏脸上没有半点笑容，绷着脸十分的严肃："姚七小姐能让我们姑奶奶笑。"这是她亲眼所见。

李大太太害怕声音，是因为受了刺激产生了恐惧，婉宁诱导李大太太放松，然后渐渐地让李大太太适应突发的声音，逐渐地增加强度，就可以让李大太太脱离恐惧，再也不会因为一点点响声怕得瑟瑟发抖。

几次敲击声过后，李大太太的神情已经不再像开始一样激动。

李大太太睁大眼睛，响声过后，周围什么都没变，没有让她恐惧的事发生，一切都还是那么的好。

"大太太冷吗？"

婉宁轻声道。

李大太太轻轻颔首。

婉宁将薄被盖在李大太太身上："大太太别睁眼睛。"

不知怎么的，姚七小姐的声音让她十分的心安，李大太太眼皮动了两下没有睁开。

"我将窗子打开,光晒进来,会很暖和。"

李大太太颔首,她好久没有这样休闲地晒晒太阳,更不会这样长时间地闭上眼睛缓慢地呼吸,她总觉得只要她闭上眼睛就会有人冲进她的屋子,凶狠地站在她床边。

过了这么久,只有姚七小姐的声音传来,她渐渐地习惯了那声音,觉得只要姚七小姐在,她真的没什么好怕。

好久,好久,就算她不睁开眼睛看,也没有盗匪闯进来杀人,什么都没有。

窗子打开了,光洒在她身上,好暖和。

"大太太,我将薄被拿起来行不行?"

姚七小姐的声音又传来。

李大太太点点头。她已经不觉得冷,只要晒着太阳就好。

耳边又传来姚七小姐的声音,是那么的温和,流淌进她的心里,让她觉得异常的踏实。

李大太太不自觉地脸上露出舒适的表情。

"大太太,走过的路不要去看,要一直向前,不要回头,李老爷和婳姐在前面等着你。"

要一直向前,不要回头。

李大太太睁开眼睛,屋子里是淡淡的清香,窗子关着,外面是"沙沙"的声音,下雨了,什么时候竟然下雨了。

方才明明还有阳光照进来,她明明觉得身上很暖和,外面却在下雨。

李大太太想要起身,一抬头就看到了李子年。

"老爷,"李大太太惊讶地张开嘴,"老爷……怎么会在这里?"

李子年道:"京里没事,我就回泰兴来看看你。"

李大太太又惊又喜,她怎么也想不到老爷会突然出现在她床边。

下人端茶上来,李大太太喝了一口,突然觉得少了些什么,忙向周围看去:"姚七小姐呢?姚七小姐去哪里了?"

屋子里有些暗,下人怕她害怕已经点了灯。

李大太太看向旁边的沙漏:"现在是什么时辰了?"

"已经是申时末,"李子年看着妻子,"姚七小姐早就回姚家了,你已经安睡了快三个时辰。"

李大人人不禁诧异,她居然能睡这么久,没有惊恐地半途醒来,也没有害怕地汗透衣襟,而是十分舒服、愉快地睡着了。

"什么时候下的雨?"李大太太看着窗外的雨发呆。

李子年轻声道:"早就下了,巳时末就掉了雨滴。"

李大太太十分诧异:"那我怎么半点不知晓?"

李子年试探着握住李大太太的手:"你睡着的时候还没下,只是阴了天,姚七小姐走的时候说,让谁也别打扰你,你睡好了就会自己醒过来。"

那时候已经阴了天,她却还觉得阳光照在她身上,姚七小姐,姚七小姐真是个神人。

姚七小姐怎么做到的,怎么能让她感觉到那样的暖和,那样的舒服。

李大太太看向李子年:"老爷,老爷,姚七小姐真的能治好妾身的病,真的,姚七小姐……能治好我的病啊。"

她现在真的相信,只有姚七小姐能让她活下去。

李子年本来不相信,直到他走进屋看到妻子安然地睡在炕上。

睡得那么熟。

外面下了雨，雨水沿着屋檐落下来叮咚作响，妻子也没有醒过来。

他越来越觉得惊奇。姚七小姐看起来和婠姐差不多大，怎么会有这样的本事。真是上天垂爱他们夫妻。

李子年轻声道："我们一定要好好谢谢姚七小姐。"

李子年说到这里，李大太太似是才意识到李子年就在眼前，忽然之间就哭出来："老爷，妾身以为再也见不到你了。"

李大太太的哭声越来越大。

李子年将李大太太揽在怀里："哭吧，哭吧，哭出来就好了，将你受的委屈都哭出来。"

半晌李大太太的哭声止住，喝了些茶水重新躺在炕上，将朱太太说的话跟李子年说了："听到那些事，吓了我一跳，多亏姚七小姐之前就告诉我，听到害怕的事就躲开。"

李子年皱起眉头："你安心养病，我吩咐下去，从今往后，李家闭门谢客，除了姚七小姐，你谁也不用见。"

李大太太惊讶："可那是泰兴知县的太太。"

李子年轻柔地将被子盖在李大太太身上："不光你不用见，从此之后我也闭门谢客。"

李子年和李大太太说了会儿话，让小厮备了车一路到东城的小院。

下人将李子年迎进门。

李子年大步走进书房，屋子里的人边看书边下棋，仿佛自己和自己玩得很兴起。

李子年迫不及待地道："我想好了。"

那人听到声音抬起头，英挺的眉毛扬起，脸颊在灯光下勾起一个清晰的轮廓："李大人不是担忧大太太的病？"

李子年眼睛里透出几分的喜气："内人的病有救了。"

清脆的棋子落在棋盘上。

"是找到了良方？"那人站起身将李子年迎到一旁坐下。

"不是，是姚七小姐，姚七小姐会治内人的病。"

"姚七小姐？"

李子年忙点头："就是姚宜闻的长女，姚家七小姐。"

那人眼睛微闪，半晌才"哦"了一声，表情透出几分的冷淡："那个姚七小姐。"那个连自己都救不了的姚七小姐。

第三章　亲情

落雨将李家送来的衣服收拾好，这才进屋伺候。

她来姚家伺候的时间不长，之前就听说过姚七小姐，这个家里都没有将姚七小姐放在心上，可是突然有一天，姚七小姐就这样走出来了。

不但让六太太受了老太太责骂，还将这楼里的下人都换了个遍，那些怠慢过七小姐的人现在都被发去外院或是庄子上，她和落英被选过来的时候，她还害怕，这个七小姐会不会不好伺候。

来了之后才知道，在七小姐这里只要干好自己的活儿就行，不像五小姐那里，虽然月例给得多些，每天却要换三套衣服，不间断地吃小食，闲下来就让人捏腿、捶背，不顺心的时候就拿下人撒气。

尤其是跟着七小姐去李家，七小姐给李大太太治病，李家就给她们端来各种点心和茶，她们是受宠若惊，听院子里的妈妈说，只有跟着老太太和太太出去宴席才会这样，李家的下人对她们毕恭毕敬，好像她们也成了宾客。

落雨从来没觉得来这里日子会过得这般舒坦，那些笑话她们被分来七小姐这里的人，定然会羡慕她们。

婉宁吃着点心托着腮听童妈妈讲笑话，嘴边不时地浮起笑容。

落雨提着小茶吊要下楼去换水，刚走了两级台阶就返回来扬声道："五小姐来了。"

提着裙子准备上楼的姚婉如不由得皱起眉头，这些不长眼的丫头，才分来几天就和婉宁一条藤儿似的，不给她行礼径直就去给婉宁报信。等收拾了婉宁，再来收拾她们。

看到姚婉如大摇大摆地走上来，婉宁没有起身。

姚婉如显然有些生气："七妹妹也不起来迎我，不愿意我过来是不是？"

婉宁抬起眼睛，俏丽的脸上露出笑容："是啊。"

姚婉如的脸一下子涨得通红。

姚婉宁竟然连这样的话都敢说。

婉宁放下手里的点心，水灵灵的眼睛眨了眨，露出笑容来："五姐姐是无事不登三宝殿，只要到这里来，从来不走空。"

旁边的童妈妈听了这话就觉得痛快。她知道六太太和五小姐来这里一定不安好心，却每次她们过来都要赔着笑脸，生像是被她们欺负还要感激似的。

七小姐现在像是在耍小性子，却让五小姐不痛快起来。

姚婉如攥起帕子想要发火，却想到被罚抄写的《女诫》，母亲千叮万嘱让她先忍下这口气，办成了正经事，将来再发落婉宁。

姚婉如吞咽一口，硬生生地将火气咽下去："七妹妹怎么这样说话，上次是我不对，我给你赔礼。"

她这样赔礼道歉，姚婉宁仿佛并不放在心上，而是轻轻用手敲着茶碗，一下，一下仿佛都戳进了她胸口。

姚婉如只能咬咬嘴唇："我是想七妹妹每天都一个人去李家，不免没有意思，今日我就陪着七妹妹一起去。"

原来是为了这个。

姚婉如两只眼睛紧紧地盯着她，生怕她说出个不字。

婉宁摇摇头："不行，我是去给李大太太治病，没什么好玩的，五姐姐去了不免觉得没意思。"

"不会，不会，"姚婉如忙着道，"有七妹妹在，怎么会……"

婉宁站起身来："我可顾不上五姐姐，五姐姐心是好的，别落个吃力不讨好。"

姚婉如笑得眼睛都眯起来："我知道你忙着，用不着顾及我。"只要婉宁肯带她一起去李家，这口气她就先忍下来。

"五姐姐。"

听到婉宁喊了一声，婉如忙抬起头，婉宁伸出手指向旁边的联三橱，上面放着一只妆奁："我那里有许多小时候长辈送给我的首饰，五姐姐可瞧见了？"

婉宁显得十分高兴："五姐姐将东西给我找回来，我就带五姐姐去。"

童妈妈知道那妆奁里面的东西，七小姐小时候太太经常拿出来给七小姐玩，七小姐喜欢那对玛瑙的耳坠，太太怕坠子挂伤了七小姐，就将玛瑙摘下来给七小姐在桌子上滚着玩。

七小姐高兴地拍手笑。

太太说，戴出去漂亮有什么好，不如我的婉宁笑一笑。

"五姐姐去吧，晚了，一会儿我可要走了。"

婉宁说完话打了个哈欠。

姚婉如心跳如鼓，只觉得手脚发麻，气血都要从头顶涌出来。

原来姚婉宁是这个意思。姚婉宁要趁着现在要回她那妆奁里的东西。她不给，不给，拿走的东西凭什么还回来，早知道这条路走不通她就不来试，白白忍了一口气。

姚婉如带着人从绣楼里出来，刚出了门口，就看见赖妈妈迎过来。

"五小姐，朱太太来了，太太让您过去说话。"

朱太太来了？这么快？

朱老爷是进士出身，在泰兴县已经任了两年知县，母亲说，朱老爷和三伯父一样走的也是正经仕途路，明年就会升职回京，朱老爷是三伯母的远亲，在泰兴这两年和家里走得很近，母亲的意思，想要朱太太在三伯母面前说些好话，让京里人都知晓她在泰兴有个好名声。在朱太太面前她不但要举止得体，还要能帮上忙。

姚婉如长吸了一口气，吩咐桐香："去和七小姐说，从前是我不对，祖母和母亲已经责罚了我，我也知道错了，就将那些借她的首饰都还给她。"

桐香睁大了眼睛："小姐，真的……要还……"

五小姐很喜欢那些东西，经常会拿出来看。京城里打的首饰，都是很精细的，尤其是从七小姐那里拿来的，五小姐看到就觉得高兴，就好像时时刻刻将七小姐踩在了脚下。

姚婉如道："给她。"她能还给她就能再要回来，下次拿回来就不止这些东西。

朱太太在老太太屋子里坐着，说起李大太太的事。

"我已经去了两次，李家下人都说大太太不见客，"朱太太试探地问，"从前还能一起说说话，现在怎么就躲起来，也不知这病算是好了，还是更严重了？"

姚七小姐总是姚家的女儿，姚家对李大太太的病应该是了如指掌，去了几次李家没有听到什么消息，她豁然就想起来，真是舍近求远，这样的事应该来姚家问。

寿氏忙看向老太太，婉宁每日都去李家，可是李大太太到底怎么样，谁也不知道，就算婉宁说了，那丫头的话能相信？她怎么也不信那丫头会治病。

老太太道："也不知道，婉宁倒是每天都去李家。"

这是将她的话又踢回来，奇怪姚家这是在做什么？突然让一个不受宠的七小姐出门，对这七小姐做的事仿佛还是一副不太明白的样子。

"老太太。"朱太太向左右看看，欲言又止。

寿氏忙看向管事妈妈，管事妈妈忙将屋子里的下人带出了花厅，又将隔扇紧紧地关上。

屋子里霎时安静下来。

"我不瞒您，老太太可知我为何那么在意李大太太？"说着朱太太脸上露出奇异的表情，"也不知道姚大人有没有提过……"

"听说朝廷派了巡漕御史，现在莫说泰兴，就是整个南直隶都人心惶惶，想要提前打听些消息，偏偏谁也不知道这次的巡漕御史是哪位。"

听到巡漕御史，姚老太太眼皮轻轻一抬："李御史蒙冤是因为漕运？"

跟聪明人说话就是容易很多。

寿氏还没想出个道理，老太太和朱太太已经打起了"太极"。

朱太太道："说的就是这个，李大太太回到泰兴，就是这两日李老爷也回来了，按理说李老爷才回到京里，如何也不能这么快来这里，更何况朝廷也没有明文说李老爷要任何职。"

寿氏这次听了清楚："朱太太的意思，李老爷就是巡漕御史？"

朱太太轻轻点头："李老爷回来之后，李家就闭门谢客，连泰州知府派来的师爷都挡在门外，"说着朱太太的眼睛发亮，"老太太，现在唯一能进李家门的，就是您的孙女。"

"您说这件事，是不是就落在您的肩上？"

"现在您还看不出来，过几日不知道多少人要羡慕您呢。"

巡漕御史下来，谁不想巴结，首先要甩掉自己屁股上的泥，然后才能求个好名声，升官发财都要看巡漕御史的奏折上怎么说，怪不得老太太会那么在意李大太太。

寿氏现在算是弄清楚了。

可是错就错在让沈家人找郎中，本来她们应该利用沈家得利，谁知道却引出了七丫头。

现在七丫头能随便出入李家，李大太太仿佛对七丫头也十分信任。

"七丫头还不知道能不能治好李大太太的病。"姚老太太沉着眼睛，神情十分的淡然。

朱太太的目光从老太太脸上到旁边的寿氏，在李家遇到姚七小姐她就觉得奇怪，姚老太太怎么用起这个不受宠的孙女。

提起姚七小姐，看到寿氏脸上有苦难言的神情她就更加疑惑，按理说姚家小姐能进李家，是件好事，在姚家女眷脸上怎么看不到半点的喜气。

朱太太试探着道："要不然将七小姐叫出来问问？"

寿氏只要想到上次她兴冲冲地带着人去婉宁的绣楼要罚婉宁的事，她的脸上就如同被甩了个巴掌。

一个她从来没正眼瞧过的丫头，现在让她去巴结，还要哄着那丫头高兴，让那丫头说话。

那怎么可能？寿氏心里不停地摇头。粮食的事她还窝着一口气，等着要跟沈家算账，只要眼前浮起婉宁那张素净的脸，她就觉得这些事都和婉宁脱不开干系。

朱太太目光闪烁地又开口："如果换了别人那还糟了，多亏是您家的小姐。"总不能姚家人，连一个小姐都管束不了，那也太可笑了些，姚七小姐就算是再厉害也不过是个小孩子，能兴起多大的风浪。

寿氏看着朱太太投来的目光，她张了张嘴又合上，要怎么说朱太太才能明白，婉宁一个快死的人，活过来之后就会治病了，不但在人前说得天花乱坠还有人相信。

要说李大太太是病急乱投医，这李大人也跟着糊涂了不成，婉宁天天去李家，她是天天盼着李家人能找上门说，姚婉宁根本不会治病，那时候她就可以笑着收拾婉宁。

可一天天过去了，李家是对婉宁越来越恭敬，每日另派车马护着婉宁回来，泰兴县里都开始传姚家七小姐医术高明。

县医署的人上门诊治都偷偷打听婉宁的事，如今连朱太太居然也跟着信了，到这里来起哄，生像是婉宁能做成什么大事。

她就不信这个邪，她可是斗败了四嫂才将这个家管起来，一个小孩子她还不能收拾得服服帖帖？

寿氏婉转地道："七丫头终究年纪太小，不像我们如姐儿好多事不用嘱咐就知道。"

寿氏忐忑地看了一眼老太太，老太太没有阻止她的意思。

寿氏索性放开了说："婉宁这孩子只说看病的事，其余一概不知，问也问不出什么。"

朱太太顿时一脸失望，刚想要再开口，就看到下人进门在寿氏耳边说了几句。

寿氏眉毛扬起又惊又喜，一副守得云开见月明的模样。

"怎么了？"老太太看着寿氏忍不住的笑，轻轻皱起眉头，寿氏忙将笑容压了下去。

"是婉如，"寿氏道，"婉如说要跟婉宁一起去李老爷家里。"

她早就想到了法子，哪里用得着求着婉宁打听消息。只要婉如能去，婉如一定能将李家的情形说得清清楚楚，如果再得了李家的信任，就算李老爷是巡漕御史，还能不给姚家几分薄面。

婉如这孩子，关键时刻真是不含糊。

姚老太太抬起眼睛，仿佛也十分惊讶："怎么五丫头也要去？"

寿氏嘴边含着笑，她才和朱太太说到婉如，婉如就说要去李家，真是时间拿捏得恰到好处。

老太太有些意外，眉头微微皱起，深深地看了寿氏一眼。寿氏大胆地回望了老太太，嘴唇微动想要解释，她是应该先和老太太说，可她实在忍不下这口气。

朱太太已经忍不住："那五小姐呢？六太太别忘了叮嘱几句。"

寿氏点点头吩咐管事妈妈："快将五小姐请进来。"

姚婉如特意换了一身湛青色褙子，看起来十分的清丽，上前给朱太太行了礼，朱太太笑着将姚婉如让到身边坐下。

老太太看了一眼身边的丁妈妈，丁妈妈快步走出了屋子。

屋子里一片欢快的气氛。

朱太太问了姚婉如最近都在做什么。

姚婉如一件件地说着，朱太太笑着道："真是不容易。"

话匣子一打开，老太太表情显得有些意味深长。

寿氏笑得无忧无虑："怎么想起来陪着你七妹妹一起去李家？"

姚婉如道："七妹妹年纪小，自己去又孤单，我过去好有个照应。"

姚婉如说完匆忙地看了一眼寿氏。

寿氏显得十分高兴，那个婉宁还在她的手心里。现在姚家可是她管家，婉宁再厉害能怎么样，还不是她手心里的蚂蚁。

"婉如，"朱太太低声道，"你妹妹年纪小，好多事不懂得，李大太太的病怎么样了，你要心里有个数，虽说是你妹妹给人治病，可是都要靠着你，你是个好孩子，怪不得你祖母和母亲都疼你。"

姚婉如水灵灵的眼睛看着朱太太："让太太笑话了。"一颦一笑都是大家闺秀的风范。

要说她，那是在长辈面前教养出来的，不像那个姚婉宁，虽然有沈家做依靠，沈家是什么人？父亲和母亲偷偷说过，沈家就是没用的蠢材在路上捡到了钱，换了一身光鲜的衣服，归根到底，还是蠢材。

寿氏轻声道："太太嘱咐你的都要听着。"

姚婉如轻轻点头："母亲放心，我都记下了，李家那边有我在，我都会打理个清清楚楚。"归根到底给李大太太看病的功劳都要落在她头上才行。

寿氏很满意，这件事她是先斩后奏，为的就是在老太太面前讨个巧，挽回上次丢掉的脸面。朱太太这边满意，老太太那边她也光鲜。

"什么时候去李家？"朱太太不在意这些，她只想知道什么时候能打听出消息。

"这就过去。"姚婉如理着自己的鬓角。

太好了，朱太太眼底闪过一道光，看向姚老太太："三太太不是总说让六太太和五小姐去京里玩些时日，我们老爷可能要回京任职了，到时候我们不如结伴同行。"

老太太没有接话，而是笑着恭喜朱太太："这么说朱老爷要高升了。"

朱太太一脸欣喜。

话说到这里已经差不多了，老太太催促寿氏："快去安排车马吧，早点过去别误了事。"

朱太太起身："我和五小姐一起出去，改日再来看老太太。"

几个人一路向垂花门走。

姚婉如身后跟着三个丫头，两个婆子，整个姚家仿佛都兴师动众起来。下人捧着点心盒子，各种五小姐用的物件。真是大小姐要出行的架势。

寿氏心满意足地翘起嘴唇。

这才对。

几个人还没走到垂花门，赖妈妈匆匆忙忙走过来。

寿氏忙问："车马都准备好了没有？有没有去喊七小姐？"

朱太太也停下脚步，她也想再看看那个七小姐，上次在李家她还没看清楚，脑海里只有一个大概的印象。

这次来姚家，她就想要侧面探听一下这个姚七小姐，谁知道五小姐也会跟着去李家，这样一来这个七小姐也就不重要了。

"七小姐……"赖妈妈恨不得自己的嘴被夹住，让她一个字也说不出来，这样她就不会在众目睽睽之下丢丑。

七小姐……赖妈妈又是递眼色又是摇头："七小姐已经走了。"

寿氏脸上的笑容如同被冰冻住一般，僵在那里，却很快又化成水付诸东流。

寿氏瞪大眼睛，眉毛几乎竖立着。

赖妈妈道："因为……是……是李家的马车，所以都听七小姐的。"

这些日子婉宁连家里的马车都不用了，一直都是李家来人接送，所以婉宁才敢有这样的倚仗。

寿氏几乎能听到自己咬牙的声音。

童妈妈轻轻撩开车厢的帘子看向外面，马车像每天一样出了胡同，过了西街，今天去李家，小姐只带了她一个，没有耳目探听，童妈妈心里也放心许多。

马车拐进一个胡同停下来，婉宁看向外面："到了吗？"

外面就传来婆子的声音："七小姐，太太让我来接您了。"

车厢帘子被掀开，婉宁弯身走出去，站在旁边的沈四太太见到婉宁忙伸手拉着她上了沈家的马车。

婉宁刚坐下来，李家跟车的婆子就隔着车厢低声道："姚小姐您放心，我们太太都安排好了，谁也不会知道您半路换了车，一会儿您过来李家的时候就吩咐车夫走后门，会有下人在那里接应。"

婉宁道："和太太说一声，我过一会儿就到。"

她想要见舅舅和舅母，李大太太愿意帮忙，这样一来有人替她遮掩，她省了许多事。

马车到了一处宅子前停下。

沈四太太和婉宁一起走下车，刚进了门口，沈敬元迫不及待地迎了出来。

婉宁抬起头看到了舅舅。

舅舅穿着一身青色的直裰，严肃的脸上有几分动容，眼睛周围已经有了细细的皱纹，比她记忆中的老了不少。

记忆里，舅舅像是一个不苟言笑的贵公子，母亲常说，舅舅投错了胎，应该是书香门第家的少爷，身上不沾一点商贾之气，可是自从母亲出了事，外祖父身子愈发不好，沈家的重担就落在了舅舅肩上。婉宁忽然觉得，沈家这些年也许并不像她得知的那样光鲜富贵，否则舅舅也不会老成这个样子。

舅舅看了看她，先急着问舅母："怎么样？一路可顺利？"

舅母连连点头，舅舅才放下心。

婉宁心里如同淌过一股热流，暖暖的又酸酸的，让她欢喜又难过，隔了这么多年终于见到了关切她的人。

沈敬元嘴唇动了两下，不知道说什么才好，还是沈四太太道："别在这里站着了，快进屋说话吧！"

沈敬元才回过神来，看向婉宁："快，先进去。"

这是一处三进院的宅子，里面布置得很简单，一处小小的假山石，旁边种着琼花树。

沈四太太道："你舅舅说，你要用，不要买太大了。"

婉宁点头，这样看起来更像是行商人落脚的地方，很好，简单不张扬。

院里院外都有下人在伺候。

舅舅和舅母安排得比她想的要快。

沈四太太道："这里离扬州近，调人也容易，你放心，都是信得过的。"

几个人在屋子里坐下，沈敬元上上下下看了婉宁儿遍："个子小了些，身上是不是还不舒服？我请了郎中，一会儿给你看看脉。"

婉宁摇摇头："舅舅放心，我已经好多了。"

还叫他舅舅，沈敬元只觉得眼前一片模糊，忙别开了眼睛，谁知道转头就看到沈四太太在偷偷抹泪，沈敬元咳嗽一声，岔开话题："你说要在泰兴收米？你准备要怎么做？"

说起这个，婉宁笑着道："我托人让舅母帮我准备的东西可准备好了？"

沈四太太点头，准备那些东西倒是容易，只是她想不明白，婉宁到底要用那些东西来做什么。

猪骨牛骨熬成的胶、炒熟的面、饴糖、糖霜、鸡蛋清、丹曲。

光是看着这些东西，谁也弄不清楚婉宁到底要做什么。

婉宁站起身和沈四太太一起去了厨房。

沈四太太看着婉宁伸手去拿鸡蛋："要做什么让厨娘去做。"

婉宁摇摇头："这东西，厨娘还真的不会做。"

不过却是她最拿手的，谁叫她最喜欢吃糖，各种味道的糖，每天兜里都要放几块，做完了事她就剥开一块放进嘴里，又酸又甜。

现在做的这个也是她最爱中的之一。

看着婉宁熟练地忙碌起来，沈四太太忍不住又问："到底要做什么？"

"做糖。"婉宁打破鸡蛋，将蛋清留出来。

做糖？这孩子怎么想起来做糖，大街上有的是东西，各种各样的糖，想吃就去买来，何必这样大费周章，再说，做糖为什么要用骨头熬成的东西。

"舅母别急，一会儿就会做好。"

婉宁看向旁边的厨娘："你来帮我的忙，我怎么说，你就怎么做。"

厨娘安静地点头。

沈四太太眼看着婉宁和厨娘在屋子里忙碌，屋子里不时传来交谈声。

"七小姐，是这样吗？"

"要接着打。"

两个人说话就像在打哑谜，沈四太太是半点也听不清楚。

婉宁卷起袖子满脸笑容地走来走去，让沈四太太看愣了，不过是进厨房做点东西，婉宁怎么那么高兴。

天忽然阴下来，开始淅淅沥沥地下起雨，沈四太太刚要让人去撑伞，就在角落里看到了一个小小的身影。那身影显然也看到了她，正准备转身逃跑。

"昆哥。"沈四太太将昆哥叫住，昆哥低着头从穿堂里跑出来，后面是脸色难看的乳娘。

"四太太，都是我不好，我没看住六爷。"

昆哥不等乳娘将话说完，就很大胆地摇头："母亲，我想来看看七姐姐。"

昆哥是来看婉宁的。

雨下得更大起来，木叶的清香在庭院里飘荡，昆哥头发上沾了雨水，还不停地向厨房里张望。

沈四太太忽然心软起来："想来就说一声，躲躲藏藏的做什么？你姐姐和厨娘一起做东西，等一会儿做好了……"

沈四太太还没说完话，婉宁已经看到了昆哥，笑着向昆哥招手："昆哥过来，我给你看好东西。"

昆哥撇开沈四太太欢快地跑进厨房。

沈四太太直起腰，看到婉宁蹲下身让昆哥往碗里瞧："一会儿就做好了，到时候第一个给你吃。"

昆哥点头，乖顺地站在旁边，和婉宁不生疏，张嘴就说起话来。

"我方才和先生一起读书了，母亲说我读得好，要给我做只荷包。"昆哥说着看向沈四太太，好像是让沈四太太印证。

沈四太太笑着点头："先生说昆哥读得好，还答应我们一起回扬州教昆哥。"

昆哥才六岁，请先生教是不是有点小，难不成舅舅想要昆哥走科举这条路？

"昆哥爱读书。"昆哥仰起头十分认真地说。

"是啊，"沈四太太立即接口，"昆哥就喜欢读书……可惜找不到好西席……"如果是姚家请西席一定不难，听说来的是商贾，只要有名气的西席都摇头拒绝。

想到这个，沈四太太就觉得亏欠了昆哥。

舅母的神态有些奇怪，每次提起昆哥都是一副意味深长的神情，竭力地在隐瞒着什么。

昆哥。

婉宁将昆哥仔仔细细地看了一遍。

昆哥的长相越看越不像舅母，勉强说算是有些像舅舅。

昆哥扬起脸："昆哥长大了，要和先生一样去考童生。"

沈四太太笑着："好啊，说不定我们昆哥也能金榜题名。"

婉宁想起小时候跟着父亲在任上，有一次她跑进了晒书场，低着头去闻晒着的书，她喜欢闻那种淡淡的纸墨香气，她还想将书拿起来闻，要不是乳娘发现得早，她就将书扯坏了。

母亲心有余悸地说起这件事，父亲并没有害怕，而是将手放在她头顶："将来我们家要出个才女。"

那时候父亲和母亲还是很好的。

婉宁将思绪拽回来。

大周朝没有商籍，沈家从前就靠着族亲入了附籍，表面上看就是乡绅，大周律规定娼、优、隶、卒及其子孙不得入考、捐监，并没有说入附籍的乡绅不行，只不过商贾之家，总被书香门第排挤，谁也没有心思去考科举。

舅母虽然笑着，眼睛里却是不情愿的神情。

是怕昆哥在这条路上栽跟头，还是有别的原因？婉宁很想知道。

"七小姐，这样算是做好了吧？"

厨娘的声音传来，婉宁抬起头去看。

"好了，等晾凉我们再看看。"

沈四太太也被吸引过去，看到厨娘端来的东西模样古怪，她从来没见过："这是什么糖啊？看着像猫的爪子。"

莹白色的圆球上面，像是被小猫踩了一脚，脚印还是粉红色的，就像猫脚柔软的肉垫。

昆哥仰着头看。

"昆哥，你有没有见过这样的糖？"

昆哥摇头："不过我知道二姑母喜欢吃糖，每次母亲带我去看二姑母都送不少糖果去。"

舅母带着昆哥去看母亲？婉宁抬起头看向沈四太太。

沈四太太手不由得一抖，忙错开了目光，将视线落在那些糖上："这些东西可真好看，这是要拿出去卖？"

婉宁摇头："不是，只是拜访泰兴县里有名人家送去的茶点心。"

"拜访泰兴县里的人家？"

婉宁点点头："我们的商铺不是做茶叶买卖吗？我们就选上好的龙井送给士绅富商，茶要送，茶点也要送。"

昆哥的目光还落在可爱的猫爪糖上："现在能吃吗？"

"还不能，"婉宁看向厨娘，"上面也要盖一层我们炒好的面，现在这种天气大约半个时辰就可以拿出来吃了。"

从厨房里出来，婉宁看了看时辰："不能让李大太太等太长时间。"

沈四太太颔首："我让人去准备车马。"

沈敬元还是不放心："在姚家要处处小心，若是过得不舒坦……就让人捎信给我，我和你舅母要在泰兴住上一阵子。"

舅舅是因为担心她所以才不走的吧？

"舅舅今年不去边疆？"

沈敬元摇摇头："现在……和从前不一样了，换盐引用的粮食越来越多，有人用杂糠米上仓，还有人用白条兑盐引，这次回来我是真要买些粮食。"

原来舅舅是真的要买粮。

这件事寿氏一定知晓，要不然怎么会那么有底气地卖粮。

沈敬元不想多说："你那茶铺上的掌柜刚好在常州府，这几日就能过来。"

婉宁道："我已经想好要怎么办，就要辛苦舅舅等那掌柜进了泰兴就开始操办。"

准备东西，到那掌柜来办事，不过是几天的工夫。

婉宁将提前写好的东西递给沈敬元。

"等掌柜来了，舅舅交给他，我不一定有机会一直来这边，想要见面还有别的法子。"

不能逗留的时间过长，免得李家那边不好做，婉宁起身告辞。

沈四太太和昆哥将婉宁送出门，临上马车之前，婉宁转过头来看舅母："还不知道昆哥的生辰是什么时候。"

"是三月初五，"沈四太太笑着道，"三月初五那天是昆哥的生辰。"

婉宁慢慢思量："母亲还没回扬州的时候舅母就怀了昆哥？那时候我们都还不知晓。"母亲是六月被休，这样推算舅母那时候已经有孕。

沈四太太神情微微一僵，手紧紧地拉着昆哥："你年纪小不知道这里的道理，那时候……谁也不知道，连我也不清楚，后来你母亲……出了事，我们就没有往来消息。"

舅母生下三哥哥之后小产过一次，多少年一直用药补着身子。母亲还从京里捎药给舅母，后来舅母好像不太吃药了，要给舅舅纳妾，因此还跟母亲哭了一场。

婉宁蹲下身来看着昆哥："昆哥，你想不想找个好的先生来教你。"

昆哥点点头："想。"

"那就好好读书，"婉宁伸出手来整理昆哥的衣襟，"你好好读书，我们一定会请到好先生。"

婉宁看着昆哥那双和她一模一样的眼睛闪烁着恳切、坚定的目光，伸出手臂将昆哥抱在怀里。

沈四太太没有料到婉宁会这样。

婉宁在昆哥背后微微笑着。

真好。

若是她有半分的软弱，就会病死过去，不可能会见到昆哥，日后更不会将母亲接到身边。

她喜欢昆哥，那种血亲般的亲昵，她想要伸出手来抱抱他。

人生就是应该这样，欢喜的时候就该欢喜。难过的时候就该难过，不要遮掩着，更不要躲藏。这是活着最大的快乐。

怪不得舅母会跟昆哥说，她是昆哥最亲的姐姐。

最亲的姐姐。

也许就应该从字面上来了解这句话的意思。

昆哥和她这样的相像，舅母每次提起母亲都是又感激又愧疚的神情，见到她时想让昆哥和她亲近却又不由自主地攥紧昆哥的手。

舅母总是忐忑又害怕，好像怕谁会将昆哥从她身边带走。

这样的情绪，不会出现在一个生母身上，舅母的表现像是一个过度担忧的养母。

按照昆哥的生辰和舅母方才的话，如果是母亲离开姚家时才发现有了昆哥，大有可能会将昆哥留在沈家。

一来昆哥是男孩，回到姚家继母不会容得下这个嫡长子。

二来舅舅唯一的子嗣先天不足，如果有了昆哥在沈家，沈家不但有人承继，母亲日后也会有人奉养。

这是两全其美的事。

说不定昆哥就是她的亲弟弟。她可以张开嘴问舅母，只要问问舅母就能知道答案。但是在现在，她不能问。舅舅和舅母这样小心翼翼，她不愿意再给他们徒增负担，无论如何，她都会将昆哥当亲弟弟一样。

送婉宁上了马车，沈四太太直接去了堂屋。

沈敬元正看手里的账目，听到脚步声抬起头来，看到的是妻子脸上的泪痕。

"怎么了？"沈敬元皱起眉头。

下人陆续走出屋子，沈敬元和神情恍惚的沈四太太一起进了侧室。

坐在临窗的大炕上，沈四太太忍不住哭出声："老爷，我觉得，婉宁都知道了。"

一句话没头没尾，本来刚才还好好的，现在就伤心起来。

"怎么回事？婉宁知道什么了？"

沈四太太抬起脸，眼睛已经通红："知道了昆哥的事。"

这下轮到沈敬元惊讶，半晌才道："婉宁问你了？"问出这句话，他仔细地看着沈四太太，生怕听到什么他不想听到的回答。

至少现在他不想听到。

"没有，"沈四太太摇头，"可是……婉宁临走的时候抱了昆哥。"

"然后呢？"

沈四太太摇摇头。

沈敬元松了口气："我还以为怎么了，不就是喜欢昆哥所以抱一抱，姑舅姐弟也不是就不行，你就是想得太多了才疑神疑鬼，婉宁才十二岁，你没说我没说，怎么可能就看出来。"

听着老爷的劝说，沈四太太也冷静下来，用帕子去擦脸上的眼泪："真是我想太多了？"

"想想也知道，婉宁在姚家过得不好，抱一下昆哥，是因为把我们当最亲近的人，"沈敬元说着坐在椅子上，"你还要照应两个孩子，关键时刻可不能乱了方寸。"

真的是她想太多了？

沈四太太刚要再说话，外面就传来昆哥清脆的声音："我要把七姐姐做的糖给父亲、母亲，七姐姐做得真好吃。"

听到昆哥的声音，沈四太太脸上立即露出笑容。

"让昆哥进来吧！"

昆哥快步跑进来，手里捧着一个盘子，乳娘跟在后面喊着："六爷，六爷慢着些。"

"别追他，让他自己走，这么大了怎么捧不住一个盘子。"

沈敬元板着脸，却遮不住慈爱的神情。

乳娘忙停下来，眼看着昆哥将盘子递到老爷、太太面前。

"父亲、母亲，你们瞧。"

沈四太太低头看过去，不禁惊讶："这是什么啊？"

这是什么啊？看起来这么精巧这么好玩，让人忍不住要去拿一个。

"我喂母亲吃。"昆哥欢叫着伸出小手来将软软的糖拿起来送进沈四太太嘴里。

一咬软软的。

从来没吃过这样的糖。带着一些糯糯的味道，不似平常糖果那般甜，而是一种淡淡的甜味儿，让人咬又不舍得咬。

这是什么呀？这是什么糖啊？

李老爷打发人去问李大太太的情况："大太太怎么样？"

下人来道："还在等姚七小姐呢。"

还在等。

每天只要到了姚七小姐要来的时辰，荣珍都说不出的高兴，昨日还破天荒地下厨和厨娘一起给他做了盘桂花糕。

两夫妻坐在屋子里，一盘桂花糕吃了一晚上，细细地嚼，细细地咽，看着头顶的月亮，多少年没这样了，这样的生活失去了再得到，恍如重活了一次。

吃完了，荣珍和他说了一句话，我还以为再这样和老爷坐在一起，是下辈子的事了。

这样的生活是下辈子的事了。真是恍如隔世。

听了那话他的眼泪不由得涌出来。

"姚氏的药到底有没有用？"声音从旁边的谢严纪嘴里传出来。

李老爷几乎不假思索："有用，现在内人只要一日不见姚七小姐，就会坐不安稳。"

谢严纪道："我从扬州找了一位大夫，让他看看姚七小姐的方子，多个人参详总好一些。"

李老爷摇头："姚七小姐不开药。"

不开药？居然和外面传言一样真不开药。

这李子年脑子糊涂了不成，这样也敢让姚七小姐乱来。

"真是胡闹，"谢严纪忍不住道，"哪有这样的事，你可别忘了这次来泰兴是为了什么。"

李子年忍不住去看坐在旁边的男子。

穿着青色的长袍，低顺着眉眼听他们说话，阳光映着斑驳的影子进来又出去，他却静如一幅山水。

谢严纪向来脾气不好，现在更是暴跳如雷。

李子年皱起眉头道："内人不会乱说。"

"一个十二岁的女子，就让你这样相信，你也不想想，她背后是谁？"谢严纪从椅子上站起来。

刚晴了的天又开始如掉豆子般下起雨来。

不知是谁撑了一把黄色的油伞走进来，雨点打在伞上面的声音正好淹没了谢严纪的话。

屋子里的人抬起头向院子里看去。

只瞧见一把伞和半片飘在空中的青色衣裙。

雨点急匆匆地下。

她却走得很慢，很自然，不慌不忙一路提起裙子让人簇拥着向前。

两边的下人已经将她娇弱的身影淹没。

"姚七小姐来了。"下人进屋禀告。

这就是姚七小姐。

这个姚七小姐。

谢严纪冷笑一声，等着李老爷："你还是不是那个不怕死的李子年？竟然被一个女子糊弄。"

"奕廷，你倒是说句话啊。"谢严纪急得跺脚。

"这是李大人的家事，"崔奕廷端起茶来喝，"不过李大人别忘了，姚七小姐和沈家的关系。"

"沈家是商贾，"说到沈家，崔奕廷眉宇中闪过一丝嘲讽，"沈家最近在泰州府收粮，商贾不做赔本的买卖。"

商贾只懂得讲利益，靠米盐兴家的沈家，尤其擅算计。

姚七小姐，从一个柔弱的小姐倒有这样的本事，身后必定是有沈家。

谢严纪的话没错，李子年确实应该小心。别被那些利欲熏心的人利用。商贾就擅长做这些事，尤其是沈家。

谢严纪冷声道："你别忘了，他们贪的那些漕粮要谁运出去，到时候真查到沈家头上，沈家反咬一口，姚七小姐求你帮忙，你帮是不帮？"

李子年从来没想过这个。

"我千里迢迢给你找良医来，你看也不看，要我说你什么好。"谢严纪瞪圆了眼睛。

那个女子就这般厉害？让李子年这样的硬骨头都俯首帖耳。

"既然会治病，还怕别的大夫诊脉？"谢严纪道，"还不是怕人戳破她的把戏。"

谢严纪话音刚落。就有下人碎步走到廊下，来不及收起手里的伞只是抹了抹额头上的雨水就禀告："老爷，姚七小姐说，既然家里来了有名的大夫，不如就请进去给太太诊脉。"

就这样送上门来，胆子可真不小。

"劳烦先生。"李子年向大夫行礼。

被请来的大夫让李家下人带着去了二进院。

从李家前院到后院不过是几步路的距离，这几步秦伍却想了不少事，他七岁跟着父亲学医，到现在已经小有名声，治病开方剂，在他看来无论哪个派系都是一样的治法，用药大同小异，开方子辨脉，没有前人没遇见过的病症，所有的方剂都能追本溯源，他知道有他治不了的病，但是不相信他会连怎么治病都看不懂。

若是姚七小姐在治病，他就能看个明白。

穿着青色半臂襦裙的丫鬟撩开帘子，就听到里面传来一阵笑声："我好久没染指甲了，抹在上面凉凉的。"

秦伍正想着里面的人是谁，就听下人道："太太，大夫来了。"

然后是一个清脆的声音："那我先避一避。"

看着要起身的婉宁，李大太太皱起眉头："还是别看了，我……有什么不好，"声音有些埋怨，"怎么非要来看。"

秦伍顿时觉得脸上滚热，从来都是病患请他来看病，还没有他进了门却被人这样埋怨的。

都怪他听说了李大太太的病症，突然就好奇起来，与他相熟的丁泉来给李大太太诊过脉，说李家人都哭成一片，李大太太就像得了癔症，怎么也好不起来。

这样的病，不可能不药而愈。

"大夫，您跟我进来吧！"

秦伍这才回过神，抬脚进了门。

屋子里有股淡淡的花香，闻起来沁人心脾，窗子都开着，不时又有泥土的香气飘进来，浅蓝色的纱帐，花架上摆着一盆盆兰草。不知怎么的，看到这些就让人心中开阔起来，这哪里像是病患住的地方。

下人挽起幔帐，秦伍坐下来，好半天幔帐那边的李太太才不情愿地将手伸出来。

秦伍仔细诊治。

屋子里十分的安静，院子外却有下人谈笑的声音："再摘些凤仙花，明天拿出来我们也染指甲。"

到处都是欢快的声音。

只有他垂着头在诊脉。

时间一点点地过去，秦伍皱起眉头，额头上慢慢渗出汗来。

李大太太的脉象……怎么会这样？

这到底是怎么回事？

秦伍不由得抬起头，幔帐后隐约有个身影，像是一位太太。

这就该是李大太太没错。

"大夫，我的病怎么样了？"

从脉象上来看……

脉象从容和缓，不迟不数……

硬说有什么病症，就是脉象微浮，秋季就算是常人也会这般。

这哪里是病人。

就算是之前得了重病，那么现在这病不但有了起色，而且是……真的要好了。

病好了。

他没想过会这样。真的如同李大人所说，李大太太的病好多了。不是骗人，也不是故弄玄虚，是真的好了。

李大太太的病泰州府远近皆知，不可能有假，那么这样的脉象到底是怎么回事。

"大太太从前的脉象在下没见过，如今的脉象……真是和常人无异，若是让在下说，大太太如今……没病……"

李大太太攥紧了帕子，嘴边露出笑容来，没病，真的像姚七小姐说的那样，她没病了，她害怕不敢见郎中，今日是被逼无奈，要替姚七小姐说句话才会让大夫进来诊治，她心里没有太多期望，以为这次还是像从前一样，谁知道这位大夫会说出这样的话。

她真的没病了。

李大太太霍然站起身，伸手掀开帘子径直走向侧室。

秦伍没想到李大太太会突然走出来，他吓了一跳还来不及躲避，李大太太已经一阵风似的进了侧室。

李大太太脸上挂着眼泪。

"我好了。"

秦伍听到李大太太喜极而泣的声音。

然后是一个清澈的声音在轻声安慰,"大太太以后就再也不用害怕。"

秦伍傻站在那里,听着屋子里说话的声音。

他有生之年还没遇到过这样的情形,千里迢迢来给一个没病的人诊治。

他应该转身离开,可是这件事实在是蹊跷,他忍不住要开口问:"敢问姚七小姐,李大太太的病真的没有用药?"

屋子里顿时安静下来。

"没有。"

秦伍委实想不通:"那姚七小姐用的是什么法子治病?"

"大夫还不相信姚七小姐会治病?"李大太太忍不住皱眉。

他怎么会轻易相信,行医这么多年,也听说过许多奇怪的传言,也见过多少"奇人",真的去探究,那些人不过是故弄玄虚。

"并不是所有的病都要用药石才能治好,一定说用药,"婉宁微微笑着,"我用的是心药。"

谢严纪不时地看向李子年。被流放了几年,脑子就不清不楚了,连沈家的话也相信,竟然让沈家人找了姚七小姐来治病。

"子年兄,你也不用着急,我请这位大夫说不定就能治好嫂夫人的病。"

李子年欲言又止,看到崔奕廷,他才叹口气:"是内人不想看大夫,并不是姚七小姐,内人是被大夫吓怕了,只要提到大夫就会害怕。"

"我让人去问姚七小姐怎么办才好,姚七小姐说,会有大夫找上门来,到时候内人的病才能真正好起来。"

这是什么话?这话是什么意思?早就说会有大夫找上门?

谢严纪皱起眉头。

崔奕廷却抬起了眼睛,一个十二岁的小姐说出这样一番话,是早就料到会有人不信服她的医术,带着大夫找上门,若是这样他还真是小看了这位姚七小姐。

"老爷,大夫诊脉回来了。"

下人掀开帘子,秦伍带着徒弟进了门。

秦伍脸上是略带惊奇的神情。

李子年忍不住询问:"太太的病如何?"

谢严纪看着秦伍。

秦伍缓缓道:"大太太现在已经没病了。"

谢严纪惊诧地瞪圆了眼睛:"怎么?真的好了?"

李子年站起身,半晌才想起来高兴,大大的笑容浮现在脸上:"真的像姚七小姐说的那样,等大夫自己找上门,内人的病就好了。"

谢严纪:"真是姚七小姐治的病?"

十二岁的小姐,姚家的七小姐,从来没听说过会医术的姚七小姐。

"用了什么药?"

李子年摇摇头:"没用药。"

看着谢严纪惊呆的神情,李子年有些好笑,谢严纪这个铁面御史,凡事都要查个究竟,这次却栽在姚七小姐手里。

谢严纪忽然笑起来,看向椅子里的崔奕廷:"奕廷,我今天真是输给了一个小丫头,子年兄多有得罪，"谢严纪向李子年躬身："嫂夫人病愈是件莫大的喜事，实当庆贺。"

他也小看了姚七小姐，崔奕廷笑道："不只是谢大人，我也不相信。"没想到姚、沈两家结亲会生出这样的小姐。

可惜了，沈家是里通外国的败类，姚家是假仁假义的小人，现在都一副光鲜，只不过人尚不知晓罢了。

崔奕廷望向窗外，仿佛看到了烽烟弥漫。

崔奕廷神色安详，薄薄的嘴唇微微勾起，不会有那一天了。

第四章　报恩

婉宁坐在马车里，片刻工夫童妈妈也气喘吁吁地上了车。

婉宁看着额头上起了一层汗珠的童妈妈："将来我身边可信的人多了，也免了妈妈这样辛苦。"

"奴婢不怕辛苦，只怕帮不上小姐的忙，"童妈妈说着，"舅太太那边都问清楚了。"

婉宁点点头，童妈妈还要说话，婉宁伸出手放在唇边做了个噤声的动作，掀开了马车的帘子。

从李家走出几个人，李老爷身后跟着一个身材挺拔、相貌英俊的男子，虽然离得远还是能看到他那双清亮的眼睛，他身边是个年逾四旬穿着常服不苟言笑的中年人。

"童妈妈有没有看着眼熟的人？"

童妈妈摇摇头："奴婢没有见过陈家少爷那位表兄，见到也是不识得。"

婉宁让舅母帮忙打听陈季然的表兄，没想到陈季然的表兄刚好今天来李家。

婉宁放下帘子："就是那个人了。"

那个年轻的就是陈季然的表兄。

童妈妈咳嗽一声，马车开始向前行。

"小姐为什么要弄清楚哪个人是救过您的崔家少爷？"

任谁都会想知道谁是自己的救命恩人，她心里感谢这个崔家少爷，也有些好奇，为什么那么巧崔家少爷就带了两个会水的丫头来姚家。

"舅母怎么说？"

之前见到昆哥，只顾得和昆哥说话，将崔家少爷这件事忘记了，她以为要打听一个人不是个简单的事，没想到这么快就有了消息。

"舅太太说，这位崔家少爷，大约我们家也识得，可能从前我们家对他还有救命之恩，若是这样，崔家少爷救了您，也算是报了恩。"

竟然还有这么一说，现在听这话，怎么感觉这个崔少爷是专门来还沈家恩情的。

婉宁越来越觉得哪里不对，却又一时想不通透。

沈敬元那边也在想崔家的事。

提起崔家就应该想到一阁臣双尚书，先皇后的娘家，崔家。

商贾之家也要清楚朝中事，对朝中的显贵如数家珍，可是这个崔奕廷他从前还真的没听说过。

先皇后娘家姓崔，皇后娘娘的弟弟崔实图是户部尚书谨身殿大学士，崔实图致仕之后崔实图的弟弟崔实荣从县令做起，如今也任户部尚书，崔实荣家的公子崔奕诚上个月生辰的时候，堂兄提醒他送份大礼给崔尚书，他没听，现在盐引愈发难做，堂兄因此埋怨他不通事理，应该将当年和崔家的一件事说出来，崔大人说不定会帮忙。

沈家和崔家的确有些交情，兄长还在世的时候，有一次从强人手里救过一个孩子，就是崔大学士家的少爷，他就从崔奕诚想到崔奕廷。

既然都是奕字，应该是一家，可是崔实荣家中只有一位公子。

再说若是崔实荣的公子来了泰兴，整个泰兴早就沸腾起来，哪里用得着他去打听。

还是妻子提醒他，莫不是同宗。

崔实荣大人的同宗，他就想起早早致仕的崔大学士。

崔奕廷该不会就是崔大学士的儿子，兄长当年救的孩子。

如果是这样，还真是巧。

这样一来就是一还一报。

沈敬元正想着，前院管事来禀告："老爷，有崔家人来送礼物了。"

刚想到崔家，崔家人就来送礼……

沈敬元看向管事："什么人来送的？"

管事道："是崔家的下人，拿了崔家的帖子。"

管事将帖子送到沈敬元手上，沈敬元打开看到了两个名字，父崔实图，子崔奕廷。

真的是崔大学士家的公子。

"快请进来。"沈敬元松开眉头，脸上带了些笑容，婉宁的事他还要好好谢谢崔奕廷。

管事应一声出去，不多一会儿带来了崔家的下人。

崔家下人向沈敬元行了礼："沈老爷，我家公子让我来送东西，谢谢沈家当年搭救之恩，东西我让人放在院子里，请沈老爷过目。"

东西不重要，沈敬元道："该我道谢才是……"

沈敬元正要说婉宁的事，崔家下人已经打断他的话。

"我家公子说，算是以恩报恩，从此之后两不相欠。"

沈敬元的笑容一下子僵在脸上。

整个屋子变得十分安静，沈敬元能听到自己的心跳声。

这崔奕廷是什么意思？什么是以恩报恩两不相欠？既然两不相欠，还让人送礼物来做什么？是有意来说这些话？

诧异、惊奇让沈敬元说不出话来。

崔家下人倒是早有预料，恭恭敬敬行了礼："我家少爷说，小时候曾吃过沈家的饭食，如今也要还来。"

还饭。

沈敬元从来没听说过这样的事。

居然会有人郑重其事地来还饭。

崔家下人不动声色，规规矩矩地说完这些话："沈老爷，小的将东西送到就告退了。"

沈敬元挥挥手，让人将崔家下人送出去。

脚步声过后，整个院子只能听到不时传来的鸟鸣，沈敬元看着几只蒙着红布的箱子，他快走几步到了箱子前，弯下腰一下子将箱子打开。

一股芝麻的香气顿时飘出来。整整一箱子的烧饼，仿佛还冒着热气。

热腾腾的烧饼。真的是来还饭的。

沈敬元的脸完完全全地沉下来。

马车还没到姚家就停下来，车厢外传来婆子的声音："奴婢想跟姚七小姐说句话。"

童妈妈撩开帘子，婉宁看到了舅母身边的苏妈妈。

左右没人，苏妈妈立即上前："七小姐，我家太太让我来跟您说一声，您不是打听那个崔……"

婉宁点点头："妈妈上车来说。"

童妈妈将帘子撩开，苏妈妈两步就登上马车。

来不及喘口气，苏妈妈就道："七小姐问那个崔家，崔家刚刚送礼物去我们家。"

那个崔奕廷才从李家离开就送了礼物给舅舅？

苏妈妈脸色有些奇怪，婉宁抬起眼睛问过去："可是有什么不对？"

苏妈妈吞咽一口："那个崔家少爷，送了满满三箱的烧饼，说是要还我们家的饭食。"

童妈妈差点惊呼出声。

三箱子烧饼。这还是什么饭食？

婉宁稳着心神："舅舅怎么说？"

"我家老爷气得不得了，不知道崔家少爷是什么意思……"

婉宁慢慢道："还债，从此两清。"从救她到去舅舅家送礼，崔奕廷都是一个意思。

苏妈妈忙颔首："崔家下人来，说的就是这个意思，太太说，从来也没得罪崔家，怎么就有了这样的事，那些东西摆在院子里，还不知道要怎么办，"说着顿了顿，"太太让七小姐小心些，再听说那个崔少爷，远远地避开。"

"好办，"婉宁抬起头来，"我有一个法子，妈妈可以回去告诉舅舅。"

苏妈妈回到沈家，径直向主屋里赶。

沈敬元坐在椅子里，一脸的冷笑："真是墙倒众人推，都知道这两年沈家年景不好，有人上门要债，还有人急着跟我们撇清关系。"

"老爷别生气，"沈四太太轻声道，"本来我们家也没记着崔家这笔恩情，崔家要还就还了，好歹他算是救了婉宁。"

沈敬元沉着脸："若是他不送这些东西来，我还念着他的情，如今他这么做，分明是来羞辱沈家。"

崔家这样做确实有些过分，两家之前有恩情没有仇恨，怎么也走不到这一步。

沈四太太正不知道怎么劝说才好，苏妈妈进了门。

"婉宁那边可说了？"沈四太太开口询问。

苏妈妈点点头。

沈敬元却眉头紧锁："你将这些事告诉婉宁做什么？她一个小孩子知道又怎么样？"

沈四太太转头看向沈敬元："还是婉宁让我们打听崔家，从前我们都觉得崔家是好心肠，谁知道却这样……我是想提醒婉宁一声，免得哪天遇到了要吃亏……"

"崔家少爷是外男，就算跟着陈季然进姚家也是遇不到，你真是白操这份心。"沈敬元拿起茶来喝，到了嘴边却又觉得嘴里没了味道，将茶重重地放回去。

真是步步艰难。也不知道当年父亲如何经营这份家业。他也用尽了心血，到头来事倍功半，哥哥没了，身下也没有子嗣，他这边又是这个模样，要不是辰娘大义，恐怕将来沈家的家业就要交给族亲，现在没有人帮忙撑着沈家，却人人惦记着这份家财，他是管了这边顾不着那边。

将来，还不知道要如何，他能不能撑到昆哥长大帮他，这都是他盼也不敢盼的事。

唉。

沈敬元想要叹口气。

"我看婉宁比谁都聪明，以后沈家的事说不定能帮老爷出个主意。"沈四太太的声音传来。

婉宁吗？沈敬元立即摇头。

婉宁毕竟是身在姚家啊，而且是个女子，将来要嫁人的。靠着姚家嫁人能嫁个好人家，靠着沈家能做什么？他真不知道是该让婉宁和他们多亲近些，还是有些距离。

他整天奔波在外，就是怕连妻儿都护不住。辰娘的事就是个例子，任他怎么闹，姚家还是一样将辰娘休了。沈家没有官身可依靠，到头来就是被人欺负。多少商贾之家起起伏伏，他都已经见怪不怪了。

苏妈妈道："七小姐说，这件事也不难办，我们家也不是任人欺负的。"

不是任人欺负的？

这句话说得真痛快，沈敬元抬起头看向苏妈妈，眼睛里如同要冒出火来。

"这话是七小姐说出来的？"

婉宁这孩子能说出这样的话？

沈四太太点点头，苏妈妈才敢接着说："七小姐还说，当年我们家救了崔家少爷，这份情，崔家不想承也得承，崔家少爷送这些东西来，是从心里想图个舒坦，就不能让他舒坦。"

沈敬元和沈四太太面面相觑。

可是怎么才能让崔家不舒坦？

让他知道沈家也是有骨气的，不会任人踩压。

"七小姐有没有说要怎么办？"

苏妈妈点点头。

崔奕廷和谢严纪在屋子里说话。

一封封公文看过去，谢严纪神情越来越激动："南直隶归六部直管，这边出了事，看那个老狐狸怎么脱身，从来都自诩门风清白，有一身正气，将清廉二字挂在嘴边，这次定要打他的老脸，让他这个名利兼收的户部尚书，也知道御史的厉害。"

说到这里，谢严纪看向崔奕廷："只是你家中要如何交代？大学士那边可说了一声？毕竟事关你叔父，闹出来崔家的名声也要跟着受损。"

提起家中崔奕廷脸色有些动容，很快他却微微一笑："这世上就没有什么是长盛不衰的，当年有从龙之功的显贵还不是个个落马，水满则溢，我父亲比谁都明白这个道理，用不着我去说。"

谢严纪没有作声,只是用盖子轻轻地撇着茶碗里的茶叶沫:"你是嫡长子,这次离家大学士也是一时之气,将来总会好的,父子之间哪有长久的仇恨,这个结还是要解开。"

谢严纪也不明白这崔家父子到底是怎么了,崔大学士想要将年纪小的二子送上仕途,本来大家也没觉得有什么不好,谁都知道崔家长子崔奕廷从小就不太说话,没打算走这条路,可是崔家二子刚刚中了举,崔家的情况突然之间就变了,不知什么原因崔奕廷和崔大学士父子俩闹翻了。

长子要入仕,还不是靠正经的科举,而是托人递了一份奏折,皇上看过之后,就将他叫到武英殿,要查漕运。

他本来也觉得崔奕廷太过年轻,跟着崔奕廷来南直隶不见得能查出什么结果,几个月过去了,他才发现,崔奕廷做事条理清楚又有耐心,到现在为止从南直隶到京官都还摸不清这次的巡漕御史到底是谁。

这件事说不定真的能不声不响地办成。

他若是有这样的儿子睡觉都会笑醒,崔家父子俩却互相拧着劲……

两个人刚说完话,等在廊下的管事就进了门,低声禀告:"沈家人来了。"

崔奕廷抬起头:"来做什么?"

管事看着一旁的谢严纪吞吞吐吐:"说是来还东西。"

还他让人送的那些饼,沈家这样长袖善舞的商贾,一定会想出两全其美的法子,和他通融一下,将来见面双方脸面上都好看。

他就是看不得沈家这样的嘴脸,想方设法来攀关系,就算拒绝也会捧着大把金银找上门来,这些不要脸面的人,为了银钱什么都能卖。

崔奕廷道:"你就说那是我们还的东西,不要就扔了不用再送过来。"

管事点点头:"爷之前都吩咐了,我也是这样说的,可是沈家另有一番说辞,我就不知道该怎么说……"

崔奕廷不在意地淡淡道:"什么说辞?"

管事上前几步在崔奕廷耳边低声道:"沈家说了,我们家还的东西不够,能凑齐了一起送过来,否则欠就还是欠……"

沈家会这样说?

崔奕廷不由得觉得惊讶,这不太像是沈家的做派。

崔奕廷眼睛微抬:"我欠了什么东西?"

管事道:"沈家说,少爷吃了几个饼知道还三箱,几年前欠了的人命,现在应该还多少?少爷当沈家是商贾,那么商贾就不做赔本的买卖。"

沈家人知道,他将沈家当做好利的商贾而已。

"沈家人还让我问少爷,当年少爷是不是吃了沈家二个半饼。"

问得这样清楚,好像真的是有些骨气,要跟他较较真。

崔奕廷抬起眼睛:"还回来的东西在哪里?送进来让我瞧瞧。"

三只箱子仿佛是原封不动地拿回来。

崔奕廷走过去掀开第一只箱子。

热腾腾的烧饼已经有些凉了,看起来和拿出去的时候仿佛没什么两样。

只是放在最上面的那层烧饼少了两个半,那剩下的半个上面还有啃咬时留下的牙印。

大大的牙印，仿佛咧着嘴在对着他笑。

那笑容很大，很快却又变成含蓄的微笑，带着抹淡淡的青色，很快那抹青色变成一个模模糊糊的身影，撑着一把伞慢慢地向前走。

姚七小姐。

崔奕廷就这样想起了姚七小姐。

他吃了沈家两个半烧饼，现在沈家也留下两个半，不多不少。

剩下的那半个饼带着牙印还了回来。

不但告诉他，他没有将沈家当年的情分还回来，还教训了他小看了沈家。

沈家救了他的命，给他吃了饼，如今他救了姚七小姐，也还给了沈家两个半饼。

沈家人说他没有还清这笔债，是因为他只还了沈家本金，没有给红利。

人情债也是要红利的。

既然他当沈家是商贾，沈家就用商贾的法子跟他算人情。

这样的做法太不符合沈家的家风，沈家做的事他见识太多，没有谁比他更清楚。

崔奕廷仔细思量，姚七小姐模糊的身影就跃入他脑海。

姚七小姐。

姚七小姐就是这样在李家让谢御史受挫。

一样的聪明，一样轻轻巧巧地就将事情化解，还给人一个难堪。

所以本来一脸怒气的谢御史在李家才会哈哈大笑，笑他败给了一个十二岁的女子。

崔奕廷微微一笑，挥挥手："拿下去让大家分吃了吧！"不要浪费，这可是粮食，争那点脸面，不及这些粮食。

崔奕廷话音刚落，外院传来声音："二老爷来信了。"

普普通通的信封，上面有崔家的漆封和叔父的私印。

谢严纪看了大吃一惊："那老狐狸不会是警觉了吧？"他怕的就是这个，万一崔实荣对崔奕廷动之以情，崔奕廷说不定会放他叔父一把，当朝最大的贪官就成了漏网之鱼。

"没有，"崔奕廷看过信，"只是问我和父亲的事，还送了两张银票，恐怕我在外不舒坦。"

这时候关心，要么是想插手崔家家事，要么是听说他和李御史为伍。

谢严纪目光闪烁："那可怎么办？"

崔奕廷不假思索："钱照拿，人照查，该怎么办就怎么办，谢大人不是想见见泰州府的龙蛇，有了这些钱，我们想见多少就能见多少。"

谢严纪正要点头，就看到陈季然带着小厮进门。

陈季然见到崔奕廷，急着开口："表哥，姚家的马车怎么在外面？"说着看到地上的几个箱子，箱子里是满满的烧饼，"这是做什么？"

姚家的马车？姚家的马车怎么会来？

谢严纪也弄不清楚。

先是院子里这几口箱子，然后是姚家的马车。

眼看着崔奕廷不说话，陈季然咳嗽一声："我去问问看。"

陈季然刚要转身，就有小厮过来向谢严纪禀告："那位秦伍大夫今天不回扬州了，说是承姚七小姐的情，有事要办……"

"什么事？"

小厮摇摇头："说是要去姚家，姚家马车已经来接了。"

原来姚家的马车是来接大夫。

谢严纪不禁惊讶："我求了半个月才请来的大夫，又是雇车又是给诊金才带来泰兴，这个姚七小姐怎么简简单单就将人留下帮忙？"

承情。

承的是什么情？谢严纪的目光落在崔奕廷身上。遇到奇怪的事，他都已经习惯地向崔奕廷找答案。

崔奕廷将信装回信封里，淡淡地道："让秦伍这样的大夫动心的，无非是治好李大太太的医术。"

崔奕廷说着看向门外。

他记忆里的事仿佛开始有了偏差，如果姚七小姐这样厉害，之前她怎么没有留下半点的痕迹，一个小小的池塘，就差点儿淹死了这样的人。

雨时下时停，婉宁回到姚家，落雨已经等在垂花门。

"七小姐，"落雨将婉宁迎进院子，"五小姐在老太太那边哭了一整天，六太太也气得不行，您可要小心……怕是老太太会将您叫去问清楚。"

姚婉如还在老太太屋里等着要她一个说法？

婉宁点点头，吩咐童妈妈："将妆奁给落雨拿着。"

落雨捧着妆奁一路跟着婉宁："您说怕五小姐将还回来的首饰再拿走，可是您走了之后五小姐就没去绣楼里。"

姚婉如蠢到这个地步真是不易，寿氏一定也被气坏了，才没想到这一层，她是高看了她们，才将妆奁拿去了李家。

婉宁带着落雨和童妈妈去老太太房里。

刚踏进房门，姚婉如就又哭起来："祖母，祖母，你可要问问婉宁，我怎么也是她姐姐，她怎么能这样待我。"

寿氏沉着脸坐在一旁。屋子里的气氛十分压抑，所有人的目光都落在婉宁身上。

看到姚婉宁，姚婉如的眼睛要立起来。

寿氏看着婉如："好了，好了，别哭了，好好问问你七妹妹，到底是怎么回事，既然要带你去李家，怎么自己又不声不响地走了。"

"她就是有意要我在朱太太面前丢人……"婉如眼睛揉得红肿。

婉宁的脸上没有半点的惧怕，而是诧异地看着婉如和寿氏，最后将目光落在老太太脸上："祖母，这是怎么回事啊？"

做了这样的事，转脸就装作什么都不知晓，姚婉如忍不住站起身："祖母、母亲，你们瞧瞧她的样子……"

真是沉不住气。

老太太打断婉如的话："好了，你闹什么，听你七妹妹怎么说，"说着看向婉宁："七丫头，五丫头说要陪你一起去李家，你怎么倒先走了。"

听得这话，婉宁似是恍然大悟，看向姚婉如："我想起来了，五姐姐说要陪着我去李家。"

姚婉如攥起帕子，眼泪又要涌出来，祖母问起来，她就不信姚婉宁还能装傻。

"祖母，母亲，她都知道，她就是有意这样做。"

婉宁不去看哭闹的婉如，顿了顿接着道："我是答应了五姐姐，我说只要五姐姐将从我屋里拿走的首饰都还回来，我就带五姐姐一起去李家。"

清清楚楚地说出这样一句话。

婉宁转过头："五姐姐，是不是这样？"

姚婉如几乎僵立在那里。

她只顾着生气，竟然忘记了婉宁还能反咬一口。

姚婉如嘴唇哆嗦着，忽然不知道该怎么办才好。

她要怎么说？

"五姐姐喜欢添香，还给我的那些首饰还沾着青桂香，"婉宁看向落雨，"拿给祖母看看，我有没有说谎。"

婉如看着捧着妆奁的落雨，心脏忽然慌跳起来。

落雨将妆奁打开，里面放着姚婉如还来的所有首饰。

淡淡的青桂香很快飘出来。

谁都知道五小姐喜欢添香，七小姐房里就没有那些东西，整个姚家所有的青桂香都在五小姐那里。再说这些首饰，大家都见五小姐戴过。

现在这些东西躺在七小姐的妆奁里。

五小姐空张着嘴，哑口无言。

"将心比心，"婉宁一步步向前走，走到老太太跟前，"祖母您说，五姐姐从前都是在我屋里拿东西，现在突然对我好，我……能不能相信，我擅自将五姐姐带出去，万一被责骂又该怎么办？再说，我去治病，五姐姐去做什么啊？"

一张嘴说得头头是道，别说婉如就算是她都不知道该怎么应付。

寿氏看向缩在椅子上的婉如，婉如之前哭得梨花带雨，现在却脸色煞白地愣在那里，连辩都没辩一句。

看着不争气的婉如，寿氏几乎气得跺脚，没用的东西。

真是没用。

姚婉如眼睛望向母亲，希望母亲能帮她拦一拦婉宁。

婉宁看着端坐在椅子上的祖母目光闪烁。

屋子里的下人都安安静静的，其中几个在看内室里的姜黄色布帘，寿氏正襟而坐，表情略有些拘谨，想必是有人在屋子里听着。

母亲在姚家的时候就说，寿氏不过就是个摆设，真正管家的不是寿氏。

不是寿氏又是谁？祖母？

自从她病好起来，见得最多的就是寿氏母子，祖母虽然对她有怀疑，却轻易不会开口，祖父喜欢读书、写字，从来不管内宅里的事，所以他的声望在泰兴才会很高。

婉宁看看婉如。

婉如一副有苦说不出的表情。

既然婉如能将她当做小孩子一样哄，她就能用小孩子的法子解决问题。

"我是帮七妹妹打理那些首饰，没有要拿走的意思，七妹妹从前也知晓，现在怎么倒冤起我来了。"婉如声音发颤，想要换取老太太的怜爱。

祖母一定会站在她这边。

不等寿氏说话，婉宁笑着道："这么说是我冤枉了五姐姐，那好，五姐姐将你的首饰拿来，我帮你打理，就算还你的人情。"

"你……"婉如只觉得胸口被人打了一拳几乎喘不过气来，她也敢在祖母面前这样说话。一句句地顶撞她。

只要想到从前她欺负婉宁的日子，她身上就像爬满了小虫子，她想站起来跳脚，将那些虫子捏死，却被人绑着手脚动不得。

不是说等到李大太太被治好了，她就可以折腾婉宁。

她到底要等到什么时候？她好想念从前，她想要回到从前做她八面威风的姚五小姐，而不是处处吃瘪，丢尽脸面。

姚婉如睁大了眼睛。

婉宁笑得很开心："五姐姐，我这样说不对？"

对还是不对，婉宁故意这样笑着问她，那双眼睛仔细地盯着她，看她的笑话。

她要闹，她要怒，她要收拾婉宁。

"祖母……"姚婉如才说了两个字，内室的帘子被撩开，赵妈妈端了茶出来。

老太太脸色有些难看，一眼看向寿氏："好了，不过就是一件小事，闹起来不怕被人笑话。"

这哪里是小事？姚婉如震惊地看着祖母。

祖母怎么一而再，再而三地饶过婉宁。

从前可不是这样的啊。

"祖母……"姚婉如哀婉地叫着。

寿氏看到老太太凌厉的目光有些头皮发麻，张了两次嘴都不敢说话。

老太太温和地看向婉宁："婉宁，你去了李家这么多次，李大太太的病究竟怎么样了？"

婉宁露出粲然的笑容："祖母，李大太太的病已经好了。"

已经好了？寿氏坐直了身子，好了？一开始七丫头就说李大太太的病能治好，现在真的让七丫头治好了？

"那，还用不用每日去李家？"老太太欠着身子轻声问。

婉宁摇摇头："已经不用日日去了，李大太太若是觉得不舒服就会来求医，我隔几日去一次直到李大太太痊愈。"

屋子里霎时安静。

老太太半晌才笑着看向婉宁："你父亲来信了，说过些时日要让你回京。"

父亲让她回京？

婉宁看一眼寿氏，寿氏一脸惊讶。

连寿氏都不知道的事，会是真的？

老太太道："我让人给你父亲回信，说你在这里一切都好，你年纪不小了也该去他们身边。"

婉宁睁着大大的眼睛，又是欢喜又有些怀疑，转头看向寿氏。

不知怎么的，寿氏看到那双眼睛就忍不住心里颤抖。

婉宁又要出什么幺蛾子。

果然，那张嘴轻轻开启，略带埋怨："六婶常常跟我说，过阵子父亲就要来接我回去，我听了六婶的话，可是父亲一直都没有消息。"

被人当众揭穿谎言。

就算是屋子里没有旁人，寿氏也觉得脸颊一片火辣。

"我屋里的下人也说，我没有了母亲，没有了父亲，没有了亲人，就是一个没人要的，早晚要烂死在绣楼里。"

内室里传来"咚"的一声响，像是什么东西拍在了桌上。

寿氏顿时浑身抖了抖，不敢去看那姜黄色的帘子，仿佛里面有一只老虎，只要她看过去，就会张大嘴巴，"啊呜"一口吞她下肚。

"那是你六婶管教下人不严，那些人已经被送去庄子上。"老太太皱起眉头埋怨地看了寿氏一眼。

转眼看婉宁时已经是满脸慈爱："以后不会再有人乱嚼舌头。"

婉宁抬起头："那我从此之后还会被人欺负吗？"

"你是姚家的小姐，谁敢欺负你，若是再有人对你不好，祖母给你做主。"老太太笑着长吸一口气仿佛舒展了身体，却耸了耸右肩。

撒谎。

人不相信自己说的话，就会不自觉地耸肩。祖母连自己说出的话都不信，怎么妄想她会相信。婉宁翘了翘嘴唇，真好笑。

老太太道："好孩子，你也累了快去歇着吧，明日再来祖母屋里说话。"

婉宁点点头，向祖母和寿氏行了礼，丢下还在哭的婉如，带着童妈妈和落雨走出屋子。

老太太站起身："我也累了，都散了吧！"

就这样散了？

寿氏哪里肯走："娘，这李家的病也治完了，婉宁就这样？"

老太太脸色阴沉："你觉得该怎么样？"

婉宁是小事，李家可是泰兴里有头有脸的人家，让李家说出去，老太爷的脸往哪里摆。现在是什么时候？老六媳妇就是眼皮子浅，只顾得自己那点私利，才将婉如也教成这样，她就生了老三这个聪明的孩子，却也有一股子拧脾气，当年的事要是让他自己处理，还不知道会是什么情形。真是，老了，老了没儿可依靠。

老四一家更别提，就是坏了的面，瘫成一坨在那里，拿不上手。

所以她才会让老六媳妇掌家，老六媳妇没太多思量，又听话，好摆布，平日里小错不断大错不犯，谁承想会在婉宁这件事上跌了大跟头。

她让身边的妈妈提点了寿氏几次，不要争一时之气，寿氏就是不明白，真是孺子不可教。

老太太不冷不热地道："二房老太太病重几日了，你若是有心就多过去看看，别整日里为小孩子的事闹个没完。"

听到二房，寿氏眼睛都亮起来，心里的怒气仿佛也消减不少。

二房长辈点头，老太爷就能管整个姚氏一族。

将来老太爷年纪大了，谁来接替这个一族之长？

当然是老爷。

也只有老爷。

家里的账比起族里不值一提。

所以老太太才会忍着婉宁，等老太爷将族长的位置拿回来，她就亲自将婉宁送去家庵。

寿氏想通这一点站起身来："媳妇记住了，明日里就带人去看二老太太。"

姚婉如抽噎着看祖母和母亲，难道婉宁这件事就过去了？

她坐在那里觉得脊背越来越凉："祖母，婉宁哪里会治病，她屋子里连一本医书都没有，会不会是和李大太太串通好了在骗人？"

"我就不信了，既然人都好了，怎么还躲起来不让人看。"

"祖母，这件事定然有蹊跷，您可不能不管啊。"

可不能婉宁说什么就信什么。

姚婉如想着，眼泪怎么也止不住，顺着下巴掉下来。

"越来越没规矩，"婉如的哭声让她耳朵生茧，老太太呵斥一声，"亏你说得出来，这样没有礼数还怎么出门？回去闭门思过，好好想想我说的话。"

为什么是她闭门思过？

姚婉如面色苍白，张大了嘴，她要被婉宁折腾死了，难道祖母和母亲都看不到吗？

姚婉如用帕子捂住脸，第一次伤心欲绝地哭起来。

再这样下去，她不能活了。

寿氏将婉如带出了屋子，老太太才进了内室。

内室里，姚老太爷脸色铁黑："说什么七丫头有问题和从前不一样，有什么不一样的？还是一个为几件首饰闹气的孩子。"

"十二岁的孩子，也值得你们这样大动干戈。"

"将我叫过来听，有什么可听的？"

"真不怕人笑话。"

老太爷几句话冲得老太太哑口无言，半晌才道："七丫头是有些不一样，敢说话了……"

老太爷顿时皱起眉头："什么叫敢说话了，她又不是哑巴，"说着话锋一转，"这个时候别坏了我的事。"

老太太忙看向老太爷，老太爷瞧着还是平日里儒雅的模样，目光平稳不急不躁，看不出太多情绪，揣摩不出老太爷的心思，这样一来她倒不知道怎么接口了。

老太爷淡淡地道："将这个家管好，我才能忙外面的事，你要是养几个好儿子，也就不用我这样操心。"

"老三在京当官，娶了那么好的妻室，就摆在屋子里，不懂得和妻族多走动，熬到六部里就行了？将来的仕途路要怎么走？老四连科举也考不上，整日里和妻子吟诗作对，老六倒是在外跑，他都跑出了什么名堂？"

"多教教媳妇，别学着那些村妇目光短浅……"

老太爷才说到这里，就听到外面传来敲门的声音，"老太爷，六老爷回来了，正满院子里找老太爷呢。"

"什么事值得他这样着急？"老太爷目光烁烁，"跟他说了多少遍，他就是不明白。"这些孩子怎么没有一个像他，能静下心来安然处事。

"父亲糟了。"姚宜春进门就喊起来。

什么叫父亲糟了。

屋子里的下人被喊得一惊。

老太太皱起眉头："着什么急，有话慢慢说。"说着将目光引向内室。

姚宜春吞咽一口，脸上看起来沉稳了些，却脚步仍旧匆忙，撩开帘子看到姚老太爷就开口道："父亲，糟了，您猜陈家三爷之前带来的表兄是谁？"

那个崔家少爷？

老太爷慢慢地抬起眼睛："是谁？"

"是崔大学士家的公子。"

本来毫不在意的老太爷一下子抬起眼睛，目光锐利起来："你说的是崔大学士？崔实图？"

姚宜春点点头："就是崔大学士。"

陈季然将崔二爷领进门的时候，他们只是简单招待了一番，他好像连话也没跟崔二爷说，这个崔二爷也是奇怪，姚宜春哭丧着脸："这个崔二也太奇怪了，自己有那么好的家世怎么不报出来，还有那个陈季然，多说几句话我们就知晓了，还藏着掖着说什么表兄。"

"早知道，我就将人留下来多住几日。"

崔家啊……那可是崔家，姚宜春几乎是嚎出来，真是气死他了，在酒楼里吃酒，听别人说起崔大学士，他只能在一旁羡慕地听着，当听到崔家二爷，他几乎直了眼睛，来过他们家做客的人，却要从别人嘴里知道他的身份，这不是打他的脸吗？他还觍着脸说，整个泰兴没有谁能比得上他。

老太爷嫌恶地看了姚宜春一眼："每日都带身酒气回家，连话也说不清楚，崔大学士家的公子来泰兴做什么事？你可打听了？"

这件事，还真的没有，不过他倒是听说崔家父子闹翻了，姚宜春将听来的事讲给老太爷听。

"崔大学士气得不得了，当着族人的面就说要将崔奕廷逐出家门，本来这个崔奕廷小时候就不聪明，比不上他两个弟弟，崔大学士平日里也是疼小不疼大，这次崔奕廷再一闹，崔大学士更不喜欢这个儿子。当时崔奕廷就从崔家出来搬去了庄子上，过了几天崔大学士气消了些，打发人去接崔奕廷，却发现哪里也找不到崔奕廷，再听到消息崔奕廷已经在京城了。"

姚老太爷听得这话慢慢思量。

这样的人。

这样的人不知道做起事来会怎么样。

崔奕廷来姚家的时候，他觉得除了金玉在外，没有什么可圈可点的地方，原来，他是小瞧了这个崔家少爷。

姚宜春没想那么多，只是又惊奇又羡慕，崔家是正经的读书人家，崔奕廷竟然敢这样和父亲争起来。

"然后呢？"老太爷抬了抬眼皮。

"后面的事就不怎么清楚了，只知道崔奕廷从京城来到泰兴找了个宅子住下，除了和陈季然往来，好像还经常去李御史家中。"

姚老太爷站起身来慢慢在屋子里踱步。

姚宜春的目光随着父亲来回转动，他不知道父亲在想什么，所有事都摆在明面上，就是一个公子哥和家里吵翻了找个地方散散心。

老太爷道："我看崔奕廷身边带着的下人不少，按理说既然匆匆忙忙从崔家走了，哪里来的那么多下人伺候？"

"也是，崔奕廷也没功名在身，他从哪里弄银钱？"姚宜春想想自己，这要是他，没有银钱走不出泰州府。

"所以他去京城,京城里有他叔父在,崔尚书管着户部,李御史来到泰兴可能是查漕运,崔奕廷从京城到泰兴经常出入李家,你说这里有什么关系?"

什么关系?姚宜春一时回答不上来,只是看着姚老太爷。

姚老太爷顿时头上冒火,他怎么生了这样蠢笨的儿子。

要是老三、老四在这里,还用得着他这样费口舌。

老太爷不情愿地开口:"漕运。"

"只要漕运不出事,户部上下就过得舒坦,最高兴的当然是户部尚书崔实荣。"

"这个崔奕廷是替他叔父办事,要将漕运的案子抹平。只要将这件事办好,靠着他叔父,将来还怕没有个仕途?"

"崔大学士看错了,崔奕廷比谁都聪明。"

崔奕廷这小子不一般,能找得到最快入仕的路,将老子都蒙在鼓里。

陈季然一样的年纪,不过是在家里安安分分读书罢了。

听到父亲的话,姚宜春的嘴唇咧开:"那我们,我们就不用担心了?李御史肯定是巡漕御史,有崔家人看着肯定查不出什么来,南直隶没事,泰州就太平,我们家也不用愁了。"

不等老太爷接口,姚宜春又想起来:"这么说,崔尚书肯定能给崔奕廷谋个缺儿,"姚宜春脑子这时候转得飞快,"正好崔奕廷在泰兴,身边又没什么亲戚,不如我让人请他到姚家住两日,父亲也看看他,若是能找个机会结个亲那不是更好⋯⋯"崔奕廷长得十分俊秀,堂堂一表人才,比泰州的才俊可好多了。

姚老太爷不禁气结,这上面他倒是想得通透,总想着结门亲就富贵荣华:"你不是看上了陈季然,想要陈家这门亲事?"

看到父亲不悦的目光,姚宜春仍旧硬着头皮:"好女千家求,婉如年纪刚刚好,也不怕再仔细挑选。"

姚宜春讪笑:"我看崔奕廷也挺看重我们家,否则也不会登门,父亲的名声在泰州尽人皆知,三哥好歹也身在六部,崔奕廷有亲近我们家的意思,只要父亲开口,我们家和崔家就能交好。儿子也是为家里着想,三嫂的父亲拿到了爵位就是勋贵,崔家是权臣,我们家若是两边靠,不是更稳当些⋯⋯"

"再说,崔家还算是皇亲国戚⋯⋯"

他做了皇亲国戚的老丈人,想想就觉得威风。

姚宜春端起茶水来喝,今天这水可真甜啊。这段日子被沈家拿捏住,又沾了婉宁的晦气,现在总算是柳暗花明又一村,终于又让他透气了。

姚老太爷冷笑,没出息的东西,除了盘算自己的好处,什么都不会打算:"回去梳洗梳洗,让人多打听崔奕廷那边的情况,天底下没有白白得来的东西,就算送到你嘴边的肉,也要你自己咬着吃。"

姚宜春心里掂量着,崔奕廷这块肉,应该不难咬。

崔家是块大肥肉,咬到一点就会汩汩冒油。

姚宜春不自主地抿抿嘴唇,崔奕廷一个人流落在外谁也不看好,这时候伸出手来,还怕他不感激?冲着父亲德高望重的名声,崔奕廷也会愿意。

姚家比不上崔家,但也是德行兼备的人家。

到时候陈家、崔家都愿意结亲,他还要好好选选到底做哪家的丈人好。

父亲总是训斥他,要不是他在外面跑,哪里知道崔奕廷原来是这么个人物。

"儿子也没闲着，"姚宜春忍不住道，"今天还去了二房问情形，好像是谁请了大夫去给二伯母诊病，二伯母不想治呢。"

听得这话老太爷抬起眼睛："是哪里的大夫？"

"不太认识，反正不是名医，儿子之前都料理过，只要有人去治病，就会来知会。"

不是名医。

县医署的药都吃过，还能怎么样。

姚宜春低声道："再说二伯母都不想治了，大哥也没办法，我瞧着办丧事就这几日了，如今家里没有人张罗，治丧的时候定然要母亲过去主持大局。"

姚老太爷点点头："让你媳妇勤跑着二房。"这时候不孝敬要等到什么时候？

不用去李家，婉宁吃过饭在屋子里看书。

这几天姚家还算清静，不知道舅舅那边怎么样了，婉宁正思量着。

"童妈妈。"外面传来小丫鬟的声音。

童妈妈向婉宁点点头快步走出去。

老太太身边的丫鬟荃儿行了礼："老太太请七小姐过去一趟。"

童妈妈目光微深，笑着道："是有什么事？"

荃儿摇摇头，脸色十分平常："二房的大老爷来了，老太太让我来叫七小姐过去说说话……"

童妈妈脸上露出笑容来，原来是见长辈，这是好事，从前小姐都被关在绣楼里不让出门。

荃儿话音刚落，就听有人赶过来道："荃儿姑娘，弄错了，六太太说，不是喊七小姐，是要叫五小姐过去说话。"

荃儿不由得脸色一变，这是怎么回事？方才在老太太房里，是说要叫五小姐和七小姐，现在怎么落下了七小姐。

赶过来的钱婆子一脸歉意，眼睛里却笑容很盛，仿佛是在看笑话："我也不知道，只是老太太和六太太这样说，我来传话。"

童妈妈不禁攥紧了帕子，这是故意来气小姐。

送走了荃儿和钱婆子，童妈妈快步进了门，看到婉宁还在安静地翻书："七小姐别生气，都是些眼皮子浅的……"

婉宁"扑哧"一声笑出来，抬起头脸上神情明媚："我为什么要生气，我准备好的事来了，该她们生气才对。"

姚婉如穿了一件湖蓝色褙子，看起来十分的素净，头上也没戴太多头饰，带着桐香往花厅里去。

"祖母那边来人怎么说？二祖母是不是不好了？"婉如边走边问。

桐香道："也没说什么，六太太只是吩咐让奴婢给小姐找件衣服换上。"

那就是了。大伯母和大哥死了之后二祖母的病就愈发重了，算起来已经在炕上熬了一年，也该差不多到了时候。姚婉如想到这里，走得更快些。

"五小姐，慢一点。"桐香小跑两步才能跟上。

进了花厅，姚婉如向老太太和寿氏行了礼，寿氏招手："到这边来坐。"

话音刚落，老太爷和二房的大老爷走进院子。

寿氏凑到姚婉如耳边："别乱说话，听着就是了。"

姚婉如点点头："母亲放心，我知道了。"

帘子撩开，老太爷先进了门，然后是姚宜州，姚宜州看起来很憔悴，一双眼睛满是红血丝，开口说话声音也嘶哑："三婶。"

"这孩子，"老太太上上下下地打量姚宜州，"怎么累成这样，我早说你若是忙不过来就来知会，我让老四媳妇和老五媳妇带人过去帮衬。"

看样子二老太太是不行了，寿氏目光闪烁，二房的人平日里最不愿意登他们家的门，现在老太太要死了，大伯还不是过来求助。

从前他们三房在姚家是算不得什么，可是这几年不同了，族里想不承认也不行。

族学早早就在三房办了，二房捏着宗长的位置不松手，等到二老太太一归西，大伯势单力薄，争不过老太爷。

老太太忙看向姚宜州："二老太太怎么样了？"

姚宜州脸色沉重，摇了摇头，"母亲不太好，好几日不怎么进食。"

老太太一脸愁容："这可怎么办啊？要不然再托人找个大夫来看看？"

"看了，"姚宜州道，"这次请了个好大夫。"

请了好大夫？会是什么大夫，寿氏不动声色地看了姚宜州一眼，县医署的人也是冲着老太爷的面子才上门诊治，也用了不少好药，都不见起色，再找大夫又能好到哪里去。

"大夫怎么样？方子可有用？"老太爷一脸关切。

姚宜州不知在想什么，顿了顿才说："母亲不肯吃药，大夫天天上门劝说，母亲总算是吃了些。"

老太太最想知道下文，二老太太到底怎么样了，那个大夫的药到底有没有用，姚宜州和平日里不太一样，往常来三房有事说完就走，饭都不肯留下来吃，今天却磨磨蹭蹭，眼睛里有许多化不开的难处。

现在真是遇到难题了。

她早就说，二房的长子没什么能耐，别看这时候端着架子，早晚要求上门来，她吃的盐比他们吃的米都多，一眼就能将这些看透。现在果不其然被她言中。

二老太太不行了，姚宜州这个大孝子却不肯说出口，明明是来请她过去主持治丧，就是不知道怎么求她。

既然如此，她也不提起来就让姚宜州憋着，憋憋他的性子，让他日后也懂得尊崇三房，到时候老太爷的宗长之位也就顺手拈来。

老太爷叹口气："你啊，家里没有个女眷主持中馈，你一个男子到底有想不到的地方，这时候应该找个人帮你才是，你父亲走的时候我就说过，从今往后你就如同我亲生，不管是家里外面我都替你做主，二房、三房用不着分得那么清楚，当年我们兄弟虽是分了家，到底还是一家人，我当年赶考你父亲还帮我操办，我早说姚家子弟只要有一人出息就是全族人的功劳，不论将来如何，你只要安心读书叔父就供你一直科举，将来你也会像你三弟一样。"

寿氏不禁赞叹，老太爷说话真是滴水不漏，让人信服，如果她是大伯，一定很感激老太爷。

现在是二房最困难的时候，真的需要一个人去帮着管家。

姚宜州想了想，好像终于想明白了："父亲也说过姚氏一族上下一体，家里有了困难不要羞于开口。"

老太太不由得欣喜。

老太爷赞赏地看了姚宜州一眼："这就对了。"

寿氏露出笑容，大伯这个牛脾气终于想通了。

老太太看向寿氏："你带着老四媳妇去趟二房，上下打点一下，劝着二老太太吃饭吃药。"

寿氏点点头，她早就安排好了，选了她信得过的下人，到时候一起带去二房，不出几日就能将二房上上下下摸个清楚。

掌家，说到底就是要她这样的人才行。整个族里的女眷谁能及得上她，给长辈治丧，脸面上好看不说，将来谁也别想跟她龇牙，都要信服她。

寿氏越想越得意，看向婉如："你也跟我一起去看二老太太，跟二老太太说说话。"

婉如点头，硬睁大眼睛显出几分难过来："我也想二祖母。"

寿氏说完话就站起身要安排。

"等等。"

姚宜州却站起身来。

"现在家中都好，还不用劳烦六弟妹。"

寿氏慈善、温和的表情僵在脸上。

这是……怎么回事？方才不是已经答应了，现在怎么又反悔。

老太太也有几分惊讶，既然姚宜州今天上门，就是来恳求帮衬的，姚宜州羞于开口的表情她看得清清楚楚，老太爷一番劝说，姚宜州才一鼓作气地说出来。

突然之间她弄不清楚，姚宜州到底要做什么。

"三叔、三婶，"姚宜州抬起眼睛表情十分庄重，"侄儿今天来，是有事要求两位长辈。"

老太爷颔首："在家中，你只管开口。"

姚宜州停顿片刻。

花厅里十分的安静，不知怎么的寿氏有些紧张，一股熟悉的感觉从心底浮起来，她却又弄不清楚到底是为什么。

"我想请婉宁去家里照应母亲。"

二老太太的病还没这样重的时候也打发人来给婉宁送东西，但是这半年二老太太自顾不暇，也没再来问婉宁的事。怎么在这时候突然来找婉宁。

寿氏求救地看向老太太，不能是婉宁，绝对不能是婉宁，让婉宁去二房不知道要闹出多大的事，没有谁比她更清楚，上次婉宁只是和沈四太太见了一面，就让她处处受挫。

老太爷目光落在姚宜州脸上，不知在思量什么。

老太太先挪了挪身子："怎么想起婉宁了？婉宁年纪小能帮衬什么，恐怕过去要添乱，还是等二老太太身子好些了，再叫婉宁过去说话。"

寿氏跟着点头，这里是三房，三房是老太太做主，老太太一句话胜过别人十句，说什么也不能让婉宁这个祸害去二房搅和。

姚宜州低沉的声音响起来："这次侄儿说什么都要将婉宁带回去。"

老太太脸皮有些僵硬："这是为什么？"

花厅里所有的人都是面色古怪。

"因为，那位有名的大夫，就是婉宁找来给母亲治病的，大夫说，母亲身边最好有婉宁在，这样才更方便诊治。"

大夫说，什么大夫，怎么是婉宁请来的大夫，寿氏脸色越来越难看。

婉如已经忍不住喊出声："哪里来的大夫，是不是婉宁骗人的。"

姚婉如左右看着，明明所有人都不相信，却谁也没有帮着她说话，大伯父也没有理会她，而是径直看向祖父。

"三叔可能不知道，"姚宜州直言，"母亲之前不肯吃药已经有些时日，这几天要不是这位大夫每天上门，母亲的病怎么可能会有转机。"

寿氏哆嗦着嘴唇，依旧不肯相信："大夫和婉宁有什么关系？"

姚宜州这才将目光落在寿氏身上："六弟妹，说来让人汗颜，婉宁不过十二三岁的孩子，却能求了扬州名医秦大夫上门医治，"说着又向老太爷行礼："侄儿以为三叔、三婶一起帮着婉宁，特来道谢，原来只是婉宁一人所为。"

寿氏"啊"地张大了嘴。

原来姚宜州是来道谢的，他们根本不知晓。

什么时候婉宁去扬州请了名医？什么时候又送去二房？婉宁这段日子到底做了多少事？

老太太朝老太爷看去，姚宜州上门她是猜到和二房老太太有关，怎么能承想是因为婉宁。

每个人的表情都有些僵硬。

老太爷半响才悠长地叹了口气，口气十分平稳，惊讶中又有些安慰："没想到婉宁这孩子倒是有这份心。"

寿氏只觉得脊背上有冷汗流下来，心里却如同被泼了滚油，她咬紧牙关却忍不住浑身发抖，她明知道老太爷这时候不会当着姚宜州的面斥骂婉宁，她却还怀抱着一丝侥幸，这时候没有人会埋怨婉宁，婉宁求大夫给二老太太治病有什么错？谁还盼着二老太太死不成？

当着姚宜州的面，老太爷只能赞赏婉宁，让二房知道，三房都是盼着二老太太病好。

寿氏整个身子忍不住晃了晃，一口闷气噎在喉咙里，让她眼睛里差点涌出泪来，这要怎么办？她要被婉宁牵制到什么时候？

她居然被一个孩子束住了手脚，辛辛苦苦安排好的事眼见就要付诸东流。

"六太太，"赖妈妈忙上前扶住寿氏，"您可要小心点。"

"老六媳妇。"老太太的声音传来。

寿氏的心怦怦乱跳，抬起头来，半响才听清楚老太太的话。

"快让人去喊婉宁过来。"

寿氏只觉得这几个字如同针一样扎进她耳朵，她眼前忽然出现婉宁的笑容，那双清澈的眼睛看着她，目光中毫无惧意，仰着下颌，轻蔑地笑着。

"是。"寿氏勉强吐出一个字，转头看向赖妈妈。

赖妈妈忙道："奴婢这就去喊七小姐。"

苓儿领着几个小丫头在茶水房，听到赖妈妈的声音迎出来。

"快去请七小姐。"赖妈妈脸色铁青低声吩咐。

"这是……怎么回事？"苓儿抬起眼睛向花厅看去，"一会儿喊七小姐，一会儿又不喊，现在到底是个什么主意？"

赖妈妈暗自咬牙，是个什么主意？

之前六太太这样安排是为了让七小姐知道，在这个家里凡事还轮不到她做主，小惩大戒，就是这个道理。可是现在……

谁能知道二房家的大老爷登三房门就是为了七小姐。

早知如此，六太太一定不会这样自己打自己的脸啊。

"荃儿姑娘快去喊吧，大老爷想要见七小姐呢。"赖妈妈不想说太多，只是略微扬起声音。

大老爷要见七小姐。

真是奇怪，谁都知道六太太是个笑面虎，赖妈妈平日里也是虚虚假假，难得今天会将怒气摆在脸上。到底出了什么事？

姚宜州将话说了清楚，花厅忽然之间就冷清下来。

老太爷问了姚宜州的功课："这次乡试可准备好了？"

姚宜州摇摇头："母亲身子不好，家里没有人照应，我也不放心，不想去赶考了。"

"那怎么行，"老太爷皱起眉头，"让族里的女眷去侍奉，该去科举还是要去……"

父亲去世的时候，他就在外赶考没能赶回来床前尽孝，这次他说什么也不能丢下母亲一个人离开。科举是小事，尽孝才是大事，再说如今身边……再也没有人可托付。姚宜州边想着边看向门外。

婉宁，他没想到转眼工夫会出落成这样。

秦大夫上门治病，他还以为是三房安排的，谁知道竟然是婉宁。

婉宁今年才十二岁。

十二岁的孩子被送回族里，他没能照应，却反过来让婉宁想着母亲……

想起来他就觉得羞愧。

最让他没想到的是，秦大夫是因为婉宁给李大太太治病才会来到泰兴，婉宁还将给李大太太治病的方法教给秦大夫。

沈氏在姚家的时候经常带婉宁过去说话，他印象里婉宁还是个无忧无虑的小孩子。

转眼的工夫就变成了这样。

要不是在族里过得不好，哪家的小姐会这样辛苦地去给一个陌生人治病，如果他不见见婉宁，他会日夜难安。

再说秦大夫说得清清楚楚，婉宁懂医理，如果在母亲身边说不定母亲的病会有更大的起色。

姚宜州正想着，琉璃帘子掀开，走进来一个娇小的身影。

十二岁。

婉宁。

不是只比婉如小不到两岁，怎么会差这么多，不但个头比婉如矮了不少，整个人看起来也很单薄。

婉如脸色红润，身边跟着三五个丫鬟，穿着打扮十分精致，婉宁和她比起来，只能勉强说是穿着还算得体，根本不像出自同一家的小姐。

婉宁上前给老太爷、老太太和姚宜州行礼。

姚宜州沉着眼睛仔细打量着婉宁。

沈氏在姚家的时候，婉宁可不是这个模样，再说这几年每逢过节母亲都会送一份礼物给婉宁，怎么婉宁连身上戴的小荷包都是很旧的。

他想到提起婉宁的时候，婉如失态的喊声。

屋子里的大人都能装样子，只有小孩子才会不经意间将真实的情绪暴露出来。

婉宁在三房过得不好。

姚宜州从椅子上站起身："婉宁，跟我去二房住一阵子，过几日我再将你送回来。"

婉宁记忆里大伯是个宽厚的人，小时候母亲常带着她去二祖母家，二祖母会将庄子上新鲜的水果端到她面前，大伯母还让人买点心给她。

　　相比较而言，祖母和祖父从来都是板着脸，总是训诫母亲要好好持家。

　　母亲被休的时候，二祖母还找人劝说父亲。

　　这些她全都记在心里。

　　二祖母病了，她想要去探望二祖母，祖母和寿氏肯定不会答应，在李家遇到秦大夫，她立即想到请秦大夫上门为二祖母诊脉。

　　婉宁转头看向老太太："祖母，我……能和大伯去吗？"

　　婉宁这样说，好像她会不同意，老太太点点头："去吧，不要给二房添乱，你二祖母还病着。"

　　"那我们走吧。"姚宜州垂下头温和地看向婉宁。

　　老太爷坐在软榻上，一眼看向老太太："七丫头到底是怎么回事？"

　　老太太面色不虞："应该是在李家的时候安排的大夫。"

　　"怎么就让一个十二岁的孩子做成这样的事。"老六媳妇每日都做些什么？"老太爷阴沉着脸。

　　连个家都管不好，闹出这种事，打了他们一个措手不及，多亏只是个十二岁的丫头，要是换成一个男子还不闹个天翻地覆。

　　姚老太爷看向桌子上的药瓶。

　　老太太低声道："那这药我还送不送去？"

　　当年他变卖田产送老三去科举，二哥看着不忍心将二房分来的祖产也卖了一些给老三做盘缠，他怕老三路上生病，就从一个名医那里买了张救命的秘方，不管病大病小都能有些效用，将死之人还可以用来续气，延个几日性命。

　　今年就做了这样一瓶，本来想着去二房给二嫂用上，二房宜州来求一回，他也不能让宜州空手而归，不过……姚老太爷微微翘起眼角，既然宜州求的是婉宁，他这药不给也罢。

　　二嫂病入膏肓，七丫头早晚要回来，一切还是要回到他手里。

　　老太爷眼睛微闪，义正词严："七丫头跟着宜州去了二房，我们就在家里听听消息再说，我就是怕没有教养好七丫头，让七丫头惹出祸事来。"

　　万一惹出事，婉宁的好日子也到头了。

　　沈家，沈四太太急得团团转："婉宁怎么敢请大夫给姚家二房老太太，给长辈治病那不是小事，万一没有治好，姚家指不定要给婉宁安个什么罪名。"

　　沈敬元将手里的账本放下，神情也有些复杂，半响叹口气："二房老太太对辰娘不错，婉宁来到族里又让人多有照应，要不是不能插手三房的事，婉宁也不会落得这样的地步，婉宁也是想报这份恩情……"

　　"报恩是报恩，婉宁现在处境不好，自身难保，"沈四太太紧张地攥着帕子，"眼见这才好一点，要是姚家真的要置办婉宁，我们又有什么法子？"

　　"将来还是想个办法让婉宁搬出姚家。"

　　沈四太太本来是负气，忽然觉得这个法子很好。

　　对了，让婉宁搬出姚家。

沈四太太眼睛一亮，抬起头来："老爷，你说这样行不行？"

"什么？"沈敬元没弄清楚沈四太太的意思。

"妾身说，让婉宁搬到沈家来住，将来再……"

不等沈四太太说完，沈敬元已经皱起眉头："胡说，从姚家出来算什么？逐出家门？将来婉宁的名声还要不要？我能护着她，不能给她说一门好亲事有什么用？万一沈家将来不在我手上，谁又照应她们母女？"

"还有昆哥，"沈四太太道，"老爷忘了，还有昆哥啊。"

"昆哥年纪还小，还有那么多年……"沈敬元喃喃地道。

"等老爷老了，昆哥早就长大了，"沈四太太不在意，"再说名声，姚家会给婉宁个好名声？将来会为她谋划一门好亲事？"

沈敬元站起身，看着窗外被风吹得晃动的树枝，以后的事谁知道。

"这样的话不要再提，别因此误了婉宁。"

沈敬元话音刚落，外面的妈妈进来道："老爷，族里的大爷来了。"

沈敬元紧张地看了沈四太太一眼。

沈四太太的心也提起来，难道是扬州出了什么事？

沈四太太带着下人去张罗茶水，在门口就看到风尘仆仆的沈敬贺。

"大哥，"沈敬元上前去迎沈敬贺，"怎么也不让人说一声就过来了，家里可都好？"

"老太太惦念着你，别的都还好，"说着向屋子里看了看，没有旁人就低声道，"老太太看到你捎的信，婉宁的病好了？"

沈敬元忙点头："好了。"就要说婉宁的事。

沈敬贺却一把拉住沈敬元，两个人到椅子上坐下，沈敬贺道："一会儿我们再说家里的事，你可将盐课凑齐了？这期限眼见就到了，两个月内不起运粮食，就拿不到盐引。"

沈敬元摇摇头："还在收粮，今年和往年不一样，盐课突然多了不少，我们家哪里有准备。"

他最近愁的就是这个，不只是今年运去边疆的粮食不够，很多地方他都觉得捉襟见肘。

沈敬贺压低声音："我听说泰州有批粮食，这才赶过来。"

泰州的粮食在哪里？他怎么没见到？除了姚家想要高价卖给他的粮，他能收到的都是农户那里收来的散粮。

沈敬元道："大哥怎么会知道？"

沈敬贺笑道："我是认识了泰兴父母官朱大人身边的师爷，听那师爷说泰兴有大户人家屯粮……"

大户人家……

泰兴的大户人家，屈指可数。姚家就是其中之一。

沈敬元面色微紧："是哪家？总不能就是姚家。"

沈敬贺端起茶来喝："那倒不知晓，不如明日去拜访那位朱大人，也听听朱大人的口风。"

跟地方父母官问粮，那朱大人仿佛和姚家关系很好。

沈敬元有些迟疑，半晌目光重新稳定下来："大哥是说，要跟官府买粮食？父亲从前可是有规矩，无论到什么时候，一不能强人卖粮，二不能低价掺劣米，三决不碰漕粮。"

沈敬贺放下茶碗，目光炯炯地看着沈敬元："你知不知道讨债的已经上门，多少人用条子换盐引，你连试也不试，难不成要看着沈氏一族败落？你来泰兴有些日子，可想到了法子？"

沈敬元摇摇头："这两日我准备亲自下去看看，到底能收来多少米。"

"连着几日下雨，路难走，别出什么差错，"沈敬贺叹了口气，"若不然我陪着你下去看看。"

沈敬贺说完话，随意瞥了一眼桌子上的盒子，里面放着几块奇怪的点心："这是什么？"

紧接着门口就有人咳嗽了一声，沈敬贺抬起头，看到了笑脸相迎的沈四太太。

沈四太太上前行了礼才道："这是从新开的茶楼里买来的点心，大哥尝一尝。"

沈敬贺拿起一块点心放在嘴里，不禁愕然，这是什么？他真没吃过。

沈四太太笑道："新开的茶楼，从行船的人听说我们家，就来拜会，送来一盒点心。"说着看了沈敬贺一眼。

沈敬元不由得心生感激，若是妻子不说，他就要向大哥撒谎，婉宁说过开茶楼的事除了他们不能让别人知道。

沈四太太十分理解地露出笑容。

精致的茶点放在描金的漆盒里让人看着就想尝一尝，沈敬贺摇了摇头："现在的商贾是越来越会做生意，不只是东边买西边卖，连个茶点也做得这样精细，也不知是哪家来开的茶楼，将来定会生意兴隆。"

沈四太太高兴地笑了，她就说婉宁的茶楼一定能开起来。

这样新奇的东西，谁见了不想尝一尝。东西好吃，很快就会传开。现在就是让所有人都知道，有个从山西来的商贾，在泰兴城里开茶楼，卖茶叶和茶点。

沈敬贺还在端详，茶点做成猫爪子样，怎么想的，泰州又来了什么样的商贾："既然人家来拜会，我们家没还礼过去见见东家？"

撒个谎就不知道要用多少话去圆谎，沈敬元不精通此道，只是咳嗽一声："还没来得及。"

沈四太太见到丈夫的黑脸，忍不住想笑起来。

如果不是要瞒着，她真想告诉大伯。

这哪里是什么新商贾，这是婉宁做的，辰娘的小婉宁。

要不是她亲眼所见，她也想不到婉宁出落成这样。

沈四太太才想到这里，就有管事进来禀告："姚家二房的老太太不好了，姚家正准备操办丧事呢。"

沈四太太不禁"啊"了一声，婉宁才去二房，二房老太太怎么就不好了，这可怎么办啊！

沈敬元也是一惊，立即站起身："快准备准备，我们去二房看看老太太。"

婉宁坐在锦机上看二祖母，旁边是诊完脉的秦伍。

婉宁还记得二祖父在世时，二祖母脸上挂着的笑容，别人家的老太太见到晚辈都是坐在椅子上说话，二祖母却下地忙活着给她们做好吃的。

大伯没能考上功名，二房的家境也不如祖父母那里，母亲却很羡慕二祖母，她那时候还觉得奇怪，二祖母都生了白发，母亲到底羡慕什么？现在她知道，人不管活到多大只要身边有相伴相依的人，就会觉得幸福。

二祖父死了之后二祖母家里就不太宴客，一年前大伯母带着二房的弟弟回娘家，坐船遇到了水匪，一船的人都被水匪杀了。

婉宁听下人说过，水匪不知道从哪里听来的消息说大伯母带了许多金银细软，才动了要打劫的心思，其实大伯母只是带了些土仪，水匪杀了人，将东西翻得到处都是，然后放火烧了船，那个情景想想就可怕。

二祖母和大伯一起办了大伯母的丧事，协同官府一起抓到了水匪，将所有的事都打理好二祖母就病了，大伯也是闭门不出，整个二房好像一下子被打垮了。

床上的二祖母很瘦，已经没有了婉宁记忆中的模样。

看到她微微睁开眼睛，想露出些笑容却只能点点头："这是婉宁？"

婉宁点头："二祖母，我是婉宁。"

二老太太眼睛里露出赞赏的目光："好孩子……还请……大夫……来给……二祖母看病……"

"二祖母可好些了？"婉宁轻声问。

二老太太点头："好些了。"眼睛里没有半点情绪，好像这句话跟她无关。

婉宁看向秦大夫，秦大夫摇摇头。

姚宜州轻声道："母亲，您可知道李御史的妻室？在云南生了重病，四处访医，是婉宁将她治好了。"

二老太太点点头："婉宁出息了，"说着将视线落在婉宁脸上，"你自己在族里，要照应好自己。"

二祖母这样不加遮掩，说出了她的处境。姚家还没有人和她这样说过话。

二老太太喘口气："你们……都不用为我奔波了，生死有命，活了这么大岁数……我也够了……"

"母亲……"姚宜州不禁眼睛发红，"您听秦大夫和婉宁的，好好吃药，就算不能旧病除根，也能好转。"

二老太太坚定地摇头："那些苦药我都吃够了……你媳妇要不是为了给我求药……也不会回娘家……"媳妇和孙儿就这样死了，早知道如此，她就应该早早跟着老太爷去了，这样在路上还有个照应，如今剩下宜州自己，到了九泉之下她不知道怎么向老太爷交代。

她没照应好这个家，老大媳妇太年轻了，若是活着该多好。

"母亲别说了，都是水匪做的，关母亲什么事，如今儿子就盼着母亲能康健，我们母子两个相依为命。"

二老太太闭紧了眼睛不再说话。

姚宜州不知道说什么才好，只得求助地看向秦伍，秦伍想了想长出一口气："我再开张方子给老太太。"然后在姚宜州注视下轻轻摇头。

姚宜州脸色煞白，忙看向婉宁。

"婉宁，你还有没有法子？"

婉宁治好了李大太太的病。

说不定会有法子将母亲的病也治好，这是他最后一丝希望。

婉宁在姚宜州注视下摇头："我不会治二祖母的病。"

秦伍不禁惊讶，这怎么可能？李大太太的病分明就是姚七小姐治好的。为什么姚七小姐说她不会治病？这是为什么？

秦伍忍不住想要询问，张开嘴却又不知道怎么说。

连姚七小姐自己都说不会治病，难道他还能反驳不成？

姚七小姐将治心病的法子都教给了他，却在姚大老爷面前这样说。

姚宜州也惊讶地僵在那里。

秦伍大夫跟他说婉宁有法子治病，将婉宁请来说不定母亲的病会有转机，他原本还觉得奇怪，婉宁这么大年纪怎么可能比得上秦伍这样有名的大夫，怎么能让秦大夫这样交口称赞，秦大夫将李大太太的病说了，他又让人去打听，才知道这件事已经传遍了泰兴。

"婉宁……"姚宜州只喊了婉宁的名字，就难以继续。是他昏了头，将所有希望都放在婉宁身上，婉宁才多大的孩子，就要担着这样的担子，他实在不该如此。

"我母亲被休的时候，二祖母替母亲说了话，说母亲是个贤淑的妻子，又说先贫贱后富贵者不去……孙女被送到族里，二祖母也时常让人来送东西，这些孙女都记在心里。"

"听说二祖母病了，我托秦大夫上门诊治，若是大伯不来家里接我，我也会过来，"婉宁说完顿了顿，注视着二老太太，"二祖母，我知道我治不好您的病，这次我来是想请二祖母将治丧的事交给我，由我操办。"

秦大夫倒吸了一口凉气。

姚宜州惊讶地张开嘴。

床上的二老太太也睁开了眼睛。

婉宁竟然是想要操办她的丧事才会来二房，不是给她治病。

"婉宁……"姚宜州打断婉宁的话，"这是什么话，老太太还好端端的，怎么就提治丧。"

婉宁静静地和二老太太对视："二祖母辛苦了一辈子，后事草草办了未免脸上不好看，就算大伯想要孝顺，到时候也没有说话的份，孙女虽然年纪小，留在二房，还能保住二祖母一份颜面，不至于大伯被人笑话，这是孙女唯一能做的。"

旁边的妈妈不禁变了脸色。

七小姐这是什么话啊，当着老太太说丧事，还一连串说出这些，好像二房连个丧事都办不了了，这是要二老太太脸上无光，让大老爷难看啊。

"七小姐。"妈妈轻声叫喊。

七小姐却仿佛没有听见一般，只是端坐在锦杌上和二老太太对视，二老太太有些惊诧，七小姐一双眼睛平静无波。

七小姐这是在做什么？这到底是怎么回事啊？

二老太太从来没想过会有这样一天，一个十二岁的孙女来到她床前说要帮她治丧。

不为别的只怕她死了之后后事被草草操办，脸面上不好看。

二房在她手里这么多年，到了这个地步？

不可能，她也不相信。

婉宁的模样却又不像乱说。

或者是想要激她好好吃药，才有这番话？她活了这样一把岁数，谁还能骗得了她。

这些日子她好话、坏话都已经听尽，她累了，只想好好歇着。

二老太太抬眼看向身边的桂妈妈。

桂妈妈忙低下头来："老太太您别在意，七小姐年纪小，还不懂事。"

二老太太摇摇头，不管怎么样，是该安排她的后事，这家里上上下下谁都不愿意提起这档子事，只因为这两年家中丧事实在太多了。

她本想求助于族里，正盘算着交给谁才好，三房是六太太掌家，只要她开口，六太太一定会过来，她也不太能看惯三房的作风，现在既然婉宁过来，她想知道，交给一个十二岁大的孩子会怎么样。

"让……婉宁……去办吧！选几个……人帮衬着……"

听得老太太这话，桂妈妈眼睛不由得红了。

姚宜州看向婉宁，婉宁若是想要这样激得母亲去吃药，显然是无用了。

可是婉宁却好像并没有失望，而是顺理成章地答应下来，仿佛她真的是要治丧才来的二房。

姚宜州忽然觉得他摸不透婉宁的心思。

从二老太太屋子里出来，童妈妈忍不住询问："小姐，您这是要做什么啊？真的要给二老太太办丧事？"

婉宁毫不犹豫："是办丧事。"

是办丧事。

旁边的秦伍也疑惑地皱起眉头。

婉宁转过身："劳烦秦先生还照常开方子给二祖母治病。"

"婉宁，"姚宜州不明白，"你这到底是要做什么？"

"大伯要相信我，"婉宁抬起头，"我看家里的红灯笼旧了该换新的，大伯都没安排人替换，那就是说大伯已经准备操办二祖母的身后事，既然如此，为何不交给我？"

姚宜州不禁怔愣，婉宁好像看透了他的心事。

"大伯将家里的事交给我安排，二祖母的病就会有转机。"

婉宁那双清澈的眼睛，含着笃定的神情，让他不得不信。

既然母亲的病会有转机，为什么又要治丧，这怎么能解释得通，他的心里乱成一团，如今能依靠的也只是婉宁这句话。

他从心底里找不出反驳婉宁的理由，只能孤注一掷。

妻儿遇到水匪那天晚上，他没能在他们身边，他不能想象出他们有多么的害怕，多少次梦中他都会回到那条船上，一手拉起妻子一手抱起儿子，他们一家人同生共死……

无论他多么努力，睁开眼睛终究是场空，伸出手摸索着身边，空荡荡的，一片冰冷。

那些事他还没能遗忘，现在轮到了母亲……

母亲就在他身边，他想尽办法，能不能救母亲一命？姚宜州仰起头来看向天空，让泪水倒流回嗓子里，然后吞进肚子。

望上天垂怜，可怜可怜他含辛茹苦的老母。

姚婉如哭得伤心，眼泪一串串地掉下来："母亲，你可千万不能有事啊。"

寿氏靠在软榻上慢慢地顺着气，正要打发人去听听二房的消息。

就听到门口有丫鬟喊了声："六老爷。"

姚宜春一阵风似的进屋，浓浓的酒气扑面而来。

寿氏刚刚舒展的眉头又皱起来："老爷去哪里了？"老爷好喝酒，因此时常被老太爷教训，前一刻口口声声要改，后一刻闻到酒香就什么都忘了。

姚宜春脸上本是一片喜气，见到满脸泪痕的姚婉如："这又是怎么了？"

不等寿氏说话，姚婉如急着道："父亲，婉宁让二房的大伯接走了，要去二房照应二祖母。"

去二房？二房怎么想起来接婉宁？

"反了她了，"姚宜春扬起声音，"找几个人将她接回来，三哥来信说得清清楚楚让你管教婉宁，你怎么任着她胡来？"

寿氏埋怨地看了姚宜春一眼："老爷以为妾身没想到？只是大哥说，没有婉宁二老太太的病就不能好转，老太爷都无话可说。"只要想起这件事，寿氏胸口就隐隐作痛。

"三哥怎么生出这样一个女儿，"姚宜春红涨的脸看起来虎虎生威，"等我抽出时间写封信给三哥，将这丫头赶去家庵，让她一辈子青灯古佛日日为姚家跪拜求福。"

姚婉如张开了嘴，虽然一双眼睛仍旧濡湿，却已经饱含欢喜，差点忍不住拍手。

对，就是要让婉宁做尼姑，让她做一辈子的尼姑。

没料到老爷底气那么足，寿氏让人搀扶着站起身来，亲手端了茶给姚宜春："老爷快想想法子，可不能让七丫头这样在里面搅和。"

姚宜春冷笑一声："她也闹不出大天来，现在你就跟着我一起去二房，若是二老太太没有好转，你就将婉宁带回来，就说三哥有话在先，不能让婉宁在外过夜，大哥这边我来顶着，我就不信了，在姚氏一族里，我还没有说话的份。"

大哥整天闭门不出，他却已经今非昔比，在泰兴呼风唤雨不说，将来就要在朝中有了靠山，攀上了崔家，三哥都要对他另眼相看。

姚宜春越想嘴边的笑容越重。

寿氏看着不以为然的姚宜春，不知怎么的，老爷仿佛比往日高大了许多，这样想着，她胸口的大石仿佛也挪开了，喘息终于通畅起来。

"六老爷，六太太。"在外守着的段妈妈快步进门来。

见到段妈妈有些慌张的神情，寿氏的心不禁一阵狂跳："怎么了？"

段妈妈忙道："听说二房的老太太不行了，二房要筹备治丧呢。"

二老太太不行了，寿氏顿时挺直了腰。

治丧，她的机会来了，真是人算不如天算，寿氏忍不住要笑出声，整个姚氏族里谁还能接办这个差事。

婉宁去了二房又怎么样？二老太太不行了，还是要她出面。

寿氏感觉她就像扔在热水里的茶叶，整个人伸展着，说不出的舒坦。

"有没有禀告老太爷和老太太？"寿氏转头询问。

段妈妈吞咽了一口，硬着头皮将后面的话说完："奴婢也是听老太太那边传过来的消息，二房要治丧……二老太太亲自吩咐要……要七小姐一手操办。"

屋子里忽然安静下来。寿氏一动不动地站在那里，仿佛连呼吸都停滞了，姚婉如脸上还挂着一抹惊喜，姚宜春瞪着血红的眼睛。

段妈妈恨不得立即缩到地底下去。

"让谁治丧？"寿氏几乎咬着牙问。

段妈妈不敢回话，空张着嘴，半晌才道："七……七小姐……"

寿氏转身将桌子上的茶碗拿起来"啪"地扔在地上摔了个粉碎："将来等她再落到我手里，不要怪我心狠手辣。"

"走，去老太太那里。"她现在是一刻也不能等了，否则她的打算真的完全会落空。

寿氏带着人去了老太太房里，见到老太太急着道："老太太，这时候了您可不能不管啊，让婉宁这样搅和下去可如何得了。"

现在比她更着急的应该是老太爷和老太太。

二老太太已经不好了，这时候不下手要等到何时。

老太太抬起头看了眼寿氏："打听来的消息做不得准，你先去二房看看二太太，再让人捎信回来。"这些事还是弄清楚为好。

姚宜州眼看着婉宁吩咐下人准备办丧事的一应物件。

他心里沉甸甸的，鼻端仿佛闻到了香烛的味道，浓浓地冲进他心里。

"大老爷，陈家三爷带着表兄过来了，要给老太太请安。"

姚家和陈家有几分交情，陈家的老三是个好孩子，姚宜州点点头，吩咐下人："准备茶点……"

下人忙道："七小姐说这两天会有客人上门，都让小厨房准备好了。"

连这些都备好了。

姚宜州点点头，自从母亲病了，家里已经好久没有人主事，他只是吩咐几个母亲身边的管事妈妈，随便应付，哪里会提前准备妥当。

姚宜州伸手整理一下衣袍，抬脚去堂屋里。

陈季然有些坐立难安，他实在应该早几日来探望。

"既然之前没来，现在就安心等着，白灯笼没挂出来，人现在应该没事。"崔奕廷抬起头，看向周围，堂屋布置得很简单，中间一幅山水，两边是治家的对联，长案上摆着小块寿山石，两只前朝古瓶，看起来就是很普通的人家，不像三房那样富丽堂皇。

姚家二房从前是泰兴的粮长，姚家因此成了泰兴人人知晓的大户，姚家宗长的位置就落在二房，他之前不太熟悉姚家二房，到了泰兴听到的消息，姚宜州虽然守旧但是个正直敦厚的人。

不过等到二房长辈过世，姚宜州压不住三房的势头，姚家宗长之位顺理成章就落在三房老太爷身上。

姚三老太爷没有教好自己的几个儿女，马上就又要去祸害姚氏族中的子孙了。

姚宜州踏进屋门，陈季然立即起身，三个人见了礼。

姚宜州的目光落在崔奕廷身上："这是……"

陈季然忙道："这是我家的表兄，崔家行二。"

姚宜州点了点头，他们家和陈家来往不多，陈季然他倒是见过几次，这个表兄他倒是不知晓。

"听说老太太病得厉害，我和表兄过来给老太太磕头问个安。"陈季然看向姚宜州，姚宜州眉宇中是掩不住的忧愁。

姚宜州叹口气："母亲病得重，大夫说不能让旁人探看。"

已经到了不能探看的地步。

陈季然想起笑容可掬的姚二老太太，心里不禁有些难过。

"听说是秦大夫来给看的症，不知方子是否有用？"一个醇厚又从容不迫的声音传来。

姚宜州抬起头看过去，是崔家二爷："崔二爷知道秦大夫？"

崔奕廷不躲不避地对上姚宜州的视线："正好在李御史家里见过一面。"

姚宜州摇摇头："时好时坏，秦大夫的方子比从前的几位郎中都要好用些。"

崔奕廷眼睛中有一丝超越他年纪的端凝，听得姚宜州的话，目光从姚宜州脸上一扫而过，脸上顿时浮起心照不宣的神情。

那表情很淡几乎让人难以察觉，又恰到好处的让他知晓。

姚宜州颇为意外，崔奕廷好像听出了他的话里隐藏的意思，这个崔二爷到底是谁？年纪和陈季然差不多，却比陈季然看起来沉稳很多。

他不由得又去打量崔奕廷，脑子里飞快地想着，崔家，是哪个崔家。

陈家的表亲，是陈家姑奶奶的夫家，还是陈季然母亲娘家的亲戚。

姚宜州还没想清楚。

崔奕廷又不慌不忙地询问："大老爷可知道何家？"

何家……

"何明安。"

听到这个名字，姚宜州忽然之间心惊肉跳，崔家少爷怎么会知道何明安。

怎么会在他面前问起何明安，这是连三房也不知晓的事。

崔奕廷凝望着他，表情十分认真。

姚宜州不由得吞咽一口看向旁边的陈季然："我让下人在花厅里备了点心，你先过去，我和崔家少爷说几句话。"

姚大老爷要和表兄说什么话？表兄可是第一次来姚家二房。

陈季然有些费解，不禁询问地看向崔奕廷。

崔奕廷点点头："我在京里听说一件事要和姚大老爷说。"

表兄从前是有名的魔王，他去崔家看姑母的时候，表兄拉着他去树上捉鸟，他差点从树上掉下来，第二天他再也不敢爬树，表兄笑他是个胆小鬼，晚上趁着他睡着还在他脸上画了一个大花脸。他的模样将下人吓得目瞪口呆，表兄还拍着手说："我这是为你好，将来你长大发达了不要忘记我。"

这件事被姑父知道了，表兄因此被罚跪了半天。

不过好像姑父的严厉没让表兄收敛，第二天表兄就站在房顶上向他脚下扔瓦片，他吓了一跳被乳母搂在怀里。

表兄笑他："就是个胆小鬼。"

他记得姑母训斥表兄："就是个愚顽的魔王，崔家的房子早晚要被你踩塌了。看你老子知道了不修理你，还不快下来。"

姑母话音刚落，表兄就顺着房脊跑掉了。

整个崔家被表兄闹腾得鸡飞狗跳。

家里长辈都说，没想到姑父这样稳重的人却生了表兄这样一个顽劣的孩子，不知道表兄什么时候能收心，谁能让他收心将来做些正经事。

他从来没想过表兄能安下心来读书或是像姑父一样做事。

可是突然之间，表兄就像变了个人，不但不胡闹了，还每日读书，看的书比他这个将要应试的人还多。人虽然稳重了，不过脾气好像还像从前，让人捉摸不透。

陈季然站起身随着下人一起出了门。

屋子里没了旁人，姚宜州才道："崔二爷怎么知道何明安。"

"何家接替了姚家是泰兴的粮长，这两年的漕粮就是何明安催缴上来的，"崔奕廷目光闪烁地抬起眼睛，"大老爷可知道何明安在哪里？"

何明安，泰兴谁都知道何明安在催粮的时候遇到涨水，人被冲走了，现在还寻不到尸骨。

姚宜州踌躇起来："崔二爷，你到底是什么意思。"

"何明安想要和大老爷一起上京，大老爷答应了，现在还作不作数？这两年收缴漕粮的账目大老爷可收好了？"

姚宜州只觉得全身的血液一下子冲到头顶，他顿时从椅子上站起来，脸色变得煞白，"你怎么知道这些？"

姚宜州的手不住地颤抖。这是他和何明安商量好的事，这些年泰州超额征收漕粮，数目一年比一年多，作为粮长他看过太多被逼得家破人亡的乡民，何家做了粮长之后，为了保证漕粮，将家里所有的财物都用来办粮交仓，何家已经不堪重负，托人告到知府那里，知府不但不理不睬还将何明安的父亲打了半死。

何家想卸了粮长之职，官府却不肯答应。

没有何家这样有良心的粮长顶着，不知道要死多少乡民，父亲是做过粮长的人，他深知里面的门道，私下里就帮着何明安做账目收证据，想要悄悄上京告状。

他也想过走三房老三的路子，正想让人去打听，谁知道这时候何明安就出了事。

他是知道何明安为什么出事。八成是和漕粮有关。

官府说人被水冲走了，谁又能真的去查？他悄悄让人去找过，都是没有任何消息。

现在谁也不敢和何家牵扯干系，何家准备交了今年的漕粮就从泰兴搬走。至于他手里的账目，他还不知道要怎么办。

"常安。"崔奕廷喊了一声。

等在外面的崔家下人立即快步走进来。那下人低头弯着腰，在屋子里站稳了就抬起头来，他脸色黝黑，胡子从鬓角一直长到下颌，单眼皮，直直的鼻梁。

姚宜州差点喊出来，这是，何明安。

何明安没死，居然还留在泰兴。

"宜州。"何明安眼睛里满是激动的目光，喊了一声愣在原地的姚宜州。

姚宜州半晌才张嘴："这到底是怎么回事。"

何明安在椅子上坐下，将去向说了："朱应年……那狗贼让官兵假扮成贼匪杀我，多亏了崔二爷相救我才能活着。"

姚宜州瞪大了眼睛，崔二爷有这样的胆子竟然和南直隶的官员作对。

姚宜州道："你怎么还敢留在泰兴。"

何明安冷笑一声："这叫灯下黑，崔二爷敢收留我，我又怕什么？"

姚宜州道："接下来你们准备怎么办？"既然南直隶的官员上下沆瀣一气，他们留在南直隶又能闹出个什么结果。

何明安的目光就落在崔奕廷身上。

崔奕廷声音平缓，不高不低，脸上并没有半点的紧张："不用去京城告状，姚大老爷可知道朝廷的巡漕御史已经来到南直隶？"

姚宜州忍不住道："谁是巡漕御史？"

他将话问出来才发现，他和何明安一样，满心期盼地看着崔奕廷，等着崔奕廷出主意。

崔奕廷的年纪做他儿子绰绰有余，他心里却不觉得这样问有什么不妥。

崔奕廷道："只要将账目准备好，找到南直隶官员贪墨的漕粮，巡漕御史就能将弹劾南直隶的奏折递给皇上。"

这么简单？可是仔细想起来，谈何容易。

"家里说话不便，有空大老爷可以到我家中商谈，"崔奕廷说完看何明安，"出来时间长了，你先回去！"

何明安站起身来告辞。

屋子里只剩下崔奕廷和姚宜州两个人。

将手里的茶碗放在桌上，崔奕廷道："有件事我想请问大老爷。"

姚宜州点了点头："崔二爷请说。"

大约是说漕粮的事，他现在脑子里是一团乱，崔奕廷问起来他还不知道要怎么说。

"我打听一个人。"

崔奕廷的话让姚宜州有些诧异。

"姚家二房可有亲戚或是朋交姓蒋？也在扬州、泰州一带居住，家中有一位小姐，"崔奕廷顿了顿，"现在该是十二三岁。"

姓蒋的亲友？家中还有十二三岁的小姐，又是扬州、泰州这边住。

崔奕廷说的是他们二房，可是他们结交的人并不多，在扬州、泰州的亲戚算一算，就是姚家人居多，也没有姓蒋的啊。

要说十二三岁的小姐，姚家倒是有不少，现在家里的婉宁就是十二岁。

崔奕廷波澜不惊的眼睛里带了一丝期盼。

姚宜州还是摇了摇头："家父有个好友姓蒋，只不过一家人祖籍就是京城，如今也在京中居住，至于家里有几个小姐我也不知晓。"

崔奕廷接着询问："这位姓蒋的人家可在泰州附近住过？"

"不曾。"

姚宜州抬起头，不知怎么的，仿佛从崔奕廷脸上看到了淡淡的失落。

奇怪，这个崔二爷，真是奇怪得很。

崔奕廷站起身向姚宜州行礼："等我去京中劳烦大老爷写张帖子，我去蒋家拜会……"

结结实实受了崔奕廷的礼，姚宜州忙道："这怎么说……不过是写张帖子也不是什么难事。"崔奕廷之前还喜怒不形于色，怎么提起蒋家就整个人恭谦起来。

姚宜州话音刚落，就有下人来禀告："大老爷，三房的六老爷、太太和小姐来了。"

真被婉宁料准，这一家人劳师动众的都到了。

第五章　欢心

"死了没有？"马车刚停在二房门口，寿氏就让人去打听。

寿氏紧紧地握着车厢扶栏，掌心出着汗，仿佛要将扶栏捏碎。只要二老太太一死，老太爷来到二房，这里就是她的天下，她一句话就可以置办了婉宁。

姚婉如不敢出半点声音，歪着头仔细听着。

段妈妈摇了摇头："没有，只是白灯笼都已经准备上了。"

寿氏眼睛里几乎冒出光来，那就是快了。

"快下车，"寿氏吩咐婉如，"我们去见二老太太。"

两个人下了车，姚宜春径直去找姚宜州。

寿氏和婉如进了垂花门。

"要不要等等父亲那边的消息？"父亲去向大伯打听二祖母的情形，应该很快就能让人传信。

寿氏皱起眉头："都进了家门，我们就自己去见老太太，哪里还用得着等，你父亲有你父亲的事。"

"母亲……"婉如欲言又止。

等到二房的下人走开了些，寿氏看着磨磨蹭蹭的婉如："又怎么了？"

"我害怕，"姚婉如咬住嘴唇半晌才道，"万一二祖母要死了……我……我害怕……"

害怕……

寿氏只觉得一团火涌上心头。

婉如还比婉宁大两岁，怎么心智上像是比婉宁小了许多。

婉宁都敢一个人过来二房，婉如有她在身边竟然还会害怕。

"嬷嬷说，人要死的时候，魂都没了……"婉如说着脸色煞白地向身后看，"万一二祖母的鬼魂跟着我们怎么办？"

人还没死，她就怕上鬼了。

她怎么养了这样一个没用的东西。

"怕什么怕，"寿氏压着火气低声呵斥，"现在你还有心思听嬷嬷嚼舌头？我教你的话你都记住了没有？要哄得你二祖母高兴，不能让婉宁抢在前面。"

看到母亲的怒容，姚婉如不敢再说别的，勉强点了点头。

二老太太在西院里养病，听到下人禀告桂妈妈迎出来，见到寿氏和婉如，桂妈妈上前行礼，寿氏忙道："二老太太怎么样了？"

桂妈妈垂头丧气地摇摇头，仿佛不忍说透。

"怎么不早点捎信，我也好安排安排。"寿氏说着用帕子去擦眼角。

桂妈妈这才道："谁说不是，我们老太太就是要强的性子，谁也不愿意拖累。"

"怎么算是拖累，我们一家人没少受了二老太太的恩惠，这时候还不上前岂不成了没心肝的，"寿氏拉起桂妈妈，"快，带着我去看看老太太。"

桂妈妈没有动。

寿氏不禁怔愣在那里。

桂妈妈一脸为难的神情，看向身边的下人："奴婢先服侍六太太去堂屋里歇着，我们老太太才吃了药，不让人打扰，我们进出都要小心翼翼……"

不让她去看二老太太。

寿氏眼皮连着跳两下，她还没遇到过这样的情形，就这样被挡在门外。

眼见着下人来来往往，寿氏强压怒火，抿了抿嘴唇："现在家里是谁在打点？"

桂妈妈道："是七小姐，老太太将屋里的事都交给了七小姐。"

真的是婉宁做主。寿氏胸口顿时一下抽痛，这个婉宁。

该死的婉宁。

寿氏正要再说话，身边的段妈妈轻轻地咳嗽了一声。

寿氏下意识地抬起头来，见到一个人影飞快地躲到月亮门后。是童妈妈那个老东西，现在张望是在看她的笑话。她见不到二老太太定是婉宁从中作梗。好个婉宁，竟然跟她耍这样的手段。

寿氏正胡乱想着，桂妈妈低声道："奴婢还要去厨房给二老太太煎药，先走一步。"

寿氏下意识地点点头。

桂妈妈带着几个小丫鬟快步走出了园子。

"六太太、五小姐过去坐吧，七小姐吩咐人准备好了茶点就放在亭子里。"十几岁的小丫鬟垂着头轻声道。

笑话。

这就打发她去亭子里。

寿氏看向段妈妈，段妈妈会意地退下去。

寿氏冷笑一声，在二房她早就安排了人手，还怕找不到婉宁一点错处。

姚婉如早就没了主意："母亲，我们过去坐一会儿吧！"

寿氏眼睛里几乎冒出光来，没用的东西，这样就被人支配了，寿氏忽然捂住胸口："我今天这是怎么了，心惊肉跳的……"

姚婉如忙上前搀扶寿氏。

寿氏握住姚婉如的手，轻轻地摇了摇，然后用了眼色。

寿氏喘两口气："不行，你跟我去二老太太院子里等，我怎么也放心不下。"

姚婉如豁然明白过来，母亲并不是身体难受而是在找借口。

六太太执意要去西院子，没有桂妈妈在这里，小丫鬟刚想要说话，就被六太太狠厉的目光吓得低下头来。

西院子已经不像寿氏之前来的模样，没有多少下人等在院子里，只有两个烧水的婆子，听到声音急匆匆地从角落里走出来。

二老太太病重了，怎么伺候的人只见少不见多，才短短几个时辰二房已被婉宁打点成这样。

一个十二岁的孩子懂得什么。

难不成婉宁这是故意将老太太身边的人都支走，好任她作为？

寿氏直奔主屋，没想到帘子一掀童妈妈从里面走出来："六太太，"童妈妈急忙行礼，"您这是……来这里做什么？"

来这里做什么？

笑话，婉宁真是好大的胆子，现在就敢让童妈妈这样和她说话。

"您别进去……"

童妈妈一面看着内室，一面压低了声音："六太太……"

寿氏看了一眼婉如，婉如会意喊起来，"二祖母，二祖母，婉如来看您了，您现在怎么样了？"

童妈妈不禁焦急："五小姐，快别喊了，老太太不在这里……"

寿氏挑起眉毛，老太太不在这里？当她没来过二房，屋子里飘来浓浓的药味儿，屋子里的摆设都是老太太喜欢的东西。

自从大嫂死了之后，老太太就嫌弃东院子太吵，特意搬了过来。

她们都知道，东边三进院是大伯和大嫂住的，老太太这是怕睹物思人。

婉宁是不想让她见到老太太，所以用这样的手段，内宅里妇人用的招数她什么没见过，这样就能骗她，当她是傻子吗？

"六弟妹你这是做什么？"四太太姜氏的声音传来，寿氏转过头。

看到匆匆赶过来的姜氏，姜氏这个平日里连话也不敢说的人，今天竟然也到了二房。

好啊，都闻到了鱼腥味，来跟她争抢了。

寿氏再也忍不住，一把推开童妈妈，大步走向内室，内室里的丫鬟吓得立即站在两边。

姜黄色的幔帐垂着，幔帐里隐隐约约能看到有人躺在里面。

二老太太真的在睡觉。

她就这样闯进来，总是对长辈不恭敬，还好她早有准备。

"二老太太，"寿氏立即跪下来，"您身子怎么样了？听说要治丧，可吓坏媳妇了。大嫂才没了，这家里里里外外都还要您撑着，您可千万不能有事。"

幔帐里的人不为所动。

寿氏看了一眼婉如，婉如也跪下来："二祖母，您可要养好身子啊，"说着将桐香手里的木盒捧出来，"孙女做了您爱吃的点心，您尝一尝。"

床上的人仍旧没有转过身来。

这可怎么办？

寿氏吞咽一口："二老太太，您可要在意自己啊，媳妇还想为您筹办寿宴，媳妇还没好好尽孝。"说着抽抽噎噎地哭起来。

姚婉如也不敢怠慢哀求着："二祖母，让孙女侍奉您，也算全了孙女的心思。"说着躬身端端正正地给二老太太叩了头。

床上的人听到姚婉如磕头行礼的声音，仿佛有所触动，长长地出了口气。

寿氏咬着槽牙，哀求有用了，立即偏头看向婉如："快，将桌上的茶端来，我服侍二老太太润润嘴。"

婉如忙起身捧来茶碗跪在床边的脚踏上，寿氏接过去刚要起身去掀开幔帐，却见床上的人坐起来。

姚婉如登时吓得魂飞魄散，手上的茶碗不停地颤抖，茶水差点就洒出来。

这是二祖母？二祖母怎么能坐起来，该不是闹鬼了……

寿氏瞪大了眼睛，心跳几乎停滞。

一只手拉开了幔帐。

纤纤玉手上染着淡淡的蔻丹，然后是淡青色的褙子，接着露出一个俏丽的脸，钗斜鬓松，眼睛略带惺忪和慵懒，粉色的嘴唇俏皮地扬着，眉头微微蹙起，不解地看着跪在地上的寿氏和婉如。

"六婶、五姐姐，你们这是做什么啊？"

婉宁？床上的人怎么是婉宁？

寿氏张开了嘴，她和婉如方才苦苦哀求、劝说的人竟然是婉宁。

姚婉如没料到会是这样的结果，"啊"的一声，手里茶碗落在地上，茶水顿时泼了她一身。

寿氏一口气没上来，就觉得喉咙恶心难受。

她做出孝子贤孙的样，是要打动二老太太，谁知道二老太太竟然变成了婉宁。

婉宁是故意的，明明可以在她进门的时候就撩开幔帐下地，却非要等到婉如磕了头才起身。

听到婉如惊叫，姜氏吓了一跳，怕是二老太太有什么变故，连忙快步进了门，谁知道见到的是这样的景象。

寿氏和婉如还没起身，婉宁端坐在床上。

姜氏半天才缓过神来。

这可……闹出笑话了。

寿氏方才那些话，连她这个外人听着都觉得脸红，寿氏却说得跟真的一样，她还想着，二老太太说不定会信了寿氏，谁知道会是这个结果。

寿氏的一片孝心都说给了婉宁。

真是可笑。

寿氏向来能言善道，一张嘴不知道给她换来多少好处，她还想着不知什么时候寿氏要受些教训，没想到真让她看到这一天。

短暂的静寂过后，寿氏仿佛缓过神来，目光凶狠地站起身就要向床边走去。

婉如则傻了眼，一直坐在地上纹丝不动。

"六弟妹你这是要做什么？"姜氏快走几步进了内室。

"婉宁，"寿氏顾不得去管姜氏，声音尖厉，仿佛是要索命的女鬼，"你父亲将你遣回族里，你还不肯好好思过，如今做出不敬尊长的事来，姚氏一族容不得你。"

婉宁脸上露出诧异的神情，清澈的眼睛里满是轻视："六婶说的姚氏一族是谁？是六婶容不下我，还是姚家容不下我？不敬尊长又是从何而来？"

不等寿氏说话，婉宁接着道："就算是我做了罪大恶极的事，也要交由姚氏族长处置，更何况我还不知道错在哪里，既然六婶说了这话，不如说个清楚。"

姚氏族长。

以为在二房就有了倚仗。

婉宁到现在还敢这样和她说话，眼睛里满是嘲笑她的神情。

寿氏不屑地冷笑："你以为做了这样的事谁还能护着你？你想等着族长来处置，你可知道将来族长是谁？"

将来族长是谁？是老太爷，将来就是老爷，她是族长的妻子，老爷主外，她管着全族的内宅，可是现在她却跪在婉宁床前。

这样的事传出去，她可还有脸面在？定要被人笑话，无论如何她也要惩办婉宁，让人看看她的威风。

寿氏咬着牙，额头上的青筋时隐时现："不惩办你，姚氏一族百年的声望都要毁于一旦，枉我看你孤单，照应你这么久，你却恩将仇报，真是伤透了我的心，从今往后我再也不能庇护你。"

婉宁仿佛被吓到了，半天才抬起头和寿氏对视："六婶说，姚氏一族里的族长是谁？现在是祖父帮忙二房管着族中事务，难不成将来……会将族长的位置给六叔？"

寿氏脸上浮起奇怪的笑容。

婉宁现在才知道。

晚了，都晚了。

"六太太，奴婢早就跟您说二老太太不在这里，您不听非要往里面闯，七小姐在屋子里睡着了，什么都不知道，您怎么能怪在七小姐头上，您可不能这样啊。"童妈妈突然大喊大叫起来。

"六弟妹，"姜氏也忙上前阻拦，"婉宁还是个孩子，你别吓坏了她。"

孩子能说出这样的话？那脸上的神情分明是笑话她。

她就不信，还真的不能发落婉宁。

寿氏看向姜氏："别这时候来充好人，方才的情形你又不是没见到，哪家的小姐像她这样张狂，若是我不教训她，三哥和三嫂要怨我……"

姜氏看着寿氏阴狠的目光不禁心里发抖。

婉宁脸上却带着淡淡的笑容，仿佛寿氏并不值得她害怕："六婶是不是早就恨我了？沈家没有高价买六婶的米粮，六婶就要打我，我没带婉如一起去李家，六婶就在祖母面前告状，想要祖母罚我，今天……又将罪名安在我头上，等到六叔做了族长，我是不是只有死路一条？"

寿氏亲眼看着婉宁扬起的眉毛落下去，她胸口忽然有种说不出的快感，婉宁句句说到她心里。这时候她不会反驳，就是吓也要将婉宁吓死，也让门口的姜氏听听，和她作对的下场。

婉宁的眉毛忽然又抬起来，脸上的神情如同忽然绽放的花朵："六婶想让我死，我偏不能死，我要好好地活着，六婶，你生气吗？那也没法子啊。"

你生气吗？那也没法子啊。

寿氏的手顿时颤抖起来，死到临头了还这样自以为是，她凭什么要受婉宁的气，今天婉宁错在先，她无论如何也不能饶了她，不用等到老爷做族长，现在她就要教训婉宁。

寿氏想着提步向前，她怎么没法子，她有的是法子。

她就要让婉宁尝尝滋味儿……

寿氏这口气还没提上来，就听背后响起一个声音。

"四太太、六太太，你们怎么会到七小姐这里来。"

是二老太太身边的桂妈妈。

寿氏如同被人浇了一盆冷水，浑身透凉，桂妈妈在这里多久了？都听到了些什么？

"六太太，"桂妈妈不等寿氏说话，"奴婢请您在亭子里宽坐，本想着抓完药就跟您一起去看老太太……您这是……"不等人通报，就径直闯到这里来，肯定是以为老太太还在这里养病，七小姐说得没错，若是老太太没了，这个家不知道要乱成什么样子。

看着桂妈妈不动声色的表情，寿氏眼睛一红："这孩子是我没教好，太不像话了，桂妈妈跟二老太太说说，让我将婉宁带回去。"

桂妈妈惊讶："七小姐做了什么？"

寿氏看向床上的婉宁，婉宁做了什么？在床上睡了一觉？

"六太太是气坏了，否则也不能说出这样的话。"桂妈妈在二老太太耳边低声道，"您是没看到，六太太不由分说就带着五小姐闯了进去，两个人进了屋一下子就跪在地上……等发现床上的是七小姐，六太太那样子……恨不得要吃了人。"

"就在屋子里教训起七小姐来。"

本来已经很虚弱的二老太太听得这话睁开眼睛。

"还有更可气的，"桂妈妈看看左右没人，"王贵家的投靠了六太太！七小姐让奴婢跟着六太太身边的段妈妈，奴婢亲眼看到王贵家的和段妈妈说话。"

王贵家的，是老太太最信任的人之一，在老太太身边二十多年，老太太许多事都要交给她去办，桂妈妈也没想到，王贵家的竟然会给三房的六太太送消息，真是心肠让狗给吃了。

"当年选她的时候奴婢还记得，进来那么多家生子，她身上穿的最差，她老子从前也在家里做事，被老太爷发现偷了东西才送去庄子上，她娘倒是个老实人，却是葫芦的脑子，空心儿的。她生得伶俐，老太太一眼就看上了，问奴婢她老子娘的情形，奴婢一五一十地交代，老太太还说，用人就不追究过往的事，这才将她留在屋里伺候。"

"老太太对她不薄，将屋里的事交给她管，又给她备了嫁妆，让她嫁给王贵，她的孙儿还能读书……那天，老太太将她叫到身边，说身后事还要她和奴婢几个操办，还没等到那一天，她就串通了六太太。"

如果今天不发现，可想而知将来会怎么样。

桂妈妈说到这里，二老太太突然咳嗽起来。

桂妈妈不敢再往下说，急忙用手去拍抚二老太太的胸口。

"扶……我……起来。"二老太太向桂妈妈招招手。

桂妈妈急忙抱住二老太太腰身将二老太太抱起来安置在引枕上。

半天二老太太才将气平顺过来，"她们真……当我……是个死人……七丫头说的一点没错……等我咽了气……这个家……就要听别人的了……"

桂妈妈眼睛一红，眼泪不停地掉下来。

"药呢？"老太太费力说着话，"将药拿来……我吃……"

桂妈妈惊喜得不知道怎么办才好，这是老太太生病以来，第一次自己要吃药。

她之前还怀疑七小姐的法子行不通。

没想到老太太真的有了起色。

寿氏进来看二老太太时，二老太太已经静静地躺在床上。

寿氏说得嗓子也干了，二老太太却没说一句话，寿氏向周围看看，屋子里伺候的下人不多，可是她却依旧不敢将话说重了。

二老太太不是一般人，训起人来，让人臊死，要不是二老太太快死了，她可不敢造次。

"二老太太，婉宁年纪还小，不能担这样的事，我看不如请族里的女眷来帮衬，我将婉宁带回去。"

二老太太不说话，她就可以当做二老太太默认了。

没有动静。

寿氏刚要欢喜，二老太太却忽然摇了摇头，桂妈妈代为传话道："二老太太喜欢七小姐，想要七小姐在跟前伺候。"

寿氏攥紧了手，婉宁到底给二老太太吃了什么迷魂汤？

她好话坏话说尽，却没有半点用处。

这可怎么办？难道要在二老太太床前闹起来？不行，她不能让族里的女眷看热闹。

她也只能再去想别的法子。

陆续又有几个族里的女眷过来探看，二老太太也是没说一句话。

寿氏心里越发肯定，二老太太多要强的一个人，从前可是口吐莲花的主，现在却连话也不能说了。

是时候了。

否则婉宁也不会将二老太太挪回二进院子。

长辈要死在正房，她要早些想到这个，也不会着了婉宁的道。

婉宁这个兔崽子，早晚她要扒了她的皮。

"王贵家的怎么说？"出了二老太太的院子寿氏低声问段妈妈。

段妈妈低声道："王贵家的方才去向二老太太身边的桂妈妈打听，说是二老太太精神愈发不行了。"

王贵家的是二老太太身边得力的妈妈，她都这样说，这件事就是坐实了，寿氏看向段妈妈："快去跟六爷说一声，再让人捎信回禀老太爷和老太太。"

二老太太一死，老太太就不必再顾忌这个寡嫂，老太爷也不用再想着二房昔日的恩情，三房不用再受二房的气。

消息传到姚宜春那里，姚宜春的笑容都要咧到耳朵上。

要是二老太太还好好的，他可不敢在二房闹起来，他打心底里有点害怕二老太太。

姚氏一族都知道，二房老太太是只母老虎，说起事来混不吝，谁也不敢得罪这位瘟神。

现在这瘟神要死了，老虎也变成了纸老虎。

哈哈，实在是太好了。

姚宜春回到屋里，对着姚宜州皱起眉头："大哥，这样下去不行啊，二老太太的丧事不是小事，可不能交给十二岁的婉宁，我看不如向族里求助。"

姚宜州想也没想坚定地摇头："母亲已经交代了，将家里的事交给婉宁。"

"大哥，你糊涂了，"姚宜春霍然站起身，"二老太太病成这样，怎么能将内宅都交给一个还没及笄的孩子。"

姚宜州面色疲惫，不想和姚宜春争执这件事："就依着母亲吧。"

"我让人将婉宁带回去，请族里的女眷过来帮忙。"

听到姚宜春的话，姚宜州不禁惊讶："六弟，我母亲安排的事，你还不答应？"

"不是不答应，"姚宜春尽量将话说得好听些，"我是怕婉宁闹出事来，毕竟三哥将婉宁交给我们。"

姚宜州脸色难看起来："三老太爷已经答应我带婉宁来二房，六弟想要带人走，要回去问问三老太爷。"

三老太爷明事理，看起来威严些却向来仁义又公平，定然不会在这件事上纠缠不休，明明是在三房说好的事，怎么到这里却变卦。

"这不过是小事一桩，不用知会长辈。"姚宜春看向屋子里的下人，"去内宅跟六太太说一声，时辰不早了带上婉宁回去。"

姚宜州的太阳穴突突跳了两下，当着他的面发号施令，这里是二房，姚宜春眼里还有没有他这个哥哥。

"我的话六弟没听明白？我说要将婉宁留下住几日……"

姚宜春意外地看着姚宜州，脸上露出匪夷所思的神情："大哥，你该不是和沈家有来往，才让婉宁过来吧？从前你就帮着沈家说话，说什么既然结了亲，就不该轻易闹得两家结怨，现在沈家到了泰兴，大哥莫不是想要和沈家做生意？"

姚宜州只觉得怒火一下子冲上额头："你说什么？"

"婉宁在京城就害得三嫂差点小产，来到族里也是不安分，要不是仗着有沈家撑腰，怎么会如此不受教，我也是为了大哥好，二老太太的丧事办不好，有辱大哥孝子的名声，将来怎么在族里立足，二房可是姚氏族中的大宗，不能失了礼数。"

这样顶撞他，只因为他要留婉宁在母亲身边照应，什么时候六弟变成了这样。

姚宜州沉下脸来："用不着你教训我，顶撞长兄你又有什么礼数，"说着转头吩咐管事，"送六老爷和六太太回去。"

姚宜春扬高了声音："大哥，你可真是糊涂。"

小小的院子里回荡着姚宜春、姚宜州兄弟两个争吵的声音。

本要向姚宜州告辞的陈季然不禁退回来，重新坐在八角亭里。

崔奕廷端坐着喝茶，陈季然咳嗽一声："我们还是一会儿再过去。"他奇怪地看了崔奕廷一眼，崔奕廷好像并不意外。

身边没有外人，陈季然才低声道："我在堂屋里看到了姚六老爷，姚六老爷和大老爷吵了起来，好像是因为大老爷将内宅的事交给姚七小姐打理。"

"怎么会是姚七小姐？姚七小姐才多大。"陈季然也觉得诧异，十二岁的小姐，怎么能主事，他的两个妹妹每日不过是做做女红，开个诗会或是在院子里扑蝴蝶。

"为什么不能？"崔奕廷眉宇间波澜不惊，"秦伍不就是姚七小姐请来给二老太太看病的。"

想想姚七小姐做的那些事。

给李大太太治病，又帮着沈家还了他的饼，简简单单地将秦伍请来给二老太太治病。

如今眼见姚家要起风波，姚七小姐会在场，没什么可奇怪的，有人总是能敏锐地察觉到身边的变化。

崔奕廷将茶杯放在桌子上，从前他和姚家并不熟，过来泰兴这几日也看了清楚，姚家大宗里，姚家二房门风清白，姚宜州有些浩然之气，跟姚家三房大相径庭。

姚家三房有姚宜闻在六部里做官，姚宜闻休了沈氏之后娶了勋贵之后的张氏，正是春风得意的时候，相反的姚家二房人丁稀少，又遭了大难，在姚家势单力薄，现在二房老太太又病重，家里只剩下姚宜州一人支撑。

强弱相差明显。

到了姚家三房和二房摊开了争权的时候。

崔奕廷忽然好奇，姚七小姐到底站在哪一边。是要帮自己祖父和父亲一把，将来好以此邀功，还是真的一心为姚家二房着想。

"陈三爷、崔二爷，"丫鬟的声音传来，"七小姐让我来说一声，二老太太吃了药，身子乏了，就不见外男了。"

"走吧，我们不是姚氏族人，将心意送到就行了。"崔奕廷站起身来。

姚宜春走了半天，姚宜州才将气息理平顺，他虽然身为长兄却还从来没有和哪个弟弟红过脸。他年长几个弟弟不多，小时候到了年节，大家就聚在一起比吃饭、比跑步、比着谁抓的蛐蛐叫得响。

几个弟弟总是围着他叫："大哥，大哥……"

他听说过为了争族产，几房兄弟甚至还闹出人命来，他觉得他不会这样，他能一碗水端平，所有族人都照应到，不会仗着自己是大宗的长兄就欺负弟弟和族人，几个弟弟也不会做出那种事。

财帛动人心。

终于也到了这个时候。

"大老爷，陈三爷和崔二爷来告辞了。"

姚宜州这才看到门口的陈季然和崔奕廷。

"快进来。"姚宜州将两个人迎进屋。

陈季然看了姚宜州一眼，姚宜州正气得脸色煞白。

崔奕廷坐下来，抬起眼睛正好和姚宜州四目相对，崔奕廷没挪开目光："姚大老爷可知道朝廷要嘉奖粮长？泰兴一直按时交粮，如今何明安'死了'何家恐怕要卸了粮长之职，若是嘉奖，自然是新任的粮长。"

姚宜州不禁一愣，这样露骨的提醒他怎么可能听不明白，崔奕廷这是在提醒他，泰兴有人要争粮长。

朝廷嘉奖粮长不会随便给些表彰，会选出一些人来加官晋爵。

不用靠科举就能做官，这样的好事来了，定然会争破头。

于是何明安不只是因为得罪了南直隶的官员才会落得这样的下场。

还有人想从中谋得粮长的好处。

姚宜州站起身，忽然弯腰向崔奕廷一揖："崔二爷，姚某多谢你提点。"

送走了陈季然和崔奕廷，姚宜州去了老太太房里，将崔奕廷的话说了。

"母亲，在泰兴做过粮长的人家不多，就是从前的丁家，我们姚家和何家，丁家早已经搬迁出泰州府，何家也三番两次辞掉粮长之职，如今……能数得上的只有我们家。"

"您说，到底谁会来争粮长之职？"这样的好事到底会落在谁头上。

床上的二老太太看向坐在锦杌上的婉宁。

"七丫头，你心里可有个思量。"

姚宜州不禁惊奇，母亲竟然会问婉宁。

这样复杂的事，婉宁怎么能弄清楚。

婉宁想起寿氏贪婪的目光和急切的神情，祖母沉稳淡定却莫测高深的模样，听说大伯要接她来二房，寿氏恨不得立即将她掐死，嘉奖粮长的消息，应该马上会从官府传下来。

泰兴县令的女眷朱太太不是经常去和祖母说话。

婉宁抬起头："不管是谁，都要上门来了。"实在是已经不用猜了。

二老太太忽而冷笑，张嘴吐出一句话："想要踩着……我们……换富贵荣华……做……梦……"

"好了，好了，别哭了，"姚宜春安慰寿氏，"你没听父亲说，明日就叫上族人去二房，你想一想，以后谁还敢欺负你。"

说到这里寿氏哭得更厉害："老爷不知道，妾身丢尽了脸面，这若是在三房，我让人直接将婉宁绑了送去家庵……"

寿氏攥紧了手。

呜呜呜，只要想想那一幕，就好像吃了屎，满嘴的臭气，让她作呕。

"好了，"姚宜春又道，"做大事者不拘小节，你就忍一忍。"

寿氏红着眼睛："那丫头猖狂的模样老爷不知道？不信哪日老爷试试，看看能不能忍下这口气。"

"咴咴咴……"姚宜春脸色顿时变了，瞪起了眼睛，"你这是什么话？"

寿氏这才发现自己失言。

都是被婉宁气的，她长这么大还没受过这样的气。

"她有什么本事？"寿氏瞪圆了眼睛，"这么多年就在绣楼里，到底练出了什么能耐？难道木头也能成精？"

姚宜春觉得寿氏的眼神让他通身不舒坦："你问我做什么？管她的人是你。"

管教婉宁的人是她。她从来没将婉宁放在眼里，都是想着要怎么借着婉宁捞些好处，让三嫂舒坦了，老爷和她将来总少不了好处。

寿氏想到这里，不禁打了个冷战。

三嫂还不知道族里的事，还不清楚婉宁已经从绣楼离开，闹出了这么大的动静。

这若是收不了场，她要怎么办？怎么向三嫂交代，张家不可能再给她好处，她的舒坦日子也会一去不复返。

寿氏惊骇得汗毛都根根竖立，伸出手来突然抓住身边的姚宜春，将姚宜春也吓了一跳。

姚宜春刚要张嘴训斥寿氏，寿氏睁着大大的眼睛，全神贯注地看着他："老爷，我的老爷，这次你一定要帮老太爷当上族长，否则我们夫妻就要活不下去了啊。"

中邪了，不过是被婉宁吓了一下，寿氏就中邪了，姚宜春将寿氏的手甩掉，恶狠狠地喊了一声："有病。"

京城姚家。

清晨的阳光还没将整个院子照亮，张氏早早起来吩咐管事将宅子里的红灯笼都换成新的，不一会儿工夫整个姚家廊都布置得红红火火，如同过年一般。

张氏心情很好，喝一口茶到嘴里都像沾了蜜，她蔷薇般的脸颊更像是一块透亮的璞玉。

家里所有一切都如了她的心意。沈氏被休了好几年，家里内外都换成了她的人，她想去东，没有人会背着她往西。老爷眼看就又要升迁，父亲要拿到爵位。

万事如意，也不过如此。

张氏觉得，自己就是那轮太阳，正高高地升起来。

张氏陪着姚宜闻吃了饭，将姚宜闻送出家门，然后回到主屋里将管事孙妈妈叫来说话。

孙妈妈来主屋里行了礼便道："都备好了。"

张氏点点头，欢快的脸上稍稍紧绷，正色起来："父亲好不容易来一次，可不能大意了。"老爷迎娶她的时候，父亲多少有些不愿意，所以她刚成亲那两年父亲没登过门，好在老爷这些年还算争气，她将内宅打理得妥妥当当，整个姚家上下一体，父亲才算放下了心结。

孙妈妈笑容可掬："您放心吧，哪里都是妥妥当当的。"

张氏"嗯"了一声："将厨房的菜单子再瞧一遍。"

孙妈妈立即道："有亲家老太爷爱吃的也有五老爷爱吃的，今天一早厨房就出去采办齐全了，现在四个厨娘都在收拾了。"

张氏将目光重新落在床上，床上四岁的欢哥睡得正香。

孙妈妈笑着道："八爷长得越来越漂亮，眉清目秀，取了老爷和太太的优点。"

张氏用手轻轻地摸着欢哥的眉毛，每次看到欢哥，她就觉得她这辈子没有白活，能生下欢哥是她的福气，心底那些烦郁和不如意顿时就去得干干净净，眼见着欢哥越来越长大，眉眼越来越漂亮，她总会在深夜里感谢佛祖，谢谢佛祖让欢哥生成这样。

"不太像我，"张氏笑道，"比我漂亮。"

孙妈妈就掩嘴笑："哪里有太太这样的，看到孩子不像您，您还高兴成这样。依奴婢看，老爷的五官不如您漂亮，不像您像谁呢。"

张氏抿着嘴，一双眼睛微微闪烁。

看了一会儿欢哥，张氏和孙妈妈去外屋里说话。

"怎么样，泰兴可有消息？"

孙妈妈摇头："还没有呢，泰兴毕竟离京城远，就算捎信也要好久才能到。"

张氏端起茶来喝："也不知道事情办得怎么样？"

"您就放心吧，"孙妈妈从张氏手里将茶碗接过来，"表老爷在泰兴做父母官，二房老太太已经病了那么久，早晚族长都是老太爷的。"

"老爷说，朝廷要查漕米，我就是担心……不过想一想父亲和崔尚书交好，若是有什么风吹草动早就知道了，"张氏舒了一口气，"不知为什么，这几天我就是心惊肉跳的。"

"要不然请太医来开张安神的方子？"孙妈妈拿了把团扇轻轻地扇着。

张氏摇了摇头。

孙妈妈忙道："您不用担心，都好着呢，上次六太太的信里也说了，老太爷声望日重，七小姐……也听话乖乖锁在绣楼里，如今的姚家，谁还能在您面前掀起风浪。"

张氏靠在软榻上，慵懒地看着窗外桂花。

是啊，谁还能在她面前掀起风浪。

泰兴，姚家二房，二老太太一口口吃着药，婉宁手里的药碗很快就空了。

"三房的老太爷和老太太来了。"桂妈妈低声禀告。

姚宜州站起身来，"母亲，我出去迎迎。"

"不急，"二老太太抬起眼睛，"等族里的人都到齐了，你再出去不迟。"

姚宜州道："毕竟是长辈。"

"长辈？"二老太太冷笑一声，"千方百计想要算计你的人不算是长辈，不过就是龌龊的小人。"

姚宜州到现在还不敢相信，三老太爷会这样做。

二房的堂屋里很快就坐满了人。

寿氏抬起头张望，族里的女眷来了不少，半天也不见婉宁。

族里的媳妇压不住好奇："六太太，听说婉宁会治病？"

寿氏叹口气："我也不知晓婉宁会治病。"

连三房人都不知道，七小姐会治病的消息只怕是以讹传讹。

旁边的姚婉如忍不住接着寿氏的话道："我们都不信，就婉宁自己说……会治病，可是来到二房，也不见她治好了二老太太。"

这是明摆着的事，再怎么说都没用。

二老太太不会好起来，婉宁就再也不能猖狂。

看到族里的女眷不住地点头，姚婉如差点忍不住笑出声。

一个族里的媳妇快步走出来："不知是谁管着厨房，怎么连茶水也不上，家里乱成这样，哪里像是办丧事的样子。"

"都是婉宁打理的，"姚婉如抢先开口，"二祖母将这些事都交给了婉宁，母亲昨日来就想帮衬，婉宁说什么都不让母亲插手。"

"十二岁的孩子，能做什么事？族里这么多人在，都不作安排，点心没有就算了，水也没有一口，伺候的下人也不知道去了哪里，"女眷们互相看看，一个接一个地道，"从前二房可不是这样。"

堂屋里，姚老太爷几次想要拿起茶杯，却发现桌子上依旧是空的，好像是故意什么都不摆。

姚老太爷皱起眉头。

"大老爷来了。"

听到下人传报的声音，姚老太爷清了清嗓子抬起头，看到了姚宜州："宜州，家里怎么乱成这样？你母亲怎么样了？"

姚宜州向族里长辈行了礼："叔父安心，都在安排着。"

"这都什么时候了，"姚五老太爷从椅子里坐起来些，"家里没有女眷来打理，就让族里人帮忙，做事没有个轻重缓急是要出大错的。"

说完五老太爷顿了顿："家里还没交代好，族里的事你也该安排安排，到时候你在家中守孝，族里有事要怎么办？"

连珠炮似的询问，让姚宜州不知道该回哪一句，如果母亲真的没了，他定然会满心悲伤，族里的事也不能顾及，八成会请长辈代为主理。

"依我看，族里的事还是要由长辈主持，"五老太爷看向姚老太爷，"姚氏族里，如今三哥年纪最长辈分最高，自从二哥没了，宜州年纪小，族长一职担当不起来，就是三哥在帮衬，一事不烦二主，也不算乱了人伦。"

五老太爷一句话，简简单单地就将宗长的位置推到三房老太爷跟前，姚宜州看向三老太爷。

如果这一切都是真的，他该怎么回话？他是同意还是不同意？这样的变故在眼前，八成他会像现在一样，什么话都说不出来。

自从妻儿死了之后，他的心就已经死了，母亲再离他而去，他身边再也没有亲近之人，如果是这样，他就算将全身的刺都竖起来，又能去保护谁？八成他会放任自流。

姚老太爷看着失魂落魄的姚宜州，二房接二连三地出事，换成谁都会难以支撑："宜州，你就安心操办你母亲的事，族里有我看着，不会出什么差错。"

听上去温和的话，熨烫着他的心。

仿佛是关心他，三叔父却就这样简简单单将族里的大权握在了手里。

还是母亲说得对，这一切都是三房早就计划好的。

"虽说族长之位在二房承继，可如今宜州的情形，不适宜再做族长，将族长之位交给长辈，待过些年后再承继回来也是有的，不如就这样安排……祭祖之后将族约拿出来，让三哥接替了族长之位。"

姚宜州张开嘴想要说话，却见姚老太爷已经点头："只好这样。"

就这样应允下来。

平日里威严却明事理，仁义又公平的三叔父到哪里去了？怎么在利益面前就变了脸？

姚老太爷话音刚落，就听侧室里传来怒骂声："不给你们喝水吃东西就对了，我姚家二房不拿好东西喂忘恩负义的东西。没有姚家二房，你们一个个早就死了，还能光鲜地坐在这里，想想死去的二老太爷，你们就不嫌臊得慌，一个个跪下来求我们给粮的时候是什么模样，我还记得清清楚楚，要不要我将那些事都说一遍，大家都好好回想回想。"

屋子里所有人顿时闻声色变。

帘子掀开，一架肩舆抬进来，二老太太梳着圆髻，头戴如意簪，穿着酱色妆花褙子，抿着嘴唇，靠在大红引枕上。

看到肩舆上的人，屋子里如同被雷劈开了房顶，所有人都张大嘴巴怔愣在那里。

除了下人的脚步声，屋子里说不出的安静。

肩舆旁边跟着一个十二岁的小姐，鹅黄色的褙子，淡粉色罗裙，脸颊上轻轻晕着胭脂，手里握着一支雀头拐杖，目光清澈，神采奕然。

婉宁看向屋子里的人。

屋子里的目光也纷纷落在二老太太和她脸上。

二老太太不是要死了吗？怎么会好端端地坐在肩舆上？这到底是怎么回事？

姚宜春只觉得眼睛被刺得生疼，眼珠子仿佛要骨碌碌地从眼眶里掉出来，二老太太还好端端的在呢。

二老太太不是该躺在板子上等着咽下最后一口气？怎么能这样坐在肩舆上说话？

如果是这样，他们现在跟二房争什么啊？他们跑过来做什么？

奔丧，奔的是什么丧。

姚宜春开始牙齿打颤，母老虎还在，活生生的，好端端的母老虎。

"老身年纪大了，身子不适，就不起身向大家问好了，各位族弟在说什么？轻易地就想糊弄我儿，让我儿将族长的位置双手奉出来，凭什么？"

五老太爷脸色铁青，有些不可置信地开口："二嫂，你的病……"

二老太太道："老身躺进棺材里本来都要咽了气，就听到老太爷在耳边说，快起来吧，有人要从二房夺了族长之位，要欺负你儿了。"

"老身……这才活了过来，好歹来瞧瞧……是不是有人要夺权，"二老太太冷笑一声，"真是吹牛，我们姚家是百年大族，诗书传家……出过多少秀才、举人，泰州府的童生都要来泰兴拜见，我们家还有六部里的大官，怎么能和乡野村夫一样，连脸都不要了来争权，若是这样……"

二老太太抬起头来，看向堂屋里挂着的牌匾，将牌匾上的字读出来："什么'谨守礼法，以光先德'，岂不是笑话？！"

二老太太的声音不大，却仿佛能震得人耳朵嗡嗡作响。

二老太太一口气说了这么多，整个人有些虚弱，靠在引枕上慢慢呼吸，抬眼环顾一下四周，一字字地道："是谁要做族长？"

屋子里众人将目光落在姚老太爷身上。

姚老太爷脸色铁青，二老太太装疯卖傻地将他骂了一通，然后这样茫然地问起来，好像她真的没听清楚刚才五老太爷的话。

二老太太惊讶地看着姚老太爷。

惊讶，无法相信。

两种神情在二老太太脸上轮番上演。

而后是痛心疾首，仿佛怎么也没想到似的，二老太太差点就要激动地流下泪来。

"怎么会是你三叔？"

"我们老太爷的亲胞弟啊，老太爷剩下的救命的粮食也要供你科举，供宜闻上京，老太爷死的时候只将三叔叫来床边，让三叔照应我们孤儿寡母不要被人欺负。

"老太爷说，三叔是最有良心的人。

"老身是怎么也没想到啊，三叔。

"三叔，你可是君子。也是咱们姚家，德行最高的人，谁家失德都要找你公论，让我想想，小宗的媳妇顶撞长辈，你差点主持将她休了，还有谁的小姐……现在还在家庵里苦熬，前些日子差点上了吊，我们姚家女子多少以死明志啊。

"就连你自己的儿媳妇，还不是因为她是商贾出身，你才将她休回了娘家，老三才娶了如今的官家小姐。

"三叔可是以德治家。"

二老太太说得模模糊糊，没有指名道姓，但是下面听着的族人却心里明白，家庵里的女子，大多数都是被三房老太爷送进去的。

三房老太爷德高望重，大家也心服口服。

可是这样一想，今天夺权这件事……三房老太爷是怎么顶着君子的名声安排的。

如果不能以身作则，凭什么插手别人家的事。

难不成三房老太爷是说一套做一套的伪君子？怪道三房的日子越过越红火。

姚宜春恨不得找个地缝钻下去。

之前的豪情壮志，一下子被冷水浇灭了。

姚老太爷沉着脸坐在椅子上，身躯还算端正，只是一言不发。二房老太太曾将自己的嫁妆卖了救助族人，这些年族人对二老太太都是心存感激，二老太太又是个不受委屈的，什么话都能说得出来，他一旦说不好话，就会授之以柄。

所以他多少次想要族长的位置，都在耐心等着，等着二老太太一命呜呼。

他以为他已经等到了，才将五弟叫来一起安排。

却没想到会生这样的变故。

族中的女眷已经见到二老太太奄奄一息，二房又是请和尚又是找道士，连板子都抬出来了，怎么看都是要做丧事的样子。他以为已经万无一失，谁知道却着了二老太太的圈套。

这种受制于人，被人算计的感觉，如同一步不慎掉进深潭，想挣扎着走出来却越挣扎死得越快。

一定是有人从中作梗。

是谁？

是谁坏了他的好事？

还要让他搭上多年的名声，他辛辛苦苦才有的今时今日的地位。

这件事闹出去，他要怎么板着脸教谕那些上门拜会的童生，怎么在他们面前端着架子？

姚老太爷想着眯起了眼睛，感觉有些东西正在离他远去，他想伸手抓住，却抓不住。

心里沉甸甸的好像做了个噩梦。

二老太太却没想这样简简单单揭过去："三叔，你可是守礼法的人，你说说我们家做错什么事？连族长之位也要被夺了？大老太爷夭折得早，我们家难道不是大宗的嫡长？我家宜州难道不是长子？"

一句句重重逼问，无数双眼睛诧异地瞧着，无论谁看了都会觉得——羞臊。

姚老太爷板起脸："二嫂别挤对我，这事和我没关系，也是各房房长提起来，我勉为其难地答应，我还不是为了姚氏一族……"

"用不着将话说得那么好听，"二老太太冷笑一声，"当年泰兴饥荒，到处都是饿死的人，我们老太爷差点病死了，将各位找过来，请大家代为打理族中事务，那时候怎么不见谁勉为其难地帮忙。"

"谁也不愿意帮几百人找吃喝，是我们老太爷撑着病重的身子，带族人闯过饥荒，才让姚氏一族没有一个饿死的族人。那时候姚氏还有什么族产？上京赶考的子弟哪个不是我们二房拿银子，如今已经高屋大宅地住着，你们抬起头看看二房的宅子，多少年都没变过。"

"好吧，谁来说说我们宜州为什么不能做族长，说通了我，我立即就撞死在这里，将姚氏将二房被逐出大宗的消息捎给姚氏的列祖列宗，好让列祖列宗保佑你们日后子孙昌盛、富贵荣华。"

五老太爷不禁吞咽了一口，他是来帮三哥来谋族长之位，可是却没想落一个忘恩负义的名声，宜州虽不能顶撞长辈，但二房老太太持家已久，在这里说话，谁还能堵住她的嘴。

只要他再开口，从前在族中做的那些事，保不齐就会被二房老太太拿出来说。

他的脸面还要不要？

二老太太真狠，什么话都敢说，还能以性命要挟。谁敢再逼迫二房，万一二房老太太真死在这里，谁身上就背了人命，官府不会治罪，族亲们可是看得清清楚楚。

就是吐沫星子都能将他淹死。

而且，二老太太恶毒的诅咒，让人听起来浑身冰凉。

说什么子孙昌盛，不就是断子绝孙，什么富贵荣华，不就是要家徒四壁。

五老太爷想到这里道："二嫂言重了，怎么能将二房逐出大宗，这是哪里的话，"说着眼珠一转，"我们也都是好心，怕宜州顾不过来……"

"我们孤儿寡母领了大家的心意，宜州没本事……我还得活着……我怕二房的家产也被人管了去……将来我们二房落得连烧香的后代子孙也没有……"

二老太太说到这里，旁边的姚宜州顿时跪下来，一头磕在地上："是儿子不孝，让母亲担忧。"

"你起来，"二老太太竖起眉毛，"将来我还要给你说一门亲事……让你妻子生个大胖小子，谁敢惦记着二房的财产，就尿泡尿让他们照照自己的德行……"

寿氏瞪圆了眼睛。

二老太太居然说出这样的话。

不知怎么的寿氏的目光顺理成章落在婉宁身上。

婉宁一直站在那里，好像屋子里的事和她无关，可是寿氏却看到婉宁眼睛里仿佛含着一抹笑容。

是婉宁安排的，是婉宁……婉宁救活了二老太太专门和他们作对。

寿氏恶狠狠地看着婉宁，丝毫没有发觉有一道目光落在她脸上。

"老六媳妇。"

刺耳的声音响起来。

寿氏半点没有察觉，她只是紧紧地盯着婉宁，想要从婉宁脸上看出什么端倪来。

如果这都是婉宁安排的，婉宁怎么知道老太爷要做族长……

想到这里寿氏的心"咯噔"一下，就好像一脚踩破了正在走的桥面，整个人从桥上掉了下去。

她在二房气急了，将心里话说出来，本来想吓吓婉宁……

谁知道二老太太没死，这样一来她岂不是被婉宁捉住了小辫子。

"老六媳妇……"

声音微微扬高，寿氏这才抬起头，发现屋子里所有的目光都落在她脸上。

二老太太皱着眉头，怒气十足地盯着她。

二老太太在喊她。

这把火烧到她身上来了。

寿氏的心跳停住了，浑身的血液仿佛一下子被抽走，除了哆嗦发不出半点声音来，二老太太要跟她算账了，当着这么多人面要惩治她了。

"你恶狠狠地盯着婉宁做什么？"二老太太冷笑一声，"我知道，你们都怪婉宁将我救活了……心里一定想着，等死老太婆入土了，要扒了婉宁的皮，是不是？"

二老太太是在问她，寿氏张开嘴："没……没……二老太太……媳妇……没这样想……"

二老太太一拍肩舆，瞪圆了眼睛，好像一只发怒的老虎："我还活着，还没到你们放肆的时候，"盯着寿氏哼了一声，"到底还是嫩啊，若是我，就有点耐心，等到老太婆死透了，烂在地里再动手。"

"我就是要试试你们的真心，看你是不是真想帮我操办丧事……我就看看你心里到底有多少孝顺。"

二老太太挥了挥手，几个人高马大的婆子立即拎了王贵和王贵家的，还有几个人上来，王贵家的鼻涕眼泪都挂在脸上，眼睛里满是惊恐，哀求地看着寿氏。

完了，完了，她完了，见到王贵家的，寿氏再也站立不住。

看到寿氏如同见鬼了般的模样，再瞧瞧愤怒的二老太太和被五花大绑的下人们，还能有谁不明白。三房八成是玩漏了，被二老太太抓住把柄。

什么吊丧，根本就是开宗族大会，三房还得意洋洋地要夺权。

五老太爷想到这里埋怨地看了三房老太爷一眼。

夺权这么重要的事，居然不事先安排好了，这下将他也拖下了水。

不说别的，二房是正经的大宗，宜州是二房长子，光凭这一点，说到哪里三房夺权都是理亏，更别提二老太太握住把柄不放……

"老六媳妇，你现在就想在二房掌权、管家，将我身边的人都拉拢过去，下一步就等着谋得我二房的财物是不是？你不是把我当长辈，将我当猴儿耍！"

"二老太太，您饶了奴婢吧，奴婢是一时昏了头才会跟着六太太。"王贵家的苦苦哀求。

一干婆子也跟着嚎哭求饶。

寿氏听了这些话，脚一软顿时跪在地上。

"都是哑巴不成？"二老太太让婉宁和桂妈妈扶着站起身，"眼看着我这个老太婆被欺负……一个字也不说……"

所有人都打了个寒噤。

这一声吼，谁还敢不说话。

"老太太您可别生气。"族里女眷纷纷上前劝慰。

五老太爷咳嗽着，这些年他在族里也做过些没有脸面的事，被二老太太一说，如鲠在喉啊。

婉宁就想起二老太太的话："不怕他们造次，没事，二祖母手里握着他们的把柄呢。当了这么多年的族长，还能不知道他们些许肮脏事，大不了撕破脸皮，一件件事都给他们捅出来，他们不仁我们也不义。"

婉宁就想笑，还真是。

五老太爷终于忍不住："六媳妇，你怎么能做出这种事。"

二老太太眯起眼睛："这些人，老三你领回去，既然跟了你们家，我也不能留他们，是卖了还是打发走，随你们的便。"

只要带着这些人走，三房这污点就算是坐定了。

寿氏已经成了一摊泥，他们想咬牙不认也不行。

三老太爷咬紧了牙。

女眷们所有的目光都落在三老太爷身上，平日里三老太爷讲仁义道德，对女眷那么苛刻，如今轮到自己的儿媳妇，看他要如何处置。

寿氏这个蠢货，平日里能言善道，这时候就不会为自己辩驳几句，这样忍着还想被族人从轻发落不成？

"平日里照应家中事也不见你这样，你这是吃了猪油蒙了心。"三老太爷满脸怒气，说着看向身边的管事："将六太太关起来，一年不准出门。"

寿氏一头冷汗，整个人如同虚脱了般。

女眷们都一脸的失望，有些人眼睛里露出冷笑。

原来不是送去家庵啊。

原来不用以死明志啊。

三老太爷治家不过如此。

"老三你可要一碗水端平，"二老太太挑起眉毛，"我早就说过，治家严不一定非要赶尽杀绝，咱们家庵里的女眷，哪个也不是犯了十恶不赦的大错，既然六太太都能这样处置，那些女眷就不必留在家庵……"

二老太太的话掷地有声，如同用蒲扇般的手直接打在三老太爷脸上。

寿氏哀求地看向姚宜春，姚宜春想要说话却张开嘴又吓得将舌头缩回去，谁知道二老太太话锋一转会不会转到他这里。

三房老太爷还没说话，屋子里已经有不少人面面相觑。

简直不能相信自己的耳朵。

二老太太在说什么？要重新估量送进家庵的女眷？是真的吗？

为了姚家的名声，不知有多少女眷遭了殃，尤其是小宗家的女子。有个还没及笄的小姐因为在庙里上香遇到个登徒子被说了两句就进了家庵，从前这些礼仪道德的事都是三房老太爷说了算，谁也没想到二房老太太有一天抓住三房老太爷的把柄，提起家庵的事。

堂屋外的人群开始涌动，有人拨开挡在面前的女眷走进屋子，"扑通"跪下来向二老太太磕头："二老太太，媳妇替我们姐儿谢谢您了。"

紧接着又有女眷陆续跪下。

开族会从来都是有人遭殃，还从来没有过这等好事。

自从姚氏名声大了，她们就过得战战兢兢，姚氏三房的名声好，她们却做了垫脚的石头，多少人敢怒不敢言，今天终于有人替她们说话。

二老太太吩咐下人将族里的女眷搀扶起来："老身也是七丫头救活的，有恩情你们要记在七丫头身上，有仇，只管向我老太婆来报，谁要是还像寿氏一样欺负七丫头，你看我老太婆饶得了她。"

是啊，都是七小姐救了二老太太，否则姚氏族长落在三房老太爷身上，还不知道她们将来会怎么样。

这真是好事。

想都想不到的好事。

姚家的女眷也该抬抬头，不用被这样一直欺压。

堂屋里开始有嘈杂的声音，站起身的女眷向婉宁郑重地行了礼："多谢七小姐，谢谢七小姐。"

姚老太爷觉得脸上火辣辣的一片。

族中女眷这样谢婉宁，好像他这个长辈连婉宁也不如。

在众目睽睽之下，他无法挽回颜面，只能靠打压寿氏，抬高婉宁，才能维护他的名声："是我不察才出了这样的差错，我这么大年纪了，本来就不想为族中事操心，也是没法子才想替宜州撑几年，没想到会被二嫂这样误会，"姚老太爷说着宽宏大量地挥手，"也罢，多亏了我们家的婉宁救活了二嫂，否则我真没有面目去见列祖列宗。"

姚老太爷尽量做出慈善的模样看着婉宁："你是我们三房的好孩子，你六婶待你不周，你祖母之前也因此罚过她，我以为她会改过自新，谁知道她会这般，你放心，从今往后谁再敢欺负你，我第一个不答应，以后有祖父护着你。"

姚老太爷面色自若，仍旧是谦谦君子的模样，好像他真的是行得端坐得正。

姚老太爷目光落在寿氏身上，整个人就严厉起来："你连一个十二岁的孩子都不如，怎么还能管家？将家中的账目都交给你四嫂，你日后就好好修心养性，否则就进去家庵，不要怪我不通情理。"

第六章　捉住

二老太太挥挥手："要训斥你自家的孩子不用在我们面前，"说着定定地看着寿氏，"六媳妇，你娘家那边怎么样？"

屋子里的熙攘声因为二老太太这句话安静下来。

寿氏的娘家在京城，祖上曾经做过官，寿氏的二哥考上了举人和武兴侯是连襟，所以姚老太爷才会高看寿氏一眼。

婉宁从前被关在绣楼里，对这些事一无所知，昨天从二祖母嘴里才听得详细。

祖父用寿氏掌家不是因为寿氏会听话，而是因为寿氏娘家有利用价值，就像当年的沈家，所以现在寿氏被罚，祖父也不能不开口护着寿氏。

其实寿氏坏事，祖父恨不得将寿氏逐出家门。

寿氏张大嘴不知道二老太太这话是什么意思，半晌才道："家里都……安好……"

"扑哧……"是谁忍不住笑了一声。

寿氏真是被吓坏了，连这样的问话都不知道是什么意思。

这是二老太太在嘲笑三房。

难得的是姚老太爷坐如磐石，纹丝不动，远远望去神气清健，颇有几分修养。

半晌，姚老太爷站起身来："以后族中的事我也不再插手，不过有件事要当着族人的面说，朝廷征粮长，我们姚家是泰兴大户，粮长的事自然落在我们姚家头上，朝廷已经找了我，想让宜春做粮长……"

婉宁看向旁边坐着的姚宜春，姚宜春仿佛不敢相信的模样。

祖父在这样的情况下还能将粮长的事说出来。

二老太太扯了扯嘴唇，幸而崔二爷早就提醒了宜州，否则她还真的不知道要怎么应对三老太爷。

"我们二房做了几十年的粮长，宜州要管理族中事务，自然不会再接粮长之职。"

听得二老太太的话，姚宜春神情舒缓了些。

"不过……"二老太太话音一转，姚宜春又不由自主跟着紧张起来。

"丑话说在前头，从前最难的时候，粮食恐怕征不上来，我们老太爷在族里立了份文书，若是在征粮上出了差错，跟姚氏一族无关。"

"跟姚氏一族无关？"旁边的五老太爷不禁皱起眉头。

怎么能无关？那不就是逐出姚氏一族？

"五叔要将文书拿出来看吗？"

不等五老太爷说话，二老太太让人将文书请了出来。

二老太太面色不虞："若是姚氏族人再做粮长，就照着这份文书来写，别的不说，犯了朝廷王法，自然交由官府惩办，我们族里也不藏污纳垢。我们二房写文书在先，族人也就照此行事，不偏不倚。"

哪里来的文书？从前也没听说过二房立了什么字据。

五老太爷吞咽一口，想要说话。

二老太太横了一眼过来："五叔，这里可有你的签字，你不记得了？那年下大雪，你过来和老太爷喝酒，你们哥俩儿定了这件事。"

那年下大雪，他确实来过族里，不过不是因为定这件事，而是……他想要纳东街寡妇为妾，用了些见不得光的手段，那寡妇的叔叔是公门中人，故意扮成女子的模样等着他，将他抓了个正着，他连裤子都没穿上，就被带进了二房。

这件事闹出来，不要说在族里，在整个泰兴他都没脸见人，他记得他还立了字据，赔了寡妇二百两银子。

满屋子的晚辈都在这里，说出这件事，如同让他在人前脱了裤子光屁股。

五老太爷顿时觉得屁股上凉飕飕的，好像自己那点丑事，脏了吧唧地都摆在大家面前，他不禁觉得羞臊。

姚老太爷难掩惊讶："我如何不知道此事。"

"那时候三叔正忙着科举。三叔该有印象，那年我们老爷将过冬粮食卖了一半给三叔筹了赶考用的盘缠，让三叔早些去京里，在京中的那年冬天，我们族人摆宴，吃的都是清汤寡水，后来我们老爷实在看不过，向何家赊了三头大肥猪。"

"那年的猪肉真好吃。"

"五叔你还记得吗？"

几句话就将人带到了那一年。

大家互相看看，鸦雀无声。

五老太爷擦擦汗道："二嫂这样一说，我还真的想起来了，当年二哥是怕连累族里，才定了这样的规矩。"

二老太太微微一笑："有了规矩，事就好办……"

姚老太爷不禁多看了两眼二老太太，二房这两年外强中干，已经支撑不下去，为什么二老太太今天能这样咄咄逼人，居然还想出文书的法子。

族人都不反对，他这个儿子要做粮长的人如何说？质疑这东西是假的？

不知怎的，姚老太爷就将目光落在婉宁身上。

婉宁安静地站在那里，好像什么都没说，却又像什么都说了。

"三叔，这个粮长你到底做还是不做？"

这个粮长你到底是做还是不做？

童妈妈站在一旁，手心攥着一汪冷汗，二老太太和小姐仿佛一点都不紧张，她一颗心却要跳出来了。

小姐帮二老太太出了主意，说这样写份文书。

大老爷还怀疑老太爷会因此跳脚，不去做这个粮长了。

小姐却只说了两个字："会的。"

会的。

婉宁将二老太太扶坐在椅子上。

虽然南直隶漕粮的风声紧，但是何家卸了粮长之职，祖父这时候不谋粮长将来恐怕就难有机会。

粮长的诱惑力很大，可是在文书面前又像烫手的山芋，到底要怎么选择，那就是祖父该着急的，不论他选了哪个，结果都不会让他很如意。

"既然如此，"姚老太爷看向姚宜春，"你就回去写份文书，交到族里。"

真让他写啊？姚宜春有点害怕，万一出事了族里不管他怎么办？

姚老太爷横了姚宜春一眼："拿得起就要放得下，磨蹭什么？"

姚宜春这才将屁股离开椅子去拿文书。

二老太太挥挥手，旁边的妈妈将文书收了起来。

"我让宜州誊抄一份送去三房。"

姚老太爷皱起眉毛："二嫂连二哥写的都不让我们瞧一眼？"

"瞧什么瞧，不怕你笑话，经过了多年，原来那张纸都被虫蛀了，前些日子翻看族谱才想起来，重新写了一张，好在五弟和八弟都记得，有人证在我还能胡说不成？"

姚老太爷就看向五老太爷。

五老太爷不情愿地颔首，远处始终没有说话的八老太爷清清嗓子："二嫂说的确有其事。"

有人证还怎么说？姚老太爷缓缓地喘息着，尽量让呼吸平顺下来，这次来二房，有一种让他折了翅膀的感觉。

崔奕廷在喝茶。

泰兴知县朱应年没想到能将这位爷留这么长时间。

自从知道这位爷是崔大学士家的公子，又有崔尚书照应，泰兴县就像烧开了的水，人人都想宴请这位爷和这位爷拉拢关系。

崔家有位贵人还在宫中，很受皇上宠幸，中宫空缺多年，谁知道将来会不会成为一国之母。

再说光是"一阁臣双尚书"就已经听起来让人耳热。

宴请这位崔爷倒是容易，不过他是使尽了浑身解数，就不知道这位少爷喜欢什么。

本以为崔奕廷喝些茶就会走，谁知道崔奕廷端详了这茶水半天。

"这是什么茶点？"崔奕廷转着茶杯。

"是泰兴新开的一家茶楼送来的。"

软软的点心，吃起来很甜，像糖又不太像，说是点心又不是。

"朱大人家中可还有？"

跟他要茶点？就这东西？

朱应年忙看向管事，管事一溜烟地跑去内宅，不一会儿工夫回来道："太太说……没有了……不然让人去买。"

"哪家茶楼？"不等朱应年吩咐，崔奕廷已经询问。

"是……泰兴楼。"

泰兴楼。

"那家茶楼，现在……不卖这些茶点，只是……上门拜会的时候送一盒。"管事的低声道。

"二爷喜欢我让人想办法买来送去。"朱应年笑脸相迎。

一个大男人竟然喜欢吃甜食。

崔奕廷眼前浮起一个模糊的身影，随身总是带着只荷包，里面放着几块糖，每天掏出来摸摸，却又舍不得吃。

趁着崔奕廷没走，朱应年低声道："崔二爷有没有觉得泰兴最近气氛有些不对。"

崔奕廷不说话。

朱应年只好接着道："崔二爷去李御史家中，有没有听说巡漕御史的事？李御史沉冤得雪，朝廷定然委以重任……"

崔奕廷抬起头来，仿佛不经意："那你准备要怎么办？"

"瞒着李御史，将这尊瘟神送出南直隶。"

崔奕廷道："若是瞒不住呢？"

朱应年压低声音："那就想方设法，让他说不出话来。"

崔奕廷面色自若："朝廷的巡漕御史，只怕没那么简单吧？"

"但凡是个人，就有弱点，"朱应年道，"别说李御史，就算哪位显贵来了，也有应对的法子。"

不知怎么的，崔奕廷脸上忽然露出一丝笑容。

朱应年怔愣在那里，他看不懂那笑容的意思，只是觉得有些可怕。

崔奕廷道："既然如此，朱大人就没什么可怕的，遇神杀神，遇佛杀佛就是。"

朝廷公文下来了，七日后准备迎接巡漕御史，李御史八成是为了查案先行一步，想要打他们一个措手不及。

本来朱应年已经有了十足的把握。

不知怎么的，他忽然觉得，也许这件事没有他们想象的好办。

"崔二爷，"朱应年迟疑着，"您能不能将这里的情形跟您叔父说说，我现在真是心里没底啊。"

崔奕廷似是没听明白："怎么说？"

都说崔奕廷不学无术，还真是。

只要崔奕廷态度有松动，就是有戏，朱应年趁热打铁："要不然，我让师爷写封信，二爷誊抄一份。"

崔奕廷神色间有几分不以为然："让我誊抄一份送给叔父？"

朱应年道："我们尽量将漕运的事做得周全，瞒过巡漕御史，京里那边的情形还要拜托崔大人。"

崔奕廷忽然正色起来："朱大人就不怕我泄露出去，万一我是巡漕御史又该怎么办？"

"不会，不会，"朱应年笑着摆手，"哪里能连崔二爷也信不过。"

如果崔大学士的儿子入仕，早就传满京城了，他哪里能不知道。

再说，南直隶的官员也都在猜测，如果御史就是崔奕廷，崔尚书那边早就捎信过来，还用得着他们这样大动干戈地四处寻找。

要不是崔家在前面顶着，朱应年还真不敢随便相信谁，毕竟御史没有现身，随便就将自己的事交代了，那不是送死的架势么？他可不想脑袋搬家，他还要换顶上好的乌纱帽戴戴呢。

朱应年挥挥手："快去将闵先生叫来。"

闵先生是他的幕僚，再可信不过，简单几笔就能将泰兴的困难说得清清楚楚，现在把持住崔奕廷这位小爷，就能拉拢崔家，真是上天眷顾他，给他送来这么个贵人，别说将他奉为上宾，就算日日让他当菩萨供着，他也愿意。

闵先生规整地写了封信，朱应年拿给崔奕廷看，崔奕廷就将信折好送进袖子里。

朱应年不禁错愕："这……二爷不誊抄一份？"

崔奕廷淡淡地道："用不着。"

朱应年看看闵先生，很快又恍然大悟起来，浪荡公子，连提笔都忘了怎么提吧，要不然怎么会将崔大学士气得吹胡子瞪眼睛。

朱应年连连点头："那您就直接将这封信函寄回京。"只要崔奕廷听他的，抄不抄一份无所谓，最重要的是上面的内容。

崔奕廷道："这封信不知道什么时候能送到……"

朱应年连忙迎合："这个二爷安心，水路加急，到了南京，自然有驿丞接应，我们南直隶传递消息都是如此。"

崔奕廷站起身来："那就等着吧，等我收拾好东西，一并送给叔父。"

朱应年的满脸都是笑容："哪里用得着您准备东西，我就备好了。"

"既然如此，"崔奕廷脸上露出些笑容来，"朱大人也写封信给叔父一同带去，这样免得不清不楚，泰兴的事不能落下朱大人。"

听得这话朱应年忽然觉得，崔奕廷是个好人，不但了解他的心思，还愿意做这个人情。

他一下子心花怒放。

崔奕廷从朱家出来一路回到落脚的小院。

李御史和谢严纪早已经等在那里。

谢严纪先垂头丧气："明面上的账目根本无从查起，一笔笔账目做得干干净净，分明是等着我们来查，南直隶的官员直属六部，一个个比猴儿还精。

"参奏六部那是要有铁证的，现在根本就是没有证据，光靠何家和姚家的账目，顶多牵连小官小吏，怎么也钓不到大鱼。"

"京里传来消息，说是要升崔实荣为大学士，看来皇上对他还是多有信任。"谢严纪说完和李御史对望一眼，他们现在是弄不清楚皇上的意思，让他们来南直隶，到底要一个什么样的结果。

谢严纪不得不担心，好不容易瞅准一个机会，抓不到南直隶的把柄，以后谁也不敢碰这些贪官污吏，南直隶的官员就会更加肆无忌惮。

崔奕廷神色平静："皇上有意偏袒，我和各位大人就不会在泰兴，大人们只要安心查案。"说着将两封书信放在桌子上。

李御史和谢严纪一人拿一封来看。

"这是……"

"这是朱应年向崔实荣谄媚、邀功的信函,"李御史瞪大了眼睛,"有了这封信,崔实荣就脱不开干系。"

李御史顿了顿,忽然又想到:"可是朱应年也不傻了,缓过劲来,到时候反口不认这封信要怎么办?毕竟这信是出自师爷之手。"

崔奕廷眼角微翘,淡淡地道:"朱大人眼见就要升职进京,心里焦急得很,让人火速走水路到南京,再让驿丞安排送信,正正经经走的官路,这封信到了京城就会被都察院连人带物截下。"

"朱应年反不反口,又有什么关系,他说了不算,我说了才算。"

狠得不能再狠。

怪不得崔奕廷频频去朱家赴宴。他们还怕那边摆的是鸿门宴,结果却让朱应年上了套。

不动声色地利用朱应年,让朱应年自己花人力物力将罪证送上京,还让朱应年百口莫辩。十面埋伏,没有一条生路。

还有什么比这更稳妥的。

朱应年现在一定满心欢喜,以为攀上了崔家。

其实不知道好大一柄鬼头刀就架在他脖子上。

李御史顿时向崔奕廷拜下来:"大人,漕运弊案全靠你了。"

三个人说了会儿话,李御史和谢严纪高高兴兴地告辞,走到门口,李御史不禁停下来向宅院里看了一眼。

他们来的时候满面愁容,哪承想走的时候会这样。

真是……

这个崔二爷真是厉害。

李御史和谢严纪才走,就有吏员来送消息:"姚宜春接替了泰兴县的粮长,泰州府知府都派人来庆贺。"

崔奕廷毫不意外,姚家是有大利益可图,想方设法也要拿到粮长。

"姚家三房老太爷没有拿到族长之位。"

崔奕廷神情微微有些诧异。没有拿到族长之位,这和他知道的事没有重合在一起。是因为谁?

"听说二房老太太的病让姚七小姐治好了。"

真是姚七小姐,姚七小姐帮着二房保住了族长之位,是为什么呢?为了沈家还是为了她自己?

他对姚七小姐没什么印象,但只要想起沈家算计的嘴脸,也就差不多知道是什么人了。

为国为民的富商转眼就投靠了敌国。

这次呢?沈家会怎么做?只要沈家露出马脚,他就会一把攥住,不给沈家再翻身的机会。

崔奕廷去主屋换了衣服就要出院子。

廊下的陈宝立即迎出来:"二爷您这是要去哪儿啊。"

"不用你跟着了。"崔奕廷淡淡地吩咐。

很快陈宝庞大的身躯就挪过来挡住崔奕廷的路:"那可不行,太夫人交代了,无论二爷去哪儿我都要跟着,"说着英武的眉毛落下来,就像摆在地上的八字靴,硬生生地立在那里,"二爷丢了,我可怎么办。"

崔奕廷闭上眼睛。

　　这声音多清脆，若是不见人，还当是个风流倜傥的俏公子，当年祖母就是因为这样才将陈宝选到他身边。

　　谁知道眉清目秀的小厮被他活生生地养成了黑脸大汉。

　　陈宝特别能吃，一顿吃十碗不饱，他是看不得陈宝那眼泪汪汪饥寒交迫的眼神，就吩咐厨房多做几个人的饭菜。结果，第一年他俩一般高，第二年他就到了陈宝耳根，第三年是下颌，第四年是肩膀，他也努力长了不少，现在勉强追到下颌。

　　"丢不了。"

　　当他还是十来岁，就算他是个瞎子也走不丢。

　　"那不行，我得跟着……前年少爷自己出去，在街上遇到族里的长辈，因为不认识人回来被老爷责骂……去年在京里见到谢大人……今年李御史……还有表少爷……"

　　絮絮叨叨。

　　絮絮叨叨。

　　好吧，由他去吧！

　　"二爷我们去哪儿啊？"到了街面上陈宝才想起来问。

　　崔奕廷道："泰兴楼。"

　　泰兴楼是什么地方？

　　婉宁服侍二老太太躺下。

　　二老太太顺了口气，觉得舒坦了许多。

　　要是她就这样闭上眼睛，不知道二房会怎么样。

　　多亏有婉宁在。

　　刚才那样痛快淋漓地发放了一顿，好像身体轻松不少，笼罩在心头的阴郁也散了。

　　扶着二老太太靠在引枕上，又请秦伍给二老太太诊了脉，姚宜州才问道："秦大夫，我母亲的病怎么样？"

　　秦伍边诊脉边看二老太太的神情。二老太太脸上已经有了血色，眉眼舒畅，嘴边含了一丝笑容，哪里像前些日子那般面如死灰的模样。

　　短短两日，就有这样的变化。

　　秦伍惊诧地转头看向婉宁："二老太太气色和脉象都已经好多了。"

　　"七小姐的法子管用了。"姚七小姐真不一般，就这样让二老太太的病有了起色。

　　上次姚七小姐给李大太太治病他只是耳闻，这次是亲眼所见。

　　秦伍怎么也想不到，姚七小姐会这样厉害。

　　听得秦伍的话，屋子里的气氛更加欢快起来。

　　秦伍不自觉地道："从前也听说过用这种刺激病患的方法，只是……并不见有多少见效。"

　　婉宁点点头："知道治疗方法容易，怎么用才是最关键的。"要想真的治这种病，就要将治病的方法用于无形之中，这样才能真正起作用。

　　如果让病患知道大夫用的就是激将法，治病也就不会有什么效用。

　　二祖母将悲伤变成了怒气，三房做了出气筒，本来三房要等着二祖母死了争权，她却让三房做了二祖母的药引。

如今三房受挫，二祖母的病情好转，这是多好的事。

善有善报，恶有恶报这句话没错，就看要怎么理解，不能求老天开眼惩罚坏人，而是要自己亲手让坏人尝到苦头，让他们不敢再为恶。

秦伍不禁心里赞叹。

如果治病的是白发苍苍的老大夫，他不觉得奇怪，医术总要有脉案积累才能越发厉害。

可是眼前这个小姐……

她是从何得知治病方法，又怎么能这样运用。

若非亲眼所见，他真是想都不敢想。

这次来泰兴，真是不虚此行。

他算是见识到了，开了眼界，以后再也不会为了他那点祖传的医术沾沾自喜。

"姚七小姐有没有想过要收弟子？"

收弟子？

还不是时候，至少现在她没想过，婉宁摇摇头。

秦伍有些失望："不怕姚七小姐笑话，若是姚七小姐肯收弟子，秦伍年纪大了不敢觍着脸拜师，家中有两个不争气的弟子，想要跟着七小姐。"

婉宁笑着："秦大夫言重了，看脉开方就不是我之所长，我会的不过是这一点点。"

"开方辨脉的大夫多的是，没见过七小姐这样治病的。"

秦伍是知道这一点，这几日他在姚家看症，泰兴县的大夫都来跟他打听姚二老太太的病情，所有人都想知道，姚七小姐到底能不能治好姚二老太太的病。

姚七小姐治好了李大太太已经让泰兴街头巷尾议论纷纷，这次再医好姚二老太太定然会声名远扬。到时候不知道有多少人想要上门拜师。让弟子拜师这件事，他不能轻易放弃，哪怕在泰兴多留些时日。

秦伍道："老太太还是要按时吃药，这段日子身体毁损太多，总要慢慢调养才能见好。"

二老太太颔首："毕竟是一把老骨头了，又在阎王面前走一遭，哪能就和从前一样，秦大夫开方吧，老婆子按时服药就是。"

秦伍带着徒弟下去开方。

二老太太看向姚宜州："宜州，有件事你要答应娘。"

二老太太忽然正色起来，姚宜州不禁心里一颤，忙道："母亲说就是，孩儿一定照办。"

"我的身子不行了，勉强能撑几年，"二老太太说着看向婉宁，"我在的时候必然护着婉宁，我死了你就要想方设法保婉宁周全，你可知为什么？"

姚宜州心里大约知晓母亲的意思，只是没有接话，静静地听着。

"今天没有婉宁，别说族长的位置，二房迟早也会成了别人的，这一点你我知晓，三房更加知道，婉宁为了救我才落得这样的险境，你不护着婉宁，难道要眼睁睁地看着三房害了婉宁？"

"母亲放心吧，"姚宜州看向婉宁，目光里都是笃定，"儿子一定护着婉宁，等到婉宁长大了，帮着婉宁找一门好亲事，儿会亲手筹备婉宁的嫁妆，让婉宁风风光光嫁人。"

二老太太颔首："这样我就安心了。"

"二祖母不用为我太过担忧。"婉宁整理好二老太太的袖子，攥住二老太太的手。

祖父的性子她太了解，将名声看得比什么都重要，三房出了寿氏的事，正是要挽回颜面的时候，祖父不会冒着危险对付她，所以她并不担心眼前。

婉宁顿了顿低声道："二祖母，婉宁倒是有件事想请您答应，在二房的时候能否让我时不时出去一趟。"

二老太太不解："这是为什么？"

婉宁脸上露出笑容来，"二祖母方才已经说了我在三房的处境，这次落水孙女差点死了，很多事也就想通了，孙女毕竟是姚家三房的人，依靠谁都名不正言不顺，与其这样不如凭着自己的本事在三房立足，将来不但不会任人宰割，还能当家做主，就如同二祖母在族中一样。"

一个十二岁的孩子说出当家做主这样的话。

二老太太不禁惊诧，婉宁竟然这样想。

没想着依附任何人，而是要靠着自己……

二老太太看向姚宜州。

姚宜州顿时脸颊通红，他真是臊得慌，身为二房嫡长子居然连十二岁的婉宁也不如，一直沉浸在过去的伤悲中不能自拔，害得母亲无依无靠。

二老太太赞赏地点头："好孩子，有骨气。我年轻的时候也不曾被人左右，就算是再难我也陪着老太爷闯了过来，没有什么难关是过不去的。"

婉宁能想得这样通透，必然做不出什么出格的事，不过毕竟是个女子，她还是想要问："七丫头，你到底要做什么？"

婉宁低下头在二老太太耳边："做茶点。"

做茶点？这是为什么？

婉宁道："日后孙女再慢慢跟您说。"

二老太太颔首："好，二祖母答应你，不过出去的时候要多带些人手，免得出什么差错。"

婉宁应下来。

侍奉二祖母歇下，婉宁坐车到了泰兴楼。

焦无应等着新东家上门，从前他也是一个小货郎，着了人算计赔尽了家财，那年村中发瘟疫，祖父、妻儿都病死了，他投去沈家做了个小伙计，沈老太爷赏识他，提拔他一直做到了二掌柜。

他心里感激沈家，却没想到有一天四老爷一张嘴，让他做了姚七小姐的掌柜。

他的东家一下子变成了十二岁的小姐。

十二岁的小姐不插手店铺里的事也就罢了，这位姚七小姐偏要自己将店铺管起来。

他是知道大户人家的小姐，脾气大得很，不管不顾就是任性妄为，到时候店铺出了差错，他不知道怎么向四老爷交代，来到泰兴，他本是想找机会和四老爷说说，哪怕是让他去边疆，也不能让他做这个差事。

谁知道才来了几天，就听到许多姚七小姐的传言。

姚七小姐会治病，还救活了两条人命。

十二岁的小姐，真的有这样厉害？

"焦掌柜，七小姐来了。"焦无应的思绪被伙计打断。

焦无应急忙迎了出去。

马车停下来，婉宁让童妈妈扶着下了车。

刚进了院子，就看到等在那里的婆子。

"乳母。"婉宁惊讶地张开嘴，她没想到会在这里见到乳母。

乳母应该在杭州，却怎么来到这里？

白发苍苍的贺氏忙迎上来，上上下下看着婉宁的脸，眼睛不由自主地红起来，声音也发颤："我的好小姐……你怎么瘦了……"肚子里有许多话，不知道怎么开口，只是空张着嘴。

七小姐看起来和从前不一样了。

虽然瘦了些，可是整个人却……很精神……

让人说不出的感觉，好像站在那里就有种迫人的气势。

"乳娘。"婉宁不禁诧异，贺氏年纪比母亲是大些，可也不该看着这样老迈，这些年她们到底过着什么样的日子。

婉宁想起从前母亲教她识字，贺氏也站在一旁跟着偷偷学，那些日子过得多么安宁，婉宁眼睛不由得发烫，她想和贺氏好好说说话。

只是现在身边人太多，婉宁眼睛一扫，目光落在焦无应身上。

焦无应忙上前给婉宁见礼："七小姐，我是茶庄的掌柜，焦无应。"

婉宁点点头："焦掌柜一路过来辛苦了，"说着看向茶楼，"茶楼可都筹备好了？"

焦掌柜领首。

"要多备茶点，只是记得我教厨娘做的茶点是不卖的。"

不卖，焦掌柜一怔，这些日子还有人上门问，那点心什么时候能卖，现在七小姐居然说不卖。

婉宁道："越是不卖，越是有人好奇。东西越少就越金贵，尤其是那些别的地方买不到的东西。"

如此一来，她送出去的那些点心才有用。

焦掌柜不禁怔愣，半晌才明白过来，真是个好主意。

泰兴楼有买不到的茶点。这样的消息足够大家谈论，这样一来不用他们吆喝，就会更多人知晓泰兴楼。收到茶点的人家，也就知道那些茶点有多难得。

婉宁一边和焦无应说着话，一边去看茶楼里的布置。

焦无应到底是老掌柜，收拾得精细，一切都安排妥当。

终究忍不住要和乳母说几句话，婉宁和贺氏坐下来，焦掌柜就带着人退下去。

"母亲怎么样？"婉宁低声道。

贺氏摇摇头立即又红着眼睛点头："听说七小姐这边的事，娘子高兴得不得了。"

婉宁道："为什么母亲不来泰兴？"既然乳母能来，舅舅也能将母亲接来。

贺氏叹口气："娘子是担心给七小姐找麻烦，七小姐在姚家处境不好，娘子都知道。"

母亲还是顾虑姚家。

贺氏说着话向外面看去："七小姐自己出来，姚家那边怎么能答应。"

如今姚家已经困不住她了。

婉宁笑道："只要我想，日后就能出门……乳母回去之后就跟母亲说，就算她现在不想来泰兴，也要从家庵里搬出来，我们母女两个很快就能见面。"

见面？

娘子想都不敢想的事，娘子真的能再见到七小姐？

贺氏将手里的包袱打开，里面是各式各样的荷包、腰带和几套亵衣："这都是娘子亲手给七小姐做的。"

不知道母亲一针一线缝了多久，婉宁拿起一只荷包，暖暖的感觉从她的手指一直传到她心里。自从母亲走了之后，她没有一日不想念母亲。

婉宁想起一件事笑着看向乳母："乳母还记不记得你在我睡觉的时候常哼一首歌？"

贺氏点点头："记得，被娘子听到了，还说我……别教坏了小姐。"

婉宁就笑起来，哼起贺氏唱的歌：

"一个女儿坐在船头上，她顺流而下，要找她的家乡。

一个女儿坐在船头上，她托腮思量，要回到她的家乡。

一个女儿……"

这歌好像能将她带到从前……

"我们泰兴楼还没开门。"焦掌柜的声音突然插进来将婉宁打断了。

紧接着有人惊呼。

这是怎么了？是有人来泰兴楼买东西？

婉宁看向童妈妈，童妈妈还没来得及去看个究竟，门一下子被人急着推开了。

有个人站在门口。

阳光被他挡在身后，婉宁开始看不清楚，等他向前走了两步，婉宁不禁一愣，他怎么会来这里。

穿着青衫的少年，循着声音而来，踏进了屋门，正好和她对视。

婉宁没想到会在这时候遇到崔奕廷。她将一切都安排妥当，保证不会有人知道泰兴楼是她开的，也许是刚才见到乳母，心里高兴就放松了警惕。

可她还是让焦掌柜在外看着……刚才她明明听到焦掌柜阻拦的声音。

怎么崔奕廷还是不管不顾地闯进来。

崔奕廷的目光径直落在她脸上，仿佛要在她脸上看出什么。

"你是谁？你方才唱的是什么歌？"

崔奕廷眼睛微深，仿佛急于从中得到答案。

婉宁不禁皱起眉头，崔奕廷明明看到有女眷在这里，却还不避开，转念她又觉得奇怪，这个崔奕廷好像不认识她似的。

从姚家将她救起来，在李家也有过匆匆一瞥，连她都认出了他，怎么可能他看了她半晌还是那种神情。

婉宁不说话，而是静静地和崔奕廷对视，她的习惯让她善于从别人神情中读出情绪，可是这个崔奕廷……却让她有些看不明白。

迷惑、质疑、一闪而逝的急切，如微风吹过湖面，然后隐藏在那双波澜不惊的眼睛中，他有许多让她难以发掘出的秘密，无论她怎么探看，他都没有表露半分。

两个人对视片刻，崔奕廷的情绪似是平稳下来："请问，这里的东家姓什么？"

他这样没有礼数，她也不必在这里回答他。

本来就是不请自来，还妄想从她嘴里听到什么答案。

没弄清楚他的意图之前，她不会轻易开口。

眼看着崔奕廷的随从也进了门，婉宁转过头去，童妈妈和贺氏忙上前护着婉宁走出茶楼，离开了崔奕廷的视线。

焦掌柜这边已经皱起眉头："我们早就说了，客官不应该硬闯，惊到了我们家的女眷该怎么办？看客官一表人才，不该是做出这种事的人。"刚才他见来的人看起来是一表人才，穿着打扮都像是大家公子，所以他才没有很在意。

没想到却会像无赖一样闯进门。

焦掌柜想着脸色就更加不客气起来，吩咐小厮："将客官请出去吧！"

崔奕廷仿佛并不在意他语气的生硬，要不是听到让他熟悉的扬州小调，他也不会不由自主地闯进来。

一进门就看到屋子里的女眷。

女眷没有惊慌而是静静地和他对视，然后施施然地带着下人转头走了出去。

虽然没有让下人斥责他的无礼，还是很明显地将不悦表现出来。

"是我唐突，"崔奕廷道，转头看向焦掌柜，"请问，东家是扬州人？"

焦掌柜摇头："我们东家是从山西来的。"

从山西来的，怎么会操着一口地道的扬州口音，尤其是那位小姐刚才唱的歌，是他一直在寻找的那首歌。

他是来买糕点，却在门口听到那歌声。

不管是什么地方，他都要来看个究竟，看看里面是不是他要找的人。

只可惜记忆中的影子太模糊，无法对证。

童妈妈打发小厮上前，小厮在焦掌柜耳边说了两句话。

焦掌柜看向崔奕廷："客官买茶点要等到我们泰兴楼开张，至于客官问起我们东家，我只能说，我们是山西开茶铺的赵家。"

赵家。

"方才的女眷不姓蒋？"崔奕廷不动声色。

焦掌柜十分肯定地摇头："不姓蒋，客官您是不是问错地方了？"

不是问错地方，就是找错了人，要不然问的问题怎么没有一个能对得上。焦无应松口气，开始他还以为这位公子是冲着东家来的，现在看来应该是误会。

婉宁透过帘子看向崔奕廷，崔奕廷为什么会觉得她姓蒋？他突然闯进来是因为在门外听到了什么？

那时候她在唱乳母教的小调，崔奕廷是因为听到这个所以闯进来？

这个崔奕廷处处透着古怪。

"打扰了，"崔奕廷看向陈宝，"那些银子给掌柜，你家的茶点做出来我让人来取，这个就算定钱。"

以为买东西就能随便进门，说不定这位爷就是官家子弟，焦无应见过太多这样的情形，为官的有功名在身都看不起商贾。

幸亏东家有话在先，让他这时候能扬眉吐气。

"对不住，"焦无应道，"我们家的茶点是不卖的，将来酒楼开张，随着茶叶送出去的数目也有限，您想要，就早点来买茶。"

"不卖？"

焦无应笑容可掬："不卖，多少银子都不卖。"

掌柜笑着说不卖。

无论谁在这里好像都没有办法。

来到泰兴楼为了买盒点心，只因为这点心很别致，没想到却这么难买。

崔奕廷从来没听说过这样做生意的法子，茶点明明别致却又不卖。

这家茶楼也开得奇怪，崔奕廷深深地看向方才女眷离开的方向，东家到底是什么样的人。

听着崔奕廷的脚步声越来越远，婉宁重新回到茶楼里。

"这里人杂，小姐还是回去吧！"贺氏吓得脸色苍白。

婉宁也没想到会有这样的插曲。

在李家她还在门口等着见了崔奕廷一面，这次他却找上门来。

"乳母，你教我的是什么歌？"

贺氏怔愣片刻道："就是扬州女子私下里唱的歌，只不过我嗓子不好，就学了别人不爱学的这首。"

崔奕廷是因为这首歌。

婉宁才想到这里，就听外面传来下人的声音："舅太太来了。"

舅母怎么来了？

"母亲，我去看姐姐。"

昆哥边说边挣脱乳母跑进门，看到婉宁，一下子就扑过来。

"六爷您可慢点。"乳母连连喊着。

"姐姐，姐姐，你看母亲给我们两个人买的玉佩，你一半我一半。"昆哥手里扬着一只羊脂玉，另一手拍着自己脖领，领子下露出半截红线结的如意扣。

"舅母没遇到别人吧？"

崔奕廷刚刚出去。

"没有，没有，本来要接你过去坐坐，听说来了个人，我就带昆哥来看看，"沈四太太说着向周围看看，"人呢？"

婉宁道："已经走了。"

"有没有事？吓得我出了一身汗。"

连她都弄不清楚崔奕廷来做什么，自然无法向舅母解释，只能道："没事，没事。"

旁边的贺氏很惊讶。

就算娘子在这里也会惊奇，为什么六爷会和七小姐这样好，难不成就是因为亲姐弟？贺氏心里默默念着，阿弥陀佛，佛祖保佑，娘子的苦没有白吃。

婉宁在看贺氏的表情，贺氏眼睛通红，又是激动又是欢喜，好像看着他们姐弟亲近很高兴。这下婉宁可以肯定，昆哥就是她的亲弟弟，如今静下心来仔细端详，昆哥脸上有父亲眉眼的痕迹。

婉宁和昆哥说了会儿话，贺氏将昆哥叫过去挑荷包，沈四太太趁机和婉宁道："你族里的大舅舅来了。"

沈四太太欲言又止，童妈妈退后了两步，沈四太太才接着道："你大舅舅说，泰兴县知县的师爷给我们找了些粮食……"

"舅母说的是朱大人？"

那个和姚家三房走动很近的朱氏一家？

沈四太太点点头。

婉宁忽然正色起来，拿起沈四太太的手："舅母，你回去和舅舅说，无论如何也不能和朱家扯上干系。"

婉宁的声音很低，沈四太太勉强能听清楚。

"舅母知不知道巡漕御史到了泰兴，要查漕粮，万一朱大人的师爷要卖的是漕粮，我们家岂不是和官府勾结……"婉宁尽量让沈四太太听个明白，"我六叔做了粮长，六婶早就想卖粮食给沈家，和粮长牵扯上的粮食，不是漕粮又是什么？"

沈四太太这下子弄了清楚："我回去跟你舅舅说，就算得罪族里，也决计不能买这粮食。"

如果是姚家和朱家串通起来，绝对不会是光卖粮食那么简单，说不定被御史逼得走投无路的时候，还会将沈家当做替罪羊，这是官府一贯的手段。

想要在她眼皮底下对付沈家，可没那么容易。

如果朱太太和寿氏敢这样做，她就让她们赔了夫人又折兵。

婉宁和沈四太太说了会儿话，时辰不早了准备各自回去。

昆哥拉着婉宁衣角不肯走，婉宁将从姚家二房带出来的书递给昆哥："不要将书弄坏了，等你学完了，姐姐再换几本给你。"

昆哥很认真地点头。

昆哥拉着沈四太太出了门，下人已经备好了两辆马车。

"母亲，我们先走，昆哥要从窗户看姐姐。"

婉宁笑道："我们一起走，等过了这条街，我再换车。"这样能和昆哥再说几句话。

昆哥乖巧地上了马车，很快撩开车厢的帘子向婉宁招手。

马车过了大街在小胡同里停下，婉宁换了车，然后两辆马车一先一后地驰了出去。

婉宁坐在软垫上想泰兴楼的事，如今茶楼弄好了，可以让焦掌柜开始收米。

才想到这里，只听得外面一阵嘈杂声。

慌乱的马蹄声传来，紧接着有人惊呼。

婉宁撩开帘子向外看去。

街上已经开始混乱不堪，循着声音望去，只见有几个人骑着马向这边冲过来。

骑在最前面的人，到了沈家马车旁时，被掷来的刀扎中后心，鲜血喷溅中，顿时整个人摔下来。

沈家的马不安地抬动着四蹄，赶车的下人怎么也按不住惊慌的马匹。

跟车的下人忙将车厢里的舅母和昆哥接下来。

童妈妈紧紧地攥住手："小姐我们也下车……快……"

马车挡在路中央，定然会遇到冲过来的人，马不免要受到惊吓。

婉宁刚刚撩开帘子，后面的几个人就骑马到了跟前。

人群里又是呼喊一声："我的孩子。"

跑在最前面的人忽然弯腰从人群中拎出一个孩子，在大家还没有反应过来之前，他顺手一抛，抛向后面的人。

孩子连惊呼声都没发出来就径直掉下去，幸亏后面的人伸出手拉住了孩子的衣衫一把提到马背上，孩子这才发出震天的哭声。

扔孩子的人显然不准备罢手，又向人群里扫去。

那人骑马已经到了沈家马车前。

童妈妈吓得闭起了眼睛，一手拉住婉宁："小姐快别看了，别看了。"

电光石火中，婉宁顺着那人的目光看到路边的昆哥。

昆哥已经吓得怔愣在那里，眼睛直直地看着哭闹的孩子。

若是那人再伸手抓住了昆哥向后扔去，后面的人还能不能像抓住那孩子一样将昆哥救下？

"昆哥……"婉宁喊一声，眼见人就到了跟前。

来不及了，来不及再等。

她该怎么办？该怎么办才好？

一股热血一下子冲进脑子，婉宁拉开车帘，从怔愣的车夫手里抢过缰绳。

裴明诏接住啼哭不止的孩子，前面的死士又弯起腰，准备再从人群里掳人，忽然前面有马车冲过来，马匹长嘶。

马车不偏不倚地拦在死士跟前，死士没能勒住马，顿时从马背上掉下来。

裴明诏上前一剑刺过去，剑尖从死士胸口透出，血顿时一滴滴地落在地上。

所有人看着这一幕，连马上的孩子也停止了啼哭。

等到死士软软地倒下，裴明诏抬起头，见挡在他面前的马车上立着一个女子，穿着鹅黄色的褙子，淡青色衣裙，紧紧地拉着缰绳，看着面前的一切。

五官尚未脱稚气，一双眼睛乌黑清亮，目光中没有半点的惧怕，拎起裙角从车上跳下来，将街边一个五六岁的孩子拉进了怀里。

十几岁的女子，竟然一点都不惧怕。

"侯爷……"

听到喊声，婉宁抬起头，不远处立着一人一马，那人身姿挺拔，傲然跨于马上。

"那孩子怎么了？"

"哎呀，是不是被压在马上捂死了。"

裴明诏低下头看着他放在马背上的孩子，孩子使劲地喘息着，瘦小的身子开始不停地抽搐，仿佛就要断气。

"这是被小鬼压住了，一会儿就要被索命。"

人群中不知是谁叫喊了一声。

本来要奔去抱孩子的妇人听得这话一下子摔在地上，撕心裂肺地喊起来："我的孩子，我的孩子。"

小小的身躯在众人眼前抽动。

"快去请大夫。"裴明诏吩咐随从。

紧跟着他身后的随从押着一个死士，另一个随从身上被刀割伤的地方鲜血直流，他带的人手不多，在路上遇袭折了两个，现在剩下的都不堪用，裴明诏四处看去，长长一条街，仿佛到街尾才有药铺，与其去请大夫来，不如他骑马将孩子送过去来得快。

裴明诏正要前行，跌倒的妇人重新爬起来扑到了马前，伸出手死死地攥着孩子不肯放松。

妇人放声啼哭。

单枪匹马突出重围他不怕，面对一个孩子和妇人，他就不知道该怎么办，明知道孩子该救治，妇人却像疯了般拉住孩子不松手，他总不能一把将人推开。

"将孩子给我，我来治。"

清澈的声音响起来。

裴明诏抬起头，是那个用马车拦住死士的女子。

女子梳着单螺髻，身高只到他的马腿处，一张脸还不如他的手掌大。

这么小的女子能治病？他明明心里怀疑，却又不由自主地打量她的神情，看到她当真的模样，不由自主地在心里估量……

喧闹的四周没有因为婉宁的一句话安静下来。

那妇人听得这话欣喜地转过头，却发现是个小姐，脸上难掩失望。

"这是吓出来的小病，不用大动干戈，好治。"婉宁说着转过头，不偏不倚坚定地看向那妇人的眼睛。

这是最让人信任的目光。

那妇人从开始的质疑到不由自主地相信，不由松开了拉住孩子的手。

婉宁扬起手臂，周围忽然安静下来。

裴明诏看过去，那女子的肩膀看起来那么瘦小，他心中一动托着孩子弯下身来。

婉宁将书卷成纸筒拢住孩子的口鼻。

孩子的呼吸渐渐缓慢，单薄的胸廓起伏得不再那么吓人，手脚也不再抖动。

"好了，"婉宁将书从孩子脸上拿开，看向妇人，"抱着孩子回去，买服安神的药，今天多跟他在一起，给他唱些他平日里爱听的歌……"

妇人瞪大了眼睛："那……小鬼……小鬼……压……"

婉宁宛然一笑："这世上哪有什么鬼。"

这世上哪有什么鬼。

阳光照着她的侧脸，仿佛将她整个五官都照亮了，裴明诏忽然觉得这个女子的眉眼是那么清丽。

妇人抱着孩子离开了，四周的人群也要散开，童妈妈忙上来要护着婉宁上马车。

婉宁看了眼裴明诏身边受伤的下属，只是被伤了肩膀，看起来没有大碍，眼睛一转，婉宁立即被一道目光吸引。

被侍卫押着的人，眼睛死板，目光漠然，仿佛是一具行尸走肉。

她知道那样的人，应该做了自杀式训练，没有正常人的思维和感情，一心只为完成任务，这样的人就算被抓了，想从他嘴里审问出什么也很难。

尤其是如果审讯的手段不太高明，更不了解这样人的心思。

想到这里婉宁不禁摇了摇头。

"小姐见过这样的人？"裴明诏英武的眉毛微微扬起，微微有些吃惊，这个看似柔弱的小姐仿佛知道不少东西。

婉宁道："没见过，但是……知道……"

知道？为什么知道？

裴明诏想问，婉宁接着说："失了人性的人都差不多，生死与他无关。"

仿佛听懂了婉宁的话，那死士张开血洞般的嘴，吓得看热闹的人也不禁躲开几步。

遇到这样的人，一般的女眷应该早就避开了，她却丝毫不害怕，反而很仔细地盯着那死士看。不是看热闹，反而是很了解的模样。

这位小姐很明白别人的心思，所以……才会驱车拦截那死士，为的就是救那个六岁的少爷。

他身边少的就是这样的人，因为他太想知道这些人是谁派来的，为什么要杀他。

现在他所有的手段都用过了，却怎么也不能让这些人开口。

在军中他也遇到过骨头硬的，吊几天，鞭子抽下去也说了话，这次他是用尽了方法，都没有问出半个字。

童妈妈低声道："小姐，车都备好了，我们走吧！"

婉宁点点头，将手里的书递给昆哥，昆哥忙接了过去。

"别害怕。"婉宁道。

昆哥摇摇头："姐姐不怕，昆哥也不怕。"

"昆哥是好样的。"婉宁露出笑容来。

姚家三房，寿氏哭得眼睛红肿，像两只桃子。

"不是我说你，这有什么好难过的，不过是十二岁的孩子，能闹出多大风浪来，"朱太太在一旁劝慰，"现在六老爷拿了粮长之职，你这家里眼见就有好日子过了。"

粮长之职固然好，可是现在四嫂管家了，她被关在屋里听管事妈妈哭诉四嫂查大厨房的账，要连买菜的人都换了。

什么时候连四嫂也坐在她头上。

再想想从前，可是她将婉宁关在绣楼里，如今婉宁四处乱走，她却出不得屋门。

寿氏想到这里，外面的管事婆子进来禀告："六太太，听说七小姐出门遇到了强匪，马车也惊了……"

遇到强匪？寿氏眼睛都亮起来："怎么样了？受伤没有？"

最好是遇到什么事忽然死了。

管事婆子道："听说没事，还救了个人。"

寿氏瞪圆了眼睛大吼一声："滚出去，这是气我来了。"

管事婆子吓了一跳，话也不敢再说慌慌张张地跑出门，是六太太说的，七小姐那边事无巨细只要打听到了都要禀告，怎么突然之间就变了脸。

寿氏额头上青筋直跳，又是愤怒又是忧愁地看向朱太太："你听听，这可怎么办？我看我要死在这屋里了。"

"你怎么就这点出息，"朱太太捋了捋帕子，"总不能在这里等着她出事，要亲自动手才有意思。"

寿氏一下子机灵起来："好太太，你是有什么办法？现在别说我，就算我们老太爷也拿她束手无策，你不知道……二房老太太将她供起来，二房内宅都交给她打理，我们姚家的女眷哪个比她厉害……"

"嘘……"朱太太在嘴唇上比了一下，"我跟你说，也是给你解解心烦，"说着谨慎地看了看四周，"沈家上套了。"

寿氏抬高了眉毛。

"上套了？"

朱太太点头："巡漕御史要来了，老爷说要抓个替罪羊，知府的幕僚想到了法子，说是丢了两船漕粮，其实我们将这两船漕粮卖给了沈家……"

寿氏明白过来："到时候就说是沈家和强盗联手偷了漕粮。"

顶多牵连几个押船的，那些都是贱命，不值一提。

朱太太道："从古到今就没有看到哪家商贾能压得过当官的，本朝那些商贾虽不是贱民，怎么比得上我们这些人家。"

"她姚婉宁说白了就是个弃妇的女儿，名不正言不顺，"朱太太皱起眉头，"她又没有三只眼睛，我就不明白你怕什么啊？"

听得朱太太这样说，寿氏一下子笑起来，平日里朱太太话不多，关键时刻还是能替她解忧，她就喜欢这样的人，怪不得三嫂也喜欢朱太太。

"你真好。"寿氏眉眼都笑起来。

朱太太忍俊不禁："婉宁不过是个小豆芽，知道什么，连个子都没长高，能有多少心眼儿，扔在庙里都没人捡去，就把你气成这样，二房那边是二老太太在撑着也不是她，你们老太爷早晚能争回来，你仔细想想可是这个道理？"

寿氏眉毛也飞起来："是，真是的。"

碧纱幮里的姚婉如边听边笑，伸出手去拿食盒里的茶点，却发现不知不觉中已经吃得只剩一个，婉如转头看向朱四小姐："这茶点可还有没有？"

朱四小姐摇摇头："没了，早就给你送来，谁知道你现在才吃。"

"我哪里知道这样好吃。"姚婉如舔舔嘴唇，这几天被婉宁折腾得连喘气的空闲都没有，哪里像今天，能边偷听大人说话边吃。

"这叫什么？"

"说是棉花糖。"

棉花糖？姚婉如没听说过："在哪里买的？"

"是泰兴楼。"

两个女孩子说话的声音被寿氏和朱太太听到，朱太太扬声道："你们两个在偷偷地说什么？"

姚婉如和朱四小姐相视一笑，挽手从碧纱幮里走出来，姚婉如将最后一块茶点送到寿氏跟前："母亲尝尝，真好吃，是一家叫泰兴楼的做的。"

"泰兴楼？"寿氏将软软的茶点送进嘴里。

"六太太还不知道这家泰兴楼吧，"朱太太笑容可掬，"说起来，这家东家可比沈家强多了，会做生意，是八面玲珑的人物，你看看这点心做得多精致，让你看了就想吃，这只是开一家茶楼，将来陆续还要开几家。这两年盐引开始占窝，沈家那种光靠运粮换盐引的商贾已经不行了。"

朱太太道："而且这家茶楼也在收粮，你不是恨着婉宁，要看沈家的笑话吗？不如你就将手里的粮食卖给这家。"

寿氏讶异地张开嘴，一把拉住朱太太："你早些来我何必这样难受，沈家忘恩负义，我就将粮食卖给这家泰兴楼，将沈家挤出泰兴，到时候让婉宁哭都来不及。"

秋天，沈敬贺只做了一件事，为沈家张罗米粮，现在漕运已经起运，不管是大户人家还是百姓、佃户都会在这时候卖余粮，这是收粮食的最好时机。

来到泰兴忙碌了几天，终于有了眉目，沈敬元却无论如何也不肯买粮。

"就因为一个黄口小儿的话，"沈敬贺竖起眉毛，"婉宁整日在内宅，知道些什么？"

沈敬元摇摇头："大哥，我们还是小心些。"

沈敬贺很诧异："姚宜闻休妻沈家也据理力争，虽然辰娘被休后深居寡出，但是你也竭力庇护，婉宁在沈家日子过得不好，将来她成亲时我们可以添一份嫁妆，这都是沈家该做的，就算是将来婉宁在夫家受气，姚家不出面，你也可以想办法帮忙……"

"但是不能因为亏欠，就什么都听婉宁的。

"婉宁毕竟是姚家女，不是我们沈家女，就算她是出自沈家，沈家也没有一个十二岁女子说话的份。"

沈敬贺说完话，屋子里静寂无声。

半晌沈敬元才道："姚家一直拿捏着我们，只因为婉宁在姚家。现在却不同了，我们家可以不去看姚家脸色，都是因为婉宁争气，要去给李大太太治病还是婉宁跟你弟妹说的，婉宁不是治好了李大太太的病？"

十二岁的孩子说的话，怎么让他相信。

明明可以一下子买笔粮食，那些米粮可以解沈家燃眉之急。

他已经看了米样，根本就不是漕粮，他就不信，一个十二岁的小姐比他办事更稳妥。

一个整天连绣楼也不出，没有任何见识的小姐，却在这里指挥沈家的生意。

沈家可以因为她可怜，多照应她，却不能娇纵她。

应该让她知道什么叫做适可而止。

如果他当家，决计不会有这种事发生。

沈敬元皱起眉头："大哥你怎么就不信呢，朱大人和姚家勾结，他们就没安好心。"

"这就是利益，与姚家结亲这么多年，难道我们不知道？姚家不过就是贪些小财，这时候不能舍不得这点小钱，"沈敬贺沉着脸，"我经商这么多年会不知道这个？"

"婉宁可卖过东西？她可做过东家？"

沈敬元真是脑袋坏了才会这样想，就算到了那一天他也不会信任一个十几岁的孩子，更何况还没有任何真凭实据。

沈敬贺板起脸："买粮，如果我错了，我向婉宁认错，如果婉宁错了，要怎么办？向我们整个沈家认错？就算认了错能挽回沈家的损失？能让沈家渡过难关？若不然，这粮食跟你无关，是我买来的……"

沈敬贺头顶的头发都要竖立起来。

两个人正在说话，下人进来禀告："大老爷、四老爷，七小姐让人捎信过来了。"

让人捎信，还真是什么事都要插手。

他没想到姚七小姐会被四弟夫妻娇惯成这样。

"七小姐说什么？"沈敬元道。

"七小姐说，"下人清清楚楚地道，"如果大爷不信可以去买粮，但是……要带她一起去。"

沈敬贺冷笑起来："笑话，一个女子要去买粮。"

沈敬元也有些奇怪："七小姐真是这样说的？"

下人点头："是，七小姐说，明天一早她就过来。"

沈敬贺看向沈敬元："这件事让姚家知道了怎么办？毕竟是姚家人，我们带着四处走……让外面怎么说？"

"如果姚家真当婉宁是姚家人，我也不会插手婉宁的事，"沈敬元沉下脸来，"当年我们沈家被拿住了把柄，辰娘怎么做的？点头答应和离，姚家这才出手帮忙，我们什么事都不帮辰娘，我怎么有脸再站在这里。"

沈敬贺半晌没有说话。比起沈敬元的竭力阻拦，带上婉宁仿佛更容易些。

这笔粮食他不可能不去看，沈敬贺起身："那我就带上婉宁，看她能说出些什么来。"

"小姐，"童妈妈快步走过来，"四老爷那边捎信了，说大老爷答应带上小姐。"

婉宁点头。

童妈妈不明白："奴婢从前听奶奶说过，沈家大老爷脾气很倔，奴婢还想呢，大老爷肯定不会答应，谁知道这么容易就点了头。"

"因为比起舅舅阻拦买粮，带上我去显得更容易，"婉宁吩咐童妈妈，"去将东西打点好，我们明天一早就走。"

朱大人和幕僚商量了几个时辰，照着知府大人的意思，找了一个替死鬼——沈家。

他甚至连抓到沈家的经过都写得清清楚楚。

所有一切做得天衣无缝。

押粮吏员的名单改了又改，他才到泰兴时，多少人看不起他这个生手，不服他管束，一个差役还敢跟他摆脸色。

这些人甚至私底下议论，他们这些京中下放来的，不过捞些银子就走，什么都不懂，尤其是他这个读书人，就是个糊涂蛋。

这一笔笔账他表面上不说，都给他们记在心里。

不过都是贱民，早早晚晚都要落在他手里，什么是睚眦必报，这就是了。

将他们抓起来，看他们怎么求他。到时候想给他做牛做马他都嫌弃。

还有那个沈家也是一样，沈敬元到了泰州一次也没来拜会他，简直就是不将他这个知县放在眼里，要知道过山头还要拜大王，再就是那个何明安。

这些人都该死。

"定好了吗？"见到朱应年，朱太太忙迎上来。

"好了。"朱应年觉得说话都轻快许多。

朱太太笑道："姚六老爷都等你好久了，快换了衣服去吃些东西。"

换好了衣服，朱应年在堂屋里见到姚宜春。

姚宜春笑道："我在得月楼准备好了十桌宴席，让人送来了几十坛好酒，明晚等应年兄办好了事，我在得月楼给应年兄庆贺。"

"同喜同喜，"朱应年拱手，"打压了沈家，你也少了一块心病，将来这泰兴县谁也不敢与你为难。"

想起沈家，就顺理成章地想起婉宁。婉宁害得他被父亲责骂，连妻子也被关起来，如今整个家交给了老四那个书呆子，此仇不报将来他都不好意思在姚家抬头。

"怎么样？"崔奕廷骑马回来，脱掉被猎物鲜血染红的衣服。

丫鬟忙端盆过来："少爷，洗洗吧？"

崔奕廷挽起亵衣袖子露出古铜色紧实的小臂，接过帕子，一把捂在下颌上，他惬意地眯起眼睛，真舒服。

帕子上的水珠也像调皮似的，沿着他的下颌滴下来，往颈窝里去了。

脸上干净了，就觉得身上不舒服，好像从散开的领口里"嗞嗞"往外冒着热气。

小丫鬟不敢抬头。

"出去吧，我自己洗一洗。"

小丫鬟松口气，脸颊已经绯红："要不然……让人多烧些水，二爷洗个澡。"

"一会儿还要出去说话，不那么麻烦。"崔奕廷淡淡地说着。

小丫鬟蹲了蹲身退下去。

解开束腰，脱掉亵服，露出晒成古铜色的背腰，伸开双臂舒展一下，说不出的畅快。崔奕廷将腰间的墨玉解下来，走进隔扇，一盆水"哗"地从后背浇下来。

换过衣服，崔奕廷躺在院子里，闭上眼睛听着鸟叫，阳光一寸寸地爬上来，天空像是染了的缎子一点点地上色，直到蓝得透亮。

"二爷，"陈玖进来道，"都看好了，那些漕粮跑不了。"

崔奕廷道："沈家人可去了？"

陈玖点头："一早就去了，大约是问搬粮的地方，我看了雇了许多车船，看样子东西不少。"

陈玖接着道："本来以为还会慢些，谁知道这么快就要脱手。"

"巡漕御史要来了，南直隶这是要给个交代。"

陈玖目光闪烁，那要看是谁。

"等他们买卖的时候，一起按在那里谁也逃不了干系。"

崔奕廷颔首："去吧，办得利索点。"他胃口大得很，不管朱应年玩什么花样，他都照单全收。

陈玖带着人赶去泰兴县外不远的庄子附近。

只要跟着朱应年的人和沈家就能找到一船的漕粮。

陈玖将一根叶子送进嘴里嚼了嚼，然后"呸"地吐出来，佃户辛辛苦苦种的粮食就是被这些人贪掉了。

"都看住了一个也别跑。"

陈玖吩咐。

下面人应了一声，等到换船的时候，就有人摇了小船过来，陈玖几个跳上去远远地跟在沈家大船的后面。

河面上静悄悄的，陈玖看着远方的船影，吩咐人："应该开始买卖了，快去看看。"

陈玖话音刚落，就觉得船身突然一晃，陈玖站立不住差点掉下来，刚扶住了船上栏杆，整个船身又剧烈摇晃，船上许多人，包括他顿时落在水里。

陈玖呛了几口水。

刚才还在吐口水，现在就成了落汤鸡。

这到底是怎么回事，应该是他们设埋伏抓人，怎么……还有人想捉他们不成？

谁这么胆大？

"是谁？出来。"陈玖大喊起来。

陈玖话音刚落就听得一片芦苇后有人道："大人，我们家小姐说得没错，是有人想要陷害沈家。"

芦苇一动，一艘小船走出来。李御史站在船头，向水面上看来。

李御史和陈玖一见面，不禁面面相觑，半响李御史惊讶："陈玖，这是怎么回事？"

不远处的沈家大船停下来。

李御史身边的管事低声道："李大人，我们家小姐说，我们只能停在这里，等见到了粮食谁也说不清，毕竟我们是商贾，要明哲保身。"

整件事怎么会变成这样，陈玖一头雾水，怔愣了片刻，他还没忘记身上的差事："李大人，咱们先去前面看看，别让那些人跑了。"

沈家怎么请来了李御史，谁也不知道朱家人有没有被惊扰，粮食还在不在。

本来安静的河道忽然就忙乱起来，沈家的大船停在那里，就像一个看客，静静地看着这一切。

陈玖咽了一口口水，二爷的意思要将买卖的人都抓了，可是这个本来应该是和朱家勾结的商贾，怎么倒成了被陷害的人，还将李御史请了过来。

这样算起来沈家不但没有嫌疑，反而……还有功……

二爷，这次咱们可错了。

沈敬贺眼看着沈家的船停下来，朱应年的钱师爷有些着急："怎么不走了？"

沈敬元端坐在门口，琉璃帘子轻轻地动着，里面就是婉宁，沈敬元跟过来不是为了买粮，而是为了护着婉宁。

沈敬贺就不明白，沈敬元这个舅舅竟然会围着甥女团团转。

"钱师爷，有声音。"河边上传来划水声夹杂着混乱的脚步声，钱师爷身边的人低声提醒。

钱师爷向船下看去，不少劲装打扮的人向这边靠来。

"沈大老爷、沈四老爷这是怎么回事？你们是要买粮还是要抢粮？"

沈敬贺不禁一惊，从椅子上站起身。

为什么会突然出现这么多人，这些人要做什么？

"这不是我们沈家人。"

钱师爷看着沈敬贺茫然的目光，仿佛真是一无所知。

不是沈家人，那会是谁？想到这里，钱师爷不禁心跳加快，老爷的意思是将沈家领去庄子上，当面收了银钱之后，让沈家来搬运粮食，那时候他再趁机带着人离开，朝廷带人马来的时候，这里只有沈家人和漕粮，和他完全无关。

老爷已经打通了关节，任沈家再怎么喊冤，也是没用。

可是现在是什么情况。

"靠岸，靠岸，我们下船。"钱师爷开始呼喊，不管怎么样他要先离开这个是非之地。

船却一动不动。

钱师爷的眼睛开始红起来。

放粮食的庄子就在眼前，万一被别人发现了可如何是好。

"快啊，快啊……"钱师爷催促着沈家，一切本来应该由他掌控，他不该受人牵制，尤其是沈家，可是他就在沈家的大船上，沈家不开船，难道他能跳河不成。

"沈大老爷，快靠岸啊。"钱师爷再说话的时候，声音已经带了恳切，他可不想为了引沈家上钩折了自己。

沈敬贺不禁诧异："钱师爷，这到底是怎么回事？可是朱大人的人手？我们还没看到粮食，怎么就……"

钱师爷欲哭无泪，你问我，我问谁："那些都好说，先靠岸，要不然将船开回去。"

琉璃帘子后传来清脆的咳嗽声。

门口的沈敬元听得清清楚楚，紧接着下人撩开帘子走出来。

下人伏在沈敬元耳边，轻声道："四老爷，七小姐让您问这位师爷那粮食有没有问题。"

"钱师爷，"沈敬元抬起头来，声音扬高了许多，"你要卖的粮食该不会有什么问题吧？"

"没有……"钱师爷声音尖锐，神情慌张，一双眼睛骨碌碌地转着。

有问题。

现在就连沈敬贺也皱起眉头，这个钱师爷有问题。

"钱师爷，你不能走，万一这些人是因为那些粮食来的，你可要说个清楚，这些粮食跟我们沈家无关。"

沈家连粮食边都没摸着,他怎么赖也赖不到沈家身上,相反的,现在看粮食的人都是他布置的人手,真是粮食出了问题,他怎么也洗不清自己,钱师爷顿时遍体生寒,惊骇之下就要向船外冲去……

"拉住他,别让他走了。"

突然一个女声传过来,钱师爷不禁怔愣,等他再回过神来,已经被人扭住了胳膊。

钱师爷顿时杀猪般叫起来:"哎哟,别抓着我,沈大老爷、四老爷,有什么话好好说……"

沈敬贺望着眼前的一切,半晌才将目光挪到沈敬元脸上。

难道真的是他错了?

难道这粮食真的不该买?难道应该早早就听婉宁的话?

沈敬贺突然想起他和沈敬元说的那些话,"如果婉宁是对的,我就向婉宁赔礼。"想到这里他脸上不禁羞臊。

他一个舅舅怎么向甥女赔礼,他也是昏了头要激沈敬元才这样说。

现在回过味儿来,就像咬了舌头。

人永远不要将话说得太满,否则真的会搬起石头砸自己的脚。对这些米粮,他也曾有怀疑,只是他太着急,太想要这批粮食翻身,沈家需要的就是粮食,所以他才想要冒险。

他向来不赞成沈敬元经商的法子,他觉得要不是沈敬元一本正经地掌家,沈家也不会落到这个地步。富贵险中求,经商就是要冒险。

可是这次……尚离险境一步之遥,他已经汗透衣襟。

话说起来容易,真到这个时候,他后悔,后悔不该太一意孤行,多亏了婉宁,要不是婉宁要跟着,他已经买了粮食。

"老四,"沈敬贺有些不知所措,"我们要怎么办?"

"等,等一会儿就有人来了。"

到底是谁会来?沈敬贺看看船内又向船外张望,直到现在他也没完全弄清楚,这个钱师爷为什么要骗他,现在外面那些人又要做什么。

米啊。

这么多漕粮,戳开一袋是漕粮,再戳开一袋还是漕粮。

有多少漕粮在这里?

不管是谁查到这些漕粮都可以在圣前有了交代。

李御史站在粮堆里有一种恍然的感觉,早晨醒来他还不知道有这样一件大事在等着他,要不是姚七小姐登门,他怎么能在这里。

"有多少粮食?"李御史下意识地问旁边人。

"要清点一阵子才能知道。"

是啊,这么多粮食,光是清点就要几日。

李御史心里突突狂跳,看向陈玖。

"陈玖,你可立了大功,可以去跟你家二爷报喜了。"李御史话音刚落,就看到沈家下人跑过来。

"李大人,那个要卖给我们沈家粮食的人,已经被我们四老爷绑了,四老爷说,您坐我们的船回县里更快些。"

李御史呵呵一笑:"走吧陈玖,回去报喜去!这是人赃并获。"

报喜？陈玖哭笑不得，他不知道这能不能算是……大功告成，算不算是喜事一件。

"二爷。"陈玖身上的衣服已经半干，头发却一缕缕地在阳光下发光。

"奕廷，这是怎么回事？"李御史风尘仆仆地进门询问，"你怎么知道朱应年要卖漕粮？怎么也不先说一声？"沈家抓起来的人是朱应年的师爷，一个小小的师爷没有能耐弄走这些粮食。

崔奕廷看看脸色发黑的陈玖，和一脸诧异的李御史："李大人怎么会去城外的庄子上？"

李御史道："是姚七小姐……"

"姚七小姐一早来我家里，让太太跟我说，怕是有人要陷害沈家，泰兴突然冒出一大批粮食可买，又是知县大人的一个师爷牵头，恐怕其中有蹊跷，问我知不知晓。"

"我哪里知道你已经盯上了朱应年，"李御史有些着急，"你让陈玖在那里是准备抓朱应年？"

崔奕廷扫向陈玖，怪不得陈玖满裤子泥沙狼狈不堪，原来这里出了些差错。

崔奕廷道："我想朱应年贪墨了漕粮一定会找人送出泰兴，既然抓人，不如就将买卖双方一起抓了。"

这话说得没错，可是……

李御史急着道："沈家事先不知道，若是知道了姚七小姐就不会去找我。沈家要是想要买漕粮，一定会静悄悄地买，怎么会这样大动干戈。"

崔奕廷想了想："这次沈家有没有见到粮食？大人如何知道这是漕粮？"

李御史摇头："我本是不知道，是见到了陈玖……因此沈家的船也没有靠近放粮的庄子，要不是陈玖，说不定我们还要去查看。"

用不着去查看，崔奕廷看了一眼院子里狼狈的属下。

这个姚七小姐早就知道这粮食有问题，所以去请李御史。

他原本想沈家买之前定然知道那是漕粮，如今看来兴许沈家也被蒙在鼓里……又或者沈家人里唯一看出问题的是姚七小姐。

以姚七小姐的年纪，想要说服沈家长辈不去买粮也不是件容易的事。

既然不能说服，就想办法让沈家人看清事实。

不得不说，姚七小姐这样做事很聪明，甚至连他也绕了进去。

奇怪，自从来到泰兴之后，许多事都和他记忆里的不太相同，到底是哪个环节出了问题。

崔奕廷正想着。

"二爷，"管事进门禀告，"沈家让人送了一件东西，请二爷过目。"

姚七小姐上次还了他的饼，这次要做什么？

这样的女子他没见过，不妨听听她要说什么。

"请进来吧！"

下人应了一声，将沈家人叫进门。

沈家人手里是一只盒子，礼数周到地呈上去。

明知道他要抓沈家的错处，这时候却送礼物过来。

不论官场还是内宅，向来有人喜欢见到利益就痛下本钱，不知道这个姚七小姐是真聪明，还是聪明反被聪明误。

崔奕廷从下人手中接过盒子，盒子比他预想到的要轻很多。

轻轻地掀开盒盖，崔奕廷不禁挑起眉毛，盒子里躺着一只用草编成的虫子。

崔奕廷将虫子拿在手里，放在阳光下察看。

仔细看去，是一只螳螂。

螳螂捕蝉黄雀在后吗？

崔奕廷看向沈家的下人。

沈家下人躬身道："我们家小姐说，想要和崔二爷做笔生意，做笔螳螂的生意。"

姚七小姐的意思是，她来做螳螂，而他就可以做以逸待劳的黄雀。

如果是这样……崔奕廷道："她要什么酬谢？"这笔生意他没觉得有什么好做，他好奇的是，姚七小姐想要什么。

沈家下人低声道："盒子里有字条，崔二爷不妨看看。"

原来已经准备好了字条。

字条安安静静地躺在盒子底部，他方才只去看那只螳螂，并没有注意。

崔奕廷将盒子放在桌上，打开纸条，上面只写了几个字。

送我回家。

姚七小姐的父亲是六部官员，姚七小姐的意思是要回京城？

有意思。

姚七小姐不会做生意。

因为这件事并不难，只要姚七小姐不顾自己的名声，他倒是举手之劳。

崔奕廷将螳螂放在盒子里，准备递给沈家下人："回去跟你家小姐说，我也要看看这螳螂够不够肥。"

不能随便谁的一句话，他就点头答应，就将这个礼物收下。

特别是一个十二岁的小姐。

沈家的下人对崔奕廷的反应好像并不意外，仿佛还有话要说。

崔奕廷挑起眉毛："还有什么事？"

沈家下人忽然笑起来，笑得很开心："我们家小姐说，崔二爷看了螳螂我们家小姐就知道了。"

知道了？知道了什么？

看着沈家人的笑容，崔奕廷一时有些怔忡，转念他立即想明白，姚七小姐不只是来跟他谈什么买卖的，而是用这东西来试探他，如果他心里没有漕运，没有漕粮，也就不会问沈家人这么多话。

陈玖找到了漕粮，抓到了钱师爷，李御史也径直来他这里，说明了什么？

李御史、陈玖都要听他的，真正查漕粮的人是他。

这个姚七小姐，他不知不觉中就着了她的道。

如果是沈家人径直来问，或者是试探他，他肯定什么都不会说，而姚七小姐却送来一只盒子，让他先好奇盒子里装的是什么，然后自然而然地顺着沈家人的话说了下去。

承认了他就是那只黄雀，等着捉南直隶所有官员把柄的黄雀。

她不费吹灰之力，就让他将实情倒了个干净。

从前他是没将她放在眼里，如今她就要让他看看她的厉害。

崔奕廷看向陈玖，陈玖低着头，仿佛在数地上的蚂蚁。

本想骂陈玖，笨蛋，让人围了都不知道，现在他又有什么立场？到头来他也是个笨蛋。崔奕廷忽然觉得很丢面子。

方才提起买卖，他还得意洋洋，如果姚七小姐在场，那时候就该笑他，笑他自作聪明，其实早就进了她的圈套。

姚七小姐这么聪明的人，让他不得不觉得这个盒子留在身边也许有用。

崔奕廷将盒子放下。

沈家下人眼看着崔奕廷收下了盒子，脸上露出更欢快的笑容，七小姐跟他说，让他一定笑着将话说出来，等到崔二爷将盒子收下他要笑得更厉害。

因为……算计人就一定要笑。

虽然他不知道，到底谁算计了谁。

李御史站在旁边半天没看明白："你们到底在搞什么名堂？"

沈家的小厮祝来文从崔家出来，将消息告诉婉宁："崔二爷收下了盒子。"

婉宁点点头："崔二爷是什么表情？"

祝来文道："没有什么特别的，只是说，他收下了。"

"我知道了，辛苦你了。"婉宁低声说了一句，看向沈敬元："舅舅，我也该回去姚家。"

沈敬元忙嘱咐："一路小心。"

旁边的沈敬贺有些不自在，每次沈敬元的目光落在他身上，他总觉得自己亏欠了婉宁什么。

可是他又拉不下这个脸来。

眼见着姚家的马车就要前行，沈敬贺才匆匆忙忙开口："婉宁，是我错怪你了……"

车厢里安静了片刻，传来婉宁清脆的声音："大舅舅言重了，我们是一家人。"

我们是一家人。

这话，听到沈敬贺耳朵里，让他更觉得脸上火辣辣的。

他要买粮沈敬元不肯的时候，他说，"婉宁毕竟是姚家人，不是沈家的小姐"。

他还不如一个十二岁的孩子心胸开阔。

这一刻，沈敬贺觉得张嘴真的很难，只能吞吞吐吐："是……我们都是一家人……"

马车开始前行。

沈敬元看着马车越走越远，这一刻，他心里五味杂陈。婉宁如果是沈家人该多好，到时候哪怕让他将整个家都交到婉宁手上，他也心甘情愿。

"唉，"沈敬元不禁叹气，"我们沈家没有好儿郎啊。"

听得沈敬元这句话，沈敬贺不禁怔愣："老四，你这话是什么意思？"

没有好儿郎？半晌沈敬贺才明白过来："你不是想要让沈家的孩子去娶婉宁吧？"

沈敬元仿佛自言自语："那有什么不可，只是委屈了婉宁。"

婉宁的马车路过姚家三房，三房门口停着好几辆马车。

"这是家里在办宴席，"童妈妈道，"小姐看，门房都在偷酒喝呢。"

婉宁点点头，豁然笑起来："六叔说今天要庆贺做粮长，早晨的时候还将消息送来二房。"是想要气气二祖母。

"六叔选的真是好时候，"大约是想连陷害沈家的喜事一起办了，婉宁眨眨眼睛，"这么好的日子，我们也来锦上添花，打发人去泰兴县里最好的酒家，让店家挑二十坛上好的老酒送去姚家三房，跟店家说，不要急着要钱，明日姚家三房会将酒钱送去。"

小姐怎么反而要给三房送酒了。

婉宁道："妈妈快去吧，晚了就来不及喝了。"

童妈妈应了一声，立即找人吩咐下去。

婉宁下了马车，径直去二老太太房里，二老太太还没有用饭，婉宁将身上的披风解下，净了手端茶给二老太太："二祖母，今天身上可觉得好些？"

二老太太脸上露出慈祥的笑容："真是只小猴儿，出去了就不肯回来，可要够了？"

婉宁点点头。

二老太太吩咐桂妈妈："让厨房将饭菜摆上来，我们祖孙两个要吃饭了。"

等到桂妈妈带着人出去，二老太太担忧地看向婉宁："可是你想的那样？"

婉宁点点头："是漕粮。"

二老太太不禁吸了一口冷气，目光也犀利起来："是谁这么黑的心要陷害沈家，那现在怎么办？"

"沈家没有买粮，自然就和这件事无关，那卖粮的已经被抓起来。"

所以现在该担忧的人，不是沈家，而是朱应年。

"不好了。"下人匆匆忙忙进了朱家内院，朱太太难得今天心情好，正躺在软榻上让丫鬟用京城买来的香露揉头发。

手指揉在她的头皮上，力道不大不小真舒坦，朱太太有些昏昏欲睡。

"不好了。"

不知道哪里传来的声音，朱太太心脏骤然一跳，突然起身，正好被丫鬟抓住了头发，朱太太惨叫一声，扬起手就打了丫鬟一嘴巴。

"什么东西，连头发都揉不好，明儿让牙子进门领了出去，卖去勾栏院里，到时候你就知道日子过得多么舒坦……"

朱太太阴狠的样子将丫鬟吓得瘫软下来，不住地在地上磕头："太太饶命，太太饶命。"

"什么东西，要不是来到泰兴，会让你们这些贱人伺候，"朱太太说着看向门口的下人，"还不滚进来，到底有什么事？"

下人飞快地扫了一眼被打得脸颊青紫的丫鬟，吞咽了一口才道："太太，去城外的人回来了，说是出大事了，米粮被人按住了，钱师爷也……也被人抓了……"

朱太太半晌没反应过来："你说，钱师爷被谁抓了？"

下人拼命地摇头："不知道……"

不知道？这可是泰兴县，老爷是泰兴的父母官，谁敢在他们头上动土，插手管他们的事。

"去查，去查个清清楚楚，"朱太太说着站起身，"老爷呢？老爷去了哪里？有没有将这件事告诉老爷？"

下人忙道："老爷在姚家喝酒还没有回来，已经让人去了姚家知会老爷。"

朱太太招招手，下人如蒙大赦般匆匆忙忙地退下去。

"还愣着做什么？"朱太太皱起眉头，"快给我换衣服，我要去姚家。"

酒是越喝越高兴。

尤其是喜酒，喝到嘴里甜丝丝的，姚宜春从来没有喝得这样痛快过。

请来的宾客不算多，可都是泰兴县有头有脸的人物，尤其是还有朱应年作陪，姚宜春觉得太阳直接照在了他的脸上。

"老爷，又有人送来二十坛好酒。"下人笑着禀告。

姚宜春立即笑得眼睛眯起来，一把拉起朱应年："应年兄，往后我们兄弟俩不知何时才能相见，"说到这里，姚宜春也觉得煽情起来，"今天吃一顿，明天还不知道在哪里，兄弟，兄弟，今天我们要喝痛快。"

姚宜春一字一字地道："我说的是，我们有今天没明日，知不知道兄弟？兄弟，你是要高升的人啊，以后，我们泰兴县这样的地方，可就容不下你了。"

说完话姚宜春打了一个大大的饱嗝。

真舒服，从今往后他就是粮长，到了收漕粮的时候，谁敢在他面前造次。

哈哈哈哈，他终于等到了这一天，真是大快人心。

酒又满上，朱应年也端起碗来，一连和姚宜春喝了七碗。

不知道谁在人群里伸出手指："朱大人好气魄。"

朱应年笑得嘴巴都咧在耳根上。

"大人，大人……"

朱管事伏在朱应年耳边说了半天，朱应年仍旧眯着眼睛，朱管事只能提高声音："大人，大人……不好了，钱师爷被抓了，漕粮被……被扣起来了……"

什么？

姚宜春努力睁大眼睛："你说什么？"

"你说什么？"

"钱师爷怎么了？漕粮怎么了？"

姚宜春的声音很大，一下子让周围安静下来。

面对两个酒鬼，朱管事只觉得欲哭无泪，可是十万火急的事又不能耽搁："大人，您喝些醒酒汤先跟小的回去吧，家里……有事等着您呢，钱师爷被抓了，家里乱成一团，都等着您拿主意……"

这下朱应年听了清楚，瞪圆了眼睛："你说谁？谁抓了钱师爷，谁连我的师爷也敢抓？知不知道回京之后我是多大的官？谁敢抓我的师爷……"

事到如今也遮掩不住，朱管事哭丧着脸："是……李御史……李大人……"

李御史怎么会知道漕粮的下落？

朱应年吞咽一口，这是怎么回事？他想要站起身，却脚下一绊。

朱管事忙上前："老爷，老爷您慢点，您别急。"

不急，不急，不急，他不急。不过是两船的漕粮，不过是装了满满一庄子的粮食，不过是陷害沈家不成却被李御史握在手里。

不过是……偷鸡不成蚀把米。

不过是，折在别人手里罢了。

朱应年想着眼睛发直，头一下子歪了过去，醉得不省人事。

姚宜春仍旧在原地晃，两条腿弯着如同两根面条，前后左右，前后左右地走着，边走边笑，觉得自己比得月楼的舞娘还喜庆，然后惟妙惟肖地学着舞娘的样子，掐着手指，媚眼如波："我兄弟醉了，我兄弟醉了，哈哈哈，快，我们接着喝。"说完又去下人怀里抢酒坛子。

朱管事愣在那里。这两位老爷知不知道到底发生了什么事？

他是心急如焚，他们还在插科打诨。

这件事可怎么办？

"老爷，老爷。"朱管事大声喊，却喊不过疯癫的姚宜春。

姚宜春拿起筷子开始在碗上敲击。

有些尚未喝醉的宾客互相望着，有些也喝得醉醺醺的人见到姚宜春的模样，也跟着唱起来。

乱哄哄的场面，推杯换盏，就是没有人在意他说的事，朱管事去拉姚宜春："姚老爷，姚老爷……"

姚宜春喝大发了，红彤彤的脸看着朱管事："给老爷……倒酒……来……"

"闭嘴……"

朱管事终于忍无可忍，张嘴向姚宜春大吼："我让你闭嘴……"趁着姚宜春呆愣在那里，一把将姚宜春手里的酒杯抢过来扔在地上。

"啪……"酒杯碎了一地。

整个姚家终于安静下来，所有人都看着脸色煞白的朱管事。

姚宜春呆愣着，好像这次终于明白过来。

大家都望着姚宜春。

这是出事了？

真的出事了。

姚宜春站在那里，一张嘴，忽然咯咯咯地笑起来，怎么也停不住似的。

"咯咯咯，咯咯咯……"笑得天昏地暗，手舞足蹈，不知道从哪里伸出一只大手，狠狠地甩在他脸上。

"啪"地一声，姚宜春顿时头晕目眩整个人站不住摔在地上。

姚老太爷穿着蓝色的直裰站在院子里，身上仿佛还带着淡淡的墨香，如同隐居的贤士，文气中又带着十足的威严，院子里所有人都不敢再说话。

姚老太爷板着脸："成什么样子，来人，将六老爷和朱老爷抬下去醒酒，天色不早了，宴席都散了吧！"

朱管事差点跌坐在地上，救星来了，救星来了。

寿氏趁着外面摆宴席，偷偷地从屋子里走出来，站在院子里长长地吸了一口气。

"太太，"段妈妈进了小院，"太太，七小姐回来了。"

婉宁竟然这时候回来了，这丫头真是胆大得很。

寿氏冷哼一声："我去瞧瞧她要做什么。"

寿氏带着人出了院子一直往婉宁绣楼里走去，刚过了月亮门，就在翠竹夹道上看见婉宁正和落英在说话。

寿氏立即道："这是谁？七小姐今天怎么舍得回来？"

婉宁抬起眼睛来，脸上是淡淡的笑容，好像是遇到了什么喜事："六叔在家里摆宴席，我也过来看看热闹。"

看热闹，她也知道热闹。

比起死气沉沉的二房，三房现在就是热闹。

寿氏不禁笑一声，整个人的脊背都挺直了，她就是要让婉宁知道，虽然她在二老太太面前吃了亏，但是早晚有一天她要连本带利地将损失拿回来，别以为使了小小的手段就能将她压住。

婉宁想要抬头还早着呢。

沈家出了事，婉宁哭都来不及，寿氏想到这里刚要高兴，却连忙将笑容收起来。

每次都是这样，只要她觉得压上婉宁一头，后面准有一件事等着她。

这次她可要小心别再被这丫头算计，谁知道这丫头心里在想些什么。

寿氏向周围看看："二老太太也来了？"

"没有……"婉宁道，"二祖母在家里歇着，不能过来。"

二老太太没来她还有什么可怕的。这下子寿氏痛快地笑出来，转脸正好瞧见管事带着丫鬟搬宾客送来的礼物，寿氏眼尖看到了熟悉的糕点盒子。

正好有件好事她要告诉婉宁。

寿氏看向段妈妈："将泰兴楼的点心拿来。"

段妈妈立即明白过来，六太太这是想要七小姐知道，姚家的米粮不卖给沈家了，要卖给泰兴楼，沈家苦苦收粮却收不到，都是因为沈家没有好好求六太太。

要知道粮食是死的，人是活的，沈家应该知道这个道理。

寿氏道："婉宁，你可知你舅舅在泰兴有没有收到米粮？"

婉宁摇摇头："不知道。"

段妈妈将点心盒子捧来，寿氏颇有些得意打开盒子："婉宁，你看看这点心做得好不好？你可知道泰兴县来了不少收粮的商贾，今年这样的情形，恐怕你舅舅家很难收到好粮食。"

她说这些话，就是要让婉宁知道，将来沈家出了差错，很快就会被别的商贾顶替。

婉宁仔细地端详着那些点心，焦无应做得很仔细，这猫爪棉花糖比她在沈家做得又漂亮许多，厨娘手艺真是好，上面还撒了桂花霜，好像更精致了："做得好。"

眼看着婉宁眉眼舒展着，仿佛想要伸手拿起来好好看看。

没心没肺的东西，竟然看到点心还高兴，天塌下来都不知道。

寿氏不禁心中冷笑，婉宁根本不知道沈家已经出了事，沈四老爷说不定很快要锒铛入狱，紧接着四太太和昆哥就要变成孤儿寡母，沈家败落，谁还会护着一个被休逐女子留下的孩子。

寿氏霍然将点心盒子合上："婉宁，这家泰兴楼也在收米，现在这个年景，收米的商贾多，可是买米的大户却不多，从前我将米粮留给沈家，也是看在沈家从前是姚家的姻亲，谁知道你们不但不领情还处处针对我，你自从到了泰兴……"

寿氏的声音离婉宁越来越远，婉宁忽然想吃那些糖，她想知道撒了糖霜和桂花霜的猫爪棉花糖是什么味道，她最爱吃糖，如今身上的荷包又多了一个用处，就是放各种糖块。

晚上可以让人去泰兴楼拿一份过来。

"婉宁……"

寿氏皱起眉头，火气顿时上涨，婉宁的模样好像根本没有将她说的听进去。

"婉宁，我跟你说话你有没有听到？"

婉宁这才抬起头："六婶，你要把家里的粮食卖去泰兴楼？你可知道泰兴楼是谁开的吗？东家是什么底细，你可别因此吃了亏，将来后悔都来不及。"

泰兴楼是谁开的？东家是谁？寿氏听了就想笑，别以为姚家只有靠着沈家才能做生意："你放心，我早已经打听得清清楚楚。"

"卖了可就不能后悔了。"婉宁淡淡地道。

后悔，后悔个头，这么好的事，这样大快人心的事她怎么会后悔，她就是喜欢泰兴楼，就是喜欢这个将所有东西都做得精致的商贾，只要她伸手帮帮忙，泰兴楼的东家必然感谢她，将来她还怕没有买卖来做。

寿氏出了气正要甩袖子离开，转脸就听到有人道："朱太太，奴婢去禀告一声……"

下人的话还没说完，寿氏就看到朱太太提着裙子跑了过来。

朱太太平日里总是打扮细致，穿着妆花褙子，朱颜粉面，笑脸迎人，可如今却脸色蜡黄，眼窝青紫，像是受了多大的惊吓。

寿氏不知不觉地开口："你这是……怎么了？"

朱太太睁大眼睛，顾不得别的："我家老爷呢？我家老爷在哪里？"

寿氏看向段妈妈，这是闹的哪一出："朱老爷还在和我们老爷喝酒啊！"

还喝酒，都什么时候了还喝酒。

"李御史……李御史……"

"什么？"寿氏没听明白，什么李御史。

"李御史，将粮食扣了……"朱太太说到这里突然看到旁边的婉宁，顿时好像是噎住了般，红着脸说不出话来。

"你……你怎么在这里……"朱太太脸色变得更加难看，伸出手指着婉宁。

"这是我家，"婉宁淡淡地提醒朱太太，"朱太太知道漕粮的事？"

朱太太跟见了鬼一样。刚才她只提了粮食，姚七小姐怎么知道是漕粮，她是怎么知道的，还有谁知道？李御史……李御史又是怎么知道的。

"你……怎么知道。"朱太太不假思索地脱口而出。这太让她惊奇了，她几乎控制不住狂跳的心脏。

谁能帮帮她，现在可怎么办才好，朱太太忽然想起来，姚老太爷，姚老太爷是远近闻名的人物，这时候一定能想到好法子。

"老太爷……老太爷在哪里……"

"我们老爷，你们老太爷都在那里……"

朱太太差点没晕过去，连婉宁都知道漕粮，整件事不是败露了吗？

朱太太正慌张着，前院的下人来禀告："朱太太、六太太，前面宴席散了，老太爷让人将朱老爷和六老爷安顿好，现在正在喂醒酒汤呢。"

还是姚老太爷有法子，朱太太感激得要哭出来："快……带我去见老太爷，我有话要跟老太爷说。"

寿氏早就僵在那里，脑袋里不停地重复回响着朱太太的话。

朱太太抬高了声音："六太太，你还愣着做什么？"

还愣着做什么？她还愣着做什么？寿氏也不知道，她只是慢慢将视线落在婉宁身上，婉宁是妖魔鬼怪不成？

每次面对婉宁，只要她刚要欣喜若狂，立即就会被当头浇一桶冷水。

婉宁好像是专程来看她笑话的。

来看三房的热闹。

如果漕粮被扣了，那朱家和姚家可真就热闹了。

"婉宁，"朱太太不肯死心，"婉宁，你怎么知道漕粮的事？"十二岁的小姐怎么知道漕粮？

不等婉宁说话，寿氏忽然大喊起来："别跟她说话，别问她，谁问她谁倒霉，不要听她说话，不要问她。"

听着寿氏尖厉的喊叫声，朱太太有些茫然，翠竹林旁站着的就是一个普普通通的小姐，模样不算顶尖的漂亮，也看不出来有多聪慧。

怎么就那么可怕？怎么连话都不能跟她说了？

这世上没有无缘无故的事，姚七小姐知道漕粮一定有原因。

137

"姚七小姐你……你快说说……"朱太太一步步走过去。

婉宁神情很自然,摇摇头:"朱太太,你不该问我,你应该去问巡漕御史。"

朱太太的头顿时炸了。

巡漕御史,姚七小姐还知道巡漕御史。

寿氏脸上一副我就知道的神情。她在婉宁身上已经吃了太多次亏,在婉宁面前她已经束手无策,如今她能想到的就是去找老太太和老太爷,婉宁这个烫手的山芋,她可再也不想去抓了。

朱太太和寿氏一路去了二进院的书房。

还没进门就闻到一股浓烈的酒味儿,朱太太顾不得捂鼻子,而是焦急地向里面张望:"怎么样了?有没有醒过来?"

朱管事道:"还没有。"

朱太太有种欲哭无泪的感觉:"怎么喝那么多。"

寿氏也在问话,姚家下人知道得更多些:"本来就醉了,酒楼又送来了二十坛好酒,老爷一高兴就和朱老爷两个人一人一坛地喝起来,谁知道那酒是烈的,不过片刻的工夫,两个人就都醉了。"

朱太太看了寿氏一眼,心里说不出的生气,姚家怎么能这样安排,在满桌宾客面前拿这么多酒上来,两个老爷喝醉了,脸面也都丢光了。

寿氏哪里料到会有这样的事,如今她被关在屋子里,寻常时候不敢露面,今天家里来了几个女眷,她让人去央求老太太,不要让她太丢人,这才暂时从屋子里走出来。

姜氏管起中馈,老爷心里不痛快,不愿意姜氏过多插手宴席的事,一定要亲力亲为。她就吩咐身边几个信得过的妈妈跟着去办,谁知道老爷没有了拘束会突然放浪形骸,这下可糟了,误了大事。

寿氏忙问:"醒酒汤送去了?"

下人点头:"送去了。"

紧接着屋子里传来呕吐的声音,朱太太想要进门,朱管事低声道:"太太还是一会儿过去,姚老太爷吩咐人正抠两位老爷的嗓子呢。"

抠嗓子?朱太太忍不住吞咽一口。

真是丢人啊,堂堂一个知县竟然沦落到这样的境地,可是有什么办法?不将醉死的老爷弄醒,谁来收拾这个烂摊子。

眼看着姚家下人端了不少污秽下去,朱太太再也等不及:"我进去看看。"

下人进去通报之后,帘子掀开,朱太太和寿氏一前一后地进了屋。

屋子里一片狼藉,地面仿佛被水洗过,下人不停地递送东西。

姚老太爷站在一旁:"灌水,灌了水再抠……"

朱太太听得这话打了个寒噤,循着声音看过去。

朱应年和姚宜春两个人几乎躺在地上,头发散乱,脸也被揉得变了形,衣服上全是呕吐的秽物,躺在那里就像死了一样,任人折腾。

乍眼看过去根本就看不出来地上的这个人就是老爷。

这是喝酒吗?什么时候喝酒就像下了大牢受刑一样?

小厮将朱应年拉起来,一碗水顺着嘴边灌下去,朱应年伸出手挣扎着,不停地抗拒。

天哪,朱太太几乎不忍看,这简直就是酷刑,老爷什么时候受过这样的罪。

朱太太的眼泪都顺着眼角淌下来。

风流倜傥的老爷哪里去了。

呜呜呜,为什么要喝这么多酒,真的是在享受吗?怎么看都像是被人害了一样。

"抠……"姚老太爷几乎咬着牙盼咐。

小厮将手伸进朱应年的嘴里。

喝进去的水,立即就被吐出来,这一次红红绿绿什么都有,朱应年的五官痛苦地皱在一起。

姚老太爷吸一口气,脸上也有为难的神情:"应年,我这也是没办法,你要是争气就快点醒过来,衙门里出了大事,还要你去打点。"

姚老太爷说完看向门口的朱太太:"朱氏来了。"

朱太太忙向姚老太爷行礼。

"朱氏,你说这件事怎么办?你来安排吧……"

朱太太早就吓得手脚冰凉,拼命地摇头:"老太爷,老太爷您快想想办法,妾身都听老太爷的。"

屋子里短暂的安静过后,朱应年又像死猪一样将头低下去。

"那就再抠……"

朱太太忍不住"哇"地一声哭出来。

寿氏道:"老太爷,要不然我将老爷先扶回去……"

"都是宜春惹下的祸,你扶他回去,让朱大人一个人在这里受罪?"姚老太爷转过头看向扶着姚宜春的小厮,"你停下做什么?灌水,抠……"

下人端着水盆进门收拾。

朱太太和寿氏再也看不下去,两个人逃命似的去旁边屋子里等着。

虽然隔着隔扇,朱应年和姚宜春痛苦的呕吐声仍旧清清楚楚地传过来。

灌了解酒的汤水,让朱应年和姚宜春暂时休息,姚老太爷来到侧室里。

朱太太断断续续地将她听到的事都说了。

"万万没想到漕粮的事会被李御史知道,"朱太太道,"按理说李御史到泰兴来,也没去官府里报备,大家也不知道他是来查案,还是来探亲,更不知道如今朝廷任了他什么官职,他怎么就能扣下漕粮……"

为什么?

姚老太爷仔细琢磨,李御史有恃无恐才敢这样做,八成李御史就是巡漕御史了。

朱太太忽然想起什么,抬起头:"老太爷啊,您家的婉宁知道这件事,"说着看向寿氏,"六太太,你说是不是,婉宁都知道,婉宁还说漕粮,还说巡漕御史……"

姚老太爷不禁惊讶,婉宁?婉宁知道漕粮和巡漕御史?这到底是怎么回事?

姚老太爷站起身来。

朱太太的目光随着老太爷晃动。

半晌姚老太爷才道:"这漕粮到底是怎么回事?哪里得来的?还要等朱大人醒了之后才知道,我们谁也不敢轻易下结论。"

可是老爷到底什么时候会醒,谁也不知道啊,朱太太只觉得一颗心不断地向下沉。

到了夜里,朱应年终于醒过来,他立即觉得整个人如同被磨盘碾压过,浑身上下说不出的疼，尤其是嗓子，火辣辣的，连吞咽都困难，他这是怎么了？

"应年，应年……"

妻子的声音传来，朱应年下意识地伸出手臂去抱，想要抱个香玉满怀，谁知道却扑了个空，他迷迷糊糊地睁开眼睛，看到的是瞪大眼睛，一脸恐惧的朱太太。

朱应年立即被吓出一身冷汗。

朱太太看到熟悉的目光，立即就哭哭啼啼起来："应年，出事了，出大事了，你快起来啊！"

李御史扣下了他的粮食，沈家无过反而有功。

要怎么办？怎么办？

朱应年想到的第一件事就是：杀人，杀人，要把知道的人都杀了，将粮食付之一炬。

可是到底有多少人知道这件事，李御史有没有将消息送出去，这些他都不知道。

如果他是得到消息就动手也许还来得及，现在已经过了几个时辰……

晚了，晚了，再也来不及。

都是因为喝酒，喝酒误了大事。

这些酒是真正的断头酒，他就要死在这上面。

看着朱应年万念俱灰的模样，姚老太爷已经猜出朱应年在想什么："朱大人，你可不能胡思乱想，这些事到底怎么样你也不清楚，你身下的师爷胆子也太大了点，居然会藏匿漕粮，这是你怎么也想不到的。"

朱应年被酒淹了的脑子一下子透亮起来。被抓起来的人不是他，只是钱师爷，他可以将所有一切罪责都推到钱师爷的身上，只要查漕粮的官员肯放他一马，一切就都好办了。

可是要怎么办？李御史连见都不见他，他怎么上门去打听消息？

他到现在都不知道沈家为什么没去买粮食，钱师爷又是怎么落到李御史手里，去庄子上办事的人几乎都被抓了起来，这些事他要怎么去打听？

"沈家……沈家肯定知道，"朱太太忽然叫喊起来，"姚七小姐都知道，沈家怎么会不知道，说不定就是姚七小姐告诉沈家……不……是沈家告诉姚七小姐……反正他们就是全知道。"

朱太太恳切地看着姚老太爷："老太爷，您就将姚七小姐叫来问问吧。"

"七小姐在不在？"赵妈妈敲了门，落英、落雨两个丫头立即迎出来。

这么晚了，小姐不在屋里能去哪儿。

落雨点点头："在呢。"

赵妈妈松口气。

虽然天已经黑了，可是二进院那边闹成一团，朱太太求着老太爷让老太太问七小姐几句话。

好像只要七小姐说了话，朱太太的心就会落在肚子里。

一路走过来赵妈妈心里有些恍惚，还是一样的路，一样的人，好像什么都没变，可是怎么转眼之间就……大不相同了。

以前她们下人都不会放在心上的七小姐，突然之间让六太太吃亏，让老太太、老太爷都不敢小看，现在还引得知县的太太在屋子里叫喊，说什么都要听七小姐说话。

真是奇怪了。七小姐哪里来的本事，细算下来，不就是给李大太太治了病，去了赵二房，正好被二老太太喜欢，再就没什么了啊。

"老太太让七小姐过去说两句话，说完就将七小姐送回来。"赵妈妈边想着边向屋子里张望。

屋子里亮着灯，七小姐应该是没有睡。

落雨有些惊讶："现在？"

赵妈妈点点头。

落雨为难地道："七小姐正在洗澡、洗头发。"

怎么偏赶在这时候洗澡洗头发。

一个小姐洗澡要用大功夫赵妈妈心里很清楚。

头发要洗很多遍，用桂花胰子清洗，还要用篦子梳透，洗完头发还要清洗身上，等到头发干了再上妆，就算手脚麻利的下人，伺候下来也要一个时辰。

一屋子人怎么可能这样干坐着等下去。

眼看着屋子里的妈妈撩开帘子吩咐小丫鬟添水，赵妈妈才死心："那我回去跟老太太说说。"

真是人算不如天算，老太太好不容易答应了朱太太，七小姐却在洗澡。

朱太太今天的运气可真不怎么好。

落雨点点头。

赵妈妈一路回到老太太房里，朱太太听到脚步声立即看过来。

"怎么样？"老太太开口询问。

赵妈妈摇摇头："正好巧了，七小姐在洗澡呢，恐怕一时半刻来不了。"

怎么偏在这时候洗澡，朱太太瞪圆了眼睛，怎么办？总不能让她在姚家等一晚上吧，她顿时泄了气，整个人瘫在椅子里。

"明天一早吧！"老太太看看旁边的沙漏，"等明天一早我再问婉宁。"

朱太太哭丧着脸，姚七小姐在自己屋里洗澡，她一个外人能说什么？能揪着七小姐问，你为什么现在洗澡？

这么多人等着她，她还慢条斯理地洗澡。这丫头怎么敢这样托大。

将朱应年和朱太太送走，姚老太爷回到主屋。

寿氏扶着如一摊泥般的姚宜春坐在椅子上。

姚老太爷气得胡子翘起来："谁让你喝那么多的酒啊？"

"你是将泰兴县里有头有脸的人都请来了，请来做什么？看你丢脸，"姚老太爷拿起桌子上的茶碗一下子掷向姚宜春，"畜生，没用的东西，早晚姚家要毁到你手里。"

姚宜春吓得脸色苍白，立即跪下来："父亲……孩儿错了……孩儿也没想……谁知道喝着喝着就……"

"早就让你严以律己，勤以修身，你就是不长进，早知道小时候我就打死你，免得让你现在来祸害姚家。"

姚宜春被吓得汗也落下来，从朱应年来到泰兴，两家一直走得很近，本来是双喜临门，他们在得月楼喝了一顿觉得不痛快，就又回来家里宴席，他也是想扫扫前两日在二房触的霉头，没想到来了这么多宾客，又有人送酒，才到了这个地步。

"父亲，儿子错了，儿子再也不敢了，"姚宜春不停地在地上磕头，"朱大人的事这可怎么办？万一御史顺着钱师爷查到朱大人，我们家和朱大人这样交好，每年漕粮……我们又……又……"

这些年他们没少靠着朱应年，尤其是寿氏的娘家干脆就和漕帮一起倒腾漕粮，朱应年每年各种名目给姚家的银子也没少过，说是两家交好，其实还不是因为三哥和三嫂娘家的关系。

真的要牵连下来，事情可大可小，闹大了，谁知道有没有他们的份儿。

除了害怕，他还能做什么。姚老太爷皱起眉头："滚……"

他怎么生了这样没用的儿子。

姚宜春吞咽一口。

姚老太爷眼睛竖起来，大声怒喝："还不给我滚。"

地上的姚宜春再也不敢说话，站起身慌慌张张地跑出门。

寿氏就要跟着一起出去，还是强忍着心底的害怕："老太爷，还有婉宁……媳妇总觉得很蹊跷，朱太太的担心也不是没有道理，会不会整件事都是婉宁做的……"

整件事都是婉宁做的？婉宁请的李御史去找漕粮？

姚老太爷心里冷笑，六媳妇是白活了这么大年纪，不过是在一件事上受了挫，就疑神疑鬼，婉宁有多大的本事能让李御史将两船的漕粮扣下，不声不响地抓起钱师爷？衙门里的人不是吃闲饭的，不会到现在还什么都打听不出来。

一双蠢货。

姚老太爷厉眼看过来，寿氏顿时出了一身冷汗，再也不敢说话也忙退出去。

回到自己房里，伺候姚宜春躺在床上，寿氏草草梳洗后将下人都遣了下去。

姚宜春还是想不明白，一件大好的事，突然怎么就变成这样。

"老爷，你说这到底是怎么回事啊？"

寿氏的声音传来，姚宜春下意识地摇头。

似是想到了什么寿氏撑着起身："老爷，不然我给三嫂写封信，让三嫂的娘家帮帮忙。"现在最担心的人是她，她弟弟没少和朱应年走动，连累到她弟弟可如何是好。

"三嫂不会不管我们，当年要不是我帮忙，三嫂怎么能顺顺利利嫁给三哥……"

寿氏话音刚落。

本来昏昏欲睡的姚宜春一下子清醒："你疯了，这种话也说得出来。"

寿氏立即住了嘴："屋子里也没有别人。"

姚宜春瞪圆了眼睛："别乱说，三嫂是什么人？对我们不薄，我们不能对不起她。"

"是，是，"寿氏脸颊绯红，"都是我一时失言。"

姚宜春道："你别忘了承章和承显。"

寿氏立即点头："妾身再也不说就是了，妾身只是觉得，沈氏也不见得有多厉害，几下子就被赶了出去，婉宁现在就这样，将来等她长大了，还了得？"

姚宜春咬着牙："那就不让她长大。"

不让她长大，有什么法子？

朱太太一晚上都没阖眼，老爷带着人去庄子上看，庄子上守着的不知道都是些什么人，硬着是不行了，来软的……又不知道该去求谁。

天还没大亮，朱太太就赶到姚家，她还从来没有为谁这样奔波过，现在就为了一个丫头。

姚家人陆续起来，朱太太在堂屋里如坐针毡。

要等到什么时候？到底要等到什么时候？

"朱太太。"赵妈妈从外面走进来。

"说了吗？"朱太太吞咽一口，"到底有没有说？"

赵妈妈摇摇头："七小姐才收拾好去老太太房里。"

朱太太几乎气晕过去。

婉宁走进屋子，祖母满面笑容，祖父坐在椅子上喝茶，四婶姜氏带着下人在一旁伺候，婉宁来到族中这么多年，第一次这样近距离看到四叔。

四叔被关在书房里读书已经很多年了，脸色看起来比寻常人都要白一些，眼睛少了些神采多了几分古板和拘谨，婉宁不禁诧异，一个才子怎么就变成了现在的模样。

她小时候就听母亲说，四叔是远近驰名的神童，祖父对四叔寄予很高的期望，希望四叔能连中三元，至少在仕途上不能输给父亲，所以特意求娶了出身书香门第的四婶，四叔和四婶成亲之后感情甚笃，四婶生了孩子之后，四叔经常离开书房回到院子里一家团聚，四叔两次科举落榜，祖父就骂四叔宠妻抱子，四嫂耽搁了四叔的前程，如果四叔再这样不思进取，就将四婶休弃回家。

本来好好的一家人，活活地在彼此眼皮底下被拆开。

四叔从此就住在书房，四嫂就越来越谨小慎微……

婉宁看了姜氏一眼，姜氏这两日好像有些不一样起来，十分胆大地向婉宁点了点头，吩咐丫鬟给婉宁端茶。

"婉宁，"老太太先开口，"听朱太太说，你从哪里知道了漕粮和巡漕御史？"

屋子里一下子安静下来，所有人都在等着婉宁说话。

婉宁点了点头："孙女是知道漕粮和巡漕御史。"

老太太直起身子："你知道谁是巡漕御史？"

婉宁很大方地点头："知道。"

老太太忍不住看了一眼旁边的老太爷。

老太太道："那你说说，是从哪里听说的，谁是巡漕御史？"

"我不能说，"婉宁微微一笑，"祖母，我不能说。"

等了半天，却听到这样一句话。

这样耐心地问她，她却不肯说，老太太的脸顿时沉下来："怎么不能说？谁不让你说？"

婉宁看向姚老太爷："是祖父不让我说。"

"祖父不是常说，君子喻于义，小人喻于利。答应人的事，我就不能说，"婉宁将目光落在姚老太爷脸上，"祖父，孙女说得对不对？"

第七章 救人

屋子里顿时安静。

还没有谁敢在老太爷面前这样说话。

姚宜春在门口听到婉宁的话，顿时火冒三丈，掀开帘子就冲进来。

"婉宁，你这话什么意思？在长辈面前你也敢出言顶撞。"

姚宜春话音刚落,旁边的姜氏不小心打翻了茶杯,茶水顿时洒在婉宁衣裙上。

婉宁站起身来,姜氏用帕子胡乱地擦着:"你看我,笨手笨脚的,快快,婉宁,跟着四婶去换衣服。"

姜氏飞快地瞥了婉宁一眼,屋子里这么多人,恐怕婉宁要吃亏,不管怎么样先找借口让婉宁离开。

婉宁看得出来,四叔四婶这是在帮她。

姚家三房的气氛终于变了一些,不再整日看寿氏演戏,看祖父、祖母假仁假义。

婉宁对着姜氏摇了摇头。

今天不是她难受的日子,她为什么要走,她还要留下来看好戏上演。

婉宁抬起头来,看向姚宜春:"六叔你这样着急,是不是手里有漕粮?"

这下就连老太太也惊讶地抬起眉毛。

婉宁怎么敢这样直接地说话。

姜氏害怕得手脚冰凉,伸手去扯婉宁的衣袖,婉宁她知不知道自己在说些什么。

婉宁不为所动:"若不然,你为什么要替朱家说话,又要打听漕粮和巡漕御史。"

婉宁不准备给姚宜春喘息的机会。

"六叔,"婉宁抬起眼睛,目光中噙着笑意,"侄女劝你还是和朱家扯开关系,否则有一日朱家出事,六叔也难独善其身,要知道六叔还是泰兴县的粮长,又在族里立下文书,将来出事要被逐出家门……"

将他逐出家门。

多狂妄的丫头,竟然敢在长辈面前这样说话。

姚宜春气得脸色铁青,伸出手来指向婉宁:"你说什么?我看是要将你逐出家门!"

婉宁沉下眼睛:"六叔不信吗?侄女说的句句都是实话。"

他将来还要做族长,还要管整个姚氏一族。

逐出家门,姚宜春露出狰狞的表情,看向姚老太爷:"父亲,这样大逆不道的贱人,现在不送去家庵更待何时?"

姚老太爷仿佛在思量,整个人变成了一尊泥胎。

"别以为你仗着李御史就敢这样无法无天,"姚宜春冷笑,"你到底还是姚家三房的女子,要任三房处置。"

婉宁仰起头:"六婶说要处置我,六叔也这样说,不如说清楚是怎么个处置法?侄女又做错了什么?"

姚宜春暴跳如雷:"早就该将你送去家庵,你不是看不上姚家吗?干脆就逐出姚家……"姚宜春额头青筋浮动,他早就等着这一天,"我告诉你,你到头来还是要靠姚家,姚家不要你,你就什么也不是,将来不知道流落去哪里,你以为二房能护着你?你以为沈家能庇护你?"

姚宜春怪笑一声:"你犯了错,二老太太照样没法子。"

他就是看不惯婉宁的样子。她也不想想,她生母是个什么东西,休妻之女,还不向人俯首服软,还不听人摆布,将来就是死路一条。

姚宜春话音刚落,门口有人轻轻喊了一声:"六老爷。"

姚宜春快步走出去。

"六老爷,"下人低声道,"朱大人那边说,已经办好了。"

姚宜春顿时欣喜若狂。

得知李子年可能是巡漕御史，他和朱应年一直在想法子，终于让朱应年抓住了李子年的把柄——李子年在云南的时候杀过人。

抓住了李子年的把柄，就等于剁掉李子年的手，看他还敢猖狂。

姚宜春吩咐下人："快去告诉朱太太。"

屋子里的朱太太听了消息，双手合十："阿弥陀佛，佛祖保佑，可是将这件事办好了。"短短一瞬间她顿时精神焕发起来。

"姚七小姐那边怎么样？"

下人道："听说正在审呢。"

朱太太冷笑。

让她猖狂，这小蹄子早就该收拾：也就是寿氏手软，若是她早就让这小蹄子服服帖帖。

朱太太顿时有扬眉吐气的感觉："若不是折腾了一晚，我怎么也要添柴加火，"说到这里朱太太忽然想起来，"你说七小姐怎么知道漕粮？是不是一直在和沈家人串通？去跟六老爷说，别忘了沈家，沈家也不是好东西，差点就害了朱家和姚家……"

姚宜春满脸红光，仿佛换了个人一般，笑着就将李御史的事说了。

姚老太爷拿起茶润了润喉咙，慢慢地抬起眼睛，脸上一片威严之色："婉宁，沈氏已经被休，姚沈两家不再是姻亲，莫说沈四老爷来到泰兴，就算是沈家有人死了，你都不得询问，这是礼数，你和沈家人互相走动，思量沈氏，于理不合，应以此为耻。"

"凡为女子，先学立身，你擅自去李家给李大太太治病，抛头露面不免失贞，做我们姚氏女子，不懂得这些要连累我们姚家的名声，你六叔告诫你学礼、守节也并不是错，明日你就去家庵学姚家家规，家中长辈也是为了你好……"

婉宁抬起头，看向姚老太爷，目光清亮："祖父，你觉得败坏姚家名声的人是我？祖父今日之话可敢在族人面前说？若是敢，孙女就去家庵。"

姚老太爷还从来没有见过这样的晚辈，敢在他说了这些话后仍旧挺着腰板和他说话。

有本事。

不过就是嫩了点，不知道什么是家法。

他一个胡子花白的人，怎么会怕一只雏鸟，在他面前就算说出天花来，他也不会皱一皱眉毛，更不要说害怕。婉宁做出这么多事，他却并不放在心上，他知道婉宁看起来聪明、伶俐，其实根本不堪一击。

让她再多吃几十年的盐，她就不敢这样和他说话。

姚老太爷道："明日我就去族里，让你也知道什么是族规。"

婉宁蹲身："那孙女，就等着了。"

她就等着……

姜氏已经汗透衣襟，怎么办？她眼看着老太爷将婉宁送去家庵，却没有半点办法，这该如何是好。

姜氏皱着眉头看姚宜进，姚宜进脸色苍白，吞咽了好几口，才顶着一头的冷汗道："父亲息怒，婉宁还小，看在婉宁救了二老太太的分上，您就……别这样安排……罚什么都好……要不然罚抄书……儿子……儿子看着婉宁……"

姚老太爷厉眼看过去："回去做你的课业，这里没有你说话的份。"说着扫了一眼姜氏。姚宜进吓得不敢再开口。

姚老太爷站起身来，乜了一眼婉宁："二房你就不要再去了。"

是怕她向二祖母求救，婉宁并不在意："我留在三房，哪里也不去。"

姚宜春冷笑，婉宁到现在还不知道死到临头，还以为李御史能救她，简直就是痴人说梦。

姚老太爷摆摆手，让屋子里的人都散了。

婉宁带着童妈妈从姚宜春身边走过，姚宜春顿时得意地笑出声。婉宁抬起头看看天，太阳已经升起，到了该将大地照亮的时候。

姚宜春正准备再教训婉宁两句，门口的管事匆匆忙忙进了院子："六老爷，不好了，李大人带着人进门了，说是要将六老爷带去问话。"

姚宜春一颗心顿时沉下去："什么？"

什么？李子年怎么会带他去问话？

姚宜春正怔忡着，听到身边传来一声轻笑："呵……"

笑声清晰，好像等了好久，又好像在意料之中，笑得那么自然畅快。

姚宜春半天才想起来呼吸，转过头，婉宁已经带着童妈妈离开了院子，他只来得及看到一抹淡青色的衣裙。

"快让人去找朱大人，就说……李御史找到姚家了，快……让朱大人来帮忙……"姚宜春深深地吸两口气。

没事，没事，一切都在意料之中，只要朱大人过来，什么都会迎刃而解。

弹劾李御史的奏折已经写好了，李御史见到一定会害怕，一定会害怕……

姚家人送来消息，朱应年急匆匆地去找崔奕廷。

日上三竿，崔奕廷还懒在床上睡觉，半晌才起身，身上只着了一件青色的直裰，敞着一颗扣子，整个人看起来十分的慵懒。

顾不得羡慕崔奕廷的闲散、舒适，朱应年哭丧着脸，一揖拜下去："崔二爷，出事了，朱某想来想去，还是要崔大人帮忙。"

崔奕廷有些弄不清楚："朱大人快起来，这话从何说起。"

"崔二爷，"朱应年眼睛通红，"我们都被蒙在鼓里，李御史真的就是巡漕御史。"

崔奕廷有些诧异："有这种事？巡漕御史已经到了泰兴县？朱大人已经看了公文？"

朱应年不停地摇头："没有，不过，您可能不知道，李大太太的病是姚七小姐治好的，姚七小姐什么都知道，一个十二岁的小姐能说出漕粮来……一定是在李家听说的，这就是铁证。"

崔奕廷英俊的脸上露出清晰的笑容，他还在想朱应年不该是个蠢货，为何从昨天到现在都等不到朱应年动手，而是让他十分悠闲地在泰兴县抓了那么多人，定死了朱应年的贪墨罪。

朱应年正诧异崔奕廷为何会发笑，崔奕廷轻轻松松地端起茶来喝，神情十分不以为然："朱大人是太过紧张，那姚七小姐不过是个十二岁的小姐，她能懂得什么？"

这位崔爷真不知道什么叫火烧眉头。

朱应年咬了咬牙，干脆说个清楚："崔二爷，我们泰兴县要拿出来孝敬的漕粮被李御史查到了。"

这下崔奕廷总算是正色起来："那……朱大人准备要怎么办？"

"幸好我已经握住了李御史的把柄，"朱应年低声道，"不怕他不就范，就算是巡漕御史也照样栽在我手里。"

朱应年脸上浮现出狠戾的神情："谁不让我好过，我也不让他好过，巡漕御史怎么样，我照样让他家破人亡。"

"呸，跟我斗，也不看看自己几斤几两。"

朱应年说完话发现崔奕廷在看他，将他上上下下看了个遍，看得他有些害怕。

朱应年道："崔二爷，您这是看什么？"

崔奕廷笑一声，眯起眼睛仿佛在享受阳光："朱大人豪气，我是在掂量掂量，朱大人有几斤几两。"

"让崔二爷笑话了。"京城里那些纨绔子弟，都喜欢调笑人，朱应年不在乎，只要崔二爷高兴，他怎么被捉弄都行。

崔奕廷道："朱大人已经拿住了巡漕御史的把柄，那就去将他办了，怎么倒来我这里？"

朱应年立即赔笑："我毕竟是个小小的知县，怎么能跟崔二爷比，再说崔二爷和李御史有几分的交情……"

崔奕廷摇头："我和他没交情。"

这种人，最怕别人和他攀交情，仿佛所有人都会求着他一般，朱应年压着心里的不快，依旧赔笑："崔二爷总是能和李御史说上话的，我也不想将事情弄大，怎么说都是同朝为官，若是能大事化小小事化了，落个皆大欢喜岂不是更好。"

"漕粮你准备怎么办？"崔奕廷忽然问，"查到了漕粮，总没办法遮掩。"

朱应年得意洋洋："这个好说，就让运军和贼匪背了黑锅。"

崔奕廷皱起眉头："泰兴县还有贼匪？"

这个崔二爷怎么就不开窍，一点都不懂为官之道，将来混仕途也是个废材，怪不得不被崔大学士看重。

"没有，但是可以抓人装扮，每年处置贼匪……至于哪里来的那么多……抗漕的人就有，这些人死不足惜。"

崔奕廷乌黑的眼睛看了朱应年一眼："朱大人，真是难得的人才，这些都能想得到。"

朱应年一脸谄媚："没有崔二爷也不能成事，下官也是怕将事办砸了，连累南直隶事小，波及到尚书大人就事大了。"

先将崔尚书搬出来，不怕崔奕廷不答应，崔奕廷被撵出家门，现在全靠着崔尚书才能过他纨绔子弟的日子。

谁也不能丢了自己的饭碗，他是这样，崔奕廷也是这样。

所以他们毕竟是有相同之处，谁也不见得比谁好到哪里去，崔奕廷现在绷着，一会儿还不是要高高兴兴地去趟姚家，平息了这件事他在崔尚书面前也脸上有光。

崔奕廷想了想："朱大人一定要请我去，那我就过去看看。"

朱应年脸上显出欣喜的神情："崔二爷的恩情，朱某一辈子铭记在心。"

"朱大人客气了，"崔奕廷站起身，淡淡地道，"朱大人要高升，我就送朱大人一程。"

朱应年欢欢喜喜地从崔奕廷院子里出来，吩咐下人："去姚家。"他就踏踏实实，等着崔奕廷上门。

朱应年觉得就像是过年一样，抑制不住的喜气，由内而外地发出来。

李子年坐在姚家的堂屋里一言不发。

姚老太爷吩咐人端了茶点："大人突然造访，可是姚家有什么事做得不妥？"

李子年沉着脸："姚六老爷是新任的粮长，本官是找姚六老爷问几句话，请老太爷让姚六老爷出来跟本官走一趟。"

姚老太爷顿了顿："宜春不在家，已经吩咐家人去寻，李大人稍等片刻。"

屋子里顿时安静下来。

李子年不说话。

姚老太爷笑着开口："说起来我们两家也算是世交，李大人有什么事，不妨透露一二，毕竟多少年都没有官府上门，突然这样一说，家里人不免胆战心惊，李大人提点几句，也好让我们听了安心。"

李子年不为所动。

姚老太爷又想起一件事："家里大太太的病可好些了？"只要李子年肯说话，他不在乎是用什么方法。

婉宁再怎么说都是三房的人，她做的事多数要归功于三房，何况是三房先帮李太太求到了沈家，这才引出婉宁看诊的事。

虽然他要发落婉宁，到了利用的时候，他也不含糊。

李子年仿佛被说动了，抬起头来："姚七小姐可安好？贱内一直感激姚七小姐，想要请姚七小姐去家里说话。"

姚老太爷道："婉宁都好，有她六婶一直在身边照应。"

提起姚七小姐，李子年仿佛被说动了。

李子年用茶润了润嗓子："老太爷应该有所耳闻，朱大人身边的钱师爷准备将漕粮卖给沈家，幸亏沈家发现及时，事先告诉了我，如今我粮食也扣了，人也抓了不少，府里的六老爷向来和朱应年走动得近，我手里有一份名单，六老爷算是榜上有名，自然要跟我回去问话，若是六老爷不肯，也别怕难看，只能让人绑着一起走⋯⋯"

他说了这么多话，李子年却一点颜面也不给，仍旧是公事公办的模样。

姚老太爷眉头微皱，既然遮遮掩掩没用，不如就将话说透了："这里面恐怕是有什么误会。"

李子年不屑和姚老太爷做纠缠，站起身来："六老爷呢？该跟我走了。"

"这话怎么说的，在这里遇到了李大人。"

朱应年的声音传来。

下人立即撩开帘子，紧接着露出满脸书生气的朱应年。

姚宜春嘴边带着笑意，站在朱应年身后探头探脑。

看到了姚宜春，李子年看向身边下属："带上姚六爷。"

"别啊，李大人⋯⋯有话好好说，大家都是同朝为官，总要给几分薄面⋯⋯"朱应年忙上前。

"李大人，"朱应年忽然压低声音，"我有个同乡是从云南来的，从前见过李大人⋯⋯李大人回京之前，遇到了盗匪，盗匪将李家旁边的人家杀了又放了火⋯⋯"

朱应年的表情意味深长。

李子年目光变得深暗起来。

"李大人，那些人真的是盗匪杀的吗？"

李子年的眼睛忽然红起来。

"盗匪杀人，李大人怎么也满手都是血呢？李大人就没有杀人？"

148

李子年的汗濡湿了鬓角，他豁然一笑："那是盗匪逼着我杀的，若是我不杀，他们就会杀我的妻儿，既然来这里查案，我也不怕人家揭我的老底，来之前我已经发誓就算是死，也要将案子查个清清楚楚。"

"恐怕是不行吧李大人，您杀的可是皇上小时候的伴当，皇上不过是一时气恼将人发配去云南，可很快就后悔了……让人去云南将人接回来，人却已经被李大人杀了……您说这件事让皇上知晓……您这个巡漕御史还能做吗？"

他这个巡漕御史……

"李大人您仔细想想，下官知道李大人并不将下官的话当真，正好崔二爷在泰兴，我已经去请了崔二爷过来，李大人不妨和崔二爷说几句话。"

李子年坐在椅子里，如同被定住一般。

朱应年和姚宜春对视一笑。

这样多愉快，就是要抓住人的弱点，一击致命，没有比这个再爽的了。

"六爷，崔家下人来说，崔二爷立即就到了。"

崔奕廷来了。

哈哈，一切都在预想之中，李御史很快就会被制住，这次总算是有惊无险，朱应年看向姚宜春："走，我们去接崔二爷。"

姚宜春觉得虽然受了些惊吓，但是却有了不少的收获。

惩办了婉宁，压制了李御史，这件事后更是真正结识了崔奕廷，男人和男人之间的交情，不在于说了多少面子上的话，而是一起干了多少的坏事。

至少姚宜春觉得，这件坏事做得很好，心里这样想着，脚步也轻快起来，认识了崔奕廷，接下来就是攀上崔家。

想要靠着粮长换来一官半职在崔尚书眼里就是件小事。

"来了，来了。"

听到门口传来熙熙攘攘的声音。

朱应年和姚宜春向外面看去。

门口的姚家人都站在两旁。

清脆的马蹄声停下后，是缓缓的脚步声。

朱应年只看到一个笔挺的身影映入眼帘，湛青色的官服如同一汪清澈的池水，将他那双眼睛也衬得如同蓝墨色，腰上束着洁白的大带，赤罗蔽膝，外加银色革带，手上拿着盘龙宝剑，海棠色的剑穗在空中微微颤动，仿佛是能摄人心魂，他伸手撩开下裳三幅色罗边，一步跨进来。

朱应年和姚宜春都怔愣在那里，笑容也僵在脸上。

这是，巡漕御史的官服。

巡漕御史的官服为何会在眼前，为什么会在崔奕廷身上？

这到底是怎么回事？

"朱大人，可要挟巡漕御史就范了？"微微有些拉长的声音，听起来清澈而悠远。

朱应年吞咽一口。

崔奕廷脸上没有半点的笑意："朱大人想要本官家破人亡，只怕不那么容易，不过本官说得没错，本官来泰兴，就是来送朱大人一程。"

崔奕廷说的，送他一程，不是送他升官发财，是要送他上黄泉路。

朱应年的心脏仿佛被紧紧地攥在一起，疼得他喘不过气来。

一定是老天跟他开了个玩笑，或者这根本就是一个噩梦，否则他请来的救兵怎么会一下子变成要他性命的巡漕御史。

朱应年眼前一阵发黑，腿脚顿时酥软，他几乎听到自己脖子断裂的声音，脑袋骨碌碌地落在地上，满是红血丝的眼睛惊恐地睁大，里面映着崔奕廷清冷的笑容。

完了，一切都完了。

姚宜春张开了嘴，巡漕御史不是李子年吗？他们不是将李子年攥在手里？崔奕廷不是来做说客的吗？为什么摇身一变却成了抓他们的巡漕御史！

如果崔奕廷是巡漕御史，那……威胁李御史又有什么用？

姚宜春只觉得浑身冰凉，牙齿开始不听使唤，上下抖动起来。

朱应年吞咽了几口，强忍住恐惧，颤声道："崔二爷，这是怎么回事？"这玩笑有些开大了，他做梦都想不到崔奕廷会是巡漕御史。

巡漕御史查的是南直隶的漕粮，出了事直对户部，再怎么样，朝廷也不会让一家人查一家人吧？

崔奕廷目光深沉，方才那慵懒的模样一扫殆尽："将泰兴知县朱应年、泰兴县粮长姚宜春拿下。"

姚宜春眼看着皂隶走过来，他的胸口仿佛一下子炸开，他再也顾不得别的，转身就向内宅里跑去。

"去哪儿……"

一只手用力地扳住姚宜春的肩膀，姚宜春顿时摔在地上，断裂的牙齿和着咸咸的鲜血顿时充满了他的嘴。

姚宜春惨叫起来。

寿氏正在屋子里强忍笑容。

姚婉如拿着青黛认认真真地给寿氏画着眉毛，半晌直起身子，拿起妆镜给寿氏看："母亲真好看。"

姚婉如声音甜软，看着寿氏满意地点头，姚婉如笑着开口："母亲，什么时候将婉宁送去家庵？"

她真是一刻都等不及了。

寿氏道："哪有那么快，总要和二房那边说一声，你大伯才是族长。"

姚婉如笑起来，伸出手臂圈住寿氏的脖子："爹爹这件事做得真好，朱大人肯定也会心里感激爹爹，还有那个崔二爷……"

她偷偷听到母亲和父亲谈话，说起崔大学士家的公子，她悄悄让人去打听过，那个崔二爷似是一表人才。陈家不错，崔家也不错，不知道父亲、母亲怎么定她的婚事。

母女俩正说着话，外面传来一阵熙熙攘攘的声音，寿氏皱起眉头："都在做什么？这么没规矩，我才在屋里几日，她们就无法无天起来。"

段妈妈道："奴婢去看看。"

撩开帘子，段妈妈刚要呵斥聚在一起的下人。

就有丫鬟苍白着脸过来："妈妈，前院来人了……"

"不过是来人，有什么好惊慌的。"那个李御史来家里，她本来也吓了一跳，后来听太太说，朱老爷和老爷已经有了对策，她也就将心放在肚子里。

丫鬟顿时不知道该怎么说，只是摇头："不是……不是……是来抓朱老爷和六老爷的。"

"啊……"段妈妈害怕起来。

寿氏几乎是跑着去了老太太院子，院子里一片诡异般的安静。

老太太和老太爷坐在椅子上。

"老太爷、老太太，这到底是怎么回事啊？"寿氏进门就慌乱地问起来。

不是已经安排好了，不是已经请了崔二爷来帮忙，不是抓住了李御史的把柄吗？怎么还会牵连到老爷。

老太太看向寿氏："崔奕廷才是巡漕御史。"

寿氏瞪大了眼睛。

什么？

崔二爷才是巡漕御史……那李御史是什么？抓不住巡漕御史的把柄，朱应年要怎么脱身？朱应年若是被抓起来，他们会不会受牵连？

寿氏整颗心被提起来："老太爷，您快想个办法，救救老爷啊。"

寿氏说到这里又想起了什么："那个崔奕廷的叔父不是户部尚书吗？三哥也在六部，我们两家总能攀上交情，崔奕廷又是陈季然的表哥，以我们和陈家的关系，崔奕廷也要帮帮忙……老太爷……"

寿氏正如丧考妣地哭着，禀告的下人进了门："老太爷，那个崔……崔大人不肯过来说话，已经将朱老爷和老爷锁走了。"

寿氏转头看过去，下人身上满是鲜血，看起来好不骇人："你……这是谁的血？啊……这是谁的……"

下人狼狈地翕动着嘴唇："是……是……六老爷……六老爷……"

老爷，老爷……寿氏张开嘴却没能喊出声，一下子晕死过去。

"这可怎么办啊？"老太太跟着老太爷进了屋。

老太爷端坐在椅子上。

"老太爷……"

不等老太爷说话，赵妈妈进来道："二老太太来了，说要接上七小姐一起去家庵将……族里的女眷接回来。"

家庵……如今嚼起这两个字心里说不清是什么味道，如果巡漕御史不上门，就能和二老太太说，婉宁坏了礼数要小惩大戒，可如今被抓起来的是老六，婉宁刚才说的那些话……不但没有错，还是句句为了姚家的好话。

老太太咬住牙，看向老太爷："怎么办？"

姚老太爷耳边重复着婉宁对老六说的那句话。

"侄女劝你还是和朱家扯开关系，否则有一日朱家出事，六叔也难独善其身，要知道六叔还是泰兴县的粮长，又在族里立下文书，将来出事要被逐出家门……"

那时候听起来狂妄，现在句句成真。

就像心脏被人抓起来，使劲往外拉扯，扯得他说不出话来。

二房来接婉宁，他有什么借口不让婉宁走？

他伸手阻拦，到时候二老太太闯进来，他要怎么说婉宁的错处？

自从老三有了出息，他已经在族里立威多年，惩办过多少族人，从来没觉得哪件事会如此棘手。

棘手。

不但扎他的手，还扎他的心，让所有人看着他鲜血直流，让他在人前抬不起头来。

站在全族人面前，他怎么说败坏姚家名声的是老六而不是婉宁。

姚老太爷只觉得越来越喘不过气，他原想当着全家的人面说，在族人面前数落婉宁的错处，亲手将婉宁送去家庵。

现在他却做不到。

他这个一家之主做不到。

算了那么多年，却最终没有算过一个十二岁的丫头。

他觉得牢牢握在手心里的事，待到张开手掌，里面却什么都没有。

都哪里去了？都去哪儿了？

"老太爷，您可不能动气……"老太太惊诧地看向赵妈妈，"快，快去请郎中来。"

老太爷脸色铁青，冷汗顺着额头淌下来，他却好像浑然不知。

"二老太太……二老太太……"院子里传来下人呼喊的声音。

"堵着门做什么？还不让老身进去了？有什么事怕人知道？"

清冷的声音从外面传来。

姚老太太皱起眉头，二老太太是故意的，故意在三房乱成一团的时候上门，她是要看三房的笑话。

"怎么办？"赵妈妈顿时慌了神，"要不然奴婢就说，老太爷身子不适，让二老太太改日再过来。"

"人都已经来了，还能躲去哪里？"姚老太太脸色阴沉，"你去说，她也不会相信。"

那可怎么办？

姚老太爷张开嘴，额头上的青筋一跳一跳："迎进来。"

啊？迎进来？现在这个情形，谁都知道二老太太说不出什么好话，就迎进来？

姚老太爷话音刚落，外面就是姚宜州的声音："三叔、三婶可在吗？都说六弟被抓了，到底是怎么回事？"

赵妈妈只得从屋子里走出来。

二老太太让人用肩舆抬着进了院子，旁边跟着的是大老爷。

赵妈妈上前行礼，脸上有几分尴尬的神情："二老太太、大老爷，我们老太爷、老太太请您去堂屋说话。"

二老太太眯着眼睛看天空。

万里无云，还真是个好天气。

"走吧老大，去堂屋里等你三叔三婶，这些年姚氏族里，不管是哪家出了事，你三叔没少出面，"二老太太慢吞吞地说着，"如今三房出了这么大的事，我们可不能袖手旁观，族人也不能不理不睬。"

三房热闹起来，他们怎么能不管？

"赵妈妈，你去安排安排，让门外的族人也别干等着，都进来坐吧。"

还有族里的人？赵妈妈瞪圆了眼睛。

二老太太说完话，屋子里的姚老太爷顿时气息急促起来。

"二老太太来了。"童妈妈低声在婉宁耳边道。

婉宁点了点头。

童妈妈笑道："这下可好了，看老太爷还能不能当着族人面说出将七小姐送去家庵的话。"

婉宁看向沙漏："这时候，泰兴楼该开张了吧？"

童妈妈笑道："都筹备好了，定然能准时开张，可惜就是离得远，要不然能听到鞭炮声。"

婉宁道："让焦无应将收米的价格再降一成，如果有人嫌价格低，就说泰兴现在没有别的商贾收米，我们商号的船三日内回程，卖就卖，不卖就算了。"

童妈妈不明就里，"那……能收来米吗？"

婉宁在心里算了算："能收到米，还能收到不少，而且稳赚不赔。"

"二爷、四爷，奴婢去向七小姐禀报。"外面传来落雨的声音。

"你算是什么东西……"

紧接着落雨"哎哟"一声。

童妈妈脸色顿时变了："七小姐先去内室里，奴婢去看看。"

楼梯的木板被踩得"噔噔噔"直响，婉宁站起身。

帘子一掀开，露出姚承章气急败坏的脸，姚承章向屋子里一望，目光顿时落在婉宁脸上："是不是你说我父亲会被官府抓起来？"

姚承章说着挽起袖子："自从落水醒过来之后，你就开始神神鬼鬼地害人，我就不信了……看你在屋子里到底藏了什么东西。"

紧接着姚承显也进了屋，急忙去拉扯姚承章："二哥，二哥，父亲已经被带走了，你可别再惹事。"

姚承章不听，径直向内室里走去。

姚承章这是昏了头。

婉宁淡淡地道："女子的闺房，二哥也要进，就不怕丢了东西，要赔给我？"

话音刚落，就听外面传来一个让婉宁觉得很熟悉的声音："二爷在哪里？"

落英回道："已经上楼了。"

那人接着道："快……快拦下来。"

婉宁对这个声音很好奇，明明在她记忆里不深刻，甚至不能勾勒出一个轮廓来，却让她听起来很舒服。

至于姚承章，她根本不放在眼里，也不必和他争什么。

姚承章火冒三丈，以为板着脸就能让婉宁害怕，谁知道她只是淡淡地看着他，眼睛里都是轻慢的神情。

这个婉宁。

姚承章拿起旁边的茶壶。

"那是二祖母送给我的，砸了，二哥去二祖母那里给我要一个来。"

好，长辈所赠，不能砸，更何况是二老太太这个母老虎的。

姚承章一眼扫向旁边的花斛。

"砸吧，那是六婶库里的，砸了让六婶再拿一个给我。"

他忘了，婉宁是借住在这里，屋子里所有的东西都是自家的，砸还是不砸？

姚承章伸手去扯幔帐。

那清脆的声音又传来。

"扯吧，秋天了，我想换套淡色的帐子，劳烦二哥帮忙了。"

扯……他是来找她的麻烦，不是来帮她的忙。

"二哥看绣楼不顺眼，将楼烧了……我刚好换个院子……"

她以为她是谁，还想着要换院子。

姚承章看过去，婉宁坐在椅子上支着下颌，一副无所谓的神情，好像是在看和自己不相关的事，姚承章气急，一脚踹在八仙桌上。

八仙桌轻微动了动，他的脚趾却疼起来，姚承章强忍着装作若无其事。

婉宁吩咐童妈妈："将二爷损坏的东西都记下来，我要去请祖父、祖母、二祖母、大伯做主，二哥读了那么多书，连礼数也不懂吗？"

姚承显如同傻了般站在一旁，也忘记用手去拉姚承章的胳膊，他见识过五妹妹的脾气，爱撒娇爱耍小性子，四姐姐到了要说亲的年纪，在绣楼里很少出来，出来也是一副温婉的大家闺秀模样。

这个七妹妹，他从前没有在意，都说七妹妹身子不好，在绣楼里养病，前些日子又掉进水里，差点连命都没了，反正是三伯家的女儿，不关他们的事，他们也是随便听听就罢了。

怎么也没想到七妹妹突然就厉害起来……

说着话婉宁看向门口，那里站着一个人，正看着姚承章、姚承显兄弟和她，那人穿着蓝色褙子，梳着圆髻，虽然年事已高却仍旧眼睛明亮，云鬟雾鬓，风姿绰约。

方才她和姚承章说话，这个人已经上了楼梯，却惊讶地在那里听着。

婉宁仔细地看了看才辨认清楚，这是祖父的妾室，五叔的生母，蒋姨奶奶。

蒋姨奶奶不在家里住，祖父在庄子上安置了她，倒不是因为她年纪大了不受祖父待见，恰恰是因为祖父宠着她，才将她的楼台高筑，不受外人侵扰。

所以家里的事她不太知道，只是守着自己的田庄过日子，也算是和祖母井水不犯河水。

婉宁见过蒋姨奶奶几次，小时候父母带她来祖宅，母亲挑选了文房四宝来送给祖父，顺便置办了一套上好的笔给父亲，她对那些笔墨感兴趣爬过去抓着玩，母亲就以为她是想要写字，特意拿了笔给她，看她能写出什么来，正好被蒋姨奶奶看到，蒋姨奶奶笑着说："现在哪里能写得了字呢，将来就算开始练字，也不能用狼毫，要从羊毫用起。"

这些都是母亲跟她说的，那时候太年幼，她是记不得的。

母亲总说蒋姨奶奶："是个知书达理的大家闺秀，家里落了难被你祖父救了才委屈做妾室。"

蒋姨奶奶看向姚承章："二爷、四爷，六太太正找你们呢。"

婉宁看向姚承章，意外的是姚承章脸上并没有反感的神情，反而很顺从地转身向楼梯口走去。

姚承显愣了一下，忙赶上姚承章一起下了楼。

屋子里顿时安静下来，除了八仙桌挪了地方，一切都一如从前。

婉宁转过头迎上蒋姨奶奶的目光，那双眼睛很清澈，透露出的情绪很温和，对她没有半点的试探和打量，神态自然，甚至有些随波逐流的意味。

"七小姐的病好了，"蒋姨奶奶走过来，"上次我来的时候，七小姐还病着，这次过来我还从庄子上拿了几包自己种的药。"

蒋姨奶奶身边的丫鬟手里果然提着两提药包。

婉宁上前行礼，蒋姨奶奶忙让开："七小姐脸色很好。"

眉开眼笑，是真的为她欣喜。

婉宁现在看来，蒋姨奶奶并不像是言不由衷的人。

"姨奶奶……"丫鬟上前行礼，"老太太让你过去呢。"

蒋姨奶奶脸上顿时露出失望的神情，笑着看婉宁："每次来都是放下东西就要走，本以为今天能多坐会儿，"说着顿了顿，"还是这样好，你年纪还小和你四姐姐不一样，不用躲在绣楼里不见人，是你祖父不好，定下这些规矩……我说过，可是也没办法，你祖父性子倔，不撞南墙不回头……"说着深深地叹了口气。

蒋姨奶奶当着这么多人数落祖父，一个姨娘胆子这么大，可见祖父确实宠她。

"好了，走吧，我看看老太太那边有什么事。"蒋姨奶奶说着站起身，吩咐下人将药留下。

"都是补气养血的药，我亲手种的，比外面买来的好些，七小姐吃一些对身子有好处。"

婉宁点了点头，跟着蒋姨奶奶站起身："我落水之后，姨奶奶来看过我？"

蒋姨奶奶道："我也不会别的，就是庄子上的婆子知道救落水人的土法子，"说着顿了顿，"也不怎么奏效，到底还是你福大命大，自己才能活过来，日后可要小心，离那些地方远着些。"

怪不得她觉得蒋姨奶奶的声音熟悉，大约是她昏昏沉沉中听到过蒋姨奶奶说话。

"姨奶奶，"旁边的丫头又催促，"你快去看看吧，好像是老太爷那边不太好。"

蒋姨奶奶这次着了急："那快走吧。"蒋姨奶奶说着话带着人离开了绣楼。

绣楼里重新安静下来。

婉宁看向落雨："方才是怎么回事？"

落雨急忙道："奴婢也要拦着二爷，可是没拦住。"

"有没有伤到？"婉宁听到落雨惨叫了一声。

落雨摇头："没有，没有，还好有落英拉着我，我就是吓了一跳。"

落雨、落英是没有防备，姚承章在寿氏惯养下长大，除了会用些见不得光的手段，也就会欺负下人。

寿氏一心钻营小利，将儿女都养歪了。

倒是这个蒋姨奶奶和三房里的人都不一样，婉宁想起母亲被休离姚家时说的话："若是爹爹对你不好，就去找你五叔，你五叔……一定会护着你。"

是不是就因为这样，母亲才觉得姚家只有五叔能靠得住。

"还有什么可说的，"二老太太在堂屋里大发雷霆，"老六要接下粮长的时候，我就有言在先，犯了朝廷王法，自然交由官府惩办，我们族里也不藏污纳垢。我们二房写文书在先，族人也就照此行事，不偏不倚。"

二老太太厉眼看向姚老太爷："老六到底有没有做错事我是不清楚，三叔应该心里有数，如果真的牵连下来，连累姚氏子孙的仕途，这要怎么算？"

姚老太爷脸色铁青说不出话来。

二老太太微微一笑，只不过笑是从鼻孔里发出来的，听到所有人耳朵里就是"哼"的一声，如同寒冬腊月刮脸的风，飕飕地吹着让人遍体生寒。

"那些年很多族人饥一顿饱一顿的日子我还记着，老太爷跟我说过，我们举族搬迁到泰兴的路上，死了不少的族人，就是因为前朝族中有人为官获罪，我们全族受了牵连。"

二老太太的声音很响："当官得势是给族里挣了颜面，也别觉得光宗耀祖就能一手遮天，要知道平日里享福的还是你们，受罪的时候，不管大宗、小宗族人一个都跑不了。"

姚老太爷只觉得火气将脸憋得滚烫，二老太太说的是前朝的事，却在敲打他们三房。

"谁再让族人忍饥挨饿，我就跟谁过不去，拼着我这条老命不要了，我也得对得起族人。"

这几句话说得铿锵有力，姚老太爷站起身："二嫂放心，老六出不了事，我们三房的事，有我这条老命顶着。"

二老太太点点头："有三叔这句话我就放心了，我也相信三叔能不偏不倚。"

在窗外偷听的寿氏差点就晕过去，如果老爷出了事，二房肯定会将他们逐出族里，免得牵连族人。

老太爷怎么能顺了二老太太的意思，如果被逐出门，他们的日子要怎么过啊？

寿氏整个人颤抖起来，怎么办？现在可怎么办？

"六太太，"段妈妈低声道，"您娘家来人了……"

寿氏喘口气："是我三弟？"

段妈妈点头："是三老爷。"

寿氏慌张地道："不要声张，等二老太太走了，悄悄地将我弟弟带进来，我们去西院说话。"

寿氏话音刚落，屋子里的二老太太道："已经说好了要将家庵的女眷放出来，"看向老太太，"三弟妹让人将婉宁叫出来，做这么大的事，我可离不开七丫头。"

不等姚老太太说话，二老太太接着道："现在整个族里，没有谁比七丫头更伶俐，要说七丫头生在三房是你们的福气，沈氏被休了之后，老三不将婉宁护在身边也就罢了，你们还将她关在绣楼里这么多年，人心都是肉长的，你们怎么舍得……"

二老太太将老太爷和老太太说得哑口无言。

二老太太心里舒坦了，挥挥手："走。"带着一行人浩浩荡荡地走出堂屋。

坐上马车，二老太太露出笑容："这可比什么药都好用。"从看清楚三房的嘴脸，到现在扬眉吐气，真是太痛快了。

婉宁穿好衣服带着童妈妈、落雨、落英几个出了院子，刚走到翠竹夹道，旁边人影一闪，十四岁的姚承显走出来，停到婉宁身前行了个礼，一板一眼地道："七妹妹，我……我来替二哥向你赔礼……你不要生气，都是二哥不好。"

几句话讲出来，姚承显鼻尖都出了汗。

婉宁没想到姚承显会过来。

姚承显浓眉大眼，嘴唇稍厚，看起来没有姚承章伶俐多了几分的厚道，尤其是现在站在她跟前一脸的愧疚，好像刚才来闹事的人不是姚承章而是他。

这样的人，婉宁不会对付，反而觉得以六叔、六婶的性子能养出这样的儿子很难得。

婉宁蹲身还礼过去："四哥不用多礼，这件事和四哥无关。"然后向姚承显点点头，带着下人离开。

姚承显看着婉宁的背影，这个七妹妹和别人真是不一样，没有冲着他撒气，还对他很有礼数，这真是被父亲、母亲恨得咬牙切齿的人？

旁边的丫鬟吓得四处看去："四爷，四爷我们快回去吧，让太太知道可不得了该罚您了，您可不像二爷那么受宠。"

罚抄写字，罚不吃饭，罚关在屋里。

还能罚什么？罚着罚着他也就习惯了。

姚家乱成一团，姜氏将二老太太送上马车就立即来迎婉宁。

婉宁看向童妈妈，童妈妈和落雨几个就走到了后面。

"婉宁，"姜氏一脸的感激，"都是因为有你帮忙，你四叔才敢在老太爷面前说话。"

上次婉宁治好了李大太太，姜氏就偷着找到婉宁将姚宜进的事说了："从去年开始话就越来越少，屋子也不出，我怕不等考上科举，人就要完了。"

之前她也没盼着什么，觉得这样凑合着过。

四叔是因为被祖父管教太严，觉得只要踏出书房就会挨骂，久而久之书房成了他认为最安全的地方，不管什么时候都缩在里面。

婉宁点点头："四婶还是照我说的，每天都让四姐和五弟过去陪四叔说话，四叔不想离开书房，就在书房外间吃饭。"一家人团聚在一起，可以让姚宜进喜欢上做一个丈夫和父亲，从而摆脱祖父对他的束缚和控制。

这几日，她就是在教四叔怎么反抗道貌岸然的祖父。

今天，四叔敢和祖父说话。

明日，四叔就敢不听祖父的话，做自己想做的事。

姜氏点点头："我都记下了，每天都要去书房陪着老爷吃饭，让你四姐姐也跟着一起过去，我们在的时候让书房里热热闹闹的，我们走的时候就让书房重新冷清下来。"

这样做了两日，每次她走的时候，都觉得老爷的目光好可怜，就像被遗弃的猫儿、狗儿，可怜兮兮地看着她们，她咬咬牙一口气走开，回到屋子里她就想，她是不是太狠心了。

不狠没办法，她不能看着老爷被关一辈子还不自知。

老爷是该醒醒了。

婉宁上了马车，祖孙两个拉着手在马车里说话。

二老太太笑道："你没看到你祖父的样子，半句话都说不上来，脸色难看得很，从前可是只有他训斥别人的份儿。"

二老太太看向婉宁："现在还拿你在家中犯错说事，都说你推了张氏，可是她冤枉了你？"

婉宁点点头："我被叫去主屋，就看到她倒在地上，紧接着就有丫鬟大喊，将全家都惊动起来，父亲刚好回到家，进了门就看到这些……"

二老太太仔细地听着："你有没有跟你父亲说？"

"说了，只是父亲不信我的话。"婉宁不愿意去想父亲，她在家中美好的日子就在母亲被休之后戛然而止。

母亲走了的那半年，父亲倒是时常来看她，还手把手教她写字，可等到张氏进门，一切都变了，张氏在她身边的时间开始比父亲长，父亲格外喜欢张氏的温婉，有意将她养得和张氏一样。

再下来……就是张氏小产，父亲不听她说话，将她送来族里。

二老太太皱起眉头："我是看错了人，我从前以为你父亲也算是有几分良心的，你祖父做主要休你母亲，你父亲还不肯答应，在外面跪了一日……"

婉宁从来没有听说过这些话，更不知道父亲还为此跟祖父抗争过。

"然后呢？"婉宁急于听后面的结果。

二老太太摇摇头："谁知道为什么你父亲又改了主意，非要将你母亲休回家。"

"祖父到底为什么休母亲?"这是婉宁一直没有打听清楚的事,二祖母身子刚好些,她就没有询问,现在二祖母说起来,她也想弄个明明白白。

"你看看,你六叔有几个孩子?你二哥、四哥、五姐,你四叔家里有你四姐、五弟,你五叔那是例外,好不容易娶了个媳妇,却在怀孕八个月的时候掉进湖里死了,这么算下来,你爹爹这个三房长子,不免膝下单薄,成亲那么多年才生了你,你五六岁了也没再添个弟弟,你祖父因此着急,给你父亲纳了两房妾室,一个是府里的家生子,一个是一直在你父亲身边伺候的大丫鬟沉香。"

"沉香有了身孕,眼见就要生产,却被一个粗使的婆子撞下了台阶,孩子都摔了出来。这件事查来查去就查到你母亲身上,你祖父大发雷霆,骂你母亲善妒说什么也容不下她。"

二老太太眯起眼睛:"后宅的事我是司空见惯,大户人家一年不闹出几条人命都觉得寒碜,再说沉香到底怎么回事,既然没有查清楚,就不要言之凿凿地怪在谁身上。

"谁知道你祖父不依不饶,找着你二祖父说了好几天,也不知道怎么了,你二祖父后来也改了主意,跟我说三房的事我们管不了,终究有你祖父在,处理家事隔房如隔山,别人插不得手。

"我也就不好再问,只是遣人去劝了你父亲几句。"

到底是因为什么?

很多事仿佛一下子就变了。

如今二祖父没了,知道这件事的就是祖父和父亲,祖父到底说了什么话让所有人答应休母亲。她总有一天要弄个清清楚楚。

二老太太沉下脸:"你父亲这个耳根软的,当年听了你祖父的话休了你母亲,如今听了张氏的话将你送来族里,"说着似是拉起婉宁的手,将暖暖的体温传给婉宁,"等有一天见到你,他们定然会后悔,后悔今天的所作所为。"

二老太太叹口气:"说到底都是为了子嗣……张氏生下了欢哥,如今不过四岁,你父亲就到处找西席,你祖父更是要将整个泰州府翻过来,都盼着张氏的孩子能子承父业,一辈比一辈强。"

"老来得子,你父亲将欢哥快宠上了天,你祖父提起这个孙儿也是满怀期望,说什么书香门第家里出来的后辈定然跟旁人不同。"

婉宁听出来祖父这话的意思,在祖父心里,根本就没有将她认作姚家的女儿。

二老太太说出这话,婉宁心里忽然浮起一丝痛快,祖父和父亲还不知道,母亲被休的时候已经怀了昆哥,祖父和父亲想要子嗣,却亲手将嫡长子逐出了家门。

他们做了那么多的恶事,不能只是让他们后悔那么简单。

马车开始前行,紧接着一辆马车,一辆马车地跟上,家中有女眷在家庵的族人都跟着姚家二房一起去家庵。

姚家的马车多,走在路上有些引人瞩目。

路边骑马的裴明诏停下来,听着路人议论。

"是姚家的马车,听说要去家庵将关起来的女子接回来。"

旁边的人问道:"还有这样的事?"

"泰兴巴掌大的地方有什么事我不知道,姚宜先在我家买的香烛、供奉,要将他那苦命的女儿接回来,要说他那女儿可是冤枉得很,就因为不嫁周兴那泼皮,就被送去了家庵。姚家那个不用药给人治病的七小姐,救活了姚二老太太,这不,二老太太也做了这样一件善事。"

裴明诏看向身边的下属:"上次你说当街救人的女子是哪家的?"

下属道:"就是侯爷让打听的人,姚七小姐。"

那个姚七小姐,还能不用药给人治病?

裴明诏驱马上前,他要去城外的普陀寺,好像和姚家人是同路。

出城就是普陀寺,眼见着姚家浩浩荡荡一行人去了旁边的慈慧庵,裴明诏在普陀寺前下了马。

将马鞭扔给小厮,裴明诏上前看向迎过来的小沙弥:"怎么样,住持可在?"

小沙弥道:"师祖在等侯爷。"

裴明诏跟着小沙弥一路到了禅房,小沙弥打开门让裴明诏低头走进去。

"侯爷。"

屋子里的惠忍站起身来。

裴明诏单手竖于胸前行了个礼。

"怎么样,他可开口了?"

惠忍摇摇头:"这些人和寻常凶徒不同,侯爷还是另想别的办法。"

没想到连惠忍住持都没办法,也许这条线就此断了。

"侯爷为何一定要让这些人开口?"惠忍道,"杀人不眨眼的凶徒,心中满是恶念,就算是说,也未必是真。"

听惠忍说完话,裴明诏道:"此时牵扯到家中一位世交,定要问个清楚。"

惠忍试探道:"可是要救人?"

裴明诏身后的随从面色一紧,互相看看,很是谨慎。

不等裴明诏说话,惠忍伸出手来:"侯爷这样着急,贫僧猜想必然是人命关天。"

裴明诏并不着急,惠忍是有名的法师,在大周朝能称上法师的出家人并不多,德行上自然不会有问题,否则他也不会来小普陀寺。

他是来找忠义侯世子的,忠义侯被冤枉通敌,如今沉冤得雪,忠义侯爵位要有人承继,逃在外面的世子若是找不到,就会从赵家族内选一人出来,裴家受赵家所托,定要竭力将世子爷带回京城,半路上却遇到这些死士。

惠忍将裴明诏请去禅室,路过旁院,就听到里面传来声音,"拜帖我是不收了,让他们不要再来求师。"

"我这辈子做了两个人的师父,一个早死,一个明明三年科举能拔得头筹,现在却……"说到这里传来一阵咳嗽声。

裴明诏看向惠忍。

小普陀寺不会让来路不明的人安住,里面说话的人不知是谁。

"是与惠忍常往来的一位施主,侯爷既然来到这里,惠忍也不隐瞒,侯爷可知……"

惠忍还没说完话,院子的门打开了,裴明诏抬起头目光正好和出来的人撞在一起。

"杨先生。"

杨敬仔细看向裴明诏:"这是永安侯世子?"

惠忍道:"已经是永安侯了。"

杨敬皱起眉头:"老侯爷……"

裴明诏道:"家父伤势过重,今年春天就病故了。"

杨敬叹口气："自从和那一战，大周朝的勋贵十去七八，可惜了老侯爷，三年前我还和老侯爷一起下棋，"说着顿了顿，"一晃故人已去……没想到在这里遇到侯爷。"

惠忍看向旁边的小和尚："让徒弟去端些茶水，侯爷和杨先生过去说话吧！"

禅房打扫得干干净净，小和尚在一旁倒了淡茶。

惠忍坐在一旁，裴明诏和杨敬坐在另一边。

"也就得片刻清静，"惠忍道，"泰州府若是知道杨先生来了，左近的州府的学子也要纷纷来拜师。"

杨家门风清白，杨先生一身才华又为人洒脱，是故去的前詹士府詹士曹夑的师父，曹夑教太子的时候就说过，可惜没有学全师父杨敬的学问。

爱徒曹夑去世之后，杨敬有一阵子不曾收徒，后来听说他在扬州一带闲居，京里的达官显贵没少带着弟子求师，却都无功而返。

杨敬挥挥袖子，"老夫还想多活几年，不再收徒了。"

裴明诏看过去，桌子上已经放了厚厚的拜帖，为了家中子弟的前程，长辈也算是大费苦心。

"住持，"小和尚进来道，"姚家送来香火钱和素斋说请住持一定要收下。"

惠忍道："是姚家哪位施主？"

小和尚道："是姚宜先施主，听说是来慈慧庵接走家中女眷。"

惠忍连连点头："我佛慈悲，姚施主也算是得偿心愿，可怜那位女施主在庵中苦熬了六年。姚施主可在外面？"

小和尚道："在外面，要求见住持呢。"

惠忍看向裴明诏和杨敬："惠忍去去就来。"

惠忍起身走到院子里。

姚宜先快步走过去，顿时跪下来："住持慈悲，每日诵经终于请来了大慈大悲的菩萨，度了小女出苦海。"

惠忍将姚宜先扶起来："施主已经将女施主接回家中？"

姚宜先摇摇头："还没有，不过，家中长辈已经去了家庵，我们族里的七小姐愿意听小女的那件冤枉事，还说只要女眷错处不大，就不必再在家庵里，"说到这里，姚宜先几欲掉泪，勉强忍回去，"我女儿进家庵的时候，我哪里想过还有今日，多亏了我们族里的七小姐……"

"之前说出来我还不肯相信，一个十二岁的小姐，能将我们族中的老太太救活不说，还劝得长辈开恩将家庵里苦修的女眷放回家，没想到老太太真的带着七小姐去了家庵。"

一个大男人终于忍不住痛哭流涕，惠忍也不禁动容。

"我们家不是大宗，不过是旁支小宗，平日里也只能听从大宗发落，大宗长辈定了的罪名，谁敢喊冤，有苦只能肚子里吞……"姚宜先越说越激动起来。

惠忍点点头："施主一家仁心，必然会有善报。"

姚宜先忙伸出手来行佛礼。

送走了姚宜先，惠忍回到禅房。

禅房十分安静，杨敬和裴明诏都听见了外面的话。

惠忍道："那姚宜先施主几次要剃度出家，都被贫僧拦住，这些年他一直来听贫僧讲禅，心中苦闷放下不少，如今一家将要团圆，才来答谢贫僧。"

家庵谁都知道是什么地方，宗族里惩办女眷送进家庵的不在少数，裴家的家庵，裴明诏也有所耳闻。

一个小姐真的敢替家庵里的女子说话？

"姚家，可是吏部侍郎姚宜闻家？"杨敬忽然问。

惠忍道："泰兴县，只有一个姚家。"

杨敬道："那就是了，姚老爷和老太爷都来过拜帖，请我为姚宜闻的儿子做启蒙。"

做了启蒙才能读书写字，不敢托大请杨先生做师父才说要启蒙，想要凭着孩子天分好，让杨先生一高兴就收了徒弟，毕竟杨先生和普通的西席不同。

裴明诏想到这里，外面的随从进来道："找到人了，就在旁边的庄子里，庄子上来来往往人不少，要怎么抓……"

裴明诏立即看向惠忍："住持，旁边的庄子是哪家的？"

"慈慧庵周围都是姚家的庄子。"

姚家……

慈慧庵里都是女眷，那些凶徒杀人不眨眼，总要和姚家人知会一声，免得到时候慌乱中伤及无辜。

裴明诏道："随我去一趟慈慧庵。"

婉宁站在二老太太身后听女眷们说话。

沉闷的家庵里，难得有了一丝生机。

二老太太不停地点头："我也算是了却了一桩心事。"

姚宜先和邓氏跪下来谢二老太太。

"不要谢我，"二老太太微微一笑，"都是婉宁的功劳。"

姚婉慧呆呆地看着婉宁，这是三房的七妹妹，看起来比她小很多，却跟着二老太太来将她们放出去。

她就不怕吗？不怕自己的祖父？不怕自己的长辈责怪？

姚婉慧想到被送进家庵时的情形，就忍不住浑身颤抖，她也曾想过，若是答应嫁给了那泼皮，会不会比现在过得要好些，这样也就不会连累到父母，可是她又不甘心，明明知道是火坑，为何一定要跳，只要是好女儿都会想着要抗争，只是没想到会有这样的结果。

姚婉慧走上前向婉宁行礼："多谢七妹妹，这份恩情，我……我……永远记在心上……"

邓氏看着自己的女儿，眼泪不停地掉下来，三房长辈说她女儿行为不检才送进家庵，她好好的女儿就在这里被关了六年。

"二老太太，"姚婉慧又跪下来，"二老太太，原本能从这里出去，有些话我就该烂在心里，只是被冤枉了这么多年，我实在不吐不快，当年珠云那丫头说看到那绣给男子的鸳鸯荷包是我掉的，长辈就说我不愿意依婚约成亲是因为与人私通。"

"是有人将脏水泼到我身上，让我顶罪，三叔的姨娘秦沉香曾跟我娘说，她知晓那荷包是谁的，谁知道秦姨娘失足掉下楼梯死了，我的罪就此坐实，虽然已经过了六七年，现在就连珠云也不知去了哪里，但是我在这里对天发誓，我姚婉慧是清清白白的，没有做出那种见不得人的事。"

婉宁看着姚婉慧，那双眼睛里充满了悲愤，族姐说的都是真话。

发现荷包，父亲的姨娘惨死，族姐被送来家庵，母亲也因此被休，当年到底出了什么事？

二老太太叹口气："起来吧，我会让人去仔细查问。"

姚婉慧看向二祖母，却被旁边一双眼睛吸引，那目光中没有半点的怀疑，反而满是思量，在仔细琢磨她的话。有人相信她，至少这个七妹妹肯信她的话。

婉宁站起身，要将姚婉慧拉到一旁坐下，桂妈妈进屋在二老太太耳边低声道："外面有位公子，想要见二老太太，有话要跟二老太太说。"

这是姚家家庵，怎么能在这里见外男。

二老太太皱起眉："你就说，若是世交改日去家里说话，这里总是不便。"

桂妈妈点点头，很快去而复返："老太太，那位公子说了……我们庄子上恐怕进了歹人，现在女眷们都有危险，不如快些回城……他还想带着随从去庄子里将歹人抓了……"

"歹人？"二老太太惊奇地问过去。

桂妈妈脸上也满是诧异："那公子是这样说。"

二老太太看向婉宁，婉宁忙走过来："天色不早了，安排族中女眷回城吧！"

二祖母目光闪烁，眼睛里不知藏着什么事，婉宁看向旁边的桂妈妈，桂妈妈表情僵硬，也在竭力遮掩。

婉宁吩咐下人准备车马，才叫了桂妈妈到一旁说话。

桂妈妈将外面的事说了："也不知道是怎么回事。"

婉宁看向门外："那公子还在门外？"

桂妈妈点头："还在呢。"

婉宁带着桂妈妈走到门口，透过缝隙向外看去。

那人穿着件蓝色直裰，身形看起来高大挺拔，眉宇间透着股英武之气，身边的随从如同雕塑般一动不动地站着。

是他——在闹市上遇见的那个侯爷。

看到这个侯爷，婉宁想起那些死士。

侯爷说的庄子上进了歹人，难不成就是那些人？

婉宁低头吩咐童妈妈："妈妈再去问问清楚……"侯爷见过童妈妈，会知道她问的是什么意思。

听到脚步声，裴明诏抬起头看到了童妈妈。

姚七小姐还真是聪明，这样让人来问，不用遮遮掩掩地来回禀告，也不用他再费心思向里面传话。

童妈妈上前行了礼："这位公子，我家老太太想知晓公子说的歹人，可是从前在街面上见过的。"

七小姐托了老太太的名号来问，想得很周到。

裴明诏颔首。

真的是。

童妈妈想起那些人还心惊胆寒，这些人怎么偏进了姚家的庄子。

裴明诏伸手指了指不远处的庄子，再一次询问："那庄子上平日里来往的人可多？"

童妈妈道："应该不少，不说伺候的人，白天也有来来往往忙碌的下人、长工和佃户……"

裴明诏显得十分谨慎："你跟老太太说，那些歹人留在庄子上，定是祸患，我们会等到姚家将庄子里面安排好了再进去。"

这位公子说得挺好，可是要怎么安排？

童妈妈应了一声，回到屋子将裴明诏的话说了。

二老太太仔细想了想，看向旁边的桂妈妈："我记得三老太爷的姨娘住在那个庄子上。"

桂妈妈道："老太太这样一说奴婢也想起来了，是蒋姨娘住的地方。"

原来蒋姨奶奶住在这里，离城不远，又在家庵的旁边，跟前有小普陀寺，这个地方清静又安全。

婉宁道："蒋姨奶奶刚好在家中。"

二老太太点头："那还好一些。"

那些人躲进去了，现在一时半刻虽然看着没事，到了晚上又不知道会怎么样。

童妈妈道："要不然奴婢去知会一声，让庄子上的人都小心地撤出来。"

"一传十，十传百，只要谁不小心吆喝了，就会惊动歹人。"婉宁还记得那些人为了逃跑将路边的孩子当做沙包丢给侯爷的情形。

桂妈妈也有些着急："那要怎么办？"

婉宁坐着没动，半晌才抬起头看向童妈妈："妈妈去跟那公子说一声，我有法子，不用他们进庄子。"

童妈妈弄不明白，不用进庄子？那怎么抓人啊？

婉宁看向二老太太："事急从权，二祖母，孙女去跟那公子说一声。"

婉宁上了马车，童妈妈将车帘拉开一条缝，隐隐约约能看到外面的人。

姚家车马已经走了不少，姚七小姐的那辆车就等在那里。

这个小姐胆子大裴明诏已经见识过了，只是不知道她还有什么好主意对付那些死士。

裴明诏走到车窗外。

帘子上影影绰绰映着个人影，梳着双螺髻，五官轮廓十分的清秀，微微抬着下颔。

"有件事我想问公子。"清晰的声音从车厢里传来。

裴明诏道："请说。"

婉宁道："那些人是不是行踪诡秘，在公子四周伺机而动？光天化日之下可曾主动与公子交手？"

那些死士都是趁他不备偷袭，上次也是互相追赶才到了街面上，姚七小姐只见了那些人一面，怎么知道得这么多。

裴明诏目光微敛："没有。"

马不时地轻嘶着。

比起他那些剑拔弩张的随从，姚七小姐就显得十分从容。

"他们做的是隐蔽事，不会引人注目，习惯了昼伏夜出，因此不到关键时刻更不会大动干戈，他们会逃到姚家的庄子上不是为了杀人，而是为了暂时栖身，这里是城外，如果姚家的庄子不适合停留，最好的办法不是闹出动静，而是悄悄地换另一个地方躲避，所以只要姚家的庄子不再适合他们躲藏，他们就会从庄子里出来。庄子的西门，直通小路，我让下人将西门让出来，公子带着人在那里等候，不过，请一定要等到那些人都从姚家庄子里出来才能动手，免得乱起来伤及无辜。"

她见过那些人，能推断出在这样的情况下，那些人会做出什么样的选择。

婉宁顿了顿："如果这样做不成，公子再去庄子里抓人。"

这是推算出庄子里藏身的死士会怎么做。

一口气说出来如数家珍般熟悉。

裴明诏不禁惊讶，这个七小姐言之凿凿，仿佛肯定这些人一定会从西门出来。

若是平时，裴明诏不会相信。

在街面上见过这个姚七小姐，在小普陀寺听了姚家人说起姚七小姐，现在又听姚七小姐说出这样一番话。

裴明诏细长的眼睛微闪，他觉得可以试一试，他想知道姚七小姐要怎么安排。

"我让人去庄子的西门。"

婉宁点点头，吩咐童妈妈："去庄子上知会一声，就说二老太太来了，让庄子上的人都到前门来迎接。"

婉宁顿了顿："聚的人越多，那些死士越不会过来。"

裴明诏很好奇，他是个男子，经常在外办事，姚七小姐这样年纪的小姐，应该只懂得内宅的事，怎么能说出这样一番话来："小姐怎么知道人多死士就不会过来？"

婉宁道："那些人习惯了黑暗、冷清的地方，嘈杂的地方对他们来说，不是舒适环境。"

这话不难理解，只是，他第一次听到有人这样说。

婉宁接着道："庄子上多少存了些炮仗，秋天收粮的时候应该不会用完，一会儿在前门放炮仗，做出大动静。"

有了动静，人就会慌张，尤其是那些逃命躲避的人。如果他们心思缜密，就会出来查看，如果他们做事小心，就会知道庄子上已经不适合躲避。他们会选一条小路，通往离城更远的方向，人烟稀少方便消失的小路。而那里，有人等着他们。

都安排妥当，留几辆马车来摆摆样子，婉宁隔着窗子道："公子，我们留在这里也是碍事，就先行一步。"

婉宁话音刚落，马车开始前行。

裴明诏看着消失在路上的青顶马车。

姚七小姐也不用等结果，好像知道必然会这样。

又说留在这里碍事……

不但将情势看得很清楚，做事干净利落，人也很直率。

从前他怎么从来没遇到过这样的女子。

裴明诏转头看向随从，目光中露出冷冽来："这次不能再失手。"

随从道："侯爷放心吧。"

一阵炮仗声响，安静的庄子忽然热闹起来。庄子上的下人都皱起眉头捂住耳朵，欠着身子笑着，不知道有什么喜事，突然之间放起炮仗。

炮仗好像一时半刻放不完似的，空气里传来一股特有的硝石味道。

黑暗里的几个身影仿佛忍耐不住，悄悄地走出来。

大户人家的庄子，遇到重要的事才会放炮仗，现在一丁点的风吹草动，对他们来说都不利，几个人互相看了看，向僻静的地方走去。

城外几个庄子连着，走出这里，不远处就又有藏身之地。十分顺利地出了庄子，几个人沿着小路向前走，一阵脚步声传来，本来平静的草丛里，忽然钻出了人影。

中了埋伏，有人在这里等着他们。

黑衣人想要择路逃跑，已经来不及了……

裴明诏眯起眼睛，从前他吃亏是因为毫无准备，现在他事先布置好，这些死士已经没有任何的机会。

等在庄子的西门。

裴明诏耳边又传来那清澈的声音。

果然如她所言。

将族人带回城，又布置好庄子上的事，才不慌不忙地离开，这个姚七小姐还真不一般，这次来泰兴，让他最意想不到的是，遇到姚七小姐。

二房老太太离开之后，姚家忽然之间比平日里要安静了许多。

老太爷关在屋子里连饭也没吃，还是蒋姨奶奶亲手将饭菜端进去，六老爷被抓走之后，六太太顿时慌乱起来。

就连二爷和四爷也无精打采地坐在书房里，族学也不去了。

寿氏在房里哭："我可怎么办啊。"

寿远堂皱起眉头："二姐哭什么，这世上就没有用钱做不成的事，更何况姚家有官名在身，姐夫定然会被放出来。"

"你不知道，这次不一样了，朱大人都被抓了，我们还能去求谁，那个巡漕御史是陈家的表亲，老太爷让人去请说话，他却脸面也不给，抓了人就去衙门……"

"这样查下来，我们可都要完了。"

寿远堂本来轻松的神情也阴沉下来："二姐说抓人之前，家里已经有人知晓？"

是有人知道。

提起这个，寿氏多添了怒气，神情也狰狞起来："就是那个婉宁，三老爷家的婉宁，早知道我就治死那丫头，现在好了，让她来祸害我。"

寿远堂鼻翼一动，脸上立即露出不满："早就让你跟你家老太爷提，将那丫头许给你娘家侄儿，到时候进了寿家门，还不是我们说了算，你想怎么折腾她就怎么折腾，你偏说只怕是你侄儿人太愚钝娶不得……现在可好了，落得这样的结果。"

"别说这些，"寿氏抬起头来谨慎地看看周围，"今年你可拿了漕粮？"

寿远堂点点头："拿了，今年大旱，赚得比每年都多，不拿便宜了那些粮长……"

"那可怎么办？老爷被抓现在还没有什么证据，将你的漕粮查出来，我们真就完了，"现在的漕粮就是烫手的山芋，寿氏道，"好弟弟，快想想法子将漕粮卖出去。"

寿氏话到这里。

段妈妈进了门。

寿氏道："怎么这样慢。"

段妈妈无可奈何："那泰兴楼才开张，买茶点的人排了一条街，下人好不容易才见到掌柜……"

寿远堂听得段妈妈的话："是不是东市的那家茶楼？"

段妈妈点头："对，就是那家泰兴楼。"

寿远堂不禁好奇："这是哪家来开的茶楼，怎么刚开张就这么多人排队等着买茶点。"

要不是今天出了事，寿氏也准备让人去买盒茶点。

段妈妈道："就算是排队，也买不上，泰兴楼的点心每天就卖几十份……"

寿氏皱起眉头看了段妈妈一眼,段妈妈才发觉自己说得远了,忙道:"泰兴楼的掌柜说了,他家的东家最近收了不少米粮,米价不比从前了。"

米价不比从前是什么意思?寿氏瞪大了眼睛仔细地听着。

"那边说,要少一些。"

少一些是少多少?寿氏有一种毛发竖立的感觉,她刚盘算着卖米,为什么米价就……不如从前了……现在好像连老天也在跟她作对。

段妈妈吞咽一口,不忍去看寿氏的脸,伸出一根手指:"要……要少一成,还说……他们家的船三天内就要回程,到时候收米可能要停一停……"

寿氏的脸色顿时变了:"不但价格要降一成……三天后还不收米了?"

段妈妈点头:"泰兴楼的掌柜是这样说的。"

怪不得,怪不得泰兴楼开张连茶点也不送来一盒,之前是要收米,现在米粮收够了,不准备再要,所以连拜会也省了……

寿氏脱力地靠在椅子上,她手里有些漕粮,本想着混在一起卖出去。

如果泰兴楼不买了,她真是要欲哭无泪。

寿远堂道:"着什么急,泰州买米的商家有的是,死了张屠户,得吃带毛猪不成?我已经找人去问价,就算是泰兴找不到商贾,泰州那么大还怕找不到合适的商贾来卖。"

"爹,"拉长的声音传来,有人掀开帘子,先伸进来一个大头,接着是油光光的鼻头和厚厚嘴唇,"爹,姑姑,妹妹不跟我玩,妹妹也不喜欢我拿来的玉佩。"

看着日益难看的侄儿,寿氏脸上都摆不出喜爱的神情,叹口气道:"你六叔有事,你五妹妹没有心思,你让丫鬟带着你去园子里玩吧!"这样的侄儿,她怎么能开口请老太爷将婉宁嫁过去。

寿文兴眼睛一转:"姑姑,那个……那个七妹妹去哪里了?"

去年在姚家看到婉宁之后,兴哥对婉宁就一直念念不忘,寿氏铁青着脸:"去二房老太太那里了,今天你恐怕是见不到。"

家里出了事,二老太太却带着婉宁在外面风光。

去家庵,从前是多么丢人的一件事,现在却被她们大张旗鼓地办起来,将老太爷立即就气病了。

听得寿氏的话,寿文兴顿时一脸的失望,用牙咬一咬厚厚的嘴唇,唇肉顿时被挤进大大的牙缝里,哎哟,寿氏胃里顿时一阵翻腾,她弟弟和弟媳妇怎么生出这样一个蠢孩子。

寿文兴跑过来坐在寿氏旁边。寿氏顿时闻到一股奇怪的味道,忙将鼻孔转向弟弟才得以喘气,相比之下弟弟本来平凡的五官顿时变得英俊起来,寿氏吞咽了一口,将让她反胃的寿文兴扔在后脑勺:"你这段日子没来,不知道都出了什么事。"

寿远堂觉得这件事很好办:"二姐别慌,不就是卖米吗?这件事包在我身上,我能办得妥妥当当。"

寿氏眼睛里有了许期盼:"三天之内能有消息?"

"哪里用得着三天,"寿远堂看着姐姐,姐夫被抓,姐姐也是慌了神,才这样急躁,"一天就能有消息。"

但愿如此,寿氏双手合十:"阿弥陀佛,但愿一切顺利。"

"别谢菩萨,"寿远堂道,"二姐不如谢谢我,过会儿将我和你侄儿带去给老太爷请个安,我得了确切消息,你那三嫂的父亲说不定已经承爵了,京里过来的消息就在路上,你就等着借光享福吧！"

寿氏瞪圆了眼睛："真的？真的承爵了？"从前虽然也听过这样的传闻，现在这些成真了，她心里顿时高兴起来，"那日后……日后……"

"勋贵的亲戚，不过就是一句话的事，能将姐夫怎么样，定然好端端地给送回来。"

勋贵还不是一句话的事，寿氏点点头："三嫂定然会帮忙。"

姚老太爷躺在蒋氏腿上，蒋氏用手慢慢地捋着老太爷的头发："您都是多大岁数的人了，怎么能跟孙女置气，也不怕说出去让人笑话。"

"我看婉宁那孩子挺好的，年纪虽然不大，但是……"

"好了，好了，"姚老太爷松开的眉毛重新皱起来，"能不能说点别的？你好不容易回来一次，也是来气我的不成？"

"我不气你，我不气你。"蒋氏顿时不再说话。

老太爷叹口气，急躁的心情随着梳理他头发的两只手慢慢平复下来，老太爷顿时握住蒋氏的手指："我想要将他们教养成你这样，到头来哪个也不成器，老四连书房也不敢出，老六只知道张扬，老三和老五倒是好，只是……也及不上你半分……"

"老太爷快别这样说，"蒋氏紧张地向外面看去，"让人听到……"

"你总怕被人听到。"老太爷皱起眉毛。

蒋氏低下头："家里的事我也不知道，老太爷是不是想三老爷和五老爷了？若是想了不如就去京里住些日子……"

族里现在一团乱，二房处处和他作对，姚老太爷闭上眼睛，他本想将族中大权握在手里，现在看来只要二嫂一天不死，他就没有这个机会。

"族里还有事……"

蒋氏试着劝说："日后再慢慢做也是一样，老太爷这样的年纪，委实不该太操心。"

"搬回家里住吧！"老太爷将脸埋在蒋氏怀里，头发已经花白却像年轻人一样呢哝着和蒋氏商量。

"不好吧，我还是习惯在庄子上。"蒋氏靠在引枕上，柔软的手仍旧在老太爷头上穿来穿去。

老太爷仿佛睡着了一样："我这辈子最亏欠的人就是你，我盼着老五能有个好前程，将来若是我先走一步，你去老五身边颐养天年。"

蒋氏轻轻摇头："老太爷快别这样说，我哪里有这样的福气，只要家里都安好，我在哪里都一样。"

老太爷忽然伸出手握紧蒋氏："我就听不得你这样说。"

"姨娘，"葛妈妈进来道，"六太太来了，说是寿家来人，想来给老太爷行礼。"

蒋氏忙将老太爷扶起来，吩咐葛妈妈："端水进来，我服侍老太爷洗脸。"

老太爷坐在床上不动，平日里在晚辈面前的威严顿时去得干干净净。

蒋氏拉扯着老太爷的衣袖："洗个脸，换件衣服，晚辈总不好不见。"

"不去了。"老太爷挥挥手。

蒋氏道："那怎么行，老六出了事，六太太正心神不宁，寿家来了人你再不见，那边不知道要怎么想。"

"你就是对谁心都软。"老太爷挪动了身子，蒋氏忙上前服侍穿鞋。

老太爷伸出手来整理蒋氏头上的发钗："今天别回庄子上了，就留在家里。"

蒋氏点头："今天不走了。"

老太爷如同要到了糖果的孩子，忽而笑了。

走出屋子，老太爷立即板起脸来。

见到老太爷，寿远堂带着寿文兴忙上前行礼。

"这些日子可好？"老太爷开口询问。

寿远堂忙站起身回话："都好，家中长辈让我给老太爷、老太太问安，请您二老有空去京里住住。"

老太爷点点头，转头看到寿文兴正四处看着，仿佛在找什么。

"兴哥。"

老太爷喊了一声，寿文兴却仿佛没有听到，仍旧伸着脖子向窗外看。

寿远堂不禁咳嗽，寿文兴这才回过神来。

"兴哥，你找什么呢？"姚老太爷忽然问起。

兴哥眨了眨眼睛，一脸的呆滞："老太爷，我找七妹妹，七妹妹也没在这里吗？"

老太爷眉头微蹙："你找婉宁做什么？"

寿远堂目光闪烁，没有喝住寿文兴。

寿文兴就自然而然地说出来："兴哥喜欢七妹妹，想跟七妹妹一起玩。"

顺着寿文兴的话，姚老太爷似是想到了什么，目光顿时一深，很快却又恢复寻常，嘴边却露出笑容来，看寿文兴也亲切了些："几个月不见，兴哥愈发出息了。"

看着姚老太爷的笑容，寿远堂心里豁然一亮，顿时站起身："老太爷说起这个，兴儿也不小了，小子想要替兴儿求门亲事。"

老太爷似是有些诧异地看过去："求亲？这么早就要说亲？想要娶哪家的女儿？"

寿远堂觍着脸笑："老太爷，家中的长辈都说，想要姚、寿两家再结亲，三老爷在京里，小子就一直想要上门提起，家中长辈说，让小子先和老太爷说一声，请老太爷做主……"

"老三？"老太爷怔愣住，"老三家的女儿婉宁还不到十三岁。"

寿远堂高深莫测："好女百家求，议亲、定亲下来也要几年，不提前说怎么好……"

老太爷捋着胡子："这事我还没想过……"目光落在寿文兴身上。

寿文兴第一次听到这样的话，傻傻地愣在那里。

老太爷忽然道："这孩子倒是很朴实。"

寿远堂脸上顿时露出笑容来："还请老太爷做主。"

老太爷摆摆手："老六被人带去问话，家里乱成一团……"说着顿了顿，"再说老三很疼婉宁，婉宁的婚事我也做不得主。"

寿远堂眼睛一转立即道："姐夫能有什么错，不过就是问问话罢了，小子在泰州还有不少的熟人，这就去活动一下，明日里说不定就能让姐夫回家，三老爷向来孝顺，老太爷说话比谁都有用。"

寿远堂看向寿文兴："我们兴哥也是好孩子。"

老太爷点点头站起身："去看看你姐姐，我也累了。"

寿远堂应了一声，站起身将老太爷送走，这才带着儿子出了屋子。

姚家这是怎么了？不过是一点点小波折就弄得全家上下人心惶惶。他就不信了，一个小小的泰兴谁还能翻出大天了，他是从京城来的，什么阵仗没见过，还能怕这些。

寿远堂一刻也不耽搁，吩咐下人去找收米的商贾，自己带着寿文兴一路赶到陈家的院子。

陈季然正吩咐下人收拾行装。

见到寿远堂，陈季然有些惊讶，很快就想起了寿远堂，上前行礼。

寿远堂笑着将陈季然扶起来："怎么到这里来读书？"

陈季然道："京里应酬多，母亲怕我分心，就让我过来几个月。"说着话，陈季然去看寿文兴。

寿文兴报以一个憨笑，手里攥着一只小巧的荷包。

"你表兄的事你可知晓了？"寿远堂径直询问。

陈季然点点头，他也没料到，崔奕廷会一下子成了巡漕御史，抓了泰兴知县和姚六老爷。

姚老太爷请他过去说话，他对巡漕御史查漕粮的事也是一无所知，来到泰兴这么久，表兄一个字也没向他透露。

"我也是才知道，之前表兄没跟我说起。"

寿远堂更有了几分把握，崔奕廷不过是个浪荡公子，从小就名声在外，这是谁都知道的，不可能不声不响地做成这样的大事，巡漕御史看起来官职不大，却是"内差"，只有皇上信任的人才能任此职，崔奕廷一没功业，二没名声，怎么可能不声不响地做了皇上的心腹，唯有一种可能，就是崔家走了门路。

泰兴出了事，泰州府衙内也是一片慌乱，人人都在议论，唯有知府大人安坐在堂中，因为崔奕廷是崔尚书的侄儿，一个家族能发迹都是因为族中子弟互相扶持，崔奕廷如果针对叔父，在崔氏一族中就是大逆不道，这样不讲情分的人，不但会一下子声名狼藉，而且族中子弟无帮，早晚难以立足。

崔奕廷再怎么傻也不会傻到这个地步。抓一个朱应年也就罢了，小官小职，用来邀功，崔奕廷还真的能公正严明，不讲情面不成？

他就不信，崔奕廷会这样做，整个泰州府都不信崔奕廷敢这样做。

弄清楚崔奕廷的意图，就会觉得这个人没什么可怕。

寿远堂正思量着，陈季然问寿文兴："你手里拿着的是什么？"

寿文兴抬起头来，擦了把汗喘着粗气："是我送给七妹妹的荷包。"

"七妹妹？"陈季然道，"是你家里的七妹妹？"

寿文兴摇头，忽然咧嘴一笑，口水从牙缝中间流出来："是姚家七妹妹。"

姚家七妹妹？是姚婉宁？

陈季然怔愣在那里，寿文兴怎么会惦记着送姚七小姐荷包？寿文兴厚厚的手掌揉搓着，忽然低下头在陈季然耳边低声道："父亲和姚家长辈说了，要将七妹妹许配给我……"

寿文兴脸上是得意的神情。

谁都知道寿文兴先天有些愚钝，相貌也丑陋，陈季然听母亲说过，寿家早就放下大话，不是好人家的小姐不娶，要给寿文兴娶个漂亮、聪明又能持家的好媳妇，母亲就笑，寿家人说大话真不怕脸红。难不成姚家长辈真的要将姚七小姐嫁给寿文兴？

不知怎么的，陈季然心里如同有一块石头坠着，让他觉得不舒服起来。

寿远堂显然隐约听到了儿子说话的声音，并没有反驳。

陈季然眼前浮起姚七小姐清新秀丽的面容，姚家怎么也不可能答应会将这样的小姐下嫁给一个连平常人都算不上的寿文兴。

陈季然半晌没有说话，寿远堂开口道："怎么样？崔二爷可会来吗？"

陈季然这才回过神来："我让人再去问问。"

没想到崔奕廷架子这样大，等了两个时辰，寿远堂终于坐不下去了，明知道崔奕廷是个初生牛犊，现在他却又不敢得罪。

寿远堂写了张帖子，"三爷让人帮我送去。"

帖子上写得清清楚楚，他又不是没见过崔尚书，拿长辈压下来，再提起寿家和武兴侯的关系，到时候崔奕廷应该会见他。

送走了寿远堂父子，陈季然骑马到了崔家。

崔奕廷正忙着和幕僚说话，陈季然就坐在堂屋里喝茶。

"你这是怎么了？"

看着眼睛发直的陈季然，崔奕廷进门坐在一旁。

陈季然这才回过神，将手里的帖子递给崔奕廷："是京城的寿家三老爷。"

寿家……是姚六老爷的妻族，这样送帖子来，是觉得他作为崔家子弟，会给崔家京中的旧识一个面子。

"你还记不记得寿家有个少爷，"陈季然说出这话，立即就摇头，"我们只是小时候见过一面，你不认人，肯定不记得……"

崔奕廷朝陈季然看过去，语气淡然："你说的是寿文兴。"

陈季然有些诧异，没想到崔奕廷还能记得寿文兴："就是他……他……要娶姚七小姐。"

崔奕廷端着茶碗的手顿时停在半空中，目光微深："你说什么？"

陈季然道："我听寿文兴说，寿远堂要为他求娶姚七小姐……"

一个女子年少时靠长辈，嫁人后靠夫婿。

姚家很懂得什么叫做釜底抽薪，怎么让一个十二岁的小姐乖乖听话。

姚家和寿家做出这种卑鄙、下贱的事，还真是和从前一模一样，为达目的，无所不用其极。只是因为沈家和姚七小姐没听话，姚家就想出这种招数。

姚老太爷看起来一身浩然之风，让人崇敬，却做出这样的事来。寿家也算是有眼光，找了这样一个亲家，如今还想着亲上加亲。

寿家看上姚七小姐，恐怕还因为姚七小姐会有丰厚的嫁妆。

他虽然知道沈家会通敌卖国，但至少现在沈家没有露出这样的端倪，姚七小姐这次反而还在漕粮上帮了忙。

倒是姚家，已经远远超过了他从前的认知。

姚家、寿家想要做一条绳上的蚂蚱，他就将他们拴在一起。

崔奕廷眼前浮起姚七小姐模糊的面容。

他会让人盯着沈家一举一动，却不会欺负一个十二岁的小姐。

崔奕廷脸色顿时沉静下来，吩咐身边下人，"将帖子送还给寿三老爷，跟寿三老爷说，姚六老爷关在泰兴县大牢，他可以带人去探看。"

寿远堂接到帖子，收拾好东西直接就奔泰兴县大牢。

寿氏如同一只热锅上的蚂蚁，在屋子里团团转。

段妈妈快步进了屋："回来了，回来了。"

寿氏眼睛一亮看过去："都谁回来了？"

段妈妈道："只有寿三老爷……没有……没有别人了……"

老爷没跟着回来，弟弟也没能将老爷从大牢里救出来，寿氏整个身子又瘫软下来。

"太太别急，还是听听舅老爷怎么说。"段妈妈低声劝着。

寿氏勉强点头，坐在椅子上等着寿远堂。

一炷香的功夫，寿远堂进了门。

"怎么样？"寿氏的眼睛深凹进去，一眨眼的功夫整个人如同被吸瘪的柿子一般，干巴巴地垂着厚厚的皮。

寿远堂的神情没有走的时候那样意气风发，眼睛里反而带着些许的惊吓，姚宜春刺耳的喊声还在耳边，大牢的尽头是刑室，有人在不停地喊叫着。

在大牢里，姚宜春一把拉住他的手，告诉他："朱应年，朱应年，朱应年什么都招了，朝廷会查姚家……会查姚家……"

"将米粮烧了，快……将米粮烧了……"姚宜春紧紧地箍着他的手腕，又疯疯癫癫地喊，"完了，都完了。"

朱应年惨叫的声音不绝于耳。

大牢里有一股烧坏肉皮的味道，姚宜春满脸的血污，满身的尿臭。

一眨眼的工夫，人就被折腾成这个模样，这个崔奕廷真敢下手。

他走的时候，狱卒还在议论："崔大人说了，将轻犯放了，牢房要腾出来，这些日子会有不少人下大狱。"

放轻犯，腾牢房。这个崔奕廷不准备只用朱应年来邀功。

"三老爷……"

下人的声音传来，寿远堂转过头去。

"三老爷，从前收米粮的那些商贾，如今都不敢收了，说朝廷这两日就要上门查检，已经有文书下来，先被查检的就是泰兴县里几个大商贾。"

寿氏瞪圆了眼睛，不受控制地道："我就说，我就说会这样……一定会这样……"她真是没想到，没想到有一天还会愁卖米，前些日子要将米粮卖给沈家时，她还准备好好拿捏沈家一把。

谁知道不过是转眼的工夫，她就要求着人来买她的粮食。

难道真的要将米粮都烧了？烧也会留下痕迹，万一烧到半截引来官府又要怎么办？如果能悄无声息地运出泰兴，至少还能卖得一些银钱……

寿氏忙看向段妈妈："让人去找泰兴楼的掌柜，说我家要卖粮食……"

段妈妈道："价格……"

现在她哪里还顾得上价格，"就按他们说的办……"好在泰兴楼的东家有船在不怕运不出去，泰兴楼就是她的救星。

她的大救星。

"好弟弟，你也将手里的漕粮卖出去吧，你可千万不能有事，你有事可让我怎么活，"寿氏看着寿远堂，"那泰兴楼是山西过来的商家，朝廷一时半刻不会想到那里，他们的船几日内就离开泰兴，这是老天要放我们一马，千万不能错失良机，等我们闯过这一关，以后的事都好说。"

"赔了银钱没关系，只要人在……将来我帮你一起求娶婉宁，婉宁带着厚厚的一笔嫁妆，你放心,定然不会亏了你。"

将二老太太送回姚家,婉宁去了沈家。

沈敬元脸上满是笑容:"如今泰州府的商贾,只要手里有米粮的都是人人自危,生怕查到他们头上,多少家都开始不收米粮。"

"就我们家还像从前一样,"沈敬元说着看向婉宁,"这件事多亏了婉宁,要不然只怕要掉进朱应年的圈套。"

"泰兴楼怎么样?"婉宁一路过来,只看到有人在排队。

沈四太太笑道:"你那法子管用了,现在人人都知道泰兴楼,今天才第一天开张不知道就要卖出去多少茶。"

光凭品质好的茶和别人没见过的茶点,泰兴楼的生意定然会红火,何况她还用了些打响招牌的手段。

婉宁道:"崔奕廷有没有再来查看我们家的米粮?"

沈敬元摇摇头:"上次差点买了漕粮,我就吩咐人多安排了人手,但不见有人来查看。"

崔奕廷是巡漕御史,不知道他是想要抓一个朱应年了事,还是真的会像李御史一样刚正不阿地将漕粮查个清清楚楚。

说着话,焦无应进了门:"七小姐,寿家人来卖粮了。"

寿氏上当了。

焦无应道:"我们要怎么办?就将粮都收来?"

婉宁摇摇头:"你去跟着看粮,若是漕粮,我们不能买。他们一定要卖漕粮也不是不行,就还要卖给我们一些去年存下的旧粮。"

每年存粮是要等到漕粮都上缴之后再收购,今年南直隶都没有上缴足够的漕粮,哪里来的这么多粮食,所以寿氏才急着将手里的新粮脱手,否则她是怎么也说不清楚。

焦无应道:"那,能行吗?"

"而且陈粮作价,再低两成。"

焦无应一怔。

婉宁道:"带着寿家人去看看我们的船,弄好了立即就搬上船运走。"

现在姚宜春在大牢里,寿氏急着要将手里的粮食脱手,一定会答应。

沈四太太听着怔愣在那里。

她才到姚家时,婉宁就跟她说,要跟寿氏做一笔米粮买卖。

现在果然就做成了。

焦无应道:"若是……寿家人不答应……"

婉宁微微一笑:"焦掌柜就说,我们家在山西有几间酒铺,寿家就明白了。"

"为什么要说酒铺?"沈四太太不明白。

既然要买寿氏手里的粮食,她怎么也要在这上面下功夫,她不太懂生意,更不知道那些人贪墨了漕粮要怎么销赃,特意让舅舅去查问。

婉宁看向沈敬元:"舅舅说,倒卖漕粮是掉脑袋的事,所以……要洗粮……将漕粮送进酒铺酿酒,酒铺另收一些正当的米粮,这样一来,谁也不知道酒铺用来酿酒的是什么粮食。"

所以她要去年的陈米,寿氏也不会惊奇,反而会觉得泰兴楼的东家深谙此道。

将米粮交给一个懂行的人,会更加妥当。

姚宜春被抓，寿氏虽然在姚家，也像身处大牢之中，恨不得立即找到一扇窗子从里面爬出来。

现在她就来做这扇窗子。

陈季然心里乱成一团麻。

"三爷，咱们要将这些东西都带走？"

陈季然仿佛没有听到下人说话的声音。

姚家到底会不会将姚七小姐嫁给寿文兴。

如今姚三老爷仿佛不管这个嫡长女，姚老太爷也不太喜欢这个孙女，姚七小姐还逆着三房，帮姚家二房握紧了姚氏族长之位。

怎么看，姚老太爷也不会为姚七小姐的终身好好考虑。

就算姚七小姐现在有沈家倚仗，可生母被休之后，沈四老爷不算正经的舅舅，有点嫁妆傍身又能怎么样？反而徒增算计。

他来泰兴的时候，母亲提起和姚家的婚事，还说可惜了姚家没有好女儿，这门亲还不知道怎么做。

姚七小姐虽然是嫡长女却生母被休，姚三老爷身下的姚六小姐名声不错，也得姚三老爷欢心，却毕竟是个庶女，姚三老爷的继室这些年又没能生下一个女儿。

母亲为此发愁，悄悄地跟父亲说，都怪祖父和姚老太爷定下什么婚约，如今儿子辈没有做成亲家，还要孙子辈来偿还，母亲劝说父亲，反正他年纪不大，不如等求了功名再说。

他听了松口气很感激母亲。

可是现在……现在他怎么会想起这件事。

是因为替姚七小姐不平……

陈季然忽然站起身，旁边的崔奕廷正在擦手里的剑："干什么去？"

陈季然道："不如让人告诉姚七小姐一声，让她想想办法……"

"她能想什么办法？"崔奕廷抬起头问过去。

陈季然顿时僵在那里，是啊，她一个小姐能想什么办法？陈季然吞咽一口："可以去求二老太太。"

"二老太太管得了三房孙女的婚事？"

陈季然深深地吸了口气："那你说怎么办？"

崔奕廷站起身，脸上是淡然的神情："寿远堂能放纵儿子在你面前提起这些，就能让消息传开，不用你送信，姚七小姐也会知道，姚七小姐的性子又不是逆来顺受的人，想要帮忙用不着急匆匆地赶去，等到恰当时候，推波助澜。"

崔奕廷说着将剑回鞘，顿时撞出一个清脆的声音。

"二爷，"陈宝庞大的身子晃进门立即让整间屋子都显得狭小起来，"从姚七小姐那边传过话来，事情办妥了，姚七小姐，漕粮和人归您，陈米归她，"说着顿了顿，"还要二爷答应，将她垫出去买米粮的银钱还给她。"

到底还是让她将事做成了。

不用他大费周章就直接将米粮送到他的眼前，让他腾出手来做别的事。

从崔家到京城，从京城到泰州府，从泰州府到泰兴，他从来没有觉得这样的轻松。

崔奕廷看向廊下的鸟："将东西送给姚七小姐，银钱我会还给她，既然是买卖，就不会让她蚀本。"

陈宝觉得奇怪，送什么不好，为什么要送只鸟。

姚七小姐之前送来一只蚂蚱，现在少爷回一只笨鸟，陈宝向鸟儿努了努嘴，这东西送走了好，免得在廊下叽叽喳喳。

寿氏想要见泰兴楼的东家一面，让人将焦掌柜请了过来。

"能不能和东家说一声，粮价高一些，明年我们家有粮还卖过去。"

焦掌柜摇摇头："不是东家不肯，如今……真的是冒着风险，不要说泰兴，泰州府也没有几家在收粮，现在官府没有查到我们头上，所以三天之内才要运出去，太太应该明白，这和寻常时候不同。"

寿氏从来没觉得见一个东家这样难。

"若不然，太太还是想一想再说。"

眼见焦掌柜要告辞，寿氏吞咽一口："卖，我卖了，要跟东家说好，这粮食要立即送出泰兴。"

焦掌柜立即躬身："别说您急，我们也急着呢。"

寿氏想想米价，就如同剜心一样的疼，要将囤的米都卖出去……还要低两成的价格，泰兴楼是一点点在磨她的血肉啊。寿氏将牙紧紧地咬住，她让人买些东西去拜会泰兴楼的东家，结果人没见到，还带回来了买陈米的消息。

真是虎落平阳被犬欺，她现在偏偏又没有别的法子，也不知道该去求谁，谁还能帮帮她。

寿氏觉得自己如今正躺在磨盘上，血肉模糊。

不知怎么的她就想起婉宁的话，"卖了就不能后悔。"

卖了就不能后悔，这丫头好像一早就看到了今天的结果。

这个死丫头。

等她缓过气来，一定要好好收拾她。

寿氏仍旧不甘心，隔着屏风站起身，看向旁边的段妈妈。

段妈妈立即道："焦掌柜，真的一点余地都没有了？"

姚家人一点都不知道，泰兴楼的东家就是七小姐。

平日里若是对七小姐好一些，哪里会像现在走投无路。

这个姚六太太还想要见东家，东家就算站在她眼前，她也是有眼不识金镶玉。

"没有了。"平日里不给七小姐留余地，现在还想要余地，哪里会有……

寿氏顿时坐回椅子上。

泰兴楼竟然这样不好说话，连一点颜面也不给她留，这里毕竟是泰兴，他们姚家是大族，泰兴楼就不怕得罪他们，将来在泰兴难以立足……

她不想卖粮食，可是她却又不能不卖。

被人握住的感觉，是这样喘不过气来。

"那就这样吧，"屏风后传来寿氏虚弱的声音，"事不宜迟，早些来搬运米粮。"

"老太爷真要将婉宁嫁去寿家？"老太太诧异地看向老太爷。

姚老太爷道骨仙风的脸上，如同古井水般不起半点的波澜："光是这样怎么能将沈家拿捏住，再说，还要和老三说一声，等事情办好了已经个把月以后，太慢……"

太慢，他要的是立竿见影。

再说光明正大地将孙女许配给一个傻子，他脸面上也不会好看。

他不是老六媳妇不是寿家，不会愚蠢到这个地步。

那老太爷要怎么做？老太太一时也想不明白。

"要将这件事让沈家知道。"老太爷淡淡地道。

老太太颔首："已经打发人去传消息。"

老太爷垂下眼睛："慢慢等着吧，沈氏早就被休，婉宁靠着沈家做出这些不合时宜的事，总觉得有二老太太撑腰，我奈何不了她……可礼法在那里，她若是还想靠着沈家就要离开姚家，若是还想留在姚家，就要彻底和沈家断绝往来。"

"自古都这样断家务事，我也是个读书人，应该学学先贤。"

第八章　钦佩

沈四太太带着下人去看昆哥。

"可歇下了？"

院子里静悄悄的。

春桃摇摇头："没有呢，六爷还在看先生讲的书。"

可惜就是没有好西席，请来的先生都是拉着长腔的"之乎者也"，她在窗外听了几句，只觉得头昏脑涨，难为昆哥还能听进去。

沈四太太看一眼春桃："别让六爷太乏了……"

春桃点点头："一会儿奴婢进去服侍就劝一劝。"

六岁的孩子应该是玩性大的时候，昆哥什么都不喜欢，一门心思扎在书堆了，这是像谁啊。

难不成是像那狠心的姚宜闻。

"呸呸"沈四太太在心里吐了两口，昆哥才不像那只说一套做一套的中山狼，辰娘要不是被他骗了，还不至于如此，婉宁也不会过得这样辛苦。

沈四太太带着人回到主屋，刚换了衣服，沈敬元就进了门，沈四太太忙上前服侍。

沈四太太看着满脸喜气的沈敬元："老爷怎么这样高兴？"

沈敬元强忍着笑意："这几天家里来来往往的人你没瞧见？"

沈四太太埋怨："都是来找老爷的，妾身怎么知道。"

"我们家终究是有名的商贾，虽然盐业不如从前，架子还在那里，泰州的商贾听说我们家差点被诬陷倒卖了漕粮，都来打听消息，"沈敬元道，"朱应年给我们下了套，如今他的朋党也找不到商贾来卖粮，还不得乖乖地去求泰兴楼。"

平日里看不起商贾，最后还是要求到商贾，他们从前倒卖漕粮，用的都是自己人，如今朝廷查下来，他们哪里还敢动弹，就想将一盆脏水泼到别人身上顶罪。

和姚家结亲这么多年，沈敬元对这些人的做法早已经司空见惯，所以才有许多商贾一夜之间家破人亡。

"扬州府、泰州府，我们的生意最多，消息这才传得快，让姚家知道，我们沈家不只是有几个闲钱。"

痛快。

沈敬元看姚家像落水狗一样，就觉得扬眉吐气。

"辰娘被休的时候，我有一次去姚家被挡在门外，我回来没跟你说，你知道姚家下人怎么说我？"那时候他憋着一口气，谁都没说，他怕气坏了母亲，伤了辰娘，毕竟还有婉宁在姚家，他也不能让沈家人和姚家断绝了往来。

沈四太太一怔，没想到老爷还有这样一件事瞒着她。

沈敬元目光沉下来，一个字一个字地道："姚家的下人说，不认识我是谁，不能放我进去。"

沈四太太抽了一口冷气。

沈敬元眼睛睁大，仿佛在重复当时的愤怒和错愕："怎么说也结亲十几年，居然说不认识我是谁，每年节庆我给姚老太爷送孝敬的东西，那时候他们怎么高高兴兴地给我开门，那时候怎么不说，不认识我是谁？"

沈四太太看着老爷脸上浮起自嘲的笑容，眼泪忽然之间落下来，原来老爷受了这么多的委屈。

"他姚家看不上我们沈家，当年就不应该娶辰娘，"沈敬元咬着牙，"我想给辰娘讨个公道，但是我没本事，姚家说，若是再纠缠起来，就要去见官。"

"有个官就了不起，我就是没有考上功名……"

说完这些话，沈敬元坐在椅子上："我想过会有这一天，只是在心里想，想姚家多行不义必自毙，我等着看姚家落难那天，到时候我们家就远远地站在旁边，看着姚家受报应。"

沈四太太擦擦眼泪："现在好了，总算和从前不一样了，姚六老爷也被朝廷去问话……"

"他们是多歹毒的心，"沈敬元眉头紧锁，"我没想到他们真会串通朱应年陷害我们沈家，如果当时被抓个正着，大哥和我都要入狱，沈家要怎么办？"

沈敬元话音刚落，谭妈妈进来道："四老爷、四太太，咱们家买菜的婆子出去遇到姚家三房的下人，听说了一件事。"

谭妈妈说到这里欲言又止。

沈敬元皱起眉头："到底是什么事？"

谭妈妈道："说三老太爷要将七小姐配给寿家的那个傻子。"

沈敬元只觉得五雷轰顶，头发丝都竖立起来："什么叫配给那个傻子？什么傻子？"沈敬元忽然想起，"是寿氏弟弟家的那个孩子！"

沈四太太脑子里隐隐约约勾勒出寿文兴的样子，她身上的鸡皮疙瘩顿时冒起来，脸色也变得铁青："姚家怎么敢这样？他们还有没有良心！"

要将婉宁嫁给一个傻子。

就在他们眼皮底下，将婉宁嫁给寿家的傻子。

这是要做什么？

让他亲眼看着外甥女放在砧板上，现在任由姚家宰割，将来落到寿家手里……

沈敬元只觉得胸口一团热气，有股腥甜腥甜的东西直往上涌，一双眼睛里满是红血丝："他敢，他敢这样，我就跟他拼命，我沈敬元豁出一条命来，也不能让他这样害婉宁。"

沈敬元说着就要向前走。

"老爷，老爷，"沈四太太一把拉住沈敬元的衣袖，沈敬元不肯停下，拉拉扯扯间沈四太太摔在地上，"老爷，妾身不是不让你去，我们要仔细思量，才能帮婉宁脱身，现在都已经什么时辰了？天快黑了，定亲不是一时半刻就能达成的，我们想一晚，明天再去也是一样。"

听着沈四太太的话，沈敬元有些犹豫，拳头仍旧紧紧地攥起来，浑身颤抖。

"婉宁毕竟是姚宜闻亲生女儿，是姚三老太爷的亲孙女，他们怎么能这样……做出这种事来。"

沈四太太含着眼泪："老爷忘记婉宁说的话，无论什么时候都不能逞一时之气。"

沈敬元的脊背慢慢地松懈下来："那就等到明日，明日我去姚家跟姚老太爷讨个公道，我看他要怎么说？他当着我的面，敢不敢说将婉宁嫁给那个傻子。"

婉宁和二老太太说了会儿话，二老太太高兴地笑了一下午，终究是年纪大了，不知不觉中就睡着了。

桂妈妈道："七小姐就是厉害，平日里老太太哪里能睡得这样安稳。"

看着二老太太安详地睡着，婉宁心里也很舒坦。

"七小姐也去躺一会儿吧！"

婉宁点点头，带着童妈妈到碧纱橱里躺了一会儿。

窗子半开着，婉宁握着扇子轻轻地摇，幔帐随着清风飘动，不一会儿工夫她就睡着了。

"七小姐。"

童妈妈的声音传来，婉宁睁开眼睛天色已经暗下来。

外面是二老太太的声音。

"二祖母起身了？"婉宁问过去。

童妈妈点头："也是刚刚起身，听说是永安侯来了。"说着顿了顿，"这些日子忙坏了小姐。"

婉宁听到"永安侯"三个字，抬头问童妈妈："外面有什么事？是不是歹人抓到了？"

童妈妈道："抓到了，侯爷来拜见，正跟二老太太说话。"

婉宁换好衣服，桂妈妈进来道："七小姐，老太太请您过去说话呢。"

是因为那位侯爷？

婉宁走出碧纱橱，过了内室到主屋里。二老太太坐在主位上，下面坐着一个穿着蓝色直裰的男子，二十三四岁的年纪，两道英挺如刀镌刻的眉毛，虽有几分风尘仆仆，目光依旧清亮沉稳。

婉宁上前见礼。

姚宜州脸上惊讶的神情还没有褪去。

"侯爷说，照婉宁的话将人都抓到了？"

裴明诏简短地说了一遍："在庄子的西门抓到了人。"

姚宜州松了口气："三房那边应该也知道了。"

婉宁在二老太太身边站好。

裴明诏看过去，姚七小姐脸上还没有完全褪去稚气，长长的眉毛如远山，一双眼睛盈盈如秋水，微抿着嘴唇，安静从容地看着他。

在马车里姚七小姐将那些死士的事说得那般清楚，一字一句没有半点的偏差。

想想那些话，再近处看姚七小姐，让他有一种眼前豁然明亮的感觉。

姚七小姐不只是个姿容秀丽的小姑娘。

"人抓到了，有件事我想问姚七小姐，"裴明诏顿了顿道，"姚七小姐可知道怎么才能让那些人开口说话。"

这些日子他们一边抓人一边问话，就不知道他们将世子的乳母抓去哪里了，乳母有没有说出世子的行踪。

今天抓到这几个，他让人也像从前一样审问，却没有问出一句话。

他想到姚七小姐说过的那句话，"那些人习惯了黑暗、冷清的地方，嘈杂的地方对他们来说，不是舒适环境。"

一个才见过这些人一次的小姐，却能说出这样的话，让他不得不相信，姚七小姐有别人没有的法子。他这才直奔姚家二房来询问。

了解这些人，才能从这些人嘴里套出话来。

裴明诏简单地将整件事说了："现在要知道那些死士将人藏在哪里。"

原来是这样，怪不得侯爷抓到了死士怕他们自杀就将嘴里的牙都打掉了。

婉宁想了想，抬起眼睛，目光流转间让她更加光彩照人："可以试一试。"

裴明诏不由得侧耳聆听。

普通的审讯方法没用，就要用用别的法子，婉宁抬起头："侯爷有没有试过让人将他们的眼睛蒙起来。"

这是最简单的方法，人的眼睛被蒙起来，他们就会有个心理错觉，以为他们看不到东西，别人也看不到他们的神情，这样就容易疏忽而出纰漏。

要从这些人里找到心理意志相对薄弱的人，然后想方设法撬开他的嘴。

裴明诏没听说过这样审问的方法。

婉宁道："侯爷已经将衙门里用的法子都用了，不妨换种试试，"说着看向二老太太，"如果能保证这些人不会逃脱、伤人，倒是有个地方适合审问。"

裴明诏正在思量姚七小姐的话。

"侯爷在泰兴县可有庄子？"

虽然他觉得姚七小姐问的话有些奇怪，和他要审问那些死士关系不大，尤其是每次看到那稚嫩的脸，心中总有几分疑惑，可既然他带人过来问起，就疑人不用，用人不疑，他愿意听个仔细。

裴明诏道："在泰兴县里没有。"

"那就只能用我们家的庄子，"婉宁道，"庄子上人多，老幼妇孺人来人往，是那些人适应不了的嘈杂，要不是因此，那些人也不会从庄子上逃出来，不舒适的环境会让他们如芒在背，他们越想逃越要将他们放在那里。"

那些人没有人性，不怕死，更不怕受皮肉之苦，婉宁想起在街面上那些人张开嘴，露出血盆大口的模样，审讯时对他们进行心理攻击就要找他们的弱点。

这些被驯养出来的杀人利器，在放出来杀人之前，就已经学会了要怎么对抗审讯，要让他们放松警惕，减少他们的心理抵抗，才能掌握主动权。

程疗将手里的鞭子放下，他从来没有见过这样的人，施刑的人已经累得气喘吁吁，这些死士却毫不在乎，他们就像是在抽木桩子。

"再沾辣水试试。"旁边的下属提议。

程疗冷哼一声："你见过用盐水抽都不眨眼的人吗？"

下属摇摇头。

没有。

没有，用辣椒水又有什么用。

"将烙铁烧得红红的，给我烙，我就不信……"

被绑着的死士，皮开肉绽却依旧一脸的凶狠，程疗"呸"了一口："埋伏了我们多少人，差点就伤了侯爷，要不是救世子爷，我就将他们都开膛破肚。"

程疗撸起袖子刚要接着审，就听脚步声传来。

程疗转过头看到裴明诏，立即上前行礼："侯爷，您来了。"

裴明诏看了看死士："有没有人开口？"

程疗道："邪了门儿了，抓了四个，一个比一个嘴硬，侯爷，怎么办？"

裴明诏英挺的眉毛微皱："世子爷年纪小，这样拖延下去，只怕会有个闪失。"

就算乳母将他藏得再好一样会受惊吓，再不找到恐怕生变。

程疗道："我再审……"

"别审了，"裴明诏道，"将人都绑着，我们要换个地方。"

换个地方？侯爷从来就不是会中途放弃的人，尤其是已经答应了忠义侯府……

裴明诏吩咐："天色不早了，吩咐人动作快点。"

一路到了处庄子，庄子上的人正在做晚饭，饭菜的香气随着风飘过来。

"咕噜噜"的声响从绑着的死士肚子里传来。

程疗骂了一句："还以为都是些死物，不知道饿咧。"

大家轰然一笑。

程疗向车里瞟一眼，那些人仍旧板着脸，没有半点的表情，活见鬼了，这些人到底是怎么弄出来的。

裴明诏下了马，立即有人迎上来："可是一位裴公子？二老太太吩咐我们都准备好了。"

裴明诏点点头："叨扰了。"

在姚家抓人，如今又来姚家审人，他们一路上乔装打扮，不愿意泄露行踪，没想到来了泰兴县，会有姚七小姐帮忙。

虽然在姚家已经说出了自己的身份，姚家老太太还是仔细安排，只是告诉下人他是一位裴公子。

程疗几个将死士带进一间屋子。

屋子里很干净，周围摆满了蜡烛。

程疗觉得奇怪，为什么要将死士的眼睛层层蒙住，屋子里还要放蜡烛。

"我们家老太太吩咐的椅子……"姚家下人将几把椅子搬来。

裴明诏看过去，是少了一条腿的椅子。

这是要做什么？

姚七小姐说要将这些人绑在椅子上。

他原以为是寻常的椅子。

程疗也很惊讶，这到底要做什么？椅子能坐又不能坐，很快他却笑起来，谁想的这个法子，真是妙啊，折腾人这样最好，让你明明坐在椅子上，却又不敢松懈，因为只要一放松就会摔倒，这一摔可不轻，再怎么不将自己当人，也不会故意摔下来。

程疗带着下属将死士绑在椅子上，两个死士不管不顾地倒下来，另外两个撑着身体端坐在椅子上。

裴明诏看着那些死士，这就是姚七小姐说的，只要撑着身体坐在椅子上，就是在心底里还将自己当做一个人。

裴明诏脸上露出些笑容来，这些死士没有那么可怕，到底还是个人。

姚家下人将屋子里的蜡烛点起来，将屋子里死士的表情照得清清楚楚。

"吃饭了，吃饭了……"庄子里传来呼喊声。

虽然在庄子上住着的都是粗人，不讲太多礼数，但是他们说话简单又直接，立即能勾起人的遐思。

"做什么饭菜，这么香……"辛苦了一天的人，喃喃地说着。

然后是孩童吵闹的声音："爹……爹……"

"别缠着你爹，快让你爹先吃饭。"

女人的声音很高，训斥的孩子不要再胡闹。

有人想起程疗的娘子，是远近有名的霸道，别看程疗在外威风凛凛，只要回到家，整个人立即柔顺起来。

感觉到下属的目光，程疗板起脸："看什么看？"

大家笑得声音更大。

裴明诏背着手站在屋子里，不知道是不是出来时间太长了，突然听到一家三口的笑闹声，眼前就勾勒出一家人围着桌子吃饭的情形。

屋门再次被打开，饭香味顿时传过来。

一个憨厚的汉子端着食盒："庄子上的饭菜不怎么好，各位爷就凑合吃一些吧。"

程疗起身去道谢。

食盒里面放着简单的两个菜和煮好的米饭。

下属将饭递过来："侯爷，吃一点。"

裴明诏看向冒着热气的饭菜，风餐露宿，饥一顿饱一顿，难得在这时候还能平稳地吃上一顿饭。

程疗已经迫不及待地动了筷子，饭噙在嘴里，程疗就烫得喊一声："嘶，好热……热饭……"

平日里吃肉喝酒的人，吃上一碗热饭就这样高兴。

"程头儿，想媳妇了吧？"

又是欢笑声。

裴明诏也拿起筷子，不慌不忙地将饭送进嘴里，真是挺好吃，比御赐下来的粳米更香似的。

程疗几个仍旧嬉笑，明明是在审问死士，气氛却一下子温暖起来。

裴明诏看着屋子里的几个死士。

屋子里是程疗几个的谈笑声，外面是孩童和妇人、汉子在说话，只有几个死士很安静，不知道在想些什么。

外面的变化与他们无关似的。

这个法子到底有没有用？

裴明诏微微皱起眉头，伸出手来。

程疗几个顿时不再说话，屋子里重新安静下来，外面的孩童的笑声就格外清楚，原来是在唱童谣："杨柳儿活，抽陀螺；杨柳儿青，放空钟；杨柳儿死，踢毽子；杨柳发芽，打柭儿。"

程疗几个是寻常人家出身，小时候都唱过这样的歌，现在听到有人唱，心里觉得格外的亲切。

程疗刚要说话，却看到裴明诏摇了摇头，他顺着裴明诏的目光看过去，看到其中一个死士微微扬起了下颌，侧着耳朵也在仔细地听着。

有门儿了。程疗心里豁然一亮，他审犯人不是一次两次了，只要找到犯人关切的东西，顺着这个往下审，就能抓住犯人的弱点，错不了。

这到底是谁想出的法子，真是个神人。

程疗挥挥手，立即有下属将那死士提起来扔进旁边的屋子。

裴明诏紧跟着进了门。

程疗已经在审："将你知道的说出来，爷们儿帮你照应家里人。"听到小孩子说话感兴趣，定然是有关切的亲人。

那死士立即又恢复从前阴狠的模样，任程疗怎么说话都不开口。

门外传来叩击声响，裴明诏看过去。

是姚七小姐身边的那个妈妈。

裴明诏快走几步出门，童妈妈上前行礼："侯爷，可有用了？"

裴明诏摇摇头："还没开口。"

童妈妈道："我家小姐说，这些人未必是关切身边人，侯爷换个法子问问他自己。"

姚七小姐在这个庄子上？外面的事一直都是姚七小姐在亲手安排？那就怪不得了，这么快就让死士露出了破绽。

姚七小姐，真是个让人想要仔细思量的女孩子。

在人不知不觉中施展着她的聪慧，从头到尾，这些事都是她想出来的，她吩咐人做的，现在又让下人来提醒他。

姚七小姐是让他从死士自身生死、利益下手来审问。

裴明诏点点头，重新回到屋子里，低头吩咐程疗。

程疗有些诧异很快就恢复寻常，自然而然地道："你把知道的说出来，我们就悄悄放了你，你再也不用做死士，重新做回平常人，不会有人知道，所有人都会以为你已经死了。"

死士的嘴唇轻微地动了动。

管用了，管用了，方才听到童谣，死士定然是想起自己小时候，所以才会仔细地听，脸上露出贪婪、不舍的神情。

程疗欣喜地向裴明诏点头。

让程疗来审死士裴明诏很放心，尤其是已经抓住了死士的弱点，只要程疗点头，死士开口就是一时半刻的事。

果然不到半个时辰，死士就张开嘴："你们会让我走？"

程疗道："你要从此隐姓埋名，不再做那些事，否则就算我们不找你，你也知道谁会找到你头上，你会有什么结果。"

死士吞咽了一口："在离泰兴不远的山林里，有两个人看守……逼问世子的下落。"

裴明诏盼咐程疗："事不宜迟，带上人去找。"

程疗应了一声，立即去喊下属，裴明诏从屋子里走出来。

童妈妈等在一旁。

"代我谢谢姚七小姐，"裴明诏道，"若是姚七小姐将来有用到我们永安侯府的地方，就写张帖子让人送给我。"

童妈妈不禁惊讶，没想到永安侯会说出这样的话，好像不论什么事只要小姐开口，侯爷就会帮忙。

走出姚家庄子，裴明诏翻身上马，策马之前他又转过头看去，姚家庄子一片安宁。

如果找到了世子爷，他会马不停蹄地进京，他鼻端还留着姚家饭菜的余香，吃了几口热饭，就觉得很舒坦，不知怎么的，突然有种想要停留的感觉。

裴明诏抬起眼向程疗点了点头。

姚七小姐是姚宜闻大人的长女，将来定然会回京的吧！

婉宁回到二房，二老太太不禁松了口气："你胆子可真大，回来就好，我就安心了。"

忙了一天终于能安稳地睡个好觉。

婉宁服侍二老太太喝了药就回到房里歇下。

天刚亮，婉宁刚要去给二老太太请安，童妈妈进来道："七小姐，沈四太太来了。"

舅母怎么会这么早赶过来？

婉宁带着人将沈四太太迎进屋子里。

"婉宁。"沈四太太眼睛通红，眼窝乌青，显然是一晚没休息。

婉宁心里不禁一沉："舅母，怎么了？"她现在最怕的是扬州那边会有什么不好的消息，外祖母和母亲都在扬州。

沈四太太看着婉宁，只要想到婉宁会嫁给寿家的傻子，眼泪就不由自主地涌出来："婉宁，你知不知道寿氏弟弟家的孩子？"

寿氏弟弟的孩子？婉宁仔细思量："寿文兴？"是每年都要来姚家的兴哥？

沈四太太点点头，用帕子擦了擦鼻子："就是他，我们听到消息……你祖父要将你许配给他。"

祖父要将她许配给兴哥？

婉宁听得这话不禁一怔，随后她又摇头，如果说这是寿氏的主意她相信，祖父不会这样做。

祖父向来自诩是个君子，不可能在众目睽睽之下做出这样让人诟病的事，就算想要设下陷阱将她嫁去寿家，也不会在一切没有定下来之前让舅舅和舅母知道。

唯一能解释的是，这一切都是个圈套，就是要引舅舅和舅母上当。

沈四太太道："你舅舅已经准备去姚家质问老太爷，凭什么要将你嫁给一个傻子。"

也许祖父想要的就是这个，婉宁看向沈四太太："舅母，舅舅现在去姚家了？"

沈四太太摇摇头："我们说好了，我先来二房告诉你，我们再做打算，我出来的时候，你舅舅答应我，听我的消息……"

沈四太太话音刚落，谭妈妈进来道："四太太，咱们家的车夫在外面看到老爷……老爷去了三房……"

"快……"沈四太太本想说拦着老爷，却想到沈敬元已经去了三房，怎么能拦得住。

"这可怎么办，"沈四太太不知怎么办才好，"我真怕你舅舅会惹祸，当年你母亲被休，你舅舅在外走盐，听到消息之后赶到泰兴县，那时候姚家的休书已经送到沈家，你舅舅心里懊悔，若是能早几日回来，说不定还能让你母亲少受委屈。"

所以才迫不及待地去姚家。

沈四太太知道老爷不该轻举妄动，可是她从心底又能理解，老爷实在是太气了，婉宁这么好的孩子，怎么能嫁给一个傻子。

婉宁拉起沈四太太的手："舅舅是为了我。"

舅舅既然进了三房就不可能追回来，现在她该想想接下来会发生什么事。

"舅母别急，"婉宁顿了顿道，"这一天我也不是没想到过。"

以祖父的性子，一定会睚眦必报，不可能看着她在族里过得安安稳稳。祖父控制了沈家和她那么多年，眼见一切要脱离他的掌控，他一定会想方设法地抹黑沈家和她。

沈四太太道："那……我们现在就去三房？"

婉宁道："我们现在去不免还要让人通报，总是晚了，不如打发人去跟舅舅说一声，既然上门讨要说法，不如就说得明白些。"

看着婉宁脸上没有半点焦急的神情，沈四太太慌跳不停的心也渐渐平稳下来。

寿氏正和寿远堂说话："怎么样？粮食什么时候上船？"

寿远堂皱起眉头，一脸的不悦，这样就将粮食卖了，他本就不痛快，泰兴楼还摆着一副高高在上的姿态，好像不情愿做这笔买卖。

寿氏知道弟弟心里所想："只要能过了这一关，钱慢慢赚回来。"

不这样做也不行了，不知道是谁散出去的消息，现在泰州府、扬州府都没有人敢收米，崔奕廷也不肯见他，姐夫在大牢里又被折腾得人不人鬼不鬼。

朱应年是彻底栽了，泰州府不知道多少人要倒霉，姐姐怕被牵连也没有错，如果有人顺着他查到泰州知府王征如大人……

王大人特意让师爷来泰兴县问他手里有多少漕粮。

现在是人人自保，王大人急着核对往年漕粮的账目，根本顾不上他，泰州府所有沾了漕粮的人都动用自己的关系想方设法将粮食脱手，有人甚至想到了烧粮的法子，可不知道崔奕廷怎么得知的消息，闻着味儿就让人查了过去。

可不能再出错了，他现在可不想做崔奕廷的垫脚石。

寿远堂道："我去看了，泰兴楼的船不少，里面放了不少的茶叶，一个山西的茶商能将茶楼开在泰兴也有他的手段，又懂得如何利用酒铺洗米，应该不是第一次做这样的事。"

寿氏连连点头。

寿远堂道："将你这里的米粮装好，将我手里的漕粮也转出去一些，等泰兴楼吃到了甜头，我再将剩下的卖给他们。"

寿氏脸上露出欣喜的神情："你这样想就好。"

寿远堂道："外面的事你放心，我让管家一起去办，办好了就将卖了米的银钱拿回来。"

寿氏看向旁边的段妈妈："庄子上的粮食都备好了没有？"

段妈妈点点头："准备好了，这样一来，咱们手里就没有米粮了。"

谁叫泰兴楼非要漕米一半，普通的米粮一半才会买，这样算起来她可是亏大了。

寿氏每次想起来心就被揪一下。

好在这样担惊受怕的日子，再忍两天就能过去。

寿氏眼泪汪汪地看寿远堂："我昨晚好不容易睡了一会儿，梦见你姐夫满脸是血，身上被打得血肉模糊。"

寿远堂道："姐姐放心，一切都会好起来。"

寿远堂话音刚落，外面的妈妈进来禀告："六太太，沈家四老爷过来了，在书房里和老太爷闹起来，说是为了七小姐的婚事。"

"反了他，"寿远堂站起身来，"他以为他是谁？敢来姚家闹事，什么东西，被休之妇的娘家，哪有他们说话的份，我们家肯要婉宁已经是看在姚家的颜面上，名声不好的小姐能嫁去我们寿家是八辈子的福气，真不知道自己几斤几两重，只我们家不答应的，还有他们挑三拣四。"

寿氏有些心神不宁，眼睛里自然而然就流露出惧怕："婉宁有没有在家里？二老太太那边知道吗？"

管事妈妈道："七小姐还在二房，二房那边现在也没什么动静。"

"姐姐怕什么？"寿远堂道，"三房的婚事三老太爷说了算，婉宁还能违逆长辈？"

寿氏抑制不住的惊慌："我早说怎么也要等到这件事过去，你偏不肯听。"

寿远堂道："如今米粮都已经装上泰兴楼的大船，眨眼工夫就离开泰兴，只要出了泰州府，船上没有了我们的人，就算被抓，又跟我们何干？二姐在怕什么？怕沈家？笑话，沈家还能将我们怎么样？"

"这泰兴县、泰州府，还没有谁能动得了我们寿家，"说着，寿远堂站起身，"我去前面看看，看沈家能有多大的能耐。"

沈敬元满脸怒容，一双眼睛盯着椅子上的姚老太爷："婉宁年纪还小，怎么现在就能定亲，家里的四小姐、五小姐都没出嫁，哪有这样的道理。"

姚老太爷仙风道骨的脸上顿时有了几分阴沉："你是在哪里听到这样的话？"

沈敬元冷哼一声："要想人不知，除非己莫为，那寿文兴逢人便说，老太爷若是没有这样的心思，为何不阻止寿文兴。"

沈敬元顿时惹怒了姚老太爷："沈氏被休，我们两家就不再是亲家，你每次来姚家，我是看在两家人的脸面见你，如今婉宁在我身边好端端的你又来搅和，你这样胡闹就不怕婉宁背上恶名？"

"当年要不是沈氏仗着沈家撑腰，就不会做出那些事来。"

沈敬元攥起拳头："我妹妹做什么了？"

姚老太爷扶着椅子扶手站起身："做了什么，你们难道不清楚？除了善妒，沈氏差点败坏了我姚家的门风，害了我儿一辈子。"

沈敬元第一次听到姚老太爷说这样的话，他一时怔愣住，半响才瞪大眼睛："你们红口白牙地诬赖我妹妹，我早就应该为她讨个公道，你倒是给我说个清楚。"

姚老太爷面容冷峻："我不愿意跟你撕破脸，沈家和我们姚家也有过恩情，我不说，好让你们沈家还能立足。婉宁是我们姚家的骨肉早就与你们无关，这里没有你们说话的份儿，早在六年前，我们两家就已经断绝清楚，日后不要再上门来，否则别怪我不客气。"

"老太爷还要怎么不客气？"

沈敬元脸色铁青："不管不顾休了我妹妹，站在这里要挟沈家，将亲孙女嫁给一个傻子，还要我们记着姚家的恩情，还要怎么不客气？"

今天上门，他本想着好好和姚老太爷说话，等姚老太爷的时候，他在院子里遇到寿家的傻子。

寿家傻子握着只蝶戏花的荷包，光明正大地坐在那里说婉宁。

姚家上上下下百号人都瞎了眼睛不成？就让寿家傻子这样败坏婉宁的名声。姚老太爷口口声声正人君子，凡事都讲究礼数，如今礼数在哪里？一身的浩然正气在哪里？

任姚家再说出什么花来，事实就摆在眼前，他不是个傻子，没那么好糊弄。

沈敬元气得浑身颤抖。他这辈子还没见过比姚老太爷更不要脸的老东西，如果不是因为姚老太爷是长辈，他一拳早就挥过去。

他已经压制了太久太久，只换来姚家的得寸进尺，现在他不能再后退，不能再忍让半步。

"婉宁是不是还和你有往来？"姚老太爷目光深邃看向沈敬元，"婉宁和你们沈家不清不楚，不但让她名声有亏，还连累我们面上无光，你是撺掇着她一门心思走沈氏的老路。"

沈敬元已经控制不住悲怆的情绪："这才六年，六年前你们毁了辰娘，现在又来毁婉宁，婉宁才十二岁，你们连她长大都等不得了，你们的心怎么那么黑。"

沈敬元浑身颤抖着："如果老太爷说，会给婉宁找一门好亲事，会维护婉宁的名声，不会将婉宁嫁给一个傻子，我就跪下来给老太爷磕头，向老太爷赔礼。"

"你算是什么人？婉宁的舅舅？"寿远堂轻蔑的声音传来。

沈敬元转过头去。

寿远堂一脸的猥琐腥腻的笑容："姚家长辈定婚事还轮到你指手画脚？如果是这样我们还要掂量掂量，婉宁有没有四德。这可不是市集，别以为有些银钱就能办事，既然站在这里，就要讲规矩、礼数……"

在这里说婉宁的四德，分明就是在蓄意诋毁婉宁。

婉宁嫁去寿家，面对这样的公爹会有什么下场？会比辰娘还不如。

沈敬元再也忍不住，两步上前一把握住寿远堂的肩膀，紧接着一拳挥过去。

寿远堂只觉得鼻子一疼，然后温热的液体充满了鼻腔，他顿时呛咳起来。

"混账东西，我看你还敢乱说话。"沈敬元如同一头疯了的狮子，张大了嘴怒吼着。

屋子里的姚老太爷顿时吓了一跳，沈家上门从来都是小心翼翼的，怎么敢这样动手？

"来人，"姚老太爷叫喊着，"将他们拉开，拉开……"

沈敬元和寿远堂已经扭在一起，下人想要上前，却谁也近不了身。

"老太爷，沈四太太和七小姐来了。"管事妈妈进屋禀告。

外面就传来沈四太太的声音："我们老爷怎么了？是你们在打我们老爷？这还有没有天理？姚家就这样欺负一个人！"

这样闹下去，姚家也难以避免地被卷入其中，姚老太爷皱起眉头："快，抱住他们的腰，将他们扯开。"

六七个下人上前，这才将沈敬元和寿远堂分开。

沈四太太的哭声从外面传来："你们这是……做什么啊……"

姚老太爷只觉得那声音刺耳，仿佛姚家真做了什么事，再去看沈敬元，衣服被扯开了，头发散乱，身上还沾着寿远堂的血。

"我要进去，让我进去，你们不能这样……仗着人多就欺负我们老爷……"

沈四太太放开了声音，哭声震天动地。

姚老太爷只得挥手："让沈四太太进来吧。"

帘子掀开，沈四太太立即几步冲进门，拉着沈敬元哭起来："怎么被打成这样，是谁打的老爷，你们到底要做什么？"

妇人这样一哭，明摆着的事却说不清楚了。

寿远堂就要说话，姚老太爷看向婉宁："七丫头既然你也在这里，现在就当着我和沈四老爷的面，说个清楚，沈氏被休之后，我们家已经和沈家断绝往来。"

"如今沈四老爷却突然找上门，质问我将你许给寿家，"姚老太爷一脸的威严，"我何曾说过要给你定下婚事？"

婉宁看着祖父，她想的没错，祖父是挖了个坑让疼爱她的舅舅跳进去。

明明是算计舅舅，祖父却说得义正词严。

这样的祖父，这样的姚家……

姚老太爷道："我早就训诫你不可和沈家私下走动，你却不听，才闹出今天的事，你怎么说？"

将所有罪责都要推到她身上吗？之前是家庵现在是什么？逐出家门？

婉宁不着急，等着老太爷将话说完。

姚老太爷沉下脸："如果你再和沈家来往，姚家必然容不得你，想要留在姚家，就要遵守姚家的规矩……"

"祖父，我要回家，"婉宁抬起头来，"我要见父亲，我要回家。"

婉宁突然之间说出这样的话，姚老太爷顿时怔愣在那里。

婉宁道："祖父要将我逐出姚家，总要父亲也点头。"

这时候搬出老三，姚老太爷皱起眉头。

"祖父休了母亲还要将休书送给父亲看，我是父亲的骨肉，将我逐出姚家，总要让我见父亲一面。"

这时候还想要上京，以为她上京之后，老三能站在她这边说话，姚老太爷道，"就算你父亲在这里，也要听我的话，我没有要将你逐出姚家，我是问你，日后要怎么办，肯不肯听我训诫？"

婉宁摇摇头："六婶让我劝说沈家买她的粮食，说只要沈家买了她的粮食，她就会给父亲写信，让父亲接我回京。"

"见沈家人都是六婶安排的，怎么六婶不受责罚，反而受罚的人是我？"婉宁费解地看向姚老太爷，"父亲说，只要我有什么事不懂就可以问他，现在我有太多事不明白，我一定要见了父亲，才能回答祖父的问话。"

不等姚老太爷说话，婉宁的声音又响起来："祖父说父亲是不认我了，还是不管我了？"

姚老太爷皱起眉头，七丫头老是揪着一个问题不放："你父亲让你来族中受教。"

"四年……"婉宁清清楚楚地提醒姚老太爷："四年，不闻不问，祖父是要让我们父女永不相见断绝往来吗？"

姚老太爷皱起眉头。

"那是祖父不愿意送我回去？"

婉宁这话，仿佛是他硬要压着婉宁，不肯让婉宁见老三。

本来是简单的两句话，到了婉宁嘴里就变了味道。

姚老太爷略微迟疑就被婉宁又占了先机。

婉宁接着道："我的族姐为什么被关进家庵？因为一个来路不明的荷包，族姐就被关了六年，寿家的少爷拿着荷包在翠竹夹道等我，为什么没有人阻拦他？沈家都听到祖父要将孙女许给寿家，外面人恐怕也早就知晓，祖父就不怕姚家的女子声名有损，将来都不好去说亲。"

"祖父有偏疼，孙女不敢说，只想去见父亲，祖父不肯答应，孙女只能自己想法子，孙女要离开三房，去族里请族长做主，让孙女回京去。"

什么？

姚老太爷就算再沉着，眼睛里也露出诧异来。

婉宁要离开三房？

从前去二房只是为了服侍二老太太，现在却说：不让她回京，她就离开三房。

笑话，以为在这里说一通他就会让她回京，这是什么道理，一个内宅的小姐怎么从泰兴去京城，沈家送她去？那么从此之后她就别想再进姚家门。

放屁。

这样的事，他是闻所未闻。

姚老太爷抬起眼睛，不期然地迎上婉宁的眼睛。

那双眼睛里满是坚定、从容，无论如何也不会退缩。

婉宁道："我来族里时拿的东西不多，可大多数都在六婶的库里，那些东西我也想给六婶，可都是父亲给我置办的，我要问问父亲再说。"

寿远堂顿时脸色难看："你这话是什么意思？难道我二姐会贪了你的东西不成？"

婉宁伸手从袖子里拿出单子放在桌子上："东西找全了，就不算贪。"

东西找全了，就不算贪。

寿远堂动气，鼻血顿时又淌出来。

"婉宁，有没有收拾好东西？我们快走吧。"二老太太的声音从院子里传来。

姚老太爷抬起头，眼看着姚宜州扶着二老太太进了门。

前几日二老太太来三房是被肩舆抬来的，现在却是自己走进来，转眼不见，母老虎的身子怎么愈发强健了。

"我们三房的事二嫂也要插手？"姚老太爷翘着花白的胡子，威风凛凛地开口。

"我不能不插手，闹得满城风雨的事，族长不管谁来管？三叔如今自顾不暇，我不能眼看着不伸手，"二老太太说着嫌恶地看了一眼寿远堂，"当年沈氏的事，三叔还怨我不给帮衬，不管是你三儿媳娘家还是六儿媳娘家，在我老太太眼里啊，那都是一样的，那时候疏漏这时候补救，你说是也不是？"

这老东西又来装聋作哑。

"婉宁我带走了，三叔要管这家事，就要里里外外理个清楚，别污了我们好女儿的名声，如果不是三叔应允婚事，就要查查家里有谁在嚼舌根，不弄清楚婉宁是不能留在这里。"

"我们婉宁是好女儿，虽然不想走，可发生了这种事，我老太太劝说了她一句……"二老太太说着看向婉宁，"是什么来着？"

婉宁道："君子不立危墙之下。"

二老太太脸上露出笑容来："对了，就是这样，三叔你学问好，不用寡嫂来解释吧！"姚老太爷阴沉着脸看婉宁，婉宁是早就算计好了，要等他一个错漏，借此离开三房。

不但不和沈家扯开关系，还大大方方地从三房离开。

婉宁真的不怕名声有损？

毕竟是三房的小姐，没有三房长辈做主将来怎么能找一门好亲事。

二房老太太年纪大了，此一时彼一时，不可能依靠一辈子，现在能为她撑腰，将来二老太太归西，婉宁要怎么办？灰溜溜地回到三房？那时候三房可不会要她。

女子不能过继，婉宁又不能名正言顺地养在姚宜州身下，更不可能以沈家女子的身份嫁人。

这所有的一切他都想过，才利用寿家来胁迫婉宁。

可是如今看来婉宁不但不害怕，还很欣然地要走。

想要离开三房和被逼离开三房是两回事。

现在是他理亏，婉宁离开因为他治家不严，只要二老太太不死，他在这件事上就抬不起头。

姚老太爷眼睛要冒出火光来，他还从来没受过这样的气。

"走吧，沈家老爷和太太也一起走，"二老太太说着看向沈敬元，"我们都走，让三叔自己处理家事。"

二老太太转过身去，忽然之间又回头看狠狠地寿远堂："有我老太婆在，姚氏族里的事我就说了算，我们姚家的好女儿绝不会嫁给一个不懂礼数，没有规矩的人家，再敢出去败坏我们姚氏女子的名声，我老太婆别的本事没有，只要泰兴姚家还在，就让他不敢再踏进泰兴县。"

眼看着二老太太带着婉宁和一干下人扬长而去，寿远堂阴狠地看向沈敬元："你别走，跟我一起去见官，我真不信了泰兴县还没有王法了，能让人这样为所欲为。"

"去见官？"沈敬元淡淡地询问。

寿远堂捂住被打得鲜血直流的鼻子，转头要吩咐小厮，却看到姚家下人急匆匆地走进来。

"老太爷，六老爷回来了。"

寿远堂顾不得鼻子疼，咧开嘴露出得意的笑容："我就说……姐夫一定不会有事，这不就放回来了。"

"六老爷……"院子里的下人纷纷行了礼，忍不住抬起头来看。

天哪，不过是几天的工夫，好端端的人竟然变成了这样，仿佛是从土堆里爬出来的，头发散乱，衣衫不整，脸上一片灰败，嘴唇没有半点的颜色，只有一双眼睛满是愤恨。

屋子里的人都很意外，没想到姚宜春这时候会回来姚家。

姚老太爷站起身，寿远堂捂着鼻子迎上去："姐夫，姐夫，你可算是回来了……"

寿远堂话音刚落，只看到姚宜春咬牙切齿地，一拳就向他挥过来。

鼻子刚要凝结的鲜血又热乎乎地向外喷，寿远堂整个人弯下腰，姚宜春不偏不倚打在他刚才被沈敬元打的地方。

所有人不敢相信自己的眼睛。

这是怎么了？寿家老爷刚被沈四老爷打过，又挨了六老爷一拳。

姚老太爷喝住姚宜春："老六你做什么？"

"我打死你，"姚宜春嘶吼着，脖子上满是青筋，"竟然将罪过都推到我头上，说所有的漕粮都是姚家的，想要我做你的替罪羊，没那么容易。"

寿远堂睁大了眼睛，吐着嘴里的血，声音呜呜咽咽："到底……是……怎么回事？我什么时候……说漕粮都是姚家的……"

"你卖漕粮，押船的管事都被捉了，泰州府的漕粮也被找到了，你反咬一口，让我顶罪，我告诉你没那么容易。"

押船的管事被捉了？寿远堂只觉得眼前发黑。

押船的管事……

是卖给泰兴楼的漕粮出事了。寿远堂如同被人当头泼下了一盆冰水，出事了，可怎么办？他抬起头来，看到了千方百计想要见到的人。

一身官服的崔奕廷，神清气爽，站在那里不卑不亢，眉宇间淡淡的威严让他显得更加沉稳，少了年轻人的浮躁。

"本官奉旨巡漕，刚查得姚家、寿家卖出的漕粮。押解漕粮的姚家、寿家下人已经拿下，本官依大周律法查检姚家，不相关亲友各散，姚家三房上下人等不得乱走，不得擅动任何财物、文书，各门番役仔细把守，尽心查抄，但有禁用、违例之物拿呈本官查看。"

姚老太爷脸上顿时没了血色："崔大人，这……怎么就要查检……我们……"

崔奕廷抬起眼睛，眉梢都带着冷淡，好像寒冷腊月的冰雪："本官查的是漕粮，姚家是泰兴县大户，姚三老爷在六部为官，姚家和朱应年勾结贩卖漕粮，有负圣恩，有忝祖德，姚老太爷也是远近有名的读书人，却如此纵容子弟，已经失了德行，"说着翘起眼角，"还有什么想要跟本官说？"

姚老太爷看着崔奕廷那双威严的眼睛。

沈敬元撩起袍子出了屋门，番役想要来查看。

崔奕廷道："沈四老爷于本官查漕有功，不必搜查可以放行。"

姚老太爷眼看着沈敬元带着下人施施然地离开，紧紧地咬住牙齿。

"老太爷，是你让人带路查检，还是本官吩咐番役一间间房过去，这里倒还好，去了内宅，女眷恐怕要被惊扰。"

姚老太爷手心满是冷汗，没想到崔奕廷半点也不肯通融，查检不查检还不是崔奕廷一句话的事，现在他却铁面无私地办起来，这可怎么办？

家里可还有重利的借票……

"崔二爷，"姚老太爷觍着脸，走过来低声开口，"陈阁老和我们家素有交情，陈家和崔家有亲，算起来我们两家也是沾亲带故，宜春做出这种事来，是我一时不察，却和全家无关，我们还没分家，不好连累了他哥哥们。"

姚老太爷看着崔奕廷那双漂亮的眼睛微起波澜。

"老太爷，"崔奕廷道，"本官到了泰兴县先来的姚家，因是听说老太爷是泰兴有名的君子特来拜会，见到之后，老太爷果然仪表堂堂。碍着这个，有些话本官不便说，可老太爷这样说辞，本官也只得替朝廷训诫……"

"老太爷年纪不小了，将来还要教导子孙，应该顾及脸面自重自持。"

被个晚辈这样说，姚老太爷额头一阵酥麻，眼前跟着发黑，身边的下人急忙将姚老太爷搀扶住。

崔奕廷下令番役开始查检，一张脸虽然没有紧紧地绷着，却看也不看姚老太爷。姚老太爷活了这么大岁数，已经见过不少人，上次崔奕廷登门他却看走了眼，没想到崔奕廷是这样不好说话。

上次在书房里他写字，陈季然在身边仔细看着，崔奕廷蹙眉用肘支着靠在椅子上闲适地都看窗外，他还以为这个崔家子弟不学无术，如今被人板着脸一训斥，他才读懂那眉眼里的意思。

崔奕廷不是不学无术，而是半点瞧不上他。

姚老太爷心底又拱了一把火，这几天他还得意洋洋，觉得一切尽在掌握，现在想起来，真是贻笑大方。原来早有一张网在他头顶，他尚且不自知。

姚宜春仍旧在喋喋不休地骂寿远堂，寿远堂也被突如其来的变故吓到了，用眼色想要小厮出去报信。

小厮刚跑了两步就被皂隶压在地上绑了起来。

院子里再也没有人敢轻举妄动。

片刻工夫，姚老太爷已经汗湿了衣襟。堂屋、书房里都传来翻找的声音。他的家业，他在泰兴县的名声，全完了，姚老太爷觉得他头顶的那片天轰然塌下来。

老太太从内宅里赶来，问身边的妈妈："怎么样了？是谁带人过来查检？"

妈妈立即道："是……是……崔大人。"

崔大人？老太太下意识地道："那个崔二爷？"

管事妈妈点点头："就是那个……崔二爷。"

老太太心脏被狠狠地攥在一起，他们是惹了瘟神了不成？家里接二连三地出事，这个崔奕廷怎么就握住姚家不放。

老太太道："老太爷有没有和崔大人说一声，我们和陈家是有交情的，查检的事可大可小……"

"说了，"管事妈妈欲言又止，"听说那崔大人不肯论交情，还训斥了老太爷。"

老太太顿时一阵头晕目眩，一个晚辈训斥了老太爷，当着姚家那么多人的面？

老太爷的脸面要往哪里放，老太太刚要向前院走，又想起什么转过头来："六太太呢？六太太在哪里？"

"在……在院子里……"赵妈妈上前来服侍，"六太太听说舅老爷被抓后，晕倒了，下人正找通窍的药……"

正是要想法子的时候，她却晕倒了。

老太太气得咬牙切齿："走，跟我过去看看，打也要给她打醒。"

寿氏晕晕沉沉地听到耳边有人喊她。

"六太太，六太太……"

她呼呼地喘着粗气，想要抬起手却浑身软麻，老爷被抓了，如今弟弟也被抓，那些漕粮不脱手还好，现在落到了官府手里，被人攥紧了她的把柄，她要怎么办？

寿氏正浑浑噩噩地不知所措，整个身体突然被人扶起来，紧接着脸颊上一阵热辣辣的疼痛。

赵妈妈咬着牙，伸出手噼里啪啦地打过去，顿时将寿氏打得一激灵回过神来。寿氏还没弄清楚眼前的情势，老太太推开赵妈妈："老六媳妇我问你，你让谁去卖的漕粮？"

寿氏嘴唇翕动："是……前院的邱管家，昨晚上就去清点了粮食，我说趁着夜里都让泰兴楼搬走，一夜静悄悄的什么都没发生，"说话的声音越来越轻，眼睛里的神色也从震惊变成了不肯相信，"不可能啊，不可能会这样，都是安排得好好的，已经出了泰兴县，晚上……到了晚上……邱管家就会将卖粮的银钱带回来，到时候一切就都和姚家无关了，我都是按照泰兴楼东家说的那样做的，怎么会出事？泰兴楼都是用的自家的船运货，不可能会有问题，到底是哪里错了，娘，媳妇真不知道是哪里错了。"

她都安排得妥妥当当，到底是哪里出错了啊。

老太太打断寿氏的话，一连串地问过去："如今你弟弟和寿家的下人被抓你知不知道？"

寿氏点点头。

老太太盯着寿氏："你弟弟是跑不了了，定然要找人想办法疏通，我们家就看你怎么说法。"

寿氏一把拉住老太太："娘，娘，你要救救老爷和媳妇……"

老太太叹口气："是你一时糊涂，我自然要护着你。"

寿氏瞪大了眼睛，漕粮的事是老爷和她一起办的，但是老太爷和老太太都知晓，寿氏吞咽一口。

"照二房说的，如果宜春出了事，就要将你们一起逐出姚家。"

听得老太太这话，寿氏差点又晕死过去，旁边的妈妈忙上前掰开寿氏的嘴，送了一颗药丸。

麝香的味道顿时充满了寿氏的口鼻，寿氏不禁打了个冷战："娘，您救救我们，我们不能被逐出家门，不能啊……"寿氏抓紧了老太太的袖子。

"你想想承章、承显，如果你们被逐出去，这两个孩子将来怎么办？你京里的娘家可会伸手帮衬？"老太太接着道，"宜春是我的孩子，承章、承显是我的亲孙儿，我怎么舍得你们，可若是我们在族里不能说话，就没了法子，老太爷和我一起小心翼翼没有在族人面前出错，就是为了将来到了关键时刻能帮你们说话。"

老太太的意思是，不论到了什么时候，她都不能说老太爷和老太太知道漕粮的事。

寿氏慌忙点头："娘，媳妇明白，媳妇都知道了，是老爷和媳妇一念之差……"

老太太的目光变得柔和起来："你兄弟被抓，将来你见到娘家人……"

寿氏连连点头："媳妇什么也不会说。"

老太太静静地不说话。

寿氏从床上下来跪在地上："娘，媳妇错了，不该瞒着你。"

老太太将寿氏搀扶起来："我和老太爷不会眼睁睁地看着，我们会想办法……"

寿氏连连点头。

崔奕廷站在院子里，翻看从姚家找出来的一箱子借票，姚家从前和何家一样不过是泰兴县的米粮大户，自从姚三老爷考上了功名，仕途一路平坦，姚家三房也跟着富贵光鲜了，在他记忆里姚三老爷也算是一路青云。

陈宝进来道："方才我们看到的马车是姚家二房的，听姚家门房说，走的是二老太太和姚七小姐，后面那辆马车拉的都是姚七小姐的东西。"

姚七小姐从姚家三房走了出去。

那么她说的回家，就是要回京。

这一步步她都走得这样精准，在姚家三房没有任人宰割，而是想方设法地脱困。

这件事上他们是混成了一伙，她算计了他，他也痛快地认了，双方自由买卖，索性送她上京也不是为难的事，这样一想他也不算亏。

崔奕廷从姚家出来，走过胡同，祝来文就迎上来："崔二爷，我们家小姐说，她回京的东西多了些，不知道崔二爷能不能多腾些地方出来。"

姚七小姐能有多少东西，不是只从三房装了一马车。

再说既然他答应的事，就没有反悔的道理，崔奕廷道："让你家小姐安心。"

祝来文弯腰道："那就谢崔二爷了。"

他向来记不住人脸的脑子里忽然勾勒出一个女子俏皮的神情，姚七小姐长什么模样他没记住，脑子里倒是画出来一个，救过姚七小姐的两个丫鬟说：两条细细的眉毛，杏核般的眼睛，鸭蛋脸，嘴巴很小像樱桃，他在心里想了想。

说实话，眼睛比嘴大，这样的脸可不怎么好看，再和身边的丫头一对比，也看不出什么来。

他记不住脸，见的女子也不多，他也懒得去看，记住一个人的脸，不如记住一个人的声音、衣着来得容易。

崔奕廷道："既然是买卖，没什么好谢的。"

祝来文仍旧行了礼："我家小姐说，这是一定要谢的，崔二爷只管收下。"

崔奕廷抬起眉眼，他总觉得这个礼数背后还有一桩大利益。

这样，才算是姚七小姐一贯作风。

二老太太听下人说三房的事，点了点头："跟族里人说，这段日子谁也不要去三房，"说着冷笑一声，"我们二房做了那么多年的粮长，只有添补漕粮的份儿，从来不曾贪一米一粟，这几年何家征粮愈发难起来，泰兴县死了多少粮户，三叔还大义凛然地要替粮户说话……他的脸皮怎么那么厚，明明他们家也在贪墨漕粮，他却像个没事人似的，表面一套，背地里一套，如今算是来了崔奕廷，三房才跟着栽了。"

这个跟头摔得不轻，自从父亲做官，祖父就开始经营他的名声，如今跟漕粮扯上了关系，泰兴县祖父是待不下去了。

二老太太看向婉宁："你祖父想不到你会回京去，更不知道你大伯和何明安一起上京为漕粮的账目作证，到时候听说了定然会吓一跳。"

婉宁摇摇头，脸上露出笑容："祖父也会去京里，六叔出了这样的事，祖父一定会去京中找父亲商量。"

二老太太撑起身子："那不是会在京里遇到？"

肯定会遇到。

想想见面时的情形，二老太太忍不住笑起来："可惜我年纪大了，不能跟你们一起去，否则我定然要看看你祖父和父亲的表情。"

说着二老太太看向沈敬元："沈四老爷呢？泰兴这边忙完了准备回扬州？"

沈敬元正要说话。

桂妈妈进屋快步走到老太太身边："老太太，那位侯爷，又回来了。"

裴明诏在姚家二房门口下了马，程疗几个也陆续跟上来。

"姚家三房那边怎么了？"裴明诏低声问。

路过姚家三房，他看到有番役和衙役守在门口，除非是上门抓人或查检、查抄，否则不会这样大动干戈。

程疗道："是巡漕御史在查漕粮，泰兴县从知县到县丞、主簿都已经下了大狱，御史一路查到了泰州府，这边姚家也受了牵连。"

裴明诏京中听说了巡漕御史的事，文官口袋里的事，谁也说不清，尤其是在南直隶这样的地方，随便动一动就牵扯京城，所以京中对这次皇上派下来的御史，谁都不太看好，闹小了就是无声无息白白走一趟，闹大了，顶多牵扯出一两个官员，算是在皇上面前有了交代。

却没想到这个巡漕御史，将泰兴县整个翻了过来。

说话的工夫，姚家下人出来道："我们老太太请侯爷进去。"

裴明诏伸手将放在马上的布袋抱下来，大步向院子里走去。

下人将堂屋的帘子撩起来，裴明诏手里的布袋才松了松，端端正正地放在椅子里，婉宁这才看出来，那不是布袋，里面裹着的是一个孩子。

八九岁大的孩子。

二老太太不禁惊讶："这是怎么回事？"

那孩子仿佛被吓傻了，坐在那里一动不动。

"这是我们救下来的孩子，"裴明诏目光谨慎地从屋子里众人眼前掠过，然后落在二老太太身上，"人是找到了，却不说话也不肯喝水、吃东西，从泰州到京城还有很远的路程，我怕他撑不到京城。"当着姚家这么多人，他没有直言是忠义侯世子。

婉宁仔细看那孩子，垂着头，后颈的骨头高高地隆起，头发凌乱，身上的衣服早被揉搓得不成样子，双手握住膝盖，瑟瑟发抖，汗不停地从他额头淌下去。

裴明诏找到忠义侯世子的时候，就心里冰凉，世子虽然没死，但是在躲躲藏藏的日子里，也被折磨得面目全非。

二老太太站起身，让婉宁扶着上前走两步，将地上的孩子看个清楚："侯爷一身风尘，带着的下属也都是男子，如何能照应得了孩子。"

姚家老太太说得有道理，他们这些男人对一个八九岁的孩子真是束手无策。

婉宁道："可有人跟这孩子在一起？"

裴明诏道："他的乳娘。"

婉宁迎上裴明诏的目光，裴明诏缓缓摇摇头。

这孩子的乳娘想必已经死了。

婉宁看向二老太太："二祖母，我们家里有没有细心麻利的妈妈？"找一个和这孩子乳娘相近的人来照应，会让孩子觉得不那么陌生。

桂妈妈忙道："奴婢去叫两个信得过的，老太太和小姐选一选。"

桂妈妈很快带了三个媳妇子过来，几个人看起来都很亲和，突然被叫来，其中一个显得有些慌张，另一个悄悄地东张西望，只最后面那个梳着圆髻的既没有手足无措，也没有过分显得伶俐。

"就是她吧。"婉宁指了指后面的媳妇子。

那媳妇子忙上前："奴婢乔贵家的。"

二老太太道："让厨房送些点心、蒸一碗酥酪过来。"

桂妈妈立即吩咐下去。

婉宁看看乔贵家的，乔贵家的忙端了水上前："少爷，您喝点水。"

乔贵家的声音绵软，让人觉得很亲和，椅子上的孩子抬起头来，看了两眼乔贵家的。

乔贵家的心里一喜，忙将手里的水送过去，看到水杯，孩子却又低下头缩在那里。

不管用。

这可怎么办？乔贵家的忙向婉宁求助。

相比较侯爷和随从那种高大的男人，乔贵家的这样温和的女人容易让人亲近，女人的目光也比男人柔和很多，八九岁的孩子才离开乳母，应该会很相信和蔼可亲的女子。

可是那孩子方才听到乔贵家的话明明抬起头来，怎么见到水又低下头。

乔贵家的怎么劝说都没用，二老太太也皱起眉头。

和屋子里的女人相比，裴明诏几个男人更显得无计可施。

裴明诏看向旁边的姚七小姐。

也许他太为难这个女子了。

"平日里乳娘怎么叫这位公子？"

裴明诏道："在家中行五，叫五爷。"

婉宁走到孩子身边："五爷。"

婉宁只是个十二岁的小姐，她这个年龄还不会让人戒备。

椅子上的孩子果然抬起头来。

乔贵家的十分欣喜，忙将水递给婉宁，婉宁向前送去，那孩子却又闪躲。

只要看到善意的表情孩子应该不会这样抗拒，激烈的抗拒、吵闹比安静着不说话反而更容易接近。

下人端来点心。新做出的点心散发着淡淡的香气，乔贵家的用筷子夹了一个，就着粉彩的碟子送过来，孩子根本不肯抬头。

多香的点心啊，上面还撒了一层炒熟的芝麻。大人饿了也会忍不住吞口水，孩子怎么不想吃呢。

她小时候最喜欢吃点心，喜欢奶香甜甜的味道。饿的时候她连冷饭都吃得香，怎么会有小孩子连点心和零食都不去看一眼，只是低下头默默地吞咽口水。

他到底怕什么。

婉宁伸出手来碰触孩子，那孩子却打了个哆嗦。

"五爷，你看……"

孩子抬起头来，屋子里所有人也都看向婉宁，婉宁向乔贵家的转过头然后张开嘴。

乔贵家不禁愣了片刻，然后迟疑着将点心送过去。

婉宁咬了一口，在孩子的注视下一点点将点心吃掉了半块。

婉宁又伸出手在盘子里取了点心，掰开一半送进嘴里咬一口，另一半递给孩子。

孩子瞪着眼睛，肚子里咕噜噜作响。

金黄色的点心一半在他眼前。

另外一半在她手里，她小口小口地吃着。

那只脏兮兮的手终于抬起来，飞快地从婉宁手里抢过点心，然后飞快地塞进嘴里。

香甜的点心进肚之后就让他更加饿起来，他吃了半块就去拿另外一块。

婉宁小心翼翼地退后，乔贵家的忙端水过去伺候。

只要开了头，后面的事就容易很多。

裴明诏眼睛里终于露出轻松的神情。

婉宁道："侯爷想要将孩子带回京，就不能这样走，起码要带上一个妇人在身边伺候。"

现在看来也只有如此。

裴明诏道："不知道家里的下人，能否跟我走一路？"

二老太太点点头，看向乔贵家的："你家中的老二可离手了？这趟路虽然远，我亏不了你。"

乔贵家的放下手里的酥酪，忙道："奴婢一定尽心办事。"

二老太太道："你到了京里就等着，过些时日我们家人也会上京。"

婉宁道："侯爷还需要什么？我让人准备些干粮和水，一定要记住，只有乔贵家的吃过的东西，五爷才会吃，晚上五爷要睡觉，将他放在靠着墙角的地方，就算回到京里，也要让他慢慢来，不要想着他会立即适应从前安稳的生活。"

五爷戒备心很大，她虽然不知道乳娘带着他都遇到过什么事，可是她能透过那双眼睛，看到些端倪。

裴明诏点点头，也许这段日子乳娘出于小心都会将买来的东西试着吃一口才会给五爷，姚七小姐这么做，是想要世子爷知道那些东西吃了也不会有事。

婉宁接着道："五爷现在好些了，离开这里说不定又会发作，可能会出汗、潮热或寒战，甚至大声喊叫，侯爷要让乔贵家的去劝解，最好找一辆马车来将五爷送回京城，车里比起马背上要让五爷更安心。"

裴明诏看着婉宁，姚七小姐怎么会懂得这么多，甚至将他在路上会遇到什么情形都想到了。

他这个在军营中摸爬滚打过的人，面对这样一个娴静嘴边随时都带着笑容的小姐，轻易之间他就改变了立场。

本来觉得快马送世子回京最稳妥，现在他觉得最牢靠的法子是找辆马车。

不用再去一趟街面买路上用的东西，程疗几个都觉得轻松了许多，转身去旁边一个小轿旁边道："杨先生，侯爷传话出来让您放心，世子爷已经吃了东西，我们现在去找辆马车，侯爷说等世子换身衣服，我们就要走了。"

杨敬很诧异，侯爷带着世子去寺里的时候是因为要在泰兴县里找个郎中给世子看病，他从前见过世子，就过去和世子说话，谁知道世子根本谁也不理。

请来的郎中用了针，世子也不见好转，侯爷忽然想起姚家这位七小姐。

"请禀告一声，看姚家方不方便，我想去瞧瞧世子爷。"杨敬敲了敲轿门，立即有人上前撩开帘子，杨敬从轿子里走出来。

与其在这里一直等着，还不如进去瞧瞧。

下人进去禀告，二老太太看向裴明诏："侯爷，您说的杨先生，是哪位？"

裴明诏道："是故去的前詹士府詹士曹燮的师父，教出了两位状元，几位进士。"

沈敬元惊讶地和沈四太太对视："您说的是杨敬先生？"

二老太太看向沈敬元："沈四老爷也知道杨敬先生？"

"知道，"沈敬元脸上通红，"前两年跟着沈家的一位世交去拜见杨敬先生，拿了许多的礼物，结果连人都没见到。"

商贾子弟就是这样，递上去帖子，立即就会被退回来。

每次看到昆哥认真地读书，他就在想，好的书院进不去，更难找个好师父，西席也是托人一请再请，听到的回话都是，昆哥太小，还不用着急。

姚宜州也是一脸的紧张，忙站起身，用手抚平衣袍："杨敬先生到了泰兴县，我们居然都不知晓。"杨敬先生在扬州闲居过一阵子，南直隶的学子哪有不知道杨敬先生的道理。

"我去迎杨先生。"姚宜州说着向裴明诏行了礼，连忙出门去。

姚宜州出去的工夫，乔贵家的已经将换好衣服的世子爷带出来。

世子爷的脸洗干净了，露出清秀的五官，有些大户人家公子的模样，只是一双眼睛深深地凹进去，里面充满了恐惧和不安，好像随时随地都会被吓到。

二老太太不禁叹气，一个好好的孩子竟被折腾成这模样，多亏了有七丫头在，才能哄着孩子吃些饭喝点水。

裴明诏略微惊讶地扬起眉毛，不过是换了衣服擦了脸，世子看起来就和之前大不一样。至少现在从那张脸上能找到从前的轮廓。

姚宜州撩开帘子请杨敬进门。杨敬踏进屋子第一眼就望见了忠义侯世子，世子爷躲在一个妇人身后，不再是蜷缩在地上瑟瑟发抖。

不过一个时辰而已，真的就好转了。

姚家人真的就想到了办法，怪不得侯爷会在这时候来姚家。

二老太太吩咐下人端上茶点，笑着看杨敬："老身是个村妇，家中突然来了贵人未免招待不周，还请侯爷和杨先生不要见怪。"

杨敬道："您这是哪里的话，是我们上门叨扰。"

姚宜州站在一旁紧张得说不出话来，长吸了一口气才上前："学生泰州县姚宜州。"

杨敬点点头，只道："姚家是大户人家。"

婉宁顿时对杨敬先生多了几分尊敬。

杨敬先生年纪比二祖母小不了多少，又有名声在外，却还礼数周到，这才是真正的有识之士，不像祖父明明科举屡屡落榜，却还要装模作样故作风雅。

杨敬看向裴明诏："侯爷准备在泰兴县留一晚？"

裴明诏道："趁着天还没黑，能赶一段路，出了泰兴不远就有落脚地。"

程疗牵了马车等在门口。

裴明诏也不能久留，站起身告辞，杨敬也跟出去。

送走了裴明诏和杨先生，婉宁服侍二老太太进屋歇息。

二老太太松口气，看向婉宁："也算是救了一条性命，有你的功德。"

婉宁挽起二老太太："没有孙女的事。"

二老太太握着婉宁的手，缓缓道："那位永安侯，第一次来还不肯透露太多，第二次就递了帖子，帖子上盖着永安侯府的大印，都是因为你帮了忙，他才对我们这样信任，否则他轻装简行，出京办事，怎么能随意泄露行踪。"

婉宁颔首。

二老太太接着道："你回京我也不放心，你那父亲还有张氏，都不是好相与的人，所以方才我问你舅舅，他们如何打算。"

沈家生意不好，她早就听舅母说，舅舅在泰州收了粮食就要上京，沈家要将京城的几家店铺都关掉，她这才下定决心要回到京里。

不只是要帮舅舅，她手里的生意，只有在京里才能散得更广。

"漕米已经找到了，泰州知府王征如的师爷也一同扣下。"谢严纪高高兴兴将下属的禀告传给崔奕廷。

崔奕廷站起身："你们连夜审寿远堂，京中的子弟，面上好看，只要遇到什么事就吓得惶惶不可终日。如果他提起崔家，你们就说，既然知道是崔家在查就说个清楚，别想着进京找人疏通关系，到时候他就会和朱应年一样。"

谢严纪道："万一他不肯相信？"

"他不会不信，在外面时想着如何攀关系，只要被抓住了把柄，就会想着怎么甩脱罪责，生怕自己做了替罪羊，"崔奕廷声音里带着几分的讥讽，"没有了靠山就怕死，什么都会说出来。"

"寿远堂想攀上崔家，替我们崔家立功，将来靠着这功劳保住他的小命，说到底，人人都盯着我头顶上这个'崔'字，觉得有我叔父在户部罩着，万事都好说。"

崔奕廷淡淡地道："既然如此，我们也用用这好处。"

谢严纪站起身来："都听大人的。"

皂隶将从姚家查出来的东西搬过来，崔奕廷眼睛瞟过去，将一堆借票放在一旁，拎出来两张符咒。

符咒上的颜色很新，像是才请来的。

"这是什么？"崔奕廷拿起来看。

谢严纪端详了半晌："好像是道士写的符咒。"

"姚家果然是书香门第，还喜欢弄这些东西，"崔奕廷递给旁边的谢严纪，"巧了，这符咒上面有本官的名字。"

谢严纪也看过来，顿时皱起眉头："荒唐，居然用这样的法子诅咒朝廷命官，姚广胜还说什么是正派的读书人。"

至于另一张符咒。

崔奕廷拎起来，眼角轻翘，这该不会是姚家七小姐吧！

名讳写得清清楚楚，姚婉宁。

写着他和姚七小姐两个人名字的符纸贴在一起。

姚七小姐，总是三房的小姐，却落得被人诅咒的地步。姚家对付自己的亲孙女，也要借力鬼神，真是愚蠢。

崔奕廷微微一笑："眼见要过节了，姚老太爷这是要送本官平安保命符吗？"

"这哪里是什么平安保命符……"谢严纪一脸怒气，也就崔奕廷才会笑得这样轻巧。

崔奕廷淡淡道："正好本官要放告示，就将这张从姚家找到的本官符咒和告示一起贴出去，"将写着姚婉宁的符纸折好，"看来走之前，本官还要见见姚老太爷。"

姚家被翻看得一片狼藉，老太太坐在椅子上，姜氏正吩咐下人小心地将东西都收拾起来。

整整一天，就像是噩梦般，她从来没想过会有这一天。

"老太太，那个……崔大人去见老太爷了。"

老太太本来沉下的心顿时欢欣起来，这件事可能还有转机，要不然东西已经查走了，为何崔奕廷会去而复返。

"快，让人准备茶点送上去，可不能怠慢了贵客。"

赵妈妈忙吩咐下去。

明明是崔二爷带着人来查检姚家，现在却还要小心翼翼地奉承，这是什么道理。

老太太看向姜氏："还愣着做什么，快扶着我过去看看。"

这次家里能不能渡过难关，就要看崔大人的了。

千万，千万要放过姚家一马啊。

老太太急匆匆地向堂屋里去。

寿氏抱着瑟瑟发抖的姚婉如，母女两个已经哭成一团。

姚婉如呜呜咽咽：“母亲，”用力晃动着寿氏，"母亲怎么不找人去跟崔大人说说，父亲之前不是说崔、姚两家可能会结亲，如果结了亲，崔家是不是就会放过姚家，父亲也能安然无恙地回来。”

寿氏不知道怎么说，红着眼睛：“你这个傻孩子，崔二爷如果愿意结亲，怎么会对你父亲下手。”

姚婉如最后一丝希望也破灭了，前几日她还在为是选陈季然还是崔奕廷发愁，怎么转眼之间一切都变了。

寿氏嗓子沙哑：“你父亲若是被定了罪，你们可怎么办啊。”

姚婉如抓着寿氏的胳膊：“母亲快给外祖父写封信，快让外祖父帮帮忙。”

为今之计除了向三嫂和娘家求助，没有别的法子。

寿氏整个人萎顿下来。

"六太太，不好了，"段妈妈匆匆忙忙跑进门，"六太太，老太太院子里搜出了道士写的符咒，说是咒崔大人和七小姐的。"

寿氏睁大了眼睛，怎么会有符咒？

怎么会有符咒？

姚老太爷看着面前那张符纸。

"本官的那张和告示贴在一起，老太爷想要看，只要去县衙门口就能瞧见，姚七小姐的这张……"崔奕廷刻意停顿了片刻。

七丫头是姚家人，这张纸一定会交到他手中。

姚老太爷抬起头，不知怎么的，看到崔奕廷的目光微深下来，眼睛上带着讥诮的笑容：“我让人送去给姚家族长过目。”

崔奕廷挥挥手，立即有番役上来将符纸毕恭毕敬地接过去。

姚老太爷瞪大了眼睛，胸口如同被压了一块石头，让他喘不过气来，明明张开了嘴，却一个字也说不出来。

崔奕廷站在那里，眉宇间有丝凉意，明明没有板着脸，却让人觉得惊骇：“从姚家搜出了借票、每年卖粮的账目，我们要一一核查……”

崔奕廷不给他留半点的情面。不但抄出了东西，讥讽他好不容易得来的名声，现在还将符纸贴在外面让泰兴县所有人都看得清清楚楚。

将婉宁这张送去族里，日后他在泰兴县怎么见人。

姚老太爷忍不住瑟瑟发抖。

崔奕廷略驻足片刻看着姚老太爷，他记得姚老太爷养了四个儿子，三个做了官，姚家从此兴旺，现在姚宜春进了大牢，姚老太爷名声一落千丈，不知姚家将来能走到哪一步。

崔奕廷在姚老太爷眼前转过身去，大步离开了姚家。

出了姚家门，崔奕廷翻身上马，陈宝递来马鞭：“二爷，多带几个人一起去泰州……”

泰州知府王征如，大敌当前只会抱头鼠窜，没有什么可怕的。

崔奕廷略低下头，姿态从容：“你去告诉姚七小姐，从泰州府回来，我们就要启程回京，我们的船可不等人……”

"老太爷。"

老太太的声音从头顶传来。

姚老太爷抬起头,眼睛里满是血丝,紧紧地咬着牙齿,平日里的儒雅去得干干净净。

"快,快将药拿来。"

姚家顿时又乱成一团,有人捏嘴有人拿药。

"老太爷可别吓我。"老太太声音颤抖。

蒋氏用手掐住老太爷的人中,老太爷半晌才缓过气,转过头看了看蒋氏,脸色仿佛有所好转,再看到老太太却鼻翼扇动伸出手指。

"在你院子里搜出了符咒。"

符咒?

老太太愣在那里,怎么会在她院子里搜到。

"老太爷这话从何而来,我可没见过什么符咒。"老太太皱起眉头看向身边的赵妈妈。

赵妈妈也是一无所知:"奴婢也不知晓,什么符咒,怎么会在老太太院子里。"

"番役搜出来的,你还狡辩,"老太爷口沫横飞,胡子翘起来,一脸的凶狠,额头上的青筋暴出,"有你这样的母亲……才生下那样的儿子,我姚家有今日都是因为你。"

老太太被老太爷的模样吓了一跳,几乎忘记了反驳。

"我怎么娶了你这样愚蠢的妇人,生了那个败家的儿子。"

老太爷的声音震耳欲聋。

老太太眼前发黑,差点站立不住:"这些日子家里没少来那些三姑六婆,哪里来的符纸,老太爷也不问仔细,就怪在妾身上……"

老太爷冷笑一声:"用不着我说,符纸已经贴在府衙门口,你让人去瞧瞧,兴许就记起来了。"

有没有让人写符咒她心里清楚,怎么会在她院子里搜出这些东西,是谁放在那里的,老太太将屋子里的人看了一遍。

一无所知的蒋氏,懦弱胆小的姜氏,躲在屋子里的寿氏。

到底是谁。

"老太爷……"老太太上前走两步。

老太爷忽然大叫起来:"出去……离我远远的,出去……"

老太太愣在那里。

老太爷接着大吼:"我让你出去……"

当着屋子里的晚辈就这样呵斥她,她怎么也是儿孙满堂的人,却不给她留半点的颜面,所有人都在看着她。

年轻时辱骂她也就罢了,如今她可是一条腿迈进棺材的人,难道老太爷还想着这时候休了她。

老太太只觉得眼前的人影越来越模糊,耳边传来赵妈妈惊呼的声音。

姚宜州看过符纸后递给二老太太。

二老太太气得发抖:"他们这样黑的心肠,连亲孙女也要诅咒。"

"这是从哪里搜出来的?"

婉宁想将符咒看清楚,二老太太却折起来:"这些不好的东西,你不要看。"

姚宜州道："听说是从老太太的院子里。"

二老太太皱起眉头："多大年纪的人了，竟然还做这种事，已经被朝廷查出来，看他们怎么狡辩。"

从祖母院子里找到的……这件事有些蹊跷，若说这是婉如做的她还相信，祖母……怎么可能亲手做这种能轻易让人诟病的事。

不是祖母又会是谁？谁在这时候算计了祖母？还是祖母院子里的下人，想要讨好祖母却弄巧成拙？

婉宁向来不太相信过于巧合的事。

二老太太吩咐姚宜州："让族里长辈看一看就拿去寺里烧了吧！"

这东西只要拿给族里的长辈看了，就等于抓住了祖父、祖母的痛脚，日后祖父再也不能在族里呼风唤雨，即便是仗着父亲的官声，族中子弟也不会对他信服。

等着姚宜州拿着符纸出了屋子，婉宁将头靠在二老太太床边："二祖母，孙女有件事要跟二祖母说。"

"说吧。"二老太太伸出手梳理着婉宁的头发，她就奇怪，婉宁这样的孙女，三弟妹怎么会不疼。

"孙女想请舅父送我去扬州，我想看看外祖母和母亲。"

二老太太的手停下来，叹口气："趁着你祖父手上一堆烂摊子无暇顾及你，去扬州看看也好。从二房多带些人手一起走，免得被人说三道四，你毕竟是未出阁的小姐，千万要早去早回。"

婉宁点点头，她和祖父抗争，就是为了有一日能回去扬州看望外祖母和母亲，如今这件事做成了，她恨不得立即走到母亲跟前。

婉宁陪着二老太太话家常一直到很晚才去碧纱幮里睡了。

第二天一早，二老太太就起身，挑了七八个家仆让婉宁带着："就算有沈家人跟着也要小心。"

婉宁本不想带这么多人，却拗不过二老太太，只好将人都带着。

二老太太拉着婉宁慈祥地道："见到你外祖母帮我带好。"

很快沈家的马车来接婉宁。

二老太太让人扶着走到垂花门，眼看着婉宁上车。

马车缓慢地前行，不知怎么的，离开二老太太让婉宁觉得有些不是滋味儿。

"七姐姐，"昆哥抬起头，"母亲说，七姐姐也见到了那位有名的杨敬先生。"

沈四太太笑着道："你舅舅和我回去说杨敬先生的事，正好被昆哥听到了，你舅舅说既然知道了杨敬先生来泰兴，我们家也要备一份礼物送去，请杨先生给昆哥启蒙我们不敢想，杨敬先生能帮忙推荐个西席，我们就千恩万谢了。"

昆哥一双眼睛很亮，仔细地看着沈四太太："母亲不是说，泰兴周围不少的学生都去求见杨先生，想要拜杨先生为师父，昆哥为什么不能去？"

沈四太太面对昆哥认真的神情，不知道怎么说。

难道要说沈家是商贾，普通的先生都请不来，更何况杨敬这样达官显贵求不到的先生？

"昆哥想要杨敬先生教你？"婉宁轻声道。

昆哥点了点头。

"为什么？昆哥也没见过杨敬先生，为什么想要杨先生教你……"

昆哥道："因为父亲、母亲说杨先生很有名……"

婉宁看着昆哥："那是舅舅、舅母和别人这样说，可是要跟先生学习的是昆哥，如果昆哥想要求杨敬先生，昆哥自己就要想法子、下苦功，弄清楚杨敬先生是什么人，要想成为杨敬先生的弟子要怎么用功，不能依赖舅舅和舅母送礼物，对于真正的有识之士，礼物是打动不了他们的。"

人在这个世上最终是要依靠自己。

有些事，别人再帮忙也没用，始终要自己想明白了才能做好，这就是她要教昆哥的。

沈四太太怔怔地看着婉宁。都说辰娘命不好，可是她却觉得辰娘好福气，有婉宁这样的女儿，辰娘将来定然会跟着享福。

也不知道辰娘到底想明白没有，愿不愿意见婉宁。

第九章　团聚

京城，姚家。

姚三太太张氏正清点送去娘家的礼物。

孙妈妈进来道："三太太，姨夫人来了。"

"姐姐？"张氏低声问。

孙妈妈领首："是二姨夫人。"

张氏忙迎了出去。

张氏的二姐嫁给了忠义侯的弟弟，平日里都被喊赵四太太。

赵四太太张瑜贞这些日子心里又是高兴又是忐忑，见到张氏忙拉住妹妹的手："族里长辈聚在一起商议，我们女眷就在旁边伺候着，说到爵位的时候，所有女眷都在看我，我是强作镇定，仿佛爵位的事和我无关，其实谁不知道，我们老爷最后可能承爵位，上次来的道士不是说了，我们张家会双喜临门，我想这'双喜'说的会不会是父亲承爵，我们老爷也承爵。"

张瑜贞用手拍拍胸口："可紧张死我了。"

张氏满脸笑容，提起帕子擦了擦张瑜贞额头上的汗："父亲不是说了这些事不用着急，你福气好，姐夫又有军功在身，赵家最有前程的就是姐夫，爵位不给姐夫给谁呢。"

张瑜贞松口气："说的是，论起这谁也不如老爷，"说着向四周看了看，"现在我就是怕世子爷被找回来。"

皇上让人去找忠义侯世子，一直都没有消息，说是还要等等，其实大家都知道，世子爷是不可能回来了。

忠义侯夫人每天以泪洗面，她们这些女眷就要进忠义侯府相陪。

都是为了什么，大家心照不宣。

忠义侯府那么大，谁不想搬进去做侯爷夫人。

张氏道："这么多时日都没动静，哪里还能找得回来。"

听到妹妹也这样说，张瑜贞彻底松懈下来。

张瑜贞道："我们家是勋贵出身，爵位这些事我们从小就知道，无论到什么时候我都能心平气和，那些人就不一样了。"

"妹妹没看到，族里的女眷去忠义侯府说是陪二嫂，其实一个个都在我身边晃，"张瑜贞打开扇子，摇晃了几下就抿嘴笑起来，"嫁到赵家这么多年，终于让我盼来了这一天。"

张瑜贞喋喋不休地说着，孙妈妈带着下人端来茶水和果盘。

吃了块点心，张瑜贞道："欢哥哪里去了？我带了好东西给欢哥。"

说起欢哥，张氏一脸的笑容："在后花园里和他五叔一起喂鱼呢。"

张瑜贞笑起来："欢哥有福气，有你这样的娘亲，还有疼他的爹爹和五叔，只可惜妹夫命不好，若是没有娶沈氏一早就娶了你，家业比现在可要丰厚得多。"

张氏没有跟着张瑜贞一起得意洋洋地笑，而是扬起长眉，明媚的神情中透着几分温婉："别这样说，沈氏的嫁妆可不比我少。"

张瑜贞说起来愤愤不平："毕竟是商贾家的女子，虽然被休，名分仍旧在你头上，想到这个我就生气，你是我们姐妹中出了名的漂亮、贤淑，父亲怎么会将你嫁到姚家，"说到这里顿了顿，"沈氏的女儿多大了？是不是快要议亲了？你准备怎么办？依我看就让长辈在泰兴找一个人家嫁过去，永远也别让她回到京里来。"

"免得糟蹋你的名声，让你看着也生气。"

一个休妇的女儿，谁愿意摆在眼皮底下，不如远远地支开，死活跟这个家无关。

正说着话。

外面传来欢哥的声音："母亲，母亲，看欢哥给你采来的花，多漂亮。"

张瑜贞抬起头来，看到外面一大一小的人影。

长身玉立的男子站在欢哥身边，淡青色的直裰、墨般的长发，眉眼明亮却又犹如水中的月亮，轻轻地在上面笼了层薄雾，宽带束着腰身，显得身姿尤其的修长，被风一吹，长袖飞舞如同要翩跹的蝴蝶，整个人如同画上走出来，让人想要接近，却又不敢伸手，生怕一碰丹墨就化了。

张瑜贞也不禁看愣了。

男子显然没有料到家里还有客人，低头吩咐了两句，转身走了出去。

张瑜贞这才回过神来。

那是姚五老爷。京里有名的美男子，不但人生得漂亮，为人又亲和，京里的妇人都小声议论，也不知道谁能嫁给他做继室。

欢哥抓着一大捧花，蹦蹦跳跳地进了门，然后一头扑进张氏怀里："母亲，母亲，看五叔帮我一起摘的花，母亲喜欢吗？"

张氏眼睛笑成一条缝："喜欢，母亲最喜欢。"从欢哥手里接过花，然后凑近鼻端，脸上笑容就像糕点上的糖霜，甜滋滋地化开。

欢哥从张氏身上爬下来："我还要五叔，我要五叔……"

张氏忙道："你五叔还有事。"

欢哥在张氏怀里扭动起来，"不要，我要找五叔。"

张氏顿时没了办法，外面的妈妈听了声音进门："五老爷在前院呢，要不然奴婢将八爷带过去。"

张氏也没法子，只得顺着欢哥："带去吧，让欢哥别捣乱。"

乳母立即上前将欢哥领了下去。

看到欢哥小小的身影离开院子，张瑜贞才想起来："对了，有件事要跟你说，你家六太太的娘家，打听那个休妇的女儿，大约是想要结亲。"

张氏一脸的茫然。

"你瞧瞧你，这个都不知道，还要我这个外人提醒，"张瑜贞拉起妹妹的手，"多亏妹夫对你好，否则以你的性子，家里有个宠妾，还不逼死你。"

"你就是太宽厚。"

张氏看向张瑜贞："寿家有年纪相合的？"

张瑜贞笑道："怎么没有，寿远堂的儿子。"

张氏脸色顿时变了："那可不行，那是……那是……"忙摇头，"谁家的好女儿愿意嫁过去。"

还替那个休妇的女儿说话。

"你啊，"张瑜贞皱起眉头，"你这样心善，要不是她，你生产时也不会那般惊险，多亏我让爹爹出面训斥了妹夫，妹夫才狠下心将她送去泰兴，依着你，你肯定将她留下来……"

张氏抬起头："是二姐心疼我。"

张瑜贞笑道："你知道就好。"

张瑜贞坐了一会儿就离开了。

张氏回到内室里坐在锦杌上不知道在想什么，外面传来清脆的鸟鸣声，风吹过来树叶哗哗作响，她忽然很期盼下场大雨。

让这场雨下得透透的，让院子里积满了水，院子里的人出不去，外面的人进不来，这样她就能安心地躺在贵妃榻上休息，没有人打扰她享受这一刻的安宁。

张氏脸上露出笑容来。

"太太今天这样高兴，是不是因为亲家老爷承了爵？"孙妈妈轻声道。

就当她是因为这样吧。

张氏点点头，轻轻地拢了拢衣襟儿，衣襟上有桃花的香气，就像帐子里熏的香。

"老爷回来了。"

小丫鬟香叶进来禀告。

张氏有些诧异："这么早。"

张氏整整衣衫要迎出去，却又想起了什么，忙回头道："将我那件葱绿色的褙子拿来。"

丫鬟急忙服侍张氏换衣服，桃红色的褙子换下来，张氏道："叠好了，不用清洗。"衣服才穿了半日，不用洗。

"帐子也换了吧，老爷不喜欢桃红色，换成青色的纱帐。"张氏拢了拢头发，对着镜子露出一个欢喜的笑容，然后那表情就定在了她脸上。

说着话，姚宜闻大步进了门，张氏忙迎过去，一脸的喜气："老爷今天怎么这样早，五叔还在前面等老爷。"

姚宜闻看着一脸娇羞笑容的张氏，本来绷着的心一下子松懈下来，看到丫鬟抱了桃红色的帐子："怎么又要换帐子了？"

"拿出来挂一挂，老爷不喜欢鲜艳的颜色，妾身就让人换成青色的。"

知道妻子挂念着自己，姚宜闻叹口气："不用那么麻烦。"

"看着顺眼，老爷也觉得心里舒坦。"

张氏就是这样对人柔顺，心里也没有太多的思量，进了姚家之后处处都顺着他，不像沈氏那么好强，凡事都要跟他讲个理出来，小事也要记在心上，他出去应酬晚一些，也在他耳边说个不停。夫妻之间就应该像他和张氏这样。

不知怎么的，每次看到张氏，姚宜闻脑海里都会出现和他争辩的沈氏，沈氏就是性情不好，才结婚的那几年，他们之间的感情也不错，有了婉宁，家里的欢笑就更多了，就是从纳妾之后，沈氏不管大事、小事总是不依不饶，在他面前还经常说父亲的不是，没有父亲他怎么可能一直科举。

父亲是有才学的，只是不适合科举罢了。在泰兴县谁不知道父亲的名声，没有父亲就没有姚家的今天，沈氏连这个都不明白，就因为这个他才闹气去书房，让沉香来服侍。

沉香有了身孕，沈氏就一脸不快，父亲怕沉香有个闪失，特意让沉香在祖宅养胎，一切都好端端的，沉香眼见就要生产，却滚下了楼梯……

姚宜闻将这些往事赶出脑子，享受着张氏的服侍，张氏的手很轻巧，很快就将他的衣服脱下来。

张氏道："老爷今晚该去杨姨娘那里了，妾身已经让杨姨娘留了门。"

张氏自从上次小产之后，身子就不好，很少服侍他："晚上我留在你这里。"

张氏脸上一红，却低头笑了："那哪里行，老爷好久没去杨姨娘那里了，既然定了规矩，老爷多少也要依照妾身的安排，别让妾身不好做。"

"我哪有这个心情，"姚宜闻道，"听说南直隶那边查出了些事……"

张氏没有抢话而是听着姚宜闻说。

"偏偏南直隶离京城又远，到底怎么回事谁也说不清楚，只能等着，我们这边还好，户部和刑部恐怕要麻烦。"

"不知道泰兴有没有事，"张氏道，"早知道那边不太平，应该将父亲、母亲接进京来。"

姚宜闻很肯定："这些事牵扯不到父亲。"

张氏坐下来，姚宜闻伸出手来想拂一拂张氏黑亮的头发，张氏却躲过去："大白天的，都有人看着。"

张氏是大户人家的女子，在他面前总是很矜持，无论是平日里还是床笫间，总是压制着。

姚宜闻忽然皱起眉头："也不知道父亲将婉宁教得如何了，婉宁的脾气千万不要像沈氏，将来再闹出什么事，可是要伤了名声。"

"好了，老爷快去见五叔吧，五叔陪着欢哥玩了大半天。"

在张氏的催促下，姚宜闻站起身："我过去看看。"

张氏将姚宜闻送出门。转眼的工夫，就下了雨，一滴雨落在张氏的衣领里，张氏皱起眉头，今天真不是个好日子。

大雨滂沱而下。

泰州府一整天都在下雨。

二老太太闭着眼睛仿佛昏昏欲睡，屋子里的姚氏族人互相看看，姚宜州低声道："母亲，族里长辈都在问您，这件事怎么办？"

二老太太这才醒过来，看着大眼瞪小眼的族人："这还不好办，欠债的还钱，欠米粮的去要米粮，你们和三房的事自己去解决。"

三房如今是丢了借票，米粮也被朝廷查抄，这些平日里跟着三房赚黑钱的族人自然就慌了神。

突然有人道："我们去找三老太爷。"

二老太太从心里颔首，这就对了，要的就是这句话。

送走了族人，姚宜先一家跪下来："多亏了二老太太，要不是二老太太哪有我们一家抬头之日，如今大家都知道了三房的事，议论我们慧姐儿的人也少了许多。"

"不要谢我，"二老太太道，"该谢婉宁。"

该谢婉宁，没有婉宁，姚氏一族照这样下去还不知道要怎么样。

桂妈妈欢欢喜喜地进门："老太太，厨房里问呢，是不是该下饺子了。"

该吃饺子了。

姚婉慧上前服侍二老太太坐起身。

二老太太觉得心里十分的舒畅："今天都留下陪着我吃饺子，这些年也委屈你们了。"

姚宜先和族兄们互相看着："老太太这是哪里的话。"

姚家堂屋里顿时欢声笑语。

二老太太道："我让人从泰兴楼拿了点心，将孩子叫出来吃点心。"

桂妈妈带着人将点心摆出来，族里的孩子们顿时在堂屋里跑来跑去。

二老太太看向屋外。

大雨不停地落下来，也不知道婉宁在哪里。

雨点不停地落下来。

婉宁站在马车前，看着眼前这所小小的院子。

母亲回到沈家之后就住在这里。

不一会儿工夫，院子里的妈妈出来道："七小姐，娘子请您回去，七小姐好不容易才在姚家立足，万万不能在这时候落人口实，娘子一切都好，收下您送来的东西，这就行了。"

沈四太太看向婉宁："已经下雨了，我们先回去，明日我再来跟你母亲说说。"

辰娘还不知道婉宁长大了，已经不是那个任人摆布的孩子，所以才会这样害怕。

沈四太太不由得叹口气，凡是母亲都一样，小时候怕照应不好子女，等子女长大了，又怕连累他们。

辰娘现在处境不好，若是连累了婉宁的名声，婉宁要怎么嫁人。

何况辰娘还盼着婉宁能嫁进陈家，陈家是书香门第，要娶的媳妇绝不能在礼数、德行上被人诟病。女人不能有门好亲事，这辈子就完了。

"你母亲已经知道了你的心思，这就行了，"沈四太太劝说婉宁，"来日方长，等过几年你安稳下来，你母亲也就能见你。"

婉宁知道这些礼数，要对被休了的母亲不闻不问。

骨肉亲情抵不上一封休书，这是她永远不能苟同的地方。

她并不怕被人议论。

如果她怕这些就不会反抗祖父，也不会一路到扬州来见母亲。

雨越来越大，沈氏在屋子里团团转。

"娘子，要不然就见见七小姐，这里是扬州不是泰兴，不会有人知道。"周妈妈轻声劝说着。

穿着半旧酱色褶子的沈氏慌张地坐在椅子上，她每日都会想起婉宁小时候的模样，婉宁最喜欢靠在她怀里听她哼歌。她唱得不好听，婉宁却喜欢，那双肉肉的小手在她胳膊上拍着，手舞足蹈说不出的高兴。

她怎么也想不到，她会见不到女儿长大。

女儿……

她此生最大的心愿就是再见女儿一面，她日夜祈求能有这样的机会。

可是现在她却怨恨自己。

不该这样。

不该这样奢求。

"你不是说，姚氏族里有人跟着……他们都会知道，纸里包不住火……"沈氏脸上如同蒙了一层黑色，说不出的颓败。

"姚老太爷不会饶了婉宁。"没有谁比她更清楚姚老太爷睚眦必报的性情。

她已经是个废人，不能拖累婉宁。

周妈妈不禁眼睛一红，娘子早就将这些想得清清楚楚。

"只要婉宁都好，我就知足了，这样就很好……"沈氏望着外面喃喃地道。

"小姐，要不然我们先回沈家……"童妈妈也忍不住小声劝说，风很大，七小姐的衣服都已经湿了。

所有人都小声劝着。

"这样下去也不是个办法。"

婉宁看向紧紧关着的大门，是啊，这样下去也不是办法。

婉宁提起裙角，慢慢跪了下去。青色的衣裙浸在了泥水里，小小的女孩子就这样端端正正地跪着，好像无论怎么样她都不会起身，她那双清澈的眼睛紧紧地看着黑色的大门，目光是那般的专注。

"小姐……"

"婉宁，你这是做什么，快起来。"

无论是谁都不能让她动摇。

她要见到母亲，只有她这个女儿知道，怎么才能见到母亲。

小时候不懂事，会因为没有吃到一块点心而难受，还会因为见到一只虫子受惊吓，自己尿了床也会哭个不停，就连睡一觉醒过来，发现还困着也要热热烈烈地大闹一场，吵个天翻地覆。

这就是小孩子。

那些毫不起眼，小到看不见的理由总是让她很难过。

她难过起来，很多人会来劝说。

乳母、下人、大家拿着各种玩具逗她开心，都没用，她依旧吵闹着。

只有母亲真正在乎她在想什么。

只有母亲将这些不起眼的小事，当做大事放在心上。

母亲会第一时间拿来点心，让人抓走虫子，将她抱过来放在肩膀轻轻地拍着，哄着，让她歪着头再安睡一会儿。

只有母亲，真正在意她在想些什么。

人这辈子能得到的东西不多，最先有的是母亲，最害怕失去的也是母亲。

如果有母亲在，她就可以肯定一件事，只要她过得不好，就会有人心疼，只要她身处困境，就会有人担忧。

她让自己不快活，总有一个人会比她更加不快活。

她让自己难受，总有一个人在她更难受之前会伸出手来。

这就是母亲。

所以，她就算什么事也不会做，也笃定怎么才能见到母亲。

天下的儿女，都知道怎么才能让母亲心疼。

她不是一个好女儿，却是一个懂得在母亲身边撒娇的孩子。

于是她跪下来，就在雨幕之中，让大雨淋在她身上，她的眼睛被雨水打得有些疼，两腿被凉水浸得有些刺骨的麻木，但是她不在乎，只要有个人知道她冷得瑟瑟发抖，在雨水中跪得笔挺，她就心满意足。

总会有人心疼她。

所以爱儿女的父母永远都斗不过儿女。

婉宁从来没觉得被大雨淋着，她心里还能这样畅快，这样高兴。

童妈妈不停地去敲门，大门总算又打开一条缝，里面的下人看到跪在地上的婉宁，顿时吓得又合上，慌慌张张地向内宅里跑去。

沈氏正打开衣橱，衣橱里只有一个用漂亮的碎花布包了好几层的包袱，沈氏将包袱打开，里面全都是她给婉宁做的衣服。

沈氏慌手慌脚地整理衣服，仿佛这样才能让她安静下来。

"娘子，"周妈妈进来道，"您快去看看吧，七小姐在门外跪着呢，这雨下得多大啊，这样下去可是要落下病啊。"

沈氏一惊，心就像被扯了一下，转头看向窗外。大雨滂沱，树叶都被雨水打落了一地，婉宁那么小的孩子，怎么能在雨水里……还跪在地上。

沈氏的眼睛霎时红了。顾不得周妈妈说什么，转身走了出去。

大雨冰凉地落在沈氏身上，沈氏却浑然不觉，她几乎在雨中跑起来，到了门前，伸手拉开了门。

四目相对。

女儿那张让她日夜思念的脸就在她眼前。

雨水将婉宁浇得不成样子，她却还能看出来，那五官长得还和小时候一模一样。

那么亲切，让她整颗心都热起来。

婉宁小时候怕黑，到了晚上就拉扯着她的衣角，她走到哪里婉宁就跟到哪里。

现在婉宁不怕黑了，怕的反而是她。

她的女儿长大了，真的长大了。

沈氏已经分不清楚脸上的是雨水还是滚烫的泪水。

"婉宁……"沈氏颤抖着张口。

沈氏和婉宁回到屋里，下人顿时忙碌起来。

厨房里煮了姜汤，烧了热水，婉宁笑呵呵地洗过澡裹着被子喝姜汤。

看着相聚的母女，沈四太太眼睛红了又红，擦了擦眼角才道："娘那边婉宁已经去过了，娘说，今晚就让婉宁在这边住，从祖宅那边已经拨了人手，你们放心，我都会安排得妥妥当当。"

沈氏点了点头，问起沈老太太："母亲怎么样？"

沈四太太就笑起来："见到婉宁别提多高兴了，本来前阵子得了风寒，这样一来仿佛也好了不少。"

沈氏轻手轻脚地帮婉宁擦着头发："哥哥没跟着一起回来？"

沈四太太道："没有，跟昆哥留在泰兴，是大伯送我们回来的。"

婉宁听着母亲和舅母说话，依稀回到了多年以前。

"昆哥在泰兴？"沈氏顿了顿仿佛不经意地问。

沈四太太点点头："本来也要跟着回来，泰兴县里来了一位好先生，我和老爷想着送份礼物去请那位先生帮忙给昆哥找个西席，结果昆哥听了婉宁的话，就要留在泰兴，说什么也想去见见那位先生……"

婉宁能感觉到母亲看她的目光中带了些许欣慰："这孩子，倒会教弟弟了。"

"可不是……"沈四太太生怕说漏了嘴，忙转开话题，"你们母女俩见面多说说话，我就先回去了。"

外面雨小了很多，沈氏就没有留沈四太太："趁亮回去，免得路不好走。"

母亲没有再撑她和舅母一起走。

将舅母送出门，沈氏从周妈妈手里接过汤："快来将这碗汤喝了。"

婉宁接过汤碗，将甜滋滋的汤喝了躺在沈氏腿上，沈氏开始安排下人熏帐子，等到屋子里都收拾好了，沈氏看着婉宁尖尖的下颌、细瘦的肩膀，就掉下眼泪来："我从姚家出来的时候，你爹答应我会好好照顾你，我是万万没想到，才几年的工夫，他就将你送去了族里。"

母亲是信了父亲的话。

"说你推了张氏，怎么可能，他这个做爹的竟然不信自己的女儿，就凭着那女人乱说。"

过了这么多年，被冤枉时的难过早已经在婉宁心里去得干干净净，婉宁转过身，将下颌抵在沈氏的腿上："母亲跟我去京城吧！我们分开那么久，早就应该团聚了。"

沈氏怔愣在那里："那怎么行，我……现在……"

"只有母亲是一心为我思量，"婉宁拿起沈氏的手，沈氏的手很暖和，"在族里这几年，我就被关在绣楼里，好不容易去园子里，却被人推进了池塘，要不是有客人在，我早已经被淹死了，父亲对我不闻不问，母亲还指望姚家能给我说门好亲事，陈家……那门亲事，祖父心里自有思量，绝不会落在我头上，难道母亲还没看清楚，现在只有我们自己才靠得住。"

眼看着沈氏在思量，婉宁接着道："母亲在这里，我也担忧，倒不如我们母女在一起，互相依靠。"

沈氏不知道怎么办才好："让我想想。"婉宁的话有道理，可是究竟还有些孩子气，她已经被休，怎么能光明正大地和女儿一起生活。

"母亲不知道，前些日子祖父说要将我送去家庵，还要将我逐出姚家。"

这些事不让母亲知道，母亲永远会觉得她留在姚家听话才会有好日子。

沈氏睁大了眼睛："他们怎么能这样……"

要让母亲彻底对姚家死心。

几年不见母亲的头上已经有了白发，她能借此想到母亲度日如年的生活。

"母亲相信我。"

沈氏听得婉宁的声音转过头来，婉宁那双清亮的眼睛里满是坚定。

"从此之后，我们只会越来越好。"

沈氏流着眼泪，终于点了点头。

婉宁不知道什么时候睡着了，醒来的时候鼻端是香喷喷的点心味道。

沈氏撩开帘子进门，看到婉宁露出笑容来："再睡一会儿，不着急起身，吃过饭我们去祖宅给你外祖母请安。"

沈氏换了件青色的褙子，头上戴着支玉簪，脸上也施了薄粉，看起来比昨日精神焕发了许多。

在婉宁的记忆里，母亲是个很要强的人，虽然祖父一直看不起沈家，母亲还是将手里的沈家产业打理得很好，后来父亲一直以书香门第的规矩来约束，母亲才将手里的铺子卖掉了两间，一心一意地相夫教子。

母亲心里是想好好做个姚三太太，只是祖父、父亲不这样想。

父亲纳妾之后，母亲心情不好，每日也荒了打扮，只是常常和她在一起。

这样一直委曲求全，换来的却是父亲的休书。

其实母亲很漂亮，有江南女子的婉约，眉目中又不乏绮丽，这两年虽然憔悴、苍老了很多，打扮起来还是很好看。

婉宁坐起身让落雨伺候着换了衣服和沈氏一起吃过饭，沈家的马车也准备好了。

母女两个坐了车到祖宅。

外祖母早就在屋子里等着她们，见到了母亲和她，外祖母的眼睛也红了，眼泪扑簌簌地掉下来，一把拉住了母亲和她："我的儿，你总算愿意出门了。"

母亲不知道怎么说才好，靠在外祖母肩膀上哭起来。

外祖母不停地劝说："都是多少年前的事了，你也该放下，那黑心肠的人你还想他做什么。"

屋子里的女眷都跟着又是哭又是擦眼泪。

沈氏哭了一会儿，只觉得喉头发甜，转头不停地咳嗽起来。

外祖母道："快，请郎中过来看看，这病已经断断续续一年了，这样拖下去还怎么能好。"

昨天只顾得相聚，婉宁没发现母亲还生着病。

沈氏忙摇头："没事，没事……"

外祖母却不依："从那边搬过来到我身边住，我要看着你将身子养好了。"

外祖母说着话，帘子掀开，有管事妈妈进了屋，管事妈妈手里拿着一摞账目，见到屋子里的情形就将账目放在一旁……

婉宁看过去，这应该就是外祖母说的京城里沈家铺子的账本。

外面忽然传来声音。

"让开，我要去问问老太太，到底是怎么回事，我们沈家的事难道要听一个外人的！"

沈老太太看向婉宁："快去屏风后躲一躲，免得被人看到。"

婉宁从泰兴到扬州，沈老太太都做了仔细的安排，沈氏一族里知道的人并不多，沈敬贺也在沈老太太面前说过，绝不会说出去。怎么转眼的工夫就让沈氏族人都知晓了，这样一来，姚家听到风言风语要怎么办？

沈老太太想到这里皱起了眉头，担忧地看了婉宁一眼，却发现旁边的婉宁脸上并没有半点的慌张，而是施施然起身向沈老太太行了礼，才带着童妈妈去了屏风后。

沈家下人将外面的沈敬琦请进来。

沈敬琦显得有些激动，进门向沈老太太行了礼，下人搬了椅子，沈敬琦也不坐，就站在屋子里。

沈老太太神情自然："老二今天怎么会过来，你父亲怎么样了？前日里我请了药王符，又点了一盏灯，盼着你父亲的病早些好。"

沈敬琦一脸的感激："父亲已经好多了，我和哥哥不常在家，多亏了老太太照应。"

沈敬琦是族里二老太爷家的二子，族中行二，是沈敬贺的弟弟，平日里押解米粮去边疆换盐引，常年在外奔波，和妻儿也是聚少离多。

就因为辛苦，在沈家族中颇有些声望。

沈老太太缓缓道："你们哥俩辛苦我老太太怎么能不知晓，我们这一房人丁稀少，要不是整个沈氏一族上下一体，也没有如今的家业。"

见到沈老太太，沈敬琦的眉头松了些，赔礼道："不是我要打扰老祖宗，只是有桩事，想问问老祖宗，京里的店铺是不是不准备兑出去了，要留下来？"

沈家是靠着走盐发家，和姚家结亲之后陆续在京中开了八九间铺子，有的卖胭脂水粉，有的卖些米粮，还有的卖锦缎，前些年也有兴隆之状，这两年却慢慢地衰败下去，如今沈家的盐业生意不好，更被这几个铺子拖得泥足深陷。

"我们族里没有人手过去打理，那些铺子留着真是拖累，将几个掌柜调回来，这边的生意就轻松不少，"沈敬琦说着顿了顿，"老太太不知道，今年盐引换得有多难，拿着卖了铺子的银钱多在边疆开些地雇些佃户，免得明年没粮换引……"

这些事是早就说好的，怎么说变就变了。

哥哥从泰兴县回来说京里的铺子不卖了，他追问为什么，哥哥却一脸的讳莫如深。

他不肯罢休，一直问，哥哥才说起了辰娘的女儿。

姚七小姐。

姚七小姐说，铺子不要卖。

凭什么，不过就是个十二岁的孩子，连沈家人都不算，竟然替沈家做起主来。

想到这里，沈敬琦就一头怒火。

哥哥劝说不让他来找老太太，他怎么能忍得住，趁着哥哥出门，他就带着人到长房来。

虽然说沈家家业是长房打下的，沈氏族人却也没少跟着辛劳。

他就不信了，他还不如一个外姓的小姐。

沈老太太叹口气："这些事我都知道，所以才让人将往年的账目都拿出来。"

沈老太太说着看向八仙桌上的账本。

厚厚的账本摞在那里。

这账目要给谁看？那个十二岁的孩子？

他知道是姚七小姐帮忙，让哥哥少了牢狱之灾，但是不能因为帮了一件事，就插手管上整个沈家。他吃的盐比那孩子吃的米都多，他还不敢下决定，那孩子怎么敢。

不行，绝对不行。

如果他不站在这里说清楚，他就不姓沈。

沈老太太道："到底行不行，还要请人算算再说。"

"老太太，我们已经算了两三年，还有什么好算的。"

沈敬琦的反应很大，这让沈老太太没有意料到。

沈敬琦道："现在不做决定要等到什么时候？卖铺子要有个时日才能做好，春天就要开地，银子从哪里来？"

姚七小姐分明是什么都不懂，在这里乱搅和，自从老太爷去世之后，长房就算衰落了，四弟根本不是做生意的料,将这个家管得乱七八糟,要不是他和哥哥支撑,沈家就败下去。

说什么总会有转机,除非长房老太爷复生,才能救沈家。

沈老太太看着沈敬琦:"平日里也是个稳当的人,怎么今天毛躁起来,关几家铺子哪里是小事,要仔细思量。"

沈敬琦看了一眼旁边的辰娘:"老太太这么说是不是为了辰娘?"

"怕辰娘将来无依无靠,所以才笼络着姚七小姐。"

沈敬琦不等沈老太太说话,伸出手来:"我沈敬琦这里发誓,虽然辰娘出自长房,我们二房后代也会供奉辰娘,不会让辰娘孤苦无依。"

沈老太太皱起眉头:"你这是听了谁乱说话?辰娘用不着你们二房操心,我活着我照应,我死了还有你大哥,还有昆哥……"

沈老太太的神情多了些威严,沈敬琦表情不禁讪然:"老太太,我不是这个意思,"说着顿了顿,"老太太就算将京里的铺子都交给姚七小姐,以姚家人的作风,将来也不一定会被姚七小姐所用。

"老太太和妹妹是身在其中浑然不觉,难道不明白姚七小姐为什么会这样说?

"她一个孩子,做成了一件事就自诩聪明,想要插手沈家的事,这些不过都是小孩子心性,她没在沈家长大,对经商也半点不通,要了店铺能做什么?说不定是上了姚家人的当,当年辰娘将店铺开到京城,还不是落得那样的结果,有些事说起来容易,做起来却千难万难。"

沈氏皱起眉头,沈敬琦的话说得太重了,现在站在那里一脸急躁,别人说什么他都会反驳过来。

她印象中二伯父家的两个哥哥都很好,才几年不见怎么变成了这样,难道沈家这几年的情势真的非常不好?

沈氏对上沈敬琦的眼睛:"京里的店铺一下子都关了,京中来往的账目都要清理干净,二哥算一算银子还能剩下多少?够边关开荒是不假,若是扬州府听说我们家在京中关了铺子来倒钱,都要将钱庄里存的银子拿回去要怎么办?"

"我们家在泰州府遇到漕米的事,绝不是偶然,有人已经盯上了沈家,只要沈家有个风吹草动,就会有言语传出来,这一点我们也不能不防,所以婉宁才会说服老太太将账目再清算一遍,不能直接就这么卖了。"

沈敬琦听着沈氏说的这些话。

这些都是婉宁说的?还是辰娘为婉宁遮掩?

如果这是姚家设下的套,沈家不是赶着往进钻。

沈敬琦正想着,只看到屏风后有人影一闪,一个人从里面走出来。

穿着黄色的罗裙,粉色兰花褙子,梳双髻,一双眼睛如星辰般明亮,微抬着下颌,大大方方地和他对视。

沈敬琦还没反应过来,婉宁已经行礼:"婉宁见过二舅舅。"

声音清脆,眉眼中的神色明丽动人,并不像养在闺中娇弱的女子。

婉宁,这是姚七小姐?

既然是姚七小姐,定然在屏风后已经听到他方才的话,脸上却没有半点的气愤和急躁,而是淡淡的从容,仿佛早已经料定一切。

姚家的小姐,竟然这样来到沈家,沈敬琦不由得有些错愕。

婉宁不等沈敬琦说话:"二舅舅为什么要卖掉京城里的铺子?"

他方才已经说了："自然是为了保下盐引，我们沈家是靠盐引起家。"

这样简单的事，还用他说吗？很多商贾都是兴家之后买卖就做得杂起来，最后算来算去，那些生意都是中看不中用，真正赚钱的还是本来的买卖。

婉宁点点头，这话听起来好像没错。

人人都说沈家是做盐引起家，无论沈家做什么，都被归为盐商。

婉宁又摇摇头："我们沈家不是靠盐引起家，我们沈家卖过豆腐，做过货郎，就算没有盐引生意也能兴家，因为沈家靠的是审时度势，靠的是精准的眼光，别人没有用米粮换盐引时，沈家千里迢迢送粮食，那时候祖父还不是被人笑话。

"本来能开铺子赚钱，为什么要长途跋涉送米粮。

"二舅舅我说得对不对？"

沈敬琦顿时想起那些运送米粮风餐露宿的日子。

无论风雨，沈家的商队都会准时将米粮送到，他们也有饥肠辘辘在路上行走的时候，也有为了赶期连吃喝拉撒的时间都没有。

一支商队，那么多的人都靠着这个来吃饭，不只他有妻儿老小，所有的人都有一大家子要养活。每年都有死在路上的人，他们图的是什么？图的是沈家的名声。

所以他才会着急，他们不是那些在家等着擎祖业的子弟，如果是那样，他不必在意一个小孩子的话，不必据理力争。

他会站在这里，是不想内宅那些火烧到沈家商队上来。

婉宁走到沈老太太身边，抬起头："二舅舅，喝杯茶吧！"

让他喝茶慢慢说吗？

童妈妈端了一杯茶上来送到沈敬琦眼前。

一杯茶。

沈敬琦随意地看了一眼，本没放在心上，却很快他又将目光重新落在那杯茶上。

有一股陌生的清香。

沈敬琦不禁看过去，有些发红的茶汤，这是什么？

童妈妈向前递了递，沈敬琦接手过去，送到嘴边抿了一口。

吃起来比闻着更好，从来没有过的味道，和任何一种茶都不同。

沈敬琦忍不住多吃了一口，半晌才抬起头："这是什么茶？"

婉宁道："二舅舅喝过吗？"

沈敬琦摇摇头："像是黑茶却又不是。"这茶到嘴里有一股的清香，很好喝。

婉宁道："这是别人都没有的茶。"

真的是别人都没有的茶。

沈敬琦不禁道："这茶要……卖出去？"

婉宁笑道："自然是要卖的。"

所以才会盘算京城里的铺子，才会将账本拿出来看，看那些铺子还有没有留下的必要。

不是随便说说……

他怎么也想不到这个十二岁的婉宁，说出这些话之前是经过仔细思量的。

不，不光是仔细思量，她甚至手里已经有了要卖出去的茶叶。

沈敬琦不禁觉得脸上有些发紧，早和婉宁说几句话，他就不会这样冒失。就不会觉得，是有人指使婉宁操纵沈家。

沈敬琦抬起头不好意思地看一眼沈老太太和婉宁。

他真是没想到，姚家会将婉宁养成这样，不但懂得商贾买卖之术，还比寻常人要胆大，如果老太爷在世看到这样的外孙女心里一定会高兴。

沈敬琦耳朵里又一次响起婉宁方才说的话，"我们沈家不是靠盐引起家，我们沈家卖过豆腐，做过货郎，就算没有盐引生意也能兴家，因为沈家靠的是审时度势，靠的是精准的眼光。"

精准的眼光，说的就是这茶？

"老二，怎么不说话了？"沈老太太的声音传来，"你觉得这茶不可卖？"

沈敬琦看着童妈妈打开茶盒子，里面放着如同石头般的东西。

婉宁接着道："这是二舅舅说的黑茶……"

黑茶做成这个样子，看起来就像是很多茶叶压制成了一整块。

"这样的黑茶更好喝。"

婉宁的声音传来。

沈敬琦想要将那盒子里的东西看仔细，童妈妈却伸手将盒子盖上。

在外行商的时候，但凡有个肚子疼都会嚼黑茶来吃，他对黑茶再熟悉不过，在边疆他也喝过朝廷卖的官茶。

沈敬琦迫不及待地喝了一口，朝廷的官茶比这个要差很多，香气没有这个纯正。

喝过这样的茶，就不会再想要喝官茶。

同样都是黑茶，怎么有这样的差别。

沈敬琦眼睛不由得亮起来，这茶别人不懂，他却知道啊。

真是不简单，婉宁在内宅里却能找到这样的茶。

沈敬琦觉得奇怪："这茶是在哪里找到的？为什么从前没有看别人卖过。"

童妈妈将茶端给沈老太太和沈氏。

沈老太太抿了一口，看向婉宁："七丫头，你说说，这样的茶是从哪里得来的？"

"不会有人卖这样的茶，"婉宁在这之前已经和焦无应确定过了，"这茶，是我让茶工做出来的。"

沈敬琦瞪大了眼睛。

让茶工做出来的。

一个孩子能让茶工做出这样的茶。

沈敬琦本来已经坐在椅子上，听得这话霍然站起身："我……我去找个人来……"

"找个人？"沈老太太看向沈敬琦，"找人来做什么？"

沈敬琦道："有些东西看着花哨，不一定能卖好价钱，京城里那么多铺子，不可能一下子都去卖茶叶……"

婉宁道："舅舅是想找行家来尝我这茶？"

沈敬琦点点头。

"不行，"婉宁道，"没有正式卖的东西，怎么能随便传出去。"

这下轮到沈敬琦愣住了，婉宁这话是什么意思？

"二舅不想买我的茶，怎么能让人来查看，"婉宁抬起眼睛，径直看向沈敬琦，"二舅别以为我是小孩子，手里没经过几次买卖，就好敷衍，若是卖茶的人是二舅，二舅会怎么做？"

如果卖茶的是他，他要怎么做。

自然是将茶收起来，给真正的买家看，到时候一鸣惊人。

生意也要卖关子，不提前做好声势，东西也不会很快卖出去，就像这碗茶，越不想让他喝，他却抓耳挠腮地想喝起来。

　　这是经商人的毛病，只要遇到好东西，就忍不住要探个究竟，从心里估量这东西的价值，转念之间将东西怎么卖，如何卖，会卖成什么样在脑子里盘算个够。

　　所以婉宁才大大方方让人倒了茶给他，然后就将茶叶收起来不肯再给他喝。

　　"我知道二舅舅从前向官府卖过黑茶。"

　　提起这件事，沈敬琦重新坐下来："所以我说，茶叶不是那么好卖的。"官府贴出通告，他想要去做官茶，用了一年时间收茶，疏通了不少的关系，他觉得势在必得，提前收了几千斤的茶叶，结果，沈家落选，他每天蹲着看那些茶叶从新茶变成了陈茶，还害得老父亲向族里人借钱，每天在族人面前赔着笑脸……婉宁会比他还强？

　　但是这茶是他从前没喝过的，婉宁让茶工做得也不一般。

　　沈敬琦看向沈老太太："老太太，现在和从前可不一样，从前沈家想要做什么就做什么，现在这种情形，光是扬州就有三家拿到了今年的盐引。朝廷的新盐法，达官显贵可以开条子取盐，我们家的银钱都在米粮和耕种上压着，哪里能拿出那么多银钱来买盐引，本来没有足够的本钱，再拿来做别的……"

　　"就说眼前，连粮食都收不起来。"

　　沈老太太听到这里脸上露出笑容："谁说粮食收不起来？"

　　沈敬琦道："泰州、扬州府都在查漕粮，卖粮的小心翼翼，收粮的胆战心惊，我们家是不收漕粮，就怕会有人趁机陷害……"

　　都将话说得容易，谁来收粮食？眼前的难关谁来解决？如果有办法，他还能站出来做这个恶人？

　　沈敬琦沉着脸。

　　"老太太，"管事妈妈进来禀告，"从泰州过来的船到了。"

　　沈老太太脸上有些惊讶，很快被欣喜掩盖，赞赏地看着婉宁："看来一切都很顺利。"她都没想到婉宁会将事情办得这样周详。

　　不是她不愿意自己的孩子好，只是真应了那句话，士别三日当刮目相看，婉宁在姚家养得这样聪明。

　　婉宁笑着和沈老太太对视。

　　沈氏不知道母亲和女儿在打什么机锋。

　　"也不用再去惊动别人，"姚老太太说着抬眼看沈敬琦，"店铺的事先搁下，你去接船吧！让你哥哥也好歇歇。"

　　让他去接船，去接什么船？

　　沈老太太道："多带些人手，是婉宁从泰兴收来的米粮。"

　　是米粮？从泰兴收来的？能有多少？哥哥和四弟都去了泰兴，婉宁能收到多少粮食？他倒要去看看。

　　沈敬琦道："用不着很多人，我让人去家中喊几个家人跟着去就是了。"

　　沈老太太眯起眼睛："那就去吧，搬完了米粮再过来说话。"

　　沈敬琦站起身来向沈老太太行礼，带着人走出了长房。

　　等沈敬琦走了，沈老太太端起茶来喝了口，然后看向婉宁："这茶真的是你让茶工做的？这黑茶做出来可不简单。"

婉宁道："要是从头做黑茶，这么短的时间定然做不好，孙女就是收了黑茶，只是最后加了些改动，现在只是在口感上有些小变化，算不得什么，真正的不同还在后面。"

沈老太太有些好奇："到底是什么不同。"

"时间……"婉宁笑着，"这样做的茶，能够长久保存不失原味儿。"

这是青砖茶，青砖茶是重要的边销茶，做成这样方便商队长途跋涉的运输，只要在边疆喝过官茶的人，都应该能尝出这青砖茶和从前的黑茶有什么不同。

沈氏眉眼舒展，婉宁说出这些话，拿出这茶，让她觉得与有荣焉，一转眼的工夫婉宁长大了，再也不是她心里那个小小的孩子。

沈老太太拉起婉宁的手："那些粮食你都是怎么收来的？"

"那要谢我六婶，六婶卖了粮食，带动了泰兴县的大户，而且我给其他人家的价格都是市价，大家自然愿意卖。"

再说从前在泰州收米的粮商都不敢再动，她有崔奕廷这顶帽子在头上，收米就更容易了，舅舅推荐的焦无应又很能干，很快就将一切都安排妥当。

总之，一切比她想的还要顺利。

沈敬琦从内院里走出来，一眼就看到坐在廊下的青年。

青年站起身，一双微有些褐色的眼睛里闪动着清澈的光芒，看着沈敬琦微微一笑："怎么样？"

旁边偷看那青年的丫鬟顿时红了脸颊，忙低下头去。

"魏疏，叫上几个人跟我去卸船。"

不是要来长房和老太太商议卖铺子的事，怎么突然之间要卸船？

魏疏道："哪里来的船？"

"泰兴，泰兴运过来的米粮。"

魏疏跟着沈敬琦一起出门："大老爷不是已经运回了米粮，这些粮食是从何而来？"

沈敬琦道："是姚家七小姐送来的。"

姚七小姐，就是让二老爷怒气冲冲的七小姐。

沈敬琦深深地看了魏疏一眼，又将到嘴边的话憋了回去。

魏疏看出端倪："二老爷有什么话不能说？"

沈敬琦叹了口气："你在边疆的时候说黑茶不如这边的好喝。"

魏疏点点头："官卖的茶叶，哪里有新茶，运到边疆已经没有了新茶的清香，就算是黑茶也少了醇厚。"

"边疆哪里能喝到好茶。"

沈敬琦沉默了半晌，忽然道："你对黑茶颇有些心得，我本是想要你帮忙尝尝茶……"

什么茶让他来尝。

魏疏还没说话，沈敬琦已经挥手："走，让人搬了粮食再说。"

沈敬琦从来没想过自己会在这么短的时间内，对一个人的看法一变再变。

今天出门之前他觉得姚婉宁不过是个孩子。从长房走出来时，他觉得姚婉宁有些商贾的眼光。现在见到这些粮食，他自问沈家没有几个人能做到。

在这个时候，收了这么多粮。

"这是哪里收来的粮食？"沈敬琦问旁边忙碌的下人，这都是四弟带去泰兴的人啊。

"二老爷，小的们也是不知晓，都是接了粮就送过来。"

不知道。

不知道是怎么收来的粮。

微风吹过，雨后的天气，让人觉得十分的凉爽，押船的下人都满脸笑容。

沈敬琦看着水面和一艘艘粮船发呆。

"二老爷，您怎么就带了这点人来，这要搬到什么时候，我们的船今天还要回去。"

大家七嘴八舌的说话，好不容易回到了扬州，早些卸掉粮食，大家也好各自回家。

沈敬琦查看着粮食，从初见的又惊又喜，逐渐变得有些不安，他本来以为是姚家怂恿婉宁算计沈家，现在看来真是他完全弄错了。

"这姚家七小姐不简单，大老爷说在泰兴时就是姚七小姐帮忙，才没有被诬赖倒卖漕粮。"

耳边传来魏疏的声音。

沈敬琦脸上涨得通红。

是他错了。他这样揣测婉宁，真是有些太轻佻，经过了这样的事，他哪里还有脸在老太太面前据理力争。

沈敬琦低声吩咐："再找些人来卸粮。"

沈老太太挥挥手："老二今天是不会来了，我们娘儿几个在一起说说话热闹热闹。"

婉宁点点头，她在扬州逗留的时间不多，她不能错过崔奕廷上京的船，她可是好不容易才买的船票。

泰兴，姚家。

姚老太太戴着抹额靠在迎枕上，赵妈妈端来了药服侍姚老太太喝下。

"老太爷要去京里找老三。"姚老太太的目光有些僵硬。

赵妈妈忙道："那老太太也要跟着一起去？要什么时候走，咱们屋里还没收拾。"

姚老太太一脸的讥诮："老太爷说，我身子不好，去京中要舟车劳顿，让我留在泰兴，"说到这里，声音微高，"什么身子不好，要留下来调养，就是不想带我走，我都这样一把年纪了，难道听不出他话里的意思，如今族人都有意避开我们三房，他带着蒋氏躲去京里，却将我留下受人指指点点。"

"这个罪过，是一定要让我扛了。"姚老太太说着咳嗽起来。

赵妈妈忙上前拍抚姚老太太后背："老太太别急，三老爷是老太太所出，去不去京里还不是老太太一句话，不如让人写封信，让三老爷来泰兴接。"

"那他还不动手教训我，"姚老太太神情有些激动，"那符咒的事都不肯听我辩解，几十年的夫妻，我就落得这样的结果，在外面我处处维护他，他呢？有了脏水就泼在我身上。"

这件事老太爷是做得不对，但是蒋姨奶奶却白白受了牵连。

赵妈妈劝说道："老太爷可能也是一时心急，六老爷被抓，家里被查检，老太爷慌了神也是有的，要不然也不会急着上京找三老爷疏通。"

姚老太太眉毛扬起，眼睛里是一片愤恨："说我教子无方，老三也是我生养，怎么还要去京里找老三，我自己儿子家里，我还不能去了，这是什么道理？好事他都想着蒋氏，蒋氏常年在庄子上住，依旧是他心头上的人，我就不明白，我到底哪里对不起他。"

说到这里姚老太太的眼睛一片湿润。

将心底里不满的情绪发泄出来，姚老太太心里倒平复了一些："二房那边有什么动静？婉宁怎么样？"

赵妈妈摇摇头："没动静，奴婢也没打听出什么。"这次二房的消息尤其难打听，找了几个人，都说七小姐天天陪着二老太太在屋里说话。

赵妈妈道："老太太病了，七小姐才肯过来请安，好像二房那边才是她的亲祖母。"

姚老太太摇摇头："二老太太护不了多长时间了，等老太爷到了京里和老三将泰兴的事说了，要么要将婉宁教训一顿，要么给她配一门亲事，老太爷的话婉宁可以不听，宜闻的话她不能不听。"

也就是说，等老太爷到了京城，一切都会好转，一切都会回到正轨，三老爷也能找到关系救下六老爷。

赵妈妈道："这样一来，老太太也能松口气。"

姚老太太沉下眼睛："若不是这样，我也不会忍一时之气，让蒋氏跟着老太爷上京。"赵妈妈点点头。

正说着话，寿氏来请安。

赵妈妈将寿氏请进门。

寿氏显得十分憔悴："娘不跟着我们一起上京？"

姚老太太摇摇头："我身子不好，就不去了。"

寿氏用帕子擦了擦眼角："也不知道老爷那边怎么样，漕粮的案子要到京里才能审，这一路上不知道要吃多少苦。"

提起姚宜春，姚老太太顿时觉得心如同被剜了般疼痛，看向寿氏："给你娘家送信没有？让你娘家早些打点。"

寿氏颔首："已经将消息送出去。"

姚老太太挥挥手："下去收拾箱笼吧，要带些什么东西都带齐全，这一两日就要启程了。"

眼看着寿氏退下去，姚老太太又想起一件事："老太爷从小普陀寺里回来没有？"

赵妈妈摇摇头："还没有。"

"也不知道能不能请动杨先生。"

赵妈妈道："一定能，三老爷的官位在，老太爷又这样诚心去请，咱们八爷又聪慧，老太爷不是说，应该能给八爷启蒙。"老太爷准备回京之前办好这件事，到了京城也好让三老爷高兴高兴。

姚老太爷在普陀寺厢房等了半天也不见杨家人来喊他过去，转过头来吩咐小厮："再去看看，跟杨家的下人说清楚，我们是泰兴姚家，家里三老爷在吏部做当家侍郎。"

这样应该说得够清楚了。老三托吏部尚书大人给杨敬递过帖子，三儿媳张氏托娘家向杨敬说过，京里的达官显贵是不少，要么是勋贵家的子弟无心读书，要么是那些苦名分、两袖清风的翰林院家中子弟，要论朝廷重臣，掰掰手指都能算得清楚。

将杨敬先生请回家像西席一样每个月奉上束脩，这样的事姚家不敢想，但是在杨敬先生跟前学些时日权当启蒙，姚家可是做足了功课，吏部尚书和杨敬爱徒曹夔家素有交情，吏部尚书的儿子就在杨敬跟前学过一阵子，虽然算不上正经的师徒，也是获益匪浅，他们欢哥能和吏部尚书儿子一样，有了杨敬的名声相托，就算走出去了。

别看杨敬南京、京都的国子监他都不去任职，他图的还是名声。

去了国子监不过任个官职，国子监请不动他，他才被人高高供起来，读书人就是这样的心思。

姚老太爷觉得自己十拿九稳能说服杨敬。

姚老太爷坐下来喝一口茶，很快小厮快步走进门："老太爷，杨家人说了，杨先生已经歇下了，请老太爷回去吧。"

已经歇下了？姚老太爷看向外面，太阳还没下山，大白天就歇下？

"是不是杨先生哪里不舒服，我认识县医署的大夫，"说到这里，姚老太爷站起身，"我自己去看看。"

从辰时开始，小普陀寺就开始有拜访杨敬先生的，杨敬先生不收礼物，大家就千方百计投其所好，送些笔、墨和上好的砚台，杨家人不肯接，就都堆在门外，递帖子的人更不计其数，可是到现在为止恐怕还没有人见到杨敬先生。

姚老太爷带着人走到杨敬的院子外。

刚要让人去喊门，就听到里面传来孩童稚嫩的声音，是有人在背千字文，"节义廉退，颠沛匪亏。性静情逸，心动神疲。守真志满，逐物意移。"

姚老太爷的心如同被狠狠地扯了一下，杨家人不是说杨敬先生已经休息了，为什么会有人在背千字文。

分明是在骗他！

杨敬先生在屋子里，而且在听孩子背书。

那孩子是谁？难不成杨敬先生已经收了徒儿？

姚老太爷顿时觉得十分的焦躁，看向下人，下人急忙叫门，立即就有小厮前来，看到来的还是姚家下人，那小厮微微皱了皱眉，耐着性子："这位是……"

姚家小厮忙道："是我们老太爷。"

"姚老太爷，"杨家小厮上前行礼，"真是不巧，我们家先生今天觉得乏了，已经睡下。"

还是这样的说辞。

姚老太爷顺着门缝向里面张望，隐约看到院子里站着一个六七岁大的孩子，穿着青色的直裰，一丝不苟地在背书，杨家下人来和他说话，都没有让那孩子分神。

姚老太爷不禁觉得诧异，这才多大的孩子，竟然能将千字文背得这般熟练。

"那不是有人在，"姚老太爷道，"是谁家的公子在背书？可是杨敬先生新收的徒儿？"

杨家小厮摇摇头："并不是，这孩子这几天一直在先生院子前背书，今天先生让我将他叫到院子里。"

姚老太爷扬起眉毛："先生已经见了这孩子？"

杨家小厮笑道："还没有。"

姚老太爷松了口气，还没收徒就好，想着又好奇地看了几眼那孩子的背影。

他在泰兴县这么长时间，还没听说谁家六七岁的公子这样有出息，照这样下去将来定然前程无量。

不知怎么的，他心里油然生出几分羡慕来。如果欢哥能这般，他不知要多高兴。姚家若是出一个这样的子弟，天天在他身前背书，他也就心满意足了。

姚老太爷站着听了一会儿，他想知道这孩子到底能将千字文背到哪里。

越听下去他越心惊。真是难得的好材料，定然是出身书香门第，泰兴县里没有这样的人家，那就是千里迢迢慕名而来的子弟。

姚老太爷想着向四周望望，并不见什么伺候的人，孩子的穿戴也不太好，显然这孩子的家境应该不太殷实。

光靠孩子聪明大约能打动普通的先生，杨敬是见过场面的人，不一定就会动心。

"姚老太爷，若是无事小的就要关门了。"杨家小厮的声音又传来。

姚老太爷这才回过神："能否和先生说一声，明日一早我再来拜见。"

杨敬是一定要端着架子，让他三请五请才能出山，他明日再来也是无妨。

杨家小厮点点头："不过我们先生说了，谁也不见。"

话是这样说，若是他收徒也是这般，姚老太爷笑着点头："明日我来，杨先生不见也没关系。"

杨敬早晚是要见他的，老三有官位在身，老三媳妇又出自勋贵之家，姚家有这样的身份做倚仗，他们怕什么。

只要欢哥能拜师他多跑两趟也是值得的。

杨家的大门关上，里面仍旧隐隐约约传来背书的声音，姚老太爷站着听了一会儿。

"老爷，马车都备好了。"

姚老太爷伸出手来挥了挥，小厮忙闭上嘴。

这孩子真是不错。

终于那声音停顿下来，显然后面的千字文他还不会背。

姚老太爷脸上自然而然露出一丝惋惜，再努努力就能将千字文都背诵下来。

院子里没有了声音，姚老太爷也觉得站着没意思，带着下人向外面走去，上了马车，姚老太爷耳边仿佛还回荡着那孩子的声音。

可惜了，这么好的人才却生在寻常人家，若是在他手里调教将来定然会出类拔萃。

老三就是个例子，若是没有他老三岂能官禄亨通，所以他会说欢哥将来定会有个好前程，有他为子孙铺好路，仔细谋算，姚家将来只会越来越兴旺。

站在杨敬院子里的昆哥皱起眉头来，屋子里像往常一样静寂无声。

他没能将千字文都背出来，昆哥抿起嘴唇。

"这位少爷，您也该回去了，"杨家下人上前，"一会儿太阳就要下山了。"

昆哥点了点头："明日我还来。"

杨家下人不禁惊讶地看着眼前这个小小的孩子，这段日子来先生院子里求教的孩子也不是没有，能天天来在门前背书的却少之又少。

一开始这位少爷站在门前背千字文，大家还投以怪异的目光。这位少爷最开始背诵的时候，有些紧张，背诵得也不甚流畅，可是几天下来，凡是听到这少爷背书的人，再也没有嬉笑，而是觉得惊讶，这么小的孩子竟然能背这么多。

最难能可贵的是，这位少爷每日都会过来，早晨过来一次，下午会再过来，上午背诵译文，下午背诵原文，就算刮风下雨也不间断，连寺里的住持看了也觉得心疼，亲自给这少爷送水来，还收拾出禅房让这少爷去歇着。

这位少爷的家人甚至连礼物也不曾送来。

少爷身边也只带了一个小厮而已。

今天风有些大，少爷的声音断断续续，老爷就盼咐他，让他将那少爷进到院子里来，听得老爷的话，他心里都十分高兴。

真是奇怪，本来都不认识，他为这位少爷着什么急。

"明天若是下雨就不要来了吧。"杨家下人低声道。

昆哥摇了摇头，七姐姐说，想要拜个好先生就要自己努力，遇到了困难也不要间断，没有做不成的事，只有不够努力没做成的事。

他一定会好好努力，争取明日能背诵译文到太阳下山。

"家里的西席都说我进益了，"昆哥道，"杨先生已经教了我不少。"为了能跟杨先生求学，他比平日里要多看许多书，怪不得七姐姐说，只要下苦功就一定能做杨先生的徒弟，只要他努力，获益不过是多多少少的区别而已。

杨家下人很奇怪："我们家先生一句话都没说啊。"不说话怎么教他，这位少爷该不会是昏头了。

看着昆哥被风吹红了的脸，杨家下人道："少爷快回去吧，别着了凉。"

昆哥应了一声，向杨敬所在的屋子端端正正地行了礼，这才带着人离开。

杨家下人也不禁摇头，这位少爷真是一心求教，实在是难得。

"老爷，"杨家下人端了茶水进门，只见杨敬靠在软榻上手里拿着一本书在看，"人已经走了，明天要是再过来，要不要将他带进门？"

杨敬不说话，而是专心致志地翻书。

没有说话，那就是答应了，下人奉上了茶水。

"有没有说，他是哪家的孩子？"杨敬忽然开口。

杨家下人摇头："没有，没有，最早送了一张帖子，我们也没仔细留意。"

杨敬淡淡地道："找出来我瞧瞧。"

老爷这是动心了？杨家下人忙道："小的这就去找。"

沈家的马车停下来，沈敬元撩开帘子，看到靠在乳母身上睡着的昆哥。

乳母小心翼翼地将昆哥抱起来走到车厢门口，沈敬元伸手接过去："可见了杨先生？"

跟着的小厮摇摇头："没有……"

连着几日了，都没见到先生，乳母也心疼起来："老爷，明日还是别让少爷去了，这样下去可什么时候是个头。"

沈敬元心里叹了口气，该做的他们做了，不应该再让昆哥去受苦。

第十章　求师

远在扬州，沈四太太还是很担忧昆哥："也不知道那边怎么样了，乳母能不能照应好昆哥。"

沈氏听得这话也微微抬起头来，眼前浮现起昆哥的模样，捏着针的手不经意地颤了颤。

"到底能不能求到杨先生。"沈氏轻轻地道。

沈四太太看向婉宁。

婉宁摇了摇头："这件事不能问我,还是要看昆哥的。"她能揣摩到杨敬先生的心思,也可以想很多方法让杨敬先生喜欢上昆哥,不过说到底运用这些法子都不太光明正大,昆哥是要求师,不是要算计杨敬先生,她怎么能教昆哥这样的法子,她能做的就是指引昆哥一个方向。

既然学了《礼仪》就应该知道应该怎么尊师重教。

想要拜人为师,首先要将自己看作是一个学生。

沈氏咳嗽了两声,脸颊有些发红,婉宁急忙去拍抚沈氏的后背。

"你真要去京城?"沈氏将气息喘匀看向婉宁。

婉宁点点头。

"京里……"只要想到提起京城,沈氏就想到姚宜闻和张氏,"万一你父亲和张氏要对付你,你要怎么办?"

婉宁道:"我不去京里,张氏就能放过我吗?如果是这样我就不会被关在绣楼四年。"说着顿了顿,"母亲养好身子,能经得起舟马劳顿,我就让人来接母亲过去。"婉宁轻轻地揉着沈氏的后背。

她如今的身子若是跟婉宁一起去京城恐怕要拖累婉宁,沈氏伸出手拉住婉宁十分紧张:"这京里不比泰兴,我们沈家的族人在扬州总是离得近些,京城……那是张氏娘家的地方……"只要想一想,沈氏就皱起眉头。

"有大伯跟着,二祖母还安排了下人跟我一起去京里,沈家还有舅舅和舅母,母亲就放心吧!"

婉宁话说得轻巧,她怎么能放心,她在京城处处小心最后都落得这样的结果,婉宁才十二岁啊。

沈氏抬起头:"你还是别去了。"

婉宁转过身来看向沈氏:"母亲要我在这里等着,等父亲和张氏给我定一门好亲事吗?"

沈氏摇摇头,张氏会有什么好心肠。

"母亲不知道,祖父还想让我嫁给寿家的傻子,若不是有二祖母为我撑腰,恐怕这门亲事会不声不响地订下。"

"我不能让他们一直欺负我们母女……"

看着婉宁明亮的眼睛,沈氏心里有了一丝动摇。

想要说服母亲,就得慢慢来,婉宁道:"现在是辛苦一些,将来等情态好了,我们母女还有沈家都会过上安稳的日子。"

婉宁靠在沈氏脸颊旁轻轻地摇晃着,沈氏拉住婉宁的手,心里一酸差点落下眼泪。

"好了,好了,看着你们这样我都忍不住想哭,"沈四太太擦着眼角,"婉宁回来是喜事,我们应该欢欢喜喜的才对。"

沈氏这才破涕而笑:"对,是喜事。"

婉宁这边和母亲、舅母说话,那边沈敬琦忙碌了一天回到家中。

妻子肇氏刚哄着孩子睡着,就来服侍沈敬琦梳洗。

"老爷不是说一会儿就回来,怎么都天黑了才进门。"

肇氏不经意的一句话就像根针般扎进沈敬琦的脑子里,让沈敬琦不由得浑身僵硬。

发现了沈敬琦的异样，肇氏道："老爷这是怎么了？"

沈敬琦任着肇氏将盘扣扣好，这才坐在椅子上，将白天找上长房的事说了。

肇氏惊讶地看向沈敬琦："你疯了不成？大哥叮嘱你不要去长房，你怎么就不听。"

肇氏不大不小的声音就像一只锣般在他耳边敲起，让他整个脑子里"嗡嗡"地作响。

"我是觉得大哥在漕粮上栽了跟头，所以不好意思去长房商量京里铺子的事，我还不是为了沈家着想，怕将来米粮不济，拿不到盐引就衰败下去。"

肇氏道："那你也不能不分青红皂白乱说一通。"

"我没乱说，"沈敬琦道，"那都是过年的时候掌柜们算过的，怎么能怨我胡乱说。"

肇氏的眉毛顿时竖起来："此一时彼一时，老爷平日里还这样说我，怎么今日倒自己犯了浑。"

"谁知道一个十二岁的孩子能做这样的大事。"沈敬琦沉声道。

"老爷不知道？大哥怎么说的？老爷就是不信罢了，"肇氏声音高了些，"老爷这样有什么好处？如今是不是栽到十二岁的孩子手里？明日老爷准备怎么见长房老太太？怎么和辰娘、婉宁说话？依我看，明天一早老爷快去长房告罪，将自己的不是说个清楚，坐下来心平气和地跟长房老太太再算算那些铺子。"

"老爷就是性子急，心里总是想着那条商路，生怕有个闪失，老爷的心思妾身还不了解，因为四弟治家不善，老爷心底不服长房。"

妻子一语说中他的心思。

沈敬琦听得面红耳赤，他就是不服长房，才会这样不管不顾地闹起来。说到底沈家这些年都是大哥和他撑着。虽说是长房的生意，他们兄弟俩出力最多，沈家族中上下都是这样说，长房老太太年纪大了，四弟做事瞻前顾后，沈家总要有个真正说话的人。

那个人不是大哥就是他。

沈家族里有什么事，他都挺身而出，放眼看去，沈氏一族谁能跟他争。

可是今天，他一个舅舅，竟然和甥女争起来了。

吩咐人搬运粮食的时候，他不停地查看那些粮，半点没有漕米的样子，到现在他还不敢相信，这些米粮都是婉宁收来的。

这么多粮食，一下子就堵住了他的嘴。

沈敬琦坐下又站起身，现在想想，那种情况下，他怎么能去喝茶，又问婉宁那么多茶叶的事，还忙着要找人去尝茶，这不是对婉宁茶叶的一种认同吗？

要不是他从前做过茶叶买卖，要不是对那茶有些好奇，他也不会追问下去。

婉宁就是抓住了他的心思，才拿出茶叶来。

他怎么感觉从头到尾都被人牵着鼻子走。

说到底，铺子的事还是老太太做主，若是老太太相信婉宁，他也无计可施。

"说不定就行呢！"肇氏低声劝解。

"胡闹，"沈敬琦竖起眉毛，"哪有那么简单的事，就算今年沈家能渡过难关，明年也要被京城的铺子拖垮，我据理力争长房老太太不肯相信，将来闹出事来，看谁来收场。"

即便是老太太现在信了婉宁，将来还是要靠他们二房。

"这是在给我们兄弟找麻烦，我就看婉宁能不能将她手里的茶叶都卖出去。"

肇氏叹口气："老爷也别这样，到底都是一家人。"

沈敬琦板着脸："真的做出什么事来，让我心服口服我什么都听她的，就这样用几句话将我打发了，没那么容易，我做不成的事，就不信她能做成，若是她能让手里的茶变成官茶，"说着冷哼一声，"我这张脸送去让她打，日后她说话，我绝不反驳。"

肇氏不知道说什么才好："妾身总觉得不是那么回事。"

"你懂什么，她让我尝茶是要我出面送茶上京，"沈敬琦道，"我和长房意见不合，京里的铺子再留一年也就罢了，却别想我出这份力，现在人手我都安排得满满的，长房要用人，也得费些时候，就算婉宁已经置办好了茶叶，也要运去京里，否则京里的铺子要如何卖茶？现在正值漕运，上京的水道都塞得满满的，有船也是走不了，走陆路那就要靠商队，我知道长房老太太的意思，就是要我点头，好让我选人来送茶。"

"不图三分利，谁起早五更，这些手段我早看透了。"

沈敬琦冷哼一声："这路我走不了，我要保盐路，不能陪着十二岁的孩子胡闹，我就不说话，我等着长房老太太请我过去。"

只要长房求他，他就能站在那里反驳他们，好让长房知道，这些年这条商路是谁带出来的。

这一天也不远了。

杨敬一早就梳洗好，吃过了饭坐在椅子上看书。

杨家下人来来回回地跑着，不停地送帖子上来。

帖子在桌面上高高地摞起来，杨敬也没看一眼。

院子里静悄悄的，院子外也听不到有什么声音。

杨敬身边的小厮婴墨扬起脖子向外张望着，也是奇怪那个背书的少爷今天没来，该不会是因为一直见不到先生，所以就心灰意冷了吧。

不过这么小的孩子能坚持好几天也是不容易了。

婴墨心里叹口气，突然这样安静，还真的不习惯，他偷偷地看了一眼老爷，老爷好像还和平常一样。

杨敬摇着手里的扇子，手上的书半天也不曾翻一篇，再看看沙漏，那孩子应该是不会来了。

这样年纪的孩子，家里一定捧在手里看不得受苦。

那孩子背了几天，大约也没有了兴致。

他教的学生不多，看的却不少，这样的事司空见惯。

看了一上午书，杨敬躺在榻上昏昏欲睡，不知过了多久，耳边传来婴墨的声音："老爷，那少爷来了。"

杨敬立即睁开了眼睛，冷着脸："什么时辰了，让他回去吧！"

平日里老爷都对外面的事不闻不问，现在却板起脸来，好像从前教学生时的模样。

婴墨赔笑道："不肯回去呢，要不然还是打开门，让他进到院子里来，今天的风也不小，说不定一会儿还要下雨。"

"多嘴。"杨敬皱起眉头却没有再说什么。

婴墨缩了缩头忙退下去，不多时候院子里传来琅琅的背书声。

杨敬听着又将旁边的书捡起来看。

昆哥的声音很小，断断续续，杨家的小厮在廊下烧水，水咕噜噜地开着，丫鬟轻手轻脚地沏好茶，给杨敬端进去一杯，然后将上好的茶汤又端给昆哥。

昆哥一口气将茶喝了,抿了抿小嘴:"这茶好甜……"

小丫鬟道:"是我们老爷最爱喝的。"

多了一个人,小院子顿时热闹起来,杨敬的正室夫人死了之后,就没有再娶,从京城到扬州,从扬州到泰兴东西不多,身边带的人也少,如今住在普陀寺外的院子里,平日除了去寺里听住持说禅,大多数时间都独自一个人。

从前在扬州的时候,有学生在身边,老爷虽然有时候生气,有时候板着脸训斥,气氛都还算热闹,这两年就剩下老爷自己,别说老爷不习惯,他们都觉得太冷清。

转眼又到了用饭的时候,丫鬟搬了桌子将饭菜送进去。

这可怎么办,总不能让这小少爷看着吧。

外面是背书的声音,屋子里是冒着香气的饭菜,杨敬仿佛回到了从前,他收的徒弟虽然都能有一身的好学问,可是小时候却不算特别拔尖,身上就是有一股的拧劲儿,不论外面什么压力,都能好好用功,所以他一直觉得学生不在于是否聪慧而是努不努力。

至于送拜帖和礼物,他早已经司空见惯,他教的是读书,送那些礼物顶什么用。

杨敬想到往事,忽然觉得眼前的饭菜格外的香。

外面的小人儿还在一丝不苟地背诵着译文。

他小时候好像也曾这样,母亲端来点心,他明明馋得淌口水,却看也不敢看一眼,生怕因此完不成师父布置的课业,别看人小,内心里也有一份坚持,这样的孩子才能成才。

时光如流水,转眼之间他就老了,身边连个人都没有,这琅琅的背书声,让他想起有学生陪在身边的日子。

小丫鬟正在向屋子里张望。

杨敬点了点桌面上的饭菜:"送出去点。"

送出去,送哪里?丫鬟看向门外,立即就明白过来。

桌子摆出来,昆哥看着饭菜吞咽了一口,小心翼翼地向屋子里张望了一眼。

丫鬟催促着:"快吃啊,快吃,累了半天了……"

昆哥不知道该不该动手,他从来没在外面吃过饭,不过就这样拿起筷子吃了,好像总是落下点什么。

小小的昆哥站起身,郑重其事地走到门口向里面的杨敬行礼。

一大一小刚吃过了饭。

婴墨进门低声道:"老爷,姚老太爷来了。"

杨敬挥挥手。

到了泰兴县,本来是要见姚老太爷,却在禅房里遇到了姚家旁支的族人,从姚家族人的嘴里听说姚老太爷的作为,他就打消了见面的念头,对旁支族人这般苛刻,就算名声在外也是不实。

姚老太爷等在外面,听到婴墨回的话,顿时皱起眉头。

院子里的昆哥准备接着背书,沈家下人忙上前整理昆哥的衣衫。

透过门缝,看到昆哥的侧脸,昨天背书的孩子,今天竟然又来了。

姚老太爷盯着看了几眼,不由得觉得这孩子有几分的眼熟,仿佛是在哪里见过,他却又一时想不起来。这样的眉眼,这样的动作,怎么看都似曾相识。

"四老爷,少爷就在里面?"

背后传来声音,姚老太爷转过头去,不期然撞上沈敬元。

沈敬元怎么会在这里。难道也是来拜访杨敬先生？

姚老太爷心底里油然生出一股不屑，也不看看自己的身份，不过是个商贾，也想学着别人读书，读书有什么用？最后还是要拿出算盘拨弄他那点铜臭。

沈敬元也没料到会在这里遇到姚老太爷，怔愣片刻之后，简简单单行了礼就问身边的小厮："少爷怎么样？可还觉得不舒服？"

小厮道："没有了，少爷没再说……"

沈敬元点了点头。

院子里传来昆哥背书的声音。

小厮立即道："老爷听，少爷在背书呢。"

听得这话姚老太爷瞪圆了眼睛，什么？里面背书的人是沈家子弟？那个他昨天从心底里赞赏的孩子竟然是沈家人？

不可能。

这不可能。

一个商贾的儿子竟然会背千字文。

姚老太爷等着沈敬元反驳，沈敬元却一脸舒心的模样。

"里面的人是谁？"姚老太爷本不欲和沈敬元说话，抬起眼睛询问。

看到姚老太爷一脸难以置信的模样，沈敬元心里轻哼一声，现在知道问了，辰娘被赶出家门的时候他怎么不高抬贵手，辰娘在姚家奄奄一息想要看看婉宁时，姚家是怎么说的？

沈家一个好端端的小姐，姚老太爷说休就休了，姚家就是一头狼，一头杀人不眨眼的中山狼。

现在听到昆哥在背书又来惊诧地询问，沈敬元看着姚老太爷的表情，心里忽然很痛快。

想知道吗？实话永远不会告诉他。

老东西。

沈敬元道："那是犬子。"说着得意地扬起下颔。

那是他的儿子，他的儿子昆哥。

他亲眼看着长大的昆哥，沈敬元觉得头顶的阳光照得他浑身暖洋洋的，从来都是他在姚家人面前忍气吞声，今天终于能挺直脊背笑着回姚老太爷的话。

在昆哥的背书声中，他高高地扬起了脸。

姚老太爷忽然觉得胸口一滞，有一种说不出的感觉，姚家的子弟从小读书，却都还不如一个商贾家的孩子。

他昨天羡慕的竟然是沈家的孩子。别人都没进去的院子，沈家的孩子进去了，沈敬元脸上得意洋洋的神情，就好像当年他将沈氏赶出家门时的神情。

他敢这样做，只因为姚家是读书人，沈家是商贾之家。

现在商贾家却有人会读书。

沈敬元在门外听了一会儿后吩咐小厮："照顾好六爷。"说完话看也没看姚老太爷一眼，昂首阔步地走了。

门外来送礼的人都纷纷停下来听里面昆哥背书的声音。

"哟，可是千字文啊，背的是释义，多大的孩子啊，会这么多。"

众人小心议论："是不是杨先生新收的徒儿？"

"怪不得杨先生不收礼，咱们家的孩子可没有这样聪明，这礼也是白送了。"

那人话音刚落看到旁边的姚老太爷,忙上前行礼:"这不是姚老太爷吗?"

姚老太爷抬起头。

那人立即脸上堆满了笑容,看了看院子里,是心领神会的表情:"里面的是姚氏子孙吧?咱们泰兴县,姚家是书香门第,怪不得会有这样的孩子,到底是什么样的人家,就能养出什么样的后辈。"

"是姚家的后辈?"

周围人听到这话,纷纷来问。

如果是姚家的孩子,那就没什么可争的了。

"姚三老爷就是进士出身,现在做了六部里的堂官。"

姚老太爷被堵得说不出话来,往常听到这样的话他一定会高兴,可是现在……那里面的不但不是姚家人,是沈敬元的儿子。

姚老太爷板起脸:"谁说是我们姚家子弟,那是商贾家的后辈。"

周围顿时安静下来。

方才说话的人先是怔愣,然后赔笑:"姚老太爷说的是真的?是哪家商贾的孩子?"

沈家。

沈家两个字如今在他嘴里这样难说出来。

姚老太爷皱起眉头,一眼看到走到门前的杨家小厮,姚老太爷看过去:"杨先生可在屋子里?"

婴墨道:"在呢,只是先生今天仍不见客,诸位都拿上东西回去吧!"

婴墨刚要离开,姚老太爷看向身边的管事,管事立即明白过来,迎上前去:"小哥,院子里的可是扬州商贾沈敬元的二子?"

婴墨没能找到拜帖,听得这话不禁愕然。

姚老太爷看了个清楚,不禁心中冷笑,怪不得让沈家人进了院子,原来是不知道。

沈家是什么人?大名鼎鼎的盐商,杨敬怎么可能教一个盐商的儿子读书,那还不被天下的读书人笑死,杨敬活到这一把年纪总不能自毁名声。

外面的人都看出不对劲,纷纷离开,再也没有人夸奖里面的孩子聪明。

姚老太爷扬起嘴角来,脸上露出儒雅的神情,看向身边的管事:"我们去禅房里等吧!"

"先生,"婴墨快走几步进门,低头伏在杨敬耳边,"先生,姚家人说,院子里的少爷是扬州商贾沈家的孩子。"

扬州商贾沈家。

他们在扬州住过几年,知道盐商沈家。

原来是沈家的孩子。

杨敬放下手里的书,姚老太爷特意提起这孩子的来历,是料定他会嫌弃商贾,杨敬忽然有一种被愚弄的感觉。

不是因为沈家而是姚老太爷。姚老太爷知道他看上了沈家的孩子,特意赶在前面泼了他冷水,等着他慌张地将沈家孩子推出去。

杨敬抬起头来:"姚老太爷呢?"

婴墨道:"好像是去了禅房里等。"

是在等着看他的笑话,姚老太爷一定觉得送走了沈家的子弟,他就会让人去禅房里请姚老太爷过来。

姚宜闻如今是势头正好，请了勋贵和朝中重臣给他递了帖子，难道就算准了他会为那几张帖子而折腰？自以为是，他收不收徒与姚家何关？

怪不得会冤枉姚氏族人，怪不得会连姚家一个小姐都不如。

"六爷。"

院子里传来惊呼声，紧接着小丫鬟进来禀告："老爷，那位少爷晕过去了。"

方才还好端端的，怎么会突然晕了过去。

杨敬皱起眉头，看向丫鬟："快，将人抬进屋子里。"

小小的昆哥被小厮抱进来放在软榻上。脸颊一片通红。

"怎么这么烫。"杨敬伸出手摸向昆哥的额头。

旁边的乳母立即道："我们六爷昨晚就咳嗽，所以才来得晚了。"

原来是病了，他还以为是怕辛苦所以不来了，可怜这孩子还皱着眉头，模样看着就很难受。

"还愣着做什么，快去请郎中过来，"杨敬吩咐婴墨，婴墨急忙跑出去。

丫鬟绞干了帕子敷在昆哥额头上。

昆哥恍恍惚惚睁开眼睛，面前站着几个人。

其中一个开口询问："病了怎么还过来？"

昆哥揉了揉眼睛。

"六爷，这是杨先生。"

杨先生，他见到杨先生了，这就是杨先生。

昆哥张开嘴不知道说什么才好："先生，学生方才背诵的释义对不对？"

还顾着自己背的书，杨敬皱起眉头："不对，七零八落，不成样子，也没个重点。"

那都是照书里背的，昆哥攥起手不知道怎么办才好："学生会更努力……姐姐说勤能补拙。"

从开始背千字文都磕磕巴巴，到背书里的释义，就因为一句勤能补拙？

昆哥道："姐姐说让我一定坚持下去，就算做个最笨的学生，也不能做一个聪明的少爷，"顿了顿接着道，"我姐姐见过先生，说先生是个好先生，让我来见先生之前读读先生的书，自己弄清楚先生都做过什么，为什么是个好先生。"

这话是内宅中的小姐说的？杨敬有些惊讶，可是他什么时候见过沈家的小姐？

"你姐姐在哪里见过我？"

"姚家，"昆哥仔细地说着，"我姐姐是姚家的小姐。"

姚家的小姐，见过他的，杨敬顿时想起姚七小姐："姚七小姐？"

昆哥用力地点头。

原来是救了忠义侯世子的姚七小姐，十几岁的小姐竟然有这样的见识。

"老爷，郎中来了。"

郎中被请进门，杨敬让开让郎中上前诊治，不一会儿工夫将药方开出来，杨敬吩咐人去抓药。

"吃了药早些回去养病，明日就不要来了。"杨敬坐下来看榻上的昆哥。

昆哥裹着被子像是一个蚕蛹，大大的眼睛不停地眨动着，像是在想什么主意，可孩子就是孩子，半响他脸上露出沮丧的神情。

杨敬心里油然生出几分不忍，声音也轻柔了许多："不养好病怎么跟着我读书。"

昆哥猛然抬起眼睛,小小的脸上都是惊讶。

杨敬站起身来就要离开,昆哥的手从被子里伸出来拽住了杨敬的衣角:"先生,您说的是真的,昆哥能跟先生读书了?"

小心翼翼,仿佛是怕自己听错了一般。

杨敬点点头:"跟你父亲说,改日过来行拜师礼。"

昆哥脸上顿时浮起了笑容:"师父,学生定然会好好学,不给师父丢脸。"

等到沈敬元将昆哥接走,杨敬看向婴墨:"去禅房跟姚老太爷说一声,就说我杨敬,收徒弟了。"

看到杨家的小厮婴墨,朱管事立即笑起来,还是老太爷厉害,算准了杨家人会来禅房相请。

"是不是杨先生要见我们家老太爷?"朱管事低声道。

婴墨摇摇头:"我家老爷只是让我来见姚老太爷。"

朱管事一副明白的神情,读书人就是端着架子。

朱管事将婴墨领进禅房,姚老太爷正靠在椅子上看书,仿佛看得太入神,并没有发现有人进来。

婴墨觉得这一幕看起来很熟悉,自家的老爷不就是经常这样专心致志地读书。

只不过老爷绝不会在人家的禅房里读书罢了。

老爷喜欢关起门来,安安静静地做学问,姚老太爷将学问做到了普陀寺里。

"老太爷。"朱管事低声禀告。

姚老太爷这才回过神来,将书本放下,一眼看到了门口的婴墨,脸上立即露出儒雅的神情。

婴墨上前行礼。

朱管事笑道:"小的让人去倒茶。"

"不用,不用,"婴墨立即推辞,"我家老爷还等着我回去呢,我将话说完就走了。"

杨敬是答应要看看欢哥吧。就算现在拿不定主意收欢哥,也会同意先看一眼。

姚老太爷满面春风,等着婴墨说话。

"姚老太爷,我们家老爷让我说一声,老爷要收徒了。"婴墨学着姚老太爷脸上的笑容,温文尔雅又彬彬有礼。

这算得上是以礼还礼。

收徒了,姚老太爷并不觉得意外,杨敬若不是要收徒,怎么可能有这么多人来拜见。

看着姚老太爷没有太大的反应,婴墨将后半句吐出来:"收的徒儿您老也认识,就是您老说的扬州商贾沈敬元的儿子。"

姚老太爷的笑容僵在脸上。

沈敬元的儿子,杨敬要收商贾的儿子?!

屋子里的气氛一下子冷下来,婴墨仍旧善始善终地笑着:"我们老爷说了,不准备再收人了,老太爷另请高明吧!"

姚老太爷只觉得耳朵嗡嗡作响,半晌才明白婴墨这话的意思,他等来等去却等到杨敬这样一句话——杨敬收徒了,收的却不是欢哥,而是他看不起的沈家子弟。

眼看着姚老太爷脸色变得铁青,婴墨觉得心情大好,让他算计老爷,老爷是多聪明的人,怎么会看不透这一点。

"姚老太爷歇着，"婴墨压制着心中的欢乐，"小的还要回去侍奉老爷和沈六爷。"

侍奉沈六爷，将话说得这样顺畅。

杨敬收什么徒弟不好，达官显贵，朝中重臣，为什么偏偏是沈家？沈家，他看不上的沈家！

姚老太爷立在原地，他脑海里突然浮现出落落大方的张氏和小家子气的沈氏，张氏来到姚家拜访的时候，他就一眼看中了，张氏气质沉稳，待人接物礼貌周全，长得虽然没有沈氏那样的俏丽，却十分的文雅，一看就是自小读过书的。

那个沈氏喜怒都在脸上，好不粗俗。

看到张氏时他就惋惜，老三前程是不错，可惜没有一个好妻房，若是将沈氏换作张氏，老三定然要平步青云，他们姚家将来定然富贵。

他正这样想着，就看到沈氏在后院跟沈四太太哭诉，说老三的妾室怀了身孕。

商贾之家出来的女子，没有半点的气度，竟然还会和妾室争宠，这是他最讨厌的，从此他心里愈发地厌烦沈氏。

终于休掉了沈氏，他帮着老三再三求娶了张氏，老三在京里终于有了靠山，张氏又争气生下了欢哥，应该是他们春风得意高坐在那里看沈家笑话的时候。

偏偏在这时候，沈家的后辈抢走了欢哥的师父。

姚老太爷咬牙切齿，沈家为什么总跟他作对？杨敬的眼睛瞎了不成？

老天不长眼，气死他了，真是气死他了。

姚老太爷一拳捶向自己的胸口，然后脚底虚空，一下子摔在地上。

昆哥吃了药发了一身的汗，天亮的时候身上不热了，精神也好了许多。

沈敬元忙盼咐乳娘端水来，亲手喂给昆哥喝。

昆哥喝了两口，看了看父亲："父亲，杨敬先生说要教我读书。"

沈敬元点点头。

昆哥脸上终于展开笑容，眉眼里满是欣喜："杨先生真的这样说？"

沈敬元道："多亏我没硬拦着你，不然哪有今日。"

昆哥又吞了两口水："有没有跟姐姐说，父亲有没有将消息送给母亲和姐姐？"

沈敬元笑着："还没有，你母亲和姐姐就要回来了，到时候你再告诉她们。"

昆哥小小的手抓着被子身体慢慢滑进去，脸上是稚嫩的神情："那我再多睡一会儿，杨先生说，等我养好了病，就教我读书，我要快点好，快点去找杨先生。"

昆哥觉得睡了觉病就会好得快，那样就能读书。

哪有这样容易的事，沈敬元觉得昆哥的话又好笑又让他感动。

"昆哥说得对，昆哥好好睡，爹爹就在你身边。"

大手和小手握在一起。

婉宁也握紧了沈氏的手。

没想到眨眼就到了要分开的日子。

沈氏眼睛里满是泪水："好好照应自己。"一说话，眼泪就掉下来。

姚宜州亲自来接婉宁，可见姚家二房是真的将婉宁放在了心上，沈氏将给沈老太太做的抹额拿出来送到婉宁手里："我也没准备礼物，这个总是亲手做的，就给二老太太带去，只望二老太太不嫌弃才好。"

二祖母不会嫌弃。"

"母亲不要回家庵那边住了，就住在外祖母身边，这样也好互相照应。"婉宁将头靠在沈氏肩膀上，沈氏伸出手来抚摸婉宁的发鬓。

"母亲还这样年轻，为什么要过那样的日子？我小时候母亲明知道父亲不喜欢我打算盘，母亲还顺着我的心思让我学。"

"我现在还记得母亲说：只要有这个本事，就算母亲不在身边也能在这个家里安身立命。"

"被人从池塘里救上来，我想了许多，只要努力，就能改变很多事，不能自暴自弃束手待毙。"婉宁说到这里，听到沈氏抽噎的声音。

婉宁抬起头，伸出手指将沈氏的眼泪擦掉："母亲，咱们一家人会有好日子。"

一定会有好日子。

"在此之前，母亲要好好保重身子。"

沈氏脸上挂着泪水，嘴边却是笑容，点头应允："好，母亲都听你的，等母亲病好了，就去你身边照应你。"

来扬州的那一天，头顶乌云密布，空气里充满了潮湿的味道，她归心似箭，恨不得立即见到久别多年的母亲，跟外祖母说了两句话，她就径直去了母亲住的院子。

她跪在雨水里，雨水冰冷刺骨，见到母亲那一刻却什么都忘记了，睡在母亲暖暖的被窝里，让母亲梳理着她的头发，她终于知道她为什么要这样抗争。

如今就要离开扬州，虽然头顶是艳阳天，她却高兴不起来，因为身边少了母亲的照顾，没有了最关切自己的人，心里就好像硬生生被挖走了什么。

婉宁跪下来向外祖母和母亲磕头行礼。

母亲忙着上前将她拉起来。

"也不多待几日，就这样慌慌张张的……"连外祖母的声音中都带了哽咽。

沈四太太忙在一旁劝说："等您身子好了，我和老爷就来接您去京中住几日，您不是最喜欢京里的糕点。"

"都容易得很，咱们沈家在京里有宅子，还不是说去就去得的。"

沈老太太摇摇头，"年轻的时候身边有你们绊着脱不开身，老了没用了，又哪里都去不得了。"

"您还不老呢。"沈四太太笑道。

童妈妈带着下人将婉宁的东西都收拾妥当，姚宜州也来跟沈老太太辞行。

沈老太太看着姚宜州不禁叹口气，真是知人知面不知心，当年姚家二房一脸的高傲不和沈家来往，姚家三房倒是为人亲和，好像不在意他们商贾的身份，谁知道姚沈两家结亲之后，一切都反了过来，关切沈家的反而是姚家二房，看不起沈家的是三房。

看着外祖母的笑脸，婉宁一时失神。外祖母年纪大了，不知道将来她还能见几次，年纪这样大的长辈张罗着给她做点心，陪着她说话，跟着她又哭又笑。

这样的日子，这样的幸福，得到一次，就仿佛让人尝到一丝将来要失去的恐惧。

婉宁又跪下来向沈老太太磕头："外祖母，您一定要长命百岁，等着外孙女接您去京里。"

沈老太太伸出手来："快起来，快起来，外祖母等着你。"

沈敬琦坐着慢慢地喝茶，看看沙漏，他心里开始有些不安。

论理说，婉宁都快走了，长房老太太应该打发人来叫他过去说运茶的事，怎么却没有半点动静。

沈敬琦觉得自己想得没错，长房一定会求到他。

肇氏撩开帘子进门，沈敬琦立即抬起头来。

"大嫂问我们到底去不去长房？"肇氏道。

长房没来叫他们，他们怎么去。

"老爷，"外面的管事妈妈上前道，"长房那边传信过来，请老爷太太过去呢。"

沈敬琦眼睛顿时发亮，来了，他就知道，婉宁走之前定然会将这件事说出来。

"走，"沈敬琦得意地看向肇氏，"收拾收拾，我们去长房。"

刚到沈家长房门前，沈敬琦就看到一辆辆马车，看来婉宁真的准备要走了。

肇氏忙让人扶着下了车，快步走进垂花门。

沈氏拉着婉宁走出来，婉宁向肇氏行了礼，肇氏忙道："早知道这样着急，我应该早些过来，差点就要送不上。"

沈敬琦一脸的讳莫如深，不时地去看沈老太太和婉宁。

"好了，好了，快走吧。"沈四太太催促。

沈氏点点头："免得让姚家的车马等着，"说完将手腕上的镯子褪下来给婉宁，"这是你外祖母给我的，你戴着。"

母亲身无长物，能给她的只有这个随身戴的镯子。婉宁上前一步抱住了沈氏："母亲一定要听女儿的话，好好养病，外祖母也要母亲照应。"

婉宁和沈氏分开，童妈妈带着几个丫头来服侍婉宁上车。

坐进马车里，车开始缓缓前行，婉宁撩开帘子向后张望，马车转了方向，再也看不到外祖母和母亲。

将婉宁和沈四太太送走，沈老太太让沈氏扶着进了堂屋，沈敬琦也在屋子里坐下。

沈老太太安慰了沈氏几句，看看屋子里的人："都留下来陪我老太婆吃饭吧，老二过几日就要押解米粮去边疆换盐引，我们一家子也没有多少日子团聚。"

老太太说起他去边疆的事，也就是说，不会要他上京。

沈敬琦有些惊讶。

沈老太太正好看出了端倪，一脸的笑容："老二你看着我做什么？"

沈老太太话音刚落，管事进门禀告："老太太，祝三过来回话了。"

管事将祝来武带进屋。

祝来武道："老太太，东西都准备好了，等四太太和姚七小姐回到泰兴，我们也能搬运，不会误了事。"

沈老太太听了颔首："要仔细着，你素来办事妥当，四老爷才将这件事交给你，千万不能出差错。"

祝来武低着头："您就放心吧。"

沈敬琦听得一头雾水，忍不住开口询问："老太太说的是什么？要搬运什么去泰兴？"

沈老太太看向祝来武，祝来武笑着道："是城砖，从仪真搬运城砖去泰兴。"

搬运城砖？怎么会突然搬运城砖？

沈敬琦怔愣住，这是要做什么？婉宁要城砖做什么？

沈敬琦道："我们家今年捐过城砖了，为何还要买来？"

祝来武一脸笑容，沈老太太也掩嘴笑，"都说你鬼得很，怎么今儿倒不明白了，好端端的捐什么城砖，我们是分船带运城砖，既然我们跟着朝廷的船去京城，就要照朝廷的规矩办事，带运朝廷吩咐运送的东西。"

跟着朝廷的船只去京里，这话从何说起？

这到底是怎么一回事，如果能带运城砖，那么船上带些自己的货物那就稀松平常。

也就是说，婉宁的茶叶可以光明正大地用船运送，他还以为婉宁会来求他。

什么时候，婉宁打通了这个关节。这个孩子怎么会懂得这样多，不但定好了船只，还在仪真买了城砖，将整件事想得这样周详。

肇氏也隐隐约约将整件事听了清楚，不禁埋怨地看了沈敬琦一眼。

看到妻子的目光，沈敬琦的脸霍然红了，整个屋子里看似只有妻子知道他心里所想，其实老太太不会不明白，所以才会那样笑他。

他一心认为婉宁会来求他，谁知道竟然会是这样的结果。

"一转眼孩子都大了，"沈老太太说着站起身，"我还记得你们兄弟小时候经常过来玩，兄弟三个因为抓个蛐蛐打起来，晚上都被罚了跪，小厮偷了饭菜给你们，我和老太爷过去的时候，你们哥仨高高兴兴地边说边吃，没菜了就用馒头蘸菜汤，那时候老太爷就说，你们虽然不是同房出来的，就像是亲兄弟一样，日后就算再打架也不用跪祠堂了。"

沈老太太接着道："老太爷去世之后，沈家的生意一落千丈，现在正是兄弟齐心的时候，千万不能因为什么闲言碎语就闹起来……"

沈老太太和蔼地看着沈敬琦："我知道你们辛苦，这次京城铺子的事我也不是向着婉宁，我是让掌柜算过，将铺子都盘出去会让我们喘口气，可日后要怎么办？老太爷是好不容易才将铺子带进京，只要有一丝希望我们都不应该放弃，都说守业艰难，我们现在岂止是要守业，更要让沈家兴旺起来，这样整个沈氏一族的族人才有饭吃。"

沈敬琦的头深深地垂下去，他是这两年肩膀上担了重担，身边人都说他比四弟强，他表面训斥，心里还是觉得自己确实冤屈，这才张狂起来。

如果他好好想想，来跟老太太商量，就不会这样。

是他错了。

"老太太，是我错了。"沈敬琦站起身来。

沈老太太道："知道错就好，以后兄弟之间也要多商量，如今沈家这样艰难，你们自己再闹起来，这个家就要败了。"

"你说婉宁是个外人，姚三老爷有官位在身，休了辰娘之后，姚家更是处处为难沈家，婉宁能从姚家到沈家里看我和你妹妹，这若是传出去定然会被姚家长辈责罚，一个内宅中的小姐，连这个都不怕，你却不肯想想她说的话到底有没有道理，而是针锋相对。"

老太太的话句句戳中他的心，沈敬琦愈发觉得自己没脸站在这里。

"你仔细想想，婉宁若是心里不挂念沈家，为什么要帮沈家脱困，在泰兴因为沈家的事被姚老爷责骂，差点就被送去家庵，这样的孩子你若是还要冤她，我第一个不答应。"

沈敬琦赧然："是我不对。"

"就算是她自己要赚钱卖茶，你这个做舅舅的都该帮着她，更何况婉宁是为了沈家，再说她又不是在胡闹，还有你四弟弟跟着，你连你四弟都不信？"

这就是症结所在，他是连沈敬元都不信。

老太太直接说出了他心中所想。

沈敬琦不知道说什么才好，想起自己在家中得意洋洋等着婉宁上门来求的情形，他就觉得羞臊，就像是将自己心底里最丑陋的一面，摆出来给所有人看了个够。

他真不应该这样，以为看轻了婉宁，最终被看轻的是他自己。

真的一心关切沈家的生意，这几天他就应该跟着掌柜一起核算账目，而不是较着劲等着看长房的笑话。就因为这样，他才站在这里说不出话来。

孰是孰非明眼人一看就明白。

沈敬琦只觉得口干舌燥。

沈老太太道：“回去好好想想，我的话到底有没有道理。”

沈敬琦抿起嘴唇，他一直看不起姚家，明明利用了沈家却到头来一脚将沈家踢开，自从和姚家结亲，沈家是没少吃亏，休了辰娘两家就不该再来往，姚家却抓住婉宁这张牌，处处为难沈家。

他是气四弟心慈面软，不该就这样被姚家攥住，所以只要是姚家人，他都将他们归于奸佞小人，他一直觉得婉宁来沈家是受姚家指使。

婉宁提出京城的铺子，也是姚家一直想要的，所以听说这件事他顿时火冒三丈。兴冲冲地来长房想要给婉宁一个教训。结果受到教训的人是他，他站在这里，除了认错，半个字都说不出来。

是他错了，他真是没脸见人。

崔奕廷站着看漕粮陆续装船。

陈宝不停地去看自家二爷，太阳当头照着，二爷那冰碴子脸也好像化开了，浮现出些笑容，说来也是奇怪，二爷的性子突然变了，不再做一个富贵闲公子，突然对粮食感兴趣起来，特别是来到泰兴，只要看到漕粮就两眼放光，就像他每次饿肚子时一样。他有时候心里有些担忧，是不是他伺候得多了，将饿病传给了二爷一些。

"有没有和姚七小姐说，我们就要启程了？"崔奕廷淡淡地吩咐。

"说了，"陈宝话音刚落转眼就看到了沈家那个常来常往的小厮，用手指过去，"这不，已经来了。"

祝来文快走几步给崔奕廷行了礼。

崔奕廷道："姚七小姐的东西都备好了？"

祝来文笑容可掬："准备好了，我们小姐吩咐要将单子给崔二爷看。"这单子准备出来可不容易啊，他是好几天都没睡好，不知道崔二爷看了又会如何。

祝来文笑眯眯地将单子递过去。

崔奕廷顺手将单子打开。除了要带去京里的杂物，还有茶叶。

"茶叶？"

"是啊，"祝来文笑得很欢畅，"我们家七小姐说了，还有这些茶叶。"

鸟儿叽叽喳喳在枝头上叫，扑扑棱棱扇动着翅膀，陈宝眨了眨眼睛，不知道到底发生了什么事，二爷站在那里，好像是被困在笼子里的鸟儿，虽然看起来仍旧容光焕发，气度万千，风采翩翩，却还是有一丝失算的惊讶，抬起眼睛看笼子外的人。

"你家小姐在哪里？"崔奕廷抬起头忽然道。

这下该和小姐好好商量了吧。

这位崔大人一表人才，总不能失信于人。

这是七小姐的原话。

祝来文觉得心情很好："我家小姐就要回来了。"

崔奕廷将单子收起来："明日我去沈家拜访。"

风尘仆仆地赶回来，又跟二祖母说了会儿话，婉宁才躺在床上。

屋外传来鸟叫声。

婉宁咳嗽一声，外面的落雨忙端灯进来。

"小姐是不是想喝茶……"

婉宁摇了摇头："外面是不是有些凉？将鸟儿拿回来吧！"

落雨应了一声。

不知道是不是屋子里的温度更舒适，鸟儿发出轻轻的两声叫，就安静下来。

婉宁不禁笑，没想到这鸟儿还挺娇气。

才见到鸟的时候，笼子里的鸟儿歪着头用黑豆般的眼睛看她，那种神气像极了崔奕廷，当时她就想真是什么主人养什么鸟儿。

崔奕廷很聪明，不过就是眼高于顶，过于骄傲，这样也好，对从自己嘴里说出去的话不会不认。

只有抓住他的弱点，才能让她如愿以偿。一报还一报，这算是她和崔奕廷做的最后一笔生意，等到了京城，就各走各路不必再礼尚往来。

崔奕廷闭上眼睛就能算出他用的船只运载的数目。

"二爷，平日里一条船运载漕粮四百多石，运载的船本来就十有八九都不够，现在大批漕粮已经北上，我们要运的只是从南直隶查到的这几船，没有了平日里运粮的船，我们都是征用的民船，民船不如官船，能运的粮食本就不多，现在我们还缺船，更别提要加东西，这可走不了啊。"

"您怎么也要和沈家商量，要不然少带东西，要不然就不能搭船。"

就算是这里的幕僚，也还没有人知道他要送的是姚七小姐。

姚七小姐提的要求，他是一早就答应的，怎么可能反悔。

水道浅深不一，船重则转不快，迟了时日，证据运不回去，等到河道冻结就会停滞在半路。

这些不用幕僚说，他也心里有数。

崔奕廷想到这里忽然脸上露出笑容来，他还真是被姚七小姐摆了一道。

"何必那么麻烦。"

另一个幕僚道："不带就是了。"

屋子里满是反对的声音。

"东西照带。"他说出去的话，别想让他收回来，更没有反悔的道理。

"二爷，您还是想一想。"

崔奕廷站起身径直从书房里走出来，陈宝忙跟过去。

既然是他答应的事，就要有个解决办法。

"明天一早，你跟我去沈家。"

沈四老爷准备上京，沈家院子里都是忙乱的下人，一箱箱东西都准备好放在屋子里。

沈敬元将崔奕廷请进屋，他是没想过这位巡漕御史有一天会登沈家的门。

沈敬元向崔奕廷行了礼。

崔奕廷这才坐下来，屋子顿时变得十分安静，沈敬元不太会说话，也不知道怎么打官腔，若是往常有长辈那层关系在，他也能迎合着说几句，可是想起那一箱子的烧饼，他就觉得不自在，谁知道这个崔大人心里到底在想些什么。

这种见面的机会，日后还是少来的好。

两个人枯坐了一会儿，外面传来轻轻的脚步声，崔奕廷抬起头看到一个身影，穿着淡青色的裙子，手里提着鸟笼，娉娉婷婷地走过来。

崔奕廷当然认识这个人是谁，在李家看到姚七小姐时，姚七小姐就穿了一条差不多的裙子。

他是照着习惯记人的。家里的长辈和身边的人不必说了，他自然都分得清，到了外面，也不算难，他自有他的一番道理，就像姚七小姐，他记了几次，认起来也就十分容易，再说姚七小姐还提了一只鸟笼过来。

崔奕廷想着抬起头向前看去，姚七小姐这时候也知道要为自己造势，穿着打扮上都是精心准备，让所有人等在这里，就为了告诉别人，这里面做主的人是她。

人都爱做表面功夫，表面上做得花哨，是为了故弄玄虚，好让人探听不出虚实。

崔奕廷正等着姚七小姐进门说话，姚七小姐却停住脚步，将鸟笼挂在屋檐下，然后才撩开帘子走进屋。

崔奕廷放下手里的茶，目光只是在姚七小姐脸上扫了一眼："今日我过来就是为了姚七小姐要运进京的那些茶叶，这次漕运官船已经没有了，我们征来的民船不多，现在只能腾出一艘来给姚七小姐和沈家的女眷，再也没有船运那些茶叶，要么找个镖局将这些货物押解走陆路，要么就等船只装运完漕粮，能带多少带多少，若是沈家不愿意托给镖局，等我进京之后，再安排人手来泰兴将剩余的货物送进京。"

沈敬元听清楚了，崔二爷是因为婉宁要带的茶叶太多所以来商议，这人珍惜脸面到什么地步，宁愿回到京中再遣人手陆路将货物运进京，也不认输。

屋子里十分的安静，崔奕廷等不及看向姚七小姐："姚七小姐意下如何？"

他的话刚说出来，气氛从刚才的安静变成了莫名的诧异。

崔奕廷皱起眉头，他说错了什么？

"姚七小姐"脸上有一丝怪异的神情，甚至有些惊慌，张开嘴不知道说什么才好，转头看向沈敬元。

崔奕廷这才去仔细看眼前这个姚七小姐的五官，瓜子脸，一双大大的眼睛，好像算得上是清秀，硬要琢磨和他从前见到的有什么不同，好像眼睛里少了些灵气似的。

"姚七小姐"蹲身向崔奕廷行礼："大人，我们家小姐还在商量船只的事，过一会儿让管事的过来回话。"

他认错人了，来的这个不是姚七小姐，他觉得女子都长得差不多，从来没有想要费心记过哪个，没想到会在同一个人身上，一而再再而三地弄错，在泰兴楼见而不识，要不是泰兴楼出面收米，他还不知道泰兴楼的东家就是姚七小姐，这茬刚过，在这里他又全然认错了。

因为不记脸这个毛病，他从来没想过要入仕，这次入京之前，他特意弄了一套自己的记人法子，至少在外面没有人能看出他的短处。

官场、查案他都能安排得妥妥当当，而今突然发现，在认女子上，他的那套有些不太管用。

崔奕廷抿起了嘴，脸上的神情忽然让人看不懂起来。

旁边的落雨心突突跳个不停，崔大人突然看向她，她差点以为崔大人是在问她，现在看来崔大人只是凑巧将视线落在她身上，真正问的是四老爷。

崔奕廷抬起头看外面的鸟笼，这鸟是他送出去的，现在却被用来混淆视听，崔奕廷正想着，鸟笼被陈宝摘走了，陈宝和沈家的小厮两个脑袋撞在一起，不知道在嘀咕些什么。

沈敬元道："崔大人宽坐，我再去看看。"

"崔大人，四老爷，"沈敬元话音刚落，管事快走几步进门，"小姐那边都算好了。"

沈敬元看向崔奕廷："崔大人已经来到沈家，不如听听我们的法子。"

本是想要撂下两条路就离开，现在他却想知道这个姚七小姐到底在想什么，越是捉摸不透的人，越想去猜她的心思。

崔奕廷点点头。

沈敬元吩咐管事去安排，很快走进来几个穿着青色长袍的管事，管事手里拿着算盘和账目。

其中一个将手里的账目递给崔奕廷。

"我们找到了十艘民船，虽然比不上朝廷的船，但除了运茶叶还可以按照朝廷的规矩每只船运三十块城砖，多带一百石粮食，这样算下来十艘民船能帮朝廷分担不少的重量，朝廷的船少了载重就能行得快些，早日到京城。"

沈家没有不管不顾地让他将茶叶带去京城，而是送来十艘民船，不但能分担粮食还照朝廷规定带城砖，船多了，自然多运送些茶叶也不在话下。

崔奕廷看着账目："这些民船是从哪里来的？"

沈敬元道："朝廷向来征用民船，一趟漕运下来，经常将阻塞河道的过错冤在民船身上，所以每次到了漕运的时候，大家都宁愿将船藏起来，人也远远躲开不走朝廷的差事，如今沈家出面，又是帮崔大人运粮，才征到了能走远途的民船。"

怪不得他用朝廷的名义征不到太多的民船，沈家这样的商贾和走船的人来往不少，更清楚其中的门道。这就是姚七小姐为什么会请他来沈家商议，不是要得意洋洋地将他一军，而是找了双方都能接受的方法。

利人利己。也是在告诉他，沈家是知礼守法的商贾。

这次算是没有互相算计，而是真的坐下来好好商议，从泰兴到京城长路漫漫，若是能出入相友，和睦相处，也是一件好事。

崔奕廷道："船只在哪里？"

沈敬元立即道："我带崔大人去看。"

崔奕廷走出门，陈宝在廊下逗鸟儿正兴起，崔奕廷咳嗽一声，陈宝才跟过来，走出沈家，崔奕廷皱起眉头看陈宝："你方才在做什么？"

陈宝一脸奇怪的神情："沈家下人来问，那鸟儿是怎么回事，怎么光吃食不动弹，肚子眼见越来越大，问我从前是不是这样。"

听得这话，崔奕廷不自觉地笑出来，原来是因为这事。

陈宝将鸟买回来每日都欢欢喜喜地喂食，那鸟儿除了吃东西就是歪着眼睛瞧人，高兴的时候叫一叫，不高兴闭着眼睛打瞌睡，只有等到该喂食的时辰，那鸟才扑棱几下翅膀。

"二爷，那沈家只是送只草螳螂，咱们不应该回只活鸟儿。"陈宝好阵子没看到那鸟儿，今天看到了好不亲切。

"哦。"崔奕廷并不太说话。

陈宝觉得奇怪，为什么二爷每次看到那鸟儿吃饱了站在笼子里大睡，都会淡淡地看他一眼。

陈宝嘟囔着:"二爷,你说到底是因为什么?"

崔奕廷和舅舅一起离开,婉宁看向舅母:"办妥了,我们坐自己的船也更方便些,舅母就可以多带几个人手。"

昆哥靠在引枕上一边喝母亲递来的药,一边听姐姐说话。

沈四太太叹口气:"还不知道昆哥要怎么办。"

婉宁拿起帕子给昆哥擦嘴角:"昆哥给杨敬先生做学生那是好事,舅母怎么倒愁起来了?"

沈四太太皱起眉头:"我是怕杨敬先生要回扬州,这样一来我就不能在京中久留,要早些回来照应昆哥,你那边……我不放心……"

婉宁看向沈四太太:"舅母不用担心,昆哥还小,照应昆哥要紧。"

昆哥看着婉宁,张开嘴想说什么,又将嘴闭上。

"怎么了昆哥?"

昆哥小巧的五官快要皱在一起:"我想和父亲、母亲、姐姐一起去京城,又想留下来和杨先生读书。"

沈四太太看了一眼婉宁。

拜师是好事,可是这姐弟俩就要分开了。

昆哥喝了药,沈四太太开始吩咐下人接着收拾东西,婉宁在一旁帮忙。

沈四太太道:"你的东西呢?可都带好了?"

婉宁点点头:"收拾好了。"她的东西不多,要不是二祖母和外祖母给她添补了四时衣裳和首饰,她只要带十几只箱子就能走了。

正说着话,管事妈妈匆忙进来道:"四太太,杨先生那边传话过来,杨先生要去京城,起码等到明年才能教六爷,六爷拜师的事不用着急。"

沈四太太听得这话看向婉宁:"怎么就巧了,都是这时候去京里,"说到这里一时慌了神,"那现在怎么办?"

婉宁抿了嘴笑:"舅母将我们去京里的事告诉杨敬先生,我们一起走,昆哥能跟着杨先生读书,我们又不用分开了。"

昆哥一下子从床上爬起来:"姐,我们都要去京城吗?"

婉宁点点头,昆哥顿时欢叫起来。

米粮都已经上船,九月初三,准备启程。

九月初二,沈家做了安排,让昆哥在临去京城之前向杨敬先生行了拜师礼。

婉宁带着人在门外听消息,沈四太太紧握着婉宁的手:"应该四拜了吧?"

婉宁点点头:"看时辰差不多。"

沈四太太恐怕会有失礼数,毕竟沈家不是书香门第,虽然已将礼数打听得清清楚楚,仍旧怕中间出什么纰漏:"一会儿会叫我们进去吧?"

"应该会,"婉宁安慰沈四太太,"舅母安心,杨先生不同寻常,若是他在意沈家商贾的身份,就不会收昆哥。"

话是这样说,可她还是忍不住紧张。

"礼成了,"杨家的丫鬟过来道,"沈太太去月亮门等六爷吧!"

听了这话，沈四太太拉着婉宁上前，才到月亮门，正好与一个人迎头撞在一起。

沈四太太吓了一跳，抬起头看到沈敬元，沈敬元两颊通红，有一丝激动的神情，差点伸手就去抓妻子，看到了旁边的婉宁才忍住了。

沈四太太好久没看到老爷这么高兴。

"老爷这是怎么了？"沈四太太不禁问。

"姚家又来人了，正好被我堵在了门口，你没瞧见姚家人的模样。"

一脸的不甘心，却又无可奈何。

"杨先生没有见姚家人？"沈四太太低声道。

沈敬元摇摇头："姚家人不肯走，杨先生无可奈何，让人送了点东西出去。"

"送了什么？"沈四太太道。

沈敬元想要卖个关子却忍不住，看着妻子和甥女："官府贴出来的那张在姚家搜到的符纸，杨先生让小厮照着画了一张送去了姚家，现在姚广胜那老东西应该已经收到了。"总算是扬眉吐气。

说来也是老天有眼，今天让他觉得痛快的是辰娘这一双儿女都有了出息。

婉宁这样聪明，昆哥这样好学，姚家是瞎了眼睛才会不要他们，等着，等着将来婉宁出嫁，昆哥有了前程，让姚广胜和姚宜闻悔死。

姚老太爷比沈敬元想的要难受，哆嗦着手将符纸撕了个稀烂站起身丢在姚老太太的脸上："混账东西。"

病了几天，姚老太爷清瘦了许多，一把老骨头如同风中的树枝，两只眼睛通红，没有了往日的儒雅。

"杨敬早晚有一天要后悔，放着好孩子不收却偏爱那商贾之子，真是分不清什么是鱼目什么是珍珠。"

姚老太太满脸通红有种当众被侮辱的感觉，看着姚老太爷满脸怒气，她一句话也不敢说，只是睁大了眼睛，哆嗦着嘴唇。

姚老太爷冷冷地看向姚老太太："泰兴我是一日也待不下去了。"

姚老太爷拂袖而去。

姚老太太看向赵妈妈，眼泪不停地掉下来："杀人不过头点地，别说这件事不是我做的，就算是我，他也该发放够了，他是将所有的火气都发在我身上，什么是泰兴他待不下去了，他是不想再在这个家里，不想再看到我。"

"沈氏在的时候，他骂沈氏，沈氏被休了，他现在就看不上我了，"姚老太太站起身，"有能耐，他就连我也休了。"

姜氏端着茶进屋，听得姚老太太的话，眼前浮现沈氏被休时老太太脸上的神情，她是亲眼看到老太太转过脸去，嘴边浮起一丝得意的笑容。

那时候沈氏就跪在院子里苦苦哀求。

沈氏那样要强的女子，为了想要照应年幼的婉宁，求老太爷、老太太将她留在姚家。

那时候老太太心里怎么想？是不是觉得老太爷是个杀伐果断、颇有远虑的人？而今这杀伐果断却落在老太太身上。

姜氏忽然觉得有些痛快，她多少次做噩梦，梦见自己和沈氏一样被休，老太太得意的笑，如今这梦终于也该烟消云散了。

姚老太爷径直去了蒋氏屋里。

蒋氏正在吩咐下人好好照应庄子："千万不要惹出麻烦来，老太太这边已经够辛苦的了，年底我回不来，就将孝敬都送进府，不能比别的庄子送的东西少。"

下人点点头。

姚老太爷听得心头一热，从主屋里翻到那些符咒，立即就有人怀疑到蒋氏身上，蒋氏甚至平日里连家门都不进，竟然被人这样冤枉，他以为蒋氏会向他诉冤屈，蒋氏却什么也没说，如果当年他娶的是蒋氏，现在姚家定然会家宅安宁。

他千不该万不该委屈了蒋氏。

"别忙了，放着让下人去做，你也歇歇，还要跟着我路上颠簸。"

蒋氏这才看到姚老太爷，忙起身向姚老太爷行礼："老太爷歇着，我不累。"

不累才怪，每次看到蒋氏，蒋氏都在忙碌，人又不是铁打的怎么能这样辛苦。

姚老太爷心里愈发心疼起蒋氏来，将下人遣下去，姚老太爷拉起蒋氏的手："这次我们多带些银子去京里，给你置办处院子，以后你和我就留在京里。"

蒋氏惊讶地睁大了眼睛："老太爷，那可使不得，如今家里被查检，正是短银钱的时候，怎么还能置办院子，就算是个二进院在京里也是很贵的。"

"那是你从小长大的地方，你不是一直念着要回去……"

听着姚老太爷体贴的话，蒋氏眼睛里盈满了泪水，却强忍着笑："那都是年轻时的孩子话。"

姚老太爷一把将蒋氏拉过来，让蒋氏坐在他腿上："我就喜欢你的孩子话，我就喜欢你和老五，你们两个才是我的心头肉。"

蒋氏忙摇头："老太爷别这样说，三老爷才是最有出息的……老五是庶子，妾身只是个妾室。"

老太爷听到妾室和庶子的字眼，手顿时收拢了，将蒋氏攥得生疼。

"哼，"老太爷冷哼一声，"就是个榆木疙瘩，换成老五用不着我操心他的前程，沈家那么简单的事他都做不好，也就是能听我的话，否则……一无是处……"

蒋氏没有接着老太爷的话说下去，只是转个身用手仔细揉捏着姚老太爷的肩膀。

"我就不信了，"姚老太爷脸色铁青，"等我上了京，一定会让一切都变回原样，将我的名声，姚家的地位统统都要回来。"

婉宁依依不舍地给二祖母磕了头跟着大伯一起上了马车，坐在车里，想起二祖母婉宁不禁又掉了眼泪。

她和二祖母相处时间不长，却因为真心相待就这样互相牵挂起来。

可见人与人的感情是最真切的东西。

马车换成船，舅母已经等在船上，下人服侍婉宁上了船。

舅母立即道："船舱都收拾好了。"

舅母拉着婉宁进去瞧，桌子上已经摆了点心和蜜饯、糖块，舅母知道她喜欢吃零嘴。

"昆哥和杨先生坐旁边的船，等船停的时候，昆哥就会过来。"

"崔大人也安排得妥当，这条船上没有米粮和货物，这样会更安全。"

婉宁倒没想到崔奕廷会这样交代下去。

船外传来嬉闹的声音，还有半个时辰船就要离开泰兴了，四年，她靠着自己走出了那绣楼，走出了姚家，就要走进京去。

河岸上站满了看热闹的人，姚宜春被关了几日，突然见到青天白日不禁觉得阳光刺眼，眯起了眼睛，还没等他看清楚周围都是什么情形，就有脏臭的东西砸过来。

烂布头裹着臭烘烘的粪土一坨一坨糊在他脸上。

扔掷这些东西砸犯人，是平头百姓唯一的乐趣，姚宜春发出几声惨叫，粪水从他的脸颊上滑下来，正好落入他张着的嘴里。恶心，姚宜春想要呕却又呕不出来。

什么时候自己会落得如今的境地，这一切就像是噩梦，前一刻还花天酒地，后一刻就沦落到如此的境地。

他多么想，有一个人能伸出手来救救他，哪怕将他脸上的屎尿擦干净，让他少受些折磨。

他已经不敢奢望回到从前锦衣玉食的生活。

谁，谁能救救他，父亲到底都在做什么？

姚宜春勉强睁开眼睛，看着嬉笑的人群，这条路怎么那么长……

马车终于停下来，有衙役将他从车上扯下来。

姚宜春腿脚酸软顿时摔在地上，紧接着屁股上就是一疼，不知是哪个衙役一脚踹过来。

崔奕廷竟然让他受这样的折磨，开始他还愤怒、暴躁，想要大喊大叫，现在却只能哀求地哼着。

"六老爷，六老爷。"

听到喊声，姚宜春忙向周围看去，姚宜春张着嘴，顾不得嘴唇上的咸臭："快……快……快……"

他向周围看去。快拿出些银子，快救救他。

姚家人空挥着手，却不能向前一步，这位崔大人是软硬不吃，姚家上下已经用尽了手段，却没有一点用处，寿氏躲在马车里听着外面的吆喝声不禁抹眼泪："再去试试，就算给押解的衙役也行啊。"

"衙役不肯收，"下人低声道，"送了几次都没办法，寿老爷看着还好些，六老爷……已经被折磨得没有了样子。"

听得这话寿氏不知道是该欣慰还是该难过。

"六太太，"跟车的婆子惊呼出声，"六太太，奴婢看到沈家下人了。"

沈家下人是来凑热闹的吧，寿氏恨得紧紧咬住牙："这时候提沈家做什么？"

寿氏气得手直发抖。

"沈家下人上了船，上了那个……朝廷的船……"

寿氏睁大了眼睛，什么？沈家人怎么能上朝廷的船？这到底是怎么回事？

"是真的，六太太，您瞧……"

寿氏听得这话一把撩开帘子向外张望，人群里却什么也没看到。

"进船里了，进船里了。"姚家下人像是发现了什么新奇的事，不停地跳着脚。

寿氏恨不得一巴掌挥过去，将下人打个清醒，这怎么可能？这怎么可能?!

"那小厮我认识，就是从前跟着沈四老爷上过我们家的，我家那口子还和他说过话……"婆子喋喋不休地说着。

寿氏眼看着从船上下来一个人，拨开人群走过来，那人脸上满是喜气。

"就是他，"婆子一脸的笃定，"就是他。"

寿氏整个人软坐在马车里,为什么沈家人会在这里,到底还有什么事是他们不知道的。

第十一章　回京

姚宜闻坐下来和张氏商量:"今年过年,我们应该将父亲、母亲接进京。"

张氏垂着头,在灯下做着针线活,抬起脸来神情娴静:"那老爷要快些做决定,从泰兴到京城要走好久。"

姚宜闻点点头,张氏就是这点好,识大体,这么多兄弟姐妹中,父亲最偏着他,他应该加倍孝敬父亲才是:"婉宁已经快十三岁了,再有两三年也该嫁人了,我想着……是不是该给她说门亲事。"

想到婉宁小时候,姚宜闻心软了几分,总归是他的女儿,就算是像沈氏,也该有一门差不多的亲事。

"老爷,你瞧瞧,欢哥笑了。"

炕上的欢哥仰着两只小手睡得正香,姚宜闻低下头来,看到儿子的笑脸,心里的其他事顿时被冲得烟消云散。

"这两年我们求个好先生,将来欢哥入了门,再求一个儒学教授……"

张氏笑起来:"老爷现在就想得这般长远,咱们欢哥还小呢。"

姚宜闻去摸欢哥软软的小手:"我姚宜闻的儿子,生下来就带着几分的聪慧,差不了,将来见了杨敬先生,杨敬先生说不定一眼就相中了。"

张氏想起了父亲也一直将杨敬挂在嘴边。

张氏抬起头来:"老爷怎么和父亲一样都看中了杨敬先生?"

姚宜闻脸上立即浮现出高深莫测的神情:"杨敬先生年轻时被陷害丢了官职之后就不肯入仕,但是谁都知道,杨敬不进国子监,才气却无人能及。如今我得到消息,詹事府看中了杨敬,詹事府召的可是四方名儒、端重之士,若是能做了这样人的徒弟,光是有名声在,将来也是事半功倍。"

张氏这才明白过来。

姚宜闻道:"等到欢哥将来入了仕,我们家才算得上是正经的书香门第。"欢哥出生的时候他不知道多高兴。

沈氏进门那么久也没能生个子嗣,家中长辈都是望眼欲穿,欢哥到了姚家真是给他增添了许多的欢乐。

姚宜闻正和张氏说话,春香进来道:"三太太娘家的二姨夫人来了。"

张氏忙站起身,姚宜闻就看向旁边的沙漏:"怎么会这个时辰过来。"

张氏扶了扶鬓角,吩咐丫鬟拿来褙子给她换上:"可能是有急事。"

姚宜闻去书房里,张氏将张瑜贞迎进屋子里说话,刚将下人遣下去,张瑜贞眼圈就红起来,张氏吓了一跳:"二姐这是怎么了?"

见到亲妹妹张瑜贞再也忍不住,一下子哭出声:"遭了,忠义侯府那边传出消息,说是世子爷没死。"

张氏惊讶地睁大眼睛:"这……话是从哪里听来的?别是道听途说,人呢?人已经回来了吗?"

张瑜贞摇摇头:"还没有,说是路途遥远走得慢些,但是已经有人日夜兼程将消息送到了京里。"

这消息太突然了。人人都以为忠义侯世子已经死了,甚至赵家族里已经开始推选子弟接任忠义侯爵,礼部好像也在筹办,就怕到时候确切消息传进京,皇上下令抚恤,弄个措手不及。

可现在,世子爷没死……任谁听了一时半刻都缓不过神来。

张瑜贞紧紧地拉住张氏的手:"你说这可怎么办啊?我的命怎么那么苦,眼见爵位就要到手,怎么会有这样的变故,往后我可怎么活。"以前嫁到赵家时,知道爵位和她无关,那也就罢了,她只想着老爷能有个差不多的前程,现在一件大好事就落在她头上,她整个人如同被送到云端,可是突然有一天,她却掉下来。

一下子掉下来。

张瑜贞摇摇头,到了今天这个地步,她已经过不了从前那样的日子了。

"别急,别急,"张氏轻声道,"人不是还没回来,也许消息有误,你若是急坏了那可是得不偿失。"

张氏越劝张瑜贞越止不住哭声:"朝廷派人都找不到……谁有这样的能耐……要找一个孩子那不是大海捞针,快帮我想想办法。"

当年父亲征战在外断了消息,家里乱成一团,族人提要将她们接到族里让族里大伯照应,妹妹连夜和母亲商量,变卖了一些家财打通关节,托人去打听父亲下落,后来在安乐堂里找到了父亲,这才将父亲接回了京里养伤,当时太医院的御医说,若是晚上十天半个月,边关药食缺少,别说父亲的病不会痊愈,就连性命也是难保。

从那件事开始,她才知道不爱说话的四妹妹做事这样的稳妥。

父亲常将四妹妹挂在嘴边,说张家今时今日多亏了四妹妹。

张氏柔美的脸颊上显出平和的神情,轻声道:"二姐现在要稳住,世子爷回来是好事……"

听得张氏这话,张瑜贞诧异地抬起头,却看到张氏满是深意的目光。

"世子爷是侯爷的独子,对忠义侯府自然是好事,二姐听了这样的消息心神不宁,让忠义侯夫人看到了会怎么想?二姐这段日子帮衬忠义侯府,大家都知道二姐贤淑,千万不能在这时候为一个不做准的消息功亏一篑,二姐该怎么样还要怎么样,忠义侯夫人信任二姐,二姐也要待忠义侯夫人好,这样才算礼数周全。"

妹妹这是教她不能在忠义侯夫人面前露出马脚,更不能让人攥住短处。

"世子爷在外到底怎么样,不是二姐能左右的,现在一切尚未成定数,二姐能做的就是不要出错,只要不出错,就还有机会,毕竟世子爷还小,没有哪位世子是八九岁就承爵的。"

这话一下子让张瑜贞看到了希望,妹妹说得对,没有八九岁就承爵的世子,再说经过了长途跋涉,世子爷就算活着还不知道是什么情形,她现在万万不能慌。

"好妹妹,你救了姐姐,"张瑜贞提起帕子来擦眼角,"我们张氏女子的名声都是因为妹妹才有的。"

张氏的肌肤赛雪,发髻又如老墨般漆黑,一双眼睛晶莹透彻,就像是从画上走下来的一般，张瑜贞觉得妹妹愈发明艳动人："怪不得连郡主都说，她若是个男子定要娶了你，四妹夫真是讨到了宝。"

"亲姐妹还这样打趣我。"张氏笑着道。

张瑜贞的情绪慢慢好转起来，"我听人说沈家在京里的几个铺子要卖，那都是上好的地界，平日里就算遇也遇不到，我正托人买下两个，将来我们用来做锦缎生意。"

沈家的店铺，张氏知道，"我们家老爷不喜欢女眷做生意。"

"那不同，"张瑜贞看了看沙漏，时辰差不多了，两姐妹边向外走边说话，"从前的沈氏是一身的铜臭，你做生意那是锦上添花，你做起来，妹夫绝不会说半句。"

两个人刚走到垂花门，管事妈妈正向这边走过来，看到了张氏和张瑜贞立即上前行礼，然后禀告道："忠义侯夫人来了。"

忠义侯夫人？

张氏诧异地拢了拢身上的披风，张瑜贞显得十分惊讶，忠义侯夫人怎么会来这里。

姚家和忠义侯府来往并不多，就算是有些交往那都是透过张瑜贞，现在张瑜贞在这里，忠义侯夫人怎么会突然登门？

"快，将忠义侯夫人请进门。"

张氏立即吩咐下人，整个姚家都沸腾起来。

张氏和张瑜贞迎出去，在垂花门见到了一脸憔悴的忠义侯夫人。

忠义侯夫人年纪不算大，眼睛四周却有了深深的皱纹，让旁边一个面容秀丽的小姐搀扶着才能前行。

那小姐先上前行礼。

忠义侯夫人道："这是我家茵姐儿，"说着看向张瑜贞，"没想到弟妹也在这里。"

张氏将忠义侯夫人和赵三小姐茹茵迎进花厅。

忠义侯夫人喝了一口茶，看向张氏："不知道姚三太太听说了没有？"

张氏对上忠义侯夫人的目光，眼睛里露出茫然的神情，看到张氏的模样，忠义侯夫人眼睛里的期盼顿时变成了失望。

张氏不明所以："夫人这是怎么了？话怎么就说了半句。"

忠义侯夫人思量了片刻才道："姚家族里是不是在泰州府泰兴县？"

张氏点了点头，不知忠义侯夫人为什么会提起姚家族里。

张氏站起身从丫鬟手里接过攒盒，亲手送到忠义侯夫人跟前。

忠义侯夫人下意识地点头："那就没错了，我听到消息，我们家世子爷是在泰兴县姚家的庄子上被救下来的。"

泰兴县，姚家的庄子上。

张氏惊诧地望着忠义侯夫人："夫人说的是真的？"

张瑜贞一颗心都揪起来，手脚一阵冰凉。

一时间，屋子里的气氛仿佛凝结住了。这是谁也没听过的消息。世子爷找到了，而且是在姚家的庄子上，这和姚家有什么关系？

看到张氏脸上紧张的神情，忠义侯夫人忙道："姚三太太别急，是我没将话说清楚，是姚家帮着找到了我们世子爷，我这次来是想打听打听，姚大人有没有从族里听到这样的消息。"

张氏将帕子捂在嘴边重重地喘口气："夫人可是吓死我了。"

忠义侯夫人一脸的感激和期盼，片刻之间眼睛已经被泪水润湿了："若真是这样，我们忠义侯府真是欠了姚家天大的恩情。"说着忠义侯夫人已经挽住了张氏的手。

张瑜贞在一旁呆呆地坐着说不出话来，怎么会是这样，姚家还帮忙救了世子爷，这到底是怎么一回事。

几个人坐在一起寒暄了几句。

家里乱成一团，忠义侯夫人也无心留下来话家常，坐了一会儿就离开，临走之前还请张氏去忠义侯府。

将忠义侯夫人送出门，张氏和张瑜贞面面相觑。这到底是怎么一回事。

张瑜贞几乎带着哭腔："快让人打听打听，到底是怎么回事，怎么姚家还救了世子爷。"

张氏抓住了忠义侯夫人说的话："不是说姚家帮衬着，那定然是有别人救了世子爷，救人的有姚家，总好过别人，将来无论怎么样，还有这一层关系，我们在忠义侯夫人面前还能说上话。"

张瑜贞的眼睛里仍旧有愤恨和不甘，张氏也没想到会是这样的结果。

等着张瑜贞的马车离开，张氏径直去了书房，姚宜闻正在看公文。

"老爷，"张氏将忠义侯夫人的话说了，"我们也没收到家书……"

姚宜闻思量片刻："专程让人送信必然是马不停蹄地走官路，就算父亲写了家书，也不可能会这样快。"

如果是姚家救了世子爷，那一定是父亲帮了忙。

在泰兴县，姚家，做主的就是父亲，能主持大局的也是父亲。

姚宜闻一掌拍在桌子上，眉宇也扬起来："这是好事啊，皇上冤枉了忠义侯，心里一直不舒坦，这才下令无论如何要找忠义侯世子，现在世子找到了，不管是谁立了大功，都少不了姚家一份，说不定还能帮你娘家一把。"

无论怎么看都是好事。

姚宜闻脸上浮起笑容："我明日就让人回泰兴去看看，将父亲、母亲接到京城里来。"

婉宁将下颌放在床铺上，这几天船行得快些，她就头昏脑涨起来，今日总算是还适应了些，勉强吃了一碗饭。

昆哥倒是生龙活虎的，两条船之间走来走去一点不觉得难受，将杨敬先生那边学来的课业一点点地背给她听。

婉宁歇了一会儿就开始翻看手里的书。

"一个女孩子家，学这些做什么，你又不用去考科举。"沈四太太端了茶过来。

婉宁忙坐起身。

"快躺下，我是怕你一会儿又要难过，这书就别看了吧！"

那怎么行。母亲被休了之后，她在姚家只学了一阵子的书，到了族里之后，就再也没碰过书本，所以她下定决心要多学一些，现在没有请到合适的先生，她就跟着昆哥蹭杨敬先生的课，权当是帮昆哥巩固每日所学。

婉宁喝了些水。

沈四太太道："天气越来越凉了，明日开始我让丫头弄个手炉给你暖暖手。"

正说着话，船停下来，每日走的路程够了。

不一会儿工夫昆哥从另一只船上过来。

"姐姐，"昆哥将手里的书递给婉宁，"我背书，姐姐看着。"

船舱里传来昆哥带着些稚嫩的背书声。

崔奕廷站在船头，他的耳朵是格外的灵，哪怕是轻轻的声音他也能听得真切，昆哥背书的声音开始响起，这样的读书声让他觉得很舒服。

读书声过后，船舱里传来一阵阵欢笑。

寻常人家的姐弟不会这样肆无忌惮地笑吧！

听着这笑声，他嘴边却也不知不觉浮起了笑容，很快，那笑容却僵在了脸上。

"二爷，那边唱的什么歌？"陈宝支棱着耳朵在听。

崔奕廷觉得本是阳春三月的景儿，一下子变成了寒冬腊月，不过唱了一句就歪了几个调儿，他长这么大，还没听过这样的唱法，他听过姚七小姐说话，可惜了那一把的好嗓子，怎么唱出歌来就歪了调儿，崔奕廷踌躇着想要回到船舱里。

和幕僚商议了一天好不容易出来透口气，赶上两岸风景也不错，他着实舍不得回去，只能坐下来忍着。

陈宝是不会听歌儿，也不知道那歌儿唱得怎么样，不过转头看着二爷一脸享受的神情，那定然是不错。姚七小姐真不错，他远远地看过一眼，人长得漂亮，歌又唱得好，陈宝也跟着坐下来托腮听。

崔奕廷淡淡地看了陈宝一眼，陈宝笑了笑："二爷，你听，真好听，可惜只唱两句，还听不清楚。"

崔奕廷扯了扯嘴唇，他今天遇到的人还真不错，一个不会唱，一个不会听，崔奕廷闭上眼睛，还好这歌没有让他心烦意乱，微风从他脸边吹过，留有几分淡淡的清爽。

京城里，崔实荣听着下属唐侍郎仔细地禀告。

"南直隶那边都问尚书大人知不知道。"

崔实荣掀开了眼皮："你们说我知不知道？"

唐侍郎急忙赔笑："崔奕廷是崔家的子弟，做了巡漕御史怎么能不让尚书大人知晓，只是，崔奕廷大人不知道是不是受了别人唆使，这次案子查得狠了点，不但抓了泰兴知县，还握住了寿家的把柄，已经牵连了泰州知府王征如大人，王大人肯定是急了，路上跑死了几匹马，差点累死了差役才将消息送回京。"

从南直隶查起，这件事本来可大可小，牵连太大了，所有人都在一口锅里吃饭，谁也不敢说下一个进大牢的是不是自己。

"尚书大人可要给属下个定心丸吃，"唐侍郎声音忐忑，"等到崔大人真的进了京，我们可要怎么办？"

崔实荣站起身来走到窗边："案子该怎么办就怎么办，我们年年清点漕米，米粮都送进了朝廷的大库，没有装进自己口袋半粒，"说着看向唐侍郎，"就算谁着急，唐侍郎也不该急。"

这么说，尚书大人是有思量，唐侍郎提起来的心终于落地。

崔家下人将唐侍郎送走，从后面的屏风里走出一个人。

"二哥，"崔实昌方正的脸上满是怒气，"这是真的？奕廷没有跟你说他是皇上委派的巡漕御史？"

崔实荣摇摇头。

"反了他了，"崔实昌竖起眉毛，"就算他将来成了皇上信任的朝廷重臣，也是我们崔家人，更何况不过是个巡漕御史，就这样猖狂起来，我让人送信给大哥，看大哥饶不饶这个逆子。"

崔实荣脸上没有怒气，坐下来端起茶来喝一口："他年纪小，没有经过科举入仕，靠的是祖荫，我怕他不懂得怎么办事，将来吃亏就来不及了，我在大哥面前也没法交代。"

崔实昌冷笑一声："二哥不用急，闹出事来，没脸的人是他，大哥也不会说二话，连个进士都不是，就想着做官，我都替他臊得慌……"更何况谁都知道，大哥对这个儿子不上心，真正喜欢的是小儿子。

崔实昌将气息喘匀："王征如那边怎么办？"

崔实荣并不在意，王征如不是省油的灯，他要做什么，那是他的事，无论做成做不成，这个尾巴他都能来收。

崔奕廷能做什么？真的要对付他这个叔父不成，若是他能活着回到京里，他就教教这个侄儿，什么叫做见好就收。

"奕廷现在离京里越来越近了吧？"

崔实昌道："算算日子，应该走了一小半。"

那么，王征如的耐性也该磨尽了。

江面上起了雾，薄薄的雾气扑面而来，潮潮地打在脸上有些冰凉。

"慢点行船。"崔奕廷交代下去。

一艘艘的船慢慢前行，突然之间前船停下来。

崔奕廷皱起眉头。

"大人，"谢严纪大步走过来，"没事，正好遇到救生寺，停下来说两句话，我已经交代下去，捐些香油钱，天气越来越冷了，江面上又总有遇险的船只，那些和尚也不容易。"

救生寺是朝廷和寺庙一起办的，主要是施救来往的官船和民船。

"小心着些。"崔奕廷低声吩咐。

谢严纪道："到了前面就可以休息了，今天起雾总是要少走些路程。"

崔奕廷抬起头，天渐渐黑起来。

婉宁拿着一根玉簪正在逗笼子里的翠鸟儿，这只鸟懒得很，吃饱了就打瞌睡。她让落雨将窗子打开，让它透透气，它连着打了两个喷嚏，然后一脸责怪地看着她，叽叽喳喳叫起来，等她将窗子关上，它立即就住了嘴，缩起一只爪儿，又闭上了眼睛低下头。

眼看着这鸟儿肚子越来越大，她想出了一个法子，用玉簪子遛鸟儿，这段日子被关在船舱里无聊，正好帮这懒鸟儿减减肥。

"起来，起来，睡了一天了……"

笼子里的鸟儿不情愿地扑棱着翅膀，婉宁边逗着鸟儿边笑。

船忽然重重地一晃，婉宁手里的玉簪差点掉在地上。

"这是怎么了？"这段日子婉宁已经适应了江面上的颠簸，这重重地一晃不太像是因为风浪。

"奴婢去看看。"落雨说着向船舱外走去，还没等踏出舱门，外面的婆子就匆匆忙忙走进来。

婆子上前给婉宁行了礼："七小姐，前面的官船停下来，说让我们先走呢。"

怎么会突然让她们先走？这几天无论遇到什么事，所有船只都是按照顺序停放，从来没有打乱过顺序，民船比官船小，他们的船就走在后面，前面就是崔奕廷乘坐的官船。这不太符合常理。

婉宁想着站起身向船舱外走去。

天色已经暗下来，江面上起了一层雾气，官船都点起了灯笼，不远处崔奕廷那条船上，有人正来来往往。

这是平常不会有的事。

婉宁向周围看去。四周很安静，并没有什么异样。

"七小姐，回去吧。"落雨将披风拿来盖上婉宁的肩膀。

沈四太太也跟着赶出来："这是怎么了？好端端的出来做什么？"

"船要停了，"婉宁看向沈四太太，"昆哥该过来了吧？要不然让舅舅和杨先生都到这条船上。"

"我们在下层，让舅舅带着昆哥、杨先生住上一层。"

"那怎么行，"沈四太太一脸的惊诧，"我们都是女眷，总是不方便。"

"杨先生是昆哥的师父，我又还没及笄，这船也不小，"四周太安静了，每次到了晚上，官船上都会有笑闹声传来，有人打水冲洗，要闹腾一会儿，婉宁总觉得有些不妥当，她了解崔奕廷，以崔奕廷的性格，不会随便改变一件事，现在却将船停下来，让她们这些民船先行。

"雷虎呢？"

婉宁刚刚开口询问，只听旁边传来低沉的声音："姚七小姐，我在这里。"

沈四太太吓了一跳，一个家人打扮的人走过来。

"如今的情形会不会有什么问题？"

婉宁话音刚落，就听到有重物落水的声音。

雷虎皱起眉头："太太和小姐先回去，"说着看向身边的人，"防着是吃飘子钱的老合（水贼）。"

婉宁听不明白这些暗语，忙和沈四太太一起弯腰进了船舱。

只听得外面有人道："快，快，先让沈家的船走。"

本来停下来的船又动起来，船身摇晃着，有些慌乱。

沈四太太顿时手脚冰凉，扬声询问："到底发生了什么事，这到底是怎么了？"

婆子跌跌撞撞地过来道："太太、小姐，朝廷的官船催我们先走。"

婆子的话刚落，船又晃动了两下，婆子差点就摔倒在船舱里，船里的下人顿时发出惊呼声。

沈四太太紧紧握住婉宁的手，"总不是遇到了水贼？这么多的官船，水贼也敢过来？"

如果是普通的水贼朝廷定然有办法，就怕这件事不简单，到了这时候总要做最坏的打算。

崔奕廷眼看着沈家的船行过来。

"几艘船？"

"有四五艘，"下属垂头丧气，"今天江面起了雾，我们才没发现，大人让人去查看，我们这才看到那几艘船鬼鬼祟祟地跟了上来。"

崔奕廷摇摇头："不一定之前就跟着我们，可能是在救生寺停留的时候才上来的。"

下属额头顿时起了一层细细的汗："看起来不像是普通的水匪。"

水匪不会有那么多船，那么多人。

"八成是冲着漕粮来的，"谢严纪向外面张望着，"南直隶的官员是狗急跳墙才会想出这样的法子。"

"大人不如先行。"等民船都走了，那些人也就跟了上来，到时候难免会有死伤。

崔奕廷从船舱里走出来，望着远处的骚乱，忽然火光一闪，一艘船着起火来。

火点燃了粮船，浓烟渐渐冲天而起，带着火星的箭又射过来。

外面是一片火光。

沈家的船走过来，官船就压了上去，沈四太太已经吓得瑟瑟发抖却颤抖着声音安慰婉宁："有朝廷的人在，一定不会有事。"

现在婉宁担心的是昆哥，因为昆哥和舅舅他们不在这里。

"看没看到舅老爷的船过去？"婉宁看向童妈妈。

童妈妈忙出去问跟船的婆子，不一会儿回转来："有雾气看不清楚，不过舅老爷的船本来就在咱们前头，方才官船让开了一条路，舅老爷应该到前面去了。"

婉宁点点头，崔奕廷让官船落在他们身后，是要护着他们先离开，这样算起来，越是走在前面就越是安全。

沈四太太将下人叫过来吩咐："将七小姐带去里面的屋子，无论外面出什么事都不要出来。"

里面有个暗仓，如果不是仔细搜查不会找到，沈四太太慌张地看着婉宁："一定要听舅母的话。"

婉宁摇摇头："舅母，如果是水匪一定知道我们这种船里有暗仓，到时候就算躲也躲不过去。"

婉宁说得有道理，沈四太太睁大了眼睛："那要怎么办才好？"

"四太太，七小姐，"在窗边的童妈妈似是受了惊吓，"前面也有火光啊。"

窗外，隐隐约约有火光亮起，紧接着前面也出现了嘈杂的声音。

雷虎快步从外面进来，如今他们一行人已经换成了一身黑衣，沈四太太看到雷虎几个这般打扮一时怔住。

雷虎道："沈四太太、姚七小姐放心，既然我们镖行接了这趟镖，就一定会拼了性命来保全，如今官兵那边已经交了手，若是有人摸过来，我们的趟子手（走镖时喝道开路的伙计）深谙水性，也不会随随便便吃亏。"

这次去京里她特意请了镖局护送，就怕路上出什么差错，当时的举动仿佛是多此一举，而今看来，多亏了这样，否则万一那些人摸过来，他们这一船的女眷真是束手待毙。

大雾里，你看不见我，我看不见你，谁死谁活还未可知，现在最重要的是不能乱了方寸，沈家的船小容易出差错，万一水道拥堵对官船也是不利。

婉宁看向沈四太太："当今之际，沈家的船都要听镖局的安排。"

雷虎是退下来的捕头，抓过江洋大盗，无论是水运还是路行都很有经验，行船、使帆这些船家的功夫，他们都懂得，临变也不会生乱。

"谁将船上的灯灭了？"婉宁看到一盏盏灯被取下来。

外面的管事立即来回话道："小姐，我们周围的船都在灭灯，那边在喊，灭了灯我们才好躲避。"

后面都是官船，灭了灯，万一官船没有看到撞上来，不等到贼人找上门，他们就已经自己乱起来。

　　婉宁静下心来，果然隐隐约约听到喊声，那声音听着十分急切，却字正腔圆熟练而有把握。这样的声音和情绪是明显的语言、情绪不一致。

　　这表明说话的人在撒谎，他明知道不应该灭灯，却在喊让所有人灭灯。

　　婉宁看向雷虎。

　　雷虎明白婉宁的意思："夜里、雾里行船一定不能灭灯。"

　　所有行船的人都应该明白这个道理。这个人在这个关头喊出这样的话来，是要让他们自己乱了阵脚，这些人八成就是那些"水匪"的眼线。

　　婉宁吩咐过去："将灯都点起来，凡是沈家的船都不准灭灯。"

　　眼看着下人吩咐下去。

　　婉宁顿了顿："我们沈家每艘船上都有镖局的人在，方才我听到雷镖头在和人说暗语，雷镖头能不能用暗语告诉镖局的人，谁不肯点灯，就直接将人绑了堵住嘴，等着日后审问，刚才喊话的人，也要一并捉起来。"现在就要利落地控制场面。

　　雷虎点了点头："我立即去安排。"

　　"两面攻过去，打他们一个首尾不相顾，自己乱起来，我们就有机会了。"王征如一身黑衣向江面上看去。

　　快，快，快，现在最重要的是快，越早些将崔奕廷的船队打乱，他们越能顺利得手。

　　崔奕廷，就算他是崔家人，也别想在他头上动土，死了一个崔奕廷护住了他们整个南直隶，到时候崔尚书面前，他只要说两个字"失手"，就能搪塞过去。

　　不过是叔侄又不是父子，还能找他报仇不成？

　　再怎么样，先坏了规矩的是崔奕廷。

　　一支箭落在脚下，陈宝忙来护着崔奕廷："二爷先进船舱去吧！"

　　崔奕廷望着远处熊熊烧起来的粮船。

　　"两边放火不知道到底有多少人，"谢严纪皱起眉头，"这是要将我们围起来不成？"

　　"我们的队伍不小，他们没那个本事，"崔奕廷淡淡地道，"他们是想让我们惊慌。"

　　谢严纪道："可现在也不知道，到底哪边是真的，是后面追上来的几艘船，还是前面围上来的几艘。"

　　如果没有大雾，一眼看过去就能看出些端倪，现在……

　　崔奕廷皱起眉头："先试探后面追过来的，若是不对，立即就将人手派去前面。"如果他判断得没错，那些"水匪"的目标还是他这艘官船，所以他才会让沈家的民船先行，现在只希望沈家的船不会出差错。

　　崔奕廷忽然想起姚七小姐。

　　他从来没有这样从心底里满怀希望，希望姚七小姐能看透局势，帮着整个船队渡过难关。

　　如果沈家能有人在这时候站出来，一定就是姚七小姐。

　　他突然发现，几次你来我往的争斗，让他开始相信那个十二岁的小姐。

　　连续数支火箭，将整个天空点亮，周围都是厮杀和落水的声音。

有人想要悄悄登船，在踏上船板的一瞬间，一柄刀无声无息地贴上来轻轻一划，一股热流顿时从他脖子里冲出来。

鲜血、死尸和焦糊的味道顿时弥漫开来。

"抓个活的。"婉宁眼看着雷虎的刀就要落下。

趟子手扔过绳子，雷虎将人绑了个结实。

"七小姐，"管事的声音传来，"我们还要不要向前走？"

被火点燃的船就在不远处，如果向前走必然会遇到那些船，到底是走还是不走。

"抓起来的那个喊话的内贼怎么说？"

她不能随便冒险，至少要有个依据才能下决定，她手里的是沈家的十几艘船，上面有不少条人命。

旁边的趟子手道："一口咬定是为了船的安全才让灭灯。"

"将刚才抓到的人和内贼放在一起，肯说的就活着，不肯说的就杀了，只问前面到底有多少'贼匪'。"

镖局的趟子手询问地看向雷虎，雷虎点点头。

不知过了多久。

婉宁只觉得时间从来没有过得这样慢。

鲜血的腥臭味儿混在雾里，怎么也散不开似的。

"说……"趟子手擦干了头上的鲜血，将手里的人丢掷在地上，那人顿时哀求起来："只是让我喊话，让船队乱起来，别的我什么都不知道。"

说完话，趟子手将人提走。

船里的管事都在看婉宁。

怎么办？现在怎么办？如果水匪人手足够，不会烧了一只船之后，就没有了大动静，而是只让一些水性好的人想方设法登船。

可是对船和水路她毕竟不太了解，婉宁道："雷镖头觉得我们该怎么办？"

雷虎想了想："这段水域不太开阔，如果我们留下那些官船就过不来，如果我们走过这一段分到两边，官船就能跟过来，等到官船过来，水匪就算被冲散了，我们也就安全了。"

崔奕廷让她先行，那是因为顾着沈家人的安危，这样一来，她更不能让民船阻塞官船，牵制了崔奕廷，这样一来也正中水匪下怀。

要困就会一起困死，走，才能有一条生路。

"向前走，一直走到水域开阔的地方，我们再停下来等官船。"

她已经别无选择，此时不冒险，等到官船大败，这些水匪腾出手来不会放过他们，无论怎么样，她都不能因为害怕就束手待毙。

"船，船过来了。"

能依稀看到一盏盏灯闪烁着在大雾里穿行。

官船明明都被牵制在后面，前面这些是什么船？难不成是雇来的民船？

王征如吩咐下属："快，快去查看，拦住！一定要将这些船都拦住！"

两艘烧起来的粮船，他觉得足以阻挡崔奕廷，却没想到船队仍旧向前走着，他早就得到消息，除了那些官船，还有十几二十艘的民船，这些民船大部分没有走过漕运，船上的船工大多没有经验。

他当时听了就笑崔奕廷，终究是太年轻，不懂得漕运里面的奥秘，用民船必然会出乱子。

可是现在一切好像并不如他想的那么简单。他安插了人手先将整个船队打乱，再让深谙水性的人登船放火杀人，船多烧起来几艘，所有人都会乱成一团。

他等在这里，却没听到半点的动静。

船照旧前行，船上的灯都亮着，只有一艘被火点燃的船在江面上漂浮。

他一心关切的是能不能杀死崔奕廷，所有的人手几乎都在对付官船，如今发现前面有了异样，却一时半刻调派不出人来。

只能眼看着船队如同落在水里的墨滴般，一下子散开。

"王大人，别来无恙吧。"冰冷的声音从背后响起来。

王征如只觉得脖子一下子僵硬起来，他此刻站在岸边，就是因为不论输赢，他都有十足的把握全身而退，漕粮被查之后他和幕僚商议了几日才有了周详的布置，每年这里的江面都会起雾，果然今天一早他见到了大雾，真是占尽天时地利人和。

他让人扮成江洋大盗的模样去截杀崔奕廷，最坏的打算是崔奕廷有所准备，带着弓弩武器，他们人手毕竟不多，恐怕一时难以搅乱整个船队，于是他就分出一小部分人手去扰乱前进的船队。

船不能前行，就会让江面堵塞，崔奕廷也就不能施展手脚，这已经是万无一失的法子。

谁承想，崔奕廷有所准备不说，他也没能阻止船队前行。那些民船居然不害怕烧起来的漕船，没有乱成一团，一艘艘船就这样冲了出来，让崔奕廷整个船队畅通无阻。

这怎么可能，面对这样大的船队，崔奕廷必然会顾首不顾尾。

只要一面被攻破，他就会大获全胜。

他断无两面都失手的可能。

这到底是怎么回事？见鬼了不成？

他到底失算在哪里？他错在哪里？王征如只觉得一颗心顿时沉下去，仿佛有根冰锥径直插进他的心窝里。

看着眼前的局势，王征如正在发怔，却没想到耳边听到崔奕廷的声音。

"王大人，别来无恙吧！"

别来无恙吧……这个声音，他恨得咬牙切齿的声音。

此时此刻，这几个字多么的讽刺。

他在泰州府本来是一手遮天，过着神仙般的日子，都是因为这个人。这个人让他担惊受怕，生怕丢了官职，丢了身上所有的荣华富贵，他食不知味睡不安寝，才想出这样的主意千里迢迢来到这里，现在功亏一篑，这个人却来问他——别来无恙吧！

这装模作样，假惺惺的混蛋。

王征如转过头，看到崔奕廷。

崔奕廷立在那里，身上的衣服都湿透了，却还是一副气定神闲的模样，装得喜怒不形于色，公事公办，却轻飘飘地扔下一句话："王大人，月黑风高的，您怎么会在这里？"

崔奕廷身后的人提着的就是他的得力下属。

他怎么会在这里，崔奕廷会不知道？

他妈的，不过是一个小小的巡按御史，竟然将他当成玩物耍戏，王征如心里发狠，用手去摸身边的佩剑，手指才摸到剑柄，眼前一道寒光，冰凉的东西已经架在了他的脖子上。

张牙舞爪的龙纹剑鞘就提在他眼前。

皇上赐给巡按御史的剑，可斩总兵以下官员，凌厉的剑锋随时随地都可以割开他的喉咙，王征如只觉得浑身顿时被冻住，他梗着脖子，却忍不住牙齿颤抖咯咯作响。

崔奕廷眯着眼睛，用眼皮底下一条细细的缝看着他，好整以暇地拉了拉衣袖，并不将他放在眼里。

"崔大人，"王征如吞咽一口，叫得阴阳怪气，声音里带着要挟，"崔大人才入仕途，年纪尚轻，将来进了京，还要听长辈和上方的话，才能保前程无忧。"他就是要用朝廷和崔尚书来压崔奕廷。

崔奕廷眉毛舒展，嘴角上扬仿佛露出几分笑容来："本官的事不劳王大人牵挂。"

黑色的衣袖一扬，王征如只觉得剑锋快速地在他脖子上滑动。

王征如睁大了眼睛。

一阵风从他的耳朵和嘴巴灌进去，让他什么都听不见，只能感觉到血涌出来的感觉，疼痛已经不重要，最恐惧的居然是热。

热滚滚的血淌出来，沿着他的脖子一直往下流，他顿时有一种失去的空虚和恐怖。

恐惧原来是这样的，无声无息，让人喊不出来，只能眼睁睁地看着，看着自己，想哭，痛哭出声，想要求救却不知道怎么办才好。

就像是有人捂住了他的口鼻，控制住他的性命，就让他静悄悄地看着自己死。

死。

王征如紧紧地捂住脖子，整个人如山般倒下去，王征如身边的人也乱作一团。

很快所有人都被制住。

"呸，我当是什么英雄好汉，竟然这般胆小。"陈宝上前，看着在地上瑟瑟发抖的王征如。

剑锋只是割开了细细的伤口，让他流些血而已，竟然就吓成了这般模样，怪不得二爷总说，贪官最怕死。

江面上重新恢复了安静，水拍打着船只，来来往往的衙役清点人和货物，将没有死的"贼匪"捆绑起来。

血腥味已经散去，太阳慢慢升起，雾被压在了江面上，被风一吹就好似沉到船底，船乘风破浪地前行，将雾气也冲散到两旁，崔奕廷站在船头，看着前方。

他耳边响起一个微微嘶哑的声音唱的一首歌：

一个女儿坐在船头上，她顺流而下，要找她的家乡。

一个女儿坐在船头上，她托腮思量，要回到她的家乡。

一个女儿坐在船头上，她不是回家乡，她擦着眼泪，在找她的夫郎。

一个女儿坐在船头上，她要找到她的夫郎，他们一起回家乡。

那时她托着腮轻轻地唱着这首歌，那时候战火纷飞，她为了救她的弟弟，被火烧伤了脸颊和嗓子，她戴着幂篱在安乐堂里帮忙照应伤患。

他受了重伤九死一生，他们就是这样认识了。

瓦剌打过来，他将她送出了城，他希望她远远离开永远不要回来，可是她却去而复返，回来的时候她唱着歌。

她说："你不知道市价，你给我的钱不够，不够我走到扬州去找我的亲人。"

那时候风沙几乎吹得人睁不开眼睛，他却觉得天真蓝啊。

他那时候希望早些平复战乱，他脱下一身戎装和她一起去她的家乡。

江面上一片安静，微风吹开崔奕廷的衣袍。

宁静。

官船一路畅通无阻，心情是从来没有的畅快，他却有些担心，担心沈家的民船，而在江面的尽头，小小的民船慢慢地出现在他眼前。

整整齐齐列在两边的民船，就在阳光之下，船帆被映照成金黄的颜色，仿佛有笑声从船上传来，那是分开之后又团聚在一起的笑声。

不光是他一个人在听那笑声，另一条船的船头上站着的杨敬也在静静地看着那条船。

金色的阳光就落在那条船上，将那条船照得看起来格外的暖和。

他想得没错，只有姚七小姐才能帮沈家的民船走出困境，才能将一切安排得妥妥当当。

能识破王征如的计谋不是件容易的事，尤其是在那样的情形下，不但要思维清晰还要迅速作出抉择。

"崔大人的船来了。"

听到童妈妈的声音，婉宁抬起头来："让雷镖头将抓到的人都送去崔大人的船上。"

这一晚上，他们也收获不少，想必崔奕廷也是一样。

雷镖头将绑着的人提起来送去官船。

崔奕廷踏上了沈家的民船。

"可有损伤？"

"两个船工受了伤，"沈敬元道，"已经处理好了伤口，没什么大碍，从烧着的官船上救下来的人都在前面的船上。"

崔奕廷点点头。

"昨天灯一灭我们都吓了一跳，多亏了姐姐让人将灯都点亮。"昆哥在旁边睁大眼睛说道。

沈四太太看到了站在船头的杨敬先生。

"昆哥，先生还在等你呢。"

昆哥却不肯走："我再和母亲、姐姐说些话。"

几个人边说话边向外走，帘子掀开，崔奕廷看过去，里面的人也抬起头来。

两双眼睛不期然地撞在一起。

崔奕廷看着眼前的人，她满脸笑容，眉毛格外的黑，一双眼睛里光华流转，此时此刻站在他面前的该是那个他见过几面，却记不住的姚七小姐。

王征如也一定想知道，他那些布局到底还被谁看破。

就是这个十二岁的小姐。

崔奕廷穿着青色的长衫，虽然衣衫上沾了泥垢，他整个人看起来却没有半点的狼狈，他没发出半点的声音，就这样看着她。

这是什么意思？

哪里有打量人打量这么长时间的，难不成还要从她脸上看出一朵花来。

"崔大人，"婉宁上前行礼，"我们的民船还是跟在官船之后。"

崔奕廷声音清澈："还有一段路，路上若是再有半点风吹草动，就让人传递消息。"

这算是他们之间第一次这样心平气和地谈话。

他没有将她当做是狡诈的商贾，她也没将他当做是眼高于顶的官公子，谁也不用算计谁。

往后的路想必会更加顺畅。

她会平平安安到京城。

"来了，来了，"姚家管家跑得气喘吁吁，将家书送到姚宜闻手里，"三老爷，老太爷来京里了，这是让人送来的信函。"

姚宜闻有些惊讶，父亲要到京里来怎么没提前说起，将家书打开，姚宜闻本来舒展的眉毛紧紧地皱起来："家书是谁送来的？"

"寿家，是六太太的娘家寿家……"

管事的深深地喘了几口气。

姚宜闻脸色变得铁青，旁边的张氏吓了一跳："老爷这是怎么了？家书里说了些什么？"

"出事了，六弟出事了，还有婉宁……婉宁也惹祸了。"

张氏一时怔愣："到底是怎么说的，老爷仔细和妾身说说。"

姚宜闻道："六弟可能被寿家牵连，在漕粮上出了差错，要跟着巡漕御史一起进京审案，父亲吩咐我上下打点，去户部和刑部听听消息。"

姚宜闻不禁头皮发麻，他怎么也想不到六弟会和漕粮扯上关系。

巡漕御史查的是南直隶的官员，六弟又不在朝廷任职，更不是泰兴县的粮长，什么事会查到六弟身上。

张氏放下手里的针线："那婉宁呢？婉宁惹什么祸了？"

姚宜闻将信函递给张氏："信里只是说不服管教，寿家的事多少和婉宁、沈家有些牵连。"

"啊，"张氏惊讶地差点喊出声，"婉宁怎么会和沈家扯上干系，怎么会这样？之前不是一直说婉宁都很好。"

好好的心情一下子被搅乱了，姚宜闻脸色铁青："将她送去族里，就是为了让她在父亲面前好好受教，却没想到会是这样的结果，早知道如此……还不如留在京城。"

当时也想，父亲教了那么多子女，一定也会好好教婉宁，让婉宁举止得体，不要像沈氏一样，不顾礼义廉耻，让姚家蒙羞，结果婉宁还是惹出祸来。

如果寿家和六弟是因为沈家和婉宁被牵连，他要怎么向他们交代。

以后京里提起他姚宜闻都会想到那个不争气的女儿。

丢脸。

姚宜闻只要想起沈氏和沈家，脸上立即火烧火燎起来，怪不得父亲会生气，父亲一辈子都是洁身自好的人。

他再也坐不住，一下子站起身。

张氏道："老太爷向来周全，在泰州府也有相熟的人，朱大人在泰兴对姚家也多有照拂，六弟和弟妹办事也很稳妥，妾身实在想不出到底为什么。"

"为什么？"张氏不说还好，张氏说到这里，姚宜闻的火气一下子蹿起来，"肯定是因为沈家，当年就是沈家差点害了我们全家，沈家那点把戏我知道得清清楚楚，婉宁到底还是和沈家人牵扯在一起，她怎么就不知道和姚家学学做个正经的节妇。"他这辈子坏就坏在沈家和沈氏身上。

又有这样一个女儿。

要被送进家庵的女儿。

姚宜闻觉得头疼欲裂。跟沈家扯上关系会有什么好事，不过是那种蝇营狗苟的勾当，只要想起沈氏和沈敬元联手做的那件事，姚宜闻就觉得恶心。

张氏忙轻声劝慰："泰兴离京很远，家书上写得又不清楚，老爷先别急，还是去寿家打听打听。"

寿家应该更清楚泰兴到底出了什么事。

"老爷，太太，"管事妈妈进来道，"赵家那边送信过来，说是忠义侯府那边世子爷回来了，姨夫人请太太过去呢。"

忠义侯世子回到京里了。

张氏看向姚宜闻："老爷这边有事，要不然我就让人回姐姐一声，改日再过去。"

张氏眼睛里透出几分的为难，却还转身吩咐下人，姚宜闻抿着嘴，半晌道："你先去赵家，好好问问世子爷在泰兴县是怎么回事。"

既然姚宜闻答应了，张氏就又吩咐下人："准备好礼物，我们带去忠义侯府。"

张氏话音刚落，管事妈妈又进来道："老爷，永安侯递帖子来了，说明日会过来。"

永安侯裴明诏？他们家和永安侯没有交情，永安侯怎么会登门。

最近这些事总是出乎他意料。

张氏和张瑜贞一起去了忠义侯府。

两个人过了垂花门，就看到迎出来的忠义侯夫人。

"三太太来了，"忠义侯夫人眼睛通红，脸上却满是笑容，"我还想着要让人去请太太。"

张氏上前向忠义侯夫人行了礼："世子爷怎么样？"

"还好，"忠义侯夫人用帕子擦了擦眼角，"不管怎么说总算是回来了。"

几个人到了花厅里，张氏向四周望去，在座的大多数是勋贵的家眷，屋子里的女眷围着一个穿着沉香色妆花褙子的夫人说话。

那夫人年纪不小，却依旧皮肤白皙，拇指上戴着一只翡翠扳指，远远看去晶莹剔透，张氏正思量着这是哪家的夫人，那夫人正好转过头，微尖的下颌，有一双明亮又温和的眼睛。

张氏跟着母亲去过永安侯府，认出这位夫人是永安侯太夫人。

"太夫人。"

张氏和张瑜贞上前行礼。

永安侯太夫人笑着对上张氏的眼睛："这位可是姚太太？"

张瑜贞点头笑道："太夫人好记性，这是我妹妹，出嫁前去过太夫人家里。"

永安侯太夫人看着张氏："我知道姚家，这次能救回世子爷多亏了姚家，跟着世子爷回到京里的还有姚家的下人。"

姚家下人跟着忠义侯世子回到京里？

张氏倒没听说过这件事，老太爷的书信里也没有提及，这到底是怎么一回事。

张氏不动声色。

忠义侯夫人已经等不及道："说到这个，我就想请姚三太太帮帮忙，如今世子爷一日也离不开乔贵家的，我是想跟您商量商量，将乔贵家的留下来。"

"您说的是我们姚氏族里的下人？"张氏有些惊讶。

忠义侯夫人点点头："是从泰兴一路照应世子爷回来的。"

张氏看向永安侯太夫人，永安侯太夫人脸上满是笑容："我们侯爷说，世子爷受了惊吓，多亏了有姚家的下人在身边，那下人可是立了大功。"

张氏惊讶，张瑜贞心里一阵高兴。原来姚家做了这样一件大事，就像妹妹说的，只要姚家对忠义侯府有恩什么事都好商量，更何况现在姚家的下人还在照应世子爷。

忠义侯夫人为了要一个下人，一脸的急切，当着这么多人向妹妹开口。

可见这个下人有多重要。

只要妹妹稍稍拿捏，万事都有转圜的可能。

所有人都看着张氏，目光中多少露出些许羡慕，找到世子爷的永安侯是大功一件自不用说，姚家也会跟着脸面有光。

张氏在众目睽睽之下开口："是世子爷福大命大，若是夫人还用帮忙自然不用说，我回禀了长辈就是。"

张氏这几句话说得人心里十分的舒坦。

张氏不愧是有贤良的名声在外。

"本来是送我们世子回家，我们还要霸着人不放……"忠义侯夫人有些不好意思。

"您这是哪里的话，我们老太爷向来仁善，定然会答应。"

女眷们听得张氏的话互相看看，大家还不知道姚家是怎么帮衬着救了世子爷，听到张氏这样一说，定然是姚老太爷帮了忙。

张氏看向永安侯太夫人。永安侯太夫人正好低下头，嘴边浮起一丝让人难以捉摸的神情，仿佛是本来有什么话要说，却因为她那句话一下子压住了。

张氏心中顿时一凛，一定是她说错了什么，否则太夫人不该是这个模样。

到底是哪里错了？是因为她痛快地答应了忠义侯夫人？

张氏心里顿时生出不好的预感。

永安侯太夫人要说的是什么？

忠义侯夫人倒是一脸的感激："那就劳烦姚三太太，"说着又去看永安侯夫人，"朝廷那么多人去找，却一直都没有世子爷的消息，连我都死了心，没想到侯爷真的将世子爷带回了京。"

看到儿子那一刻，她都怀疑是不是在做梦，直到将儿子抱在怀里，才有几分相信，她们母子能相聚，她要谢裴家也要谢姚家。

忠义侯夫人正想着，赵家的长辈被人扶着进了院子，张瑜贞过去相迎，撩开帘子就看到脸色难看的赵家长辈。

赵家长辈在花厅里坐下，赵家女眷仿佛是有话想说，却碍着花厅里有别人说也没开口。

管事妈妈快步走到忠义侯夫人身边低声道："夫人快去看看世子爷吧，世子爷说什么都要出府，谁也拦不住。"

屋里的女眷都看出了端倪，一位年纪稍长的夫人站起身告辞，紧接着大家都起身。

忠义侯夫人无心挽留，起身将大家送出去。

张氏故意慢下脚步和永安侯太夫人走到一起。

永安侯太夫人像是忽然想起一件事："我记得三老爷身下有个女儿。"

永安侯虽然年轻，在勋贵中却有几分名声，尤其是年纪轻轻就上过战场，将来必定前程无量。

张瑜贞也有意和裴家攀些交情，不等张氏说话，张瑜贞笑着道："您说的是八小姐？"

永安侯太夫人思量片刻："三老爷家中只有一位小姐？"

姚八小姐虽然是庶出，却性情柔顺，很听张氏这个嫡母的话。

张瑜贞领首："三老爷身边如今只有这一位小姐。"至于被赶去族里的那个休妇之女，怎么能在永安侯太夫人面前提起。

永安侯太夫人没有再接话。

下人安排车马，女眷们刚走出月亮门，就看到一群下人慌张地在院子里跑着。

叫喊的声音也传来："世子爷，世子爷。"

一个小小的身影从内院里跑出来，那孩子满面惊慌，生像是遇到了什么万分可怕的事。

"世子爷，世子爷。"

听到下人的叫喊，世子赵琦跑得更快了些。

"琦哥。"忠义侯夫人喊一声却没能让赵琦停下脚步。

忠义侯夫人吓了一跳上前伸出手去抱赵琦，赵琦收势不住狠狠地撞进忠义侯夫人怀里，母子两个差点仰面摔倒，多亏了旁边的下人上前搀扶。

忠义侯夫人刚想要安慰儿子，怀里的赵琦却尖声喊起来："放开我，放开我……"

撕心裂肺的喊声，从一个小小的身体里发出来。

赵琦的声音那样尖厉，仿佛能将人的耳朵刺破。

忠义侯夫人只觉得儿子整个身子都在震颤着，随时都要爆开似的，让她不由得松开了手，赵琦趁机跑了出去。

所有人怔愣在那里，谁也没预料到忠义侯世子会变成这个模样。

"世子爷。"有个人气喘吁吁地赶过来。

听到了这个声音，赵琦仿佛抓到了救命稻草，躲过身边所有人，径直钻到那人身后。

所有人的目光都落在了那个圆脸的妇人身上。

那妇人生得很寻常，眉眼更没有什么出众的地方，只是看起来十分的亲和，穿着浅色的褙子，头上只插了一根圆簪，打扮得很简单。

忠义侯夫人看向那妇人："世子爷这是怎么了？"

"夫人别急，"那妇人声音轻柔，"就像奴婢方才跟夫人说的，世子爷受了些惊吓，要慢慢调养，不是进府里这样，在路上也是这样，开始还不肯吃饭喝水，现在也好起来了，我家小姐说，到了京里可能会这样，到时候万万不能惊慌。"

世子爷紧紧地攥着那妇人的衣服，指节都攥得发白。

张氏目光落在那妇人身上，这个人是不是忠义侯夫人说的姚家的下人？

"夫人，"张氏道，"您说的姚家下人在哪里？"

忠义侯夫人这才反应过来，指着那妇人："这就是乔贵家的。"

乔贵家的向张氏行了礼，并没有别的话，忠义侯夫人又解释："乔贵家的，这就是你们姚三太太。"

女眷们这才知道，原来这个妇人就是姚家的下人，怪不得忠义侯府对姚家人礼遇有加，世子爷显然将乔贵家的当做了依靠。

"乔贵家的，"既然是姚家的下人，张氏就更自然起来，"你刚才说的那些话，是谁交代下来的？"

乔贵家的说得含含糊糊，张氏并没有听明白。

如果是老太爷一手安排的，乔贵家的说的小姐又是谁？

"三太太，"乔贵家的又蹲了蹲身，"奴婢说的是七小姐啊。"

七小姐？哪个七小姐？

张氏不由得一怔，姚家的七小姐，那就是婉宁。婉宁怎么可能和这件事有关，但不是婉宁那又会是谁？

乔贵家的见张氏没有反应，想了想用自己的方式将话说得更清楚一些：“三太太，奴婢没见过您，不知道您是不是三房的三太太。”

没想到姚家主仆相见是这样的情形。

院子里异常的安静。

乔贵家的这样注视着张氏，就连旁边的女眷也替张氏生出几分尴尬来。

姚三太太刚才还笑着和忠义侯夫人安排这下人的事，却没想到这下人不但不认识姚三太太，还当着所有人的面问姚三太太：不知道您是不是三房的三太太。

这话是怎么说的？连姚三太太的身份都不相信了？

不论张氏怎么回答都已经是丢了脸面。

张氏点点头。

乔贵家的道：“三太太，奴婢说的七小姐，还不就是三老爷身下的七小姐吗？”

张氏心里顿时一震，真的是婉宁。

"是你在泰兴的时候，七小姐交代的？"当着这么多人的面她不能惊慌失措，瞬间张氏的情绪平复下来。

乔贵家的颔首："是七小姐让我一路照应世子爷回京。"

原来这一切不是姚家长辈安排的而是姚七小姐。

姚三老爷身下的姚七小姐。

张瑜贞怔愣在那里，她几乎不敢相信自己的耳朵。

这怎么可能？这么好的事怎么会落在姚七小姐身上，姚家的下人怎么会是姚七小姐安排的。

救了世子爷的人不是姚老太爷吗？妹妹来到忠义侯府都是因为和姚老太爷沾了光，这里面为什么会有姚婉宁的事，定然是弄错了。

"如果没有七小姐，奴婢也不知道该怎么照应世子爷。"

"不是姚老太爷？"张瑜贞仍旧不死心地追问。

"您说三房老太爷？"乔贵家的摇摇头，"三房老太爷不知道这件事。"

一口一个三房，好像她不是姚家三房的下人，这个乔贵家的到底是怎么一回事。

"你在七小姐身边侍奉？"张瑜贞眉头紧锁。

"不是，"乔贵家的声音十分清晰，"奴婢是二房老太太身边的人。"

这到底是怎么回事？怎么又跟二房扯上了关系。张氏想起二房老太太，是个极精明的人，她嫁到姚家之后，有一次去族里请安，二房老太太也热络地和她说了几句话，却没有留她在家中吃饭。

有些人做事，表面上看起来都一样，到最后却分得清清楚楚。可是张氏明明记得二房老太太病重，人已经快不行了，怎么还能主事？

想到这里，张氏突然明白过来为什么永安侯太夫人会问她老爷身下有几位小姐。

永安侯从泰兴县回来，这件事他最清楚。

所以当她说起老太爷的时候，太夫人是那样一副奇怪的表情。

张氏脸上顿时觉得火辣辣的，就像是在众目睽睽之下偷了东西，已经被人发现，她却尚不自知。

最重要的是，她是从婉宁手里偷东西。

"太夫人，这到底是怎么一回事？"忠义侯夫人向永安侯太夫人求救。

永安侯太夫人这才叹口气："我也是一知半解，我们家侯爷还没将话说完就被召进宫去了，我急着过来看世子爷……"说到这里顿了顿，"不过我倒是听说，多亏了姚七小姐安排，世子爷才能顺利找回来。"

永安侯太夫人眼睛明亮："姚七小姐好像才十二岁，真是难得的聪慧。"

当着所有人的面夸赞一个休妇之女。

张瑜贞的脸色顿时变得铁青，转头去看张氏。

张氏从来没想过在这么多女眷面前会有人夸赞婉宁，才来到姚家时，老爷对沈氏心存愧疚，总是时常去探望婉宁，四年前她好不容易才将婉宁送去族里，从那以后老爷每次提起婉宁都要皱起眉头。

对她来说，沈氏和婉宁已经从她的身边消失了，却没想到今时今日婉宁却被人提起来，不只是被提起来，而且被人交口称赞。

真是难得的聪慧，永安侯太夫人笑着看她，正在等着她随声附和。

若是往常她一定会很容易就说出得体的话。

可是如今，她却不知道该怎么张嘴……

众目睽睽之下，张氏莞尔一笑，脸上带着几分的羞涩："都是我们老太爷教得好。"

张氏觉得有两种情况，要么是婉宁误打误撞帮了忙，要么是沾了二房老太太的光，婉宁年纪还小，做对了事定然是长辈教得没错。

婉宁总不能违背长辈的意思。一个小姐，还要依靠姚氏一族才能安身立命，出不了大格，只要将这一点想清楚，这件事就好办。

永安侯太夫人笑着颔首。

马车备好了，女眷们陆续离开忠义侯府。

张氏刚刚坐上马车，就听到外面的婆子道："夫人，我们要停下来避让，安怡郡主的马车过来了。"

安怡郡主是忠义侯的甥女，这次忠义侯平反多亏了安怡郡主。

安怡郡主的父亲是大名鼎鼎的庄王，皇上登基之后一直信任庄王，庄王爷身子不好，去年薨了，长子承继了庄王爵，虽然庄王府不比从前，年轻的庄王爷也是炙手可热的人物，当年父亲将姐姐嫁进赵家，也是想要和庄王府结交，这些年却一直没能打通这些关节。

安怡郡主过来定然是为了世子爷。

如果将救世子爷的功劳落在老太爷身上……

张氏吩咐婆子："让车快些走。"

忠义侯夫人正要回去，就听下人来道："夫人，安怡郡主来了。"

说话间，穿着鹅黄色褙子，梳着高髻的安怡郡主让人簇拥着进了门。

"琦哥儿。"安怡郡主一眼看到躲在乔贵家身后的赵琦。

赵琦却向后缩着身子。

安怡郡主蹲下身来看赵琦，赵琦却将脸也埋在乔贵家的裙子里。

忠义侯夫人赵氏擦着眼泪："郡主，你说这可怎么办才好？"

安怡郡主和赵氏去屋子里说话，赵氏将乔贵家的话都说了，说话的工夫，太医院的吴太医来诊脉。

赵氏让人带着太医去看琦哥儿。谁知道片刻间便听到赵琦大喊大叫的声音，一盏茶的工夫，吴太医忙得满头大汗："不能给世子爷把脉，也不敢随便开方子。"

安怡郡主道："要是等世子爷睡着以后呢？"

吴太医摇摇头："若是能顺利诊脉也好了，万一半途惊吓了世子爷，恐怕病症更难治。"

这样也不行，那样也不是，这要怎么办。

送走了吴太医，安怡郡主看向忠义候夫人赵氏："有没有去请姚七小姐过来？"

赵氏微微一怔："郡主说的是……"

安怡郡主皱起眉头："治病要趁早，琦哥儿年纪还小，不能落下病根，你要早些想办法，我们要找更好的郎中，也要想方设法将姚七小姐请来。"

请姚七小姐，赵氏从来没想过这一点。

"你这个愚人，"安怡郡主叹口气，"你好好想想，乔贵家的是谁安排的？"

赵氏道："是……姚七小姐。"

"之前没有乔贵家的，琦哥儿连水都不肯喝，如果就这样送回京，你定然见不到琦哥儿了。"想到这一点赵氏浑身冰凉。

"乔贵家的也说了，她说的话都是姚七小姐之前吩咐好的，能安排合适的人照应琦哥儿，还能预见到京里之后琦哥儿会怎么样，这样的人定然有办法让琦哥儿好起来。"

赵氏这下子完全明白过来。

"可是姚七小姐在泰兴啊，泰兴到京城要走那么远的路。"

安怡郡主道："既然如此，就要快点去办，京里的姚家你也不必去了，隔着这么远，泰兴的事姚家也未必清楚，最好的办法就是我们赵家的人去打听清楚。"

没有什么比自己亲眼所见更加稳妥了。

毕竟琦哥儿是忠义侯府最后的希望。

舅舅惨死，她要保住舅舅最后的骨血。

张氏进了垂花门，管事妈妈匆匆忙忙赶过来："太太快进去吧，寿家人方才过来了，老爷气得不行，在书房里发了好大的脾气，多亏了五老爷来劝说。"

张氏抬起眼睛，声音很轻："五叔来了？"

管事妈妈点点头。

张氏没来得及换衣服，就带着人去了书房，吩咐下人准备茶点。

屋里隐隐约约传来姚五老爷姚宜之的声音："三哥别急，我打发人去迎父亲，刑部那边我认识当家的侍郎……"

五叔不过是个举人却交游广阔，认识的人比老爷还多，张氏想到这里抿起了嘴唇，轻轻地扶了扶发髻。

姚宜闻的怒火渐渐压下来："我让人去崔尚书家里递了帖子，崔家那边却说，崔尚书病了。"

姚宜闻喋喋不休地说起来，屋子里再也没有了姚宜之的声音，张氏转身进了门。

不知过了多久，丫鬟道："五老爷要走了。"

张氏才从屋子里出来，一眼看见走到院子里的姚宜之。

姚宜之的脚步略微停顿，向张氏行了礼："三嫂。"

张氏点点头："五叔不留下吃饭？"

"和几个朋友约好了去宴席。"

张氏抿起嘴唇。

姚宜之道："也是推辞不掉，就不留下来陪三哥了，三哥心里不舒坦，三嫂劝几句。"

张氏听得这话松开了眉角。

姚宜之离开了院子，张氏才带着下人进了书房，姚宜闻仍旧在生气，桌子上放着一封信函。

张氏没去看信函，而是轻手轻脚地收拾着地上的书本。

"婉宁来京里了。"

姚宜闻的声音忽然从头顶传来，张氏吓了一跳，松开手，手里的书都落在地上。

书本落地的声音如同一块石头重重地打在姚宜闻头上，姚宜闻只觉得头像裂开了般疼痛。

张氏道："是老太爷带婉宁进京？"

"不是，"这两个字如同是从姚宜闻牙缝里挤出来，"是婉宁自己托镖局来的，如今写了封信让我去通州接应。"

去接应？都快到通州了？也就是说，老太爷才走，婉宁就也从泰兴县走了，张氏脸色苍白："她一个小姐，万一半路上遇到什么事可怎么好，老爷快找几个家人妥妥当当将婉宁接回来，在外面也不要声张，免得让人看了笑话，婉宁毕竟是个闺阁中的小姐，不能失了闺名，否则将来要怎么嫁人。"

张氏每一句话都是为婉宁着想。出了这种事，张氏还这样细心地安排，没有半点责怪婉宁的意思。自从嫁到姚家来，张氏都是这样照应婉宁，他就不明白，面对这样的继母，婉宁怎么还不知足，狠心地推倒张氏，若是张氏出了事，那可就是一尸两命。

"都到了这时候，你还替她说话，"姚宜闻扬声道，"谁家的女子敢这样？托镖局？亏她想得出来，谁给她的胆子？还不是沈家！有几个钱就胡作非为，如今连镖局都懂得请了，来到京里还不知道要闹出什么事来，父亲说得对，我就是对她疏于管教，我姚宜闻没有这样的女儿，我也断然不会去接她回来。"

张氏看向孙妈妈，孙妈妈将屋子里的下人带出去。

张氏这才道："老爷别说气话。"

"不是气话，"姚宜闻道，"她不是让我去接她吗？我就让人过去，只不过不是将她接来京城，而是直接将她赶回泰州送进家庵。"

张氏惊呼一声："那可怎么好，老爷还不知道忠义侯世子能救回来还有婉宁的功劳。"张氏将乔贵家的那些话原原本本说给姚宜闻听。

"婉宁想回到京里说不定也是因为这件事。"

"总是件好事，裴太夫人还跟我夸赞婉宁。"

姚宜闻负手在屋子里走来走去。

"等婉宁进了京，我看会有不少夫人将婉宁请过去做客，老爷先帮忙遮掩镖局的事，婉宁将来会有个好前程。"

姚宜闻最痛恨的就是沈家那般钻营的本事，婉宁别的没学会，倒学会了怎么攀龙附凤："真是个沈家人。"

姚宜闻甩甩袖子："我这样做了在父亲面前怎么交代？"

张氏张开嘴却不知道该怎么说："老太爷……"

"连父亲都敢忤逆，我还要将她供起来不成？"姚宜闻扬声将管事叫进屋，"就照我说的办，多带几个家人去，不论发生什么事，都要将七小姐送去家庵，见到老太爷，让老太爷消消气，算好日子，老太爷到京时，我去城外接应。"

管事的应下来。

姚宜闻冷笑一声："我姚宜闻可不是为了攀附权贵就折腰的人，沈家这样撺掇婉宁，就是以为用忠义侯府就能压住我，我就让沈家看看，我姚宜闻的为人。"

一行马车仿佛一眼看去望不到边。

昆哥掀开帘子向外面望去："姐姐，我们还有几天才能到京城？"

"快了。"

昆哥说不出的欣喜："我要将姐姐说的好吃的都吃个遍。"

马车到了一处茶寮停下来，崔奕廷上前看了茶水，这才吩咐下人给婉宁送一壶。

婉宁和昆哥没有下车就喝到了茶，自从上次抓了王征如，崔奕廷就对她和商队多加照拂，连雷镖头都说，一路上真是太轻松了。

婉宁正想着能不能下去伸伸腰活动一下，外面传来崔奕廷的声音："七小姐。"

婉宁"嗯"了一声。

"七小姐可知道忠义侯府？"

她见过忠义侯世子。

婉宁道："知道。"

崔奕廷看着远处等在那里的赵家人，赵家要找的人就在这里。

姚老太爷怒气冲冲地看着从京里来的管事。

"你说什么？婉宁已经到京城来了？"

管事点点头："七小姐信上是这样说的，七小姐请了镖局护送，算起来也应该是这几日就到京里。"

姚老太爷的胡子几乎竖立起来，将手里的书重重地丢在车厢里，想要说话，顿时咳嗽起来，这一路上的颠簸本来就让他满身疲惫，现在再听到这样的话，只觉得一口气被生生地压住，让他喘息不得。

如果是这样的话，他才动身，七丫头就已经从泰兴过来。

不可能，婉宁一个未出阁小姐，手里没有多少的银钱，怎么能走这么远的路，更何况他们这次是赶上了漕运，他靠的是不停地递送老三的名帖才能顺利来到这里，婉宁怎么走？走陆路？陆路不可能这样快。

听到姚老太爷咳嗽的声音，寿氏慌忙赶过来，姚老太爷看到寿氏立即道："让人看看，我们身后是不是跟着人？七丫头若是来京里定然是跟在我们身后。"

"没人啊，"寿氏道，"如果有人，跟车的家人不会看不到。"

那婉宁会在哪里，如果没到京城，怎么会让人到通州接应？

这件事实在太蹊跷。

"会不会……是跟着崔奕廷……一起进京的？"寿氏想起穿梭在船里的沈家人，路上的时候她就将沈家下人的事跟老太爷说，老太爷却不肯相信。

沈家是商贾，怎么可能跟着朝廷的船一起进京。

姚婉如也探出头来，旁边的婆子低声道："五小姐，路上有人来往，您还是小心着点。"

"他们是谁？跟祖父和母亲在说什么？"姚婉如问向跟车的婆子。

婆子上前两步："在说七小姐，七小姐可能也跟着我们来京里了。"

来京里了？姚婉宁？姚婉如睁大了眼睛，声音尖起来："她怎么会跟着我们？快，打发人去后面看看，她凭什么跟着，祖父又没有带她过来。"

"五小姐安心，已经让人去找了。"

比起这个，姚婉如更想知道："三伯父要接婉宁回京里住？"

那岂不是她又要见到婉宁了。

为什么，从泰兴到京城来都丢不开这个姚婉宁。

姚婉如紧紧地攥着帕子："三伯父不是不让婉宁回京吗？怎么还要来接她，"说着看向婆子，"你快去仔细听听，是真的来接婉宁的？三伯母有没有说什么。"

婆子应一声，不一会儿过来道："老太爷气坏了，说是让跟着的家人也去找，只要找到就照三老爷的意思，直接将七小姐送去家庵。"

听得这话，姚婉如脸上难掩笑容："祖父真是这样说的？"

婆子道："奴婢亲耳听见的。"

姚婉如笑着道："你去吧，有消息再告诉我。"

真是太好了，多亏了姚婉宁到京城里来，否则三伯父还不会下这样的决心。自从父亲被抓她第一次脸上有这样的笑容，很快她却又想着父亲忧心忡忡起来，也不知道这次进京什么时候才能见到父亲，什么时候才能将父亲救出来。

姚家下人一直追到通州并没有看到姚七小姐的人影，也没有看到什么镖师打扮的人，只有一支商队在搬运东西。

姚家下人钱同上前打听："打听个人，最近有多少人从这里下船？"

"那可多了，"吩咐人押送货物的贺大年抬起头来，"我们东家才从这里下船。"

钱同看过去，眼前都是一条条大船，分不清哪些是官船，哪些是民船。

这家的东家定然是有钱有势之人，钱同一脸的羡慕："自然不可能是你们家东家。"

贺大年呵呵笑着："装好了车就快些走，早点赶上东家，我们说不定能跟东家一起进京。"

钱同几个找了半天也不见七小姐的人影，眼见天色要黑下来，他们也不便久留，急忙跟上了贺大年的商队。

这商队的脚程很快，钱同几个追得气喘吁吁。

贺大年看着笑道："兄弟在哪里高就？"

钱同红着脸："在一处大户人家做杂事。"

"怪不得，"贺大年呵呵笑着，"不常出门吧？走起路来慢得很，若不是骑着马可能跟不上我们商队。"

钱同不禁汗颜，真的赶不上，商队徒步走和他遛马的速度差不多，这个贺大年骑着马一圈圈地巡视着，几圈转下来都能追上他，也不知道是谁家的商队竟然这般厉害，不但如此，商队旁边还跟着差役，什么样的人家会这样气派。

一天时间已经追上了姚老太爷的车马。

钱同驱马上前向姚老太爷禀告："小的没有见到七小姐的车马。"

说不定是骗人的或是路上出了事。最好是出了事，被人抢了东西，人不明不白地死了，若是这样只要报病亡，旁边的寿氏听了心里暗暗思量。

"老太爷，路上不宜久留，快些走吧，别错过了宿头。"

姚老太爷皱起眉头："车坏了，东西带不走，留下人来看车，人手又不够，若是天黑下来还不知道能不能找到客栈住下。"

钱同忽然想到贺大年带着的商队，上前将商队指给姚老太爷看："一路去京里的，管事的人正好和我是同乡，我想着能不能求他们帮忙。"

求别人的商队帮忙。

一阵风吹来，天空中开始落下雨点，在通州换车的时候，车马就不够多，如今再坏一辆车，是真的不能走了。

姚老太爷道："可靠吗？"

钱同急忙点头："一看就是大户人家的商队，旁边……还有朝廷的差役跟着……"

能有差役跟着，就证明家里定然有官在身，这几年京官做铺子生意的不在少数，说不定就遇见了。

"应该打听打听清楚。"姚老太爷道。

"小的也想，只是问了几次，都没能问出来。"贺大年虽然喜欢开玩笑，但是嘴把得很严。

大雨眼见就要落下来。

姚老太爷一时没有了办法只能吩咐钱同："快去问问。"

商队大可以互相照应，不像他们只是一家人前行，特别是在这样的天气，下着大雨，天黑得快，还没找到客栈，大家一起走最安全，姚老太爷现在也只能赔着笑脸去询问。

京里和泰兴不一样，有人说得好，天子脚下，随便一跺脚说不定就能跺出个五品官来，他就算委屈着多些礼数，也是应该，总没有什么错处。

姚老太爷看到了在商队旁边的差役。

这样的阵势，至少这商队认识达官显贵错不了。

贺大年很痛快地答应下来："我们东家乐善好施，一定会答应。"

姚老太爷吩咐钱同："你去说一声，到了京城，我去向东家道谢还车。"

京里的人就是不一样，姚老太爷觉得心情很好。

姚老太爷重新上了车。

倾盆大雨落下来，外面传来贺大年吆喝护着货物的声音。

商队井然有序地向前，寿氏撩开帘子向外看去，不禁心生羡慕，京里的达官显贵就是不一样，她是日夜盼着能有这样的日子，谁知道转眼之间老爷却被陷害进了大牢，寿氏深深地叹了口气。

姚婉如忙拉起寿氏的手："母亲别急，等咱们到了京城一定会救回父亲，您看这兆头多好啊，还没到京里已经听到三伯父要将婉宁送去家庵的消息。"

但愿是个好兆头。

姚家的马车紧紧地跟在商队的后面。

"我家东家就在前面了。"贺大年笑着道。

前面……钱同看过去，仿佛是……朝廷的车马……

姚老太爷吩咐人去打听前面都是些什么人，就听外面道："三老爷来了。"

穿着青色披风，身材高挑微瘦，五官带着几分文雅和朴实的中年男子快步走过来，一把撩开帘子，看向姚老太爷："父亲。"

看到了姚宜闻，姚老太爷沉着的脸上有了几分笑容："老三，你怎么来了。"

"我和几个同僚一起来接父亲。"

姚老太爷顿时眼睛一亮微歪着头向外面望去，真的有几个人站在那里。

"辛苦你们了。"

"父亲这是哪里的话，"姚宜闻吩咐下人，"慢慢赶车，我和父亲说几句话。"

姚宜闻牵着马低着头跟在车外听姚老太爷说话。

"儿子正想着要去接父亲到京里来过年，没想到父亲已经启程了。"

姚老太爷道："家里一切都安好吗？"

"都好。"姚宜闻恭敬地回话。

"欢哥呢？"

"欢哥也很好。"

不知怎么的姚老太爷忽然想起沈敬元的儿子，背书那般的流畅已经被杨敬收了徒弟："欢哥要开始读书了。"

欢哥要开始读书了，现在就开始读书，一定会比沈敬元的儿子强。

姚宜闻不知道为什么父亲会突然提起这件事。

欢哥年纪那么小，按理说要过几年才开始读书。

姚宜闻刚想要说话，管事过来道："老爷，忠义侯府的人来接应了。"

姚宜闻诧异地扬起眉毛，忠义侯府来接应？这话是从何而来？他从来没听说过忠义侯府派人来接应父亲。

他只是将消息告诉了几个要好的同僚，根本没和旁人说父亲今日会到京啊。

"快去说一声，"姚老太爷吩咐姚宜闻，"不能失了礼数。"到底是京城，所以才会这样的风光。他这样辛辛苦苦为老三谋算也没白费力气。勋贵都在城外来接应他，只因为他今天要入京。

让他颜面有光。

若不是休了沈氏，哪里会有今天的光景。

他每个决策都是对的，没有他就没有姚家的今天。姚老太爷看向旁边的蒋氏，蒋氏也跟着露出笑容来。

身边有娇妻美眷，外面有达官显贵相迎，人生如此，夫复何求啊。

说话间，忠义侯府赵家的人匆匆忙忙赶过来，见到姚宜闻那下人行礼："可是姚三老爷？"

姚宜闻点点头。

赵家人松了口气："三老爷是来接泰兴过来的马车？"

是啊，他是来接应父亲，忠义侯府的人到底是如何得知？

"我们夫人不好出城就等在里面，夫人说了，多谢姚家帮忙，这份恩情我们忠义侯府一定记在心里。"

这话让姚宜闻越来越糊涂，马车里的姚老太爷也掀开了帘子，赵家的人顺着帘子向里面望去，看到了姚老太爷忙上前行礼，却又诧异地向周围张望。

仿佛是弄错了什么似的。

姚老太爷脸上的笑容得不到回应，顿时僵在那里。

赵家人仍旧在慌张地寻找着，半响才询问姚宜闻："三老爷，七小姐的车马可到了？"

七小姐的车马可到了？怎么会在这时候提起婉宁？

姚宜闻瞬间头皮发麻，紧张地皱起了眉头，难不成婉宁私自回京的消息已经传开了？

"我们家七小姐没过来。"

旁边马车里的寿氏急忙吩咐婆子回话。

没过来？这怎么可能？明明都问了清楚，姚七小姐和姚家长辈的车马今天会到，姚家下人怎么会说姚七小姐没有来京中。

到底是怎么一回事？

"我们是来接应姚七小姐的啊，"姚七小姐来到京里不能少了礼数，这是夫人亲口说的，让他将忠义侯府的帖子今天就送到姚七小姐的手里，赵家下人吞咽了一口，"我这帖子也是送给姚七小姐的。"

"我们夫人请姚七小姐去府上做客。"

赵家人回过头看向周围，几个下人都捧着用大红绸缎绑好的礼物。

那些东西都是送给姚七小姐的。

他们一路到城外，本来是准备在旁边相等，有跟来的人认出了姚三老爷，他们这才上前来，却怎么也没想到……这里面没有姚七小姐。

没有姚七小姐，他们在这里做什么。

赵家人面面相觑，这可如何是好啊。

姚老太爷几乎忘记了喘息，这些人在等婉宁？为什么在等婉宁？

到底是什么时候婉宁和忠义侯府拉上关系的？到底是什么样的关系能让忠义侯府等在京外递帖子请婉宁过去，婉宁就是个未出阁的小姐，一个小姐能做什么事？

不知怎么的姚老太爷觉得有一双眼睛在看着他，那目光中充满了嘲笑。

婉宁在哪里？婉宁若是回到了京里，她现在在哪里？

"跟你家主子说，该还马车了。"贺大年的声音忽然传来……

第十二章　逆子

"我们东家就要进城了。"

贺大年声音刚落，钱同才想起来，忙躬身上前："老爷，我们的车马坏了，小的向同行商队借来了一辆车，如今到了京城，车也该还了。"

姚宜闻顾不得去思量赵家人的话，吩咐下人："将东西搬到我们带来的车上。"

姚老太爷的车马向路边靠过去。

路上来来往往的行人也向两边避让，马蹄声由远而近地传来，然后是车轮轧在路上的声音，一眼看不到边际的车队从不远处向这边走过来。

"这是谁啊？"

周围开始议论纷纷。

"拉的都是些什么东西？"

所有人的目光都落在这一行车马上。

"是米粮，哟，是朝廷押运的。"

看着威武的隶卒，人群又向后让了让。

"是巡漕御史进京了。"

姚宜闻听到身边同僚的声音。

姚老太爷顿时激动起来一把握住姚宜闻的胳膊："快，就是……就是这个崔奕廷，你六弟还在……还在那里。"

六弟是被巡漕御史押送进京。姚宜闻上下活动了这么长时间，却没有摸清楚这位新上任的巡漕御史崔奕廷的脾气。这个人从前就是个赋闲在家的纨绔子弟，不上书院，不养名声，这次突然之间就冒出来，连崔家上下都觉得蹊跷，户部尚书崔大人那边也打听不出消息来，谁也不知道崔奕廷在耍什么手段。

今天在这里遇到崔奕廷，说什么也要上前说话，否则将来要如何拜见，怎么提起六弟的事。

姚宜闻向前看去，崔大学士他还是认识的，现在已经不是才入仕那会儿，官职不高，家境也不算殷实，虽然娶了沈氏，还不能将岳家的身份摆出来，人前人后都要弯腰，比自己官职高的就不说了，不如自己的也要客客气气，不管应付什么都觉得有些力不从心。在官场上摸爬滚打这些年之后，他开始觉得没有什么事是办不成的，没有什么交情是一定攀不上，凡是人做的事，都能想方设法地办到，即使见到御史言官也没什么好怕，反正他不是奸佞，这些年还算得上洁身自好。

姚宜闻脸上开始摆出熟络的神情。

等到马车过来，他一眼就看到了跨在马上的崔奕廷。

姚宜闻迎过去。

崔奕廷高高地坐在马上，显得身姿更加笔挺，高头大马不停地打着响鼻，崔奕廷一动不动，垂着眼睛看姚宜闻。

姚宜闻在京里这么多年，面对达官显贵也是司空见惯的事，如今看到崔奕廷却说不出话来。寻常的人都能从眼神儿里攀出交情，这崔奕廷看不出端着架子，眼睛里却完全是冷冰冰的疏离，一下子就将他提起的几分官架子压了下去。

姚宜闻脸上熟络的神情顿时僵硬下来。

"可是崔大人？"姚宜闻停顿了片刻张开嘴。

崔奕廷颔首，眼睛垂下来，整个人挡住了阳光，抿起嘴唇。

巡漕御史官职不高却办的是内差，谁都知道得罪不得，他这个侍郎也要在崔奕廷面前称他是大人，一是多了些礼数，二是给足了面子。

可崔奕廷脸上还是没有半点的动容。

姚宜闻微微皱起眉头道："本官吏部侍郎姚宜闻。"

其实崔奕廷早就猜出来了，人他是不认识，但是假惺惺地摆着官架子，陈宝还告诉了他前面的人是姚家老太爷，能接姚老太爷的人自然就是姚宜闻。

不过尔尔。

才几句话就想要用官名来压他，崔奕廷扬起眉角，看也不看姚宜闻一眼。

"京里的形势本官不懂，姚大人等在这里是要贿赂本官，帮你弟弟脱罪？"

冷冰冰地问下来。

姚宜闻几乎打了个哆嗦。

崔奕廷怎么会这样……不但不肯卖面子，还这样冷冰冰地问下来，让他哑口无言地站在那里，什么话都不敢再说。

　　如果这案子是崔奕廷办，他要怎么帮弟弟，怎么和崔家攀上关系。

　　本来以为很简单的事，突然之间难起来。

　　姚宜闻怔怔地站在那里，眼看着崔奕廷吩咐马车前行。

　　那么多的粮食入京，好像永远都运不完似的，无论是谁贪墨了这么多的漕粮都必死无疑，崔奕廷将东西送进京，就是不给任何人退路。

　　好狠的手段，再怎么说崔奕廷的叔父也是户部尚书，这样一来户部尚书岂不是也要受牵连。

　　在一层层护卫下，四辆车缓缓驰过来，不似旁边拉货的马车，青绸的车厢，柔顺的骡马，每辆车旁都有跟车的婆子和下人，所有人都向这边看过来。

　　看着这四辆不同寻常的马车。

　　周围忽然之间安静下来，所有人都猜测着。

　　马车两边的下人低着头走着，穿戴十分齐整，看起来都很懂规矩。

　　谁会跟崔奕廷一起进京？难不成是崔家的女眷？

　　看到车，贺大年迎上来低声说话："东家……货物都运来了。"

　　贺大年的声音格外的响亮，让姚宜闻也回过神来。

　　东家？是商贾？那定然不是崔家人。

　　姚宜闻下意识地看向姚老太爷，这就是借给姚家马车的人？这个人跟着崔奕廷一起进京，就算不是崔家的女眷一定也是与崔奕廷相识，说不定交情不浅。

　　会是谁？

　　马车慢慢停下来，一个婆子撩开帘子从马车上下来，看到这个人的侧脸，姚宜闻忽然觉得那么的熟悉，这个人的影子就在他的脑海里，他却一时又想不起来。

　　这个人到底是谁？这种奇怪的感觉不知道是让他欢喜还是困惑，如果是真的见过，那不是就遇到了熟人，说不定就能走通了崔奕廷的关系。

　　是谁呢？到底是谁？

　　钱同看到了贺大年急忙上前道："车已经腾出来了……"

　　话还没说完，只看到姚老太爷向这边走来。

　　因为不知道马车里面的是女眷还是男子，姚老太爷不好开口，正不知道要怎么说话，姚老太爷的目光落在车外婆子身上。

　　本来是不经意的一瞥，却如同一盆冰水当头浇下。

　　姚老太爷顿时面色大变僵立在那里。

　　说话间旁边的下人已经撩开了帘子，露出车厢里面的女子，那女子戴着幂篱，穿着水青色的褙子，头微微扬起向他这边看过来。

　　就算看不清女子的长相，姚老太爷也能猜到她此时的神情，微微仰着头，脸上是淡淡的笑容，有几分的倨傲。从前见到这副神情他还心中冷笑，不过就是个不懂事的孩子，今天再见到，他整张脸不由自主地抽动起来。

　　是她。

　　怪不得到处找不到她的人，原来她就在他身边，她就在这里。

　　一路上他风餐露宿，羡慕前面长长的车队。那车队每日按时起炊，押车的人热热闹闹地说话，他们这边冷冷清清，他心里又挂念着老六，觉都睡不好，听说那车队走的是水路，不慌不忙就到了通州，而他们水路换陆路折腾得他这把老骨头都要散了。

他让人打听那些人到底是跟了个什么达官显贵，那些人却守口如瓶，当时他还夸赞，到底是大户人家的人，就是有规矩。

他因此教训寿氏不懂得治家，才会出了老六的事。

看到崔奕廷他已经十分惊讶，崔奕廷是巡漕御史能这般他也没法子，可是再往后看，被人层层护卫的人竟然是婉宁。

他想要豁出老脸去感谢的人竟然是婉宁。

是婉宁。

借他马车的人是婉宁，看他狼狈不堪的人是婉宁。

见到老三的时候，他还想着这下婉宁就算哭着喊着也没用，一定会被送去家庵，他就要看着婉宁哭起来，他要狠狠地教训婉宁。

可是现在……

终于看到了婉宁，却是在这样的情形下。

姚老太爷只觉得浑身打了个哆嗦，先是从头到脚的冰凉，然后就火烧火燎地热起来，一口热血也冲到了喉咙里，他觉得张开嘴血就要喷出来。

姚老太爷摇晃了两下整个人就向后倒去，幸亏下人伸手将姚老太爷扶住。

姚宜闻吓了一跳忙上前来探看，只见父亲翕动着青紫的嘴唇，手哆哆嗦嗦地指着撩开帘子准备下车的女眷。

到底是谁，父亲怎么看到之后就变成了这个模样。

姚宜闻不知该如何是好，一声声叫着姚老太爷。

"祖父，这是怎么了？"

清脆的声音传来，姚宜闻整个身体僵直起来，连姚老太爷也顾不得照看抬起了眼睛和那女子对视在一起。

姚宜闻一动不动。

眼看着那女子下了车一步步走过来。

姚老太爷挣扎着，嘴唇动得更加厉害，却只能发出"呜呜呀呀"的声音。

姚宜闻只觉得父亲用尽了力气来握他的手，仿佛要将他的骨头捏碎。

那女子个子不高，身形也很娇弱，在他身前停下脚步，然后向他行礼："父亲……"

父亲。

姚宜闻的心脏如同被人攥住。

父亲。

她是，她是……

婉宁。

被他送回族里的婉宁，他想要人直接送去家庵的婉宁。姚宜闻耳边"噼里啪啦"地作响，如同炸起来的爆竹。

叫他父亲。

安静的四周顿时议论起来。

到底是什么情形？姚老太爷突然倒在地上，从马车上下来的女子向姚大人行了礼，清清楚楚地喊了一声父亲。

姚大人有女儿在外？

还是赵家人先反应过来："那是不是姚七小姐？"

是不是姚七小姐。

赵家人的话传到姚宜闻的耳朵里。

连外人都知晓的事，他却不知道，他让家人悄悄地将婉宁送回家庵，却没想到会闹出这样的动静。

姚宜闻怎么也想不到会在这里看到女儿，他怎么也想不到女儿是这个模样，从京城走的时候还哭哭啼啼，让丫鬟、婆子搀扶着一步三回头地上了马车，而今却自己坐了马车回来，独自一个人施施然地走到他面前。

站在他面前良久，他竟然都没看出来，这就是他的长女婉宁。

他竟然都不认识，不认识自己的女儿。

"宁儿？"姚宜闻犹自不肯相信，真的是婉宁吗？是那个哭哭啼啼离开家的婉宁？如今就好像换了个人，亭亭玉立地站在他眼前，让他如何能想象得到，汗从姚宜闻额头上淌下来。

姚老太爷喘着粗气，胡子一颤一颤，脸上的皱纹几乎挤在一起，用尽了力气才挤出几个字："你……谁叫你……来京里……"说着咳嗽起来。

婉宁看向童妈妈："快去请跟车队的郎中来看祖父。"

姚老太爷听着婉宁略带焦急的声音，如同一个孝顺的晚辈，众目睽睽之下没有惊慌失措，也没有失任何的礼数。

假的，根本就是假的。在族里撺掇二房老太太来对付他，他族长之位没握到手里不说，他好不容易在泰兴县养成的名声也一落千丈，家里出事的时候，她在祖宅里站在那里和他顶嘴，明明知道老六的事却没有提前示警，倒是和沈家人沆瀣一气。

好一个孝顺的孙女。

姚老太爷看向姚宜闻，姚宜闻脸上却没有愤慨的神情，反而有些犹豫。

婉宁假模假样的样子，居然没有人发现？

姚老太爷眼睛也冒出火来。

婉宁不慌不忙接着道："祖父因为六叔的事生气，我一直让人跟着祖父，路上小心地照应，祖父的马车坏了，我让人将车送了过去……"

姚老太爷的眼珠子要掉下来，胡说，真是张嘴胡说，他再也顾不得温文尔雅的君子形象："你何时吩咐人照应我？"

婉宁看向那空空的马车。

马车明明在那里。

七丫头当着众人的面故意这样说，这马车分明是他们求来的。

马摇头晃脑地打着响鼻，仿佛也在嘲笑他。

"老太爷，"蒋氏不得已从马车上下来，低声劝说姚老太爷，"有什么事还是回家说。"官路上来来往往都是人，姚宜闻还找来了同僚过来接应，让所有人都看了笑话，父亲也是一时急怒攻心。等回到姚家，他再好好问问婉宁。

婉宁没有要走的意思，都说家事要关起门来说话，可姚家的家事要在众目睽睽之下才好办，从前她一直盼着见到父亲，尤其是母亲离家之后，她还不懂得被休是什么意思，她只知道以后就只有父亲能依靠了。

现在她明白过来，父亲不是照在她身上的那道光，如今在父亲面前，她心里再也没有那种暖洋洋的感觉。

婉宁看向身后，姚宜州牵着马走过来。

"大哥。"姚宜闻有些诧异，二房的大哥怎么会在这里。

大哥居然和婉宁一起进京，父亲的书信里没有提及，婉宁让人送来的信上也没有透露一个字，他完全被蒙在鼓里。

诧异，惊讶的情绪一而再再而三地浮在他心头。

姚宜州板着脸走过来："婉宁是我带回来的，你不要责怪她，六弟的事也和婉宁无关，我们家的事不能迁怒一个孩子。"

这话说得清清楚楚。

大哥接了族长之位，族人都要听大哥的话，大哥将婉宁带来京里还有什么好说。

姚宜闻一时不知道说什么才好。

"我让人在京里备了院子，母亲说了，这件事没说清楚之前，怕你责怪婉宁，婉宁先住在我安排的院子里，族里的弟妹帮忙照应。"

突然听到这些话，姚宜闻惊讶地愣在那里，他之前想着将婉宁送回族里，没想到现在见到了婉宁，婉宁反而不回家。

进了京城却不回家，这是什么道理？传出去了要被人怎么说？说他连骨肉都不顾？

姚宜闻顿时觉得焦躁起来，还有同僚在旁边，不是让人就看了笑话，在族里到底发生了什么事，父亲信里没说清楚，现在他也被打个措手不及。

"大哥……"

姚宜州仿佛十分生气，不由他分说，就看向婆子："服侍七小姐上车，我们还要走一段路才能歇下。"

下人搀扶婉宁上了马车。

将父亲交给蒋氏，姚宜闻快走几步赶了过去。

姚宜闻还要说话，姚宜州转过头道："我问你，你是不是要让人将婉宁送去家庵？婉宁做错了什么事你要这样？要不是你家中的下人说漏了嘴，我们还被蒙在鼓里，四年没见你亲生骨肉，就算是要责罚也要见一面，若是在泰兴也就罢了，都到了京城，你还这般作为，可像是一个父亲？"

"从泰兴出来母亲就嘱咐我，既然让我送婉宁进京，一定要将婉宁安顿好，按理说你房里的事我不该插手，三老太爷要将婉宁逐出家门，我母亲气不过才将婉宁带回了二房，既然二房已经揽下这件事，我就要表明二房的立场负责到底。"

这都是怎么回事？父亲气得倒在地上，大哥又说出这样一番话，如果他就这样和大哥说起来，难免别人会听到，真的将事闹大了，不管谁对谁错他都面上无光。

"婉宁忤逆长辈，"姚宜闻皱起眉头，"万事孝为先……"

姚宜州冷笑一声："那我就看看，你这个孝子要怎么做，是先要忠君还是要行孝。"

没说两句话就这样不欢而散。

几辆马车又开始前行，等马车从眼前走过去，赵家的下人才想起来，他们还有事没办，忙一路追了过去。

望着离开的车队，和追出去的赵家人，姚宜闻有一种坠入梦中的感觉，这样的事他是如何也想不到的。婉宁不但进了京，还跟着姚氏族里的长辈另择住处，这是在做什么？忠义侯家这样的勋贵，为什么又让人来请婉宁？

这一件件的事他如何也理不清楚。

姚宜州没想到姚宜闻会这样做，要不是贺大年听到钱同提起来，他还以为姚宜闻这个做父亲的会为婉宁撑腰。

他真是想错了，姚宜闻但凡有半点慈父之情也不会将女儿扔在族里四年不闻不问。婉宁写信给姚宜闻，他做了最坏的打算，他以为姚宜闻这个父亲就算再差劲，也会让人来询问清楚，没想到姚宜闻话没问一句就要将婉宁送去家庵。

方才他说了那么多，姚宜闻更是一句"忤逆长辈"就将责任全都推脱掉。

自己的亲生骨肉，十二岁的孩子，还是尚在闺阁中的女儿，作为生父应该维护女儿的名声，他却随随便便就将忤逆的罪责扣在婉宁头上。

姚老太爷这样，姚宜闻也这样，真是有其父必有其子。

马车里，童妈妈低声道："三老爷那边也不知会怎么样。"

父亲在大伯面前吃了亏，就不好再出面，一定会假手张氏，她就在家里等着张氏上门。

姚宜闻将姚老太爷接回家中，姚家顿时乱成一团，上上下下忙碌着给姚老太爷喂药，张氏听着姚宜闻说话，一时愣在那里。

"老爷说婉宁已经到京里了？是二房大哥送来的？"

姚宜闻点点头。

那怎么可能，张氏觉得整件事都透着蹊跷："既然人回来了，老爷怎么不将大哥和婉宁带回来，二房在京里也没有宅院……"

姚宜闻黑着脸："他们不肯来。"

不肯来？这是什么道理，张氏道："婉宁是老爷的女儿，怎么能不回家。"

他气的就是这个，回来的时候他都不敢抬起头看那些同僚，恐怕用不了多长时间，京城里就会尽人皆知。

"还是你去一趟，"姚宜闻看向张氏，张氏事事周到，说不得能弄个清清楚楚，"族里有女眷跟着，你们之间总好说话。"

张氏柔顺地点了点头，却没有看姚宜闻的眼睛："妾身明日就动身过去。"

姚宜闻去屋里看姚老太爷。

吴妈妈凑过来道："要不然奴婢先去打听打听。"她是想不通那个柔弱的七小姐到底有什么能耐，才进京就闹得整个姚家鸡飞狗跳。

张氏颔首，吴妈妈慢慢退下去，寿氏正好带着姚婉如赶过来差点和吴妈妈撞在一起。

顾不得别的，寿氏红着眼睛看向张氏："三嫂这次一定要帮帮我，我娘家那边也是乱作一团，这可让我怎么活啊？"

张氏将寿氏带进屋坐下，寿氏哭哭啼啼将泰兴的事说了，说到了婉宁，寿氏道："三嫂可别小看婉宁，婉宁现在可不一样了。"

张氏看着寿氏，"怎么会闹成这样，一切不是都好端端的……"

"那是婉宁落水之前，后来沈家人正好上门，婉宁就借了沈家的路子去给李大太太治病，从那时候开始我可就管不了她了，不光是我，连老太太、老太爷也拿她没办法，三嫂是没看到方才的情形，婉宁硬是将老太爷气得说不出话来。"

"三嫂，您可不能不管啊。"

寿氏将话说得不清不楚，一会儿漕粮，一会儿婉宁，张氏觉得有些奇怪，为什么老太爷被气成这样，寿氏也大失方寸。

只因为看到了婉宁？老太爷向来对婉宁不闻不问怎么会突然动这样大的气。

寿氏道："老太爷想做族长也不是一日半日的事了，硬生生就被婉宁搅和了。"老太爷在泰兴就憋着一口气，否则也不会这样快就动身来京里，来到京里以为一切都能顺风顺水，谁知道偏遇到了婉宁。

从泰兴到京城一路上他们吃了不少的苦，婉宁却跟着崔奕廷回京，沿路有官府开路，不必风餐露宿，没有任何阻碍就到了京中，就这样，婉宁还敢大言不惭地站在三哥面前说跟在老太爷身后为了照应。

寿氏又道："入了秋之后老太爷身子本就不好，好不容易支撑着到了京里，被一气就病倒了，"说着顿了顿，"我们老爷的事也和婉宁脱不开干系，婉宁怎么能跟着巡漕御史进京？"

张氏仔细想寿氏的话，寿氏的意思，漕粮的事和婉宁脱不开干系，这怎么可能，一个十二岁的孩子还能做出多大的事来，寿氏是故意夸大其词，还是没弄个清楚。

张氏才想到这里，就听到下人来禀告："三太太，公爵爷来了。"

父亲来了？张氏立即站起身，带着人迎了出去。

张戚成将手里的鞭子扔给小厮，大步走进了姚家大门。

姚宜闻匆匆忙忙迎出来，到了门口立即向张戚成行礼："岳父。"

张戚成沉着脸看向姚宜闻："你父亲来京里了？怎么不提前说一声。"

岳父向来和父亲说得来，两个人遇到一起总要喝上几杯，这次父亲来京他本是想等到安稳下来再去张家跟岳父说明，却没想到岳父提前知晓了。

张戚成眼睛里露出埋怨的神情："应该早让我知晓，我遇到了太医院的御医才知道姚老太爷来了，真是胡闹，这种事怎么能瞒着，我早些让人去接应，也能少了些舟马劳顿。"

姚宜闻恭恭敬敬将张戚成迎进屋子里。

"老太爷，广恩公来了。"

听得这话姚老太爷抬起头向屋外看去。

张戚成走进屋。

姚老太爷挣扎着起身。

寿氏忙避去内室里。

姚老太爷和张戚成简单地问候几句，两个人就坐下来说话。

"我家老六的事……还要……请公爵……爷帮忙。"姚老太爷喘着气说得断断续续，脸颊还不受控制地抽动。

张戚成有些惊讶："转眼不见，广胜兄怎么病成这样？"

姚老太爷摇摇头："老了，身子不中用了，已经……是半个身子埋进黄土……的人，不像公爵爷……身子康健，将……来还能建功立业。"

张戚成道："你可知道这次的巡漕御史？"

姚老太爷点点头："是崔大学士……的公子，崔奕廷。"

说起崔奕廷，张戚成也微微蹙起眉头："按理说，只要走通了崔尚书的关系，就能将这件事摸清楚，可怪就怪在，崔奕廷都进京了，京里还是一盘散沙，谁也不知道该如何下手，皇上又是什么意思，巡漕御史查了漕粮到底要做什么？这案子要怎么定，定大定小。"

姚老太爷撑起身子："崔奕廷只是……抓了泰兴知县……和犬子、寿家的公子，并……

没有牵扯他人。"

张戚成抬起眼睛："广胜兄还不知道，崔奕廷路上连泰州知府王征如都抓了。"

姚老太爷惊诧地张大了嘴："怎么……怎么会……这样……"

这就是他为什么听了消息就来到姚家，与其去打听泰兴的事还不如来问姚广胜。

"我听说姚家二房的人跟着崔奕廷一起进了京。"

说起这个姚老太爷的头发都要竖立起来，想要张嘴说话却又咳嗽不止，"一起进京的还有……宜闻的长女……之前我也没听到半点消息……到了城外才遇到……"

连姚广胜都不知晓，张戚成觉得这件事越来越蹊跷，不知道这个崔奕廷到底要做什么。

从姚老太爷屋子里出来，张戚成去了张氏屋子里说话。

张氏吩咐乳母将欢哥带出来。

张戚成将欢哥抱在膝头说了一会儿话，欢哥高兴得又闹又跳，差点就从张戚成怀里栽下来，张戚成顿时吓得脸色苍白，乳母将欢哥带走，张戚成还没有缓过神来。

张戚成道："欢哥身边有几个乳母跟着？"

"就是母亲帮忙选的那个……"

张戚成听得这话皱起眉头："就一个乳母？"

张氏点点头："还有两个婆子也在一旁伺候。"

"那怎么行，"张戚成道，"明日我再多选一个乳母过来，欢哥可不比旁人，不能出半点的闪失。"

张氏点点头。

"不要光点头，要放在心上。"张戚成板起脸来。

张氏道："女儿知道了，父亲放心，女儿会安排妥当，欢哥是女儿的骨肉，女儿疼还来不及，绝不会疏忽。"

听得张氏的话，张戚成脸上微微动容："在这里委屈你了，将来……欢哥有个好前程，你也脸上有光，要知道，我们一家将来都要靠欢哥。"

这是最重要的，欢哥不能有半点的闪失，所以每隔一段日子他都要来看看欢哥，看到欢哥又笑又跳，他的一颗心才算落地。

张氏低下头，眉眼柔顺："只要父亲好好的，家中一切安好，欢哥能平平安安长大，女儿就知足了。"

毕竟是个女人，求的就是这些东西，张戚成不欲多说："忠义侯府的事都传开了你知不知道？听说是宜闻的长女帮了忙。"

张氏道："我也是听老爷说起来，"说着目光闪烁，"老爷听说那孩子进了京就让家人将她送去家庵，谁知道人没找到却在城外遇见了。如今人已经跟着姚家二房的长辈进了城，就住在租来的院子里。"

"现在想想父亲说的这些，姚家二房进京可能不光是要送婉宁那么简单，既然是在泰兴找到的漕粮，说不定姚家二房过来和漕粮有关。"

张戚成赞赏地看着张氏："只要刑部审不出什么来，我就能想法子保下朱应年，到时候姚家老六和寿远堂，"说完顿了顿，目光微深，"姚家那边你要摸透了，尤其不能让他们坏事。"

张氏道："打听出消息，我就让人去跟父亲说。"婉宁才十二岁，她怎么也能从婉宁嘴里听出实情。

那个被她牵着去花园里扑蝴蝶的孩子，她现在还记得清清楚楚，那孩子一举一动都逃不出她的眼睛。

再怎么样，始终都是个孩子。是个她轻易就能握在手里的孩子。

和张氏说完话，张戚成从屋子里走出来，姚宜闻正抱着欢哥在院子里。

张戚成顿时皱起了眉头："君子抱孙不抱子。"伸出手从姚宜闻手里接过了欢哥。

姚宜闻脸上顿时一红，他也知道这个道理，可是每次看到欢哥，想到这是他唯一的子嗣，他就忍不住要将欢哥抱起来好好宠一宠，他喜欢欢哥清脆的声音喊，"爹爹，爹爹……"奶声奶气却十分的悦耳。

"跟我过来。"张戚成看了姚宜闻一眼，姚宜闻不敢怠慢立即跟了上去。

婉宁吩咐贺大年将货物送进沈家的商铺："要仔细清点，将账目早些递上来。"

贺大年应了一声，带着伙计出了门。

姚宜州租的院子不大，一共就三进院，婉宁住在第三进院子，刚在床铺上坐下，婉宁舒畅地喘了口气。

童妈妈快步走进屋："七小姐，三太太让管事妈妈过来了，说是要接小姐回家里住。"

她还以为张氏会等到明日，没想到这么快就动了手。

张氏真是心急。

"就说我不舒服已经睡下了。"婉宁脱了鞋躺在床铺上，舒舒服服地闭上了眼睛。

童妈妈迎出来，外面的孙妈妈等在院子里。

"我们小姐一路辛劳，进了屋就睡着了。"童妈妈边说边和孙妈妈见了礼。

孙妈妈向屋子里看了看，里面十分的安静，听不到一丁点的声音。

"我们太太说，虽然老爷正在气头上，小姐这时候回去将族里的那些事说一说，这心结也就解开了，"孙妈妈的声音略微高一些，"您可能不知道，七小姐从前住的地方都已经收拾出来，老爷、太太已经吩咐了人，今天定要将小姐接回京。"

不大不小的声音正好能传进屋子里。婉宁躺在床上慢慢地摇着扇子，张氏的意思是让她借着家中人来接这个事就回去，免得将来不好收场。

婉宁转了个身，闭上眼睛。

连院子里都静悄悄的，只有风吹落树叶的声音，半响童妈妈道："妈妈的话我会跟小姐说，只是小姐今天着实已经睡下了。"

真的睡下了？鬼才相信，不过这个七小姐也真有本事，敢这样搬出来住，难道就不怕三老爷一气之下不要她？

孙妈妈拉着童妈妈去一旁说话："七小姐还小，你却糊涂了不成？二房大老爷是族长没错，却毕竟不是七小姐的父亲，七小姐不可能永远都在二房，你不想想再过两年七小姐什么年纪了，难道要大老爷出面给七小姐说亲？"

孙妈妈苦口婆心却不见童妈妈回话，抬起头来看到童妈妈正向旁边的小丫鬟递眼色。

孙妈妈还从来没有这样受挫过，好像童妈妈对她说的话完全不在意。

七小姐从泰兴县到京城来是为了什么？难道不是为了回到老爷身边吗？

"小姐是吓怕了，"童妈妈总算吞吞吐吐说出句话来，"从前在族里六太太就时常说，三老爷已经让人来接小姐回京，可是小姐等来等去都没有消息……"

言下之意是怕她在哄骗七小姐。

孙妈妈皱起眉头，七小姐什么意思？要三老爷亲自来接不成？

孙妈妈正想着，旁边的小丫鬟已经等不及，上前走到童妈妈身边："妈妈，忠义侯府来人了，乔贵家的也跟着回来了。"

听到乔贵家的，童妈妈立即道："人在哪里？"

"都在前院见大老爷呢。"

童妈妈吩咐小丫鬟："进去跟小姐说一声。"

小丫鬟进了门，很快屋子里传来响动，接着就有下人端着水进进出出。

半晌童妈妈仿佛才想起身边的孙妈妈，转过头来道："您看，家里来了客人，我也顾不得您，您还是先回去。"

就这样随随便便将她打发了？她可是替三太太来传话的。

院子里的下人开始各司其职，再也没有人和孙妈妈来说话，孙妈妈顿时被晾在那里，好半天一个圆脸的妇人被人领进院子。

蔷薇花的帘子被撩开，妇人轻轻地喊了一声："七小姐，奴婢来了。"

"乔贵家的。"

孙妈妈只听见一个清澈的声音，让她熟悉又觉得有些陌生，这是七小姐的声音。

孙妈妈回到姚家，径直去了张氏房里。

"怎么样？"张氏随意地问过去，手还放在欢哥的肩膀上，欢哥正在和乳母玩翻绳。

孙妈妈摇摇头："奴婢没见到七小姐。"

孙妈妈是有名的会说话，从前婉宁在家里的时候她经常让孙妈妈去婉宁屋里，张氏皱起眉头。

"七小姐身边的童妈妈说，七小姐已经歇下了，奴婢就没了法子。"

"奴婢听童妈妈的意思，七小姐非要老爷去接才肯回来。"

老爷最孝顺，看到老太爷被七小姐气成这样，怎么可能再去将七小姐接回来。

婉宁要将回来的路堵死了不成？张氏想到这里，孙妈妈道："三太太，您还记不记得在忠义侯府遇到的那个乔贵家的？"

服侍忠义侯世子进京的那个下人，张氏点点头。

"乔贵家的去给七小姐磕头了。"

虽然在忠义侯府听到乔贵家的说起婉宁，可她并没有太放在心上，如今忠义侯府的事一而再再而三地被提起，所有人都指向婉宁，难不成婉宁真的成了忠义侯府的恩人？

如果攀上勋贵，婉宁就不再是府里无人问津的小姐。

不论老爷怎么处置婉宁都会被人知道。

"太太，寿家人来了在书房里和老爷闹了起来。"

张氏不禁一惊："好端端的怎么会闹起来。"

吴妈妈将屋外的紫鹃领进来，紫鹃刚去书房伺候了茶水，将里面的事听了清清楚楚："寿家去了刑部打听消息，说是我们家六老爷有罪过一股脑都推给了寿家老爷。"

人才送到京里来，刑部这么快就有了消息？张氏觉得诧异，就算是打听出来消息，寿家也不应该这么快就跟姚家翻脸，总是姻亲，凡事都该有个商量。

"老爷怎么说？"

紫鹃道："老爷就说，打听来的事也不能当真，他明日会托人再去问，姚、寿两家是姻亲，姚家不可能做这样的事。"

这话听着在理啊。

"可是寿家不依不饶，说姚家一路上已经想好了对策，否则怎么姚家二房也跟着来到京里。

"还要老爷带着他们去问二房的大老爷。

"老爷不肯，寿家人就要去跟老太爷说话。

"老爷说老太爷病着，寿家人说别想将他们蒙在鼓里，等这件事捅破了，谁也别想落了好处，这些年姚家跟着寿家没少得利，六老爷在外胡作为的银钱都是从哪里来的，姚家就是靠姻亲才起家的，开始的沈家，现在的寿家还有张家，否则光靠一个姚家能做出多大的事来，三老爷气得当时就让下人送客。

"寿家非要将这些年的事说清楚，还带来了账本，跟三老爷说，姚家别想撇下寿家，更别想将所有罪责都落在寿家的头上，六太太听了消息赶过来，没想到却被寿家的长辈骂了，说六太太嫁了人连娘家都卖了。"

张氏怔愣在那里，寿家从哪里听到的这些闲言碎语。

"老爷呢？"张氏起身就要出去找姚宜闻。

紫鹃急匆匆地跟过去："奴婢过来的时候，老爷和寿家人还在书房里，奴婢想着来跟太太说一声。"

张氏出了院子就向书房走去，半路上遇到了哭哭啼啼的寿氏。

看到了张氏，寿氏顿时迎过去："三嫂，我娘家说的那些话是不是真的？"

张氏皱起眉头安慰寿氏，这里定然是有人挑拨，到底是谁她一时还弄不清楚，现在情况还没弄清楚，如果两家就这样乱起来，肯定会出差错。

好不容易将寿氏劝住，张氏才去了书房。

姚宜闻坐在椅子上喘着粗气。

寿家的话如同锥子般扎进他心里。

居然说他靠着姻亲才有今天，开始是沈家，然后是寿家，现在又是张家。

还说从前沈家的下场就是寿家的今日。

这些乱七八糟的话，寿家到底是从哪里听来的？

姚宜闻觉得胸口如同有一盆沸腾的油，烫着他的五脏六腑，让他坐立难安。

"老爷。"张氏刚进了门还没开口，就听到前面的管事来回话："崔大人吩咐人给老爷送东西过来。"

看起来像是一封信函，也不知道里面都装了些什么。

看到这个，姚宜闻心里生出不好的预感。

这是什么东西？会不会和六弟有关？

张氏心里忽然生出一种感觉，她不想姚宜闻打开那封信函，她的一颗心不由自主地被提起来。

将婉宁送去族里，她想要的不过就是耳边清静，家里所有人都能听她的安排，这样她就能好好地养育欢哥。老太爷来到京里，家里一切已经乱了套，现在不能再出差错。

姚宜闻将信函打开，不由得有些惊诧，里面不是一封信而是官府的告示，将告示打开，一张符纸飘飘荡荡地掉出来。

符纸上清清楚楚写着婉宁的名字和生辰。

姚宜闻睁大了眼睛，不由得脱口而出："这是怎么回事？"

在姚宜闻记忆里父亲总是板着脸教育他和兄弟姐妹，父亲治家很严，他们不能犯一点的错，要读书好又要有礼数，他因为字写得不好被父亲训斥，从那以后他就没日没夜地练字，直到父亲满意地点头。

父亲从来不招惹是非，最喜欢的就是在书房里看书，每次他贺寿都会送笔墨纸砚过去，他向来觉得父亲高洁，朝廷里的御史言官也不过如此，父亲没有功名都是因他拖累，听说泰兴出了事，他还觉得父亲定然不会受牵连。

没想到，不但六弟被朝廷抓了，寿家也深陷其中，姚家还被抄检出了违禁的借票和一张害人的符纸。

姚宜闻觉得不可能会有这种事发生。

每次沈氏说起父亲，他都会生气，皱起眉头训斥沈氏一番，在他心里父亲从来没有过错，沈氏是太过斤斤计较。

他最讨厌的是，每次说起父亲，沈氏脸上那种不服气的表情。

姚宜闻想着站起身来。

"老爷要去哪里？"张氏忙上前阻拦。

姚宜闻道："我去问问父亲。"

"老太爷还病着，"张氏道，"有什么事稳稳再说，寿家听到的事做不得真。"说着将目光落在姚宜闻手里的告示上。

崔奕廷在泰兴县已经贴了告示，这些事父亲却一个字也没有跟他说。

姚宜闻看了看张氏，抬脚向书房外走去。

张氏顿时皱起眉头。

崔奕廷看向陈宝："东西可送到了姚家。"

陈宝点点头。

看到那些东西姚宜闻会怎么样？在城外姚宜闻连女儿也不认，一脸惊诧地看着姚宜州，一副什么都不知晓的模样，如今将告示送去姚家，他也算得上是说了个清楚。

"寿家还在打听消息？"

谢严纪道："刑部那边已经炸开了锅，都不知道下一步要让谁来审案。"

所有人都在等皇上的旨意。

崔奕廷坐下来："慢慢来，我们不着急。"先要将这锅水搅浑。

姚家，姚老太爷看着蒋氏。蒋氏只戴着支玉蝴蝶簪子，展翅欲飞的蝴蝶停在乌黑的秀发上，说不出的漂亮，灯光下蒋氏也显得尤其的温柔。

姚老太爷握住了蒋氏的手："这一路……辛苦你了……"

蒋氏坐在锦杌上擦眼泪："老太爷要顾着身子，这才到京里，您就病倒了，以后可如何是好。"

"放心，"姚老太爷吞咽一口，眼睛里露出柔和的光，"我会好好地活着……就算是将来有那一天……也会安顿好你们母子……"

蒋氏眼泪掉在姚老太爷手背上："老太爷怎么这样说……若是老太爷不在了，妾身活着还有什么意思。"

姚老太爷喘着气柔声道："别哭……别哭……"

正说着话，下人进来道："五老爷回来了。"

蒋氏慌张地站起身："妾身还是去后面，老太爷和五老爷说话。"

"你生养的……躲什么，"姚老太爷皱起眉头，"到京里来……就是为了你能看看老五。"

下人撩开帘子，一个面容俊秀，身材颀长的男子脱掉黑色的披风走了进来。

姚老太爷的脸色仿佛立即好了许多，不由自主地浮起笑容，盯着姚宜之看。

"父亲。"姚宜之几步上前在姚老太爷床边跪下。

"快起来，快起来，"姚老太爷竭力去拉扯他，"长高了，也瘦了，在京里怎么样？别顾着读书忘了照应身子，你身边也没个人……"老太爷说着咳嗽起来。

姚宜之忙上前给老太爷揉胸口，旁边的蒋氏在抹眼泪。

姚老太爷向蒋氏招手，蒋氏忙走过去。

"蒋姨娘也惦念着你。"

姚宜之忙要向蒋姨娘行礼，蒋姨娘吓了一跳要躲开："五老爷别这样，这是要折煞了我。"

看着蒋姨娘惶恐的模样，姚老太爷不知心里是什么滋味，蒋氏总是这样守着规矩，生怕他会为难。

蒋姨娘搬来锦杌，姚宜之端坐在上面，姚老太爷笑着和姚宜之说话，姚宜之俊秀的脸上透出几分君子的高雅，眼睛里又有从容、沉稳的风采，一举一动都像极了蒋氏，姚老太爷看着顿时觉得心里豁然开朗，之前憋闷的气仿佛也散了大半。

几个人正说着话。

下人进来道："三老爷来了。"

姚老太爷的脸顿时沉下来："和老三说我累了，让他……也去歇着……吧……有什么事……明日再说……"

下人去传话，门口却还是传来脚步声，姚宜闻进了屋。

姚老太爷捂住嘴咳嗽起来，蒋氏忙在一旁伺候，姚宜之亲手端了水和痰盂过去。

走到房门前姚宜闻还听到欢笑的声音，等到下人来禀告，里面顿时安静下来，如今他撩开帘子进门，看着忙碌的蒋姨娘和五弟，忽然觉得自己和这里格格不入。

蒋氏伺候完了老太爷，忙去给姚宜闻端凳子倒茶水，不停地在屋子里穿梭。

姚老太爷抿起了嘴，不等姚宜闻开口看向蒋姨娘："你下去吧，一会儿再过来。"免得在这里伺候。

蒋氏站在那里仿佛不知所措，看向姚宜闻低声道："三老爷，老太爷才缓过气来，您……跟老太爷少说几句，免得老太爷伤神……"

姚宜闻胡乱应付了一下。

等到蒋氏带着人出去，姚宜闻急着开口："父亲，在泰兴到底出了什么事，为什么朝廷还要抄检我们家里？"

听到姚宜闻的话，姚宜之俊秀的脸上顿时显出惊讶的神情。

不等姚老太爷说话，姚宜闻就道："六弟到底是什么罪过？儿子去打听了消息，说六弟私卖漕粮，因又是泰兴县的粮长才被押解进京。"

提起这个，姚老太爷顿时脸色铁青。

"儿子不是写信回去说过，儿子才在六部站稳脚，家里不能出事，还让父亲照应李御史的家眷……"

"你这是在质问我?"姚老太爷顿时显出几分的怒意,"我……若是知晓……这些事,怎么会让你六弟去做……再说……现在到底是怎么回事朝廷还没定罪……你倒问起我来了……我写家书让你托些关系……查查清楚……你却一概不知……"

看着父亲额头上浮起青筋,姚宜闻顿时觉得自己说话欠妥当,太急躁太直接了些:"不是儿子不去查,这次的事京里真的没有人知道,就连任命巡漕御史都是用的密旨,还是朱应年被抓之后,朱应年的亲信在京里被扣下,才传出了些消息,京里也是因此乱了套。可是到底怎么回事,大家都在四处打听,说什么的都有,有说是崔尚书要抬举自己的侄儿特意谋了这门差事,有说是皇上对崔尚书起了疑心,这才让崔家自己人查起来。"

"这个崔奕廷又和别人不一样,在崔家就是个不服管束的,崔家人都不知道的事,我们外人怎么能打听出来?"

里里外外让这个崔奕廷摆了一道,不但将老六抓起来,还将婉宁带进京。

"崔奕廷还让下人给我送来了泰兴县的告示,还有,一张符纸上面写着婉宁的名字和生辰。"

姚老太爷看着姚宜闻手里的纸张,原来是因为这个,姚老太爷冷笑一声:"这件事你不要……问我,要问……问你母亲,这个家……她是怎么管的……若不是……出了这样的事……我怎么会将她留在泰兴……"

是母亲?姚宜闻惊讶地看着姚老太爷。

姚老太爷一脸的怒气。

姚宜闻不知道该怎么说才好。

"那寿家的事父亲知不知道?"姚宜闻忍不住又再询问。

姚老太爷一脸的恨铁不成钢,瞪着眼睛看姚宜闻:"我若是……知道,还用得着……你去打听……"

也就是说父亲都不知道。

姚老太爷道:"堂堂一个六部里的侍郎,连这点事都打听不清楚。"

姚宜闻顿时垂下脸。

"女儿,女儿管不住,家也管不好,让你问些事,你也一概……不知,反而……来挤对我……官做大了……脾气也见长……敢来质问你父亲……"姚老太爷看着姚宜闻越来越低下去的头,顿时冷冷地哼了一声。

"婉宁……"

"别提她,"姚老太爷瞪起眼睛,"提起她我就……生气,既然她不愿意回来,你也不要接她,明日就写个……文书和她断绝关系,以后她在外面……做什么都和我们姚家无关。""顶撞长辈,还能留着……她在家中,你不怕丢脸,我还怕坏……了我们姚家的名声。"

顶撞长辈确实是婉宁不对,他想要将婉宁叫过来严加管教,却没想着要立即将婉宁逐出姚家。

"儿子还是想要管束婉宁,让婉宁来给您认错。"

姚老太爷不说话。

姚宜闻站起身来:"儿子明日就去刑部一趟,看看能不能见六弟一面。"

姚老太爷不耐烦地挥挥手,姚宜闻从屋子里退出来。

张氏等在院子里,看到姚宜闻立即迎上来:"老爷,老太爷怎么说?"

姚宜闻摇摇头,一言不发地去了书房。

张氏回到房里，孙妈妈端了茶上来："太太，您说，老爷会将七小姐接回家吗？"

这要看婉宁会不会认错。

如果婉宁不认错，老太爷这边交代不过去，就像当年沈氏那样，老爷会照老太爷的意思将婉宁逐出姚家。

不管是哪家的小姐，只要被逐出家门都没了活路。

孙妈妈有些明白过来，所以太太才会让她去请七小姐，七小姐不肯回来才最好。

"准备些东西，明日我亲自去请，"张氏低头吩咐孙妈妈，"礼数要周到。"

孙妈妈应了一声。

"太太，要不要落闩？"紫鹃端了水服侍张氏梳洗。

"老爷今天不痛快，你去书房跟老爷说一声，今天请老爷来我这里歇下。"张氏穿了藕色的小袄靠在床边拿起书来，屋子里熏了淡淡的兰花香气。

果然不出一盏茶的工夫，姚宜闻进了院子。

张氏上前接应姚宜闻，低头吩咐婆子："落闩吧，告诉杨姨娘，老爷在我这歇下了。"

张氏服侍姚宜闻换了衣服。

躺在床上姚宜闻闭目安神，张氏坐过去轻轻地揉捏着姚宜闻的额头："老爷别着急，明天妾身就去看婉宁，族里的女眷一起跟着来京里，我再仔细打听打听。"

听得这话，姚宜闻睁开眼睛："你不是已经让孙妈妈去了一趟……"

"那不一样，下人毕竟是下人，婉宁心里闹着别扭才不肯见，我总是婉宁的母亲，婉宁不能不见我。"

姚宜闻叹了口气，伸出手来将张氏揽在怀里："毕竟是我的女儿……"

张氏声音轻柔："老爷不用说，妾身都知道，妾身劝说婉宁回来向老太爷认错。"

姚宜闻点点头，鼻端都是张氏身上的香气，姚宜闻手慢慢地向张氏腰上摸去。

张氏身子顿时僵硬起来，伸出手来推姚宜闻，将脸埋在姚宜闻怀里："老爷……妾身还吃着药呢，等养好了身子，妾身还想为老爷多生养几个儿女。"

"药怎么要吃这么久？欢哥都已经四岁了，你这病断断续续治了四年一点不见好，若不然，就换个郎中看看。"

姚宜闻说着话手就停下来。

张氏松了口气："总算是好多了，妾身生产之后都卧床不起，多亏了老爷又请大师来做法事又请郎中来诊治，这才有了些效用，现在再换郎中……不一定能怎么样，还是照郎中说的仔细用药，"说着顿了顿，"老爷是不是嫌弃妾身……"

"你这说的什么话，"姚宜闻道，"你还不是为了将来，天天那么苦的药吃着，我怎么还会怨你。"

听到姚宜闻的呼噜声，张氏向外别开了脸，慢慢地脱开姚宜闻的怀抱，转了个身，窗外的月光隐隐约约透进来，张氏看了会儿月光才迷迷糊糊地睡着了。

张氏不知怎么的就梦到了自己穿了大红嫁衣坐在花轿上，张家一片喜气洋洋，到处都是来恭贺的人，张家大门敞开，她正觉得慌张，母亲在她耳边道："别害怕，钦天监算的日子，将来你过门之后必定富贵荣华。"

张氏点点头，心里的恐惧在一片热闹中烟消云散。

她捏着大红喜服，喜服上用金线绣着她喜欢的图案，场面是那么的热闹、隆重，她看到族里的女眷们羡慕的神情，自从她懂得什么叫成亲之后，她一直盼着这一天，盼着一步迈入她想要的生活，让所有人都对她另眼相看。

从此之后，身边所有的姐妹都不如她。所有人都要仰望着她，她再也不用为将来的前程担忧，从此之后她只要好好养着她的美貌，过着心满意足的日子。

张氏这样想着，不知从哪里来的一双手将她牢牢地握住，耳边传来喜娘的声音，她抬起头来却看到姚宜闻的脸。

姚宜闻的脸。

方方正正的脸上没有太多的表情，抿着嘴唇看她，等她抬起头来，那双眼睛上上下下将她看了个遍，眼睛里透出满意的神情，握着她的手就攥得更紧了。

张氏顿时觉得姚宜闻的手又湿又凉，张氏慌张地将姚宜闻的手甩开，张开嘴顿时大喊大叫起来。

不是他，不是他，不是他。

她大声喊大声地哭，哭得不能自已。

"瑜珺。"

张氏顿时醒过来，听到姚宜闻的声音："这是怎么了？"

脸边是冰冷的眼泪，张氏吞咽一口摇了摇头："也没什么……就是做了一个梦……"

丫鬟急忙端灯进来，又有人服侍张氏喝了些茶才退下去。

看着张氏梨花带雨的模样，姚宜闻皱起眉头："梦到了什么？怎么又哭又喊？"

张氏攥着帕子，仰起头来："妾身梦到了生欢哥……妾身想去看看欢哥……"只有看到欢哥才能让她的情绪平复下来。

张氏生欢哥的时候受了不少的苦，姚宜闻想到那凶险的情形就心有余悸。张氏拼着一死将欢哥生下来，生产的时候，张氏甚至以为自己必死无疑，将岳母、岳父都请了过来，还哀求他，如果她死了，就再娶个张家的女儿进门抚养欢哥。

他哪里肯答应，请来岳母劝说张氏，没想到岳母也是一样的话，让他许下诺言，若是张氏遇到不测，就让张氏的妹妹进门将欢哥养大。

听着张氏惨叫的声音，他那时心里冰凉，埋怨岳母这样对张氏，又心疼张氏为了他的子嗣连命都不要，那一刻开始他决定只要张氏母子平安，他以后会更加善待张氏。

幸好张氏和欢哥都安然无恙，为了让张氏好好休养，又能给张家一个交代，他将婉宁送去了族里。

会不会是因为婉宁回到了京里，才让张氏想起了生欢哥时的情形。

姚宜闻皱起眉头。

张氏道："老爷歇着，妾身去看看欢哥。"

姚宜闻看向窗外："过几个时辰天就亮了，到时候才让下人伺候你过去。"

张氏没有再坚持，点点头吩咐下人将灯端了下去。

屋子里重新安静下来。

姚宜闻轻轻地拍着张氏的肩膀："别怕，别怕，有我在，不会再让你受苦。"

婉宁早早起床让落雨伺候着梳洗干净，然后听童妈妈打听来的消息。

"这四年来，三太太身子一直不好，每个月初一十五都要去庙里烧香拜佛，每天都要吃药，有时候一病就是十天半个月，所以也很少出门，一直在家中照顾八爷。"

在婉宁的记忆里，张氏身子没有那么弱不禁风，当时生欢哥的时候确实惊险，后来却也是母子平安，父亲请了太医院的郎中来给张氏调养，张氏的身子大有起色，她临去族里之前看过张氏和欢哥一眼，张氏母子两个养得白白胖胖，若不是张氏故意不施粉黛显得有几分的羸弱，哪里有半点病人的模样。

没想到她走了之后，张氏一病就是四年。

婉宁道："有没有说张氏是什么病？"

童妈妈道："说是怕日后不能有孕，所以三太太不敢怠慢一直在吃药，这几年还给三老爷纳了几房妾室。"

怪不得父亲觉得张氏好。

母亲是个很执拗的人，一心一意跟着父亲过日子，她记得母亲生下她之后，也是一直在请郎中看症，不过……母亲虽然吃药却不肯给父亲纳妾，只想着自己生下嫡长子。

一个想要为丈夫传宗接代的女子，怎么会在看病吃药的时候那么殷勤地给丈夫纳妾。

童妈妈接着说："听说连周围的名医都已经请遍了。"

张氏身体不好的消息也隐约传到了族里，寿氏总是将这件事挂在嘴边，是想让她知晓张氏有今日全是因为当年她的作为。

父亲这样说，族里人这样说，所有人都这般议论，在婉宁心里也逐渐将自己和张氏的病绑在了一起，所以才会更加小心翼翼，仿佛自己是真的犯了错。

后来她知道这些不过是张氏的手段，却没想过张氏真的有病。

仔细分析这件事，婉宁觉得有几处不合情理。

张氏才生下欢哥，母亲的天性会想方设法保护自己的孩子，如果欢哥是嫡长子也是父亲唯一的子嗣，父亲会小心翼翼地宠爱，将所有的目光都放在张氏和欢哥身上，张氏不应该会想要别的女人再为父亲生下子嗣。

更何况，张氏千辛万苦为姚家生下子嗣，就算是身子受损一时半刻不能有孕，以父亲的性子也不会立即嫌弃张氏，张氏根本不用给父亲送去别的女子。

按照正常情况来分析，怎么也说不通。

张氏定然是另有所图。

婉宁仔细地回想："我记得张氏进了姚家的门就有了身孕。"

童妈妈道："是，当时奴婢听说了还为娘子哭了一场，老天也是不开眼，娘子虔心求子，却没能再怀上身孕，倒是老爷新娶的张氏才进了姚家一个月就传来有孕的消息。"

母亲被休之后祖父就为父亲说亲，很快张氏就嫁进姚家，前前后后不过一年的时间，紧接着张氏怀孕，没有到日子就早产，生下了健健康康的欢哥。

这也太巧合了。

婉宁突然想起张氏生产前几日的事，父亲在衙门里当值，她心里想母亲就去母亲曾经住的院子里看看，从母亲院子回来的时候，路过了翠竹林仿佛看到了人影一闪，她吓了一跳让身边的丫鬟去看看，结果什么也没看到，第二天就有人说家里飞来了只雉鸡。

会不会是和这件事有关。

如果那不是雉鸡就是个人影呢？

婉宁顺着这个想下去。

她不过是个嫡女，对张氏来说算不上什么威胁，只要筹备一份嫁妆将来嫁出去就了事，张氏却明目张胆地陷害她。

她知道，就算她不推张氏，张氏也会在那天生产，张氏之前没有小产的迹象，为什么会突然生产。

欢哥生下来的时候就如同足月儿般大小,父亲还庆幸欢哥福大命大,如果欢哥就是个足月儿呢?

那么推算一下日期,张氏岂不是在嫁进姚家之前就有了身孕。

假设这都是真的。

张氏肚子里的孩子是谁的?是父亲的,父亲就会帮着张氏遮掩,张氏也就不用那般大动干戈。父亲那么紧张欢哥,生怕欢哥因为早产先天不足,显然对这些事都不知情。

婉宁扬起了眉毛。

所以,有可能张氏的欢哥不是父亲的孩子。

这样的话……祖父和父亲宠爱的其实是别人的子嗣。

而被休回沈家的母亲却怀着昆哥。

果真如此的话,婉宁想到这里不禁失笑,这是一个什么样的结果。

童妈妈不明就里:"小姐,您这是在笑什么?"

婉宁摇摇头,一切没弄清楚之前,她会小心翼翼地求证,没有什么事是做得天衣无缝的,定然会露出什么端倪。

祖父和父亲还期盼着欢哥将来能有个好前程。

如果欢哥真的有个好前程,长大之后张氏会不会怂恿欢哥认祖归宗。

那可真是要贻笑大方了。

婉宁正想到这里,落雨来道:"赵家来人了,说是马车已经备好,就等着小姐一起过去。"

婉宁点点头,看来赵家肯按照她说的方法来安置世子爷。

婉宁带着落雨去换衣服,出来的时候童妈妈迎上去:"莲花街那边传来消息,说三太太要过来看小姐,小姐……要不要让人回个信?"

婉宁摇摇头:"不用了。"张氏不是出了名的好脾气吗?她就磨磨张氏。

婉宁上了赵家的马车,马车径直去了忠义侯府的一处庄子上。

马车进了庄子才停下来,童妈妈将婉宁扶下来,婉宁抬起眼睛顿时看到迎过来的忠义侯夫人。

"夫人。"婉宁上前行礼。

忠义侯夫人立即道:"七小姐,总算将你盼来了。"

婉宁走到忠义侯夫人身边,听忠义侯夫人说赵琦现在的情形。

赵夫人道:"已经照小姐说的将琦哥儿送到了庄子上。"赵夫人说着紧紧地攥住了帕子,好不容易将琦哥儿盼回来却听姚七小姐说要暂时将琦哥儿送去庄子,琦哥儿在她眼皮底下她还不放心,如今送到这么远,她只要想起来就心里一抽一抽地疼。

她本是想让人说说,让姚七小姐再想个别的法子,谁知道姚七小姐不肯改主意。

赵夫人想到这里眼睛湿润,昨天晚上她试探着去跟琦哥儿说话,琦哥儿缩在床角瑟瑟发抖,她都不知道该怎么办才好。

姚七小姐既然能帮忙让乔贵家的照顾琦哥儿,她去找安怡郡主商量,郡主也说现在没别的法子只能照姚七小姐说的试试。

所以她就下了狠心让乔贵家的将琦哥儿领来了庄子,又将庄子上的人手减少了一半,免

284

得庄子上有人吵闹惊了琦哥儿。

她这样战战兢兢地等了一会儿，虽然琦哥儿还是一样地躲着人，却也没有比在府里更严重，也不知道这算不算是好消息。

什么时候那个活泼好动的琦哥儿才能回来。

"我让人将琦哥儿平日里喜欢的东西都拿来了。"赵夫人说着看向婉宁，姚七小姐看起来比寻常的内宅小姐要清丽些，皮肤很白，眼睛里像含着露水似的，说不出的透彻。

谁能想到这样一个内宅中的小姐能帮忙救了琦哥儿。

婉宁和赵夫人一起去看赵琦平日里用的物件儿，有弓箭和大小不一的木剑，笔墨纸砚也都有，还有一些书本，看赵琦的东西就知道忠义侯想将儿子养育成和自己一样驰骋沙场的武将。

那些弓箭和木剑应该是经常都用着的，弓身和剑柄都十分光滑，可见赵琦很喜欢这些东西。尚武的男孩子，胆子不会很小，赵琦会这样定然是受了很大的刺激。

家门生变，身边人又因保护他而死，一个金贵的世子爷从此过上逃亡的日子，可想而知这一路上赵琦遇到了多少事才会变成如今的模样。

也怪不得赵夫人会着急，赵琦从前是个天资聪颖的孩子。

赵夫人道："要不然将庄子里的房间布置成府里那个样子，琦哥儿看着说不定会想起从前的事，病也就会好了。"

这些东西虽然会勾起赵琦从前的回忆，也会让他想到后来的境遇，这些东西现在拿出来让赵琦看，恐怕是弊大于利。

婉宁看向赵夫人："府里是不是给世子爷请过西席？"赵琦有不少的书，打开看里面还有注解，和昆哥看的书差不多。

赵夫人点点头："我们侯爷在的时候，请了两个先生来教琦哥儿读书写字，还亲自跟琦哥儿讲些古往今来有名的大将军的故事。"

从赵夫人的话中能听出来赵琦和侯爷的感情很好，婉宁也想起小时候父亲给她讲故事的事来。那时候她大约只有四五岁，父亲还很喜欢她，父亲对她这般她尚且想起从前的点点滴滴，父母对子女的影响是很大的，她倒可以从这里入手来帮赵琦。

婉宁道："夫人不如多找些书给世子爷看。"

读书能让人安静、放松下来。

赵夫人道："要找什么书看？琦哥儿现在也不肯看书啊。"

婉宁道："那不一定，要找世子爷感兴趣的书，世子爷能看懂又愿意去看的。"

"夫人，我有个弟弟年纪比世子爷小一些，如果夫人愿意可以让我弟弟过来陪着世子爷一起读书，我弟弟那里恰好也有些书，是他平日里能看得懂的，我去找些送过来。"

说到这里，婉宁看向赵夫人："您还要让乔贵家的每日去我那里，我教她一些故事讲给世子爷听。"

让乔贵家的去见姚七小姐，那不是顺理成章的事吗？

赵夫人急忙道："乔贵家的本来就是姚家的下人，要不是我们琦哥儿我怎么还能霸着人不放。"

找些书来，让乔贵家的去见姚七小姐，这些都是很简单的事，她安排起来并不难，她只是觉得琦哥儿现在连别人的话都听不进去，怎么才能读书。

和赵夫人说完话，婉宁在屋子里见到乔贵家的。

乔贵家的上前行了礼道："世子爷到了庄子上仿佛也没好转，就是整日里蜷在床上。"

才搬到庄子上，想要适应还要过几日才行。

婉宁吩咐乔贵家的："你还像从前一样侍奉世子，没事的时候多跟世子说说话。"

乔贵家的说话，赵琦不是很排斥，毕竟现在赵琦能信任的只有乔贵家的，将这份信任感培养起来，以后不论她要做什么都可以让乔贵家的来帮忙。

乔贵家的点点头，低声道："世子爷还能好吗？"

婉宁道："世子爷年纪尚小，只要快些好起来，还能和从前一样。"

乔贵家的和婉宁说了会儿话，就有赵家的下人来道："世子爷醒了要找乔贵家的。"

婉宁看着乔贵家的："你去吧，我和赵夫人说好了，每日让赵家马车将你送来我院子里，你将世子爷每日的情形都告诉我。"

乔贵家的忙领首。

乔贵家的从花厅里出来径直去了赵琦屋里。

"世子爷。"

听到乔贵家的话，赵琦才小心翼翼地掀开了被子一角，乔贵家的顺势将被子慢慢拿开，赵琦眼睛里是恐惧又迷茫的神情。

"世子爷，奴婢回来了，您放心，这屋里没有旁人了。"

赵琦的手紧紧地攥着被子不肯松开，厚厚的被子将他的额头捂出了热汗，乔贵家的忙用帕子将赵琦的汗擦掉。

"世子爷，没事了。"乔贵家的低声劝着，半晌赵琦才慢慢地将手松开了。

"世子爷，奴婢带了好吃的给您。"乔贵家的打开手里的盒子，顿时有一股烤豆子的香气传出来。

赵琦看过去。

乔贵家的笑着道："奴婢给您烤了豆子吃。"

烤豆子。

他不记得是多久之前吃过烤豆子，每逢年节，他就和族里的兄弟们一起偷豆子来烤，豆子炸裂时噼啪的声音好听，还有一股股香气传出来，他们会争着抢着将滚热的豆子拿起来放在嘴里，豆子又酥又甜说不出的好吃。

下人发现了追着他们喊，生怕他们烫伤了手。

母亲沉下脸来训斥他，父亲就站在旁边笑："没事，吃吧，有什么，我们小时候还不是这样顽皮。"

赵琦将豆子捏在手里，觉得豆子很热，从指间一直热到他心里。

"奴婢让人端来炭火，世子爷自己烤着吃？"

赵琦没有说话，乔贵家的笑着道："奴婢这就去吩咐。"

很快炭火被抬上来，赵琦却捏着豆子不肯放下地。

乔贵家的试着抓了把豆子放上去，很快就传来"噼啪"的声音。

赵琦有些害怕地缩着肩膀，紧紧地攥起了被子，随着豆子的香气传来，赵琦的手又慢慢地松开。

没事，什么事都没有发生，这么多的声音过后只有热腾腾的豆子。

滚烫的豆子拿出来，放进嘴里，还是一样的酥脆。

"世子爷，奴婢给您讲故事听行不行？"

豆子的声音让屋子里不那么安静，热热的火盆仿佛也将冷清驱赶走了，赵琦睁大眼睛看着乔贵家的。

乔贵家的道："奴婢讲一个小将军的故事，奴婢讲得不好，世子爷不要笑话。"

赵琦没有说话，乔贵家的就说起来："从前有个小孩子最爱听人家讲上战场打仗的故事，长到七八岁的时候，他就求着长辈给他请个武功师父。"

乔贵家的讲得很慢："可是他生来身子羸弱，别说骑马射箭，连走路都气喘吁吁，长辈都说他不适合学武，让他就在家里读些书，写些字。他却不肯听，每天早早起床练筋骨，长辈见他这样用功，拗不过他只好请了师父回家。"

"从此之后不管刮风下雨，他都会跟师父练武，即便是这样，他却仍旧不如族里的兄弟，连师父都说他除了有几分的耐力没有什么长处……"

乔贵家的说着，赵琦没有做声在一旁静静地听。

门外的赵夫人却忍不住用帕子捂住了嘴，眼泪也从眼睛里落下来，乔贵家的讲的是侯爷的事。侯爷小时候资质平平，谁也没想到侯爷能继承老侯爷的衣钵带兵打仗，后来侯爷去了军营立了军功回来，让所有人都为之惊讶。

就是那时候她对这个将要成亲的夫婿心生好感。

侯爷带兵打仗这么多年，没想到最终会落得通敌叛国的罪名。开始听到这样的消息她差点要晕厥过去，但她还是咬牙挺过来，直到侯爷的罪名被平反。

跟着侯爷一起打仗的下属回到京里将侯爷的事原原本本地跟她说了，她才知道侯爷在边疆粮草不济才会吃了败仗，侯爷死了之后，那些人将侯爷的头颅挑在长枪上庆贺。

在家中，侯爷掉了几根头发她都会心疼，从来没想到会有人这样对待侯爷。

将头颅挑在长枪上，这是什么样的侮辱。

侯爷死得这样惨，京里的那些人却还诬陷他……

他们怎么能这样。

想到这里，赵夫人的心一抽抽地疼痛，不只是琦哥儿，就是她现在也不敢想侯爷，不敢去想发生在赵家的事。

赵夫人从院子里出来，一直向前走，下人向她行礼说了些话，她却浑然不知，直到有一个人站在她跟前，她这才放声痛哭起来。

"这是怎么了？"安怡郡主忙上前拿出帕子给赵夫人擦眼泪，"是琦哥儿？"

赵夫人摇头，声音仍旧呜呜咽咽地从喉咙深处传出来，仿佛已经不受她的控制："我是想……我是想……侯爷已经死了啊！侯爷已经死了。"

她依靠的丈夫，想要照顾一辈子的丈夫，已经死了。

那个让她想起来心里暖和的人，那个她觉得无论何时都能依靠的人，那个总是风尘仆仆回到府里，让她心生埋怨的人，已经没了，再也没有人让她怨怼，再也没有人让她牵肠挂肚，再也没有人让她从夜里醒过来轻手轻脚地披好被角。

从前只要提起侯爷来她就会抬起下颌，无论什么时候都颜面有光，现在他没有了。

从此之后她就是太夫人，因为那个人没有了，她突然就老了，她的年华，她的一切都老去了。

最可怕的是她没有觉得自己悲哀，只是心疼，心疼侯爷，想起侯爷在她身边的一举一动，她从来没想过侯爷会突然离开她身边，再也不回来。

安怡郡主的眼泪也跟着顿时涌出来。舅舅一直待她很好，母亲在世的时候说舅舅是赵家最好的人，就算不承祖业也照样建功立业。

安怡郡主轻声地劝着。

"郡主你说，他怎么就死了。"死这个字多难听，怎么能这么快就落在他身上，赵夫人张着嘴大口大口地喘气，"我还没好好伺候他，他就死了，之前我还埋怨他，还气他，我不该做那些事，现在说什么都晚了，因为他已经死了，我应该待他再好些。"

舅母这样哭舅舅，安怡郡主也忍不住掉了眼泪。

"哭一下好，哭了就痛快了，以后就我们互相照应，我们要好好活着，将来就算要去了，也不能像舅舅一样，连招呼也不打一声，将来要是轮到了我们，我们一定要聚在一起说说话，谁先走就送谁一程。"

赵夫人摇头："安怡郡主福大命大，千万别这样说。"

安怡郡主道："要是谁能知道自己什么时候会死，也是个福气。"

好半天两个人才止住了哭。

"琦哥儿怎么样？"安怡郡主问道。

赵夫人看向身后的院子："姚七小姐想了办法，让姚家那个跟在琦哥儿身边的下人，给琦哥讲故事。"

安怡郡主微微怔愣，讲故事？讲什么故事？

"讲的是侯爷小时候的事，又怕琦哥儿认出来做了一些改动，等到琦哥儿能接受了，再将侯爷在边关打仗的事说出来。"

安怡郡主觉得惊讶："这是为什么？"

赵夫人道："姚七小姐说，琦哥儿的性子随侯爷，侯爷从小就勤勉好学，坚韧不拔，琦哥儿这个时候，正需要这样的品性做榜样，听听侯爷的事，琦哥儿就会觉得眼前的困难算不得什么。"

这是要用舅舅来激励琦哥儿。

"姚七小姐还让乔贵家的断断续续地讲，琦哥儿听不到故事，就会想自己看书，只要琦哥儿能看书，这病也就治好了大半。"

姚七小姐是用这种法子。

"姚七小姐说，琦哥儿心里难过多是因为侯爷叛国的罪名，如今虽然侯爷的罪名被洗脱，琦哥儿却没有缓过神来，我们想法子将侯爷在边疆的事用故事说出来，等到真相揭开之后，琦哥儿就会知道，侯爷……根本就没有通敌，而是……为了大周朝战死沙场，琦哥儿的心结也就解开了。"

赵夫人说着，似是看到侯爷临走前摸着琦哥儿的头说，"等将来你长大了，父亲带着你上阵杀敌"。

安怡郡主想了想："姚七小姐可还在庄子上？"

赵夫人点点："我让茹茵陪着去了前面。"

"舅母放心，"安怡郡主拉起赵夫人的手，"琦哥儿将来定然会好的。"

赵夫人听着安怡郡主的安慰，心情渐渐平复下来。

安怡郡主怎么也想不到一个十二岁的小姐能说出这样一番话，这个姚七小姐，她定然要见见。

能想到这个法子来帮琦哥儿，可见姚七小姐的品性。

赵夫人和安怡郡主去花厅里坐下。

喝了口茶，安怡郡主道："我来晚了是因为在路上遇到赵家的长辈，赵家长辈想来庄子上看琦哥儿。"

赵夫人惊讶，她刚刚将琦哥儿送来庄子上，没想到就被人知晓了，消息怎么会传得这样快。

"她们都怎么说？"

安怡郡主道："让我劝说舅母，不要信姚七小姐的，姚七小姐是个连亲生父亲都不愿意相认的人，说话能有几分的可信。"

安怡郡主话音刚落，赵家下人进门道："夫人，四太太和西府的老太太来了。"

赵家分了两支，一支是忠义侯府，另一支被族人称作西府，西府老太太和儿媳妇来做什么。

赵夫人道："既然人都来了，就请进来吧。"总不能将人挡在门外，更何况侯爷出事这段日子，西府一直在府里帮衬。

不一会儿工夫张瑜贞扶着婆婆进了门。

"听说琦哥儿在庄子上。"大家见了礼，西府老太太立即道。

赵夫人颔首。

"怎么将琦哥儿送到这么远，请的是什么郎中，在府中治病不行吗？"赵老太太显得很着急，"我去府里看琦哥儿，才知道你们娘俩都不在府里，急忙就赶了过来，请的什么郎中要这样遮遮掩掩的看病。"

赵夫人忙道："不是遮遮掩掩，而是这里清静，琦哥儿住着舒坦些。"

赵老太太叹口气，眼睛里露出不可信的神情，显然对赵夫人嘴里的郎中十分的怀疑："我们想要帮忙却不知道怎么伸手，不是请了太医院的御医来看了琦哥儿，太医院都没有好药吗？"

赵夫人摇摇头。

旁边的安怡郡主放下手里的茶，看向旁边一脸焦急的张氏："不是没有好药，是琦哥儿还小，要慢慢调养才能好起来。"

赵夫人听得这话看向安怡郡主，安怡郡主面容舒展仿佛很坦然，好像琦哥儿的病真的没有大碍。

旁边的张瑜贞目光闪烁，她今天来是要将赵琦病重的消息传出去，忠义侯府的世子爷就像疯了一样在府里大喊大叫，太医院束手无策，赵家也请了名医来诊治还是没有法子。

现在忠义侯夫人竟然听了一个十二岁丫头的话，将世子爷挪来庄子上。

是赵琦已经病入膏肓，忠义侯夫人才会死马当作活马医。

怎么才能将一件事传得沸沸扬扬，她再清楚不过，现在因为漕粮进京没有太多人关心忠义侯府。可是她将一件件事串起来，姚家七小姐气病了祖父又不肯回家居住，这样的事在京里还从来没有过，就是这样一个被人诟病的女子，忠义侯夫人竟然奉为座上宾，不管是谁听了都会觉得这件事蹊跷得很。

这是一石二鸟之计，不但帮了妹妹出气，还能将赵琦的事捅出去。

病成这样的赵琦怎么能承继忠义侯的爵位？

就算是皇上因忠义侯的事有意赐恩忠义侯府，听到消息也会打消这个念头，倒是极有可能换一种法子补偿赵氏一族，让夫君承袭爵位，赵家族人就能好好照应赵琦母子。

听说忠义侯夫人将姚婉宁请来给赵琦治病，她有两夜没有合眼，现在终于将所有的棋子都摆了个清楚。

姚婉宁有多少本事妹妹再清楚不过，忠义侯夫人也是昏了头才会相信姚婉宁。

既然她已经将整件事看透，也不用再客气，现在就是该下手的时候。

"听说二嫂是听了姚家小姐的话，"张瑜贞说着为难地看向赵老太太，"有些话也不知道当讲不当讲。"

赵夫人有些紧张地挪了挪身子："弟妹有什么不能说的？"

张瑜贞喘了口气这才抬起目光闪烁的眼睛："那个姚家小姐不可信，二嫂千万要想清楚，姚家小姐从前在京里就不本分，这才被送去了泰兴族里，如今又是私自进京，不但将姚老太爷气病了，还不肯跟三老爷回姚家居住……姚家上下正为了这个小姐发愁，我……我那妹妹已经苦口婆心地劝了几次，都是没用……这样名声的小姐恐怕将来不会有个好结果。"

赵夫人诧异地看向安怡郡主，这件事她不是没有耳闻，她让人去请姚七小姐时正好遇到姚老太爷和姚七小姐进京，姚老太爷是晕了过去，姚三老爷也没将姚七小姐接回姚家。

当时她也觉得奇怪，不过这是姚家的家事，她也就没有细细打听。

更何况琦哥儿之前受了姚七小姐恩惠，乔贵家的又将姚七小姐挂在嘴边，她一直觉得这里定然是有什么误会，现在听弟妹说起来，好像并不是她想的那么简单。

赵夫人皱起眉头："弟妹不要乱说，一个小姐的名声岂是能随便议论的。"不论是什么情况，张氏都不该在赵家说道姚七小姐。

张瑜贞顿时觉得惊讶，这个平日里没有主见的二嫂竟然会帮姚七小姐说起话来。

"夫人，"管事妈妈走到赵夫人耳边低声道，"二小姐和姚七小姐过来了。"

张瑜贞眼睛一转看向门外，晃动的琉璃帘子后，一个穿着青色褙子的女孩子站在赵茹茵身边，个子还没有赵茹茵高，她就不明白这样一个柔弱的小姐，怎么能将姚老太爷气得昏倒。